周宏翔 著

第一次看见灿烂的时刻

上册

CNS 湖南文艺出版社 HUNAN LITERATURE AND ART PUBLISHING HOUSE 博集天卷 CS-BOOKY

献给石小琴女士

目录

CONTENTS

第一次看见灿烂的时刻

第一章

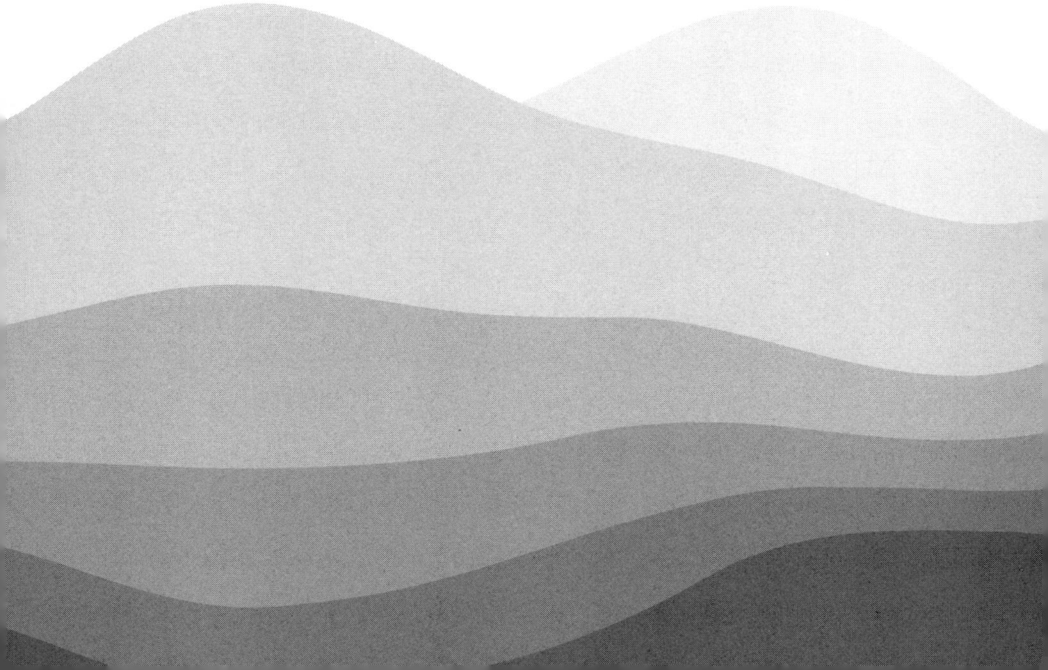

1

吴悠知道广告圈子小，但没想到会这么小。本以为自家公司会秉承几分“家丑不可外扬”的公关心理，殊不知大大小小的丑闻大多时候都是从自己公司传出去的。无论如何，吴悠倒是能表现出无所谓的态度，她对做过的事丝毫不后悔，即使在外人看来她是疯了，就连闺密罗薇薇都说她，为了这个公司做到这个地步不值得，大老板大概随时得找她谈话。但吴悠扪心自问，她真的无所谓。这年头，会心一爽，比什么都重要。

就在前天的上海广告协会举办的颁奖典礼上，她理直气壮地提着一桶油漆走了进去，在大家掌声连连、说着奉承话赞赏她的领导Lucas（卢卡斯）的时候，吴悠着一身素黑礼裙盎然出现，脸上肃杀的神情让在场的人夸张有趣的笑容都僵住了。她径直走过去，看着Lucas手上的小金人奖杯，脸上那一丝诡异的笑容一闪而过，紧接着她以迅雷不及掩耳之势抢过那个奖杯，将那桶黑油漆泼到了那座在水晶灯下熠熠生辉的奖杯上。Lucas的脸还没有臭到要开口辱骂的地步，周围几个装模作样的女生就先发出了刺耳的尖叫。那天的吴悠穿得还真像一只黑天鹅，多日后，该事件被海森公司上下称为“吴氏黑天鹅事件”。吴悠将油漆桶扔到一边，两手一拍，盯着那个已经黢黑一片的小金人奖杯，露出几分满意的微笑。

而这精彩的一幕就这样被自己公司的好事者用手机拍下了全过程，

原本死气沉沉、让人生闷的颁奖典礼被这一段视频激起了不小的水花。不过半天时间，视频就在业内的各个群组里转疯了，吴悠甚至能想到，晴空万里之下，那些饱受甲方折磨的广告人是如何借此舒缓内心情绪的，又是如何添油加醋地编造背后的故事的。这些都是吴悠无法控制的，她唯一想要做的就是让那个盗用自己创意的上司 Lucas，好好地感受一下丢脸的滋味，而在第二天她照常出现在 Lucas 面前与他谈笑风生，让他无地自容。

吴悠想象着 Lucas 带着控诉的口吻向大老板告状并诋毁自己的场景，就像他们无数次在有甲方存在的会议上无休止的争执一样，Lucas 永远是一副盛气凌人的样子，并要求吴悠必须知道自己低他一等。

吴悠时时腹诽：这都什么年代了，居然还有人会把“论资排辈”这种腐朽观念带到 4A 公司（国际品牌广告代理公司的代名词），这种与创新精神完全相悖的人是怎么坐到海森创意总监的位置的?

吴悠既看不到他的能力，又看不到他的魅力，唯一能看到的就是他老奸巨猾又趋炎附势的丑陋嘴脸。如果说 Lucas 真真是位高薪英俊的精英型男，即使内心腹黑、做事不择手段，吴悠倒也认了，偏偏他长了一张京巴犬似的脸，笑起来还像老鼠，就是他耍的那些花板子（花样）把不少忍气吞声的有才之士都逼走了，只可惜到了吴悠跟前，她却偏偏不吃这一套。

Lucas 也是真的脸皮厚，就算他在家想尽办法也没有弄干净小金人上的油漆，第二天还是像模像样地把它放在了自己的办公桌上。吴悠没忍住，直接学着上海腔回了一句“缺西”（笨蛋）。茶水间里从不间断的哂笑和八卦，为海森年底这一场内斗大戏增添了浓墨重彩的一笔。

当吴悠想着眼不见心不烦地用掉所有年假而趴在马尔代夫的酒店里，一边敷着面膜一边做着新的文案时，大老板终于给她发来了邮件。邮件内容简明扼要，总结下来就四个字——速回、紧急。

而她拖着行李走出浦东国际机场的时候，总觉得有什么东西留在了马尔代夫，待她细细回想一遍，又觉得是自己多虑了。过了许久她才明白，玻璃门打开的那个瞬间，她就像走到村上春树在《1Q84》里写的那条高速公路上一样，开启了新的世界，上海的蓝天白云和过往的都不一样了。

吴悠想到当年她从深圳宝安机场背着大包、拖着拉杆箱闯进上海这番天地，到现在刚好十年了。而十年后的今天，她站在广告龙头齐聚的上海，以一副上海小女人的姿态从容地走在CBD之间时，全然忘了当初她最不想变成的就是上海女人的模样，但现在她对自己举手投足之间又是满意的——那个从深圳跑到上海来的小姑娘早就长大了。

她打开手机，看到数以千计的未读信息还在不断增多。在置顶的那个工作群里，Lucas还在一边表示着愤怒，一边指点江山般地安排着任务。吴悠倒想知道大老板到底因为什么事这么急着把她召回来，如果真的要开除她，绝不会等到一周多后的今天。但不知为何，这种“大祸临头”的危机感竟让吴悠一点都慌乱不起来，大概是这些年被甲方恐吓习惯了，这些是是非非也最终都被表面光鲜的广告人形象消解了。

她望着写字楼的玻璃窗里那些体面的白领，对着玻璃窗整了整自己的衣领。上电梯的时候，她猜想着大老板的办公室里到底为她准备了什么样的“盲盒”，她真的希望惊吓比惊喜多一点，这样她就可以利用那场在众人眼中看似“发疯”之后彻底破罐破摔的事件，给Lucas最后一击。然而这时，突然而至的一通电话让她瞬间提起精神来。

2

落地窗外是上海高低起伏的楼群，清晨的阳光洒在成群高档大厦的侧面。几乎一过九点，从大厦上俯瞰，地铁口就像是城市张开的大口，吞吐出行色匆匆的上班一族。延伸的高架桥、纵横的马路、楼宇之间，人员的流动都像是倍速播放的电影画面，身着职业装的年轻人们迅速地没入属于他们自己的那一栋楼里，没有多一刻的时间去在意清早都市的良辰美景。

位于上海新天地黄金位置的香港广场中，奥斯德大概是最闪耀的那家公司了。不管是地铁外壁悬挂的巨幅海报，还是高档写字楼上闪动的LED视频，但凡是大上海最引人注目的广告，几乎都出自奥斯德。

林安娜端着咖啡站在自己办公室的落地窗前，身旁整齐地排列着大大小小的奖杯。她满意地观望着上海卢湾区的清晨，当初选办公室的时候，她故意挑了这个可以眺望上海楼群的位置，之后便一直没有换过，但这般景色她也看不了多久了。她的眼神中带着几分眷恋却又有几分决绝，最后都化为唇间留香的一口咖啡。

乍看，谁能想到她已是年近半百的女人，她穿着紧致的长裤，雪纺缎质的长衫，短发齐肩，身材颀长，风姿绰约，举手投足之间足以用四字形容——一丝不苟。

半小时后的会议室里，下属们还在嬉笑着讨论手机里关于广告协会颁奖典礼的视频，林安娜恰好看到了小金人奖杯被泼黑的那一幕，她对此并不觉得滑稽，反倒嘲讽了一句“乌合之众”。林安娜并不知道这句话引发了数十公里外吴悠的一个喷嚏，而比起喷嚏，林安娜只觉得，这是一个不懂得尊重广告人奖的小女孩借由这样的方式炒作自己，实在低级。“这年头真是什么人都有，为了吸引眼球不择手段，火是火了，怎么没想想不仅把自己搞臭了，公司也受影响。啧，看她笑得还挺得意。”

几分钟后，林安娜托着下颌看着下属的提案。所有人都盯着她的眉眼，她的眼睛就像晴雨表，瞬间就能告诉你行还是不行。她拿着笔在提案的图上画圈，面无表情地说：“一杯咖啡放多少糖，一颗还是两颗，白砂糖还是零卡糖，这在一线城市都已经精细化了，而你们的文案还像是三四线城市的服务员，只管一勺、两勺地加，眼里只有甜和苦，从未考虑过客户的切身需求。”对奥斯德创意部的每一个员工来说，比甲方更难搞定的是林安娜。

这时林安娜的手机突然响了，她起身走到角落接了电话。电话那头是泰德按摩椅公司市场部的经理，林安娜大概能猜到对方这个时候打来电话的目的。

“嗯，齐经理……方便，您说。”林安娜侧着头细细听着对方的倾诉，表情却极为轻描淡写，“齐经理，您的诉求我明白，品牌升级再推广当然是贵公司的大事，但您一直催也不是个办法，毕竟都是老客户了，要说我随便拿个创意糊弄您，我也不是做不到，只是奥斯德怎么也没办法和其他那些二流广告公司一样。上海滩上百家广告公司，您选择奥斯德绝对不是因为我们速度快，而是因为我们品质好，不是吗？”说完，林安娜微笑着挂了电话，瞬间又恢复冷若冰霜的表情。

副手 Lisa（丽莎）赶紧追问道：“齐经理又在催了吗？”

“有时间问这个问题，不如赶紧把 concept（概念）想出来，好好想想你们的东西就这么随意地被我扔进垃圾桶里的原因，我们的时间远比品牌方更宝贵，你们最好都知道这一点。”

对于下属们怨愤失望又心照不宣的表情，林安娜早已经习惯了。换作之前的她，绝不会是这个速度，从拟定企划到拿出概念，通常一周左右林安娜就能让甲方服服帖帖地接受她的提案。但是这次不行，她看着手机中女儿朋友圈里在美国大宅添置家具的视频，就完全没有心思再去思考别的东西。自她提交了辞职信之后，她就开始尝试着从日常的工作状态中慢慢抽离出来，把更多的任务交到属下的手里，这样公司也不至于因她的突然离去而青黄不接。

没想到才刚刚回到自己的办公室坐下，就听到门口传来一阵骚动。这时，人事部的丹尼尔敲了敲林安娜的门，说：“Anna（安娜），他们到了，在四号会议室，你待会儿直接过去吧。”林安娜微微皱了下眉，想说什么，但想了想即将到来的开心事，又瞬间轻描淡写了起来，说：“知道了，去吧。”

公司的大厅里拥簇着十来个面色稚嫩的“新鲜人”，用公司几位大姐的话来说，简直新鲜到他们脸上都像带着清晨的露珠。萧树坐在角落的皮质沙发上，挂着耳机，默默地低着头看着手机里的视频，比起其他几位男生的装扮，他的西装衣裤都显得极不合身，瘦削的脸颊上架着一副黑框眼镜，刘海蓬松，刚好盖住眉毛。他环顾旁边几位梳着背头的男生，自己看起来要比他们小好几岁。

这时候，丹尼尔快步走过来，其他人纷纷像弹簧一样立马站起身来，旁边的人差点踩到萧树的裤腿，萧树被挡在一群人后面，完全看不见来的人是谁。丹尼尔对着所有人说：“你们跟着我走一圈，我会给你们简单介绍一下公司。”这些二十出头的男男女女的脸上都带着几分新奇、紧张和兴奋，唯独被挤在人群中的萧树，差点被挤掉鼻梁上的眼镜。

“我丑话说在前面，别以为你们进了奥斯德就算是上海最厉害的广告人了，也别信那些美剧里浮夸又不切实际的情节。做广告和在工地搬砖一样累，能来到这里也算是你们的荣幸，但希望你们弄清楚，加班是常态，而且没有补贴和加班费，自己做好心理准备。”丹尼尔连珠炮般地教育着跟在后面的新人，然后傲慢地问了一句，“你们有什么问题吗？”一群新人鸦雀无声，面面相觑，心里有一大堆问题却偏偏在这个时候都不敢言声了，丹尼尔点点头说：“看来都是明白人了。”

奥斯德公司上下数百平方米，萧树转来转去有点头晕，什么资料室、展示厅、各部门的房间，他已经记不清楚了，直到丹尼尔停下脚步，指着一个会议室说：“你们现在就在这个会议室门口等着，等一会儿各个部门的总监会亲自对你们进行最后一轮面试，如果没有一个总监能看上你，你也别为了你身上那套花了不少钱买来的正装惋惜，至少还可以留到去下一家公司面试的时候穿。”

一辆纯灰色的保时捷718开进了地下停车场里，一个身着墨绿色亚麻西装的短发男人从车上走下来，男人得意地回头看了一眼车入库的左右距离，伸手测量了一下，然后满意地笑了笑，他又摸了摸刚刚提的这辆新车，带着几分理所应当的骄傲上了电梯。这时男人的手机里弹出一条信息，是一条来自奥斯德合伙人之一——戴维德的语音信息。男人点开了那条语音，只听见一个中年男人用有些沉闷的声音说：“Anthony（安哲），你到公司了吗？来我办公室一下。”男人挑眉想了想，该来的终于要来了。他想：拿下Harry Winston（海瑞温斯顿）珠宝的独家广告代理，今年的KPI（关键绩效指标）算是完成了。这下叫他去，不是谈升职必然就是谈加薪了，这个戴维德都一把年纪了，倒学会了故弄玄虚，还故意装什么深沉？

安哲来奥斯德三年了，在这之前一直在Local广告公司做事的他，好不容易做到总监的位置，和大学同学聚会才知道，Local就是Local，别人进4A的早就过上了人上人的生活，自己每天还累得跟驴似的。别人不是去马尔代夫冲浪就是去夏威夷喝椰汁，休息的时候手机可以二十四小时关机，自己能行吗？他想想就觉得心里不平衡，这才借着猎头的橄榄枝爬到了奥斯德，只是奥斯德才不管你之前做到什么职位，在这里能力说了算。于是，他不但被降薪还被降职，又从总监助理做起。好在安哲脑袋灵光，虽然手上客户多，但对奥斯德来说都不算肥肉，等到总监终于跳槽了，他才顺理成章地顶了上去。Harry Winston和公司的其他客户相比算不上特别大的，却是奥斯德拥有的第一个珠宝客户，安哲喝了好几顿酒，差点喝到胃出血，又动用了之前在Local留下的一点关系，才终于谈了下来，这几天他走路都觉得带风。当然，安哲最重要的杀手锏，就是在关键时候搬出了林安娜。

不过才九点半，公司上下已经忙到不行，安哲越过格子间，走到尽头的办公室。每次看到戴维德在门口放的两盆假山盆景，他都觉得有点头晕，这简约现代风配上这俩盆栽，真的是瓦罐里冒烟——土气。当然，他只能假装没看见，敲了敲门。

“进来！”

安哲推开门，见一身灰色西装的戴维德正坐在大圆桌前翻看今天刚出的时尚杂志，安哲礼貌地笑了笑，大方阔步地向室内走去，问：“老大找我有什么要紧事吗？”

戴维德把杂志摊在桌上，朝安哲挤了挤眼睛，原本圆乎乎的脸一下子看起来更像个充了气的球了。戴维德意味深长地笑了笑，然后起身走到安哲面前，拍了拍他的肩膀，说：“这个季度你的 KPI 又提前完成了吧，做得可以啊！”

安哲依旧只是笑，职场原则的第一条是永远不能把老板的表扬当真。他没有直接接戴维德的话，而是假装谦虚地说：“Harry Winston 怎么也比不上宝格丽和卡地亚，我也就是尽量拓展渠道而已。”

“做得好就是做得好，作为新进客户部总监，你实至名归。”

“不，都是团队的功劳。”安哲依旧表现得很谦逊。

戴维德没理会安哲的话，淡淡地说道：“Anthony，我看你前两天刚过完二十九岁生日，马上也要步入三十大关了啊。”安哲听着感觉不对，这话锋转得让他有些猝不及防，他刚想转回原本的话题，就被戴维德先接了话：“据我所知，你还没谈女朋友是吧？”

安哲顿了顿，看来自己想错了。没有无缘无故的表扬，也没有无缘无故的邀请，他的嗅觉果然是敏锐的。只是他没想到老板居然也做起了媒婆的工作来，莫非要许配他的千金给自己？安哲最烦公事和私事混为一谈，索性单刀直入地说：“老大，我是不婚主义者。”

“噢，是不想结婚，还是不敢结婚？”

“这个……”

“还是别的什么……”

“不不不，您想多了，我的取向没问题。”

“噢，是你想多了，现在这个社会，取向哪有什么有问题、没问题的。”

“哦……您说的是……”戴维德这样步步为营让安哲真的有点害怕，他越是这样说，安哲就越不知道他的葫芦里卖的是什么药，只期望不要发展成他推销自己女儿的狗血剧情就好。

戴维德绕过安哲，走到他身后，拉下了百叶窗，安哲彻底被这诡谲的气氛吓着了。戴维德清了清嗓子，靠近安哲，安哲突然起了一身鸡皮疙瘩，只见刚刚戴维德脸上轻松的笑容不见了，面色突然严肃不少，低声道：“奥斯德要被海森并购了，一旦并购，奥斯德就没有什么自主权了，我今天找你过来，就是想问问你愿不愿意跟我走。”

这个消息来得太突然，进入公司三年的他一直以为公司会越来越强，所以拼了命地努力开拓渠道，废寝忘食地坐上了客户部总监的位置。好不容易熬过九九八十一难，他以为这次升职肯定稳了，却没想到来了这么一出。一时间，安哲还真的不知道该怎么接这个话。

“海森？就是前两天闹出那个事情的海森？”

安哲过度吃惊的表情让戴维德读到些答案：“这个消息你先别走漏出去，但基本上是板上钉钉的事了。怎么说呢？确实事发突然，你要选择留下，我是觉得可惜，法人一旦变更，奥斯德就只是个空壳了，掌舵的人方向一变，你又要重新花时间去琢磨。当然，跟我走，我们彼此也都熟悉，我肯定不会亏待你，毕竟我是看着你一步一步做起来的。你马上三十岁了，还没结婚，对感情也没想法，那说明你在事业上还是有野心的，不是吗？”戴维德不愧是老狐狸，借力打力，原本以为是催婚，没想到是个坑，让安哲一时无力反驳。

“那 Logan（罗根）和 Alen（艾伦）呢？”安哲突然想到公司的另外两个合伙人。

“他们的情况我不清楚，但你要知道这次海森出资不少，Logan 和

Alen 的股份基本被稀释得等于没有了，不然你以为我为什么要走？”

这个消息让安哲感到猝不及防，走或者留都存在巨大风险，他确实没法一下子做出决定，最关键的是，他的房贷、车贷都不是小数目，要是这一步棋走错了，那接下来可就麻烦了。

戴维德见安哲一时半会儿也给不出答案，拍了拍他的肩说：“你回去想想吧，不过，我和你说，机会就这么一次，能不能抓住都是你的人生。”

安哲点点头，表示会认真考虑的，就在安哲推门要出去的时候，戴维德突然补充道：“对了，Anna 也准备辞职了。”

“什么？等等，David（戴维德），你不是在开玩笑吧？”安哲不可思议的表情中透着一丝尴尬的微笑，戴维德露出一抹似是而非的微笑却又不置可否，这对安哲而言，无疑是第二重打击。

3

林安娜——奥斯德最能打出手的一张王牌，作为 CCO（Chief Creative Officer，首席创意总监）的她，简直是奥斯德的点金石。她的创意和想法基本在整个上海找不到第二个可以与之媲美的，她可以说是奥斯德的灵魂所在。她既有天赋，又有资历，最难得的是，她是广告界极少能对甲方直接“说不”还能让对方觉得有理的人。用林安娜的话来说，在她之前，在她之后，但凡能找到第二个和她一样优秀的人，她可以直接放弃“林安娜”这个名字，改回自己又土又老气的原名——林凤珠。就冲这份霸气，公司上下对林安娜可以说是敬畏皆有。

不管怎样，奥斯德因为林安娜这根定海神针的存在，大家都安心不少，但眼下安哲得知不仅公司要被并购，连王牌军师都要辞职走人，那他的前途又在哪里？再一想刚谈下的 Harry Winston，又算个屁啊！

丹尼尔屁颠屁颠地跑过来，着急忙慌地说："祖宗，你怎么还在这儿啊？！"

安哲还没从刚刚的消息中缓过神来，下意识地问了一句："怎么了？"

"侬记性不好伐？（你记性不好吗？）是不是忘了今天有新人面试啊？"丹尼尔"啧啧"了两声，安哲这才大梦初醒一般地拍了下大腿："唉，是给忘了。"

"现在全都在等你一个人呢，你再不去，Anna 可要发火了。"

"走走走，唉……一大早事真多。"安哲其实只是自顾自地抱怨了一句，但丹尼尔听在了心里，像安哲这样新上任不久的总监，丹尼尔可没把他放在心上，不过就是签下了一个新客户嘛，牛气什么?!何况对于从 Local 跳槽过来的人，安东尼这种扎根 4A 十几年的人更是看不上眼。

安哲推门进去，林安娜破天荒地没有露出鄙夷的神情，她那番轻描淡写不但让安哲意外，连丹尼尔都觉得新奇。坐在林安娜旁边的是策略部总监涂倩，典型的职场"白骨精"，也不是好惹的角色，瓜子脸，丹凤眼，一身翠色的小外套罩着一件白色雪纺衬衫，因为一直没结婚，年龄一直是个谜，这种女人最惹不得。涂倩见安哲进来，低眉浅笑，招呼了一句："Anthony，公司可不许助长你这种少爷作风啊，看看都过好几分钟了。"

安哲不好意思地摸摸后脑勺，赶紧坐到林安娜旁边，带着抱歉的语气叫了一声："Anna 姐，Sylvia（西尔维亚），不好意思，让你们久等了。"

林安娜朝着丹尼尔挥了挥手，说："开始吧。"

会议室外，萧树眼看着新人一个个兴致勃勃地进去，又垂头丧脸地出来，一有人问"怎么样"，又都是没精打采地苦笑，有个女孩甚至哭着跑了出来，萧树不禁想："有这么可怕吗？"直到丹尼尔拿着 iPad（苹果平板电脑）叫了一声他的名字，他赶紧站起来挺了挺背，但裤腿实在太长了，他刚往前走，不小心踩到裤脚，差点摔在门上。

丹尼尔"哎呀"叫了一声，倒是一点关心的口气都没有，瞥了一眼萧树那不合身的打扮，只冷漠地叮嘱了一句："侬（你）小心点啊，摔伤了，我们公司可是不赔钱的呀。"萧树点点头，然后推门走了进去。

萧树垂着头，用余光扫了扫座位上的三个人，两女一男，表情都略显严肃，男的看起来稍微亲近一点，但还是硬绷着自己的那张脸。萧树整了整自己的衣服，坐了下来，只听见坐在左边的那个消瘦的女人说："请自我介绍吧。"

"我叫萧树，无锡人，二十二岁，毕业于普瑞特艺术学院……"

"普瑞特？侬港的（你说的）普瑞特是美国布鲁克林的那所 Pratt Institute（普瑞特艺术学院），可不是什么上海机构挂名普瑞特的那种吧？"涂倩拿着他的简历抬头看了他一眼。

萧树眨巴着眼睛点了点头。

涂倩和林安娜相视一笑，安哲也立马读懂了那丝哂笑其中的意味。眼前这个男孩平平无奇，穿着打扮、举止谈吐都不像是留过洋的人，但他毕业的学校居然和林安娜女儿就读的是同一所学校。林安娜倒没怎么在意，反倒是在涂倩这样的老上海人眼里，出国留洋镀金，学知识是基本，学做派才是关键。但凡你在国外生活过一段时间，回国之后看人看事的视线总要高几分，举手投足之间多少带着几分由内而外的傲气，但像萧树这样说话没底气、走路没自信的海归，她还是头一回见着，说出去都没人信，一个毕业于普瑞特的高才生会是这副面相？就眼前萧树这身打扮，怎么都会让人有一丝怀疑他的学历是造假来的。

"那你有带什么作品过来吗？"安哲打破了尴尬的沉静。

“噢，有……有的。”萧树立马低下头，开始从帆布袋里找起东西来。

林安娜看了看表，打断了安哲和萧树的对话，说：“好了，作品再说吧。”对于那些提前准备好的作品的人，林安娜反倒觉得他们是投机分子，准备的东西越好，到了真正要用的时候往往越是不中用，她冷冷地笑了笑，“我看你写的意愿是到创意部，那我现场出道题考考你。”林安娜一手拿着笔在白纸上轻轻地画了一条线，问，“你喝奶茶吗？”

萧树顿了顿，摇了摇头说：“不怎么喝。”

林安娜仿佛没有理会他的回答，说：“现在我们公司接到一个文案，要给一家叫‘悲茶’的奶茶店做品牌营销，但众所周知，悲茶从品牌、品名、品种等各个方面，看起来都像是在抄袭喜茶，甚至抄袭得极其恶劣。在这样的情况下，我们公司依旧接了这个文案，可我们研究发现，在原配料的表单里，悲茶不管从热量还是糖成分方面都比喜茶要高出一倍。也就是说，即使大众接受了它拙劣的模仿，但对大部分控糖的女性和健身爱好者来说，依然不能接受它，悲茶几乎失去了大半个市场。那么，作为创意部的一员，你打算怎么定义这个文案？”

萧树安静地听完林安娜的描述，然后推了推鼻梁上的眼镜，陷入了思考。

涂倩朝着林安娜浅浅地看了一眼，这个文案对一个新人来说多少有些难度，安娜是真的狠，这道题一出，摆明是要这个小伙子滚蛋了。

“据我所知，奶茶始于 17 世纪初期的香港总督第一街，也就是说早在喜茶出现之前的几百年前，已经有‘奶茶’这个东西出现了。喜茶既不是创始者，也不是独有者，那么在市场上就不存在‘抄袭模仿’一说，同样的，在配方上只要材料使用配比不一样，就算不上侵权。我们现在的问题不是消费者因为高糖、高热量就会放弃喝奶茶，而是消费者为什么要选择悲茶，就算《女性周刊》头条声称悲茶会影响身形也并不重要，重要的是我们要告诉所有人悲茶比任何茶都好喝，这才是关键。”

萧树一边陈述，一边泰然自若地看着林安娜，不徐不疾地说完自己的观点，与刚刚唯唯诺诺的那个他判若两人。但林安娜似乎并没有被他的言语打动，这样假大空的套话就是跟着老师学理论学的，在她眼中基本等于照本宣科，毫无亮点。

林安娜收回手上的笔，浅浅一笑，说：“那你觉得广告语要怎么写，才能打败喜茶，让消费者觉得悲茶才是口味最好的茶呢？”

“抱歉，我还没想到。不过，麦当劳和肯德基比到底谁更好吃，相信也没有人真的能说出个所以然吧，但广告告诉你麦当劳就是比肯德基好吃，许多孩子也会想着去尝尝吧。”

听完萧树的这句话，林安娜轻轻地笑了一声，只觉有些索然无味。广告主体的好与坏并不是广告公司要向客户阐述的关键，让消费者买单才是广告公司存在的意义，这点对任何一个做广告的人而言，顶多只能算个基本常识。

林安娜敲了敲桌子，若无其事地开口道：“你知道你刚刚浪费的十来分钟，基本上就能让客户直接转头走掉，没有一个客户会愿意花时间来听你的思路和判断，他们要的是直接的创意、文案或者绘图，你刚刚长篇大论的阐述，他们只会给你贴上一个单词——bullshit（屁话）。广告之初，需要设定一个 concept，紧接着才是 strategy（策略）和 idea（想法）。不好意思，你刚刚所做的一切就像丢失客户一样丢失了你的工作，奥斯德创意部大概不是一个适合你的地方。”

林安娜就像拒绝前面那几个乳臭未干的小家伙一样拒绝了萧树，安哲看了看名单，从开始到现在，林安娜部门中一个被打钩的名字都没有。

萧树起身耸了耸肩，朝三位面试官鞠了个躬，准备收拾东西出去，这时帆布袋的带子“嘣”一声断了，袋子里的三幅画瞬间掉了出来。林安娜一下看到了最上面的那一张，画上是月球表面空寂的模样，一个像是被遗弃的电梯落在中间，电梯门半开着，一个女孩站在电梯里，电梯外面散落一地的珠宝和月球正好构成卡地亚的 COUP D'ÉCLAT DE CARTTER 钻戒。林安娜敏锐地捕捉到那幅画，突然开口道：“你的那幅画给我看看。”

萧树伸手缓缓递了过去。

林安娜微微打量一番，抬头问道：“为什么要选月球作为这个文案的基底？”

萧树几乎是毫不犹豫地说：“因为……我觉得月球比任何一个星球都寂寞一点吧。”

林安娜终于笑了：“Fine（好吧），算你过关，你回去准备一下，下周一来公司吧，有什么问题出门问丹尼尔。”

萧树疑惑地看着林安娜：“您的意思是我被录取了吗？”

林安娜一边伸手在名单上的“萧树”位置打了个钩，一边说：“我的意思是你暂时留住了我这个客户，case（项目）还有得谈。”

萧树只觉得不可思议，默默地走了出去，安哲还一头雾水：“Anna 姐，他的那幅画有什么特别之处吗？”

林安娜看着安哲说：“只有寂寞的女孩才最需要钻石，世上没有任何一样东西比珠宝更能给女性带来安全感了。”安哲豁然开朗地点了点头，缓缓竖起大拇指。然而林安娜没说的是，她在去年美国的《广告时代》杂志上看到过这幅画，那是《广告时代》杂志举办的新人扶持奖的获奖作品，当时林安娜就被这个创意打动了，却不料原作者居然是这个其貌不扬的小男孩。林安娜滑了滑手机，女儿刚好把给她整理出来的房间拍了张照片发了过来，林安娜轻轻点了点桌子，说：“继续呗。”

4

就在半小时前，吴悠拖着行李箱风尘仆仆地出现在公司的门口，所有人都以为她或多或少会带着几分沮丧的心情，像所有人都在揣测圣意一样，揣测着大老板到底会做出怎样的决定，而事实上，吴悠端着一杯冰美式表现得漫不经心，她走进自动门，然后和前台问了句好，顺便问了一下有没有自己的快递。

她浑身上下还穿着度假时的休闲装，仿佛故意要把自己在马尔代夫的洒脱状态一同带回上海办公室一般。Lucas 没看她，她却偏偏看了一眼 Lucas，然后把行李箱搁在自己工位旁，许多人对她的注视都收了回去，抬头与低头都是瞬间的事，细碎的窃窃私语声也渐渐隐匿下去。大概是因为除了吴悠，所有人都见到了早上大老板发的那场火。

吴悠先到洗手间仔仔细细地补了个妆，确保面容姣好、妩媚动人，才走到大老板的办公室门前敲了敲门，听到那声“Come in（进来）”，吴悠便大大方方地走了进去。大老板的神态总是一副波澜不惊的样子，即使上面缀满了岁月的沟壑，他也总是心平气和地让自己的面容看起来平整一些。见吴悠进来，他却没有停下手里的工作，伸手示意吴悠在旁边坐下，谁料吴悠转身迅速拉上了窗帘，这一行为顿然引起了仅有一块玻璃之隔的同事们的窃窃私语。大老板办公室里的气氛突然变得有些暧昧，原本怒气冲冲的大老板也气定神闲下来，反倒是坐在工位上的 Lucas 冷不防地看了一眼，不屑又鄙夷地说了一句：“绿茶。”

吴悠坐到大老板的对面，朝着大老板露出几分像模像样的微笑。要说吴悠搞出这么一桩事，他不生气是不可能的，事出有因，大老板虽然不赞同吴悠这种过激的做法，却觉得也需要有人挫挫 Lucas 的锐气了。

Lucas这根老油条在海森赖得太久了，时间一长就变成了一颗毒瘤，毒瘤偏偏都是碰不得的，处理不好会出问题，但毒瘤总需要“治一治”，可吴悠不该选在那样的场合，这下整个广告界都在看他们海森的笑话。最近海森正在着手收购奥斯德的计划，大老板和其他几个股东正在商量股权架构，吴悠闹这一出，着实大大影响了海森和奥斯德的谈判，原本这些商业内部的讨论无须和吴悠提起，但几个股东给大老板下了命令，吴悠这件事情非同小可，既然她敢做，就必然要让她承受相应的后果。几个股东的意思是多少要给吴悠一点颜色看看，可大老板不这么想，他这次找吴悠过来不是要惩罚吴悠，而是想和吴悠商讨一下这对外的公关应该怎么去做，大老板还没开口，吴悠却先说了话：“林安娜要辞职了。”

这猝不及防的一句让大老板感觉有些莫名其妙，吴悠顿了顿：“今天猎头给我打电话，说奥斯德那边会空出一个位置来，虽然我知道我的资历还差了一点，但我觉得这是一个机会，我想过去试试看。”

大老板挑了挑眉，认真地盯着吴悠，所以吴悠的这番话是在给她自己想办法，还是在为自己另谋出路？大老板说：“你是说……你想去奥斯德？”

“刚刚来的路上我都想清楚了，大老板，这些年您也看到了。海森一山不能容二虎，闹了之前的事情，上面的人肯定对我有意见了。Lucas是海森的老员工，不管他做错什么，只要不摆上台面，公司肯定都是睁一只眼闭一只眼的，但我吴悠眼里容不得沙子，大老板今天找我，不就是想说这个事吗？”

“Evelyn（伊夫林），你觉得你闹了这事，别的公司还会要你吗？你傻不傻？年轻人最大的毛病就是冲动，留着青山在……”说着说着，大老板的手幽幽地游走到了吴悠的手边，试图轻轻搭上去，原本还在气头上的大老板却突然表现得柔情似水起来，他看着吴悠那动人的眸子，又表现出有点心痛的模样。

吴悠却并没有避闪，她当然知道大老板对她一直有些小心思，只是这些年她从来按兵不动、以静制动。虽然公司上下一直传她和大老板私下有一腿才能如此平步青云，Lucas 更是不止一次地借题发挥，吴悠对此也从不解释，随便这些人去猜测散布。

这时，她反倒一手按住大老板的手，朝大老板眨巴眼睛，说："大老板，你也别说了，要说的我都懂，有些话我就不摊开讲了，事情我没处理好，锅由我来背，该承担的我承担，你开除我、降我职、罚我钱，我都认，毕竟我确实给公司造成了不好的影响，但奥斯德那边，我想去试试。"

大老板感受到吴悠手掌的温度，眉头却自始至终没有舒展过。他心想，海森要收购奥斯德这件事还没有到说的时候，只是这姑娘性子太直，早晚要吃大亏。从自己接手海森成为合伙人开始到现在，过去的七八年里，自己看着这个姑娘一步一步走过来，才华是有的，Lucas 那边脱手的好几个文案都是靠她救火救过来的，只是她脾气也不小，要她继续跟在 Lucas 下面做 ACD（associated creative director，副创意总监）大概是不行了。把她调去奥斯德或许反而是个可以和上面人交代的办法，这样倒也不算完全脱离自己的管控，还能时时见到她。只是以吴悠现在的状态，要找什么样的理由把她安置过去呢？林安娜要走，吴悠也坐不到 CCO 的位置，让她贸然过去，还不得摔个大跟头？

"那你想过没，林安娜要走，多少人想挤到那个位置上，奥斯德内部有没有自己的人选？你的优势在哪里？不是你一句话想去就能去的。"

吴悠听出大老板的语气中有为自己考虑的意味，那么事情就变得好办得多了，在刚接到猎头的电话时，她就打定主意，既然视频风波闹得沸沸扬扬，她不如索性再点把火，让它烧得更旺一些，可现在看来，这把火是不必烧了。

吴悠定定地看着大老板，说："我当然知道，所以……我过来就是想让大老板帮我写一封推荐信。"吴悠早就料到大老板会露出略显意外的表情，没等大老板开口，她继续说道，"对于 Lucas 盗用创意这件事，公司肯定是想方设法要压到箱底了，比起'吴悠这个疯子大闹颁奖现场'，'海森创意总监抄袭自己下属的创意'这样的八卦可能更劲爆一点吧。没人想让公司名誉扫地，我也知道海森是不会为我的创意正名了，但我至少得为自己正名吧，您觉得呢？"

大老板觑着眼睛看着吴悠，缓缓地抽回了自己的手。

几分钟前的他完全低估了眼前这位小姑娘的智商，简单以"冲动"二字概括她是自己大意了，就像吴悠所说的，比起已经发生且无法挽回的闹剧，海森已经不能再承受自己的获奖总监是抄袭狂这件事被爆出的结果，吴悠太清楚自己手上的筹码了，但这种威胁式的谈判让大老板很不舒服。七年前，他亲自面试了眼前这个女孩，当时的她和现在没有太大区别，一方面她对广告有着难以言说的激情，另一方面她非常清楚自己未来的规划和要达成的目标。七年的时间里，她一路前进，把同一批进公司的其他同僚甩在身后，她除了加班加点的"拼"，还有就是她直击目标的"要"，她要什么从来都写在脸上，毫不遮掩。那份真挚打动着他也胁迫着他，她的行动和她的外貌一样迷人，就像此刻他忍不住要开口对她说出的那声"不"，却又在犹豫不决中咽了回去。

"海森马上要收购奥斯德了。"大老板弹了弹右手边的桌面。事到如今，他也只能全盘托出，但让他失望的是，吴悠并没有表现出十分惊讶的表情，她甚至没有开口，只是静静地看着大老板，轻轻地捋了捋耳边的头发，似乎在等待着他继续说下去。吴悠心里当然有想法，但她不说是为了给大老板留足面子，大老板的这句话对她的内心没有一点震撼是不可能的。但到最后她也只能独自叹息，原本以为自己终于要跳出这片三丈地，没想到却还要被压在这座五指山下，不过她硬撑着也要装出一副泰然自若的样子，这个时候多说一个字都会露怯。

“Evelyn，我可以帮你写推荐信，但我必须告诉你的是，接下来奥斯德会从头到尾大换血，到底是谁过去掌舵还尚未明确。你必须有个心理准备。同时我必须和你说明的一点是，任何一家公司都可能比海森更顾及面子，今天没有人否定你的能力，只是……”

“没事，我就等您这句话，只要大老板您答应给我写推荐信就行了，其他的事情我不用了解。”吴悠笑着站起身来，“没什么事的话，我就先出去了。”

“Evelyn!”吴悠正要出门，大老板却突然叫住了她。

“嗯？”

“你的这件运动装挺好看的。”

吴悠露出一排洁白的牙齿说：“谢谢！”

5

萧树把西装换下来放进包里，换回一身轻松的装扮，T 恤衫加短裤才是他日常的装扮。萧树看着镜子里的自己，长长地吐出一口气。他拿出手机看了看时间，差不多够吃顿午饭的了，他想等吃完饭，把衣服送回上海的表哥家，再收拾一下就可以去找房子了。

从浦电路地铁口出来，能看见一家特别大的世纪联华，拐进东方路，便是一片 20 世纪留下的老公房。这是萧树第二次来这里，和前一次相比，这一次就熟悉多了。萧树的表哥住在潍坊四村的红砖楼里，说是表哥，其实并没有那么亲，但在上海，萧树能找的亲戚也只有这个远房表哥了。他和表哥说好，工作一定下来自己就搬出去，不过是暂住两三天而已。表哥虽然也是无锡人，但来上海早，房子是家里给他买的，所以他也算半个上海人了，难免会显露一些上海本地人的习气，对萧树不亲热也不排斥，说话语气总是淡淡的，有时候会冒出一两句上海话来，询问与回答都尽可能简短，好像多说一个字就会因加深感情而自找麻烦一样。

相比之下，在美国的那些日子，反倒让萧树觉得好过些，虽然学校里的有钱人多，华人之间也是细分又细分，但大家都心知肚明，也不会去过问你的家庭状况。与一般大学不同的是，艺术类的学校反而会模糊阶层的观念，也不会依据你的穿着打扮去揣测你的家庭背景，主要是因为学艺术的人大多不修边幅，“艺术家”的脾性多数都比较古怪，加上美国人行事向来大大咧咧，所以萧树一直过得很轻松。

萧树掏出钥匙开了门，家里空荡荡的。因为是老房子，屋内弥漫着一股陈旧松木的味道。这个时间点，表哥应该是去上班了。萧树把西装叠好放在表哥的床头，然后给表哥发了一条信息，说自己要搬走了。表哥也只是没有感情地回了一声“好”。行李很少，萧树昨晚已经收拾过了，提着就能走。

这时，门锁突然响了，萧树一转头，只见姑妈、姑父提着包走了进来，二人见萧树在里面，姑妈先是愣了一下，然后扫了一眼萧树手里的行李箱，不冷不热地问了一句：“要走啦？”

萧树点了点头。

姑妈“嗯”了一声，让姑父先去把东西收一下，又追问了一句：“走哪儿去哇？”

萧树说：“先去找房子，工作刚刚定下来。”

姑妈微微皱了皱眉，说：“你说你，在无锡考个公务员多好，干吗非得来上海瞎折腾。既然来了，怎么也不和你爸说一声？父子还有隔夜仇啊？好歹他花钱供你去美国念书，四五十万呢，可不是个小数目，这些年你爸过得也不容易。”萧树点点头，没有打算和姑妈探讨这个话题，他和父亲的事情，只有他自己清楚。姑妈见萧树没有什么反应，又接着说：“你妈也去世这么多年了，有些事情你也不能只听你妈的一面之词，毕竟……”萧树轻轻咳了两声，打断了姑妈的话，礼貌地点了点头，说："我先走了，谢谢姑妈的关心。"然后他拖着笨重的行李箱，走出了大门。

萧树是没有心思去和姑妈解释的，他现在还记得当初父亲找到他，给他打钱时说的话："五十万不是小数目，你自己拿去买房也好，做生意也好，剩下的钱就好好买几套衣服，算是这些年来我对你的补偿。我也不希望我老萧的儿子出去是一副穷酸样，但是你长大成人了，以后什么都得靠自己了，所以别想着我这儿有钱可以让你挥霍，既然当初你要和你妈走，也是你自己决定的，就没有什么后悔药可以吃。"

萧树当然没有后悔，在他眼里，父亲不过是一个有钱没人性的拙劣商人，自己没有在他那染缸一样的环境下长大实属万幸，他不会假装有骨气地把钱退回去，毕竟那是他应得的，他当然也不会拿钱去买车、买房或者做生意，对他来说这些都是没用的。他考完托福之后就立马申请了帕森斯和普瑞特，但因为托福分数考得没有那么理想，只好去了普瑞特，而那笔钱正好够他念完书。

萧树在美国念书的时候，他的导师曾说过这样一句话："创意是唯一可以跨越阶层的东西。"萧树一直对此深信不疑，所以对于父亲的自以为是，他更是多了几分不屑。不管那个男人经营的企业有多厉害，在萧树看来，他不过是一个有胆无识的大老粗，是从国家政策改革中谋取红利的那波人。在不远的将来，像他那样头脑空空不愿意紧跟潮流的人，自然会有被淘汰的一天。

萧树刚刚拉着行李走了没多远，身后"滴滴"两声喇叭让他回了头，只见一辆保时捷 911 停在他的身后。萧树并不认为自己有什么有钱的朋友，何况还是在他初来乍到的上海。但车窗才刚刚降下来，他就听到了一个并不熟悉的声音叫他"Scott（斯科特）"。萧树定睛一看，车上那位戴着墨镜、梳着刺猬头、一身大红牛仔外套、咧着大嘴笑的，正是自己留美的校友乔琪。

他突然想起来，乔琪确实是上海土著，不仅如此，他还是家在静安、徐汇各有一套豪宅的富二代。不过萧树和他并没有那么熟，只是在学校的时候，萧树被迫参加过一次社团联谊会，主题是“关于音乐的迷思”，正巧乔琪是那次活动的发起人。那次活动，乔琪是在纽约租的大房子里搞的，氛围不错，后来因为学校里有几个外国人对乔琪不满，以“非法聚集”为由举报了他，但乔琪非常厉害地回击了那次举报，让警察怎么来的就怎么回去了，萧树因此对他的印象还不错。但他没想到乔琪居然记得人群中并不起眼的自己，这让他不免有些意外。

乔琪在马路边停好车，从车上走下来，取下墨镜挂在外套的胸袋上，乐呵呵地说道：“我都想不到能在这儿遇到你。”乔琪瞥了一眼他手里的行李箱，“你这是……”

“我来上海工作。”

“噢对，我记得你是做广告的。”乔琪摸了摸下巴，恍然大悟般地指着萧树说道。

萧树腼腆地笑了笑，实在想不到当时自己不经意提过一嘴的事却被对方记在了心里。别人都说上海人冷漠又排外，乔琪确实是个例外。萧树和他不熟是真的，但学校里关于他的传言一直不少，他一边在学校组织各种活动，一边帮助被歧视的华人维权，在他眼里已经没有什么上海人和其他地方人的区别了，他只站在公正的那一边。至于他四面树敌这件事，其实倒与他日常的这些活动无关。就在萧树埋头苦学，折返于图书馆与教学楼之间时，乔琪的生活一面风生水起、一面烈火烹油，几乎学校中一半的女生都被他泡过，就此他游走在恋爱、分手、劈腿和被劈腿之间，因此得罪了不少人。对萧树而言，乔琪有些过于风风火火了，有一种随时把自己置身于暴风中心的意思，当然这是他自己的选择，旁人也无可厚非。

“这么说来，你之后很长一段时间都会在上海了？”乔琪看了萧树一眼。

“嗯，最近正在找房子。”

乔琪打了个响指说：“哎，太好了，我有个朋友正好打算出租他的房子，晚上有个局他也会去，你跟我一起呗，要是合适你就不用找了。”

“这……不太好吧。”萧树心里打鼓，乔琪朋友的房子必然不会便宜，以他现在的经济水平，自然够不上那个层级，“我和中介约好时间了……”

乔琪像是没听出他的言外之意，执拗道：“我那朋友过几天就搬去加拿大了，房子空着也是空着，找别人租不如找个靠谱的朋友租，我和他说说，基本没什么问题。房子可能不大，你先看看呗。你都来上海了，还不多认识几个朋友？而且做广告的，不就客户最重要吗？多认识一个人多一条路。走吧走吧，你不会后悔的。”

乔琪过度热情地接过萧树的拉杆箱，萧树顿觉盛情难却，但他还是纠正了乔琪一句：“我是做创意的，不是做 account（客户经理）的。”但乔琪只是象征性地耸耸肩，一手揽过萧树的肩膀，对于“creative（创意）”和“account”的区别，他并没有那么想弄清楚。

6

林安娜从衣柜里取出那条许久未穿的真丝长裙，站在落地镜前，仿佛一切还是十年前的模样。在去美国之前，她的行李箱已经被整理好几遍了，但她仍觉得缺东少西，箱子里的衣服换来换去，不知到底该带些什么好。女儿说，要不把衣服都寄过去好了，房子索性卖掉，一身轻松地去美国享福！林安娜却拒绝了，愚园路这幢两层的小洋楼是她辛辛苦苦挣来的，就这地段，现在多少人凑一辈子钱都不一定能买得起。

二十年前，她和丈夫离婚，她净身出户，租房，买房，还房贷，自己含辛茹苦地把女儿带大，送她到国外念书，再一步步坐到今天这个位置，差不多废了她半条命。现在总算有好结果了，女儿大了，在美国也立足了，要她提前退休，接她过去。想想前半生的苦，苦也苦得值了，唯独就是这幢房子，她心里怎么也放不下。

答应女儿之前，林安娜心里却有些忐忑。一开始她总以为是不是环境问题让她瞻前顾后，后来又想，或许是担心自己过去之后与女儿、女婿相处得不好。自从女儿高中毕业去了美国，她一个人独居惯了。但思来想去，她才真正弄明白，比起这样或那样的理由，说到底自己其实并没有真的那么想退休，虽然广告是高压行业，但林安娜从业二十余年，已经完全站稳了脚跟，以后的工作对她来说并不费力，眼看公司今年就要升她做合伙人了，她这一走基本上就等于给自己的事业彻底画上了句号，把打下的江山拱手让人。若不是前些日子她听到了公司要被海森收购的消息，应该还会犹豫更长一段时间。眼看奥斯德盖高楼、宴宾客，一步一步做到今天的成绩，她也算是奥斯德历史的见证者，但很快历史将会被新的人改写。

下午递交完辞职信，林安娜对着安东尼表现出来的轻松自在其实并不是内心的真实感受。安东尼说："Anna，你这一走，倒真是不知道什么时候才能再见到你了，上海广告界的神话又得移位了，我都替你有点不值。"

林安娜赶紧假装不在意地说："这年头，想做慈禧老佛爷的人不少，但我认准自己没那个命，人在最好的时候选择急流勇退总比每况愈下遭人厌弃的好，侬港对伐（你说对吗）？"

安东尼将那部门公章一戳，林安娜算是彻底没有回头路了。再过几天，公司上下就再也看不见她如风的身影了，也不知道自己在众人口中能占据多长时间。转身走出来的那一刻，林安娜还是自我安慰道："退掉公司那一小部分股份，上半辈子的辛苦也算没有白费了，人也不能什么都想要吧。”

她顿了顿，回过神来，望着阳台外面明朗的月亮，如同收拾行李一般收拾好自己的惆怅，她想：不管了，先把自己打扮得美美的，赴完这场离别宴，好歹自己是金盆洗手，怎么都得风风光光的吧。

这场离别宴设在荣府宴，这是一家人均近两千元的私人订制餐厅，生意好的时候还得提前半个月订位，林安娜想着要走了，也不在乎破费这一把。这家餐厅坐落在思南公馆的别墅群里，毗邻周公馆和梅兰芳故居，郁郁葱葱的草木围绕着这幢上了年纪的老洋房。林安娜把车停在思南路附近，旁边的车位已经有几辆豪车落座，但全不是林安娜熟悉的那几辆，可见晚上要到的客人还没来，她踩着点到却踩得恰到好处。

林安娜没有叫太多的人，公司的三个合伙人——戴维德、罗根和艾伦肯定是要叫的，涂倩和自己还算有些革命友谊，自然也要叫上。至于安哲，林安娜倒是犹豫了一下，对于他这样新上任的总监，林安娜和他也算不上交情深厚，但平时他姐长姐短地叫着，为人处世还算入眼，林安娜临近饭点给他发了个信息，他能来则来，不来也罢。剩下的，她也就多叫了一个 Lisa，毕竟 Lisa 是跟着自己干了四五年的副手，没有功劳也有苦劳了。虽然林安娜也不能确定自己走后她能不能顶上去，但帮她铺条路，让她和几个老大多接触接触，也算是自己离开前做的一件善事了。

荣府宴她来过两次，最让她欣赏的一点就是他们只做无菜单的私人订制，这和林安娜自己的职业非常相符，且他们主厨的手艺不错。

她步履悠悠地刚走上楼，就听到旁边包间里传来此起彼伏的笑声，大抵是些年轻人，吃得起这家店的年轻人基本是沪上那群富二代了。她走到自己定的包间坐下，想着到底是老楼了，隔音还是差了点。

这时，戴维德和罗根前后脚进来。和矮矮胖胖的戴维德不同，罗根又高又壮，留着络腮胡子，一身打底西装，梳个背头，特别有英伦风，加上他的孩子刚刚在美国出生，当上奶爸的他更多了几分柔软的气息。罗根是第一次来这家餐厅，他很认真地问了林安娜一个问题："听说这家店是你开的，真的吗？"林安娜这才知道，上楼前戴维德故意和罗根开了个玩笑。林安娜说："这家店要真是我开的，今晚怎么还会有别的客人啊？"说着，她微笑着歪歪头，示意隔壁那间包间的声音不小。

两人刚刚坐下，外面就传来了艾伦打电话的声音，不管在公司还是在外面，艾伦似乎都有接不完的电话，大概和他是从客户部起家的有关。艾伦是奥斯德这三个合伙人中唯一的上海本地人，说话也是一股老上海腔，普通话、英语、上海话随时切换是他打电话的一大特色。相较于另两位，艾伦的穿着是最随意的，而且据说他和他的女朋友已经长跑八年了还没有结婚，就是因为他喜欢自由。艾伦走进来，放下电话立马说："Anna，侬哈结棍！二话不说就跑去 America 了伐，侬舍得阿拉不啦？（安娜，你很厉害啊！二话不说就跑去美国了，你舍得我吗？）"林安娜赶紧接话道："瞧艾总说的，该我做的文案我一个不剩地全做完了，这今生做了奥斯德的人，走哪儿都带着奥斯德的魂，不是吗？"

艾伦哈哈大笑起来："有你这句话就够了。"

没过多久，安哲和涂倩也来了。Lisa 来得最迟，因为下班后她还专门跑到港汇给林安娜买了礼物。

人到齐了，林安娜便吩咐服务生上菜。涂倩之前在这家店里谈过项目，便突然反客为主地介绍起来："我和你们讲啊，他们家别的不说，雪鳗是一定要吃的，而且他们是不放味精和猪油的，你们肯定喜欢。"

Lisa 说："真的呀！雪鳗我还真没吃过，还是托 Anna 姐的福才能吃上一顿。"

Lisa 这一声马屁拍的，让众人觉得有些尴尬，好在今天的主角是林安娜，大家很快就岔开了话题，这才缓和了气氛。

罗根首先举了杯，说：“不管怎么样，我们奥斯德永远有你 Anna 的位子，你要是想回来，就随时回来啊。”

林安娜对这句话倒是感到诚惶诚恐，她立马端起杯子碰了上去，说：“我只怕 Logan 总是逢场作戏，随口说说罢了，要是我真的从美国回来了，怕是每个人都得假装不认识我了吧。”

戴维德赶紧说：“Logan 这还没喝多呢，怎么说的全是醉话，人家 Anna 是到美国跟女儿享福去了，怎么能说回来就回来呢？就算回来啊，那也最多是回来度个假、探个亲，哪有我们几个大老爷们什么事啊。”

林安娜举起一杯酒，说：“David 这下也把话说得太死了，我好歹是个上海人，在美国不一定能住得惯，现在下楼就能吃个小面、进个咖啡厅，美国可全是油炸汉堡，我也算是半个老太太了好伐？”

涂倩挽着她的手，说：“Anna，快给大家看看你女儿买的那套房子，我的妈呀！真的太美了，不是我说，换了我，我也会立马丢下工作去美国。”

涂倩一说，安哲倒也真的想看看那套美国豪宅的样子了。林安娜打开手机，有些不好意思地说：“豪宅算不上，不过看起来环境确实不错，但买东西还是不方便的，到哪儿都得开车。”

安哲接过手机，Lisa 凑上去看。手机屏幕中是一张典型的美国私宅的照片，这栋房子和美剧里的住宅很类似，有花园和私人车库，两层楼还带一个露台。

Lisa 一下拍起手来，惊叹道：“Anna 姐，你这是真真正正地去享清福了，我好羡慕你啊！你说一个女人做到你这个份儿上，还图什么啊？”

林安娜对于这些夸赞照单全收，她晃了晃酒杯说：“其实让我最安心的，是我的女儿嫁了个好老公，只要我的女儿好，其他的我倒无所谓。听我的女儿说，她老公最近还在苦练中文，想要学习中国文化。”

安哲没过大脑地问了一句：“那他怎么不索性来上海？”但说完，安哲也意识到自己说错了话，连忙补了句，“不过美国还是有很多地方比上海强的，这一点倒不可否认。”

这时，菜慢慢上了桌，大家边吃边聊，话题也敞开了，戴维德突然想到林安娜在愚园路的那套房子，问：“你走了，那幢房子怎么办？”

林安娜正打算回应，手机却响了，她拿起手机一看，是自己女儿打来的电话。林安娜起身和大家说了声“抱歉”，然后走到包间外的走廊上。

林安娜接起电话，立马变回一个母亲惯有的语气：“囡囡（对小孩的昵称），啥事啊？”

谁料电话中传来的不是女儿的声音，而是一个男人的声音：“I’m sorry,Anna.Joanne had a car accident!（我很抱歉，安娜。乔安妮出车祸了！）”

“Excuse me.Who is that?（抱歉。你是谁？）”

“Eric.（埃里克。）”

“Eric?（埃里克？）”林安娜反应了半天才意识到电话是自己女婿打过来的，“Wait! You said Joanne had a car accident? That’s impossible!（等等！你说乔安妮出车祸了？这不可能！）”

电话那头传来急促的救护车警铃声，女婿正在那头哭泣，林安娜只觉得天旋地转，大脑缺氧，包间里还洋溢着热闹的欢笑声，而此刻她只觉得一个不留神，就要摔倒在地。

“啪”的一声，手机掉在了地上，安娜感觉头皮发麻，四肢也有些无力。这时，两条腿出现在自己的视野里，对方弯下腰帮她把手机捡了起来，递给她说：“你好，你没事吧？”

她抬头看，眼前这个有些熟悉而又陌生的小男生，不就是早上来面试的那个谁吗？但她已经没有时间去思考这些事情了，还没来得及出声，她整个人就晕了过去。

第一次看见灿烂的时刻

第二章

1

林安娜拉起窗户上的遮光板，外面的天已经彻底亮了，但因为飞行时间过长，她分不清自己现在到底在什么地方，以及距离纽约还有多远的路程。她伸手摸了摸口袋里的手机，屏幕上有一条扎手的裂痕，与她现在的心情一样。

前一天晚上，她在医院醒来后做的第一件事，就是确认女儿出事是不是只是一个梦，然而事情比她想象的更严重，当她再拨电话过去的时候，女婿 Eric 已经不接电话了。戴维德一行人先回去了，只剩 Lisa 一直守在她旁边，在大家不知情的情况下，林安娜也不打算节外生枝，只说自己最近有些累，可能是老毛病犯了。离开医院之后，林安娜又往女儿那边打了两个电话，但都没有回应。她直接买了飞往纽约的机票，连夜出发。

接下来的十来个小时里，林安娜一直没有闭过眼，尽管她已身心疲惫，但她一直在心里祈祷希望女儿不要出任何事情。

十几年前，林安娜也是一手拉着行李箱一手拉着女儿的手，站在定西路的路口，心中略有惶恐，她不知道以后的路要怎么走。但她很快就振作了起来，找地方安顿好了自己和女儿，因为不想被太多人说闲话，她索性多花了些钱租了一套小洋楼，人少，安静。

她不相信从复旦大学毕业的自己找不到一份像样的工作。她就像一名斯巴达战士，硬撑着从广告公司的小文案做起，一步一步走到今天。与一般的职场女强人不一样，说她是赌气也好，说她是负责也罢，她对女儿的教育从未因工作繁忙而落下。前夫打来的抚养费对女儿所需的教育资金来说基本是杯水车薪。但林安娜必须让那个男人知道，即使没有他，她也能让女儿接受最好的教育、念最好的学校、过最好的生活。所以，一有空她就接私活。在家里，女儿做作业，她就坐在女儿对面工作，侧头望向窗外，就是那轮月亮，寂寞而哀伤，那是林安娜灵感的源泉，她和女儿就这样生活了十几年。

她为什么舍不得卖掉那套老房子？那套房子一开始是她租的，到后来她攒够钱买下了它，整个屋子里充满着自己的奋斗史和她与女儿的回忆。

林安娜的手机里全都是女儿的照片，上中学之前的照片有很多，大部分都是将相片扫描到手机里的，上中学之后的照片反而少了，女儿去往美国之后，照片就更是寥寥无几。女儿很少发朋友圈，但只要她发一张照片，林安娜就会立马将照片存到手机里。看着自己的女儿从一个小不点一天天长成亭亭玉立的姑娘，林安娜心中颇是感慨。林安娜默默告诉自己，女儿是不会有事的，那么多大风大浪她都熬过来了，一切都会逢凶化吉。

历时十五个小时，飞机终于在肯尼迪机场降落，她打开手机，屏幕上立马跳出 Eric 打来的未接来电通知。她拖着行李箱，站在美国国土上吸到的第一口空气中带着尘土和沙砾，她就这样孤身一人站在机场出口等出租车。女婿的电话打来了，她还没来得及问情况，就听到 Eric 那悲伤的声音：

“Sorry，Anna...（对不起，安娜……）”

林安娜只觉得双腿无力，整个身体像是悬在空中。她一手扶住旁边的柱子，一手捏紧手机，深深地吸了一口气，问：“How about her?（她怎么样了？）”

“Joanne...（乔安妮……）”

林安娜手上的最后一丝力气也用尽了，她双眼空洞地看着这片自己尚未涉足的土地，周围弥漫着一种抗拒的气息，仿佛在暗示她：这里不属于你，你也永远无法真正地走进这片土地。

赶到医院的时候，林安娜心里感觉空荡荡的，她惶惶而视，看着满是陌生面孔的素白空间，跌跌撞撞地朝着太平间走去。林安娜心情复杂，她沉默着，手上拖着的拉杆箱和地面突然响起了刺耳的摩擦声，引起了周围人的侧目，但她已经顾不上管了，只知道直冲冲地往里走。在太平间外走廊的座椅上，她第二次见到这个外国女婿，上一次见他还是在女儿的婚礼上。Eric 看着林安娜通红的双眼，不知道说什么来安慰她。林安娜吸了吸鼻子，镇定地问："Where is my daughter?（我的女儿在哪里？）"Eric 能听出她语气中的不满和愤恨，却没有做出任何回答，只是缓缓起身，静静地走到太平间门前，推开了那扇死寂的门。

林安娜在出租车上已经经历了从痛心疾首到心如死灰的全过程，但当她看到女儿那毫无血色又略有走形的面孔时，还是失控地大哭起来。林安娜听到 Eric 站在一旁说了许多安慰她的话，但她一句也没有听进去，她的手在女儿脸上摸了好几次，嘴唇抽动着，说不出一句话。

葬礼被安排在三天后举行。前两夜，林安娜并没有去守灵，而是自己一个人坐在女儿新房的卧室里望着窗外，看了两天两夜。火化当日，她用冷水洗了个澡，换上深色的外衣，冷静地和 Eric 办完了所有手续。在遗产这件事上，林安娜没有表现出往日的强势，她甚至没有和 Eric 讨价还价，只是她没想到女儿才刚走，Eric 就已经把律师请好并带到了家里。按照法律，女儿死于意外，没有遗嘱，所以财产尽归配偶所有，但 Eric 还是非常通情达理地将安娜的女儿——林荞荞的存款和肇事司机及保险公司的赔付，给了林安娜，总计二十五万美金。

林安娜接触过那么多客户，她知道西方人办事喜欢干净果断，不拖泥带水。但在听到这样的安排后，林安娜还是冷冷地笑了笑。人都没了，这点钱留给她，是让她以后买副好点的棺材吗？当然，林安娜没有将这句话说出口，对于 Eric 的一系列行为，她也没有给予任何评价。林安娜不是一个喜欢浪费时间的人，女儿既已去世，她也没有什么可挽回的，只是 Eric 公事公办的样子让她觉得寒心。

虽然 Eric 建议林安娜再在美国待上一段时间，但被她矢口拒绝了。对于这片陌生的土地，林安娜原本就没有任何想法，若不是女儿盛情邀请，她根本不会想到要离开上海，眼下自己更是没有任何留在这里的理由。她好好地整理了一遍女儿的房间，看着书架上还放着女儿婚礼时母女俩的合照，林安娜倍感心酸。

女儿为什么会出车祸？根据 Eric 和肇事司机的叙述，林荞荞早上原本是开车去上班的，却因为汽车中途没油而绕道去加油，但这条路她并不熟悉，结果在转弯的时候因为弯道超车造成了车祸。在这件事上，警方通过查看监控录像，证实肇事司机其实并没有太大责任，但最终，肇事司机出于人道主义还是赔付了一部分钱。

林安娜做梦也想不到，自己四十七岁生日的前几天，收到的礼物居然是二十五万美金的遗产和自己女儿的骨灰。

2

凯旋路和虹桥路的交叉路口处，车辆往复，在虹二小区这些老公房的对面，是一片名叫虹桥乐庭的新小区。萧树拖着行李箱跟在乔琪和他的朋友后面，萧树看着这个小区的配套设施和地段，他心中早已经打着退堂鼓了。

前一夜，萧树误打误撞地跟着乔琪到了荣府宴，他虽然对富二代群体奢靡的生活早有耳闻，但当知道这家餐厅人均要两千元的时候，他握筷子的手还是抖了抖。乔琪的几个朋友和萧树一样，都是从各个国家留学回来的，只有一个比大家都小几岁的男生正在准备雅思考试。

一开始这些富二代讨论的话题都是女生和 NBA，萧树只能听着，插不上话，直到乔琪正式和他的朋友们介绍了萧树，让这些人对广告行业产生了兴趣，萧树才勉强融入聊天之中。

乔琪所说的那个要出租房子的朋友姓顾，这个人其实不算是上海人，他的父母在温州做生意，20 世纪 90 年代才搬到上海来。顾家搬来没多久，趁着政策宽松，小顾的父母就在上海买了几套房，在虹桥路的那套房本上就写了小顾的名字，算是父母给他的成年礼物。但是比起在父母眼皮子底下生活，小顾还是更喜欢在加拿大自由自在的日子，这才想着把房子租出去。

这套虹桥乐庭的房子是个两室一厅的小户型，房子不大，但是装修很精致，小顾是学现代艺术的，所以家居格调颇带几分艺术家的气质。萧树没敢仔细看，想着等小顾报完价就直接找借口溜掉，谁料小顾非常耐心地介绍完整个屋子后，对萧树说："你刚上班，肯定没多少钱。我呢，说实话，也不在乎那点租金，你就当帮我看房子吧，反正都是 George 的朋友，我对你也放心。"

萧树看了看乔琪，有些惊讶地"啊"了一声。"不用付房租吗？"萧树再次确认了一遍。

小顾笑了笑，耸耸肩说："房租能收几个钱？七千？八千？我一点概念都没有，这点钱还不够我买半件衣服的，算咯！"萧树虽说从小顾的话中读到几分有钱人的傲慢，但也着实为他给自己这么大的恩惠而受宠若惊。要说拿钱，他单月能出三千元已经是极限，何况七八千元，但分文不出更是欠了人家一个大大的人情，今后还不知道要怎么偿还，眼下拒绝又像是完全不给对方面子，这才是真正的进退两难了。

就在萧树沉默的那几秒里，乔琪顶上话来，说："你不是最近做了个潮牌吗？叫 Scott 给你做点广告设计，帮你想想推广方案呗，反正他也擅长这个。"乔琪这个台阶给得恰到好处，小顾顺口说道："对啊，我怎么把这事给忘了。Scott，你帮我看看呗。"乔琪给萧树使了个眼神，萧树勉为其难地笑了两下，点头答应了。既然如此，萧树也没什么可纠结的了，先在这落脚，等工资发了再换地方就好了。

小顾还有事，交代完相关事宜，给了萧树钥匙，便下楼开车走了。乔琪说帮萧树收拾收拾，带他去吃个饭，萧树连忙说不用了。昨晚，萧树肚子里的豪餐还没彻底消化完，就又和这群富二代去 KTV 玩了一通宵，到此刻他实在困到不行。再说，就算要吃饭，也应该他请乔琪，但自己选的馆子乔琪怕是根本看不上。乔琪见萧树一脸憔悴，才想起昨晚两人都一夜没睡，再硬拉对方出去实在有些强人所难，索性说："那你收拾完好好休息，我就先回去了，回头咱们电话联系，房子你还满意吧？"

"很满意，谢谢，其实我是觉得这房子有点太好了。"

"瞧你说的，你满意就行，房子有什么问题就直接问小顾。"

"真的谢谢，过两天我好好请你吃个饭。"

乔琪拍了拍萧树的肩膀，说："没事，反正都在上海了，以后有的是机会。"说完，乔琪大步走到门口，回头看了萧树一眼，说："走啦！"

乔琪走后，萧树才彻彻底底地松了口气。回顾整个屋子，他突然觉得自己这一路是不是有点太顺了，也不知道是不是老妈在天上保佑他。他把行李箱小心翼翼地抬到卧室，生怕行李箱上的轱辘把发光的木地板刮花了。摆放好后，他便坐在铺好床单的床上，他仍有些不自在，又立即拿出手机订了一套新的床品，这才踏实下来。他已经睁不开眼睛了，便从行李箱里把衣服拿出来，打算洗个澡然后好好睡一觉。

下午三点，萧树饿醒了，他看了看手机定位，自己住的小区正好离徐家汇不远，他打算找个地方随便吃点，顺道去逛逛书店买两本书。

大概是因为周末，徐家汇的美罗城内人山人海。萧树吃完饭，在手机上查了一下，发现大众书局在五楼，他打算直接乘直梯上去。电梯间里有四个人，一对情侣、一个姑娘和萧树，情侣如胶似漆、卿卿我我，姑娘却若无其事地站在一旁平静地看着电梯显示屏上数字的变化，萧树和他们保持了一点距离。

这姑娘五官小巧，眉宇之间却带着几分英气，莹白的肤质和灵动的眸子又衬得她多了几分娇美，这姑娘有着典型的南方女孩的长相。她松散的头发微卷着，米黄色的莫代尔长袖衫配一条牛仔裤，格外凸显身材。但不知为何，她浑身上下仿佛透着一种并不好惹的气息。萧树只多看了一眼，就低头看自己的手机了，唯恐招惹到不必要的麻烦。

很快，电梯来了，萧树跟着他们走了进去，接着一股刺鼻的烟味扑面而来。萧树注意到里面有个大叔正拿着一根点燃的烟。萧树微微皱眉，正想着这人怎么在电梯里抽烟，真没素质，结果那小姑娘先开了口，说："哎，这电梯里不能抽烟，您不知道吗？"

大叔表情有点尴尬，立马把烟头捏着拿到身后，说了句："不好意思"。

姑娘倒是没给什么面子，继续说："喃！那您就不好意思吧。"

这下大叔面子上更是挂不住了，直接把烟给掐灭了。

萧树见这小姑娘这样直言不讳，倒对她有了几分好感，没想到那姑娘和他在同一层下了电梯，先他一步走进了书店，那姑娘先到咖啡区点了杯咖啡，然后便到工具书区找起书来。姑娘像是习惯了在这里办公似的，她熟练地端着咖啡找到一处空座坐下，从包里拿出电脑开始工作。萧树没想太多，转身去了艺术图书区，书店中间长长的走廊就这样把两个人彻底隔开了。

买完书，萧树又朝姑娘坐的位置看了一眼，那个姑娘已经不见了，只留下一杯咖啡，不知道是不是突然有什么急事离开了。

萧树刚到家，打算躺在沙发上好好看看刚买的那本荒木经惟的摄影集，结果还没坐下，就听到隔壁传来"嗡嗡"的电钻声，声音此起彼伏，格外刺耳。萧树原本以为忍忍就过去了，结果声音断断续续地持续了半个多小时，萧树看了看时间，差不多快六点了，快过正常装修的时间了，于是他壮了壮胆，打算去找邻居评评理。

萧树站在邻居家门口好一会儿，犹豫了片刻，正准备敲门时，门却开了，紧接着一阵刺眼的光向他的眼睛射了过来，开门的人也被萧树吓了一跳，连退了两步。萧树紧闭着眼睛，说："不好意思，麻烦你……"话还没说完，白光熄灭，他微微睁开眼睛，缓了缓，眼前的景象逐渐清晰，他看到一个姑娘正拿着电钻站在门口，直直地盯着他，而这个姑娘不是别人，正是他下午在美罗城见到的那个姑娘。萧树不禁在心中感叹，人生何处不相逢，缘分真是个奇妙的东西。只是此刻，姑娘把头发扎在脑后，看起来干练了不少。

"你是谁啊？"姑娘疑惑地问道。

萧树还在为这份巧妙的缘分感到惊讶，说话都变得有些吞吞吐吐的："我……我是住在你对门的租户，不好意思，那个电钻声音实在太吵了，而且现在……"萧树不经意地朝屋内看了看，里面黑乎乎一片，连灯都没开。

姑娘看了看手表，说："不好意思，我一直以为对门没有人住，我家投影屏掉下来了，我一个人不好量距离，刚刚左右打孔的位置又不对，所以才多打了几次。半小时后我同事要过来和我一起开视频会，所以我必须赶紧修好它。你要是觉得太吵了，劳驾你先到楼下散个步，我马上就弄完了。"

萧树指了指姑娘手上的电钻，问："你自己弄啊？"

姑娘"嗯"了一声，好像并没有很想回答萧树的问题，继续说："那个……你能让一让吗？我家电路跳闸了。"萧树"噢噢"两声赶紧让开，姑娘端着矮凳，打开手电筒，拉开电箱，用手电筒朝里面照了照，拨动了一下电闸，姑娘的屋内一下亮堂起来。姑娘跳下来，拿着矮凳进了门，"啪"的一声把门关上了。

萧树还真在楼下散了半小时的步，在这半小时里，他看见一个拎着 LV 包的女人和一个穿着 Dior 外套的男人挽着手走出了小区，还看到一个戴着头盔、骑着滑板车的小孩在小区里来回穿梭，还有个老太太牵着一只柴犬不快不慢地从他身边走了过去。直到他看见两个年轻女孩，一个戴着鸭舌帽、背着包，另一个穿着蓝色短袖、戴着墨镜，两人焦急地走进了他住的那栋楼，萧树猜想这两人应该就是刚才那个女孩的同事，想来那女孩在楼上应该搞得差不多了，萧树这才缓缓朝楼上走去。

那天夜里，萧树回想起来，觉得邻居这个姑娘有些面熟，但是之前在哪儿见过呢？他一点也想不起来了。两天后，他看见对门门口放着一个快递，便忍不住偷偷看了一下她的名字，却看到收件人姓名一栏写的是“你敢多看我一眼吗”。萧树畅然一笑，一转头，他突然想起来，这个姑娘不就是前几天视频里那个泼油漆的女生吗？！

3

不知道是谁说的，对于星座这件事，要么你就全然不信，要信你就信到底。

当修电脑的师傅打电话告诉吴悠，她的电脑硬盘确认烧坏已无法修复的时候，她就觉得自己不应该回头去细想“神婆”罗薇薇的那句“你最近水逆，得多当心”。吴悠上大学的时候就知道，强烈的心理暗示会指引自己走向危险境地，最后她也只能一边懊恼自己为什么没把做好的文案上传到邮箱，一边悔恨自己为什么交了一个这么迷信的闺密。

然而福无双至，祸不单行。

周日下午，吴悠拿着自己备用的旧电脑正打算在书店重新做那两个找不回的文案时，却突然接到公司要开紧急会议的电话。她刚刚到家，一开门就听到“轰”的一声，家里的投影屏从墙上掉了下来，好不容易修好了，家里的网又突然断了。最后，自己和两个下属硬是围着一个苹果手机把线上会议给开完的。夜里，吴悠泡在浴缸里，打算好好听首歌放松一下，一时间想到，万一手机掉进水里就完蛋了。她又赶紧起身，小心翼翼地把手机拎到一旁的台子上，就在这时，罗薇薇突然一个电话打了过来，手机一震，吴悠没拿稳，“啪”的一声手机掉在了地上，屏幕摔了个粉碎。

次日黄昏，吴悠揪着罗薇薇到公司楼下吃了一顿日料。吴悠点名让罗薇薇请客，罗薇薇一脸蒙圈，但又说不过吴悠，只得抱怨道：“我是给你提醒，你还反过来怪我，你有没有人性？”

吴悠一口咽下一片三文鱼说：“人类的本性将永远倾向于贪婪与自私、逃避痛苦、追求快乐而无任何理性，这句话你不知道吗？”

罗薇薇微微一愣，说道：“你的脑子里到底装了多少名言警句，这又是哪位神仙说的？”

吴悠继续低头挑着寿司，没有感情地说了一句：“柏拉图。”

上大学的时候，吴悠就喜欢用编造的名言警句去教育罗薇薇，罗薇薇也习惯了，她甚至觉得站在睿智的女人旁边，自己也会变得聪明几分。大概正因如此，罗薇薇才成了吴悠最好的朋友。罗薇薇自从迷上观星和算星盘之后，吴悠就成了她首选的实验对象。然而吴悠原本并不相信这些，什么太阳狮子、上升天蝎、月亮摩羯等等。罗薇薇曾惊叹地对吴悠说：“你这个就是致命女人的格局。”吴悠也只是冲她翻了个白眼。而眼下，罗薇薇解释说：“水逆也不光是坏事啦，其实也是让你能够停下来好好回顾一下之前的疏漏，好好反思，为了更好地出发。”吴悠一口气把好吃的都吃完了，“嗯”了一声，拎着包起身，摊手说：“好了，我打算更好地出发了。”一口没吃的罗薇薇惊愕道：“你要去哪儿？”

吴悠头也不回地说：“逆天改命。”

她算准了 Lucas 下班的时间，每天七点半，就像定好闹钟一样，不管公司有多少事情等他确认，他一概不管。吴悠在公司大厅的旋转门前等了一小会儿，就看见身穿正装却依旧显得猥琐的Lucas从电梯间里走了出来。吴悠直直地朝他走了过去，倒是Lucas见吴悠一副精神抖擞的样子吓得犹如惊弓之鸟，唯恐她又做出什么出格的事情来。他瞅了瞅周围，慌忙地问："你……你又要干吗？"

吴悠见状，朝Lucas妩媚一笑，说："怎么，还怕我了？"

Lucas赶紧说："我……我怕啥？你个小丫头片子，这里可是写字楼大堂，所有人都盯着呢！我和你说，上次的事，我不和你一般见识，你也别得寸进尺。"

"不怕就行，我有点事找你，聊聊呗。"

"聊什么？我现在要下班回家，没有时间和你聊。"

"我想找你帮个忙，你帮吗？"吴悠挑了挑眉，目光直直地刺向Lucas。

"你……"

吴悠刚进海森的时候，带她的ACD就警告过她，宁可得罪君子，不可惹怒小人。那个小人指的就是她的上司Lucas，但吴悠偏偏最不怕的就是惹怒他。Lucas的小心眼把带吴悠两年多的ACD给挤走了，Lucas当时在考虑接任人选时，本来想要用平日唯唯诺诺、不敢说话的小凯，可偏偏那一年，吴悠顺风顺水地做了让两三个客户满意的文案，大老板一下子就注意到了她，于是没等Lucas提议，大老板就直接把吴悠提了上去。

这一提，吴悠和Lucas的抗衡就变成了旷日持久的战争，下面的人既要听令于Lucas又要受命于吴悠，长达三四年部门内部都处于一个分裂的状态。尽管Lucas时常用各种手段压制吴悠甚至试图把她架空，奈何没有才华的人偏偏还是要依附吴悠的创意，使得Lucas始终有种被束手束脚的感觉，加之大老板对吴悠偏爱有加，Lucas怎么都除不掉吴悠这个眼中钉。

而对吴悠来说，其实她早料想到，Lucas就是她上升的最大阻力，只要这个男人还霸占着总监的位置，她就没有出头之日。吴悠这次冲动行事与其说是负面情绪积蓄已久的爆发，倒不如说是她找到的一个“宁为玉碎，不为瓦全”的机会。毕竟吴悠早已过了那个每天像打了鸡血一样，充满活力的二十出头的岁数，现如今，她工作之余最大的快乐就是做自己想做的事，这句话放在 Lucas 身上也适用。就像吴悠无法突破 Lucas 这一层束缚一样，Lucas 也一直碍于她的存在，那么对吴悠来说，这便是最好的筹码。

Lucas 和吴悠坐在咖啡厅一角，服务员把咖啡端到两人面前。接过咖啡之前，Lucas 的眼睛盯着吴悠放在桌上的手机看了好几分钟，最后吴悠拿起手机解了锁，将屏幕对着 Lucas 晃了晃，说：“放心，没录音，你也太谨慎了。”Lucas“啧啧”咂了两声嘴，假装不以为意地说：“我就是看你手机好像摔坏了而已。”

吴悠没接话，直言道：“我打算走了。”

Lucas 斜着眼看了吴悠一眼，唯恐她又在耍什么小把戏，问道：“去哪儿？”

“我走了，咱俩都眼不见为净，不是挺好的吗？怎么，你还舍不得我走了？”吴悠端过咖啡，轻轻搅了下，喝了一口。

“嗬，Evelyn，你有什么话就直说吧，别跟我拐弯抹角的，你真的要大大方方地走，也不会等到这个时候。你说要我帮你一个忙，既然你敢开口，我倒想听听。”事到如今，Lucas 也没有遮遮掩掩的必要了，只是这个小姑娘的葫芦里卖的什么药，他真的看不出。

“我打算去奥斯德。”吴悠顿了顿，“我想和你商量的就是……我可以对你做过的所有事情缄口不语，但我手上正在做的麦当劳的那个年框，我想带去奥斯德。”

Lucas 玩味地笑了笑说：“Evelyn，有时候我不得不说你是个绿茶，爬上大老板的龙床是你的本事，但你也别以为自己头上有片天就能呼风唤雨了。你这如意算盘打得可真好，带一个项目过去，等于带走了半个客户，这样你也有筹码和奥斯德谈判职位和薪资，那如果我说我不同意呢？”

“我猜到了你不会随便同意，那我给你算笔账。我现在僵在海森，你我都不开心，你也算到我自然是会走的，项目我不带走，你接手做，你觉得你下面的人里谁能让那么挑剔的麦当劳心悦诚服？即使你勉强过关，下一年的提案我也完全可以交出一份让对方动心的方案，到时候我一样会把他们拉到自己手上，等到那时候你不但更丢脸，还连卖给我这个人情的机会都没有了。”

吴悠说的每一句话都是事实，Lucas 无力反驳，只是吴悠把一切讲得过于直白，他心里那口气堵得慌。换作过去，那些离开的人里，没有一个人敢这么直言不讳地和他谈判，偏偏这个“90 后”的丫头，竟然硬生生给他摆了一道。Lucas 越是一言不发，吴悠心里就越稳妥。许久，Lucas 终于开口道：“你这事，我决定不了，你有本事就让大老板来和我说。”

这个太极拳打得正和吴悠的意，吴悠放下手里的咖啡勺，说：“大老板那边你就不必担心了，只要你松口，大老板自然会同意。”

Lucas 当然不会松口，立马回道：“我倒想知道你是给大老板吃了什么迷魂药，让他这么死心塌地？”

吴悠笑道：“那你可能永远都不会知道了，除非你先去做个变性手术，我或许还能教教你。”

Lucas 被吴悠呛得气堵，索性跳过话题说：“行，你现在就给我嘚瑟。那我问你，你去了奥斯德，却做着海森的文案，到时候你和甲方开会，你说你是哪边的人呢？”

“Lucas，我不挖海森的客户，这是我的原则。但现在这个项目一直在我手上做着，我和负责人已经磨合得差不多了，贸然换掉我，对方或许也会有看法，我只是想把这个项目做完，到时候自然交还到你手上。至于奥斯德那边怎么想，这不是你该考虑的。你今天不答应我也行，那我就赖在海森和你耗下去，你说这年头谁怕谁呢？”吴悠当然没有告诉 Lucas，一旦海森完成对奥斯德的收购，Lucas 的这点担忧完全是多虑，当然她也绝不会在这个时候告诉他这件事。

Lucas 看了看窗外，考虑了一小会儿，说道：“项目你可以接着做，但你也得答应我一件事。关于这次获奖的那个创意……”

吴悠虽然觉得写下一份“不追究协议”有些恶心，但在此时此刻她能做的，也只有依照 Lucas 的要求把广告协会获奖的作品转让给他，并答应不再追究此事。这份卖身契虽然也早在吴悠的设想之中，但当 Lucas 这么直白地提出这个要求时，她还是在心里用一大堆脏话“回敬”了他祖宗。当她签好字，“唰”地撕下那页纸，交到 Lucas 手上时，她想到一句话：万事俱备，只欠东风。

吴悠从咖啡厅里走出来，走上天桥的时候，天空中突然下起了小雨。天桥上，一个戴着墨镜、穿着大衣的中年女人正抱着一个罐子望着车来车往发呆。吴悠还在想，这个侧脸冷峻的女人像是在生活中受到了什么重创似的，背影落拓又憔悴。雨突然就下大了，吴悠赶紧穿过天桥冲进了地铁站，回头看时，那个穿着大衣的女人还站在原地一动不动，像是一个无家可归的可怜人，让吴悠对她心生怜惜。吴悠当然不知道，自己看到的这个背影落拓的女人就是林安娜，也不清楚她到底遭遇了什么事。吴悠只知道接下来她要准备的事情还有很多，她没入人群拥挤的地铁里，心里想着，推荐信有了，项目筹码有了，现在大概就是要去静安寺烧一炷高香了。

两天后的早上，吴悠在凯旋路晨跑的时候，收到了一封署名为 Lawrence（劳伦斯）的邮件。海森总部的几个大佬她都有所耳闻，偏偏这个 Lawrence 是一个完全陌生的名字。吴悠站在路边，细细地看完了这封邮件，发件人大致的意思是，约她下午到淮海路的一家咖啡店里面，谈一下她应聘奥斯德创意总监的相关事宜，口吻非常冷峻。吴悠原本还想向大老板打听一下这个 Lawrence 的背景，但想着既然不是总部派来的，大老板或许也不清楚。

下午两点，吴悠换上了一身素净的职业装，略施淡妆，准备赴约。在不清楚对方喜欢什么类型的妆容之前，不露山水总不会错，成败在此一举。虽然吴悠不清楚这个 Lawrence 的套路，但她也只能硬着头皮上了。

吴悠已经比约定的时间早到了半个小时，却不料对方已经坐在咖啡店里等候她多时了。就和他所写的邮件的气质一样，这个男人浑身上下透着一种不可被接近与冒犯的强大气场，他一身淡蓝色的商务西装，头发是用发油精心打理过的，他的两鬓略微花白，却完全看不出他的年纪。只见他低着头轻轻地滑着手里的 iPad，耳朵上挂着最新款的苹果耳机。男人仿佛是察觉到了有人到来，他抬起头，吴悠这才看清他的面目。男人的眉毛浓厚，眼神犀利，下颌宽窄有致。原本吴悠还不确定他是不是 Lawrence，但听到他开口说的第一个词，吴悠基本就确定他就是 Lawrence 无疑了。

“Evelyn? ”

吴悠点了点头。

“早到是好习惯。”Lawrence 吩咐服务员给吴悠一份菜单，然后沉声道，“你叫我 Lawrence 就好，我是接下来奥斯德的合伙人之一，你的简历和推荐信我都看过了，今天约你过来，我主要想听听你自己的一些想法。”

吴悠静静地观察着 Lawrence 举止的细节，包括 Lawrence 用勺子搅拌咖啡的方向。顺时针搅拌说明他的思维方式是保守、谨慎、稳妥的，逆时针搅拌则说明他敢于冒险、不拘一格，有着与主流思想背道而驰的叛逆思维。对方每一丝一毫的举动都是他性格和心理的投射，这些都是吴悠曾经在书上看到的。而 Lawrence 恰好是逆时针搅拌咖啡的那群人，吴悠瞬间就有了抓手。

吴悠的想法很简单，在自己为跳槽做的众多铺陈当中，见合伙人当然也是她早就想好的一环。眼前这个男人对她来说相当陌生，吴悠无法准确地投其所好，但至少他肯主动联系自己，自然代表着她身上有吸引对方的点。至于好不容易从 Lucas 手上抢过来的麦当劳的年框，那是她到最后才能拿出的谈判筹码。

“我想填补林安娜的空缺。”吴悠回答得理所当然。她非常清楚在这样关键的时刻，拐弯抹角只会增加沟通成本，没有什么比开诚布公更明智的事情。吴悠的脸上好像明明白白地写着“志在必得”四个字。她继续说：“当然，按照我的工作年限和经验来看，或许我还没有到胜任这个职位的时候，但我想 Lawrence 既然愿意叫我过来，自然有冒险的想法，奥斯德重新洗牌，我想要获得这个机会，我想要在三十岁之前，靠自己带领的团队拿下一座戛纳的金狮子。”

Lawrence 停下了手中搅拌的勺子，端起咖啡喝了一口，像是在思考似的抿了抿嘴。他放下咖啡，说：“那你觉得你和林安娜比，你输她几分？和其他竞争者相比，你又赢几分？”

“我输林安娜一分，赢其他人十分。”

Lawrence 顿时觉得这个答案有趣，扬了扬眉问：“怎么说？”

“我自认我的创意不会逊色于林安娜，唯一输的只是名气，我从业至今也不过是一名 ACD，即使项目最终成型，我也不是在项目中署名的那个人，所以我才希望能够把那一分给抢回来。至于其他人，我不夸张地说，十年之内全中国大概找不到一个能像我一样，在广告协会的颁奖礼上成了在广告业内被群嘲的傻子，但那些每天在公司里、地铁上，甚至是做梦都在斥责命运不公的人，又有几个人敢真的去反抗呢，你说呢？”

Lawrence 忍不住露出了一丝微笑，而吴悠依旧镇定地看着对方，轻轻撩了一下耳边的头发。Lawrence 觉得眼前的女孩没有什么问题，但没有问题并不代表她就是最适合的人选。作为常年的乙方公司，她太明白自己要什么，这是最大的优点也是最大的缺点。Lawrence 递给吴悠一支笔，然后问服务员要了一张纸，对她说："用一句文案或者画点什么作为今天的总结吧。"

吴悠拿着笔，看着那张纸，只一分钟，她就落笔画了一张图给Lawrence，Lawrence接过来，只见白纸上画了颗黑色的实心小圆。他看了看吴悠，又看了看那张纸，满意地笑了："Evelyn，你很聪明。"

"这是你给我的灵感。"

空白的纸就像是全新的奥斯德，而那个黑色的小圆就像是一颗黑色的棋子，它的落位就像是全盘开局的第一步，只是简单的这么一笔，Lawrence便理解了海森传过来的那封推荐信并非言过其实。Lawrence初来乍到，作为接盘合伙人，他必须有自己强有力的团队，招兵买马便是第一步，他折好那张纸，郑重其事地对吴悠说："Evelyn，你愿意当你刚刚画下的那枚黑子吗？"

吴悠和Lawrence对视的瞬间，她仿佛听到了胜利的号角声在召唤自己。但吴悠并没有表现出手到擒来的得意，她没想到她所表达的那枚黑棋的含义与Lawrence心中所想并非一致。

她把Lawrence递给她的那支笔握在手里，并没有要还回去的意思。她拿着那支笔，对Lawrence说："那我就等着用这支笔来签合同了。"她说得很认真，认真到她觉得Lawrence下一秒就会拿出offer（录用书）来。但这种认真并不过分，相反，Lawrence开始欣赏起吴悠的这种自信来，他很肯定地给了吴悠一句回复——"等我电话吧"。

4

这几天，奥斯德的办公室死寂一片、鸦雀无声，萧树不知道到底发生了什么事，也不知道该向谁打听。入职之后，他就听说原本部门的CCO林安娜离职了，当下是一个叫Lisa的ACD管理着整个部门。原本应该忙碌到不行的奥斯德却好像丢了魂似的，大家都懒散地待在在自己的工位上，无所事事地等待着下班。创意部原本是奥斯德的核心部门，但眼下 Lisa 主持的会议并没有交代什么实质性的任务给下面的人，只是让大家跟进之前的文案，没修改好的创意继续修改，萧树本想积极一点，却无从下手。

直到周三早上开完例会，萧树觉得肚子有点饿，打算去便利店加个餐，正巧遇到同样准备下楼的市场策略部的小高。因为入职前他们一起经历过两轮面试，所以小高很主动地和萧树打了声招呼。萧树象征性地问小高觉得工作怎么样，小高原本就有些阴沉的脸这下更阴沉了，就像一个被针戳破的气球，抱怨一股脑地宣泄而出。

“公司现在处于生死关头啊，搞不好我们都要被辞退了，你说我们倒霉不啦。”小高苦笑着说道。

“你听谁说的啊？”萧树确实被小高这空穴来风的八卦吓了一跳，他不禁联想到这些日子公司的气氛，倒觉得这种情况也不是不无可能。

眼见萧树一脸不解，小高立马拿出一副知晓一切的架势，说：“你怎么一点都不关心公司情况的啊，你们 CCO 林安娜不是走了吗？就在昨天，戴老板也走了，不仅走了，还把他手上的客户都带走了，然后艾老板直接请假飞美国了，估摸着也是在想办法找后路了，现在就剩下罗老板主持事情。罗老板最惨了，他手上没有客户啊。据说我们公司马上要被海森收购了，但是问题就在于这个烂摊子要是没有人接，公司就要裁员了，首当其冲的就是我们这批新人啊，你知道伐？”

“总不会真的裁员吧？公司总要给员工一个说法吧？”

“能怎么样啊？最多赔我们两个月工资，我们又没有给公司带来什么业绩，又没有什么资历，人生第一份工作就遇到这种破事，你说是不是触霉头啊？等你被开除，去找下家的时候，别人听你是从奥斯德出来的，不被戳着脊梁骨才怪了。”

萧树想不到小高最后的结论是“听天由命”，他原想着自己好不容易要奋斗出一片天地了，现下也开始焦虑起来。原本以为从海外回来，找工作不会成为太难的事情，但没想到现如今不仅大学本科生不值钱，留学生一样不值钱。上海纵然有这么多的广告公司，工作却远比他想象的难找。

萧树下楼买了个肉包子，回来就立马融入了公司整体的氛围中。那个肉包子没有让萧树吃饱，但郁闷填饱了他的心。打开手机，Lisa还在群里问，大家东西改得怎么样了？文案什么时候能改好？图片可以更高清一点吗？格式能不能统一一下？萧树看着这些，与他所想的广告行业相去甚远，这些琐碎的小事毫无技术含量，上海路边随处一家打印店都能做吧，这就是广告？他自己都觉得好笑。如果真的是被这样的公司裁员，好像也没有那么不甘心了。

相比于办公区的死气沉沉，楼上合伙人会议室里的气氛却微妙得多。

圆桌的一端，林安娜双手放在小腹上，镇定且从容地对罗根说："我仔细考虑了一下之前罗总的建议，我觉得我确实没有必要这么早退休，毕竟我距离奥斯德合伙人只有一步之遥，我没有必要放弃自己的事业。再加上，我已经和我女儿商量好了，我打算继续留在上海。"

罗根依旧表现出一副绅士的模样，面带微笑地说："Anna，我怎么有点听不懂你的意思？"

林安娜将手放回胸前，双手合十撑在桌面上，故作轻松地说："我知道海森收购了奥斯德，虽然我林安娜没有脸说是奥斯德绝对的招牌，但我相信罗总接下来和我联手，必然不会让奥斯德完全沦为海森旗下一个没有灵魂的赚钱工具。不用我多言，罗总自然明白广告的灵魂对于市场的意义。"

罗根没有接林安娜的话，抿了抿嘴，说："可是Anna，你和我都清楚，到头来我们所做的一切也都只是在为资本服务而已。"

"你说得没错，但广告的本质不就是包装资本，让其显得高级吗？谁能让资本更高级，谁就是广告界的王，不是吗？"

罗根整了整西装袖口的袖章，微微叹了一口气说："全上海这么多家 4A，以你的条件，应该不必非得回奥斯德吧。"

林安娜一阵冷笑，绕来绕去，罗根总算说出了心里话。安娜的耳边还回荡着那晚离别宴上罗根客套的说辞，明明说着随时欢迎她回来，眼下他却把当时的话当作喝醉酒打的诳语。

跳槽去别的公司不是不可以，不过林安娜询问一圈下来，猎头给林安娜的反馈也相当直接，有的公司给不到林安娜要的底薪；有的公司觉得伺候不起林安娜这尊大佛；甚至还有公司觉得林安娜到底是上了岁数的女性。对于公司对"上了岁数的女性"这几个字眼的刻意强调让林安娜尤为愤怒，猎头唯一给的建议是，林安娜大可自立门户，背靠一个投资人开一家新公司就好。然而事情远比林安娜想的要麻烦，曾经找过林安娜的投资人因为不熟悉内地市场已经早早撤回了香港，林安娜再联系的时候，对方已经变成了"打太极"一样的态度。她从来没有想到，原来一个人一旦离开了自己的岗位，想要再回去是如此艰难的一件事。

"罗总……"

罗根看了看手表，像是在等待什么："Anna，有些事我也就和你明说了吧，现在很多事我也做不了主了，如果你真的想回奥斯德，等一下和 Lawrence 说就好，他差不多也要到了。"

"Lawrence？"

这时林安娜听到敲门声，罗根起身朝着门口走去，门开了，只见一位身材高挑、肤色黝黑、高鼻梁、眉色深浓的男人走了进来，年龄大概与安娜相仿，但脸上没有肉眼可见的皱纹，一双深邃的桃花眼，年轻时定是折磨了不少女孩子。他穿着透白的衬衫，胸部的肌肉线条隐约可见。在林安娜眼里这是个自律又一丝不苟的男人，对人对事都应该是个狠角色。林安娜起身，心想这应该就是罗根口中的 Lawrence，不出意料，他应该就是海森派过来的新负责人。

Lawrence 主动向林安娜伸出手，林安娜顺手握住。

“Lawrence。”

“叫我 Anna 就行。”林安娜并没有被对方的气场吓到，但对于刚刚罗根的表态，林安娜已经完全听明白了。眼下江山易主，罗根在奥斯德已经没有什么话语权了。只是还没有正式开口交涉前，面前这个陌生的男人就已经让林安娜感到一丝丝不舒服了。

“Logan 和我说了你的诉求，但是很抱歉，对于你想升合伙人这件事，我的答案是，我们暂时无法接受。”他表述得越从容不迫，林安娜就越需要硬撑着微笑回敬过去，“当初海森决定收购奥斯德的时候，这件事是在计划之中的，但是因为你决定离开，我们也不得不重新部署和规划，所以……现在并没有办法让你升为我们的合伙人。”

“那我想知道，如果我回来，是否还能留在 CCO 这个位置上？”

“Anna，我想先和你说一件事，因为你的离职，奥斯德已经开始寻找能够接替你位置的人，现在你突然要回来，在人事安排上确实打乱了我们的计划。加上戴维德离开的时候带走了公司大部分的客户资源，以奥斯德现在的客户容量，并不是非要设立 CCO，这些都是你需要知道的事情。”

林安娜非常认真地听着 Lawrence 的话，很快便从中找到了要点与关键：“我听您的意思，就是眼下已经找到合适的人了，对吗？”

Lawrence 不置可否，他绕过林安娜，走过去拉开了会议室内的一扇门，林安娜将目光聚焦在那扇门背后，只见一位穿着粉蓝色职业装的姑娘走了进来。林安娜仔细端详着走进来的这位姑娘，她的年纪看起来比自己女儿略大一些，年轻貌美，微卷的波浪发让她多了几分成熟。她的眼神中带着一份意味深长的坚定和野心，这样的眼神林安娜非常熟悉，曾几何时，那些奋斗在一线的广告人都曾有着这样仿佛拥抱着幻梦一般的眼神，但这种眼神对林安娜而言已经过时了。小姑娘的眼神不偏不倚地落在林安娜的身上，眼神中似乎带着叫嚣和挑衅，林安娜故意避开她的眼神，转头看向Lawrence。

“你在开玩笑吗？”

“Anna，当初是你自己要走的，不是吗？”Lawrence冷漠地看着林安娜，嘴角轻微地抽动了一下，“如果奥斯德内部财务没有问题，海森自然也不会在这个时候下手，虽然林安娜是奥斯德的‘金’字招牌，但在过去三年的时间里，奥斯德的经营状况却并不像你想象的那么风光。虽然创意部是公司的核心，但公司的生存不单单靠你一个人。创意好不等于会赚钱，你说对吧？”Lawrence又绕过林安娜，坐到了主席座上，点了一根烟，接着说，“眼下，我也没有确定奥斯德新CD（创意总监）的人选，Anna，既然你一直觉得奥斯德得靠你，那我也不妨给你一个机会。”

林安娜望着眼前的这个男人，表情中带着一丝轻蔑，这些看似接受她的话彻底激怒了她。这个男人在向她发出挑衅，这是在对她突然撂下摊子不管的行为进行批判，这是对她的羞辱。但林安娜还是克制住了自己的情绪，保持着微笑坐在他的对面，不透露出一丝一毫的焦虑情绪，她眼神犀利地瞪着对方说：“我倒想听听是什么机会？”

Lawrence并没有正面回答她，他的眼神在吴悠和林安娜之间稍做游离。事实上，吴悠在踏进这间办公室之前，也并不知道Lawrence会让她和林安娜直接见面，她甚至不知道林安娜会去而复返，还在门后时，她就明白了Lawrence和林安娜之间这场对话的含义，对吴悠来说，这绝对是她进入奥斯德的最后机会。就在刚刚，吴悠正视林安娜的瞬间，她心中好似燃起了火花，比起补上林安娜丢下的空位，能和她正面交锋才是让吴悠的内心更为澎湃的事情。这个广告业内传说级的女人，如今就这样站在自己面前，吴悠的心情有着一种无法言说的复杂。这时吴悠听到Lawrence开口道：“这里有一个浦江银行的文案——

“浦江银行作为早年上海本土挂牌上市的全国性银行，虽然是个老牌子，但实际业务能力抵不过几家后起之秀，特别是在商贷和信用卡业务上，浦江银行的排名连续五年都没挤入业内前十。明年是浦江银行七十周年行庆，他们通过客户部找到奥斯德，想要通过这次行庆，将品牌包装升级，重新占有年轻人的市场。这个文案现在就交给你们俩，到时候我们用 Anna 和 Evelyn 你们两人的文案去提案，谁的文案过了就留下来，没过的人，自动离开。”

“嗬，这场比稿毫无意义！”林安娜拍案而起，原本略有回暖的脸色忽而又阴沉下来，“我林安娜今时今日为了一份工作还要和人比稿，说出去连我自己都觉得好笑，奥斯德既然不想留我，我何必像哈巴狗一样摇尾乞怜。既然这小姑娘深得你意，我倒想看看到底有多少客户会买她的单。Lawrence，我就提醒你一句，奥斯德的客户最大的特点就是对人不对事。”

换作平时，林安娜早已经恶言相向了，但是现在她犯不着那样做，她拎起她的包，转身准备离开，她正要走出门的时候，Lawrence 说：“前几天刚刚提案给 U 家的那个文案的比稿结果出来了，Evelyn 的提案打败了你的团队，你知道吗？”

林安娜怔了一下，刚刚握住门把手的手指微微抖动了两下，她感觉到身后的那些目光，他们都在等待她这一刻做出的选择，而那些排山倒海的情绪对林安娜来说根本不值得一提，她迟疑的不是身后那个姑娘的创意打败了自己，也不是奥斯德上层对她的考验和冷漠，她迟疑的是离开这扇门，她真的有底气闯进另一家公司，重新创建她的理想国吗？还是这不过都是她内心的虚妄而已。如果不找到一点，对，哪怕一丁点事情来做，又要靠什么来消解她失去女儿的伤痛呢？她的脚尖抵在那扇门的底端，一秒，两秒，三秒……她意识到她的自尊在一点点流失。

第一次看见灿烂的时刻

第三章

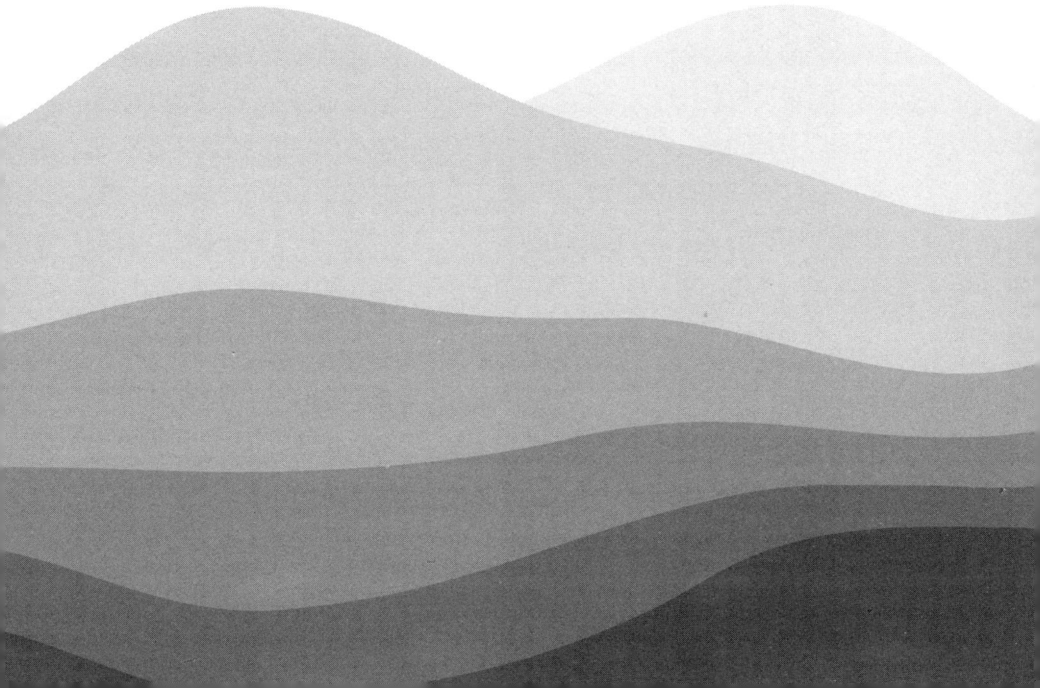

1

吴悠从黄陂南路地铁口出来，站在新天地的十字路口处，她抬头看了看香港广场圆弧形楼体上由黑白花底衬托的“Cartier（卡地亚）”LOGO（商标），她怎么也想不到自己兜兜转转，最终又回到了这个地方。

七年前，吴悠刚毕业的时候，她投的第一家公司就是奥斯德，只是因为她当时资历太浅，面试时，她连林安娜的面也没见到，被奥斯德拒绝也是吴悠意料之中的结果，自己不是学广告专业出身再加上单薄的实习经历，确实不足以踏进奥斯德的大门。之后，吴悠辗转几家公司，好不容易进入了 Local，从小文案做起，跟了两个文案，累积了点实战经验。幸得当时罗薇薇交了一个在海森做人事的男朋友，她帮吴悠把简历递了过去，走了个内部通道，才让吴悠真真正正地踏进了 4A 公司。这七年的时间里，吴悠对于广告的热情不减反增，她兢兢业业工作的同时是她对创意的二次认识与吸收，让她一步一步成为领导眼中不可多得的战将。只是吴悠没有想过，自己的命运会再一次和奥斯德联系到一起。

然而，对于自己这位英文名为 Lawrence，中文名叫罗任司的新老板，吴悠知之甚少。吴悠只知他是上海人，七岁跟着父母去了香港，本科就读于杜伦大学，后毕业于牛津大学赛德商学院，而他之前做过什么、为什么被委派到奥斯德，统统都是个谜。大老板说他是个厉害的角色，那此人必然有他的过人之处。在见到这个人之前，光听到这闪闪发光的学历也是让人望洋兴叹的。只是让吴悠感到奇怪的是，在海森资历最深的当属美国部的 Brain 和香港处的 Tomas，这两人居然都被这个 Lawrence 比了下去，实在有些不可思议。

今天吴悠略施淡妆，一身穿着都显得格外轻松，黑白条纹的连衣裙搭一双深黑色的高跟鞋，头发稍做打理，喷了一些海盐水，整个人看起来伶俐动人。上楼的时候，她还是深深地吸了一口气，对于一个一切都过于陌生的环境，吴悠还是感到了些许紧张感。和海森“工”字形的办公室不一样，奥斯德是完完全全的“回”字形结构。吴悠尾随着刷卡进去的员工，她第一次真真正正地看清了奥斯德办公室的全貌。虽然海森财大气粗可以收购奥斯德，但这种依靠岁月打磨出的企业氛围，是海森极难复制过来的。吴悠深吸一口气，四下打量着会议室的位置，她突然一个转身，撞到了一个正在拉扯打印机卡纸的戴鸭舌帽的男生。

吴悠正打算说抱歉，却见男生抬了抬帽檐，四目相对，两人都愣了一秒，直到男生说出那句“是你”，吴悠都没有完完全全回忆起来眼前这位面熟的男生到底是谁。她尴尬地回敬了一个微笑，只当对方是认错人了，然后问了一句：“不好意思，我想问下第三会议室在哪边？”

男生伸手指了指靠近角落的那间屋子，吴悠道了声谢，便慢慢朝会议室走去。

萧树看着吴悠离开的背影，又愣了一会儿，他突然感觉某些不真实的场景闯进了自己的世界。怎么又遇到了她？世界未免太小了，缘分也太过奇妙，但吴悠没有认出他来，萧树心里多少还是有些失落。不过她为什么会来，是有合作还是别的什么？萧树没有时间去想了，Lisa 正等着看他修改的海报，他只能赶紧装好卡纸重新打印方案，又急急忙忙地回到了自己工位上。

吴悠虽然没有刻意地东张西望，却也悄悄地观察着办公室里的一切。公司里飘散着各种女士香水的气味，从香奈儿到迪奥，从宝格丽到菲拉格慕，大家穿得也足够张扬，多数人朝她投来了好奇的目光。她走到三号会议室门口，抬头确认了下，才抬起手敲门，只听见屋内低沉的一声唤她进去，她推开门，发现林安娜早已经坐在了里面。今天的她一身黄褐色的爱马仕风衣，面容也较之前精神了不少，一副有备而来的模样，气场强到无懈可击。罗任司示意她随便找位子坐下，吴悠点了点头，朝林安娜也打了个招呼，然后在林安娜对面的位置坐了下来。

前一天晚上，罗任司与吴悠通过电话，让她第二天到奥斯德参加浦江银行的会议。其实在上次和林安娜见面之后，吴悠回家就立马开始查资料做方案了，只是对于浦江的所需所求她确实不太了解，贸然行动可能会白费力气。但自从与林安娜正式会面之后，吴悠内心想要战胜林安娜的欲望便又加强了，特别是在林安娜最终妥协接受挑战的那一刻。简单来说，此时此刻对吴悠而言，不是能不能留在奥斯德的问题（当然留下也很重要），更重要的是她是否能够在正式提案中击败她的偶像。罗任司给她打了这通电话，应该也打给林安娜了，罗任司要求她不必在会议上做自我介绍，这份叮嘱也应该交代给了林安娜，提交给浦江银行的最终方案也不会提前署上她们的名字，而是等待浦江银行来决定到底用谁。

吴悠刚坐下没多久，浦江银行的市场部经理老徐和他的秘书谭小姐就推门进来了，他们和罗任司热情地握了手之后，在罗任司对面的位置坐了下来。吴悠一边观察着老徐和谭小姐，一边不时地用余光瞥林安娜。林安娜这个趾高气扬的女人，神情态度颇有几分压过罗任司的趋势，而老罗只是向客户介绍她是 Anna，具体没有多谈。林安娜早就注意到了吴悠的目光，只是她表现得很平淡且不在意，她优雅地将双手搭在桌上，显露出几分业内资深人士的神色。

前一天夜里，林安娜找到了自己三四年没见的好友杜太太在酒吧诉衷肠，三杯两盏淡酒，林安娜只是一阵叹气，女儿的事她只字未提，她只说自己和女婿不合，在美国待不下去，回来才发现，即使是具有丰富经验的“老人”，也有被行业嫌弃的一天。杜太太结婚前和林安娜是同事，婚后辞职做起了家庭主妇，即便如此，她对于奥斯德的事情也算清楚。杜太太言辞犀利地和林安娜说：“侬怕做啥（你怕什么）？我是想不到，林安娜还有怕的一天。就你说的那姑娘，成不了大气候，她的 U 家方案之所以做得比你好，也就是瞎猫碰上死耗子，走了狗屎运罢了，侬呢，也就是因为当时急着要去美国了，所以才分了心。不就一个浦江银行的升级包装吗？以我对你的了解，别说一个浦江银行，十个你都不在话下。”

林安娜知道杜太太只是逞一时口舌之快，事情哪有她说的那么轻松。要是在十年前，林安娜是真的没什么可怕的，可 CCO 做久了，创意大多数时候确实都是下面的人在想，她也只是起一个引导和统筹的作用，“灵感”这东西不用就会丢失，这是真的。但杜太太说到底是在安慰她，她也就低头喝酒，没有辩驳。谁料杜太太继续说：“你女儿也是，都说让你过去了，也不留你，把你一个人丢回上海。唉，子女大了，到头来都是别人家的。”这句话一下子戳到了林安娜的痛处，林安娜只回了一句“她也有苦衷”便低头不语了。她又续了一杯威士忌。对林安娜而言，消解丧女之痛最好的方式就是工作，就像她失去婚姻时一样，在林安娜的价值观里，创造新的价值是一种代谢悲伤的方式，那些情绪对她而言是最好的灵感源，而眼下自己非但失去了女儿，连她最看重的工作也快失去了，都说人生起起落落，此刻谓之低谷也不为过了。

“Anna，我这个人向来直接，你找我出来，肯定是想听我的建议，那我就明说了，换作我，我肯定是要给这帮人一点颜色看看的，老虎不发威还真当老娘是病猫了。但换句话说，不留在奥斯德，你林安娜还怕没有饭吃吗？要么就干脆找别家，让奥斯德追悔莫及，但你要是现在换到别的公司，我觉得才是下策中的下策，别人会怎么想你？他们只觉得你是奥斯德都不肯收的破落户，你自己看好了，你林安娜坐镇奥斯德，还怕文案不够接吗？”

所以呢？自己在怕什么呢？林安娜自嘲地笑了笑。她当然怕，人越老，面子越值钱，但“面子”这东西到底是虚的，有件事做才是实在的。以林安娜现在的年纪，再熬几年就退休了，说实在的，她不必非要去和一个年轻人抢工作，但是，此时此刻没了女儿的她还有什么呢？让她每天坐在家里胡思乱想吗？要她拿出二十岁时的热情去拼创意吗？倒也不是不可以，只是要让整个公司的人都看她林安娜的笑话吗？

杜太太接了个美容院打来的电话，回过身对林安娜说：“我就这么和你说吧，以你林安娜的人脉，还找不到方法让浦江那边直接选你的？撬了那个小丫头，让她碰碰壁、吃吃亏才知道这个社会的法则，是不啦？这个道理你不是不懂吧？古人云：‘穷则变，变则通，通则久。’是不是这个道理啦？侬好好忖度忖度。”

虽然杜太太的生活是大多数成年女性向往的样子，但对于林安娜则不然，她并不羡慕这个杜太太。十几年前，她和杜太太是齐头并进的战友，她负责创意，杜太太负责客户，就林安娜见过的那么多 AD（Account Director，客户总监）里，杜太太绝对是最能说会道的那个，她不仅酒量好，把甲方哄得服服帖帖的，还特别会帮甲方出主意。在精算价格这件事上，再精明的人也比不过她。但杜太太和林安娜原本就是两个完全不同的女人。杜太太明白自己要什么，她绝不是一个能在这个行业稳扎稳打地做到合伙人的人，相反，她在与一个又一个客户地谈判中，很快挑中了适合自己的男人，并果断辞职结婚，成为一名彻底的家庭主妇。或许因为命运轨迹原本就不同，杜太太深知林安娜不会选择再婚，比起其他人的不解，杜太太却像是特别明白她一般。

杜太太知道，有的女人活着就是为了享受，而有的则是为了自我实现，没有谁对谁错，但都可以活得各有各的精彩。毫无疑问，林安娜属于后者。

老徐很快介绍了他们这次找到奥斯德的原因和目的，其中的一部分正如罗任司所说的那样，浦江银行自身品牌的固化让他们基本得不到年轻人的关注，虽然他们也做过大大小小的活动，和商铺、影院也都有合作，但效果甚微；另一部分原因是罗任司没有提到的，浦江银行因为去年刚刚完成内部人事结构的更新，新上任的分行行长非常重视浦江在上海的市场影响力。

从老徐的话语中，吴悠隐约听出其背后的压力和期待。虽然她很想当面说，他们这样的情况或许找咨询公司比找广告公司更靠谱，但她还是忍住没有开口。对于企业的运营，广告的营销包装当然是非常重要的一环，但根据她私下查到的资料来看，浦江银行最大的问题还是出在他们的市场定位上，像他们这样的老字号，对市场风向的把握远远不及那些有的放矢的商业银行，如果只是依靠广告宣传，也只是治标不治本。

会议上，吴悠一直在思考，林安娜这次会拿出什么样的创意，她既好奇又忐忑，纵观林安娜全程的表现，她不露山水的微笑确实让人觉得她早就胜券在握。很快，罗任司就将 brief（任务简介）发到了吴悠的邮箱。会议进行得很顺利，时间却格外紧迫，老徐对奥斯德的金字招牌表达了绝对的信心。会后，一行人送走了老徐和谭秘书，剩下林安娜和吴悠静静地站在罗任司的身旁。罗任司说不如一起下楼吃个饭，林安娜却直言拒绝了，她拎着包直接进了电梯，只留下吴悠，使这顿午饭陷入吃也不是，不吃也不是的尴尬境地。吴悠思考了一下，自己总不能落后于林安娜，便也婉言拒绝了午餐，和罗任司告别后，吴悠便离开了公司。

半小时后，吴悠出现在距离新天地最近的一家浦江银行门口，她端着咖啡静静地望着从银行进进出出的人，像一名穿着便衣的特工。经过半个多小时的观察，吴悠发现出入浦江银行的人中确实没有什么年轻人，不是上了岁数的大叔，就是带着孩子的中年妇女，从玻璃门往里望，坐着等号的人也都是四十出头的工薪阶层，他们大多耷拉着脑袋在玩手机，使得整个银行看起来也没精打采的。吴悠又去了附近几家浦江银行，基本都是类似的情况，但她很快意识到，现在还会到银行取钱的年轻人本就很少，手机支付早就取代现金支付。吴悠又游走了几个地方，白领出入较多的地铁口、商场和 CBD 大楼，她发现办信用卡的人还是很多的，但没有一个服务点有浦江银行的员工。然后她又用手机下载了各个银行的 APP，还在大众点评上搜索了一下餐厅、影院与银行的合作情况，她发现浦江银行确实存在很多问题。

他们为什么更愿意用 A 银行而非 B 银行？这不是广告人要考虑的问题。怎么让他们在用 A 银行的时候会更想用 B 银行，这才是广告人要考虑的问题。吴悠灵机一动，眼下有个人一定能帮到自己，她随即给罗薇薇打了通电话。

2

林安娜从跑步机上下来，用毛巾擦了擦脸上的汗。她找了个椅子坐下，顺手开了一瓶依云，环顾四周，发现健身房里空荡荡的只剩下她自己一个人了。林安娜并非吴悠想的那样争分夺秒地在想 idea。相反，每次创意来临之前，林安娜更需要的是让自己彻底冷静下来。

虽然这些日子里，林安娜努力让自己不去想女儿的事情，但一回到家，她还是会觉得心里空荡荡的不是滋味，仿佛过去很长一段时间，女儿虽然人不在，精神却一直寄居在这个小房间里，但是现在，那一丝精神也彻底无影无踪了。她尽量让自己多找点事情做，除了跑步、普拉提、瑜伽、健身操，她更多的时间是把过去看过的书和电影又翻出来看了一遍。越是这样，她越是觉得如果自己退休在家，剩下的人生岁月是多么令人恐惧。她一想到自己上了岁数盖着毛毯在这间屋子里老无所依，她就立马理解了为什么那么多在养老院的老人会想要自杀。

杜太太劝她，如果没有那么想上班，倒是可以先去旅行一段时间。之前一直拼死拼活赚钱，现下虽然和女婿不合，至少可以跟女儿出去走走。旅游当然是一种方式，但对林安娜来说，如果旅游归来的照片上没有出现女儿的身影，她又要如何跟身边的人解释？思来想去，只有工作是治愈伤痛的最佳良药，没有之一。

就在刚刚跑步的时候，林安娜把之前其他公司给浦江银行做过的几条广告又翻出来放在平板电脑上看了一遍。虽然以现在的视角去审视，会觉得许多东西做得确实很稚嫩，但也绝非没有可取之处。这三四支广告最大的问题就是不够走心，虽然林安娜没有接过银行的广告，但她始终相信“万变不离其宗”这句话，各行各业都有相通的地方。

林安娜不由自主地想起吴悠来，虽然她只见过吴悠两次，但是在吴悠身上，林安娜能看到吴悠内心的自傲和焦急。在这个行业待久了，林安娜特别能读懂吴悠那种迫不及待要标新立异的眼神，但恰恰是这样，林安娜反而感觉放松多了，她从来不怕那些所谓“新”的东西，那些东西对她来说反而太“旧”了。

林安娜现在还记得，大概一年前，她接手了一个油烟机品牌的项目，与浦江银行类似的是，它也曾是万众依赖的老品牌，只是时移世易，老品牌渐渐就成了陈旧的代名词。林安娜当然交出了非常得体的创意，让品牌方又看到了希望。当时广告正式通过渠道投放，确实获得了极佳的效果。

林安娜和品牌老总吃饭的时候，老总那句“林女士最厉害的，就是永远有一颗懂当下人的心”重重印在了林安娜的心上。此言非虚，在那广告中，不管是独居女，还是为女儿做饭的父亲，或者是垂垂老矣的老太太，每一个元素她都用得非常精准。从厨房到生活，又从生活回归厨房，对于那些在地铁里、电视里、网络上、手机里看到这则广告的人，林安娜都只有一个目的，就是让他们哭，为品牌哭，也为自己哭。

这十年来，广告已经变了，品牌方纷纷从“求新”变成了“求心”，林安娜算是最早闻到这丝气息的人。

2008 年是个分界点，在那之前，广告行业的规则也与现在完全不同。互联网经济的盛世到来之前，上海的广告公司还是一个由德国人、新加坡人瓜分的市场，4A 公司真正对接的是一家又一家外资品牌，品牌方没有具体的要求，他们的 brief 要求非常明确，就是“新”——新的概念、新的视觉、新的方向。那是林安娜眼中的黄金时代，每天接触的信息永远都是海外一线的东西，为了更加与国际接轨，每一个广告人都在看世界每一天在发生什么。对林安娜来说，读 China Daily（中国日报网）和 Time（《时代周刊》）几乎是再寻常不过的事了，除此之外，他们要感受的、追求的，一定都是世界更前沿的理念。

但是 2008 年之后一切都变了，最直观的感受就是所有人从看世界每一天在发生什么，变成看中国每一天在发生什么，互联网经济带来的最直接的冲击，就是中国变得更大且更受关注了。BAT（B 指百度、A 指阿里巴巴、T 指腾讯）的崛起，让更多的民营企业和国有企业开始需要 4A 公司的加入，他们的客户从外国人慢慢变成了数量更庞大的中国人，工作理念从“把世界的带给中国”变成了“中国的即是世界的”，而那些不了解内地根基的德国人、新加坡人也开始越来越不懂这个新兴市场，他们不懂互联网，也不懂互联网下的中国内地人，于是他们逐一退出了上海广告圈，回到了自己原本的地方。短短几年间，上海的广告圈终于成了上海人自己的天下，管理层终于从外来人口变成了本土精英，林安娜也是从那一年开始节节攀升的。对林安娜来说，带来机遇的同时，行业的规则也发生了彻底的变化。

对每一个做广告的人来说，美国的麦迪逊街是他们曾经梦想的乌托邦，那里会聚了全美国乃至全世界最会做广告的广告人，不管是威廉·伯恩巴克，还是李奥·贝纳，甚至是大卫·麦肯兹·奥格威，可以说所有的传奇都是从那里诞生的。但现在美国的广告业已经落后了，这是新一代广告人心中的真实想法。林安娜当然不敢苟同，就像现代人觉得听黑胶的人都是“老古董”，却没有一只无线的 Airpods（苹果无线耳机）等于跟不上潮流。互联网和数字化把人的生活习惯和对物品质感的感受全部改变了，而广告现在反过来重新唤醒大众人性中的真善美。

不是说林安娜崇洋媚外，而是对他们这一批经历过“黄金时代”的广告人来说，现在的广告反而不能做得太过前卫。不知道是谁发明了“接地气”和“走心”这样的词汇，好像只有更贴近大众的思想，而不是前卫的思想，才算是好广告。

对于这个论点，女儿还在的时候，林安娜就和她讨论过。十年、二十年过去了，外国人信奉的还是过去那一套，他们的课本好像过了百年也不会改变似的。林安娜说：“理论只是理论，学广告的人千万不能只看前人的理论，广告是时效性最强的行业，堪比报刊媒体，守着所谓的条条框框是永远做不好广告的。”

女儿不以为然，只道：“广告到底是潮流时尚的介质表达，太贴近时效性也最容易过时，那些经典的广告案例是可以突破时间的，经典之所以成为经典，就是他们永远想在人们前面。”

林安娜直接告诉女儿，这种理想化的思维构建帮不了她任何忙，所谓的经典只是百万案例中泛起的零星水花，广告到底是为了让资本成为更大的资本，只是一种宣传和敛财的手段。但这样的言辞太残酷了。

最后，当然是不欢而散。

就在刚刚林安娜看过的那些浦江银行之前的广告中，林安娜读到的是泛泛而谈的陈腐和没有共情的说教，将“存钱收益”这种概念穿插在广告中，早已不符合当下年轻人的消费观了。但银行的实质是什么？还是存钱。这是亘古不变的事情，只是要怎么去讲新的故事，这是林安娜在乎的事。

健身房里的教练已经开始集合准备开会了，林安娜轻轻叹了口气，连最后收留她的地方也准备打烊了。她到更衣室里换好衣服走出大楼，外面的星光还够璀璨，正好可以陪她走上一路。在林安娜的住处附近就有一家浦江银行，林安娜还记得这家银行刚开业的时候，正巧是自己搬到这里的时候。林安娜的工资卡到现在还是浦江银行的，但是除了工资，平日自己都用不到浦江银行的任何产品。转眼间十几年过去了，虽然银行翻新过两三次，但怎么看都是上了岁数的，就跟自己一样。人总是害怕看到那些和自己一起成长的事物，因为它们像是在活生生地给你展现岁月流逝的痕迹。

林安娜回到家，杜太太专门又打来一通电话，约她周五晚上到家里去打麻将。林安娜想了想，只道她得先去锻炼完才能过去，杜太太揶揄道：“侬身材练这么好，个么是想二度逢春伐？（**你身材练得这么好，是想二度逢春吗？**）”林安娜也没有反驳什么，只是沉默了一会儿，说：“我也好久没打了，到时候你们赢钱我又不开心，要是你们人够，我就不来了。”杜太太赶紧说：“当然是三缺一才叫你呀，有人我就不给你打电话了。”林安娜道了声“好”，就挂了电话，准备沐浴洗漱，她刚脱下运动服准备去浴室，手机又响了起来。

林安娜走出浴室，拿起手机，眉头瞬间皱了起来。这个不该打电话来的人，在这个不合宜的时刻打来，真是让人恼火。她挂了电话，调了静音，不理不睬地进了浴室。洗完出来，发现手机还在闪烁，她看了看，那人还真是锲而不舍。她刚解锁手机，入户门就传来了“啪啪”的砸门声。

“林凤珠，你在家吗？”这年头，能叫她本名的已经没有几个人了。林安娜一听是前夫的声音，连回应也不想回应。但是夜深了，他要再接二连三地敲门，肯定会影响到隔壁邻居，无奈之下，她还是走过去，冲着门口说了一句：“深更半夜你来干吗？我要睡了。”

前夫语气焦急地问：“你最近和荞荞联系了吗？我最近这一周都联系不上她，我担心她出事。”荞荞自然指的是林安娜的女儿林荞荞。女儿去世有一段时间了，但她并没有打算把女儿去世的事情告诉前夫，但让她没想到的是，前夫居然一直和女儿私下有联系。林安娜对此有些生气，她以为女儿理应跟自己一样，早就和这个薄情寡义的男人恩断义绝。这一瞬间，她感受到了一种类似背叛的恶意。

“你和荞荞为什么会有联系？”

“这件事以后再说，是不是你让荞荞不接我电话的？凤珠，荞荞又不是你一个人的女儿，你这未免有点太自私了。”

“自私？”林安娜说出这两个字，自己都觉得好笑。当初抛弃她们母女的人是前夫孙令辉，生活费、赡养费统统减半支付的也是这个男人。在林安娜母女最苦的日子里，他连一通电话都没有打过，现在知道女儿在国外生活好了，就开始后悔想要重新和女儿建立父女关系，以谋得一丝好处，这如意算盘打得真好，可惜在林安娜心里，自己和女儿早就和他半毛钱关系都没有了。

“孙令辉，你不要再去打扰荞荞了，也不要来骚扰我！我和你说，如果你再来，我就报警说你扰民。”

“林凤珠，侬未免太狠心了，我不怕跟侬港，荞荞从小到大，在你那里并没有感觉到多少开心，嘿，你还以为你自己当了一个好母亲、好妈妈，那你知道女儿为什么总想给我打电话吗？就是因为你老是逼她做她不喜欢的事情，你这个女人就是活得太强势了！”

“侬少在那里胡港八港（胡说八道），囡囡怎么可能主动给你打电话，你现在就赶紧给我滚，你信不信我现在就打电话报警？！”

“少拿报警唬我！林凤珠，你要不信我，你就自己去问你女儿。还有，别以为你不让她接我电话你就得逞了，我有女儿在美国的地址，要不是我签证迟迟办不下来，我早就去美国看她了！”

林安娜差一点说出那句“别去”，还好她及时控制住了自己的情绪。她瘫坐在沙发上，给自己倒了一杯威士忌，任凭孙令辉在门口叫嚷，她也不再理会。她只觉又生气又丧气，莫非孙令辉所说的是真的？不，不会的。林安娜很快又急着否定这种危险的想法。荞荞怎么会主动联系他，这肯定是他为了气自己胡诌出来的，但孙令辉言辞凿凿，又不像是编的，不然他怎么会在最近联系不上女儿呢？但若他说的是真的，荞荞真的因为自己太强势而让她不快乐了吗？现在，她巴不得立马给阎王爷打通电话，好好找女儿问清楚，可这么一想，她心里又一下子难过起来，好像好不容易缝补起来的心又被粗暴地撕开了一个口子。她一口喝掉了半杯酒，然后一言不发地靠在沙发枕上，门外的声音已经渐渐弱了，她知道那个男人还是走了。过了一会儿，她又突然想和那个男人再多说几句，至少都是关于女儿的事情，真的也好，假的也罢，总好过这会儿房间里寂静得连星星闪烁的声音仿佛都能听见。

关于女儿的秘密，到底能瞒多久呢？林安娜自己也不知道。她不愿同杜太太说，是不想同僚对自己怜悯和同情；她不想前夫知道，是害怕前夫责怪自己没有把女儿照顾好；她更不想公司里的人知道，她是失去了女儿才决定重返朝野的。她是绝不可能去做当代祥林嫂的，最主要的是她那些过往的得意都会因为女儿去世的消息而被彻底掀翻。她望着天花板，感觉到太阳穴传来的阵阵疼痛，酒精在这个时候似乎也不起作用了，她原本想依靠酒精快速入睡，但孙令辉这一闹，让她彻底清醒了。这时，林安娜的手机又响了，她漫不经心地拿过来，却不是前夫打来的，令她意外的是，这通电话居然是卷走公司资源的戴维德打来的。

3

从卧室窗户望出去的视野挺好的，只要天一黑，靠在床上，就有一种上海的万家灯火陪你一同入眠的浪漫。但吴悠一转身，看着乱七八糟、耷拉成一团的衣服肆无忌惮地散在家里的各个角落，她就有一种从梦境跌落回现实的感觉。吴悠皱了皱眉，只见罗薇薇穿着一件猩红色吊带长裙，端着两杯酒跌跌撞撞地走了进来。

"唉，我说，你就不能抽个空找个阿姨过来打扫一下吗？每天睡在垃圾堆里的感觉会让你心旷神怡？"吴悠拎起躺在旁边的蕾丝内衣，皱着眉扔到一边，她接过罗薇薇递过来的红酒，有些嫌弃地喝了一口，说："你最近春光满面，是不是又有新男人了？"

罗薇薇笑而不答，默认了，她侧身坐在吴悠身边说："你能不能不要每次来都骂我，我也是昨天刚好去参加一个朋友的 party，找不到合适的衣服才把家里搞成这样的，这不还没来得及收拾嘛。"罗薇薇端着酒杯将腿搭在飘窗上，接着问，"你呢，无事不登三宝殿，没事才不会想到来找我。"

"工作不顺，来找你卜一卦呗。"

罗薇薇像是突然来了兴趣，忙说："真的还是假的？你不是不信这些吗？喀喀，我不是卜卦啊，我是观星，人家伦敦的那些大学还设有专门的专业呢，这是有学问的。"

"好了，我不和你胡扯了，找你倒是真的有事。"

吴悠简单地把浦江银行的情况说给了罗薇薇听，虽然罗薇薇给她出不了什么点子，但罗薇薇认识的人多，早已成为吴悠最直接的人脉库。一时间，罗薇薇立马将角色转换成浦江银行的市场调查员，不停地给她那些朋友挨个发语音：

"你用浦江银行的信用卡吗？"

"为啥不用啊？说来听听。"

“哎呀，不是换工作啦，我就是最近在想，办信用卡到底办哪家银行的好嘛。”

“招商、广发、交通……，好嘞，你说这几家积分多、活动多是吧？”

“浦江利息低？现在还有人在银行存钱吗？”

“没有工作办不了信用卡？那你找份工作呀！啊，你说我？老娘我怎么没工作了？我……我……嘿，你这人！”

一个一个人询问下来，吴悠在旁边也听得个七七八八。大概原因她也都了解了，就在刚刚罗薇薇做调查的时候，她也顺道打开电脑查看了几家财经杂志做出的年度报告。通过对几个一线城市的消费分析来看，上海的消费数据较之北京、广州、深圳乃至香港都高不少，甚至常年稳居第一。报告里显示，上海的消费方向主要在聚会、追星、沙龙和课程培训这几项，而消费年龄段恰好是在十八到二十八岁这个区间。在这几个类别中，做得最好的几家银行都有一些共同点，他们定位明确，一方面这些银行和许多年轻人熟知的二次元动漫、偶像、互联网品牌联名，另一方面他们的信用卡额度足够高且申请方式简单。另外从信用积分上来说，这些积分可以用于换取星巴克咖啡、电影票、演出票、旅行机票和酒店优惠券，而这些恰恰都是年轻人最在意的。相比之下，浦江银行的经营模式确实太传统了，市场定位也偏高，他们忽视了大学生市场，没有开放学生办理信用卡的通道，而正常办理他们银行的信用卡也需要资产和工作等相关证明，甚至还需要顾客提供详细的账目流水。总的来说，他们把社会主要消费群体拒之门外，这就是浦江这个品牌落后的主要原因。他们没有占据年轻人的市场，就等于失去了生存空间。

罗薇薇放下手机，和吴悠碰杯，说：“吴悠，不是我说你，你也快三十了，每天上班下班想的都是你那工作，你什么时候能想想男人？”她一边说一边捏了捏吴悠的脸，“喏，没有男人滋润，你的皮肤都变差了。”

吴悠翻了个白眼，那口酒干脆没喝，较真地说道：“什么叫想想男人？你怎么知道我没有男人？再说了，我凭什么要想他们？这年头是越活越回去了，女人靠自己反倒要被嫌弃了，是不？罗薇薇，你什么时候去居委会挂的职啊？我怎么不知道。”

“哟，你啥时候有男人了？就你那张嘴，我还真想不到什么样的男人能降伏你。不是我突发奇想，下个星期张晓彤结婚，你也去吧，她前两天还发信息问我你的感情状况呢。”

吴悠没理会罗薇薇的话，低头扣上了 iPad，然后从床上跳下来，把酒杯放边上，说：“我走了，你自己慢慢喝。”

“你不是又生气了吧？每次一说起这个事，你就这种脸色。”罗薇薇有时候也受不了吴悠的脾气。

“我没那么无聊，你不是嫌我没男人吗？这个点正好可以去夜店泡泡，说不定能带个小鲜肉回家。”吴悠没有回头，她从衣架上取下自己的外套。罗薇薇一听她要去夜店，立马兴奋起来说要一起去，吴悠拍拍她的肩说：“男人随时可以有，赚钱的机会可就不一定了，多金女人最好命，走啦！”

罗薇薇看着吴悠没喝完的那杯酒，嘟着嘴说：“这吴悠真是的，当我这儿是什么地方，嫖完不付钱，甩脸就走人是吧。”说着，她起身收拾了那杯酒，“酒也不喝完，很贵的好伐！”

吴悠下楼没有径直回家，她喜欢在入夜后的上海街道上游荡，大部分的灵感也都是在这样的情况下诞生的。其实在刚刚那种情况下，吴悠确实也没有什么生气的必要，只是对于爱情这件事，吴悠从来不像罗薇薇那样成天在上面花心思。距离上一段感情结束已经有两年了，吴悠记得，那段感情开始得莫名其妙，结束得莫名其妙。

吴悠的前任是她的学长，在大她一届的同系男生里算好看的。和大部分男生一样，校园的生活总让这些男孩子看起来无忧无虑，充满少年气，但是一旦进入社会，他们就像立马被一种说不上名字的物质吞噬了一样，变成对社会规则坚守且无趣的人种。学长就是这样的人。不管在大学时二人多么风花雪月，进入企业之后的两三年里，学长就开始对物质和金钱格外在意，吴悠将其视为一种追求，也并不觉得过分，可是两人之间能够交流的东西变得越来越少。因为不够体贴甚至无法与学长建立极度亲密的关系，很快吴悠就被贴上了“事业型女人”的标签。学长认为男人追求事业是必须的，但女人大可不必。在学长所谓的未来计划里，吴悠应该是要依附于他的，但吴悠觉得好笑的是，从一开始她就不是那样的人。学长声嘶力竭地说：“你可以改变啊，谁毕业之后不会改变呢？”吴悠这才明白，原来学长觉得他自己的改变对应的就是吴悠也应该顺应他的变化，他们都不是学生时期的理想主义者了，用学长的话来说，落地一点有什么不好？

吴悠趁夜搬离了他们合租的房子，删掉了学长的微信，拉黑了他的电话，彻底消失在了学长的世界里。不出吴悠所料，很快她就听罗薇薇说学长又找了一个女朋友，他像是赌气般的无缝衔接了一个新的对象。而这件事对吴悠来说已无所谓，既然对方认为自己是事业型的女人，那她就索性成为一个不靠男人的独立女性，她没有办法接受男女关系必须如胶似漆的状态，她始终认为每个人都是独立的个体，既然没有好的选择，选择自己总不会是错的。

因为无故陷入回忆，吴悠也不知道自己到底走到了什么地方，上海夜间的小巷总是宁静而舒心的，秋风吹拂在脸上像是一种慰藉的抚摸。旁边的五金店还没关门，门口电锯锯出的火花像是投入平静湖面的石子，打破了夜的静谧，让夜晚的星光显得更璀璨了些。烧焦的钢铁味混杂着夜宵店里食物的气息，竟然产生了一种奇特的化学效应，吴悠顿了顿，又回头看了一眼带着面罩工作的工人，她感觉脑中灵光一闪，身体里的某个开关被打开了。吴悠迅速加快了脚步，朝着地铁站的方向走去，她得趁着这种气息还没有在神经里消失之前赶快回家，把刚刚那一瞬间想到的东西写下来。

一周之后，吴悠和林安娜再次相逢，已经少了初次见面时剑拔弩张的紧张气氛，但吴悠能感觉到横亘在两人之间的那道沟渠依旧存在。会议室里，除了吴悠和林安娜，也只有罗任司和罗根二人，空荡荡的房间因人少反倒显得肃穆起来。罗任司提前让人买好了咖啡，眼神中带着一丝若有似无的期待，说道："如果你们俩都准备好了，就开始吧。"

吴悠当然希望林安娜能先阐述她的创意，这种时候越是冲在前面肯定越吃亏，但是林安娜按兵不动，无奈只能她先说了。众人见她泰然自若地走上前，将电脑打开，快速连接上了投影仪端口，一片大红色的页面就这样展现在所有人面前。PPT（演示文稿）的首页是一把电锯，吴悠轻吸一口气，说道："就如大家所看到的这把电锯，我想到的 concept 就是以浦江银行新版的信用卡为切入点，将新版信用卡作为这次包装升级的主要产品，以七十周年行庆为陪衬。这张信用卡不像别的，就像是图片上的这把电锯，我的概念主体就是切割和破坏，我们用这张信用卡去切割爱马仕皮包、切割苹果电脑、切割 YSL（圣罗兰）的限量口红、切割华为手机、切割达芬奇家具，真正地破坏这些东西，但凡与年轻人消费挂钩的商品，我们都用信用卡这把"电锯"将其切割。这个概念讲述的是，浦江银行的这张信用卡可以最大程度地破坏这些商品的价格，使其达到最大的折扣，塑造全新的消费理念，简而言之，就是用一种暴力美学的方式让大家触目惊心。"

吴悠一边说一边关注着每一个人的神情，说罢，她将自己画的一些概念图和分镜也放到了 PPT 的最后，展示给大家看。罗任司摸了摸下巴，和罗根对视了一眼，问："这个 concept 会不会太前卫了？你确定消费者能看得懂吗？"吴悠明白罗任司担心的绝非只是消费者，更重要的是层级固化的银行内部领导，他们是否敢为这样"破坏性"的广告买单。罗根看出了罗任司的犹豫，也提出了自己的困惑："我其实并不是很懂这个概念，为什么要破坏它们呢？”

吴悠不疾不徐地说：“为什么要破坏？这个问题……就这么说吧，对我而言，任何故事的开场一定是突如其来才能吸引人看下去的，暴力、性、金钱，这三样必定是最抓眼球的东西。这个概念或许是前卫了些，但一旦成型，作为浦江银行七十周年的概念片放出来，我相信在互联网上一定会引起讨论，届时过去那些认定浦江银行不过是一个老字号的人，就会注意到银行发生的变化，这个片子里的所有元素都与现在上海的都市白领息息相关，我相信白领一定会为此震撼，开始对浦江银行有新的认知。既然甲方希望的是产品包装与升级，那我们就不能延续之前的东西，不做出改变。”

罗任司虽然脸色沉闷，但还是露出了些许笑意：“我大致明白 Evelyn 的阐述了，那我们也看看 Anna 的东西吧。”

对于没有得到罗任司认可的这件事，也在吴悠的意料之中。就像之前在海森一样，由于吴悠的概念总是太新、太超前，要不是有大老板在暗中支持，很多时候都会被总监 Lucas 和客户部的同事驳回。因为太“不安全”的牌，公司一般都不敢随便打出去。但大多时候，吴悠对自己提出的概念和 idea 并不怀疑。

她回到座位上，直直地望着林安娜，相比于其他人的疑惑，林安娜却显得平静得多，刚刚吴悠也注意到她全程都非常认真地在听自己讲，并没有表现出作为前辈的不屑。

林安娜脱掉了手上的皮手套，熟练地走上台，与吴悠完全不同的是，她太熟悉这样的场景了，举手投足之间都是一种惯性。她没有带电脑上去，而是拉过空白的白板，拔开白板笔笔盖，在上面随意写了几个词：单据、失忆、回顾、老人……林安娜写完之后，双手交叉，一手拿着笔，淡淡地说：“银行最关键的元素是消费，饮食消费、旅途消费、商场消费、网络消费，而每一笔消费单据的背后都有着一段回忆和一段故事，年轻人是不会随时回头去看自己花过的钱的，甚至不知道钱到底花到哪里去了，但是每一笔消费是组成年轻人回忆的重要部分，一旦回头看必定感慨万千。我的概念很简单，一个永远有记账习惯的老人失去了所有的记忆，七十年的回忆全部都浓缩在了那一张张银行卡刷出的单据里。老人依靠单据寻回记忆，也从而打开了新的世界，从存折到银行卡，从银行卡到信用卡，从信用卡到手机支付，浦江银行所承载的是消费的历史，生活的变迁。”

林安娜点到即止，甚至没有去解释太多，罗根第一个鼓掌，像是和老朋友之间有着一种默契，罗任司也微微点头，表示同意。林安娜放下手中的笔，突然看向吴悠：“Evelyn 的方案我觉得也挺好的，只是在面对浦江银行这样的甲方时，我觉得你的棋走得有点险。”

吴悠也大大方方地望着林安娜，说道：“如果浦江银行真的是为了开拓新的市场，吸引新的用户群体，那么我不认为自己的方案会是一步险棋。相比之下，不知道是不是我的期望过高，Anna 姐的方案反倒让我有些失望。”

林安娜浅浅一笑，并没有理吴悠。这个方案对她而言当然算不上特别，但是绝对保险。林安娜与吴悠最大的不同，就是林安娜首先会考虑到甲方想要什么，而自己又如何让他们信服自己的创意，这个平衡点就是林安娜这些年来最擅长把握的，如果单纯比创意，林安娜不会选择这样的 concept，但如果要在这次比稿中让浦江挑选上，自己的方案绝对更有胜算。

“你们俩的方案我大概都明白了，你们将你们做好的东西整理一份发到我的邮箱吧，后天我带去浦江银行那边提案，到时会第一时间告诉你们浦江选择的结果。”

吴悠原本想要问罗任司一些问题，但碍于林安娜也在场，便没开口。会议很快就结束了，时间不早不晚，她正巧可以回一趟海森做交接收尾的工作。刚下楼，林安娜的车正好从她身边经过，林安娜轻轻“嘀”了一声喇叭，问她要去哪儿，自己可以顺路带她，吴悠竟有些受宠若惊，原本想委婉谢绝，但林安娜突然问她是不是要去海森，自己正巧要去静安，吴悠也不想撒谎，便从容不迫地上了车。

林安娜的车内有着一丝不苟的整洁，与此同时，车载香氛散发出淡淡的薄荷味，让人闻了神清气爽。林安娜开车的技巧非常熟练，在主路和小道上随意切换，基本不用导航，着实是老上海人了。吴悠原本只是看着窗外，林安娜却突然开口问道："来上海多少年了？"

"十年了。"吴悠回过头，对着林安娜说。

"做广告很累吧？"林安娜在红灯的斑马线前停了下来，"而且还不赚钱，你年轻有才，怎么没想想换个行当？"

"Anna 姐这是在给我心理暗示吗？让我主动让位？"

"年轻人说话不必这么冲，我就事论事，你不必想得太多。"交通灯由红转绿，林安娜松了刹车，车慢慢开始往前滑动。林安娜直视着前方，没有看吴悠。

"抱歉，我没有冒犯的意思。"吴悠意识到自己的神经太过紧绷反而有些露怯，"我只是觉得社会限制了女人，女人能做的事情确实不多，想做点自己喜欢的事情，不靠父母而靠自己，能生活、能自立就足够了。"吴悠叹了口气，实在没想到这个时候自己会和林安娜推心置腹起来。

"有男朋友吗？结婚了吗？"

"我以为 Anna 姐是典型的都市独立女性，没想到也会八卦这些俗气的琐碎事情。我现在有手有脚，自己开开心心，不必非要找一个伴侣来让自己费心。"

"当下社会，女孩子都个个喊口号要靠自己，但真正做到的没几个，有时候结婚生子有家庭也是一种能力，并非独来独往就高人一等。"林安娜轻"哼"了一声。

"Anna 姐让我上车不会是犯了好为人师的瘾，非得说教吧？"这下吴悠也有点急了，"还是说，平日没法教导你的女儿，所以只能把火力转移到和你女儿同龄的年轻人身上。”

林安娜突然变了脸色，但还是压制住了内心的情绪，只是突然加快了车速。吴悠猝不及防地往后仰，差点撞到了脑袋。

林安娜说：“Evelyn，广告人不是艺术家，充其量只是个商人的助手，如果总是带着一种艺术家的傲气，你就不适合做广告。你当然可以觉得全世界的人都是“傻帽”，他们每天都在指指点点你的缺点和不好，但他们大多数人是最终为你付钱的那个人。你今天的那个提案确实不错，但浦江是不会选的，拉你上车，不是要劝退你，而是想告诉你，那些你沾沾自喜、以为特立独行的品质和作风，全都暴露在了你的创意里，广告永远是为甲方服务的。说白了，我们也不过是为大爷提鞋的，而这些你自以为高级的东西并没有那么与众不同，我今天只是想提醒你一句，如果最终浦江选择了我的那个在你眼里极度平庸的方案，你也不要觉得自己输得不服气。”

“Anna 姐，他们说‘70 后’这一代人是没有理想的，都是跟着改革开放的路子在走，但我一直以为做广告的人不一样。做广告的人恰恰是走在最前面的人，要接触最多的产品和内容，活得鲜活自在，何况作为一个上海人，不是更应该如此吗？麻烦你靠边停车，我想下车。”

“我今天不是来和你讨论的，只是讲一些我的想法给你听，听不听得进去，都是你自己的事情。”林安娜在静安嘉里附近停了下来，“好了，到了。”

吴悠开门下车，关门时没有再和林安娜多争论一句。如果浦江银行最后真的选了林安娜的方案，那奥斯德不留也罢，整个大上海，她还不信就没有一个她吴悠的容身之所。林安娜的车飞驰而过，吴悠朝着车尾吐了下舌头，翻了个白眼，然后拎着包朝着海森所在的大厦径直走去。

4

海森的交接还算顺利，大老板在一边帮衬着，Lucas 也没有特别为难她，大概心里早就盼着她走了。新来的 ACD 是个明眸皓齿的小姑娘，笑起来两个梨涡着实好看，一看就是打不还手、骂不还口的类型，正合 Lucas 的意。

大老板找吴悠说了点心里话，比稿的事情他听说了，也担心奥斯德那边最终会不用她。吴悠倒满不在乎，生活还是要继续的，工作毕竟不可能是一个人的全部。如果自己技不如人，她就趁机好好休息一段时间，她一直想去欧洲旅行，这下或许就有了时间。人们都说，三十岁是步入人生下一个阶段的年龄，很多人会选择在这个时候休息一年，趁着手里还有点积蓄，人也算年轻，多看看外面的世界也是好事。她不过是提前了一年而已，无伤大雅。大老板笑她幼稚，哪怕奥斯德不要她，他的那封推荐信也足够她去别的 4A，偌大的上海还能没有她 Evelyn 的一席之地吗？吴悠表示感谢，但并没有真的把希望寄托在大老板身上，大概是独立惯了，她只相信自己。

“Evelyn，有些事我想你懂，我确实是欣赏你，你说你一个外地姑娘在上海打拼多不容易啊，其实，你有时候不必那么拼的。”大老板的脚尖又突然蹭到了吴悠的鞋跟，吴悠微微侧了下身，说：“所以啊，大老板，这一路的照顾，你对我的帮助我都记在心里呢。”然而大老板把这句话听岔了，他伸手刮了下吴悠的鼻尖，吴悠没有特别抗拒，但也明白不能让大老板误解下去，笑道：“我经常和我男朋友提起你，他一直说要请你吃饭感谢你呢。”吴悠刚一开口，大老板的面容瞬间就沉静了下去，轻轻清了下嗓子，说：“这个……就不必了吧，你帮我谢谢他，接下来你有什么困难，也可以随时给我打电话的。”听到大老板这么说，她心里才彻底松了口气。

吴悠回到家只想先睡个天昏地暗，所有的工作先抛到脑后。只是没想到她还没睡到深夜，就被隔壁蹦蹦跳跳的震动声和尖叫声给吵醒了，她打开手机发现刚过十一点，立马坐起身给物业打了通电话。眼看过去了十分钟对方还没有消停，吴悠只好裹了件衣服去敲隔壁家的门。

开门的是个戴鸭舌帽的小伙子，年龄不过二十出头，面如红霞，眼神游离，一看就是喝多了，眼见吴悠的装扮大概猜到是投诉的邻居。吴悠还没等对方说话，先声夺人地给了对方一个下马威："我已经打电话报警了，你们要是不想惹麻烦，趁早收拾收拾赶紧撤了。""鸭舌帽"觉得好笑，朝着屋子里吼了一声："这里有人报警啊，警察叔叔快点来抓我啊！"紧接着一个戴眼镜的小男生跑了过来，见到吴悠，先是一愣，然后立马道歉："对不起，对不起，他们都喝多了。"一边说一边把"鸭舌帽"往屋内拉，吴悠想到他就是住在隔壁的那个男孩，前几天还和他有些交集，眼见他还算有礼貌且正常，心情稍微舒缓了点。谁料"鸭舌帽"挤上前说了一句："Scott，你道什么歉啊？你喜欢她啊？噢噢，你喜欢老姐姐。"紧接着，他一边指着"小眼镜"一边"咯咯"地笑了起来。

那句"老姐姐"彻底把吴悠激怒了，吴悠冲着"鸭舌帽""嗬"了一声，挡开小眼镜的手，把"鸭舌帽"拉到走廊上，屋里的其他几个人也都闻声而出。"鸭舌帽"猝不及防，质问道："你干吗啊你?!"吴悠随手掏出手机，朝着"鸭舌帽"拍了两张醉照，然后按了下手机，说："照片我已经发到朋友圈了，现在我的通讯录里三千个人都能看到你的嘴脸，其中一半都是上海有头有脸的人，也不怕多出丑，我的微博还有三百万粉丝，你想出名，也能立马让你出圈。明天走到大街上有本事你就别蒙面，试试吗？"吴悠这么一说，"鸭舌帽"立马像蔫茄子一样："你……你赶紧给我删了。"吴悠瞪着门口那几个人，说："行啊，限你们三分钟之内散场，人走照删。"

"鸭舌帽"大概是吓得酒醒了，气呼呼地进屋拿了外套，跟着其他几个人走了，临走时拍了拍“小眼镜”说“回头去我家聚”，留下“小眼镜”呆呆地望着吴悠，可见这小男生着实被她刚刚那一系列操作给彻底惊呆了。吴悠见“小眼镜”发愣，刚才的气也消了，问：“你叫什么？”

“萧树。”

“萧树是吧？今天呢，我得和你立个规矩，我不管你们这群富二代怎么在家里作威作福，在我这里，但凡打扰到我的生活，我绝对不会给任何人留面子。今天的事情就算是个警告，平日要喝酒、要发疯可以去酒吧，衡山路、巨鹿路、古北一大堆居酒屋随便你们选，以后超过十一点再给我把家当夜场，我就敢把你家给拆了。”

“我……”

“你也别想和我谈什么条件，老姐姐我每天上班、加班，回家只想好好睡个安稳觉，你们有钱，你们不把这屋当家，你们不在乎，但是我是按月交租，每天能在家的时间平均只有晚上那七八个小时，睡不好会直接影响我上班工作、升职加薪，你们付钱吗？”

“所以，你真的是有三百万粉丝的网红吗？”

“当然是假的，姐姐我要是有三百万粉丝，我还会在这个地方租房子吗？你们也不动脑子想想，也就骗骗你们这些有钱无脑的小孩罢了。”

“那个……首先我不觉得你老，其次，我也不是什么富二代，最后，这房子也不是我的。”萧树终于找到间隙把想说的话说出了口。只见吴悠挑了挑眉说：“Whatever（随便你怎么说），总之，我的规矩就是这样，啊——困死了，我要回去睡了。”

“其实今天是我的生日，刚刚本来是打算点蜡烛的。我的那个朋友乔琪……”

吴悠背过身说：“生日也不是借口，你们又不是小学生，还非得找一帮人来证明自己老了一岁吗？”说完，“啪”的一声拉上了门。

萧树站在空荡荡的走廊上，屋里的蜡烛还没点上，他刚刚原本是想切一块蛋糕送给吴悠的，到底没说出口。原本这生日他也不想过的，不知道乔琪是在哪个社交软件上看到了今天是他生日，非要打电话带一帮人过来，才有了这样一出闹剧。不过，吴悠那一顿教训并没有让他不开心，反而是给这样一个闹腾的生日宴画上了一个完美的句号——至少她终于知道了自己的姓名。萧树回到房间，关了灯，点燃了那根蜡烛，他望着星星一般的火光，傻傻地笑了笑。在公司能见到她，说明他们多少是同行，那以后应该还有机会再接触，萧树心里想着。

第二天一大早，吴悠就接到了罗薇薇的电话，罗薇薇问："张晓彤结婚，除了送礼金，还要不要送点什么礼物？"吴悠盘算着，毕竟是大学同寝室的姐妹出嫁，确实应该买份礼物。于是，吴悠约了罗薇薇午饭后去淮海路逛逛，看看有什么能送的。送礼物这件事，吴悠并不擅长，大多女生喜欢的无非珠宝首饰，或者名牌箱包，但这些作为姐妹相送就显得俗气。张晓彤是宿舍四人里最实在的，她朴实又可爱，既不拜金，也不攀高，吴悠对她格外欣赏。

秋日下午的淮海路总让人心旷神怡，金黄色的梧桐树列在两旁，单车与汽车有序行驶，街边的咖啡店总洋溢着时尚都市慵懒而自信的气息。罗薇薇身着鹅黄色羊羔绒外套，挽着吴悠的手在各种饰品店里进进出出，然而挑来挑去也没有一件让吴悠看上眼的。罗薇薇在潘多拉的手链里挑来挑去，吴悠冷不防地说了句："你这是给张晓彤挑，还是给你自己挑呢？"

罗薇薇把一条手链戴在手上照了照镜子，说："自己喜欢就自己买咯，反正又不是只为了买礼物才来逛街的。哎，这个多少钱？"

"这款正好在做活动，八折打下来……四千五百元，小姐，你真有眼光，这是我们最近卖得最好的款了。"

吴悠翻了个白眼，觉得这番台词陈旧得就像销售员全都拿了同一个剧本一样。罗薇薇伸手给吴悠看，吴悠帮她摘下来，说：“喜欢就买吧，我给不了什么意见，毕竟我手上只戴表。”罗薇薇又取出一个套盒，说：“吴悠，你能不能也打扮打扮自己？我觉得这个挺好看的，不如我们一人买一条吧。”吴悠叹了口气说：“你想买就买，别拉我下水，四千五百块，我宁愿再添点钱去买双 Jimmy Choo（英国奢侈品品牌）的高跟鞋。”罗薇薇最烦吴悠的这种态度，女人难道只有华服、口红和高跟鞋吗？偶尔的点缀才会让人更加闪闪发亮！男人看的都是女人的这些小细节，也难怪吴悠找不到对象。当然，罗薇薇嘴上从不和吴悠争辩这些，她吩咐服务员帮她包起来，开心地离开了店铺。

一圈下来，罗薇薇手上拎了不少东西，但没有一件是买给张晓彤的，吴悠看了觉得头痛，倒不是觉得罗薇薇不该买，而是她总是忘了正事。

眼见黄昏将至，罗薇薇的脚走得酸痛，刚找个地方坐下来歇会儿，吴悠却突然被一家店的橱窗吸引，也没顾坐在一旁的罗薇薇便走了进去。罗薇薇正说着抱怨的话，一看吴悠不见了，立马回头跟上了她。眼见吴悠让服务员从玻璃橱柜里拿出一套原版的 Sex and the City（《欲望都市》）DVD（光盘），吴悠甚至有些不敢相信，她一边摩挲着手一边说：“薇薇，你快看！妈呀，我在网上订了几次都没货！”不等罗薇薇反应，她便对服务员说，“多少钱？我买了。”

罗薇薇望了吴悠一眼，问道：“你不会要送这个给张晓彤当结婚礼物吧？”

听完对方报价，吴悠二话不说就刷了卡，回道：“对啊，你忘了我们四个人在宿舍看剧的时光了吗？那绝对是我最开心的日子！”

罗薇薇立马拉过吴悠说：“别人是结婚，你送这个寓意是不是不太好……”

吴悠没理会罗薇薇的劝阻，她照旧让服务员帮她包起来，拎着走了出去，她头也不回地说：“罗薇薇，我还真的不知道你什么时候变成这种前怕狼，后怕虎的人了。一部剧而已，能干吗？难道张晓彤看着看着就想出轨了吗？你忘了当年我带着你们看这部剧的时候，谁最花痴、最爱做春梦了，你现在装什么良家妇女。你不还一天天叫我找男人吗？”

“哎呀，那能一样吗？我们都是单身，当然可以放荡不羁地找男人，可以随便做梦发痴，说些不着边际的话，现在人家是结婚啊，结婚不就得收心了吗？”

“你别给我上纲上线啊，看个剧你还能谈到伦理道德上了，男人结了婚还时不时地走个神，望着广告牌上前凸后翘的大胸妹发个呆呢，女人怎么连看个剧都不行了？你怎么这么讲究三从四德？还真的是双标狂人。”

“算了算了，我不和你说了，你想送什么就送什么吧，我呢，就从刚刚买的这几条手链里面选一条送了。”

看着扬扬得意的罗薇薇，吴悠哭笑不得。

十九岁那年，她们宿舍共有四人——吴悠、罗薇薇、张晓彤还有赵开颜。四个人守在一台联想笔记本电脑前，大夏天的，她们头顶上方只有一个三叶风扇，四人却乐呵不止地听着剧里的女主们口吐莲花。她们都穿着吊带背心，流着汗，内心澎湃不已，看到女主们邂逅一个又一个男人，不把男人当回事，对性无所畏惧且毫不遮掩，信奉爱情却不踏进婚姻，那种果敢、刚烈和独立，深深影响着她们。罗薇薇经常到大呼过瘾的时候就推开窗户喊一番“独立宣言”，而那时候，有男朋友的张晓彤，也非常羡慕曼哈顿的这四个女人，说喜欢一个人也不能成为他的附属，毕业之后在上海也要靠自己打出一片天地，到时候她来养她的男朋友。对罗薇薇来说，这可能只是一部剧、几张光碟、一个套盒而已，甚至在这个时刻变成了“三观不正”的某种象征，但对吴悠而言，这部剧有着非同一般的意义。当然，到最后她们四个都没有活成剧中凯莉那样的人——依靠写专栏为生，周旋在各个多金男之间，她们却像剧里的人一样，她们扎根在了上海这座物欲横流的城市中，慢慢活成了她们自己想要的样子，她想不到比这个白金套盒更好的结婚礼物了。

张晓彤的婚礼在当周周六举行，地点定在花园酒店，上海的婚礼喜欢定在晚上。

入秋之后，上海总是黑得特别早，吴悠到达现场的时候天已经黑透了，新郎、新娘还在寒风凛冽的会场外站着，穿着粉色蕾丝礼裙的罗薇薇正左一张、右一张地帮晓彤拍照。毕业之后，吴悠确实已经好久没有见过晓彤了，和分别那时候相比她又成熟了几分，从短发变成了长发，加上婚纱的衬托，当属这晚最美的人。

吴悠缓缓走过去，给了晓彤一个拥抱，把装好礼金的红包交给负责人，签上自己的名字，然后把拎着的套盒拿给晓彤看了一眼："猜猜是什么？"

晓彤轻拍了吴悠一下说："你怎么跟薇薇一样，还送礼物？"

吴悠笑道："这个非同寻常。"

晓彤掀开袋子一看，惊喜地笑出声来："悠悠！你怎么知道我一直想买这个？！"

吴悠眨巴了下眼睛，说："可惜只有一套，不然我真的想占为己有。"

罗薇薇轻轻碰了碰吴悠的胳膊肘，在旁边"哼哼"了两声，示意新郎官还在那儿被干晾着呢。吴悠看了看站在晓彤旁边的新郎，这个男人清新俊逸，品貌非凡，于是她凑到晓彤耳边低声说："老公选得不错。"然后吴悠大方向前，伸手问好："我是晓彤的大姐，你以后可不许欺负她啊。"新郎连连点头，说经常听晓彤提起她们。

张晓彤和她的男朋友相识五年了，晓彤毕业之后，她的前男友回了老家当公务员，没多久她就在第一个单位认识了这个男生，这个男生比她小一岁，吴悠一直有听罗薇薇讲起，但今天才是第一次见到本人。就像张晓彤当年在宿舍立下的誓言一样，虽然她看起来小小的，却非常有力量。男生要读博，晓彤就上班赚钱助他上学，男生去美国留学两人还异地了两年，好在当时晓彤做外贸，经常出国，两人才有机会见面。眼下两人修成正果，吴悠是真为她开心。

晓彤拉着吴悠的手，说："待会儿婚礼结束别走，还有个 after party（余兴小聚会），好久没见你和薇薇了，我们好好聊聊。"

刚进会场，便见宾客如流，因为新郎官是上海人，所以大多是他这边的亲戚朋友。罗薇薇突然叹了口气，道："可惜赵开颜不在，不然今晚咱们还真的能凑齐，把吴悠送你那礼物拆开，咱们围在一起看个通宵的《欲望都市》。"

"你这会儿又说看通宵了，那天你可不是这么说的。"吴悠不禁揶揄道，接着她又说，"赵开颜来了，你也不会想和她坐一起吧，当初你们俩可是闹到一山不能容二虎的地步。"

"都说了那时是年少无知了，谁还真的把学生时代的过节记到现在啊！哎，我倒是羡慕她，人家现在可是华尔街投行的女强人，和我们这些凡夫俗子确实有距离了。"

罗薇薇口中的赵开颜是她们的室友，大四毕业那年，赵开颜就申请了美国的商学院，想方设法筹钱都要出国留学。当时罗薇薇觉得，既然家境不足以让你实现梦想，那就老实待在上海继续读研读博也没有什么不好的，这个保守的观念被当时的赵开颜批得体无完肤，两人也就此结下了梁子。因为没有拿到学校的保送名额，也没有申请到全额奖学金，赵开颜当时确实有些灰心，但最终她还是说服了父母，还拿到了从亲戚那凑的钱去了美国。在那之后，就是关于她的各种传闻，说她如何励志又豁得出去，说她最终完成学业拿到学位，入职华尔街投行，并嫁给了一个美籍华人的律师。对吴悠她们三人来说，赵开颜才是真正照着《欲望都市》的模板奋斗到最接近曼哈顿的人。然而，赵开颜这一去就是七八年，拿下绿卡后，她就再也没有回过国，原本当初说四姐妹无论谁结婚，另外三人都必须到场，赵开颜却还是食言了。赵开颜给张晓彤打了一笔丰厚的礼金，又打了一通越洋电话，就再没有别的了。

其实前几年，吴悠和赵开颜私下还有一些联系。当时吴悠在海森遇到瓶颈，有天失眠上网找素材，正巧遇到太平洋彼岸刚刚起床的赵开颜上线，因为时差的关系，吴悠已经很久没有在通信软件上看到赵开颜了。两人像久旱逢甘霖一般欢畅地聊了许久，赵开颜说大学时候觉得最情投意合的就是吴悠，不管性格上还是价值观上，两人都非常契合。赵开颜和她讲述了自己这些年在美国的一些经历和故事，确实是与国内完全不同，在得知吴悠在广告行业做到了 ACD 时，赵开颜还劝她不如考个托福到美国去镀个金，看看不一样的世界。如果一个广告人真正去过麦迪逊街，一定会有一种与众不同的感觉。接下来的一段时间里，赵开颜还给吴悠找过一些资料，帮她看过一些学校，要说不心动是假的，更何况有赵开颜这样一个实例摆在那里。但最终让一切落空的是吴悠家人的反对，当然这就是另外的故事了，吴悠的父母最多能接受的，就是吴悠在距离深圳一千多公里外的上海工作，不能再远了。吴悠劝说几番无效，也只能作罢。在那之后，赵开颜觉得吴悠没有拼尽全力还有些责怪她的意思。渐渐地，赵开颜应该把吴悠划分到和其他人一样的类别里，也不怎么再和她聊天了。

这些事情，吴悠当然从来没有和罗薇薇说过，时过境迁，这些也就不值得一提了。吴悠刚刚从这段回忆里抽离，转身就撞到了一个穿着西服的男人。吴悠正打算道歉，对方却先说了一声“对不起”，吴悠原本没有把目光落在他的身上，却突然听到大堂入口的地方有人叫了一声“郑弋之”，这个男人便侧头看过去，吴悠也顺势望了过去，才发现是新郎官在朝着自己眼前的这个男人挥手，并快步走了过来。眼见吴悠在这里，新郎官立马笑道：“原来你们都认识了。”吴悠摇了摇头说：“没有，我只是恰好和郑先生撞到了。”新郎官一手搭在郑弋之的肩上，对着吴悠说：“这是我大学同寝的好哥们儿，和你跟晓彤一样铁，他叫郑弋之。弋之，这是我老婆的好姐妹，吴悠，吴小姐。哎，我要准备上台了，你们先聊。”

经过新郎官的一番介绍，吴悠才把目光完全落在郑弋之的身上，此人一米八三左右的个头，一身彬彬有礼的西装，前刺短发，“国”字脸，下垂眼，表情有些严肃，一副不苟言笑的样子，让人感觉有些英气，吴悠突然想到白先勇笔下描绘的郭轸：心性极为高强，年纪轻、发迹早，不免有点自负。这句话大概也可以用来形容他。

“吴小姐，你好！”郑弋之淡淡地问候了吴悠一句。

吴悠点头微笑，还没来得及回敬一句，罗薇薇突然冲过来挽住她的手说：“你怎么一下就不见了？我找你半天。”当她再抬头，看见了吴悠面前的“这尊佛”，尴尬地苦笑了一下，小声问道：“这是谁啊？”

吴悠道：“新郎官的大学室友，郑先生。”

郑弋之朝着罗薇薇点了点头，便说自己要去找座位坐下，于是端着酒杯离开了。罗薇薇轻轻用手背拍了拍吴悠的脸，说：“怎么突然就勾搭上了？”

吴悠笑着回答：“勾搭什么啊？他是做什么的我都不知道，倒是你，像只花蝴蝶一样满场飞啊飞的。”

罗薇薇像是被说中了一样，微红了下脸，说：“在场的确实有几个帅哥，刚刚我还加了其中一个帅哥的微信，我看你的这个郑先生也不错啊，今晚你就给我喝醉，让他送你回家，咱们来个一不做二不休！”

吴悠拍了下罗薇薇的后脑勺，说：“啧，为啥非要喝醉？不喝醉就不能谈情说爱、畅谈风月了吗？罗薇薇，你这是自卑！”

罗薇薇不服气地说：“喝醉的女孩最容易让男性有欲望，你懂不懂啊？！”

吴悠拍了下罗薇薇的屁股，说：“是是是，性爱大师罗薇薇小姐，婚礼开始了，走吧！”

一阵掌声响起，加上老套的《婚礼进行曲》和主持人蹩脚的台词，婚礼算是正式开始了。虽然吴悠参加过很多场婚礼，但眼见熟悉的朋友在婚礼上开怀一笑时，她还是颇为动容。

罗薇薇一头靠在吴悠肩上，吴悠正准备把罗薇薇推开，却看见她泪眼婆娑地望着舞台，说：“其实晓彤和她老公挺不容易的。”吴悠明白罗薇薇指的是什么，晓彤的老公是典型的上海男人，从小到大接受着上海土著家庭的洗礼，对于晓彤这样的外来媳妇，她老公家一直颇有微词。男方父母想着现在的姑娘不是为了上海户口就是为了房子，但晓彤又特别争气，不但不急着谈婚论嫁，还硬是撑过了恋爱长跑。她的老公不提结婚她也从不催促，同时自己赚钱养家、养老公，供他读书，供他考研深造。好不容易老公毕业回国，找到了高薪工作，又被婆家怀疑她的目的不纯，定要依附男人，晓彤为了让她老公家里人看得起，一年一小升、两年一大升，终于赚得比她老公更多，两个人从租房到买房再到举行婚礼，花了整整七年的时间，实在令人欢喜。

敬完酒，送完客，晓彤才得片刻休息。她多少喝了点酒，有点微醺，抱着吴悠忍不住地哭了起来。罗薇薇见状只道：“大喜的日子，哭了不好。”吴悠忍不住说了一句：“你真的是秒变传统妇女，迷信，让她哭会儿。”罗薇薇不敢和吴悠对着干，吴悠拍拍晓彤的肩膀，只听见晓彤抽泣着，慢慢说：“说出来你们都不信，这次买房，他家里一分钱都没出，当然我的老公也很辛苦。他妈讲，既然我赚这么多，也不缺他们家那点钱。谁图那点钱呢？就是这话说出来太欺负人了。”

罗薇薇在旁边打抱不平地说了一句：“这也太过分了。”

吴悠则拉着张晓彤的手说：“他家里不出一分钱，你以后说话才会更硬气。反倒是处处要他家里帮衬着，婚后你就会彻底变成他家的菲佣，你信不信？”

晓彤听到这话慢慢也就不哭了，她情绪缓过来，说结婚虽然是两家人的事，但好在这么多年来，她的老公一直偏向她，从租第一套房，到每一次搬家，再到两个人在事业上的互相扶持，到最后他们靠自己在上海买了房子，这一路上走的每一步都很累，但是很踏实。

吴悠端着酒杯看着罗薇薇和张晓彤，再想想远在美国的赵开颜，当初那四个黄毛丫头最终都活出了不同的模样，她的眼前微微升起一层薄雾，万分感慨。

一个小时后，众人作鸟兽散，年轻男女纷纷转场 after party，试图借机解决个人问题。吴悠从来不喜这样的场合，打算先走，偏偏张晓彤和罗薇薇上了头，死活要拉她加入，加上张晓彤一句“这就是专门为你办的”，更让吴悠无法推脱。

吴悠被张晓彤安排上了一辆私家车，和两个不熟悉的男女挤入后座，才发现司机是刚刚在婚礼上遇到的郑弋之。后排皆在谈笑风生，副驾驶的一个男生也颇感兴趣地频频回头，试图加入。郑弋之和吴悠却像是被隔离出来的两个人，郑先生认真开车，连看都没有往后视镜看过一次，而吴悠只是坐在角落望着窗外，听他们讲烂俗八卦，活生生一个局外人。她不时在心中冷笑一声，那些陈芝麻烂谷子的娱乐圈新闻还能成为他们聊得热火朝天的话题，可见当下年轻人的生活是多么无聊、无趣。

车在日月光中心广场附近停下，郑弋之说自己去停车，让大家先上包房娱乐，搭顺风车的几个人都和郑弋之道了声谢，偏偏吴悠只是朝着郑弋之礼貌地点了个头，然后跟着众人进了电梯。电梯里，刚刚那两个聒噪的女生突然讨论起郑弋之来，其中一个女生透露：“郑弋之是一位律师，据说在上海律师圈内非常有名，名下有套虹口的房子，但至今单身。”另一个女生有些嘲讽地说：“这样的好男人还没有对象，看来不是不想谈，就是不能谈。”前一个女生问：“啥叫不能谈？”另一个女生笑了笑，没说话。旁边的男生有点不服气，说：“那副冷冰冰的死人脸，没有女生会真的喜欢吧。”结果两个女生不约而同地都笑了，说：“有些人嫉妒起来就开始阴阳怪气了。”男生别过脸去，显然不想继续讨论下去了。吴悠心想，今晚这个郑弋之怕是要成众矢之的了，好在电梯很快到了，她终于可以从这群人里解脱了。

吴悠推门而入，豪华至尊包间里大家都在或觥筹交错，或随曲而舞。罗薇薇正拿着话筒唱《可惜我是水瓶座》，见吴悠进来，立马往她手里塞了一支话筒。吴悠把话筒递给了张晓彤，到沙发上坐着给自己倒了一杯酒。

一曲终了，张晓彤凑到吴悠耳边问："郑律师如何？"吴悠和张晓彤碰杯，道："还行，就是不在我的点上。何况让我找个律师，怕是以后吵架都要拉你们统统过来帮忙。"说曹操曹操到，包间里的女生都朝着门口望去，却见郑弋之走到新郎和其他几个男生的位置，说了几句话，就被拉着坐了下来。吴悠的眼神不自觉地朝郑弋之望去，但很快又收了回来。这时罗薇薇扔下话筒，坐到吴悠旁边，揽上她的肩膀，说："今晚就从这里的男人里面找一个，敢不敢？"吴悠应道："女人但凡多一分矜持，男人就会多一分关注。罗薇薇，别把自己搞得这么廉价。"

罗薇薇是彻底喝多了，拉着吴悠就说："为了我好姐妹的幸福，今晚我就不矜持了！"她朝着郑弋之那边望了望，对着张晓彤说："就是那个谁是不是……"说着她起身，端着酒杯摇摇晃晃地走了过去，点了点郑弋之的肩，说："郑律师，我的小姐妹想认识你，加个微信呗。"紧接着，男生这边响起此起彼伏的吆喝声，郑弋之顺着罗薇薇手指的方向朝吴悠望去，恰好和她四目相接，吴悠不慌不忙地朝对方露出一个微笑，心里却觉得这样太丢人了，她真后悔刚才没拉住罗薇薇，就算自己原本和郑弋之还有发展的可能，这下也全泡汤了。

令人难以置信的是，罗薇薇真的硬把郑弋之给拽了过来，推到吴悠身边，新郎那桌顿时响起此起彼伏的嬉笑声，全场男女的关注点瞬间都聚到郑弋之和吴悠身上，郑弋之优雅地举起酒杯："你好，吴小姐，今晚真是有缘。"吴悠也只好大方地举起酒杯，恬然一笑，一饮而尽。张晓彤连连给郑弋之让座，眼见郑弋之就要坐下去，不料半路杀出个程咬金。不知道是哪桌的小姑娘突然塞了支话筒在郑弋之手里，说："郑哥哥，我听说你唱歌特别好听，陪我唱首歌呗。"郑弋之看着话筒，说道："请问你是……"小姑娘说："我叫蕊蕊，小你两届，是你的师妹。"郑弋之这才微微点头，明白这是新郎这边叫来的。吴悠看着这个叫蕊蕊的小姑娘这么主动，心里反倒松了一口气，这姑娘的行为化解了她和郑弋之在这种场合下的尴尬，可罗薇薇偏偏露出一副嚣张的姿态，抢过话筒，说："小妹妹，怎么也得讲个先来后到吧，你没见你师兄在和这位姐姐说话吗？"罗薇薇拿着话筒指着吴悠，示意这个蕊蕊不要搞事。蕊蕊反倒"哼"了一声，说："什么先来后到？我就想让师兄陪我唱首歌而已，倒是你们这两位老姐姐，这么不依不饶的，未免有些司马昭之心了吧。"吴悠还真希望郑弋之被这姑娘拉走，罗薇薇这忙却越帮越忙，城门失火，殃及池鱼，她被连带的也有些窝火了。张晓彤眼见这对话越来越变味，伸手抓了罗薇薇一把，让她暂且消停。

不等罗薇薇开口，那个叫蕊蕊的姑娘就跑到点唱机旁，对着郑弋之说："师哥，你要唱什么，我来点。"

郑弋之一手端着酒杯，一手拿着话筒，定定地站在那里，说："米津玄师的 lemon。"

蕊蕊突然一愣，她没想到这个郑弋之一点不给面子地点了一首日文歌，但姑娘也很没给面子地说："我不会，"然后装出一副嗲嗲的样子，说，"师哥换一首嘛。"

郑弋之又说："边伯贤的《我的时间》。"郑弋之刚说完，小姑娘伸到屏幕上的手就僵在了那里，脸全黑了。

"就不能唱首中文歌吗？"

"好，张国荣的《当年情》。"

吴悠真想"扑哧"一声笑出来，她算明白了，这个郑弋之是故意的，这不是日文歌就是韩文歌，点中文还偏偏要唱粤语，摆明了是不想和这个小姑娘合唱，嘴上却又不拒绝，弄得小姑娘手足无措，真是坏透了。但吴悠偏偏被郑弋之这既腹黑又冰冷的一面打动了。小姑娘都快哭出来了，一边寻思着自己的哪位小姐妹能出来救救自己，一边假装找不到歌手，在点歌机屏幕上滑来滑去，好在新郎及时出来解围，说郑弋之的那些歌没几个人会唱，他这个师哥来陪陪她。张晓彤轻叹一口气，还好那个蕊蕊没有执着于这件事，最后和新郎官合唱了一首周杰伦的《稻香》。

吴悠去了趟洗手间，她觉得有点闷，想下楼买瓶酸奶。她刚按电梯，郑弋之也跟着溜了出来，见吴悠在电梯里，郑弋之说自己下楼买包烟。吴悠点点头，对于刚才的事，她调侃道："都说律师得理不饶人，骂人从不带脏字，没想到连拒绝人的手段也如此高明。"郑弋之没有回应，好像吴悠在唱独角戏，吴悠也收口不说了，开始打量起郑弋之的背影，比起他较为迷人的面孔，他后背宽硕的肩线倒更引人注意。吴悠侧脸对着电梯的金属壁捋了捋头发，抿了抿有些干涩的红唇，忽而听见郑弋之开口道："吴小姐觉得无聊吗？"

吴悠"哈"了一声，她不知道郑律师到底指的哪回事。这时电梯门开了，郑弋之走了出去，回头对吴悠说："刚刚让吴小姐见笑了，当律师也不都是巧舌如簧的，我就属于嘴笨的类型，往往得罪人而不自知。"

郑弋之这么自谦的话，让吴悠心里不觉想，你没有对象绝非因为你性格笨拙，反倒是因为你太聪明了。但吴悠也只是笑着说："郑律师才不怕得罪人呢，只怕是故意要得罪人才对。"吴悠咽下了那句"只是你欲擒故纵玩得溜而已"，多少给这个还不算熟的男人留了点面子。

郑弋之轻笑了一声，推开店铺的玻璃门，吴悠走在他后面，记下了他从柜台拿下来的那包煊赫门以及顺手带上的冰蓝色打火机，酸奶还没递上去，郑弋之就拿出手机一起买了单，吴悠说："不必了。"服务员却已经打出了小票。郑弋之说："没事，一杯酸奶而已。"吴悠也不想为了十来块钱的东西矫情，只道了声谢。只见他抽出一根烟叼在了嘴边，迎风点了火，然后吐了一口烟，说："吴小姐不喜欢我？"

"郑律师怎么这么问？"喜欢是哪种喜欢，郑弋之这暧昧不明的话让吴悠不知怎么回答才好。

"感觉。"郑弋之又抽了一口烟，"刚刚都是你的朋友故意起哄，你本没有很想加我的微信，不是吗？"

吴悠心想这郑弋之手段真高，不愧是律师，句句自我保护又字字咄咄逼人。吴悠吃了一口酸奶，回道："郑律师对评判一个人的喜欢与否还真是简单，加个微信，打过招呼，还十天半个月没有下文的人比比皆是，何况过了二十五岁的女人又有谁会把喜欢与不喜欢随便挂在嘴上。"

"吴小姐没去当律师有点可惜，抓住别人的一个漏洞会用力攻击到体无完肤。"

吴悠还是被逗笑了，她伸手把微信二维码递了过去："今晚我要是不加你的微信，感觉你要把我直接钉在耻辱柱上了。"

郑弋之扫完吴悠的二维码，进而说："希望我们不会成为那种打完招呼就十天半个月没有下文的人。"

吴悠耸耸肩，不置可否。两人上楼，包间里的人已经醉了一大片。张晓彤和罗薇薇盯着一前一后进来的吴悠与郑弋之，眼神中露出一副发现他们刚刚从地下车库偷情回来的样子，吴悠堂而皇之地坐回张晓彤和罗薇薇旁边，郑弋之也不动声色地给自己倒了一杯酒，罗薇薇当然抑制不住内心激动的情绪开始窃声追问，吴悠偏偏什么都不说，嘴角露出一个浅浅的微笑。

过了凌晨一点，派对终于临近散场，啤酒瓶横七竖八地倒在地上，其间还有摔碎的玻璃杯，有人摇摇晃晃地踏过去，发出"咔嚓"的碎玻璃声，罗薇薇彻底被放倒，张晓彤和吴悠一人一手把她扶上了朋友的车，吴悠和张晓彤也告了别。她正准备叫车，突然听到身后"滴滴"两声喇叭响，只见郑弋之坐在汽车后排，驾驶位一个代驾司机正望着她，郑弋之降下车窗，说：“这会儿叫不到车的，坐我的车走吧。”

哪怕吴悠现在有一百个理由可以上郑弋之的车，理智也会有一百零一个理由告诉她这不是最佳的上车时刻，她踏着高跟鞋走过去，俯下身趴在郑弋之的车窗上，轻轻地说：“郑律师，你是不是那种每次都会送酒醉女孩回家的绅士？”郑弋之听出了吴悠话中有话，扬了扬嘴角，说：“注意安全。”然后他升上车窗，让司机开走了。

街道上终于变得空空荡荡起来，吴悠松了一口气，低头看着出行软件上的排位数字一个一个地减少，她坐在花坛边上，想起刚才郑弋之迎风抽烟的模样，不可谓不动人。

这时，手机突然响起来，吴悠有些走神，看也没看就接起了电话，冲着手机说：“我定位准确，你快开过来吧！”结果电话那头传来低沉的声音：“我是 Lawrence。”吴悠的大脑瞬间清醒了，她捋了捋额前的头发，换了腔调：“Sorry，有什么事吗？我刚好遇到了个迟到的司机。”罗任司说：“本来不该这么晚给你打电话，但给你发了好几条信息也没见你回复，试着打电话看你睡没。我想让你明天来公司一趟。”吴悠想了想，明天是周末，若非有什么要紧的事情，他不会这么晚打这通电话。

“你的方案，浦江银行那边通过了。”

吴悠倒吸了一口气，这个结果对吴悠来说是松了一口气，却又有些意料之外的感觉：“那 Anna 的方案呢？”

“明天来了详谈吧，晚安！”罗任司就此挂掉了电话。

5

周末的奥斯德并不像吴悠想的那样空荡荡，虽然并不是工作日，却依旧有人选择过来加班，这是吴悠之前在海森不常见到的。当然，人并不多，零星的几个人坐在自己的工位上伏案工作。吴悠也可以理解这帮人，他们大概是因为周末混沌无趣，才会想用这样的方式来耗时间。

吴悠敲了敲罗任司办公室的门，听到一声“Come in”才推门进去，罗任司见吴悠过来了，立即放下了手里的工作，起身拿了份文件，递给吴悠。

“这是……”

“和奥斯德的签约合同，你看看吧。”

吴悠没想到一切来得如此容易，相较于她离开海森前所做的各种准备，现在的她显得有些过于不自信，虽然眼前这份合同让她觉得欣喜，可林安娜居然会败在自己手上，还是让她觉得有些不可思议。先不说浦江内部的最终决定，光是那天林安娜和自己那次胸有成竹的谈话，吴悠甚至觉得自己已经输了，这场峰回路转的大战确实在她的意料之外，但她还是忍不住向罗任司提出了疑问。

“其实我不懂，Anna 的那个方案，我觉得并没有什么问题，我倒是想知道我到底在什么地方略胜一筹。”

罗任司从柜子里拿出一瓶威士忌，放了若干冰块，给自己倒了一小杯，然后转身道：“我没有把林安娜的那份方案交过去。”

“什么？！”吴悠慌乱地笑了笑，她不敢确信自己听到的，又问了一遍，“Lawrence，你在和我开玩笑？”

“这种事情我没必要和你开玩笑。”罗任司轻轻抿了一口酒，慢慢说道，“这种事情，Evelyn，你就当作……你根本不知道吧。”

吴悠的大脑中产生了一阵飓风，力量大到足够席卷她脑海中所有的欢愉和欣喜，她的手里捏着那份合同，整个身子僵在座位上一动不动，这些决定她和林安娜去留的几页白纸此刻让吴悠觉得有些碍手。她起身，把合同拍在了罗任司的桌上，然后说：“这样的胜利我觉得有点卑鄙，Lawrence，我可能没法接受这份合同。”

罗任司扬起脸，朝她露出一个意味深长的微笑，说：“你考虑清楚再和我说话。”

“Lawrence，我吴悠不需要一份胜之不武的成绩单，当然，我不会说出‘这对林安娜不公平’这种假圣母的话，但是我的心里会有一种负罪感，如果公平竞争，浦江银行选的未必是我。”

“那又怎么样？”罗任司伸手用食指点了点合同，接着说，“商业社会本来就没有什么所谓的公平，重点是，我是合伙人，我选中了你这个员工，如此简单的理由，你还在计较什么？整个大上海，没有你这个吴悠，还有其他的吴悠，并不是说奥斯德 CD 这个 title（头衔）有多么诱人，可想加入的广告人绝对不占少数。就对我而言，选择一个自己更心仪的手下，也是为了工作更方便，这个道理你不会不懂吧？”罗任司起身，正视着吴悠，指了指玻璃窗外硕大的 LED 屏，继续说，“你自己想想，你的广告创意在几个月后就会出现在全上海最瞩目的大屏幕上，这不比你现在傲气地拒绝这份 offer（工作）更有意义吗？”

“Lawrence，我是比林安娜更好控制，你才选我的，对吗？”

罗任司没有正面回答吴悠：“Evelyn，你的最终目标也是做到合伙人吧？”

“我暂时还没有想这么远的事情。”

“那你来上海的目的是什么呢？”

吴悠望着落地窗外的那些高楼，雨不约而至地下了起来，哗啦哗啦的声音被隔音玻璃消除得一丝不留，这个封闭的空间里只有电脑启动的电流声和 CPU 运转的“嗡嗡”声。吴悠感觉到自己鼻息的忽快忽慢，但她此刻非常清醒，绝不是一时冲动，或者像罗任司说的年轻任性，即使让她考虑再多次，她还是会在刚才那一刻说出那样的话，就像十年前她毅然决然地和自己父亲争执要改掉填好的志愿，远离珠三角跑到上海来一样。为什么是上海而不是别的城市，吴悠自己也给不出一个肯定的答案，因为摩登、前卫、丰富或是上海那种疏离不亲近的城市情绪更贴近自己的性格，吴悠不知道，但她知道的是，这座城市能给她带来更重要的东西——独立。

吴悠呼了一口气，说："我退出，把位置留给林安娜吧，或者你再找你所谓的其他的人来代替，找谁都行，但我没办法继续待在这里。"吴悠拎起自己的包，说，"你问我来上海的目的是什么，简而言之就一句话，脱离原生家庭给我带来的一些困扰吧。我不是一个不留在上海就活不下去的人，也不是一个不做广告就一定会死的人。我这个人没别的，就是不喜欢做让自己不开心的事情，仅此而已。"吴悠说完，耸了耸肩，准备走人。

"哈哈哈哈……"罗任司突然笑了起来，"Evelyn，你问我选你是不是因为你更好控制，你觉得就你这个脾气，我能控制你吗？简单来说，让你留下而非留下林安娜，最主要的原因是奥斯德不需要保持之前那副老态龙钟的模样，我必须去掉'林安娜'这张有点过时的标签。在这一次的提案里，你让我看到了年轻人对广告更勇敢的态度，这一点和林安娜那种处处谨慎、得心应手的感觉非常不同。不瞒你说，奥斯德要重新出发，就必须成为最新的广告公司，我们要做最大胆的广告和最独特的创意，这一点，你愿意和我一起尝试吗？"

吴悠停住了脚步，但没有表现出格外的热情，她回头说："Lawrence，你敢把 Anna 的那份提案交过去吗？"眼见罗任司没有立刻回答，她追着说，"你是不敢，你不敢把她的提案交过去，是害怕被打脸，你所谓的想要大胆和独特并不一定是市场所需要的。所以，你只是想让我去做那个试验品，不，应该说是做挡箭牌，毕竟合伙人是不可能随便换掉的，但 CD 可以。如果今天留下来的是林安娜，她熟悉客户，清楚市场，到时候她的话语权越来越大，与你的想法相悖，你却没法换掉她，反而要考虑升她为合伙人的事情，那么分蛋糕的人就变多了，那又要影响到你的利益。你不如一不做二不休，索性没收她的入场券。所谓的比稿只是个幌子，你早就打算好了，不是吗？"

吴悠没有说的是，如果今天自己答应了罗任司，那么就等于被罗任司捏住了自己的软肋，随时都可以以此来要挟自己，吴悠不会蠢到做出这种授人以柄的事情。

罗任司并没有被吴悠的这番话惹怒，他漫不经心地又给自己倒了一杯酒，下一秒似乎就要放下酒杯给吴悠鼓掌，赞赏她这番富有逻辑的演讲。但罗任司一句话都没有说，而是转手把那份 offer 扔进了碎纸机里，机器发出的“咔咔”声响似在嘲笑吴悠。罗任司不再做任何辩解，他点了点头，说：“既然你想好了，那我只能说‘祝你好运’。”

吴悠耸耸肩，说：“Bye（拜拜），Lawrence，希望奥斯德在你的手上能变成你所希望的样子。”

吴悠用力地甩上了那扇门，她就这样冒雨走出了那栋楼，雨落在她的脸上，她却走得不疾不徐，坚定地没入了人潮之中，消失在了这片繁华的街道里。

第一次看见灿烂的时刻

第四章

1

吴悠确认自己彻底失业的第二天，她彻头彻尾地睡了一整天，等她清醒过来的时候，发现第一个关心她的人居然是大老板。她躺在床上看了一眼手机，那暧昧又不失礼节的关心却让她顿时感受到了一丝温暖。她坐起身来，拉开床头的窗帘，眼见窗外又是一片灯火，仿佛前一日与罗任司争辩的场景只是自己做的一场梦。但事实上，她确实拒绝了奥斯德亲手递到自己面前的 offer。她给大老板回了一条信息让他不用担心，然后起床洗漱，准备好好享受一下这偷得浮生半日闲的时光。

吴悠打车到南京西路准备先吃个饭，然后在附近的梅龙镇广场看场电影，如果时间还来得及，到巨鹿路小酌一杯也不是不可。

在上海的这些年，吴悠早就习惯了这样一个人的状态，但之前确实因为工作忙，没有办法好好享受上海都市的夜晚，毕竟已经许久没有这样让人心情舒畅又毫无负担的时刻了。吴悠一边等鳗鱼饭上桌，一边刷手机朋友圈，突然发现一个叫“bigooser（比古瑟）”的人更新了朋友圈，这个人正好和自己在同一个商场，她还在想这个人是谁，点进去一看，才想起来是那晚加上的郑弋之。就在吴悠犹豫要不要打个招呼的时候，郑弋之突然发了一个表情过来。吴悠还在诧异这心有灵犀的一瞬，下一秒就听见了郑弋之浑厚低沉的那句“吴小姐”。吴悠抬头看见郑弋之那张不苟言笑的脸，但较之前两日，神情还是松弛了不少，颇有一番人生何处不相逢的意味。

“这么巧，郑律师也是无聊到要一个人出来逛街吗？”原本还想狼吞虎咽迅速解决晚餐的吴悠，眼下只能细嚼慢咽起来。

“刚好在这边见了一个客户，没想到一下楼就见到你了。”郑弋之站在旁边说。

吴悠指了指自己对面的座位，问：“要坐吗？”

郑弋之看了看表，想了想说：“我这会儿还要回趟律所，等下吴小姐有什么安排吗？还是等下吴小姐也要回公司加班？我听说做广告的人都很忙。”

吴悠吐了一口气，耸了耸肩膀，说：“不加班了，我辞职了，现在是无业游民，如果郑律师问我安排是想约我，最近我倒是有大把的时间。”

“原来吴小姐这么好约。”郑弋之不觉调侃道。

吴悠却并不在意，反而说道：“怎么，我在你眼中是一个拒人于千里之外的女人吗？”这句话刚说出口，郑弋之却也没有表现出不好意思，接着说：“吴小姐的嘴对我倒是从不留情。”吴悠知道郑弋之是故意这么说的，这种以退为进的方式对于吴悠这种都市女性也并不惯用，如果换了别的男人，吴悠必然会觉得对方多少有些油腻，可偏偏这话出自郑弋之这副好看的皮囊的口中，再油腻的话也都清爽几分。

吴悠心里轻轻地笑了笑，脸上却不表露，她戳了戳碗里的鳗鱼，说：“郑律师还不去忙吗？等下可别因为在这里逗留而耽误了你的工作，我可没钱付给郑律师加班费。”

“吴小姐可不可以不叫我郑律师，显得太过生疏了，你们广告人喜欢叫人英文名，你可以叫我 Jasper（贾斯珀）。”

“Evelyn。”吴悠也报出了自己的英文名，“我其实也一直想说，郑律师叫我吴小姐、吴小姐的，总觉得我像是你的主顾。”

郑弋之和吴悠道别，说等下忙完再和她联系，吴悠没说好也没说不好，只是笑了笑，甚至都没有目送郑弋之离开，直到他快要出门，吴悠才回头看了他一眼。吴悠也说不上郑弋之是哪一点吸引了自己，要说外貌，他绝不是吴悠见过最好看的；要说性格，这种冷冰冰又不近人情的脾性也称不上特别迷人。但自己与之一来一往、进进退退的交涉过程让她觉得有趣，吴悠没有特地去打听他是哪里人、在律所负责什么领域，也没有特地要知道他喜欢什么样的女生、有什么爱好、日常的朋友圈怎样，她倒是希望郑弋之能一直保持这种神秘感。另外，即使关系并不那么热络，哪怕只是调侃他、戏弄他一番也是好玩的。可郑弋之一走，鳗鱼饭吃完，吴悠也有些无聊起来，原本计划的看电影却因为想看的都下架了、在映的都不想看而泡汤，她想不如顺道去买两件舒服的内衣，然后买瓶酒回家喝算了。

这时罗薇薇问吴悠在哪儿，夜店有卡座要不要过去，吴悠不喜热闹，且已经安排好了自己，就更不想去凑那个局，只说："要喝酒可以来我家，酒吧就不去了，还有……我拒了奥斯德的offer，想想觉得自己挺牛的，第一次那么带劲地让老板吃了闭门羹。"罗薇薇说，那必须喝一场，庆祝吴悠和自己一起步入无业游民行列。罗薇薇那速度堪比闪电，吴悠刚到家，罗薇薇就已经提着酒在她家门口候着了。

"其实以你家的情况，不上班又怎样？"罗薇薇一边倒酒一边递一杯给吴悠，"有时候我也挺不懂你的，口口声声非要说靠自己、要独立，我也不是说你矫情，何必呢？放现在，多少人家里要是跟你一样有七八套房，才懒得动身到上海风餐露宿呢。"

"那也不是我的房。"吴悠喝了一口酒，语气中带着几分嫌弃。

"你爸妈的不就是你的，你傻啊！我前段时间看抖音，那些像你一样的深圳土著，谁不是一边靠收租一边当网红，日子不要太快活！何况深圳这几年的发展都快赶上香港了，又不是那种穷得掉渣的地方，你就是生在福中不知福。"

"罗薇薇，要是你真正去过我家一次，你就知道我为什么非要来上海了。”

“我知道我知道，虽然我没去过你家，但你和我提过两次，只是真的有这么夸张吗？何况，谁会和钱过不去啊？”罗薇薇见吴悠的脸瞬间沉了下来，立马改口道，“我的意思是你做广告也这么多年了，该体验的也都体验过了，想尝试的生活也尝试了，现在回去也算荣归故里，你要和你家人证明的东西不也都证明了吗？三十岁就退休过上万人羡慕的生活，有啥不好？要不然，你把我的名字写到你家房子上，我也不多要，一套就行。”

吴悠戳了一下罗薇薇的额头，说：“那我问你，如果从小到大你爸都和你说，女孩子不必有自己的人生，只要长大嫁人，学会相夫教子就好，而你妈对父权社会完全认可，并教导你要以她为榜样，不管男人在外面怎么风流快活，也要在家静若处子，做一个依顺丈夫的好妻子、贤内助，甚至明明知道是丈夫在不断犯错，还要自我催眠，是自己做得不够好，你能毫不反感地在这种家庭生活下去？”

“你爸妈只是比较传统，这不就是典型的中国旧式夫妻嘛，也并不是说就完全的错嘛。如果是我，想到有那么多房子等我继承，管他们说什么呢！”

“唉……”吴悠叹了口气，深知罗薇薇这辈子都不会理解她的痛苦。

吴悠记忆中的深圳和大家现在看到的深圳并不一样，她记忆中的是20世纪90年代的深圳，那时的深圳还没有南山区清爽的高楼大厦和一尘不染的柏油路，到处都是坑坑洼洼的土路和笨重的挖掘机，那像是迎接一个新世纪的序曲。所有人的状态似乎在一夜之间转变了，似乎未来的每一天都是新的，大家开始讨论经济，讨论社会，讨论日新月异的变化，然而与深圳蓬勃的状态相反的是，吴悠的家。

吴悠祖上两代是典型的深圳土著，到吴悠父亲这一代的时候，算是三代单传，没有什么叔叔伯伯来跟吴悠家抢家产，吴悠爸爸继承的就是拆迁后分的七八套房。或许因为本来就没有受过什么高等教育，加上突然而至的财富，吴悠父亲就变得更不可一世起来。吴悠父亲浑身上下透露着大男子主义。吴悠记得在她小学的时候无意间发现父亲出轨，她毫不犹豫地把这件事告诉了母亲，结果母亲却对此置若罔闻，反而轻言细语地和吴悠说："你怎么能这么说你爸爸呢？你爸爸只是在外面谈生意。"吴悠很确定父亲就是在外面有女人了，但不管吴悠怎么反驳，她的母亲也完全听不进去，父亲一到家，母亲就立马贴到父亲旁边，端茶送水，嘘寒问暖，对于母亲这副女佣一般的嘴脸，吴悠早就受不了了。

教她梳头，教她煮饭，教她如何把家务做得妥帖，母亲不仅身体力行，还时常对她实行精神催眠，时常将"女孩子要有女孩子的样子"挂在嘴边。什么是女孩子的样子？吴悠不懂，为什么世间就这么明确地要把男生和女生分得这么清楚？吴悠说，要不是母亲脾气温顺，简直比"容嬷嬷大闹漱芳斋"还可怕。

初中开始，吴悠就不顾家里反对去念寄宿学校。大学填志愿的时候，不管母亲怎么苦口婆心地劝她留在深圳，她还是义无反顾地要去上海，后来她和父亲直接撕破脸，提着箱子去了人生地不熟的上海。大学时，罗薇薇第一次听闻吴悠是深圳土著时就忍不住八卦她家有多少套房，吴悠冷不丁的一句七八套，让张晓彤和赵开颜都大吃一惊，但吴悠一直不以为意。家中金山银山都不是她自己奋斗来的，老话说"富不过三代"，她可不想做那个坐吃山空的人。可惜吴悠母亲始终横亘在父女之间，让吴悠没法狠心做决定，就像赵开颜让她去美国读研的那一次，最后父亲大发雷霆，说女孩子两脚不该长这么长，心野了，以后哪里有男人管得住！吴悠觉得好笑，想争辩，偏偏母亲对她软磨硬泡，吴悠最终才不得不妥协。

电视剧里常演父母打电话给子女，希望子女不要在外地那么累，早点回家，结婚生子。吴悠父母倒不是担心她苦她累，只是不想她成为逆子，怕到最后家里的房子给了她她却不成家，怕家产无人继承。

比起大多数女孩子天天和父母通电话，以诉人在异乡的不易，吴悠与父母的联系基本保持在三月一次的频率，若非家里有要紧事，吴悠也没有什么特别要和父母联系的必要。这件事在大多数人看来是吴悠生性冷漠、不尊不孝，吴悠却最烦那些所谓的伦理道德。从大学开始，她就不再用父母的一分钱，上班后每个月如数汇生活费给母亲，别以为吴悠是在尽孝，她只称之为偿还，偿还父母对自己小时候的付出，进而证明自己拥有财务自由的能力，独立而不是依附，另外，她也希望母亲能从她身上看到一点和她心中的女生不一样的东西。

几杯酒下来，罗薇薇也不说别的了，只道吴悠开心就好，问她接下来的打算。吴悠想，暂时歇会儿也没什么不好的，手头的钱够自己活半年的，实在不想找工作，接点广告创意的私活，也够零花和日用。酒过三巡，罗薇薇突然聊到郑弋之，吴悠笑问："郑弋之是谁？"罗薇薇知道吴悠在装傻，假装不在意道："我本想说最近听到了他的一些八卦，正好分享给你，既然你不认识，那就算了呗。"吴悠知道罗薇薇是在故意套她的话，还是笑着说："你可不是那种肚子里有话能憋着不说的人啊。"

罗薇薇又开了一瓶酒，说："我听说郑弋之是花花公子，是沪上有名的"交际律师"，撩妹手段很高，看起来冷冰冰的，心中花花肠子可不少，最懂得看人下菜碟。"吴悠面不改色，说："就这样？"罗薇薇继续讲："他只找有钱的女人，好几个人都和我说了。"吴悠脸色沉了下去，一口饮了半杯酒，问："好几个人是谁？"罗薇薇说："上海很小的，来来去去总归是认识的人，第一次听说我觉得是瞎扯，但多听几次就觉得得放心上了，不知道你和他进展到哪一步了，所以我来提醒你一下。"吴悠"哦"了一声，说："没进展，我和他也不熟，何况像你说的，他只找有钱的女人，怎么会来找我？"罗薇薇拍了拍吴悠的肩膀，说："你背后那么多套房，还不是有钱的女人啊？你是不是脑袋瓦特（坏）了？”吴悠顿了顿，说：“怎么，我背后的事情他都知道了？”罗薇薇叉腰叹气道：“他是做律师的，门路比我们广多了，反正我也就是提醒提醒你，你自己多留意。”

罗薇薇总是喝得急醉得快，不一会儿便瘫在沙发上梦呓，吴悠坐上飘窗，拿出手机，已过十一点，果不其然，郑弋之并没有发信息过来，所谓的忙后联系并无下文。吴悠点进他朋友圈看了一眼，还是那一条在商场的朋友圈，她索性扣上手机。罗薇薇说的话吴悠并不想放在心上，但有时候她总会因为只言片语形成心理暗示，郑弋之真的是罗薇薇口中说的那种人吗？从来不信道听途说的吴悠决定不管了，她喝完剩下的酒，后劲一下就上来了，她便倒在床上呼呼大睡起来。

2

吴悠是被电话和罗薇薇的脚弄醒的，不知道罗薇薇后半夜是怎么爬上她的床的，只见罗薇薇的一只脚刚好伸到她的脸上。吴悠的起床气被这脚和电话弄得彻底爆发了，她不知道这是从哪儿打来的陌生电话，吴悠接起来就怒气冲冲地问：“谁啊？！”只听见对方阴沉地声音说道：“林安娜。”吴悠一个激灵，坐起身，清了清嗓子，说：“请问有什么事吗？”林安娜简单一句：“你出来一趟，我在港汇鼎泰丰等你。”说完林安娜便挂了电话，半梦半醒的吴悠还憋着一肚子气，转头看着四仰八叉、打着呼噜的罗薇薇，一手用力地拍在她的屁股上，说：“给我起来了！”

吴悠化好妆、换好衣服，选了一双很久没穿的高跟鞋，罗薇薇一边刷着牙含着泡沫一边问：“今天工作日，你这大中午就去约会吗？”吴悠对着玄关的镜子照了照自己的眼线，从袋子里抽出纸巾擦了擦嘴角的口红，径自出了门。

路上，吴悠猜测林安娜找她多半是为了浦江银行那个方案的事，只是吴悠不知道她知道多少。即使是工作日，港汇的人也并不少。林安娜果然早早就坐在鼎泰丰正中的位置，蒸饺和汤包都已经摆在桌上了，她用调羹搅着黑松露牛肉汤，喝了一口，抬头看着施然走来的吴悠，指了指对面的座位，示意她坐。

吴悠吩咐服务员拿来菜单，点了糕点，然后捋了捋头发，问："Anna 姐突然找我什么事？"林安娜直直地看着她，说："浦江银行最后选了你的方案，你为什么拒绝了奥斯德的 offer？"

吴悠笑着说："原来是这个事情，我就觉得奥斯德不适合自己，所以拒绝了。"

"前一秒争得头破血流，下一秒和我说不适合，Evelyn，做人诚恳点，到底发生了什么事情？"

吴悠望着林安娜的迷惑神情，想来她不知道其中原委。这时糕点上来了，吴悠说："我饿了，先吃东西。"吴悠夹了个小汤包，轻轻吸了口，然后再入口，林安娜瞧她吃得像模像样的，与上海人吃小汤包相差无几，隐隐扬起嘴角，说："Evelyn，你这姑娘一向嫉恶如仇，那罗任司肯定是得罪你了，不然我想不通你干吗要把机会让人。"吴悠咽了汤包，说："我让位了，他们也没找你，你不觉得有鬼吗？"

吴悠一说，林安娜的笑容就消失了，直言问道："什么意思？"

吴悠想着也没必要瞒着林安娜，就原原本本地把那天罗任司说的话悉数说给林安娜听，她原本以为林安娜会气得咬牙，结果她也只是轻哼一声，舀起一勺汤，喝了一小口，扬眉瞧了吴悠一眼，说："嗬，Evelyn，别以为你为我出头我就会感谢你，Lawrence 没说错啊，你有什么损失？偏偏要装清高，傻不傻？"

"你觉得我是为你出头？那你还真是想多了，你觉得我清高也罢、愚蠢也罢，反正我已经拒绝了。说实话，像我这种人，眼里都进不得沙子，何况心里？我对于我看不惯的东西，一分钟也忍不下去，难道全上海就只有奥斯德一家公司了吗？"

“那你打算怎么办？”其实这句话林安娜既是在问吴悠，也是在问自己。在这之前，林安娜内心猜测过一百种吴悠拒绝奥斯德offer的原因，但没想到最后竟是和自己有关。眼前这个小姑娘说不上重情重义，但至少在做人做事上有自己的原则，罗任司不愿意用自己，自然有他的原因，奥斯德今非昔比，听完吴悠的这番说辞，林安娜已经彻底放弃了重回奥斯德的想法。只是吴悠尚且年轻，自然还有无限可能，但自己呢，刚刚年近五十，就开始走下坡路，明明不是本命年，运势居然衰到这样的地步。林安娜心里叹气，脸上却还是一副高冷的样子，不肯让吴悠看到一丝丝的脆弱。

吴悠又吃了两个汤包，精神和身体都缓了过来，她放下筷子，一手托着下颌，正眼端详着林安娜，轻轻咬了咬嘴唇，突然笑道：“不如……咱俩自己开公司吧。”

林安娜微微一怔，只以为吴悠是在开玩笑，她窃笑了一声：“你在开什么玩笑，我们俩创业？”

“我没开玩笑。”吴悠继续夹着糕点往嘴里送，“我想了下，你有业内的资历和品牌，我有冲劲和想法，除非你对我还有成见，但我不得不说，成年人之间能有什么永远的过节，但凡有了共同的利益，就会永远站在同一个阵营里。何况你自己做老板，还用等别人来批准你升不升合伙人吗？”

“说得轻巧，小囡（小孩子）你真是天真，我们哪儿来的钱？你又有什么出色之处能打动投资人？在上海开广告公司的成本可不是三五十万就行的。”

吴悠看了林安娜一眼，她知道这个精明的上海女人是不会贸然做赔本买卖的，刚刚自己说创业确实是心血来潮，但说出口后吴悠觉得这也并非不可，与其在各大公司跳来跳去，寻找赏识自己的老板，与其长期受制于人，不如自己翻身做主人。就像她所说的，林安娜和她这个组合绝对不是简单的广告人组合，她的创意和想法加上林安娜深厚的资历，甩出去随随便便都是能够激起水花的，只是和林安娜合作是不是最优的方案、资金和人员从哪儿来，这些都是问题。

“怎么，没话说了？”林安娜敲了敲筷子，接着说，“你们这些年轻人，总把创业想得那么容易，人力成本、市场调研、品牌定位、管理方案、公司选址，这些是嘴上说说就能立马实现的吗？”

“只要想做，这些都只是时间问题。怎么，原来还有 Anna 害怕的事情吗？”吴悠试探性地看着林安娜脸上的神情。

林安娜望了吴悠一眼，不疾不徐地说：“你这会儿不觉得我好为人师爱指点你了？突然想和我合作，不怕我们随时闹崩吗？”

“年长一点的人总改不了这样的毛病，但也不至于成为阻碍我们合作的理由，说实话，你担心的我也担心，可这世上有什么事是不用担心的？比起那种一开始就说得天花乱坠，彼此绘制美好蓝图，我反倒觉得彼此牵制、谨慎小心可能是件好事。”

“我觉得我们合作不会愉快的。”

“所以 Anna 你是一个还没行动就会彻底否定自己的人是吗？我想不是吧。”

林安娜饶有兴味地看着吴悠的双眼说：“好，我给你半个月的时间，半个月内你能找到投资人再过来找我。”林安娜说完，叫了服务员过来买单。结果林安娜还没出示付款码，吴悠就已经付完了：“这顿我来请，等我找到投资人，你再请我一顿好的。”

吴悠起身，拎起包，说：“这半个月你可以想想公司的名字，以及除了钱，我们还需要些什么。”

“我还没决定要和你合作呢。”

吴悠轻轻甩了甩头发，笑道：“你会的。”说着她拎着包，径直走出了餐厅，林安娜看着吴悠坚定的背影，收起刚刚不屑一顾的神情，陷入了一阵沉思。

林安娜没有立马答应吴悠，不单单是因为她对吴悠没有信心。就在上周，林安娜接到戴维德的一通电话，戴维德得知林安娜从美国回来，甚至有想重回奥斯德的想法，便对林安娜发出了邀请。

原来戴维德离开奥斯德之后，是加入了一家初创的创意公司。戴维德投来的橄榄枝更加实际，新公司缺一个懂创意的合伙人，只要林安娜答应，他就立马推荐林安娜进去，几乎不费吹灰之力，股份和分红比例都可以再谈。不管怎么看，这些条件都是让林安娜无法拒绝的，但她没有直接答应，主要的原因还是在于她对初创公司的信心不足，加之在上海这个地方，每天都有无数的新公司倒闭，林安娜不知道自己有没有那份勇气去赌，而眼下奥斯德这边的决定让她认真思考起戴维德的邀请来。

林安娜整理了一下思绪，收拾好东西，乘直梯下了地库。林安娜回想起刚刚吴悠和自己说话的语气，如果她真的在半个月内找到了投资人，那自己要不要答应呢？林安娜的内心并不能给出一个准确的答案。她掏出车钥匙，准备取车，但不知为何刚走几步，她便觉得有人在背后跟着她，光线一点点减弱，她加快了脚步，踏着高跟鞋“噔噔”地朝着停车位走去。就在这个时候，她突然回了一下头，那点微弱的光刚好把那个男人的脸照得一清二楚，那个男人用冷峻的目光望着她，死死地盯着她，林安娜突然感觉很慌，但双腿像被注了铅一样跑不起来。

“林凤珠。”

前夫的声音在空旷的地库里产生了回音，林安娜终于转身奔跑起来，但是高跟鞋实在太高了，她只听到身后传来呼呼的风声。终于，她听到“咔”的一声，高跟鞋的跟断了，她整个人摔在了地上。林安娜感觉到一只生猛而粗糙的手抓住了她，她看着前夫那张面无表情的脸，硬气地威胁道：“我可以报警。”

结果前夫一巴掌扇到了她的脸上喊道：“报警，你他妈报给我看看！”

林安娜惊恐地捂着自己的脸，只觉得脸上火辣辣地疼，她使劲踹了前夫肚子一脚，把他推到地上，自己扶着柱子慢慢站了起来，指着那个男人的脸说："这里到处都是摄像头，孙令辉，你今天敢动我一根汗毛，我让你这辈子都见不到女儿！"

孙令辉晃晃悠悠地靠近林安娜，瞳孔中尽是血丝，他直直地望着林安娜，问："女儿是不是出事了？"

林安娜面不改色地说："没有，女儿很好，不用你操心。"林安娜用车钥匙开了车门，背过身要进车里，结果前夫一手把她拉到自己身边说："女儿已经半个月没有联系我了，你要说她现在好好的，你打个电话给我看看。"

"你不要发疯！现在是几点，美国那边是几点，你要是文盲可以先去查查百度，我没时间在这里和你折腾。"

林安娜推开孙令辉，孙令辉原本还想追上去，谁料一辆车突然开过来，朝着两人鸣笛，林安娜借此空隙上了自己的车，迅速打了个方向盘，从前夫旁边绕道开走了。出了车库，林安娜望了一眼后视镜里自己的额头，有些轻微的红肿，这时前方一个红灯，她差点没看到，一个紧急刹车，整个人往前倾了一下，吓得她出了一身冷汗。她想到刚刚前夫残暴的样子，他必然不会善罢甘休，女儿去世的事情是绝对不能让他知道的，但林安娜暂时还没想到什么办法来应对，前方红灯跳转，林安娜加速驶上了大道。

3

陆家嘴的公路与高楼大厦之间，除了川流不息的车辆，还有暗流涌动的资金。金融公司齐聚于此，上海环球金融中心、金茂大厦和上海中心大厦屹立在黄浦江一侧，像是在窥视着上海滩繁华璀璨的朝暮景象。午间时刻，各位金融界的白领西装革履地出没在商场的高档餐厅内，股票、基金、融资、IPO（首次公开募股）、一级市场和二级市场，是这些人口中永恒的话题。

吴悠和罗薇薇坐在IFC（国际金融公司）的餐厅里，打量着进进出出的各路人。不同的是，罗薇薇在意的是对方的颜值和身家，而吴悠则在内心玩着猜测对方职业身份的游戏。罗薇薇喝茶，吴悠喝咖啡，最后是罗薇薇的二郎腿翘累了，起身伸了个懒腰，看了看表，说："这陈永裕真不靠谱，老娘小肚子都等出来了。"吴悠默默喝着咖啡不说话，自己求人办事还能有什么怨言。

自吴悠和林安娜提出创业这件事后，吴悠一天除了睡觉，二十个小时都在想钱从何来，虽然她已经夸下海口在半个月内筹到资金，但到底能不能实现，她心里也没数，不过对吴悠来说，大多数事情往往都是林冲上梁山——逼出来的，她首先想到的就是罗薇薇这个人脉中介所，并让罗薇薇快速地从通讯录里拉出一份名单来，由近及远，由亲及疏，依次排开，这个陈永裕是罗薇薇觉得最有可能帮到吴悠的人。

两年前，这个投资公司的副总裁陈永裕因为一次酒局和罗薇薇暧昧不清。之后长达三个月的时间里，罗薇薇都用以退为进的方式与之相处，后来罗薇薇发现陈永裕的老婆在加拿大，便立马从中抽身。但罗薇薇并没有选择一刀两断的方式，而是告诉陈永裕自己被求婚了，以此方式让陈永裕心里对她一直念念不忘，而后罗薇薇时常与这个陈总保持着"剪不断理还乱"的关系。就罗薇薇来看，吴悠这家新公司正好符合陈永裕公司的投资方向，加上罗薇薇这边的关系，应该十拿九稳。

就在两人愈加意兴阑珊的时候，这个传说中的陈永裕终于出现了，他带着一副玳瑁边框眼镜，臃肿的身子走起路来略显滑稽，尽管他很努力地用发胶让自己的头发显得多一点，也依旧掩盖不了他即将秃顶的模样。吴悠虽从不以貌取人，但觉得罗薇薇向来自诩看脸的人，居然也愿意花时间和陈永裕这样的人保持长期联系，果然有钱能使鬼推磨，从古至今向来如此。

“陈总——”罗薇薇一边故意拉长尾音一边挽住他的手说，“快来快来，坐这儿。”吴悠起身，礼貌地朝着陈永裕点了点头，然后将菜单递过去，说：“陈总看看要喝什么？”陈永裕没有接过菜单，也并没有很热情地回应，但在坐定时还是细细地打量了坐在对面的吴悠一番，瞳孔中透露出对美女垂涎却又欲盖弥彰的眼神，说：“吴小姐是吧？咖啡我就不喝了，待会儿还要回去开会，我也就长话短说了，你的方案我看了，简单来说，最近我们公司的投资方向发生了一些变化，像你这样的广告公司也好、创意热店也好，每天我下面的人都会拿来上百份的 PPT 给我，但真正能过天使轮的，微乎其微。”

吴悠没有表现出过分失望，仿佛一切都在她的预判之中，罗薇薇忍不住插了一句：“就没有别的办法吗？陈总——如果你们公司不行，那你这边有没有什么认识的投资人对这方面感兴趣呢？也可以帮我们搭个桥嘛。”

“薇薇，不是陈总不帮你，确实是因为现在上海大大小小的广告公司太多了，吴小姐送过来的这份方案，吸引投资人的点还不足，我也是实话实说，免得你们再碰壁，别说我们，80% 的公司都会拒绝掉这个项目。”

“那……陈总，你有别的什么办法吗？”罗薇薇倒是比吴悠更焦急。

陈永裕摸了摸下巴说：“吴小姐在上海可有房产？”

“没有。”

“车呢？”

“也没有。”

“那么这样，我看到你在 PPT 里写到，另一个合伙人是奥斯德的前 CCO 林安娜，以她的身家在上海肯定有相应的资产，其实广告公司投资不用太多，你们只要抵押一个人的资产从银行贷款就可以了，根本不需要什么风投。”

陈永裕说完，整了整衣领，站起身来，说："如果你们需要这方面的帮助，我倒是可以介绍一两个银行内部的朋友。"说完，他看了看手表，"不好意思，我还要去开会，薇薇你们还要吃什么、喝什么，随便点，记在我的账上就是了。"

陈永裕的不帮忙完完全全在吴悠的意料之中，相比于罗薇薇的失落，吴悠倒乐观许多。回程的车上，罗薇薇一直安慰吴悠，吴悠却道："其实，他说得也不无道理。"

罗薇薇诧异地看着吴悠说："侬做啥?！你不会是真的想劝说林安娜去抵押她的资产吧?"

吴悠耸耸肩，道："她那种一毛不拔的铁公鸡，怎么可能拿钱出来?"

罗薇薇不解，问道："那你……"

吴悠拍拍罗薇薇的肩，说："人生有时候就是这样，'明知山有虎，偏向虎山行'。"

吴悠第二天一大早就从浦东飞回了深圳，在飞机落地之前，她的心里就已经上演了一百出她与父母争执、怒骂甚至厮打的场景。陈永裕点醒吴悠的是，钱确实不一定非要从投资人手里拿，家里的房只要腾出一套给她，她就立马能变出花来，可偏偏就是这一套，要怎么才能让父母同意，实属头疼。

下了飞机，吴悠站在宝安机场的出口，闻着亲切、熟悉却又感觉陌生的空气，经地铁站听到的粤语报站，行人过往的兴奋神色，都是那么令她感到熟悉。与沪上完全不同的是，这里的每个人都透露出一种与精致背道而驰的粗糙感，年轻人亦年轻，可话语腔调却是五花八门。与毗邻的广州不同，没有人会因为你粤语不标准而显露鄙夷的神色，也没有谁会用更高贵的视线去忖量对方。这是一座走在路上就能感觉到它像新生儿一样茁壮成长的都市。然而这些高楼大厦却仿佛与从小生长在这里的吴悠毫无关系。

“你辞咗职，系终于谂通要搬返嚟嘅意思吗？（你辞了职，是终于想通了要搬回来的意思吗？）”吴悠看着坐在沙发上的父亲，他的眼睛从手机上慢慢挪开，开始渐渐正视吴悠的双眼。沙发后面，母亲正在厨房里做午饭，因为吴悠回来得太突然且没有事先通知，弄得母亲有些手忙脚乱。

“我都冇打算返深圳，今次返嚟是有嘢同你商量（我没打算回深圳，这次回来是有事情和你商量）。”

“嗯。”父亲又重新把注意力放回手机的股票页面上，简单滑了两下，漫不经心地说：“乜事，你讲吧。（什么事，你说吧。）”父亲的语气极为冷淡，似乎对于吴悠提出再出格的事情也不以为意。

“我想要拿一套房子到银行做抵押贷款开公司。”吴悠这句话在心里打了一上午的腹稿，但说出口时内心还是“咯噔”了一下，她面色从容，心意坚决。厨房里，母亲不知道因为什么将一个碟子掉到了水池里，很快，吴悠就听到父亲近乎冷漠的声音：“唔可能。（不可能。）”

“原因呢？”

这时，母亲端着菜从厨房里走了出来，轻言道：“女仔人家，开咩（什么）公司呀？！咁攰，乖乖留爸妈身边，好好地揾个人结婚唔好咩？（女孩子家家的，开什么公司呀？！多累呀，乖乖留在爸妈身边，好好寻个人结婚不好吗？）”

“嗬，结婚生育、相夫教子在你们眼里就是一百分的人生了是吧？那真抱歉，不能让你们满意了，这公司我还真就开定了，钱我会自己想办法！”

接下来自然是母亲不厌其烦的说辞和父亲不屑一顾的姿态，原本吴悠可以直接甩门出去，反正也不是第一次这样了，但她还是忍受了下来，那句“女仔三十要警惕”让吴悠在内心发出了一丝哂笑。她早知道是这样的结果，但她还是忍不住回来试了一下，好在行李一件也没拆开，一顿饭之后就可以立马回机场走人。

“今日你还要返去咩？好唔容易返嚟一趟，至少住一晚吧。（今天你还要回去吗？好不容易回来一趟，至少住一晚吧。）”母亲像是看穿了吴悠心思，还是忍不住劝留了一句，吴悠还没说，父亲直接插了一句：“让佢走吧。（让她走吧）”这句话之后，母亲一句话也不敢再说了。

吴悠拖着行李坐在万象天地的 gaga chef（店铺名）里，点了一杯冰滴威士忌。她最终还是没有好好吃完那顿饭，她肚子里憋着一股气，不管过去多少年，在父母眼中她都是那个不会成事，也不需要成事的丫头，可她凭什么让他们看低呀？！事后，母亲发信息来说父亲真的生气了，让她回去，她没有理会，直接锁上了手机，打开电脑，在熟悉的邮箱里重新审视了一遍自己可以联系的人，最后光标落在“大老板”的位置。吴悠知道只要她开口，大老板当然会帮她一把，但没必要，她正准备合上电脑，喝完这杯酒就启程时。突然“叮”的一声，吴悠注意到一封标题为“Related issues on investment projects of advertising companies（关于投资广告公司的相关事宜）”的邮件，她立马点开来，发现发件人不是别人，正是此刻在华尔街风投公司的 Carrie Zhao（卡丽 赵），赵开颜。

吴悠事先没有声张，她甚至没有把这件事告诉罗薇薇。在给赵开颜写邮件的那个晚上，吴悠喝了整整半瓶野格，在半醉半醒之间，她洋洋洒洒写了好几百字的英文 Email（电子邮件）过去，以至于她清醒之后，几乎忘了她给赵开颜写过这么一封信。吴悠去查了那封自己写的，发去太平洋彼岸的信件，发现这封信写的居然言辞谨慎、条理清晰，同时又热情澎湃、动人肺腑，吴悠都有些佩服自己酒后的逻辑思维，她简直不敢相信自己的英文水平竟然这样好。赵开颜回复的邮件里清晰明了地表达了两件事：第一，祝贺吴悠勇敢地朝着自己的事业迈进了一步；第二，她对这个广告公司有兴趣。

吴悠迅速给赵开颜回了一封邮件，表达了对赵开颜这位室友的感谢，同时希望和赵开颜开一个电话会议，详细说明自己的想法，也希望能听到赵开颜的一些建议。赵开颜的邮件也回得风驰电掣，邮件内和吴悠约好了线上会议的时间。两人没有多余的寒暄，也省掉了一系列叙旧的时间，她们的沟通快捷而充满商务气息，这往来的两三封邮件让吴悠感到神清气爽，一下子将她从低气压的谷底拉了上来。所谓车到山前必有路，果不其然。吴悠利落地合上电脑，放进自己的包内，爽快地买好单后大步流星地上了去往机场的出租车。

4

两天之后，吴悠接通了赵开颜的 Skype（即时通讯软件），此时是美国的晚上八点。吴悠清晨洗漱完后，端坐在朝窗的写字台前，阳光不偏不倚地照在她的脸上，以至于视频里的她看起来更加神采奕奕，视频对面的赵开颜，即使忙碌了一天也依旧精神抖擞，脸上没有一丝疲惫，深夜的灯光将她的五官烘托得更加深邃了些。和许多年前一样，赵开颜瘦削的脸颊加上那副黑框眼镜，看起来严肃而不容侵犯，距离毕业已经六七年了，但时间并没有在她的脸上留下什么。她看着吴悠，带着几分若有似无的热情说："好久不见，吴悠。"吴悠捋了捋耳边的碎发，笑着说："你倒是一点都没变。"赵开颜低了低头，用笔简单勾画了一些东西，然后抬头说："是吗？"

赵开颜的表达总是简短而精准的，大学四年，她拿过三届校级辩论赛的最佳辩手称号。她冷峻的言辞总是一针见血，让人措手不及，但同时她的思维又是清晰的，她总能在对方云里雾里的话语中找到头绪，让所有的对话都能在最短的时间里达到最有效的互动和沟通。那时候，寝室另外三个人一致认为她最适合的是法律系，为正义惩奸除恶的那种。赵开颜则不苟言笑地说律师并非都是帮着正义，大多时候他们只是帮着利益。而后，便没有人再说"她应该做律师"这样的话了。赵开颜喜欢玩填字游戏，以至于她是唯一一个在看《欲望都市》时最懂 Mr. Big（**大先生**）的那个人，罗薇薇曾义愤填膺地说："Mr. Big 怎么能同时谈好几段恋爱，这是渣男无疑！"但赵开颜只是耸肩道："'爱'这种东西对他来说太简单了，所以他才那么不屑和一个人固定在一起，他喜欢更有难度的挑战。"当时包括吴悠在内的人都感到震惊，当大家都说爱而不得的时候，她直言道只是因为你不够美，不吸引人是原罪。她就是这样的一个人。

"Evelyn，我简单问一句，你觉得你们的优势是什么？"

"准确来说，我觉得最大的优势应该是反差感，我和林安娜有着最强的反差感，彼此能够互补。"

"不，这不是优势，这只是一个描述，你得找到你们公司和别的公司不一样的地方，也绝对不是说创意更新或者团队更懂甲方这种，这些都不够吸引人。"

吴悠抓了抓头发："怎么说，其实是想做一点和大多数广告公司不一样的东西。现在上海的广告公司同质化太强了，基本上都是按照同一模式在进行工业化生产，没有灵魂。"

"工业化生产没有什么不好，它们更高效快捷、成本更低，这不是什么大问题。"赵开颜就像大学那会儿一样，总是试图在对方的话语中找到一些漏洞和可反驳的东西，虽然很多人很讨厌她的口吻，但吴悠此刻能欣然接受。赵开颜起身去倒了一杯水，背靠着岛台继续和吴悠说："Evelyn，如果一开始定位不清，你们后期的方针就会出现问题，而且我可能没办法帮到你。"

接下来是沉默，大概持续了两分钟，吴悠知道赵开颜没有那么多时间可以耗在自己身上，她抿了抿嘴唇，突然好像想到点什么，问："对了，我其实想问问，你说你对我们广告公司感兴趣，是什么地方吸引了你？"

赵开颜把那杯水放到边上，回到了电脑前，说："你们有没有想过，做一个只属于女性的广告公司？”

“只属于女性？”

赵开颜端正了一下坐姿，接着说：“这只是一点我个人的想法，根据我前些日子对国内网络舆论的观察，我发现现在是国内女性思想发展的蓬勃期，比以往任何时刻都要旺盛。当然，美国可能已经过了那个最鼎盛的时期了，但对中国来说，此时此刻刚刚好。当然，我不希望我的想法干扰你原本的方向，所以我想听一下你自己的意见。”

“你接着说。”

“你，或者 Anna，对我而言，我觉得最关键的一点就是你们代表了不同阶段的女性，比起大多数被男人管控的公司来说，你们可以做出最具有女性特色的广告。你需要告诉投资人的一点是，现在国内消费市场的主力军，一定是女性，是不同年龄的女性。而你们，比上海绝大多数的广告公司都更懂她们，你们可以为她们发声，这就是你们最大的优势。”

吴悠有那么一瞬间想要直接朝着电脑屏幕伸出自己的手，紧紧地握住赵开颜的手，甚至是给她一个充满热情的拥抱，但赵开颜冷淡的神色让吴悠收敛了几分内心的激动。赵开颜就像是看穿了吴悠的想法似的，很快就泼冷水般地说道：“先别高兴得太早，我所说的这点只是一个方向，不一定对。另外，你可能还需要再准备两到三个说明这个优势的广告方案，你们做过的或者没做过的都行，重点是让投资人觉得眼前一亮。”

这一点对吴悠来说并没有那么难，但接下来赵开颜所说的话让吴悠内心一怔。

“你重新做好方案之后，我可以递给我们公司的中国事业部那边，并有信心说服他们。但是有一个问题，如果一旦立项并通过了天使轮，你和林安娜可能都将失去绝大部分的话语权，这一点你要想清楚。”眼见吴悠沉默下来，赵开颜接着说，“所以，你可能还得先和林安娜商量一下。”

吴悠一手按在电脑上，朝着电脑屏幕又凑近了一点点，问：“你估计能融到多少钱？”

“如果是我来做的话，至少是八百万以上。”

吴悠点点头，回道：“我尽快把新的方案书给你，至于林安娜那边，我来想办法。”

这场通话不过二十来分钟，但内容的强度和深度都足够让吴悠消化一整天的了，这一步会不会迈得有点大？林安娜如果不答应，那她还能找谁呢？可从另一方面来说，赵开颜确实给她提供了一个非常令她兴奋的方向，让她跃跃欲试。她关上电脑，到卫生间里郑重其事地化了妆，然后挑了一件做旧的牛仔外套，这样好的天气以及目前周遭的一切都让她觉得未来可期，所以她需要先自我庆祝一下，平复一下心情才能决定下一步怎么做。

吴悠在咖啡厅里坐了整整一天，一方面她按照赵开颜的建议将融资方案和案例重新整理了一下，接着她将自己畅想的未来公司的模样做了一个简单的规划，她一边梳理自己可能联系到的客户，一边计划自己需要的员工类型。一直到咖啡厅临近打烊，吴悠才发现自己原来一天可以做这么多事情，比上班的时候有效率多了。她等不及想要把新的方案马上发给赵开颜，但理智阻止了她的冲动，现在的一时兴起必然会出许多漏洞，吴悠打算这两天再仔细看看，确认无疑再发过去。

大老板请吃饭，吴悠最终还是没能拒绝。周五的晚上，外滩五号的茹斯葵。和从前一样铺张奢侈，大老板给自己和吴悠各点了一碟五分熟的菲力，还有他一贯爱点的奥尔良蟹肉糕，那瓶 RP91 的红酒配得恰到好处。吴悠刚刚举杯，就听见大老板叹气道：“你还真的要放弃奥斯德那个 offer 啊？”吴悠笑着和大老板碰了杯回应道：“不是真要，是已经拒绝了。”

“那你怎么打算？要不要我……”

吴悠轻轻切了一小块牛排，放进嘴里，莞尔一笑道："不了，大老板，你已经帮了我很多了。"

大老板的脸上露出一分惋惜的神情，桌下的皮鞋却轻轻擦过吴悠的脚尖，那些细微的碰撞像是某种暗示。吴悠放下刀叉，正襟危坐道："不好意思，大老板，我打算自己开公司了，而且可能还要成为你的对手。"

大老板的神情非常有意思，他先是愣了半秒，一副不敢相信的神情，接着是不愿相信的大笑，但当他看到吴悠坚定的眼神，大老板还是将信将疑地问了句："Evelyn，你真的要自己开公司？"

"目前来说，应该不完全是我自己，我还需要一个合伙人。"

"开公司是好事啊，那……你要考虑考虑我吗？"大老板分了一半蟹肉糕给吴悠。

"大老板光是海森上下就够费心了，我可不敢随便占用您的时间。"

"合伙人不一定非要管事的，如果是你，我可以完全放心将公司交给你去打理，我们按合同办事就好，你也不必担心我要占你什么便宜。"大老板喝了一口酒，顿了顿，"前提是……我在你的合伙人计划名单里。"

吴悠想到了大老板会很"热情"，却没料想到他会"如此热情"，听到大老板的请愿，她倒有些后悔这么快就把自己的想法说出口了，毕竟是"八字还没一撇"的事。吴悠只笑了几声，然后撩了撩耳边的头发，说："现在还只是在构想阶段，说不定哪天就又回去上班了，何况……开公司，我没有经验，真的要开，还得时常来找大老板取经的。"吴悠这两三句话是以退为进，明面上是婉拒了大老板入伙的想法，可对大老板来说除了一丝丝失落，更多的却是有些说不清、道不明的生气，他兀自举杯喝了一口酒，然后自顾自地吃了一口牛排，快速缓和情绪之后，笑道："这么说来，你心里是有合适的合伙人人选了？"

吴悠自知此刻抛出林安娜无疑是自讨苦吃，她也只是打哈哈说："什么都没想好呢，只是觉得大老板那么关心我，就说出了这些拙劣的想法，还怕大老板见笑了。"吴悠算是找了一个足够舒服的台阶给彼此下，大老板也就不追问什么了，举杯预祝吴悠成功，还说需要他帮忙的时候一定要第一时间告诉他。听到大老板这么说，吴悠心里才彻底松了口气，这件事才算过去了。

第二天，吴悠终于润色好所有方案，打包发给了赵开颜，虽已是上海的深夜，赵开颜那边却正巧起床，她看完方案之后立马给吴悠打了个电话，两人一拍即合，赵开颜说，她下周正巧要回国一趟，到时她会亲自带着方案去找上海分部的负责人，以她三寸不烂之舌说服项目组，到时候和吴悠也正好见一见。

"你要回国吗？"

"对啊，既然是我自己的项目，我当然要亲自回来一趟，另外我也需要对上海市场进行评估才能更有把握通过方案，光是纸上谈兵肯定不行。"

"OK，那我们到时候见。"吴悠原本想问要不要叫罗薇薇和张晓彤一起出来，四个人聚一聚，但想了想还是把这句话忍回了肚子里。赵开颜如果没有亲自提这件事，吴悠觉得还是不要去做建议的那个人。按往常，她此刻应该会把这件大事告诉罗薇薇，但这次她没有，反倒是罗薇薇在这个时候给她打了一通电话过来，罗薇薇在电话那头非常兴奋地说："吴悠！你这次就想着怎么感谢我吧，我给你找到投资人了！"

吴悠抿了抿嘴，倚在房间的门框上，说："暂时先不用了，薇薇，我这边可能先找到了。"

罗薇薇顿了顿，问："你找到了？什么时候啊，怎么也没和我说？"

吴悠挠了挠头："其实，我是在等赵开颜的消息。"吴悠感受到了罗薇薇那边的一阵沉默，她想或许是自己太过敏感的错觉，半晌，她听见罗薇薇有些尬笑道：“那不挺好的嘛，她确实更能帮到你。”吴悠想要解释什么，话到嘴边却又说不出口：“薇薇……”罗薇薇打了个哈欠，说：“我要睡了，困死了，你也快睡吧。”说完，罗薇薇就把电话挂了。

5

广告行业到底不是一个如同衣食住行一样的“必需品”，吴悠当年念书的时候就已经意识到这一点了。她在学校的传播学院蹭课时，讲广告学的老师还是带着一种崇高的理想腔调诉说：虽然广告不是人们必需的东西，但广告总能让人们必需的东西发光发亮，这就是广告的魅力。在海森的许多年里，她依旧听到不同的人说过类似的话，全中国有 40% 以上的行业都不是人们生活所必需的，但它们依旧经营得风生水起，赚得盆满钵满。金融行业是人们必需的吗？你只觉得人人都需要钱，所以金融行业就是必需，但金融行业的钱只是数字啊，从来不会真正兑现到人的手上。说到底是大多数人愿意活在光鲜的幻觉里，这就是那 40% 以上的非必需行业成功的原因。

吴悠之所以想到这些，是因为之前有很多次，当她主动去联系她觉得可以联系的客户时，到最后都变成了和对方聊一些毫无意义的八卦，关于业务的事情总是被稀里糊涂地绕过去。好几次吴悠故意绕回业务的事情上，就听见对方说：“Evelyn，现在实体行业太难做了，我们公司从今年开始缩减了对广告的投放。没用！你知道吗？现在广告的转化率太低了，还不如直接找几个能带货的网红。”吴悠通常只是笑笑，客户说的当然是实话，但要说完全不投入广告也绝对是一种虚伪，不管时代怎么变化，品牌的形象和宣传绝对不是几个网红就能营造出来的，她顿时想到当年大学老师的那句话：发光发热始终还是要靠广告的。

赵开颜在一个大雨瓢泼的下午抵达上海，冬季的寒潮已经彻底席卷了整个上海，恼人的湿冷让整座城市陷入了冬眠般的状态。赵开颜披着一件藻绿色的呢子外衣，她取下墨镜，拉着行李箱熟悉而轻快地走出浦东机场。她和吴悠约在淮海路附近的咖啡馆里，阔别多年，吴悠的心情带着一丝紧张和期待。赵开颜则化了非常标准的职业妆。二人见面，赵开颜刚坐下，她还没来得及和吴悠好好打招呼，就说："等一下，还有个人。"吴悠正在想难道还要找第三方的时候，便听见店门铃响，一个穿着黑色西装的男人推门而入，赵开颜朝那人招了招手，待对方站定，吴悠才一下子认出，这人不就是郑弋之吗！

"介绍一下，这是我们公司的合作律师，Jasper Zheng（贾斯珀郑）。"

吴悠在这一刻多想怪罪"缘分"这莫名其妙的东西，但她还是并不做作地对着郑弋之笑道："还真是天涯何处不相逢啊，郑律师你说是不是？"郑弋之放下手里的公文包，随即回应道："对啊，吴小姐。"赵开颜见两人原本就认识，便爽快地说道："上海果然还是小，既然大家都认识，那我就不必格外介绍了。"

眼下看来，郑弋之应该是早就知道今天这场会面，但他没有事先和自己通气，吴悠因此心里有些发堵，不过很快她就想通了，她和郑弋之不过是泛泛之交，又何必自作多情，所以她很快就显露出一副公事公办的姿态。

赵开颜打开电脑，调出一份资料，然后传给吴悠，说："前两天我在视频会议里已经和这边领导报备了这个项目，他们也表示非常有兴趣，现在最大的问题就是你和林安娜的股权分配，以及你的一些想法。我今天让郑律师过来，也是希望他站在一个第三方的立场给出一些合理的建议。Evelyn，虽然我们之前是同窗，但在商业社会里利益条件永远要放在信任之前，我想我这么说，你不会觉得不舒服。"

“当然不会。”吴悠欣然一笑，然后仔细地看起合同来，虽然她尽量做到全神贯注，却还是不自觉地感受到来自一旁郑弋之的目光。吴悠飞速地读完了草拟的合同，在重要的地方做出标注，吴悠关掉合同的电子文件，望着赵开颜说：“之前 Carrie（卡丽）你和我说大概能融到八百万以上，现在却只有五百万左右，这个跳水未免有点太过了。”

赵开颜不疾不徐地喝了一口咖啡，没有急着要去辩解，而是拿出了一份报表递给了吴悠，说：“你先看看这份表格。”吴悠接过来，表上是赵开颜所在公司这几年的天使轮投资项目的过会情况，对比表上的投资金额，五百万确实不算特别低的。吴悠倒不是在意钱多钱少，而是对赵开颜起初胸有成竹的话感到失落，赵开颜接着说，“这只是一个草拟合同，也就是说，目前公司对于你们的项目至少能给到五百万的资金，但这不是最后的结果。当然，如果运营得没有问题，就像后面所写的阶梯条件，到 A 轮、B 轮的时候，自然会根据市场情况进行资金追加。除此之外，你还有其他的问题吗？”

“其他的，我暂时没看出太多问题，但是对于洛奇（赵开颜的公司）的占股比例，我想听一下郑律师的意见。”

赵开颜露出一个并不在意的微笑，耸了耸肩，说：“Jasper，你讲一下吧。”

“那我简单说一下，目前合同上所写的 35% 的比例，从天使轮融资的角度来说是偏高的，但这个比例与投资公司的信心和控制权也有密切的联系。如果洛奇后续继续追加投资，那么在 A 轮和 B 轮的阶段，这个比例也就没有问题，但如果加入第三方，这个比例就需要下调了，否则后续会有麻烦。”郑弋之款款而谈，言语倒是中立，没有刻意偏袒哪一方。

吴悠其实也早就注意到这个占股比例，按目前这个情况，如果洛奇占有 35%，看似剩下的 65% 都归她和林安娜，但平均下来，每人就只有 32.5%，后续若提上新的合伙人，便会被稀释得更少。这对她们来说，就像赵开颜之前说的那样，相当于直接把话语权交给了洛奇，即使拿到这五百万元，她也很难说服林安娜。而另一种方法，就是将股份更多地倾斜给林安娜，那自己便成了公司最小的股东，甚至会成为林安娜的附属，公司必然会出现很多令吴悠无法自控的问题。

“Carrie，我想知道洛奇有可能下调占股比例吗？”

“你希望是多少？”赵开颜问得非常直接。

“20%。”这是吴悠心里的数字，其实她原本希望更低。

赵开颜迅速拿起手机进行了一番计算，然后将算好的数字摆到吴悠面前，说：“如果洛奇占股 20%，那洛奇能拿出来的就只有二百五十万左右。”赵开颜没等吴悠开口，抢白道，“不过，我还是得说，这个只是根据我以往的经验算出的一个比例和数据，并不代表最终的结果，毕竟洛奇这边没有什么金科玉律，有问题都可以在会议中商讨，我会把你的需求和期望交代给公司。”

吴悠说不上为什么，或许是之前隔着电脑屏幕的交流转换到了面对面的原因，她感受到赵开颜的口吻中那种不同以往的冰冷，也或许是自己想多了，只是自己放大了赵开颜对这个项目的热情。这番交谈下来，吴悠明显感受到了失落。

“Carrie，洛奇 20% 的占比，五百万的启动资金，这是我的底线。”吴悠不卑不亢地说，“如果 Carrie 对我和林安娜有信心，也绝不应该按这个价位来和我谈。”

赵开颜听出吴悠言语中的不悦，没有过多解释什么，只是微微点头，说：“公司方面我会努力促成，但是 Evelyn，有些事我也要提前和你说清楚，公司的考量不等于我的个人立场，但作为洛奇的员工，我也必须承担公司投资的风险，如果你此刻有更好的选择，fair competition（公平竞争），我也尊重你的选择。”

雨是什么时候停的，吴悠和赵开颜都没有注意到，倒是郑弋之轻缓地舒了一口气，望着窗外说：“终于停了。”这一句话缓解了桌上剑拔弩张的气氛，吴悠收敛了一下情绪，说："要是晚上没有安排的话，我请你们吃个饭。"

赵开颜开始收拾东西，说："抱歉，我晚上还有点工作要做，没法陪你吃饭了，毕竟天一黑，美国那边就开始上班了。"

"工作再忙，饭总要吃的。"虽然谈得并不愉快，吴悠还是希望能给赵开颜接个风。

"如果你希望你的条件能够达成的话，最好就放我回去加班。"赵开颜礼貌地笑了笑，然后起身。

郑弋之也说要回一趟律所，交代吴悠如果有任何问题都可以随时问他，吴悠出于感谢握了握郑弋之的手，然后依次送走了郑弋之和赵开颜。临走时，赵开颜轻声在吴悠耳边说："吴悠，我比你更想争取到这个项目，否则我完全没有必要飞回上海。"

那天之后，上海突然而至的艳阳高照和骤然升温，让很多人以为冬天就要这样过去了。一周后的某天下午，吴悠将洛奇出资的合同递到林安娜面前。"五百万，洛奇方面占股25%，剩下的75%的股份，你我各一半。"吴悠的话语铿锵有力，让林安娜不容置疑。林安娜拿起草拟的合同仔细翻阅了两遍，一边翻页一边挑眼看着吴悠说："嗬，有点能耐。"确认完后，林安娜放下合同，说："不过这五百万甩在我林安娜脸上，我还真觉得有点看低我了。Evelyn，你知道吗，现在我有一百个理由可以拒绝你。"

"当然了，你可以拒绝我，但我想，你不会拒绝这份方案。"说着，吴悠拿出她准备好的公司规划书，"我想不到除了你和我，全上海还有谁更适合开这家公司？"

林安娜将那份制作精美的计划书拿在手上，不自觉地念出上面的字："打造最懂女性的广告公司。"林安娜没想到，原来吴悠这段时间不仅仅是去拉了投资，还非常详尽地做好了公司的定位和方向，比起戴维德的挖角邀请，这份计划书确实更让她充满斗志，在其中，她读到了吴悠细腻的情绪，吴悠在计划书内非常明确地点明了她们这家新公司的与众不同，在对员工的需求上也有了基本的雏形。林安娜甚至可以畅想十年后她们这家公司在上海的地位，哪怕到时她已经将近六十岁。

“Anna，你可以去任何一家聘请你的公司，但我相信，没有一家会真正让你有一份完全属于自己的事业的感觉，以你林安娜的名字，当然不会只值这五百万，但‘林安娜’这个名字，势必会在一年内让公司的市值翻上几番，你说呢？”

林安娜恍惚间看见了另一张脸，陈旧的阁楼里，女儿拿着那封来自太平洋彼岸的大学录取通知书在林安娜面前挥舞着，林安娜没有表露出格外的欣喜，她甚至有些后悔那时候怎么没有给女儿一个拥抱，而是不动声色地站在那里。女儿说，我会证明你的很多观点是错的。林安娜一句话也没有说，她在猜想女儿说出这种挑衅的话背后的逻辑是什么。如果上海滩以后有一家厉害的广告公司，想都不用想必然是你 Anna 的！这是当时众人对林安娜不约而同的评价，但她女儿说：“妈，你的观点会过时的，你看吧。”她记得女儿远去美国之前，和自己说的最后一句话便是这个。

林安娜将草拟合同和计划书都收到了自己包里，然后说：“你让我想的名字，我想好了，麦迪逊，我们的公司就叫麦迪逊。”

“Madison（麦迪逊）？”

“Yes（是的）。”

那天林安娜走出咖啡厅，她像是看到了真正属于自己的战场已经来临，而身边意气风发的吴悠自信地和她并肩站在了上海最繁华的街头。林安娜仰头微笑地看着车水马龙，她要为自己打一场轰轰烈烈的战役，吴悠也是。

第一次看见灿烂的时刻

第五章

1

“美尤佳奶粉，创立于1905年，公司总部位于美国的伊利诺伊州，于1993年正式进入中国市场，曾在中国乳制品工业协会年会上荣获‘质量安全管理标杆企业大奖’。”会议桌上围坐的所有人都把目光投向这个美尤佳品牌的营销总监纪小妃，从她走进来到起身的二十分钟内，浑身上下都始终“端着”一种优越感，她一手举着遥控器，一手搭在另一只手的手肘上。她接着说：“在国内几大奶粉品牌频频爆出含有三聚氰胺的时候，我们美尤佳的销量不降反增，在这一点上，我不得不强调一句，特别是我们的安康宝A+系列，一直是我们的王牌产品，在母婴产品的销售排行榜上，常年稳居前三。”

会议桌的另一端，林安娜拿着笔，看了看表，然后望了吴悠一眼，吴悠很快清了清喉咙，笑着说：“纪小姐，不好意思打断你一下，其实美尤佳的相关资料，我们在brief里都已经看过了，我们想通过这次会议知道的是，你们对这次广告企划的需求以及你希望我们麦迪逊往什么方向进行宣传。因为在之前的邮件来往中，我们希望你们把要点都写到brief里，但我们似乎没有看到，PDF（文件格式）里基本只有你们公司的背景资料和一些产品信息。”

纪小妃突然露出一副被冒犯的神色，垂下眼说：“我不懂，难道把公司的资料发给你们，你们还不能就此发挥出一些想法吗？我们和这么多4A公司打交道，都是直接将创意给我们，我们公司再进行内部讨论的。”吴悠尴尬地笑了笑，只得让纪小妃继续长篇大论地介绍完他们所有的产品。

会后，林安娜顿感无语，二人送走纪小妃和美尤佳的其他人员后，林安娜关上门对吴悠发了一顿牢骚：“Evelyn，你回头和 Mea（麦格）说一声，以后接这种案子的时候要慎重。”吴悠轻轻摸了摸额头，道：“Anna，我想我们需要找一个合适的 AD 了，不然我们只能累死。”林安娜叹了口气，说：“我没想到从别的公司挖一个 AD 过来会这么难，实在不行，只能发招聘信息了。”

2018 年的春天，麦迪逊公司在中山北路的月星环球港如同一颗新星冉冉升起，林安娜自立门户的消息很快就在广告圈内传遍了，广告业内众说纷纭，但不论如何，麦迪逊都像是一颗投向上海整个广告业的石子，瞬间激起了千层浪花。吴悠和林安娜没有选择在繁华的新天地建立自己的公司，也没有选择在淮海路，而是选择了相对静谧的中山北路。她们租了一层写字楼，占地四百平方米，并迅速招揽了她们熟知的一些前同事，筹备不到两个月的时间，公司就正式开始营业了。

林安娜深知 AD 对于一家广告公司的重要性，她几番劝说杜太太出山都没有成功，眼见这条路是行不通了，所以她极度想从最厉害的三家 4A 公司里挖走一位 AD。但林安娜与这几位 AD 的几次面谈下来，对方似乎都对麦迪逊的未来发展产生疑问，就连她们无奈之下提拔上来的客户主管王丽花（Mea）都说：“老板，你们知不知道，光是你们限定了我们只做女性客户这一点，我们的客户资源就少了一大半。”如果你再和她提美尤佳奶粉的事，她指定会说：“好不容易抢来的一个客户，你们真的就不要挑了，至少他们的预算足够支撑我们半年的生存了。”

吴悠也知道这个做超市采购起家的王丽花不够专业，但即使她再有勇无谋，至少在公司缺人的时候，她是最有干劲的那个。但没有 AD，只靠 AE（客户主管）撑着的公司，到底会显得有些寒酸。

公司成立之后，吴悠才真正意识到员工的重要性，和过往自己打工的时候感觉不同，那时候只要自顾自地做好分内的事情，基本就可以高枕无忧了。而成立自己的公司，不管是选址、装修、招人，吴悠都时刻被财务提醒着：“Evelyn，又超预算了！”公司建立初期不仅支出庞大，而且收益甚微，虽然有林安娜的噱头，但过去积攒的客户里真正主动跑来合作的少之又少。一方面，大多数公司都签订了年框协议，没有办法立刻转头选择新的公司，所以这些公司还是在明面上和林安娜说：等我们明年结束那一头的合作就立马来找你；另一方面，大家其实都还在观望，用吴悠的话来说，他们无非就是在等我们做出一支惊为天人的广告，向整个广告界证明麦迪逊的实力。

其实压力大多都在吴悠的身上，毕竟新公司新气象，从环境到人都是新的，员工整体还是表现出一副“势必要做出点东西来”的干劲，他们是感受不到企业生存的艰辛的。然而在“挑人”这件事上，吴悠和林安娜又总是会表现出一些分歧。林安娜在意的是员工的经验，对一个新公司来说，招来的人有经验和没经验有着千差万别。特别是员工对待工作的专业度上，有经验的人能够对一个项目十拿九稳，更何况她们俩现在工作缠身，根本没有时间去带新人。但吴悠并不这么认为，经验固然是很重要的一点，但并不是说有经验的人就适合初创公司，大部分所谓的经验只是一个时间年限，不是说在这个行业待得久，就说明做得好，这完全是两个概念。那些手上有作品、有客户、有能力的人，又大多居高自傲，这样的老油条，吴悠并不想招纳进来。于是来来回回，公司都已经开张一个月了，四百平方米的大平层只有十五六个员工，看起来空空荡荡的又显得奢靡。

那段时间吴悠几乎每天都是早出晚归，通常在她下班的时候，大街上已经一辆车都没有了。有一天晚上，她刚回到家，还没有在沙发上坐稳，就听到敲门声，她想着大半夜的是谁啊，她小心翼翼地从猫眼往外看了一眼，才发现是对门的那个傻小子。吴悠隔着门问了句：“怎么了？我要睡了。”

萧树说："白天我要上班基本上遇不见你，其实我前两天晚上来敲过你的门，发现你都没回来，今天你终于在家了。"

吴悠无奈的开了门，问："什么事？"

"我想去你的公司。"萧树拿出一份打印好的简历，递给吴悠。看到对方这么正式地投递简历，吴悠心里笑出了声，回道："你投邮箱就好了啊。"

"我投了，不知道是你们人事的邮箱有设置还是什么，我的邮件总是被退回来。"

吴悠这才意识到，应该是人事部的邮箱满了，但人事自己还没有意识到这个事，所以新的简历都发不进来，难怪最近面试的人怎么越来越少了。吴悠收下简历，说："你明天找时间来公司面试吧。"吴悠正准备关门，突然想到什么，又多问了一句，"对了，八卦一句，你为什么要离开奥斯德？"

吴悠已经从别人口中听闻了Cherry Liu（彻莉 刘）的逸事，吴悠对此总觉得妙趣横生，那个浓妆艳抹行走在奥斯德的女人，竟是罗任司眼中代替她和林安娜的最佳人选。

刘美孜（Cherry Liu）空降奥斯德的第一天，就把自己做过的广告案例一个一个打印出来发给组里的每个人学习，并让他们看完后回家写出八百字的学习心得，更重要的是那些案例都是十年前的东西，早已过时了。听说刘美孜组里的人真的是抠字抠句地硬拼出来八百字交给了她，其中有一个人，在心得里把刘美孜的方案夸得天花乱坠，这个人当天就被刘美孜升了职。而后，更有趣的是，客户寄来的所有样品刘美孜都要以试用为借口占为己有，不仅不分给下属，而且还告诉下属，按她的使用感受来创作广告就可以了。最奇葩的是，刘美孜对萧树竟然发出了暧昧不清的邀请，据说，其实除了萧树，公司里的许多小男生都没有逃脱她的魔爪，她以辅导工作、了解业务为由，让男下属下班后到她嘉定区的loft（一种建筑风格）里进行一对一的开会。萧树有两次都找了借口推脱掉了，但他实在抵挡不住第三次，只好递交了辞职信。

或许这就是罗任司需要的“人才”，不管对公司是否真的有利，对他确实是忠心耿耿的。关于刘美孜的事情，吴悠当然不完全是听取了萧树的一面之词，要怪只怪上海的广告圈子还是太小了。在海森的时候，吴悠和刘美孜也有过一两次交集，因为屡次比稿被吴悠打败，刘美孜后来看见吴悠，说话便有些阴阳怪气的。那之后不久，刘美孜同公司的同事就跳槽到了海森，关于刘美孜在公司的奇葩事迹也就不胫而走了。比如她一边开会一边在手机里和客户暧昧交流；比如她把自己的会员卡号告诉给下属，让下属去商场购物后把积分都积在她头上，还把积分的多少算作员工的 KPI 考核；比如她常常潜伏在洗手间的隔间里窃听八卦，然后假装把这些八卦当作秘密一样和老板分享，以表衷心，诸如此类的事迹，着实让人笑掉大牙。但吴悠常常觉得，即便如此还有人愿意聘请她，并给她较高的职位，说明她或多或少还是有过人之处的，且不说趋炎附势算不算缺点，但在某种程度上，吴悠一向认为那些令她不屑的人往往会过得很好，就比如此刻，至少人家代替了她成了奥斯德的创意总监。

吴悠深夜看完萧树的简历之后，突然对这个陌生的邻居有了一丝好感，在看到他所做的几个学生作品时，吴悠看到了希望。第二天她便吩咐人事尽快给萧树面试，然后打算把“美尤佳”的这个案子丢给他试水。

2

周五的晚上，吴悠约赵开颜在巨鹿路小酌一杯，赵开颜难得没有以工作为借口推脱。自从促成吴悠和洛奇的项目之后，赵开颜一下子又接手了两个上海公司的 IPO，加上麦迪逊后期的一些相关事宜，让她一直没有办法回纽约。对于吴悠这次公司的成立，赵开颜自然功不可没，这顿酒吴悠原本早该请她了，只怪赵开颜这忙前忙后的，一直没有空出时间。

那天晚上，赵开颜没有戴她平日戴的那副眼镜，而是换成了隐形眼镜，她身穿一条白色低领连衣裙，看起来清爽不少。吴悠没有主动提工作，所以两人的话题一下子也轻松了不少。酒过三巡，吴悠突然问起赵开颜在美国的生活，赵开颜一边微笑一边叹气，说："留洋只是为了坐实自己知识分子的身份，除此之外，别无他用。"吴悠顿时有些诧异，这和几年前那个不断催促她去纽约发展的赵开颜判若两人，吴悠细问："这些年你的心境倒是变了不少。"赵开颜端着酒杯碰了碰桌，说："人嘛，总是年轻的时候孤芳自赏，过了那个岁数看明白一些东西之后，就觉得自己当初是个'傻帽'。"

赵开颜说起自己在美国投行的这些年，对华人在西方职场被无形打压和歧视的事司空见惯，即使社会再怎么呼吁女性平权，"歧视"那双无形的手还是操控着一切，看似她人在海外让人羡慕，但并非活得自在。现实远没有美剧中演得那样开放。赵开颜总觉得自己能够争取到自己应得的权力，她奋力挣扎着最终也只是枉费心机。不过有一点，她在美国跟着那帮白人学习投资确实帮自己赚得盆满钵满，至少在财务上她已经获得了自由，这次她回国来帮吴悠促成这个项目，其实也是给自己一个回国的机会，看看要不要索性回到上海生活。

"那你的老公呢？"吴悠不禁问道。

"离了。"赵开颜不假思索地说。

那自然又是另一段故事了，赵开颜对自己的前夫并没有什么特别的评价。大学毕业之后，赵开颜刚刚踏入社会，那位美籍华人律师从各个方面都极其符合一位丈夫的标准，于是赵开颜走上了恋爱，结婚，组成家庭的流程，婚后，她开始朝着二人共同的生活目标进发，这是大部分职业女性最初的选择。然而婚姻很快就变成了彼此生活的附属品，赵开颜没有从冰冷的前夫身上得到渴望的温暖，赵开颜在之后的工作中又遇到了心仪的对象，在没有出轨的情况下，她与前夫摊牌离婚，不过离婚之后的恋爱也只是稍纵即逝的心动。之后赵开颜又陆续交往过两三个不同类型的美国男友，但最终她还是开启了自己自由的独居生活。这当然是赵开颜做得出来的事情，她不管对爱情、工作还是生活，都有着极高的目标和需求。从大学时期吴悠就特别明白赵开颜的这种心理，虽然吴悠、罗薇薇、张晓彤都不是这一类人，但赵开颜那种极端的完美主义，在她们宿舍里却更显得格格不入。吴悠与其他人不同的是，她看赵开颜总是带着欣羡和仰望的态度。

“所以你最近留在上海应该也不完全是因为工作吧。”吴悠微笑着喝了一口酒。

赵开颜似乎并没打算隐瞒，她说：“倒是什么都瞒不住你。”赵开颜和吴悠碰杯，接着说，“我最近正在约会的对象，你应该也认识……”吴悠在赵开颜欲言又止的片刻，大脑飞速闪过她们有可能共同认识的男性，最后她不自觉地想到了郑弋之的脸。而此时此刻，说是有缘或者是阴魂不散，也或者他早就知晓，郑弋之正巧推门而入，看见正坐在吧台碰杯的她们，说了一句“嘿”，吴悠迅速地转向赵开颜的脸，而赵开颜只是非常商务式地朝他笑了笑。

赵开颜待郑弋之从她们身边走过去之后，才轻轻踢了踢吴悠的脚，瞥了郑弋之一眼，说：“你喜欢？”吴悠轻轻地扬起下颌，朝赵开颜眨了眨眼睛，低声道：“我有那么明显吗？”赵开颜像只老狐狸一般，她嗅了嗅鼻子说：“我上次就感觉到了。”吴悠立马岔开话题问：“所以你约会的人到底是谁？”赵开颜伸手从手机里调出一张照片，摊给吴悠，吴悠只看了一眼，便愣住了。

“你说你和……”

“嘘！”赵开颜示意吴悠噤声，“你知道就行了。”赵开颜收回手机，摇了摇高脚杯里的酒，路灯熹微的光穿过玻璃窗打在赵开颜的脸上，她看起来像个幸福的女人。赵开颜很快耸了耸肩，说：“其实，我也感觉到那个人喜欢你。”吴悠顺着她的眼睛看去，郑弋之正在和几个朋友聊天，并没有看向她们的意思，吴悠很快别过脸说：“我可是一点也没看出那个意思。”赵开颜捋了捋耳旁的头发，说：“你知道 Jasper 在律所的外号是什么吗？”吴悠假装没有很好奇地问：“叫什么？”

“泡椒小王子。”

“什么意思？”

“泡妞专泡小辣椒。”赵开颜笑得很随意，就像在讲一件和她们都没有关系的事情。但吴悠有些好奇地问：“照你这么说，他确实是个花花公子了？”

赵开颜耸耸肩道：“任何人在任何时候，都拥有随意更换伴侣的权利吧。Evelyn，你千万不要因为这个原因就抗拒和一个人靠近，管他是不是花花公子呢，别跟我说你还有什么心理洁癖。”

“我当然不会，只是在对爱情的投入和产出这件事上，我总喜欢先衡量一下成本。”吴悠喝光了那杯酒，说，“走吧。”

“去哪儿？”

“上海的夜生活也不是只有喝酒这一项，对伐？”

临走时，吴悠专门走到郑弋之旁边，戳了戳他的肩膀，就像他们有着非常亲密的关系那样，然后她和众人打了个招呼，说自己先走了。吴悠的出现让郑弋之的同事们转变了话题的方向，但郑弋之没有明确说明吴悠和自己的关系，这让他的同事们更有了说笑的谈资。这是郑弋之最喜欢的状态，他喜欢活在大家的话题中，身边的“过眼云烟”让他成为同事眼里不可忽视的角色。他对吴悠说，他开了车，等会儿可以去找吴悠她们，但吴悠说，你就好好陪同事吧，然后给郑弋之留下了一个带着微笑的回眸。出了酒吧之后，吴悠和赵开颜都不禁哈哈大笑起来，赵开颜背着手说：“Evelyn，你比我想象的更坏一点。”

次日的创意部会议上，林安娜比想象中表现得更挑剔和强势，即使是“美尤佳”这样她看不上眼的项目，她也没有丝毫马虎的意思。

文案部和设计部碰出来的创意基本都被林安娜直接“枪毙”了，什么仔细描绘母亲的一生，让大家觉得妈妈的不容易；什么通过孩子的视角去看母亲，放大妈妈和孩子之间的关系。林安娜听完只是冷笑着说：“这种创意根本不用你想，但凡有妈的人，都能说出这些话。”吴悠也有些头疼，为了尽快让公司跑起来，她才特意没有去控制下面的人，如果不好好历练这些“小朋友”，最后就会变成她和林安娜两个人的公司，可是眼下看来，完全放手的结果就是——全军覆没。

“母婴产品也并不是非要从女性的视角来切入吧。”不知道从哪个角落传出了这么一句话。吴悠抬头看了看坐在会议桌角落的萧树，这是他上班的第二天，同组人对这个陌生的男同事表现出一丝好奇和不在意，但林安娜似乎把这句话听了进去，林安娜说：“你说说你的想法。”

“我只是想……”萧树拿着笔在本子上画了画，“所有的母婴产品都是千篇一律的妈妈抱着宝宝，吃奶、喂饭、玩耍。怎么说呢？这种东西就好像成了一种思维定式，但如果这个时候，母婴广告的主体不是女性，而变成了男性，是不是会有不一样的火花呢？”

林安娜用笔点了点桌子说：“很好，这确实是一个比较好的切入点，那你心里有概念了吗？”吴悠和林安娜同时看向角落里的萧树，周围其他人也都渐渐把目光转向他，萧树能感受到这些眼神中各自的意味，他们期待他给出惊喜或者期待他出丑。萧树把自己刚刚画的草图拿了出来，贴到了白板上。草图上，是一个戴着眼镜略显冷酷的男人，他的食指放在鼻梁上，做出一个推眼镜的动作，眼神犀利，旁边写着几个字——如果我是妈妈。

这个概念一下子就戳中了吴悠，虽然还没有达到完美的地步，但确实让吴悠看到了亮点，而林安娜只是淡淡地笑了笑，她说：“你把那几个字改一下，效果就出来了。”萧树还没有理解林安娜的意思，林安娜就走上前去，用笔勾掉了萧树写的那几个字，重新写了一句新的标语——我为什么不是妈妈？

会议室里的人确实都被这个创意惊到了，不能说它绝对的好，但确实让人感觉耳目一新。林安娜思考了一下，说："这样的反差感是一回事，但要让大众真的 focus（聚焦）到这个男人身上又是另一回事。"林安娜看了吴悠一眼，"要不然，敲定一个合适的男明星，要那种冷酷、不爱笑的类型。"

吴悠的大脑里有个人选一闪而过，她几乎是不假思索地脱口而出："李淼。"吴悠后来一直想，如果那个时候自己能够管住嘴哪怕三秒，也不至于在后来给自己惹上一身骚。吴悠只是刚刚说出口，两三个小姑娘就立马露出了非常赞同的笑容，林安娜迅速地百度了这个叫"李淼"的"小鲜肉"，并在下一秒就确定，人选就是他了。

茶水间里，吴悠一边打着咖啡泡沫一边对萧树说："我之前还真是看错你了。"萧树低着头等水烧开，他腼腆地笑了下，说："是吗？"

吴悠端着咖啡喝了一口，说："你把眼镜取下来，我看看。"

萧树"嗯"了一声，他不明白吴悠的目的。他取下了眼镜，视线一下子模糊起来，站在面前的吴悠变成了一个带着颜色的长条，吴悠伸手撩起了萧树额前的刘海，萧树下意识地退了一步，只见吴悠拖着他的下巴莞尔一笑道："我大概知道刘美孜想单独约你回家的原因了。"

她拍了拍萧树的肩膀，接着说："今天的表现挺好的，再接再厉！"她端着杯子，背过身准备走出去，想了想又回头说："把那副眼镜扔了，以后戴隐形眼镜吧，还有……剪短发吧，适合你。"

看着吴悠模糊的背影消失在茶水间门口，萧树还在恍惚中没有回过神来，小腿处突然传来阵阵的酥麻感，这时，萧树听到了沸腾的声音，只是不清楚是水还是内心。

3

会议结束后没两天，吴悠亲自联系到了李淼的经纪人，吴悠站在

“点炬娱乐”公司楼下，第二杯咖啡已经见底了，李淼的经纪人却迟迟没有出现，距离约定的时间已经晚了半个多小时了。好在吴悠之前因为一些项目和艺人有过接触，深知他们这一行人的傲慢态度，所以心态非常平和。而吴悠除了观赏大厦楼下各大公司的铭牌，就只剩下翻阅杂志架上的财经杂志消磨时间了。

吴悠在来这里之前，心中也有些许懊恼，为什么自己在那个时候会将“李淼”的名字脱口而出，或许与自己和赵开颜饮酒畅谈的那晚，看到赵开颜拿出她的约会对象的照片是李淼有关。那时，她一边放下了心又一边倒吸了一口气，她的内心充满着好奇与不安。虽然赵开颜和什么样的人约会她都不应该感到意外，毕竟赵开颜确实极具魅力，又善于分析男人心理，只要她能看上的，基本都是手到擒来。赵开颜和罗薇薇最大的不同就在于面对同一个男人时二人不同的行事风格。就像在学生时期，赵开颜和罗薇薇面对同一道考题时，赵开颜会用最简单的方式解答出结果，而罗薇薇则是用投硬币的方式来确定最终的选项，要是遇到大题，她就基本放弃了。而不管是哪种方式，她们都有一个共同的特点就是主动出击。可对于李淼这样处于上升期的男艺人，吴悠很难想象赵开颜是用什么方法避开经纪人对自己艺人的要挟和控制的，加上李淼对外塑造的人设从来都是不食人间烟火的类型，所以更需要他与恋爱绝缘，一旦赵开颜和李淼的事情被爆出来，后果不堪设想。

林安娜让吴悠亲自出马的原因在于，这个“美尤佳”项目的创意，对方不一定真的能读懂，然而“流量小生（指粉丝众多的男明星）”的加持一定是他们拿下这个案子最重要的一环。事实上，事情绝非他们想的这么简单。去年年底，李淼因为热播剧蹿红，那之后，他已经接下了大部分品牌的商业代言。此刻走在上海的街头，不管公交、地铁或者是商场电梯，都能看到他不同造型的照片、广告，而就在吴悠写完邮件并通过渠道联系上李淼的大经纪人史敏的同时，史敏表现出的却是不屑一顾。

一个小时之后，史敏带着一个小助理姗姗来迟，在并没有表现出任何歉意的同时，她甚至带着几分不容挑战的威严问道："你就是Evelyn？"

显然，吴悠的年龄让她有了一丝质疑，但很快吴悠就用不卑不亢的语气说："是的，我是麦迪逊的合伙人之一Evelyn，前几天给您发过邮件，也和您通过电话。"

史敏点点头，问吴悠介不介意到室外，方便她抽烟，吴悠表示不介意，便吩咐服务员移座到了室外。史敏刚刚坐下，就点了一支烟，微微觑着眼睛，说："据我所知，贵公司的最高负责人是林安娜对吗？她不来的原因是觉得单派你来就可以应付我了吗？"

吴悠心里想这生意还没开始谈，对方就已经准备好拒绝的说辞了，越是这样，她越不能被对方牵着鼻子走。吴悠泰然自若地笑了笑，然后说："Anna姐确实是我们公司的最高执行人，不过，我们公司内部也有各自的分工，初创公司项目繁杂，还望您多担待，不来亲自见您并不代表不重视这次合作，相反，正是因为重视，Anna姐才在我与您进行了线上沟通之后，依旧要我当面和您谈一下。"

这时史敏和旁边的小助理说了两句悄悄话，然后对吴悠说："我确实很忙，没有时间和你谈太久，你的需求我看了，我只能说'抱歉'，李淼最近的档期都排满了，你也知道他现在是什么情况，最近他要去横店拍戏，一进组就是三个月，我们基本上已经不接任何广告了。"

"档期的事情我们都可以协调。"

"我直接和你说吧，李淼是不可能接母婴类广告的，这和他的对外形象极其不符。"

"这条广告并不会破坏李淼的个人形象，相反，我们几乎是按照李淼的形象定制的本条广告，如果您看过我发过来的策划案，大概能明白我们想要表达的意思。"

史敏很快抽完了那支烟，她一边盯着吴悠一边在烟灰缸里摁灭烟头说："方案我看过了，其实我今天来和你谈，就是想和你说，李淼本人并不喜欢这个创意。另外，不接广告这件事也是李淼自己提出来的，我们有义务考虑艺人的意愿，哪怕你们的广告费用并不低，但他不点头，我们谁也没辙。"史敏说完之后，补充道，"不过，除了李淼，我们手上还有一些新人，他们其中不乏有对这个创意感兴趣的，如果你们需要可以联系我。"

回程的路上，吴悠还是忍不住叹了口气，并不仅仅因为自己吃了史敏这碗闭门羹。此时此刻，她真的想打个电话给赵开颜，一边吐槽一边愤愤地对她说："什么玩意？！"但她很快就打消了这个念头，在出租车上吴悠才想起，往常的这个时候，她可能已经立马约上罗薇薇，向她诉说史敏那店大欺客的丑陋嘴脸，然后再听着罗薇薇阴阳怪气地和她一起嘲笑这些让人不快的人和事，最后两人再一起哈哈大笑，将胸腔中的愤懑完全释放。吴悠仔细翻阅了自己和罗薇薇的最后一次聊天，这才发现她已经快三个月没有和罗薇薇联系过了。罗薇薇生闷气的时候，吴悠从来不会去联系她，但这一次似乎有点太久了，她想了想，打算找时间去罗薇薇家看看，只可惜最近自己太忙了。

回到公司之后，吴悠正准备和林安娜商量这件事接下来要怎么进行，脑海中突然一个念头一闪而过，吴悠找到王丽花，让她帮忙查了一下李淼最近接的广告是哪家的。吴悠始终不信史敏的说辞，没有人会真的拒绝金钱。果不其然，王丽花很快就打听到李淼并不是不接广告，就在前两天他才刚刚签完一份广告合同，那家公司不是别人，正是奥斯德。这下子，吴悠心里更不爽了，或许史敏根本没有看自己的方案，或许她看到麦迪逊的体量就认定了是小公司而不想合作，更重要的是，她看到了刘美孜的那个让李淼在冰山上喝热茶的创意简直想死，这件事大大刺激了吴悠，让她觉得自己势必要把李淼给"死磕"下来。

思来想去，她也只能给赵开颜拨了一通电话过去。

吴悠并没有一上来就和赵开颜说"让她帮忙搭桥认识一下李淼"

什么的，对于会让赵开颜产生不适感的情况，吴悠统统没有让它发生。那天晚上，吴悠找了一家在古北的私密日料店，然后把萧树做好的那套方案拿给赵开颜看。

“你觉得怎么样？”

“虽然我不懂广告，但是我觉得挺有意思的，从某种角度说，这条广告既调侃了男性，又安抚了女性。”赵开颜说完之后，看了看吴悠，吴悠沉默着不说话，赵开颜用叉子叉了块三文鱼，想了想说，“你今天应该是有事找我吧？”

吴悠顺着赵开颜说：“公司想找李淼来做这支广告。”

赵开颜并没有很诧异地又吃了一块三文鱼，笑着说：“所以现在的问题是出在钱上还是人上？”

“可能出在我身上。”

“怎么讲？”

“我不知道那天开会的时候，我怎么就脱口而出说想让李淼来试试，总的来说，是我自己给自己挖了个坑。”

赵开颜给自己倒了一小杯清酒，说：“吴悠，你知道我一向不喜欢把生活和工作混在一起，何况是私生活，如果你打算让我帮你什么，我可能做不到。”

“我当然知道你的性格，我找你吃饭只是吐槽一下我的愚蠢，并没有别的意思，你就好好吃。”

“所以……很难吗？”赵开颜还是忍不住问。

“说实话，我也不知道李淼是否感兴趣，只是他的经纪人一直挡在那里。”

赵开颜又拿起那份创意方案看了一下：“以我对他的了解，我觉得他应该会喜欢。如果不喜欢，应该是现在的东西还没有刺激到他的点。”

“是吗？具体说说。”

“现在从这个方案看来，重点都是在他的身上，但他其实不喜欢这样，他喜欢对手，特别是能分庭抗礼的那种。如果所有人都捧着他，他反而觉得没趣。他一直想要突破自己原本的人设，当然，我和他说这样的话很容易就是“死路一条”。这和投资很像，对于不熟悉的行业和方向都需要谨慎，哪怕你自己很想试试。”

赵开颜的话突然让吴悠脑中灵光一闪，她有些惊喜地说道：“对啊，我怎么没想到？！”

“想到什么？”

“没事，你等我一下。”吴悠迅速地从手提包里把笔记本电脑拿了出来，在原方案的 PPT 上进行了一番修改。

“你在干吗？”

“就像你说的，如果这个广告只是聚焦在他身上，其实创意本身还构不成刺激性，而如果我们要让女性买单，重点不就是解放女性吗？”

“怎么说？”

吴悠简单地做了一个示意图，然后插入到原本的方案里，将电脑转向赵开颜，说道：“如果只是李淼一个人在那里喊‘我为什么不是妈妈’的口号，就会比较干。但如果是李淼在喂奶，旁边的妈妈正在办公、健身、购物、打牌。Anyway（反正），只要有这个奶粉，女性就能从哺乳的身份中彻底解放出来，而那个站在旁边的男人一边喂奶，一边羡慕地问出‘我为什么不是妈妈？’，这样是不是更好？”吴悠顿了顿，又说，“对，即使是站在李淼旁边的女性，也不用是明星，用素人就好，找个好看的素人。用奶粉代替母乳，妈妈得到彻底解放。”

赵开颜歪着头认真地看着吴悠，她轻轻挠了挠脖子，说：“perfect（完美），确实一下子就有了灵魂。”赵开颜“啧啧”了两声，接着说，“我有时候也挺想看你脑子里是什么结构的。”

“真的吗？哈哈，cheers（干杯）！”

后来吴悠和赵开颜喝了很多，那些酒原本吴悠是不想喝的，但赵开颜在酒精的作用下越喝越猛，吴悠以前不知道赵开颜这么能喝。她记得在大学的时候有几次班级聚会，赵开颜都习惯性地早走，她说她不喜欢看到一群人烂醉如泥的样子，因为她爸爸就是那种酒鬼，非常让人讨厌。后来吴悠开始明白，虽然赵开颜不喜欢自己父亲酗酒的习惯，但她父亲对酒精容纳的基因遗传给了赵开颜，她在纽约与同事聚会的时候，常常一个人放倒一群美国男人。那一夜吴悠醉得很厉害，她甚至不记得自己是怎么从包间里走出来再坐上车的，但她偏偏记得赵开颜轻轻拍着她的肩说："我会把方案拿给他看的，他喜不喜欢我就不知道了。"

另一件事是，那晚她上的是郑弋之的车，为什么是郑弋之，不用想也知道，只能是赵开颜给他打了电话。吴悠虽然悔恨自己醉后不成人样的行径暴露在了郑弋之面前，却对赵开颜骂不出一个脏字。吴悠在他的车上吐了一次，在车外吐了一次，但郑弋之没有乘虚而入。这件事在后来赵开颜询问的时候，吴悠的内心被激起一种复杂的情感，她因为郑弋之谦谦君子般的作风而感到温柔，并对郑弋之浪荡不羁的传言产生了疑问；而另一种情感又让吴悠觉得难堪，是因为自己不够吸引他才让他不曾下手吗？

郑弋之那天晚上将吴悠安顿好后，又将吴悠家里从头到尾整理了一遍，以至于吴悠醒来的时候简直不敢相信那是自己的家。让一个并不熟悉的男性，甚至算不上朋友的人帮自己收拾屋子，吴悠日后想来都会觉得有点羞耻。郑弋之温柔地帮吴悠盖上了被子，然后看着她入睡，和她说了一句"晚安"。这些或许是吴悠脑补出来的一些场景，但吴悠确信它真实地发生过。不仅如此，酒精的作用让吴悠更是无所畏惧地躺在了郑弋之的身上，她虽然没有做出什么出格的事情，但郑弋之不动声色的表情让吴悠觉得无比丢脸。

或许还有点别的什么事情，但吴悠统统想不起来了，等她第二天早上头痛欲裂地被闹钟吵醒的时候，她知道郑弋之不辞而别，她的眼前只剩下一个整齐的房间，她觉得自己像是做了一场荒唐的梦。

三天之后，史敏主动给吴悠打了一通电话，即便声音里依旧带着几分嫌弃和挑剔，但史敏很确认地告诉她，经过她三番两次、苦口婆心的劝说，李淼终于同意了这次合作。电话的这头，吴悠当然知道这些说辞背后的真正逻辑，但她也没有戳破史敏的谎言，还是用非常感激的口吻答谢了史敏，并邀请史敏有空出来一起吃顿饭。史敏对此没有回应，只说合同方面他们会看得很仔细，而且对时间有严格的要求。

挂断了那通电话后，吴悠的心情无比舒畅，她第一时间给赵开颜发了信息表示感谢。赵开颜说，如果不是那晚的酒，她也不会做出这么荒唐的事情，关键是，李淼果真如赵开颜揣测的那样喜欢这个创意。他总想做点什么出格的事情，李淼一想到自己要去打一个母婴品牌的广告，自己还会咬牙切齿地站在旁边羡慕那些独立女性，他就兴奋地露出了微笑。

吴悠原本想再隆重地感谢一次赵开颜，但是吴悠得知她过两天就要回纽约了，虽然上海的项目还在洽谈阶段，但她不得不回去处理一些纽约的工作和做一些回国的准备。吴悠试探性地问她和李淼是否有更进一步的发展时，赵开颜的回答是李淼并不希望有稳定的关系，这句话让赵开颜也觉得很轻松。而当赵开颜问起郑弋之的事情时，吴悠回想起那一整夜的荒唐事迹，最后选择了缄口不提。

吴悠和林安娜说起敲定李淼的事情，林安娜只是象征性地点了点头，这件事在她看来，吴悠做起来应该不费吹灰之力才对。林安娜在和吴悠相处的这段日子里，她重新审视了眼前这个女孩，用林安娜自己的话来说，吴悠无畏又无惧，她的那股拼劲更多地来自她愿意去挑战一些权威和一些不可能做到的事情。在这一点上，林安娜觉得是危险的，却又很兴奋，按照她自己的性子，她绝不会去做一些有失体面或者大动干戈的事情，但吴悠会。

前两天，在和杜太太的约会中，林安娜第一次感受到了满足，虽然麦迪逊现在还没有做出什么出色的成绩，但杜太太的一句话打动了她："侬有觉着侬最近年轻了伐？吾老早跟侬讲过，侬有事业的时候最显年轻。（你觉得你最近年轻了没有？我早跟你说过，你有事业的时候最显年轻。）"随后一些可有可无的话都不敌这一句厉害。

期间，林安娜特意在洗手间里照了照镜子，她发现相比之前自己无所事事时的精气神，现在的她果真看起来容光焕发。因为工作，林安娜特意去静安嘉里买了几套衣服，距离她上一次购物已经是半年前的事情了。这些行为都让林安娜意识到，自己确实慢慢从阴霾中走了出来，睡梦中女儿的身影也渐渐不再出现了，相反，更多出现在自己梦境中的是自己年轻奋斗时的一些事情。不论如何，她总觉得女儿在不经意间离她远去了，可每次这么想的时候她又顿觉伤感，比较奇妙的是，吴悠每每出现时，她都会不经意想起自己的女儿来。

吴悠推门出去，准备回自己的办公室，她走了两步，突然又折了回来，格子间突然冒出的寸头男生让她停住了脚步。吴悠俯下身子看了一眼，突然笑着拍了一下对方，只见刚刚剪掉头发的萧树呆呆地望向她。吴悠笑着问道："你还真的去剪啦？"萧树伸手摸了摸自己的后脑勺，腼腆地笑了笑，吴悠直起身，端详了片刻，满意地点了点头。

去掉黑框眼镜又剪短了头发的萧树像是脱胎换骨般变成了另一个人，这与吴悠之前设想的几乎一致，其实不光是吴悠，早上来到公司的时候，几个女同事就已经不约而同地发出了感慨，年轻人稍稍打扮一下果然就是不一样，那些一直将萧树视为透明人的老员工也都纷纷侧目看着他。萧树甚至不知道，自己这一丁点的改变会引来如此多的关注，而当他看着吴悠满心欣喜地回到自己的办公室时，萧树的面容又沉溺在一种复杂的情绪里。

想到三天前的那个夜里，要不是因为看广告案例闹得肚子饿，他也不至于下楼去买吃的，进而就不会遇到扶着吴悠上楼且进了她家的男人。萧树并没有那种窥探到老板秘密的兴奋感，相反当他看到那个风度翩翩、开着豪车的男人走进吴悠家时，他的内心更多的是一种失落。

吴悠很快就拟定好了合同，然后让王丽花给美尤佳的纪小妃打了个电话，约她在第二天过来开会。事情看似都顺利无阻，不知道是不是因为好消息的接踵而至冲昏了吴悠的头脑，或是酒精在她体内还没完全散去，以至于她还沉浸尚未清醒的状态中，不管因为什么，她都忽视了一件最重要的事情。

4

白板之下，萧树有条不紊地讲完了自己和吴悠共同做出的创意，剩下的时间变成了一段沉默的留白。吴悠原以为纪小妃会给出一点鼓励性的掌声，然而并没有。她不理解地看着吴悠和林安娜，指了指白板上的绘图和 PPT 的讲解说："所以这个就是你们所说的出彩的创意？ Anna，我一直听业界说你是创意界的龙头，但是你知道我现在看到这个想到啥吗？我只能说圈子里互捧互吹的能力真的太厉害了。"

纪小妃看了看自己的同事，似乎很快获得了自己阵营的认可，接着说："母婴广告找男人来表达，这真的很好笑！而且这样的东西太过尖锐，放出来难免会引起舆论，受众会觉得我们在挑起性别对立。"

吴悠心有不快，原本想直说：如果甲方不懂广告，我们做得再好在别人眼里也就是个屁。但吴悠还是按捺住了情绪，而林安娜笑道："原本上就没什么龙头不龙头的，只有甲乙方合作罢了。被赏识的时候就夸几句，大部分时间不被赏识我们也司空见惯了，纪小姐不喜欢这个创意我们可以改，但是我们已经敲定了李淼，可能思路方面不会变了。"

"李淼？"纪小妃疑惑地问了一句，"等一下，你们在没有和我们确认的情况下就擅自敲定了李淼？"

林安娜诧异地看了吴悠一眼，吴悠这才意识到她确实忘记了提前和甲方公司交底这件事。吴悠深知问题的严重性，几乎没有办法在这样的场合给出合理的解释。在过去的许多年里，吴悠只是充当着创意部最重要的一枚齿轮，在公司和甲方需要向前行进一步的时候，她会发动全力擦出火花，她会在上级交代好任务的情况下做好所有的工作。但那时候，她不需要考虑资金、三方协议，甚至是具体实施这些方方面面的问题。然而现在，与过去最大的不同就是，她已经不单单是负责好创意就行了。

纪小妃脸色非常难看地问道："李淼一条广告费多少钱？"

"五百万上下。"吴悠还是让自己尽量保持淡定地说道。

"太贵了，我们没有那么多预算，还有……在我们还没有通过创意的情况下，你们就擅自决定了后续的事情，因此产生的费用我们是绝对不会买单的。"纪小妃就像是抓住了什么把柄似的，非常严厉地说着。

"你们最多能接受多少预算？"林安娜直接问道。

吴悠明白，此时此刻她们没有退路，如果不能咬死让美尤佳定下李淼，她们就等于得罪了两家公司，而且整件事一旦在业内流传开，她们麦迪逊就别想在短时间内接到下一单了。

纪小妃伸了三根手指比画了一下，说："三百万，我们最多可以给到三百万元，但李淼必须帮我们一年拍上四条广告，至于这次的创意，我还需要回去和老板商量，得他那边敲定通过，我才能给你们答复。"

"两百八十万，我们想办法和李淼那边争取到两百八十万元，但请纪小姐务必让贵公司那边通过创意，具体细节我们可以修改。"林安娜义正词严地说道。

最后纪小妃不置可否并且傲慢地离开了麦迪逊，吴悠沉默了很久，才开口说："对不起。"林安娜对于任何的抱歉都表现不出宽容的一面，她气愤地看着吴悠说："即使是新人也会意识到这个过程有问题，更何况你是老板！"

林安娜没有在会议上和吴悠吵起来，也是担心下面的人会趁机看热闹，这一点已经让吴悠觉得林安娜非常赏她脸了，但吴悠并不满意林安娜刚刚的处理方式，她深吸一口气，说："虽然过程确实是我疏忽了，但刚刚 Anna 你说两百八十万去签下李淼，基本就是绝不可能的事情，如果美尤佳这边谈不成，我们还可以想办法把李淼安排在其他广告上，我们依然有回旋的余地，现在这样大家才是真正的举步维艰。"

"你刚刚难道没看到纪小妃是什么脸色吗？如果今天是一个大方慷慨的甲方，我绝对不会在会议上非要让他们答应下来，我当然知道，两百八十万谈下李淼不是什么容易的事，甚至还会让纪小妃这种人捡到便宜，但你如果不用这点便宜堵住她的嘴，我们接下来还要怎么做生意？"

"纪小妃这种人明明就是在故意为难我们，什么看不懂创意，什么预算太高，刚刚那一刻她听到'李淼'两个字的时候，明明是两眼发光，她自己也知道能敲到李淼是件多不容易的事情，这种得了便宜还卖乖的人，我们为什么要给她面子？"

"Evelyn，有错在先的是你，刚刚那个场合下，只能拿出一套得体的方案让大家都有台阶下。"

"可得体的方案有很多，绝不止你说的这一个。"

林安娜和吴悠并没有说服对方，但最终还是吴悠妥协了，她说道："我不知道我有没有能力谈到两百八十万，如果不行，我再想别的办法。"林安娜叹了口气，说："行了，我去谈吧，那个史敏我早有耳闻，绝非善类，现在是前有狼后有虎，这次就算你给自己的一个教训。"

华灯初上，吴悠工作了这么多年第一次真正感到丧气，她走在上海车水如流的街头，突然开始质疑起自己的能力来。在离开深圳到上海的这些年，吴悠对自我的认知永远是无坚不摧的，不管是甲方的驳斥、父母的反对或者是身边同事的不解，她都从来没有对自己有过质疑，但这次不同，她觉得自己还是太过得意和“不拘小节”了。上大学的时候，不止一次有人和她说：“吴悠，你知道吗，你这个人让人佩服的同时也让人讨厌，最主要的一点就是你总觉得自己没有错。”

吴悠在对自我进行反省的晚上喝下了两杯威士忌，原本她想给罗薇薇打一通电话，却鬼使神差地拨到了郑弋之的手机上。吴悠突然意识到，自己不能总是醉醺醺地出现在这个男人面前，但对方在她挂断之前迅速接听了。吴悠敲了敲自己的脑袋，最后她只能以表示感谢那天郑弋之送她回家为由，和郑弋之约了一顿尴尬的夜宵。她迅速买了两杯威士忌的单，然后打车回家准备打扮一番。在挑选衣服上她花了一点时间，为了显得自己更像是加班到夜里而非中途刻意为之，她选了偏职业一点的衣服，然后化了个淡妆。

为了显示诚意，吴悠让郑弋之挑了地方——定西路的沪西老弄堂面馆，这家店做的最好吃的是炸猪排。郑弋之还是和以往一样穿着衬衫西裤，白蓝条纹非常适合他，吴悠的面颊还有些酒精导致的微红，但看起来更像是少女的羞赧，反而恰到好处。原本还沉浸在失败情绪中的吴悠在见到郑弋之的瞬间，消极的情绪便消解了不少。郑弋之点了一份招牌的大肠面和一份蛤蜊猪肝面，他担心吴悠对大肠有所忌讳，特地补充了一句：“如果不吃这个，基本等于没来这家店。”

郑弋之懂得察言观色，问吴悠找他是不是还有别的事，吴悠嘴上打着哈哈说就是工作太累了，想找个人出来吃点东西、聊聊天，郑弋之没有追问下去。两人坐在座位上，春天的晚风撩动着吴悠的头发，浓油赤酱裹挟着的面条在这个时候可以挤压出人心中的情绪，郑弋之挽起衬衫的两袖，认真地吃起面来，吴悠捋了捋耳边的头发，也跟着吃了起来。

用赵开颜的话来说，郑弋之绝对是一个完美的约会对象，即使他什么也不做，光是坐在你旁边和你说话、与你欢笑，就足够羡煞旁边的各个小姑娘。吴悠望了郑弋之一眼，问：“是不是律师平时都没有什么烦恼，只要依据所谓的条例，照章办事就可以了？”郑弋之对于吴悠这样的外行询问感觉非常有趣，因为一般人问他最多的问题就是“你们律师是不是特别赚钱”，郑弋之给自己的面里加了点醋，然后微微笑道：“人都会有烦恼。”

“我以前一直觉得律师和科学家是同类型职业，就是只要在既定的框架中去审核和量取，就可以完成工作了，我不是说你们不动脑筋，我的意思是说你们也不需要创造什么东西，所以我觉得，相对来说烦恼会少很多。”

“听起来你是在工作上遇到问题了，不过自己创业本来就有很多烦恼，这在所难免。”

“不说这个了，讲讲你呗，认识你这么久了，我其实对你一点也不了解。”

“Evelyn，开始刨根问底探索一个人的时候，不是动了感情至少也是产生了兴趣，我可以这么理解吗？”

吴悠不避讳地笑着说：“我自然不会和我不感兴趣的人交朋友。”

郑弋之赶上了好时候，在中国政法大学念完本科之后，他又去美国南加州大学法学院念了硕士，回国之后，行业内竞争还不算特别激烈，他加入了上海的一家律所，主要负责金融方面的相关业务。2010年上海房价刚刚回涨的时候，买房条件尚没有如今这么苛刻，他用人才引进的资格在上海买了房，而后去香港工作了两年又回到了上海。对郑弋之来说，他精通中文、英文、沪语、粤语，是文华东方和洲际酒店的黄金 VIP（会员）。从郑弋之的整个履历来看，他必然是女生们心中的绝佳配偶。但恰恰是有着这样好的条件的黄金单身汉，有无数绯闻傍身，可郑弋之偏偏又对自己的感情部分绝口不提。

夜宵之后，郑弋之邀吴悠在新华路上走走，而这样的时刻让吴悠有些后悔他们约的是夜宵而不是酒，但吴悠依旧感激郑弋之慷慨地出现在这个地方，毕竟她约得格外临时。有意思的是，两人走到半路时，天空突然下起了雨，距离郑弋之停车的位置还有相当长的一段距离，而打车软件此刻已然彻底失灵了，两人最后躲到了一家便利店里，郑弋之买了一条毛巾，非常温柔地递给吴悠让她擦干头发，这个瞬间彻底打动了吴悠。雨停之后，郑弋之说送她回家，吴悠点了点头。在车上，郑弋之一手握在方向盘上，而另一只手非常自然地搭在了吴悠的手上，吴悠顺理成章地握住了对方的手。

车行至吴悠楼下，她完全可以找借口邀郑弋之上楼过夜，但她不想表现得那么随便又不够矜持，刚刚的牵手算是两人关系迈出的第一步，而她深知步子一下子跨太大会劈叉，她虽然没谈过什么恋爱，但也知道进展太快就会变成速食爱情。

郑弋之下车，伸手抱了抱她，然后将手指插进她的头发里，在她的额头上留下了一个吻。今天这会儿，如果换成赵开颜或者罗薇薇，绝对不会浪费这良辰美景，吴悠却点到即止地和郑弋之挥手告别，散发着女人味地说了一声“晚安”。

在掩盖了自己的面红心跳后，吴悠回到了小区，她在电梯里终于长长地吐出一口气，她照着电梯里的金属壁整理了一下自己的头发，下电梯的瞬间，吴悠想着要不要给郑弋之发一条“到家”的信息，但也不过就是从楼下到楼上的距离，好像发了会显得有点做作，于是改成了“注意安全”。

翌日清晨，吴悠神清气爽地走进了写字楼，像是关乎她自我犯错的那些阴霾通通被东升的阳光驱散了一样。可爱情给她带来的喜悦还没有撑过一个上午，刘美孜的一通电话又扰乱了她内心的美好。刘美孜在电话里的语气非常不客气，因为李淼接了麦迪逊这边的广告，就不得不延后奥斯德那边的档期，虽然明面上是吴悠去抢了人，但吴悠并没有意识到李淼会借此机会拖后奥斯德的档期，最后麦迪逊反倒要成那个背锅侠。

“Evelyn，有些事我不想明说，但是你们真的要这么明目张胆地抢人的话，那接下来你们也别怪我们不择手段。”

虽然吴悠并不怕和刘美孜结下梁子，但秉承“宁得罪君子，勿招惹小人”的原则，她还是得体大方地解释道：“如果李淼真的拖了你们的档期，那你应该去找剧组而不是找我们，一条广告能占用他多少时间？阿姐，你心里比我清楚。”

刘美孜才不理会吴悠的解释，厉斥道：“哟，你们在背后搞那些乌七八糟的事还以为我不知道，李淼怎么接下你们的广告的，你自己心里清楚，别给我说这些片汤话。今天我给你打电话就是问你一句，你们愿不愿意把李淼的档期让出来？”

“怎么可能？阿姐，你在开什么玩笑？”

“你们这支广告费给李淼开多少，我们就开双倍，你信不信？你还真的当这些明星是善男信女啊，就看看在利益面前谁先低头吧。”

“嗬，我一直以为奥斯德是家精英级广告公司，没想到转行做起银行来了。”

“Evelyn，你先别高兴得太早，这次你做得这么绝，后面有让你哭的。”

刘美孜气愤地挂了电话，吴悠并没有为自己一时嘴快占了上风而高兴，她不确定林安娜是否真的能以两百八十万元的广告费敲下李淼，但她必须想尽办法也要将李淼确定下来，即使不是这支广告，也至少要放在另一支广告上。吴悠坐在办公室里，这个时间林安娜应该在和史敏谈判，可林安娜为什么那个时候能那么有信心地报出这个不可能的价格，吴悠的担忧慢慢转变成一种疑问，但对她而言，现在最重要的且唯一能做的只有等待。

“点炬娱乐”的会议室里，史敏点着烟，看着这来者不善的林安娜，她从柜子里拿出一瓶日式威士忌，给林安娜倒了一杯，笑着说：“Anna，我觉得我刚刚可能听错了，你说两百八十万的预算，是不是对李淼的市场价有点误会？如果真的是这样，我想我们就别往下谈了，免得浪费大家的时间。”

“阿敏，我特别理解你，说实话，这次的广告也不是非要李淼不可，我也就是等你个准信，你要是确认李淼不能接这档广告，我也就不必向 Fendi（芬迪，意大利奢饰品牌）大中华区的 PR（公关）总监推荐李淼做品牌大使了。”

“Fendi 品牌大使？”

“对啊，前几天我正好和 Fendi 那边的人吃饭，他们正巧让我帮他们联系段瑞奇，准备签下一年的品牌大使。我当时想，找什么段瑞奇啊，李淼不比段瑞奇更好吗？但我也没明说，他们觉得李淼也不是不能考虑。唉，你也知道这些奢侈品牌又挑又苛刻，但以我当初在奥斯德和他们合作这么多年的情分，这个线也不是不能牵。”

史敏前一秒还在想林安娜是不是吃错了药，亲自跑来和自己谈价格，结果下一秒林安娜甩出的这个重磅消息着实令她动摇。虽然李淼这两年人气骤升，市场反响也好，但终归只能归为流量明星，想要挤进一线奢侈品牌做挚友都难，何况大使？史敏赶紧跟林安娜碰了个杯，笑着说：“Anna，这就是你不实在了，你刚刚怎么不给我透露一点消息呢？”

“我这个人也很实在，二百八十万肯定是低了一点，但你要知道一点，我自己也是生意人，绝对不会让你们做亏本买卖。”

“Anna，既然你这么坦诚，我也就不遮遮掩掩地和你说，二百八十万也不是不行，不过这个价格，你们必须对外保密，包括美尤佳那边，也必须签订保密协议。”

“这个没问题。”

“还有一个要求，就是摄影团队必须用我们自己的，这笔费用不能算在广告费里。”

眼见史敏松口，林安娜也不去和她计较这些边角料的费用了。为了摆平这件事，林安娜确实动用了她在奥斯德的一些关系，当年她和 Fendi 的合作并不愉快，但公关团队非常认可林安娜。有趣的是那时候杜太太正准备离职，对公司原本有诸多意见，这反倒促成了杜太太和 fendi 的 PR 康小姐成了朋友，进而林安娜也就融入了这层关系中。这种人情债，用一次少一次，若非不得已，林安娜是绝对不会涉足的。当然，也不单单靠林安娜刷脸就有用，一方面 Fendi 本来也准备更换下一年的品牌大使，当红艺人段瑞奇确实是他们的首选，但好在 Prada（普拉达）正好透露出想要找流量小生的想法，Fendi 想着不如截和，林安娜便恰到好处地推了一把。

拿到意向合同的签字后，林安娜才真正松了一口气，当她把合同放到吴悠桌上时，也只是平心静气地交代她接下来的一堆事情。吴悠看着史敏的签字和落下的公章，她对林安娜的谈判能力油然而生一阵膜拜之情，虽然极度好奇林安娜是怎么做到的，但也只字未问。她把刘美孜打电话来要挟她们的话转述给了林安娜，林安娜只是毫不在意地说："随她去吧，就她，也翻不出什么惊涛骇浪来。"林安娜转念一想，说，"不过，我们确实要赶紧招一个 AD 了，这件事刻不容缓！"

5

李淼拿着美尤佳的奶粉，露出一副冷若冰霜的表情，说出"我为什么不是妈妈"的那句广告台词，旁边一个素人女性做着自己的事情，整个广告诙谐幽默，一时间占据了全国各大一线城市的广告位。连史敏都没有想到，李淼潜在的"妈妈粉丝"会有如此之多，许多疯狂的网友纷纷冲上微博给李淼留言说："你可以做我孩子的爸爸！"一时间，李淼的这条广告险些冲上热搜。这条广告背后产生的众多效应都是吴悠和林安娜始料未及的。

李淼在几条视频里分别和扮演着律师、教师、工程师与医生的女性做搭档，他始终表现出冷面无情的姿态，看着那个女性打着官司、上着网课、做着工程、动着手术，在放下工作之后去健身、游泳、购物、蹦迪，他的脸依旧冷如冰霜，举着美尤佳的奶粉，抱着孩子，露出几分羡慕和悔恨的眼神，说着那句台词。其中一条视频是在地铁出入口拍的，吴悠站在录制现场，她亲眼看见有女孩用手机拍下李淼的每一个瞬间，然后大叫着离开了。

美尤佳的老板也没想到，原来流量明星带货可以这么直接可观，仅仅一个季度，美尤佳的销售额就翻了两番，两百八十万元敲下李淼的这件事，让纪小妃得到了上级的深度认可。而这些故事的背后，是吴悠和林安娜的相视一笑。赵开颜写来了祝贺的邮件，并让吴悠准备好数据资料，方便在年底向洛奇做汇总报告的时候，作为下一轮融资的重要依据。

麦迪逊的仓库里瞬间堆满了美尤佳的各种奶粉，而在四月中旬的时候，美尤佳奶粉首次在市场上出现了单品断货的情况。吴悠和林安娜都不需要奶粉，但公司的保洁阿姨对奶粉格外热衷，阿姨很不好意思地问吴悠能不能拿几罐奶粉回去给刚满月的孙子喝，吴悠想都没想就说："当然可以，都拿回去吧。"保洁阿姨表示非常感谢，赶紧去找了一个特大的购物袋，竭尽所能地搬走了一大波奶粉，同时，那天不仅是办公区域，就连楼道都变得分外干净。

对麦迪逊来说，这则广告带来的客户也呈 N 次方增加。无论如何，这个项目虽然过程很坎坷，但好歹为麦迪逊打响了 2018 年的第一炮。最近吴悠的脸上总是洋溢着一番"春风得意马蹄疾"的神色，林安娜则开始马不停蹄地构建公司的具体框架。春天在上海的弄堂角落悄然溜走的时候，林安娜终于从最大的 4A 公司挖来了一个"黄金 AD"，那个叫费仁克的男人刚来麦迪逊的第一周就签下了欧莱雅的年框订单，而后又带来了自己手上最大的客户——美宝莲，麦迪逊一下子成了整个上海广告圈最受关注的新贵。

不仅下面的人，连吴悠也开始了加班的生活，整个麦迪逊也进入了"白天不上班，晚上不下班"的怪圈。每天中午吴悠和林安娜见面的时候，都有一种好像还没有从梦游中清醒过来的感觉。

在一个周末，吴悠终于从工作中脱身，赶去赴郑弋之的约。在这之前，郑弋之问吴悠会不会跳舞，吴悠问什么舞，郑弋之说交谊舞，吴悠心想这个男人怎么会这么老派，二十世纪的歌厅和男女的交往方式居然能延续到现在，但吴悠充满好奇，为此还特地去买了一条裙子，在周五下班之后快速挤入都市男女的洪流之中。

在吴悠看来，郑弋之是个非常神奇的人，跳交谊舞是真，却不是二十世纪九十年代的歌舞厅，郑弋之不知道是怎么发现这样一个神奇的地方的。在衡山路的某个角落里，曲径通幽处竟有个不为人知的“小世界”，这里都是像郑弋之这样混迹在上流社会的年轻人，他们优雅地坐在吧台前喝酒，而舞台的中央，很多人正在非常沉浸地跳着探戈。吴悠对自己有点误会郑弋之和自己此刻的极度不自信感到羞耻，但郑弋之不以为意地牵着吴悠的手，慢慢地带着她跳起舞步。吴悠在昏黄的灯光下望着郑弋之，仿佛能感受到他温和的鼻息和平稳的心跳声，她不知道郑弋之心里怎么想，但自己确实已经沉入到了这段关系中了。

突然，郑弋之轻轻一用力，将吴悠拉到了胸前，在她耳边说：“你是在偷偷看我吗？”郑弋之沉稳又酥软的声音灌进她的耳朵，让她一阵微微颤抖。吴悠握着郑弋之的手，说：“郑律师，你是偷看了我才知道的吧？”郑弋之哈哈大笑起来。

那天吴悠玩得很开心，比往常任何时候都开心，她非常热情地喝了两杯 old fashion（古典鸡尾酒），在微醺到来的时刻感受到了郑弋之袭来的吻，郑弋之就这样牵着吴悠的手，让她感受到从手掌到内心的潮热。

时至深夜，吴悠有些忘乎所以地和郑弋之走出那里，她正准备跟着郑弋之上车时，突然听到不远处传来一阵熟悉的笑声，她一抬头便看见了站在路边朝着一辆奥迪 Q8 挥手的罗薇薇，就在吴悠朝她望过去的时候，罗薇薇也看见了她，吴悠想不到竟在与罗薇薇失联后的几个月，以这样的方式和自己的小姐妹相遇。吴悠想了想，轻轻地拍了拍郑弋之，说："你先走吧。"郑弋之或许已经准备好了今晚的下半场，甚至可能会给吴悠一个更大的惊喜，但在这一刻她放弃了，郑弋之看着她，问了一句："没事吧？"吴悠摇摇头，缓缓地关上车门，说回头再和他联系，便朝着罗薇薇走去。

郑弋之的车并没有开走，但吴悠没有再回头了。罗薇薇此刻就这样穿着她那件淡紫色的裙子站在那里，似乎在等着吴悠开口说第一句话。可最后，开口的依旧是罗薇薇，带着几分生不起气来的样子，又有几分责怪地说："你好忙哦！"吴悠故意笑着撩了下头发说："对啊。"

罗薇薇一把揽过吴悠，狠狠说道："你信不信，我现在真的想薅光你的头发，把你塞到汽车后备厢，然后拖到山林里去扔掉！你一忙都不联系我了，你说你自己有多过分！"吴悠从罗薇薇的手臂里逃脱出来，走到罗薇薇身后，将两只手从罗薇薇身后搭到她的胸前说："罗薇薇，今天要是不遇见你，我还以为你要和我绝交了呢。"

罗薇薇转过身，说道："吴悠，别以为我不敢和你绝交，你就摸着良心说吧，赵开颜和郑律师，他们是不是都比我重要？"

吴悠拍了拍罗薇薇的脸说："你在想什么呢？郑律师现在就在那里等着呢，你要是不重要，我现在会在这里和你说这些有的没的？我干吗不和他一起共度今宵呢？"

郑弋之从后视镜里看到吴悠和她的小姐妹说笑，才放心地把车开走了。虽然吴悠对郑弋之怀有歉意，但能和罗薇薇重归于好比与郑律师坠入爱夜更让她心情愉悦。罗薇薇和吴悠嬉笑着回到了吴悠家，就像过去那样，两人横七竖八地躺在沙发上，罗薇薇终于正儿八经地关心起吴悠来，她问："等下，吴悠，你和郑弋之是在正式交往了吗？"

"不算吧，我觉得还没有到正式昭告天下的地步。"

"所以是你钓着他，还是他钓着你？"罗薇薇坐起身来，露出好奇的眼神。

“啧啧啧，瞧瞧你说的，没有谁钓着谁，只是我不想发展得太快，而他也正好没提罢了。何况……为什么要那么早确定关系呢？”

“天啊，吴悠，你变了！你的意思是……你们现在这种暧昧的状态，彼此还可以再和别的人约会是吗？你是这个意思吗？”

“我完全没有这个意思，对我来说，把心思放在好几个人身上的这种爱情，大部分时候只是为了满足内心的一种刺激，其实自己并不会有多开心，而且那样太累了。”

“但郑弋之不提，你总不能自己先提吧，我还是那句话，你自己悠着点，郑弋之这种人玩感情比玩王者还顺手。”

“我又不傻。”吴悠想着郑弋之那副情深义重的样子，自己确实容易深陷其中，但她也很确定自己并没有被爱情冲昏头脑，相反，在对自己与郑弋之这段感情关系的把持上，吴悠一直非常谨慎且小心，但也没有拒绝沉溺与享受，毕竟两人都不是没有恋爱过的小孩子，知道自己需要什么，对方又能给予什么。

那天晚上，吴悠做了一个梦，梦里她和赵开颜在大学的操场上跑步，罗薇薇和张晓彤在后面，罗薇薇一直让她们俩等一等，说要是再不等她，她就要回宿舍去了，但是赵开颜拉着吴悠的手并没有要停下来的意思。张晓彤喘着粗气说她想去中间的草坪躺会儿。然后郑弋之居然也出现在了操场上，郑弋之穿校服的样子真好看，他正带着无线耳机在背单词，他还对吴悠说他的雅思要考到八分。但赵开颜完全没有理会这些人，她只是一个劲地拉着吴悠，说：“再不快点就来不及了。”什么来不及了？吴悠不知道赵开颜在急什么。太阳很快就落下去了，眼看着要下大雨了，操场上分明已经没有人了，但他们几个还在那里。罗薇薇的抱怨、张晓彤的喘息、郑弋之的漫不经心以及赵开颜焦急的模样，将吴悠在梦境中的情绪拉扯得很厉害，紧接着大雨就彻底落下来了。那种潮湿的感觉让吴悠觉得很真实，好像真的浑身上下都湿透了一般。等她再抬头，赵开颜已经不见了，牵着她手的人是郑弋之。郑弋之捧着她的脸，眼看着就要亲下去，吴悠便醒了过来。

手机上的四通越洋电话让吴悠感到猝不及防，等她正准备拨回去的时候，对方却抢先一步打了过来。

“Evelyn，我刚刚发了一份报告到你邮箱，你赶紧看看。”还没有完全清醒的吴悠听到那头赵开颜的声音，以为这还是一个梦。

“等下，什么事？”吴悠看了看手机，才六点多。

“香港那边刚刚爆出新闻，特区消委会那边对奶粉进行定期检测，包括美尤佳在内的九款奶粉被查出含有致癌物环氧丙醇，现在内地这边还没有传开。但是我估计你那边天一亮，网上就要炸开花了。”

吴悠一时间仿佛双耳失聪，她手微微颤抖着问：“什么时候的新闻？”

“我也是刚刚在谷歌上看到的，所以立马给你打了电话，我建议你现在赶紧想好公关方式，以及对李淼那边的应对措施，如果真的有问题，那所有的广告必须立马下架，可能还会涉及对李淼个人的索赔。更主要的是，这件事一旦闹起来，处理不好，洛奇可能会考虑撤销下一轮的融资计划。”

吴悠两眼放空，但她还是在不断暗示自己此刻必须冷静。刚刚挂断赵开颜的电话，林安娜的电话就追了进来。

“保洁阿姨说，她的孙子喝了奶粉导致食物中毒，现在正在医院，她刚刚哭着说要告我们。我想问，是谁把样品奶粉拿给她的？”

吴悠沉默了片刻，长长地叹了一口气，然后说道：“是我。”

吴悠迅速地换好了衣服，在整个上海都还没有彻底醒来的时候，打车迅速去与林安娜会合，那一刻她才真正感受到了什么叫“与时间赛跑”。如果天亮之前，她还没有想好下一步的对策，那麦迪逊的灭顶之灾可能就要彻底到来了。

第一次看见
灿烂的时刻

第六章

1

“虽然我现在这么说显得我有点挑拨离间，但我还是觉得赵开颜就是给你挖了个坑。”罗薇薇趴在吴悠家的沙发上，嚼着薯片，一副忧虑的样子看着吴悠，“我也不是不支持你创业，只是工作挑领导，创业挑伙伴，你们的星盘肯定不合！话说回来，你和赵开颜联系，还对我藏着掖着，瞒着我不说，说到底不就是怕我提前说出什么你们不合适的理由吗？”

窗外下着小雨，吴悠坐在窗前等待着邮件，没有理会罗薇薇的风凉话。

在接到赵开颜那通电话之后，吴悠和林安娜迅速碰面，并联系到了史敏，三人在七点齐聚在了点炬娱乐的大会议室里，可见这件事非同小可。吴悠和林安娜彼此都捏了一把汗，但史敏只是点了一根烟，抱胸望着会议室的落地窗，一时半会儿没有开口。吴悠心想，此时此刻怎么还能浪费时间，她刚要开口，林安娜便拉住了吴悠。一根烟烧了一半，史敏才开口道：“现在这件事确定了吗？还是只是捕风捉影？”

刚刚在路上，吴悠确实查看了香港媒体对美尤佳以及相关几款奶粉的报道，并迅速联系了纪小妃，不知道纪小妃是故意不接电话还是电话已经被打爆了，一直都在占线中，不过查出致癌物质和产品直接下架回仓是两回事，具体情况确实还需要等待检测结果。吴悠想了想，说："现在我们只能寄希望于质检那边给出的数据不会太难看，但含有致癌物质这件事本身就已经足够让美尤佳这个牌子名誉扫地了，现在的网友和洪水猛兽也没什么区别。"

"最差的结果是让美尤佳赔偿所有的损失，我们这边会立马让公关团队出具声明，中止和美尤佳及其系列产品的相关合作，来挽回李淼在市场上的商业形象。但我丑话得说在前面，以后的合作我们可能会更谨慎。"

史敏的处理比吴悠想象的更为冷静，吴悠除了表达歉意也没有什么别的说辞。相比之下，林安娜非常淡定，她望着史敏，带着几分建议的口气说："赔偿可能要放在下下策，如果质检那边没有太大的问题，我的建议是李淼继续和美尤佳合作下去。"吴悠和史敏都以一种不可思议的眼神看着林安娜，史敏轻"哼"了一声，说："绝对不可能。"

林安娜强硬道："来之前，我已经做了调查，对于奶粉中致癌物质含量的百分比，国家是有规定范围的，也就是说只要含有的致癌物质在安全范围内，是可以继续销售的，我也请教了律师朋友，在这方面得到了肯定的答复。"林安娜喘口气继续说，"所以，只有你继续合作下去，才能冲淡大众对美尤佳的恐惧感，才会让大众放心购买，进而对李淼的负面影响才会降到最小。只要相关部门没有下令要产品下架，那就没有必要做出特别的声明，这个时候选择不回应绝对比回应更合适。史敏，你可以好好想想。"

"即使没有下架，但奶粉内查出致癌物质本身对消费者也是一种潜在的危险，我不认为我们应该继续参与与该公司的广告营销。"吴悠立马提出了自己的意见。

"如果相关部门也没有给出奶粉有害的结论，我们为什么要自绝后路？这个时候市场的所有目光都盯着这里，资本还在不断投入。"林安娜非常坚定地看着吴悠说。

整个会议室陷入了前所未有的尴尬之中，气氛凝重。史敏想了想，摁灭了烟头，说："我同意 Anna 的看法，先等结果吧。"

吴悠始终无法接受林安娜的这个决定，不管奶粉的致癌物质含量是否影响到孩子的健康，致癌物质这件事本身就无法让吴悠正视这次和美尤佳的合作。雨就是在这个时候下起来的，林安娜停车的地方距离大厦还有一段路程，两人被困在了大堂。吴悠望着林安娜，似乎在等待着她给出一点合理的解释，但林安娜什么也没说，转身在旁边的星巴克点了两杯冰美式，然后递了一杯给吴悠。

"我不用，谢谢！"吴悠并没有接过那杯咖啡，只是赌气似的望着玻璃门外面的大雨。

"你和我赌气的意义是什么？"

"Anna，你难道不是为了洛奇那边的下一轮融资和市场估值在考虑吗？别说什么冠冕堂皇的理由，我没有办法接受你刚才的决定。"

"Evelyn，如果现在相关部门没有出台政策要求美尤佳下架，也没有给出所有批次的奶粉一定有害的最终结论，那么，我们为什么要去做道德卫士？"

"那你的内心就一点内疚感都没有？"吴悠惊讶地看着言辞决绝的林安娜，"还是说，因为你没有孩子要去喝这个奶粉，你才完全不顾别人孩子的死活？"

吴悠的口吻让林安娜有些动容，曾几何时，她也为一些自己坚定的信念对冲过资本，她甚至不屑一顾地放弃了某些机会，然而当有一个和自己年轻的时候很像的女孩站在自己对面时，林安娜才顿然有种时光倒流的感觉。但她很快回过神来，就这样与吴悠在大堂的走廊上对视着，吴悠想着林安娜会用什么犀利的话来回驳自己，但是没有，林安娜只是深吸了一口气，说："饮料中的添加剂，腌制产品中的亚硝酸钠，香烟中的尼古丁，槟榔中的生物碱，油炸食品中的苯并芘，哪一样不是致癌物？商品如果有危及人体健康的可能，相关部门会给出判断，而消费者也可以在得知商品有这些物质后选择是否要购买。我们作为广告人，要做的是为甲方包装商品销售的可能性，在商品能合法贩卖的情况下增加其价值，而至于消费者是否购买，那和我们没有关系，也不是我们应该去考虑的问题。”

有那么一刻，吴悠甚至感觉自己快要被林安娜说服了，但她内心始终有一个声音在告诉自己，继续和美尤佳合作下去是错误的，虽然吴悠找不到什么反驳林安娜的理由，但她内心那种不得明说的道德感让她对林安娜产生了抗拒。

“Evelyn，如果你心里过意不去，你可以暂时退出这个项目。”

吴悠坐在电脑前，十点一过，“美尤佳在港测出致癌物”的词条很快就上了热搜。与此同时，品牌公关也以最快的速度将热度压了下去。吴悠很快意识到她在这个项目中感觉别扭的原因，她夹在赵开颜和李淼的这层关系中，因而这件事与自己息息相关，李淼的广告还在不断地出现在视频网站上，史敏仿佛并没有做出任何动作，吴悠不清楚此刻李淼本人的想法是什么，以及赵开颜那边又有什么想法。

“好吧。”

吴悠向林安娜要她退出项目的建议低下了头，但回到家的她并没有消除对这件事的关注。

就在这两天内，不断有诋毁美尤佳奶粉的声音在互联网上出现，但声音总是被此起彼伏的娱乐新闻压下去，甚至都没有危及李淼的迹象。吴悠在公司里几乎看不到林安娜，也不知道她到底以何种方式在处理这件事，公司的氛围突然变得非常低沉。萧树好几次路过吴悠的办公室，都想敲门问一下情况，但他看着吴悠紧张的神色，很快又将想说的话咽了下去。虽然美尤佳的事情还没有结果，可公司的工作依旧忙碌，几乎人人加班到深夜，吴悠也尽量让自己工作到最后一秒才离开。格子间里的女生都开始贴着面膜在走廊上游荡，男生则浸泡在饥饿深夜的泡面里。

周三的晚上，吴悠关了电脑准备下班，萧树正巧买了夜宵上楼，办公室空荡荡的只剩下他们两个人。萧树指了指手里的炒饭和肉串，问吴悠要不要一起吃点，吴悠这才意识到自己忙到忘了吃晚饭。她闻着夜宵的香气，露出一副饥肠辘辘的狼狈相。吴悠耸耸肩，不置可否。结果，萧树就这样看着吴悠狼吞虎咽地吃了一大半自己的夜宵，一边吃还一边问萧树为什么不动筷子。萧树反应过来的时候，眼前已经杯盘狼藉，吴悠一副满足的样子，萧树才开口问："美尤佳的事情……还好吗？"

"挺好的，广告不是继续在播吗？公司不会解散的，不用担心。"

"我不是这个意思，我就是想关心一下……"萧树还是把"你"字吞进了肚子。吴悠一手支在桌上，歪着头看着萧树说："Scott，我问你啊，你是不是看见女生就会不自觉地脸红啊？"萧树"啊"了一声，下意识摸了摸自己的脸，发现并不发烫，他意识到自己被捉弄了，吴悠哈哈大笑起来，笑完之后，又叹了口气说："哎，感觉偶尔逗逗下属也是挺好玩的，能消解不少日常压力。"

吴悠起身，拎起包，和萧树挥手告别，让他走的时候记得关灯关门。上了电梯之后，随着电梯门的关闭，吴悠脸上的欢笑也消失了。吴悠拿出手机，给张晓彤打了个电话过去。这两天，吴悠虽然表面上没说，但私下里通过张晓彤找到了上海检验局的朋友，特地送了几袋奶粉过去让他们帮忙检测，不过因为原本这种检验机构的工作量就很大，所以也迟迟没有结果。张晓彤已经帮吴悠问过两次了，但吴悠还是希望能够比其他人更快的知晓结果。张晓彤问她："如果结果出来确实超标了，你怎么办？"吴悠说："我不知道，我已经被迫退出这个项目了，不过如果真的超标，我已经做好了解散公司的准备。"其实吴悠心里非常纠结，一方面她明白林安娜的初衷，她自然希望公司可以挺过这一关，但另一方面，她的内心始终说服不了自己，她也不知道自己在坚持什么。

这个时候，吴悠的手机突然响了起来，吴悠接起来，听到赵开颜在电话那头说："香港那边的结果出来了，你看了吗？"吴悠立马一边搜索一边听着赵开颜说，"美尤佳的奶粉虽然含有环氧丙醇，但低于欧盟规定的每公斤五十微克的上限。香港食品安全中心也出来澄清，根据联合国粮农组织及世界卫生组织专家委员会的相关参考值，全部奶粉的有害物质含量均无超标，可放心按奶粉建议的食用分量给婴儿食用。"

吴悠听完赵开颜的叙述，心中的大石终于落了下来，吴悠立马将最新的新闻转发给林安娜，然后对赵开颜说："Carrie，你什么时候回来？"赵开颜淡淡说道："我已经在上海了，对了，顺道和你说一声，我和李淼分手了。"吴悠正想问赵开颜要不要自己过去找她，却听到她岔开话题说，"这次你们选择冷处理的方式非常正确，Evelyn，洛奇这边已经在考虑A轮融资的事情了。"

"这是Anna的决定，和我没什么关系。"吴悠并不想在这个时候邀功。

"是谁都无所谓，重点是你们稳住了局势。Congratulations（恭喜你），Evelyn。"

赵开颜很快就挂掉了电话，吴悠还没有从这峰回路转的事件中回过神来。她刚刚推开旋转门，就听到一声鸣笛，她抬头，见郑弋之在驾驶座上朝她招了招手说："去喝一杯吧。"吴悠晃了晃手里的包，径直朝郑弋之的车走去。

吴悠最放松的时刻，就是和郑弋之在一起的时候，两人完全不去讨论工作，沉浸在彼此相融的氛围中。这天晚上，吴悠没有和郑弋之去喝酒，她让郑弋之把车开到了远离市区的郊野，空无一人的前方是一座和深蓝色夜空融为一体的矮矮楼房。郑弋之停车，夜色与郑弋之宽硕的身影一同袭来，吴悠立刻便感受到了郑弋之热情而浓烈的亲吻，她感觉到了一种彻底的解放。吴悠伸手挽住了郑弋之的腰背，感受着他有力地拥抱，郑弋之潮热的鼻息游走在吴悠的脖颈之间，郑弋之的手慢慢伸向了她的胸口，她也慢慢环住了郑弋之的脖子，让其沉入到自己的身体之中。

夜色徜徉在吴悠的眼中，她听着郑弋之的心跳，透过车顶上的天窗看着点点繁星，郑弋之粗重的呼吸和温和的拥抱让吴悠彻底松懈了下去。云雨之后，郑弋之披着衬衫，将吴悠揽在怀里，沉默地靠着她。这时，吴悠关掉了手机，将脸埋在郑弋之的胸口。她在平静的此刻，突然陷入了自我反省的时间，反省自己在这次的事件中是不够成熟还是过于理想主义。

吴悠突发奇想地问道："贤者时间，你一般都在思考什么？"

郑弋之打开汽车天窗，轻轻呼了口气，说："背圆周率，刚刚才背到小数点后面第二十位。"

吴悠看着郑弋之微翘的嘴角，像是颇有考究地在应对这个问题，吴悠转了转身，说："你猜我在想什么？"

"想生物进化的基因表达，兔子为什么是兔子，狗为什么是狗，千奇百怪的世界。"

"你真有意思！"吴悠没有继续和他耗下去，而是顺着他打开天窗的位置望向散漫的星星。

"你晚上要去我那里吗？"郑弋之撩了撩吴悠的头发，这场邀请来得不早不迟。但吴悠撑起身子，拒绝了这次邀请。吴悠当然可以说"好啊""当然""你终于开口了"这一系列的回答，但她最后还是选择说出"明天还要上班，你等下送我回去吧"这个回答，郑弋之对吴悠的回答仿佛并不意外，他笑了笑，说："好的。"

吴悠知道这个时候如果顺着男人的话说下去，就是在自寻囚牢，在彼此都最舒服的时刻停住，反而是为下一次相见保留了一些念想。吴悠没有去追问郑弋之之前的感情经历，也没有询问他们现在的关系是否算走到了一起，她没有开口去问任何女生在少女时期对爱情摇摆不定后产生的疑问，相反，她顺理成章地享受着郑弋之与自己这样暧昧不清的关系，并对彼此保留空间的做法颇为满意。

与此同时，收到吴悠转发信息的林安娜正坐在西餐厅里和史敏碰杯。史敏一手夹着烟，一边笑道："从你林安娜身上，我真是明白了什么叫'姜还是老的辣'，如果有一天麦迪逊成为上海广告界首屈一指的龙头，我一点也不会觉得奇怪。"林安娜不以为意地小饮了一口酒，说道："史大经纪人这话就夸张了，这次只是恰巧运气好，说实话，我并没有你们想象的那么轻松。"

林安娜这两天托关系给香港那边的朋友打了好几次电话，她想方设法地去收集一些内部消息，却基本没有什么渠道，她甚至做好了公司赔款的预算表，以及向美尤佳索赔的详细条款。同时，关于保洁张阿姨那边的处理，林安娜也不得不亲自出面摆平。林安娜和张阿姨家里的人一起，见证了医生说"孩子生病和奶粉的关系不大"的时刻，但林安娜还是出于对员工的关爱，给张阿姨家支付了一笔医药费，就此了结了这桩纠纷。在官方正式公布结果之前的几个小时里，林安娜坐在美尤佳老板的办公室里，守着他即将拿到的第一手检验结果，直到尘埃落定，美尤佳的老板才深深松了一口气，然后像送大神一样将林安娜送走了。林安娜开着车，在奔赴与史敏的这场酒局之前，她专程回了一趟公司，将这次事件做了一个结案，发到了洛奇董事会的邮箱里，又安安静静地在公司电脑前待了半小时才出发。

史敏将一袋子李淼的个人周边和签名照送给了林安娜，虽然在林安娜看来这些东西一文不值，不过她还是欣然收下，准备当作员工福利发给下面的人。史敏非常感谢林安娜在 Fendi 方面帮她牵线，然后将一张银行卡塞进了那个纸袋子里，林安娜非常识趣地将卡抽了出来，退还给史敏说："我希望我们的合作关系还是能够更纯粹一些，你说呢？"史敏立马尴尬地笑了笑，说："其实那是我个人的一点心意。"林安娜干了那杯酒，拎上那堆周边，起身说："你的心意就是该把我当作朋友了。”

林安娜回家的时候，在李淼的广告牌面前站了一会儿，几个正在撤换广告的工人，将玻璃橱窗卸了下来，将新的广告重新张贴了上去，林安娜看着被撕下来的“李淼”，那张冷山脸躺在冰冷的地上，像是在对路人嘲笑，林安娜叹了口气。真好，终于告一段落了。

2

四月一个阳光普照的下午，乌鲁木齐路的咖啡厅里，吴悠穿着非常得体的灰色连衣裙坐在圆桌的一端，录音笔正处于正常运作的状态，圆桌的另一端，那个叫小阳的记者正在认真地看着自己的笔记本，试图从自己准备的问题中找到一个相对有意思的问题。

“像你们这样的创作者，我可以这么称呼吧？就是像你们这样总是在想着创意的广告人，会遇到瓶颈吗？因为我听过一些作家说，如果写不出来就会选择去跑步或者看电影什么的，那么你会怎么突破瓶颈呢？”这个叫小阳的小姑娘很明显是时尚杂志派来的实习生，实习生才会问这种低门槛又没有什么实质宣传性的问题。

“十之八九的人都会遇到瓶颈吧，和是不是做创意没有什么关系，人生本来就处处充满瓶颈，我觉得我们可以换个提问角度。”

“好的，那我想问下，对于互联网对传统广告业的冲击，你有什么样的看法？”

“我觉得这并不是什么坏事，虽然我进入行业的时间不长，但恰好在移动互联网崛起的关键时期走了进来。2014 年前后，国内互联网大爆发，好像一觉醒来，世界就彻底改变了。在过去相当长的一段时间里，广告信息的传播途径远不如现在多样，广告行业的发展很大程度上受限于传媒。那时候虽然发挥的空间很多，但是渠道很窄，我不知道我这么说，你懂不懂我的意思？”

“嗯嗯，那你对麦迪逊这样年轻的广告公司或者说像你这样的年轻合伙人有什么看法吗？比如在竞争力这一块。”

“说实话，我不是一个喜欢用年龄或者经验去区分优劣的人，特别是做广告这件事，我觉得现在年轻人都很聪明，可不得不承认广告行业对年轻人的吸引力是有下降的，我个人觉得这是广告行业的一种损失。做广告是一件非常需要耐心的事情，我只能说一个人只要更有耐心，不管他是否年轻，都可以朝着好的广告人进发，这个定论对广告公司一样受用。”

“那么，最后一个问题，因为贵公司是一个致力于为女性发声的广告公司，对于现在社会上的女权、平权甚至女性主义，你有什么不一样的看法吗？或者说，你作为一名女性从业者，可以从广告行业的角度出发，来帮我们剖析一下吗？”

吴悠注意到咖啡厅的音乐节奏已经慢慢缓下来了，当她听到“最后一个问题”几个字时，她一下子精神起来。

“这么说吧，最严重的不平等其实是看不见的。在我刚开始从事广告行业的时候会惊奇地发现，基本上话语权都掌握在男性手中，不管是公司的高层还是创意总监，男女比例严重失调。当然很多人说广告是一份体力活，很多女生会坚持不下去，甚至从事广告的女生都在看不见的角落偷偷哭泣。我不知道这句话是不是一种歧视，但确实有很多类似的情况存在。我看过一个数据，2015 年全球广告公司的创意总监中女性仅占 3%，在中国，这个数字可能会高一点，但总的来说还是非常低的。麦迪逊其实要做的不仅仅是为女性发声，还会关注女性群体在职场的重要程度。毕竟我和另外一位合伙人都是女人，我们不会去为难女人，噢，我们肯定也不会为了抬高女性的地位而去贬低男性。反正说起来，我们更希望的是，大家为了共同的目标进步，而不是区分性别，我们也希望能有更多这样的以女性为主体的公司出现。”

吴悠非常流畅地说完了这番话，就像是提前准备好了稿子一样，但吴悠不是为了上杂志引起所谓的女性共鸣，而是想尽快结束这番愚蠢的采访。这个原本安排给林安娜的访问最后落在了她的头上，是因为总要有人出面来为麦迪逊做一番宣传。眼看麦迪逊最近做得风生水起，各大杂志社、媒体纷纷向麦迪逊递来了橄榄枝，今天这次采访，林安娜觉得吴悠更能以年轻人的姿态代表公司出席，不管怎样都会比上了岁数的她更合适。

“谢谢你，吴小姐！我觉得你刚刚说得非常好，我会回去好好整理出来的，具体刊登时间，可能是下个月，到时候我会提前联系你，给你寄一份样刊。”小阳非常礼貌地笑了笑，然后关掉了录音笔，又说，“对了，吴小姐，我能私下问你一个问题吗？”

“嗯，你说。”

“我想成为一名独立女性，你觉得有可能吗？”

吴悠被小阳的问题问笑了：“独立女性有什么难的？只要你谁的话也不听，对和错都愿意自己承担，那不就是独立女性？”

美尤佳风波结束之后，麦迪逊一下子受到了整个行业的关注，闻风而来的报纸、杂志、媒体也越来越多，他们都希望以麦迪逊为母题给广大女性发声，可林安娜在麦迪逊的内部会议上非常肯定地说：“我们是广告公司，并不是妇联机构，拜托这些人拎拎清楚好伐。”

另一方面，在吴悠那篇访谈被刊登出来之后，麦迪逊公司在一个月内收到了上千封应聘简历，其中有 80% 是女性，而剩下的 20% 是愿意为女性发声的“彩虹人士（过度吹捧偶像的人）”。对于这个结果，吴悠倒是哭笑不得，面试的时候，好几个人说那篇访谈激励了她们的生活。林安娜私下对吴悠说，你其实应该去写心灵鸡汤，你可以成为“心灵鸡汤大师”。林安娜说这话的时候，费仁克在旁边笑而不语，对于费仁克的那一丝微笑，吴悠并不是很开心，其实费仁克进入公司之后做出的许多事情都让吴悠有点不舒服。

一开始，王丽花向吴悠偷偷投诉过费仁克，刚刚交接工作的那段时间，几个 AE 都觉得理所应当地把客户资料统筹交给 AD，但是费仁克在接收资料之后，基本就不再让王丽花他们和甲方对接工作了，而是把一些商务合同拟定好之后，再转手给她们改改错别字，从某种程度上来说，这大大削减了 AE 的权力。然而这件事对吴悠来说并没什么值得怀疑的，费仁克作为客户总监，理应掌管一切客户，AE 不过都是他的助手，只要帮助他协调好一切就可以了，何况减少了 AE 权力的同时也减少了他们的工作量，王丽花他们应该感到高兴而不是愤懑才对。

但很快，这种被冒犯的情绪就蔓延到了吴悠身上，作为合伙人的她在与客户交流完之后，竟然被费仁克用教导的口吻说："Evelyn，其实很多时候你不应该出面，你在场，有很多东西我反而不好谈，下次这种情况你最好回避一下。"吴悠觉得费仁克有自己的想法很正常，但是自己是他的上级，他不应该用这么直接的方式和她对话。吴悠向来有话直说，费仁克却一副就事论事的样子，回答道："公司不是向来鼓励员工畅所欲言吗？工作上的事情还是当面说清楚比较好。"最后吴悠憋着一肚子气把这件事告诉了罗薇薇，罗薇薇问她费仁克是否以同样的态度对林安娜时，吴悠则想不起任何费仁克在林安娜面前的过分表现，最后罗薇薇说："那就只有两个可能，一是他觉得你太年轻了，还有就是他在吸引你的注意力。"

吴悠吐槽罗薇薇什么事情都能牵扯到男女之事上，并且否认道："他要是在吸引我的注意力，那只能说他的技巧非常拙劣。"罗薇薇摊开手说："或者你把这个费仁克介绍给我，让我来帮你试试？"吴悠转给罗薇薇一张费仁克的照片，然后说："我从来不做媒婆的工作，人就是这个人，你要试就自己去试。"罗薇薇将费仁克的照片放大之后，露出一副阅人无数的表情说："说实话，虽然有点显老，但很像池珍熙啊，感觉被他凶一下也无所谓吧。"吴悠不想再对罗薇薇的花痴样翻白眼，只是轻轻推着她的肩膀开着玩笑说："那做卧底刺探军情的事情就交给你了。”

在那之后的某一天午饭时间，吴悠又不凑巧地和费仁克挤在了茶水间里，吴悠原本只想相视一笑然后转身离开，却突然听到费仁克不疾不徐地问了一句：“不好意思，你会用棉条吗？”吴悠以为是自己听错了什么，她挑眉确认道：“啊？”费仁克继续说道：“就是女性生理期的时候需要使用的那个棉条。”吴悠不知道费仁克在这样孤男寡女的情况下提起这个话题是什么意思，但从他没有挑衅和不轨之心的面目来看，他确实是非常认真地在确认这个话题。吴悠耸了耸肩，说：“会用，虽然很麻烦，但是我确实会用。”费仁克若有所思地点了点头，然后说：“你等会儿有时间吗？上次你的那篇报道刊登后，有一个棉条品牌的推广找了过来，我可能需要一些女性的使用感受，才能确定以什么样的价格去谈。”

午饭之后的会议室里，费仁克将客户送来的棉条样品摊在桌上，说：“我先说一下，我可能会显得有些直男癌，但在接触这个客户之前，我确实不知道棉条和卫生巾的区别，而且在我的认知范围内，我还没有看到过什么棉条的推广广告。所以我在想，棉条没有成为女性广泛使用的产品应该有什么原因。”

几个女性员工在听完费仁克的描述之后，脸上都有些不好意思的潮红，费仁克对于这种羞涩并不理解，他面无表情地询问在场有多少人使用过棉条，结果举手的人寥寥无几，吴悠看了看林安娜，林安娜直言不讳道：“我现在已经不需要这些东西了，不过我确实没怎么用过棉条。”吴悠大方地说：“棉条在国内推广有一定难度的原因，就是大部分东方女性有处女情结，这是最难攻克的。”

“处女情结？”

“Frank（弗兰克），你知道棉条是怎么用的吗？”吴悠扯开一包棉条，拎出一根对着费仁克说。费仁克大概想象了一下女性使用棉条的过程，瞬间明白了吴悠的意思。

“所以你的意思是说，大多数女性担心使用棉条的时候会伤害到处女膜，因此才拒绝使用吗？”

“这是一个原因，另一个原因确实是相对卫生巾来说，棉条使用和取出的过程并不方便。”

“那我想知道比起卫生巾，棉条的优势是……”

吴悠交叉着双手说：“优势就太多了，举个最简单的例子，只要使用棉条，即使你来了例假，你也可以随便做剧烈的运动，甚至还可以直接跳进泳池里游泳。棉条是对女性最友好的礼物，不过大多数女生接受不了，或者说还觉得有些羞耻。”

“原来如此，那你们觉得棉条在国内会有新一波的市场吗？”费仁克望向在座的所有女生。

林安娜伸手捻着一支棉条棒，说：“Evelyn 的话其实是在暗示，这个产品的受众基本是在一线城市的高知女性。具体的，我觉得可以让策略部去做一个调查，不仅是北上广深，在新一线城市和二线城市里也做一些调查。不过说实话，我觉得这个东西一时半会儿在国内很难推广。”

“那也不一定。”吴悠反驳道，“我觉得现在确实是一个好时机，这两年独立女性的思想越发膨胀，棉条就是一个非常好的象征，它代表着一种突破。”

“别看互联网上每天吼着女性权益，但说话的人加起来不足中国女性的 1%，你信吗？装模作样的人很多，是因为在网上说话又不要成本，但真正放到现实生活里你去看，谁敢真的在脸上写‘女权’两个大字，说到底还是少数派。”林安娜给吴悠泼了一盆冷水。

“可另一方面，少女这几年确实不吃香了，熟女的市场大有可为，连个时尚杂志的小记者都渴望成为独立女性。”吴悠还是忍不住反驳回去。

费仁克看着吴悠和林安娜你来我往的这番攻势，在一旁也没有插嘴。倏尔，吴悠对着在场的女生问："不如看看在场的各位有没有想要拿这里的样品回去试用的？"林安娜也以一种旁观者的眼神看着到底有多少人会举手。

结果，有趣的是，在场的女生果然都举手了，林安娜不置可否地笑了笑，吴悠露出了胜利的微笑。

"Anna，Evelyn，我还没说的是，这个品牌其实不止找了我们一家广告公司，中间也有的别的广告公司插足，所以可能需要比稿来决定最后到底用哪家。我刚刚让你们来，也是想看看有没有接的必要。"

林安娜随口问了一句："你说的别家是哪家？"

"奥斯德。"

"接！为什么不接？我们又不是已经订单多到不用愁的地步了，何况对方还是奥斯德。"吴悠立马接过话来。

3

吴悠将棉条递到赵开颜面前的时候，问了一句："美国会有棉条的广告或者是相关的推广活动吗？"

"我现在用的就是 Tampax（丹碧丝）的棉条，我没有特地去注意过棉条的广告，不过在美国用棉条是很普遍的事情，所以也没有什么特别推广的活动。"

"所以在美国的超市里，棉条和卫生巾的比例是……"

"这个我也没有专门地统计过，因为知道附近哪家有卖的，就长期在那里买了，卫生巾我已经好多年都不用了。"

吴悠微微叹了一口气，中美国情毕竟不同，女性思想的开化程度会直接影响到她们的生活习惯。所以，去理解美国女性对棉条的使用其实也毫无意义，不过好在赵开颜本身是一个棉条消费者，所以吴悠将试用装给了赵开颜两根，让她试一下。赵开颜看了看手机上的日历，说："你给得真是及时，按时间来看，我差不多是这两天要来例假了。"

原本吴悠还想说一句"lucky"，却转念一想，自己的例假时间好像已经过三四天了，还没有来，回家之后，吴悠开始回想上一次和郑弋之发生关系的时间，忍不住猜测是不是那一次没有采取措施出了问题。吴悠甚至不敢想"怀孕"这件事发生在自己身上是什么样子，最主要的是，她此刻还没有和郑弋之完全确定关系，吴悠思来想去，觉得多半是自己吓自己，例假延迟也不是第一次出现了，但睡觉之前她还是从网上下单了一个验孕棒。

第二天早上，吴悠出门的时候正好撞见从萧树家推门出来的乔琪，只见他行色匆忙，头发微乱，衬衫还没有完全扣上。因为上次深夜的投诉事件，两人闹得很不愉快，所以乔琪看见吴悠时还是有些躲闪，没有打招呼就埋头下了楼，但吴悠把这种躲闪误解成了他做了坏事。吴悠想着一个男生频繁在萧树家出现且过夜，心中顿然脑补了许多细节，进而露出几分"原来如此"的微笑。这抹微笑再次出现是在午饭后，萧树将欧氏口红广告的分镜设计摊在她桌上时，吴悠不经意间对萧树的打量，让萧树起了一身冷汗。

吴悠非常快速地检查完了那份分镜，然后对萧树说："我们公司很开放的，你知道的吧？有时候不必太隐藏自己，做自己就好。"萧树对吴悠这么莫名其妙的一句话给说愣了，吴悠起身，凑到萧树耳边说，"你朋友其实挺好看的，和你很相配。"说完她还朝着萧树眨了眨眼，接着说："对了，上次和他可能闹了点不愉快，你叫他别放在心上。"萧树细细品味吴悠的这番话，突然想到吴悠大概是误会了他和乔琪的关系。昨天晚上，乔琪因为失恋跑到自己这里来大醉了一场，早上又因接到前女友的电话而匆匆离开，可能正巧在出门时撞到了吴悠。萧树赶紧解释道："我和乔琪只是朋友，不是你想的那样。"吴悠狐疑地看了萧树一眼："我知道啊，你们不都叫对方'朋友'吗？"

离开办公室之后，萧树还在为刚刚吴悠的那份误会有些脸红，想着这下要是不和吴悠表白一下简直无法洗清自己了。他坐在工位上望着玻璃墙内的吴悠，默默叹了一口气，想着那天在楼道撞见的那个和吴悠一起回家的男人，不清楚他们到底是什么关系。

坐在邻桌的小美顺着萧树的眼神望过去，扑哧一声笑了出来，拍了下萧树的肩膀说："Scott，你不会是暗恋大姐大吧？"

坐在小美边上戴着眼镜的灰灰也凑过来，说："说不定大姐大这种熟女就是喜欢 Scott 这样的小鲜肉呢。"萧树自顾自摸了摸头，无奈地笑了笑，坐在他们对面的卡卡冷不丁地说："你们也想得太多了，大姐大已经有男朋友了。"

这下连萧树也忍不住和其他人一起望向了卡卡，小美一副八卦记者上身的样子，赶紧把椅子拖到卡卡面前，问："你有什么小道消息，速速报来！"

卡卡立马煞有介事地捋了捋耳边的头发，一手遮住嘴说："有一天晚上，我下班的时候，看到一辆开雷克萨斯 RX350 的男人过来接大姐大，那个男人一看就是沪上精英，不是律师就是金融男，反正肯定不是做广告这一行的。"

"何以见得？"灰灰忍不住问了一句。

"广告男才不会开这么低调的车。"卡卡一语中的地说道。

众人深以为然，唯独萧树心思复杂，他大概猜想到卡卡所说的那个男人应该就是自己在楼道间撞到的那个，既然不止自己一个人看到，那吴悠和那个人的关系也就绝非一般了。萧树没有继续参与到那群女生的对话中，他又看了一眼吴悠的办公室，可能连吴悠自己都想不到，她认真工作的时候有多迷人。

不论如何，吴悠有男朋友的绯闻只是一个下午的时间就迅速在公司内部传开了，这个速度让吴悠猝不及防，甚至不知道他们是从谁的口中获得的消息。但吴悠并不在意这件事，让她在意的是，原来真的会有人关心她的感情生活，光是这一点又让她不觉会心一笑。

傍晚的烤肉馆里，喷香的烟冲到吴悠的脸上，罗薇薇和赵开颜都分别放了吴悠的鸽子，一个为了男人，一个为了工作，最终吴悠决定，既然已经订了位，哪怕一人食也应该好好享受。吴悠听着铁板上“滋滋”的声响，夹起一块肉，正准备一口咬下去，突然听到旁边一个女人娇嗔的说笑声，吴悠瞥了一眼，发现眼影浓重的刘美孜穿着一身全银闪光夹克正坐在斜后方的位置和一个臃肿的中年男人吃饭，刘美孜的高跟鞋就这样在那双肥腿旁边蹭，男人伸手抚摸过她的大腿。刘美孜一手捂住嘴，假装妩媚地低头微笑着。吴悠瞧着那男人打扮，大致猜到应该是某品牌的公关，左手手腕上是价值数十万的万国表，右手无名指上没有戒指，明显是刘美孜的猎物，从他们聊天的眼神来看，彼此还不算太熟。

吴悠饶有兴趣地一边夹着肉一边望向刘美孜那边，刘美孜却像是故意没看见吴悠似的，丝毫没有收敛，她俯身朝着烤肉的火炉中间靠近，闻了闻说：“好香啊！”但胸前的深“V”明显给了中年男人可乘之机，男人垂涎的神情中透露着一丝猥琐，刘美孜却完全沉浸在这种被野狼觊觎的氛围中。

“裴总，等下吃完饭，我们去逛下旁边的西装店吧，我觉得有条领带特别适合您。”刘美孜伸手夹了一块肉放进那个裴总的碗里。圆嘟嘟的裴总笑着说：“好啊，我正巧觉得最近家里少了条合适的领带。”说着就伸手摸了下刘美孜的手背。

对于刘美孜这种落俗的巴结方式，吴悠只能露出嗤之以鼻的眼神，但话说回来，换作自己在那个位置，只会如坐针毡地想要快点结束饭局，而刘美孜这种不挑食、不挑人又耐心得体的能力，她是不是有时候也应该学学？吴悠看着眼前的食物，突然觉得一个人吃真的是美味至极，千万不要有什么人坐在自己对面。突然吴悠感受到斜后方的动静，只见刘美孜起身朝吴悠这边走过来，笑着说：“哟，这不是Evelyn吗？”

吴悠看着刘美孜漆黑的上眼皮，前几次见面吴悠都特别想提醒她，这样涂眼影挺显老的，相比之下，吴悠的妆容就过于淡了，她冲着刘美孜笑了下，立马听到对方说：“当了老板就这么曲高和寡了吗？吃饭都是吃独食啊！”吴悠一直质疑刘美孜的遣词能力，她是怎么在创意部混迹这么多年的？

吴悠轻轻将筷子一拍，望着刘美孜说：“我毕竟没有你这么好的胃口，什么都能吃得下，自己一个人少吃点，吃好点，挺好的。”

刘美孜当然听得出吴悠的冷嘲热讽，她说：“胃口不好要去看医生啊，到时候出了大问题就不好了嘛，对伐？毕竟你们小公司刚成立，合伙人不在，群龙无首啊。”

吴悠没好气地说：“怎么也不会像Cherry你闹得那么大，奥斯德联络客户都要派创意总监出面了，你们是有多缺人啊，还是说没了你Cherry这对大波，客户都要撤单了？”吴悠一边说一边看了看那个中年男人，像是故意在对他说：要谈生意就别中了美人计，自己拎拎轻重。

刘美孜挺着那对胸脯趾高气扬地说：“这是女人的资本，你有吗？就怕有些‘飞机场’羡慕都羡慕不来，不过Evelyn，我们也这么熟了……”刘美孜侧脸贴近吴悠小声说，“我认识两个特别好的整形医生，要丰胸的话打电话给我，给你打折。”

吴悠笑道：“谢谢了，我对男人还蛮挑的，要么喜欢我原本的样子，要么就别找我，像这种肥得流油的大老板，喜欢和自己一样丰腴体胖的，还是留给你自己吧。”不知道是不是吴悠的声音稍微大了一点，那像肉团一样的裴总缓缓站起身来，说：“你说谁肥得流油呢？”

吴悠心想反正也不认识这个人，加之刚刚对他那一系列猥琐行为本就不屑，要是正正经经的生意人才不会当众对女人动手动脚，她扭了下头，说：“我就事论事而已，这位先生不用这么急着对号入座。”

“你——Cherry，我们走吧，我不想在这里吃了。”

谁料刘美孜一手将那个裴总拉回来，说：“为什么呀，我们还没吃呢，我就想在这里吃呀。”她挽住裴总，然后对着吴悠说，“对了，我来介绍介绍。裴总，这是 Evelyn，麦迪逊广告公司的合伙人。对了，她们最近也在竞标你们公司的棉条广告呢。”说着又朝着吴悠眨了眨眼，说，“Evelyn，这就是 Independ 棉条公司的市场总监，裴总，你们之后还可能有合作往来的机会呢。”

吴悠心里像被刘美孜狠狠地踩了几脚，还踱了几下。她看着刘美孜得意的神情，吴悠对于自己这种有话直说的性格突然有一种懊恼的嫌弃，她也来不及赔笑，就听见裴总语气欠佳地说：“原来麦迪逊的合伙人 Evelyn 小姐是这么一个不解风情的人，可能我们 Independ 没资格高攀了。”吴悠苦笑地看着裴总和刘美孜回到了自己的座位上，以及刘美孜那刺眼的鬼脸，吴悠背靠着那桌，轻轻地叹了口气。

这祸闯得可就没那么简单了，现在她得罪了品牌方的 PR，合作基本是没法谈了，就算费仁克再牛皮，也不如一个女人牛皮。吴悠瞬间发现，原来在这个性别不平等的社会中，女性在某些时刻居然还有“红利”可吃。也难怪为什么奥斯德没有让安哲来接洽，而是让刘美孜亲自上阵。

吴悠忍了一口气，拎起桌上的啤酒，转身朝着刘美孜那一桌走去。裴总眼瞧吴悠过来，轻“哼”了一声，只顾给刘美孜夹菜，并不理会吴悠。吴悠将啤酒“啪”的一声放在桌上，一手托着脸颊，含情脉脉地望着裴总说：“裴总，女人难免有些嫉妒会波及她身边的人，哎，我呢，从小就是平胸，现在嘛，挤一挤还是有的，但肯定是比不过 Cherry 了。我腿没她的长，屁股没她的翘，出于自卑，所以看见她就总是要诋毁几句，哎……”吴悠眼见裴总的脸色慢慢缓和了不少，就顺势坐到了裴总的旁边。这时，对面的刘美孜脸色立马变难看了。吴悠撩了撩头发，故意有那么一两丝落在裴总的脖子边，接着说：“我唯一可能能和 Cherry 拼的，只有酒了，要是裴总欣赏我这酒量呢，我就陪裴总喝点，以表不是；要是裴总觉得不想接受我的歉意呢，我就自罚三瓶。”说着，吴悠就用起子开了一瓶，直接灌进肚子里，裴总见吴悠面不改色地喝完了一瓶，立马放松语气道：“别别别，Evelyn 是吧，来来来，要喝，就一起喝。”说着，裴总就把吴悠拉到旁边，给吴悠倒了一杯酒，然后扯着笑脸说，“女人之间吃醋嘛，很正常的呀，你嘛，也很好看的，和 Cherry 各有各的美。”

吴悠见刘美孜的脸都气绿了，特别开心地举起酒杯对着刘美孜说：“Cherry，我也给你赔个不是，你随意，我干了。”

刘美孜皱着眉，双手抱胸说：“Evelyn，你坐过来，是要给我们买单吗？”

吴悠一杯饮尽，说：“我当然得买，裴总都别和我抢！”说着她揽住裴总的手，说，“今天，我们就喝开心，不醉不归！”

刘美孜立马拎着包站起来，说：“我不想吃了，裴总，我们走吧！”

裴总看看吴悠：“这……”一方面，裴总无法将眼神完全从吴悠身上移开，另一方面他又不好冷落在一旁的刘美孜。吴悠赶紧抢白道：“Cherry 这是不想和我一起吃呀，行，我让服务员给你打包，带路上呗。”

“你！”刘美孜走到吴悠面前，说，“打包就不用了，你留着自己吃吧，别说自己没有丰乳肥臀的，你就是吃少了。”说着，刘美孜依偎着裴总，嗲嗲地说：“裴总！我们不是说了还要去看领带的吗？”裴总摸摸头，朝着吴悠赔笑，说：“哎，Evelyn，不好意思，确实今天是和 Cherry 先约的，改天……改天我单独约你喝酒。”说完，刘美孜立马拉着裴总往外走去，眼见他们真的消失在了道路边，吴悠突然一阵反胃，冲向厕所。

4

单反玻璃墙的一边，坐着各个阶层、各种职业的女性，抽样的表格上显示这些女性的身份有公司职员、商场销售、律师、教师、护士、健身教练、网红博主还有大学生。策略部总监 Lily（莉莉）一边分发调查报告，一边非常耐心地说："这次调查是匿名的，请大家放心，我们也会保护各位的相关信息，所以希望大家都能写得认真一点。"单反玻璃墙的另一边，吴悠细细地观察着每一个人的表情，羞涩、凝重、稚气、哂笑，每一种似乎都代表着她们对这个议题的不同看法。

表格填写结束之后，Lily 站在台上说："其实今天请大家过来，也是想了解一下大家平时对棉条的了解和使用情况，虽然这是比较私密的话题，但是现场只有女生，大家可以放心，能畅所欲言是最好的。"

一位身穿职业装的女人率先举了手，她缓缓站起身，说："其实我想知道在座的各位有没有人使用过月事杯？"

"什么是月事杯？"那个像大学生一样的姑娘忍不住问了一句。

"类似于一个小杯子，质地是硅胶的，可以像棉条一样塞进去，因为我是一个非常重视环保的人，所以我会觉得棉条和卫生巾都太浪费资源且污染环境，但是月事杯是可以反复使用的。"

那个看起来比较壮硕且留着短发的女孩大概率是健身教练，她有些不太同意地说："虽然我没有用过月事杯，但是从你的描述来看，我觉得可能不会让人很舒服，虽然我也没有用过棉条，但不得不说，卫生巾侧漏的可能性确实太大了，刚刚听完 Lily 的讲解，像我这样长期运动的人，我其实更愿意尝试下棉条。"

"这三样我都用过，不过我个人觉得各有利弊，从方便程度来看，卫生巾绝对是最方便的，月事杯最麻烦，要是一个不小心没有取好，简直就像命案现场，但论舒适度和实际感受，棉条确实是最佳的，不仅不容易侧漏，还可以一直保持干爽，而且使用起来也相对简单一些。"一个女精英打扮的长发姑娘突然插嘴道。

"我一直以为月事杯已经被淘汰了，那是我绝对不会用第二次的东西。"一个带着书生气的女生说。

“其实我最担心的是棉条塞进去了，不会扯不出来吗？要是扯不出来会很尴尬啊。”一个年龄稍微长一点的女性说道。

“要是在外面，扯出来是不是还会把手弄脏，要是卫生巾，直接扔掉就好了。”学生又表达了自己的一点想法。

“作为棉条爱好者，我只想说，用棉条的女性会很直接地感受到什么是自由。”女精英着重解释道。

“我喜欢安睡裤，我觉得那个穿着非常舒服，非常柔软且有安全感。”一直在角落没有说话的灰衣小姑娘突然开了口。

吴悠轻轻地踱着步，仔细听着她们的讨论和看法。那么，棉条广告的创意应该从什么地方切入呢？相较于已经非常成熟的卫生巾广告，要打败它们就需要一点与众不同的地方。自由？舒适？干爽？这些已经用得快烂掉的形容词最好都不要出现在文案中，那么除此之外，形式上也不能是单一的，像是什么女孩躺在床上睡觉或者在室外运动，这些都是非常雷同的形式。她注意到单反玻璃那头的女人们已经热闹地争论起来了，而且越演越烈，吴悠觉得有点头疼，剩下的交给 Lily 来统筹就好了，她合上笔记本，退出了房间。

拎包里的验孕棒是昨天寄到的，吴悠走在走廊上的时候，还在想要不要去洗手间试一下，可是走到洗手间门口的时候她又有点犹豫了，如果测出的结果真的是“中奖了”，她要不要告诉郑弋之这个结果呢？就在她犹豫之间，突然感受到小腹一阵酸痛，她迅速推开洗手间的门，找了个隔间，脱下打底裤，她感受到身体里那种血液流动的感觉，小腹伴随着隐隐的痛觉，果然，只是迟来了。吴悠一边皱着眉想找个姿势缓解，一边发自内心的松了一口气。她从包里翻出费仁克那天给的样品棉条，快速拆封，熟练地使用了起来。

收拾完毕，她回过头打算按下冲水键的瞬间，她的手机突然响了，她看见是赵开颜，迅速接了起来。

“Evelyn，你现在说话方便吗？”

“嗯，你说。”

“我好像怀孕了。”赵开颜平静地说，“你等会儿能来找我一下吗？”

吴悠深深吸了一口气，轻轻地按下了冲水键，看着马桶里那团微红的旋涡渐渐消失，又慢慢蓄满澄清的水，她渐渐恢复了平静。吴悠“嗯”了一声，说：“你在哪儿？”

半小时后，吴悠和赵开颜在陆家嘴的一家咖啡厅里会面，赵开颜看起来并没有什么困惑的神情，她甚至非常自如地要了一杯冰美式，好像并不在乎怀孕这件事，相反，吴悠却带着一分担忧的神情看着她，问：“是那个谁的吗？”

赵开颜兀自喝了一口咖啡，没有急着回答这个问题，她只说：“要不是为了试用你给我的棉条，我都不会在意例假迟来的事，但我算了下时间有点担心，没想到一测还真的中奖了。”吴悠听着赵开颜的自说自话，突然想到半小时之前，自己竟然拥有同样忐忑的心情，不过好在她没那么“幸运”。赵开颜望了一会儿窗外，然后说：“在美国的时候，医生和我说，如果我再打一次胎，基本上就再也怀不上了。”她假笑了一下，“你说国内技术会不会比美国好一点？”

“你要打掉吗？”

“不然呢？！”赵开颜轻笑了一下，说，“不然偷偷生下来，到时候去分一下遗产？那倒也不是不行。”

“赵开颜，我没和你开玩笑。”吴悠一本正经地看着赵开颜，“如果以后你都不能有孩子了，你遗憾吗？”

“吴悠，你好幼稚！有没有孩子都不会让我的人生遗憾，重点是此时此刻我不想要，以后有没有再说。”

吴悠看着赵开颜的眼神里透露着一种“这不是真的”的微光，赵开颜平缓了下情绪说：“那我问你，如果……我是说如果，你现在怀了郑弋之的孩子，你会要吗？”

“不会。”这个答案其实是吴悠这段时间思考的结果，“但我和你不一样，我还有可能再怀。”

“那你就是在同情我。”赵开颜顿了顿，“不过，我也同情我自己，但生下来我也不会带，要不你帮我？”说完，赵开颜又笑了起来。

吴悠不说话，也不知道从何说起。赵开颜舒了一口气，说：“我叫你过来，其实只是想你陪我一下，还有……我和李淼分手，是我甩的他，因为我爱上了别的人。”

“那孩子是李淼的吗？”

赵开颜摇了摇头说：“不是。”

“好吧，其实我也帮你决定不了什么，你要我来，我就来了，你要我陪你，我也可以一直陪着你，你想去医院，我可以帮你联系。总之，只要你决定好。”吴悠伸手握住了赵开颜的手。

“谢了。”赵开颜微微一笑，“其实这些我都不需要，我就只是这会儿想找个人说下这件事。好了，你不用担心我。对了，你们可以稍稍准备一下，洛奇可能准备要对麦迪逊进行 A 轮融资了，你和 Anna 商量一下。另外，奥斯德那边是什么门路，你清楚吗？”

“奥斯德？”

“我听说海森收购了奥斯德，现在在尽量地做高奥斯德的估值，然后准备将奥斯德卖掉，但比较诡异的是，这半年来奥斯德都没有做出什么特别的成绩，但他们的市场估值确实在悄悄增高，洛奇这边已经开始有人打奥斯德的主意了，可我始终觉得有点不对，所以我想问你了解吗？”

“具体我不清楚，不过……奥斯德内部有个叫罗任司的合伙人可能值得你去关注一下，那个人不像是做广告的，更像是做资本的。”

“要关注的可能不是我，而是你。我之所以问你这个问题，是因为……”赵开颜微微压低了一点声音，“有人在内部推荐了奥斯德，因为同样是广告公司，洛奇上面有所考虑。”

“什么意思？”吴悠突然反应过来，“你是说……洛奇在麦迪逊和奥斯德之间会选择一个来投？”

“大概是这个意思，而且奥斯德内部不知道通过什么方式在累积资本，现在不光是洛奇一家公司注意到了，还有其他几家也在关注着。”

“可是，当初洛奇和我们的协定并不是这样的。”

“那只是口头协定，但凡没有白纸黑字落下证据的，我们都可以不承认，即使在法庭上也是。”赵开颜的语气突然变得很生硬，与刚刚那个诉说衷肠的女人判若两人，“Sorry，Evelyn。做我们这一行的人，有时候就是现实得不近人情。何况……在上海这个地方，并不比纽约更温和。”

吴悠尽量让自己看起来没有那么失落，她说：“行吧，Carrie，这么说吧，没有洛奇，我们也会想办法找到别的公司进来，即使没有，我们靠自己做大也不是不可能。”

“Evelyn，我只能说你过于乐观了，那个你刚刚提到的奥斯德合伙人，可能比你想象的还要危险一点。你想没想过，他的目标可能一开始就是你们。”

吴悠突然想到罗任司那个老狐狸微笑的样子，觉得有点恶心，但她还是保持着平和心喝完了赵开颜给自己点的咖啡，然后说了一句“谢谢”。

吴悠不禁想起罗薇薇不久前提醒自己的那句话——赵开颜就是给你挖了个坑，但现在即使这个坑越挖越深，她吴悠也只有继续往下跳了。吴悠迅速告别了赵开颜，搭上了出租车，眼下她要做的第一件事就是先把 Independ 棉条的广告从奥斯德手上抢过来，特别是在她刚刚灵感骤现还没有消失的时刻。

5

刘美孜坐在出租车副驾驶上，正拿着粉饼盒细细地补着妆，她睥睨了后视镜一眼，罗任司正在后座闭目养神。刘美孜合上粉饼盒，微笑地看着手机，工作群里，安哲又开始发疯一样地责难创意部，虽然没有点名道姓地说刘美孜的问题，但几乎所有人都知道他指桑骂槐的对象，刘美孜只是视而不见地望着窗外。

前不久，安哲冲到她面前和她大吵了一架，意思是刘美孜越权抢了客户部的活。按照常理，陪客户吃饭是他客户部总监的事情，即使罗任司亲自出席，也是由他安哲作陪，什么时候轮到刘美孜了？

刘美孜心平气和地看着气急败坏的安哲，连一句安慰都没有，她说："Anthony，一个人没能力呢，先问问自己，然后再去问别人，别总是'为什么''为什么'的，姐姐也没法告诉你为什么。还有啊，你说我抢了你的活，你不应该高兴吗？多好啊，工资照样拿，活又那么少，你现在过的简直是退休的日子啊。"

安哲当然不把刘美孜放在眼里，说："Cherry，有什么咱就明说，你真的有本事，就让 Lawrence 把创意部和客户部给合并了，再不然你就让上面直接升你做合伙人啊，挂着一个创意部总监的头衔，还不委屈你了？"

"嘿，你还真别说，Lawrence 还真的说不定就把两个部门给合并了，你想想看，我来之前你们客户部创造的数值是多少，我来了之后是多少。怎么？现在公司做大做强，你反倒眼红了？"刘美孜说话总带着几分狐媚劲，一字一顿，不快不慢，却句句像根刺扎进安哲的心里。

"刘美孜，别以为我不知道你在背后拿了多少回扣，欺负人是吧？就你那点张开腿眼一闭的事，还非要我摆到台面上说吗？"

安哲也是被逼得"狗急跳墙"了，自从刘美孜来到奥斯德，安哲这个客户总监就当得一天不如一天，手上的大客户基本都变成了和刘美孜单线联系，手里捏的几个小客户基本上对安哲也是爱搭不理，手下的人天天怨声载道。再这样下去，大家基本就是每天到公司打酱油了。以前，客户部是促成一单，能拿 3% ~ 5% 的提成，现在提成没了，光是死工资，基本就是坐吃等死。安哲向罗任司不止一次地反映过这件事，罗任司的回答大致相同，客户部不是等着合伙人去挖掘新客户来交到他们手上的，而是要主动去开发客户，理是这个理，可现在全上海的广告公司数不胜数，多少客户都是绑死了一家做了许多年，要说撬过来哪有那么容易？

刘美孜笑得很自在，说："Anthony，我刚刚是不是听错了，你说我拿甲方的回扣？甲方有什么回扣给乙方公司？你自己做客户出身，难道不知道那几个大爷有多难伺候吗？我不求着他们就不错了，他们还会给我好处？还有啊，话不用说得这么难听，你要怪呢，只能怪你父母，不然你也可以提着裤子上啊！"

从那之后，安哲对创意部的敌意就只增不减，几乎每一次 brief 下来之后，没到客户那边，安哲就先把东西打印回来，让创意部改几遍，要是刘美孜不改，他就压着下面的人改，要是没回应，他就在群里奚落一番。刘美孜只当是看热闹，时常和下面的人说："记住，会叫的狗不咬人。"

这晚，刘美孜陪罗任司见的客户与以往不同。刘美孜对于那些臭男人往往手到擒来，基本上酒还不用喝到位，生意就成了，罗任司只是微笑着用方巾擦嘴的工夫，刘美孜就知道自己该在什么地方使劲，还不等罗任司把话说完，对方就已经挟着刘美孜走了。男人伺候惯了，就知道用什么套路让对方上钩，但偏偏今晚的客户是个女的，刘美孜直言不讳地告诉罗任司，自己是大多数女人讨厌的类型，让她出面等于是直接撕了合同。罗任司只多说了一句，她不是大多数女人。

刘美孜见到胡金娜的一瞬间，就相信了罗任司的那句话。只见胡金娜短短的寸头，一身帽衫，不施妆容的情况下如果不仔细看，根本看不出她是女人。刘美孜心里倒吸了一口气，平时让她对男人用一下美人计还行，换了这样口味特别的女人，刘美孜还真的不知道该从何下手。这个胡金娜是上海一家老国企老总的孙女，从德国留学回来后就自己开了家公司，专门做医疗器械，最近刚刚收购了一家专做材料的私企，打算提升他们医疗器械的企业形象和升级再包装，不过罗任司打听到她多年来一直单身，没有伴侣，加上她中性的外在，吃准了带刘美孜来准能让她上套。刘美孜原本穿得相对暴露，她总想着就算这个胡金娜取向不寻常，也多半和男人无异，但仔细瞧来，从她和罗任司坐下到上菜，胡金娜都没有正眼瞧她一眼，一副桀骜不驯的样子加上酷酷的神情，简直不把任何人放在眼里。

“胡总，您看……您喝什么酒？白的，红的，啤的，我陪您喝。”刘美孜灿若莲花地贴着脸往胡金娜身上靠，结果胡金娜却道：“我不喝酒，你们来迟了五分钟，我本来已经想走了。”

刘美孜立马用娇娇的声音说：“堵车呀，上海嘛，一到晚上就堵，胡总别生气，我先自罚两杯。”说着，她开了一瓶茅台，倒了两小杯，一饮而尽。胡金娜用余光瞟了刘美孜一眼，厉斥道：“你是谁？这里轮得到你说话吗？！”胡金娜一骂，吓得刘美孜的酒杯没拿稳，“啪”的一声落到地上碎了。胡金娜“哼”了一声，然后对着罗任司说：“罗总，我不知道你们4A公司是不是都是这种自由散漫的德行，但要和我做生意，准时是第一位的。”

罗任司在桌底下轻轻拍了拍刘美孜的大腿，示意她镇定，然后微笑着说：“胡总，我们家Cherry不懂事，一直久仰胡总大名，说想来看看，跟着学学怎么做新女性。迟到这五分钟，造成你多大损失，你就从预算里扣，不必还没开始就伤了和气。”

罗任司到底是生意人，知道这一刀要怎么回过去，说来说去，钱始终是解决一切问题的最好办法。听到罗任司开口，胡金娜的怒气才稍有缓和。罗任司吃准了胡金娜不喜欢刘美孜这个类型，就赶紧让刘美孜去外面催催菜，随即给她发信息，让她回来的时候坐到远一点的位置上去。

刘美孜走出包间，一肚子气，罗任司让她来她便来，现在利用不上就一脚踢开，虽然她刘美孜自认在职场上是靠着男人一步步上位的，但是被这么招之即来、挥之即去的时刻却不多。“死拉拉（拉拉，指女同性恋）！”刘美孜不禁在心里狠狠地骂了一句，她沿着走廊走了几步，发现走过来的一个端菜的小哥俊俏可人，她伸手拉了拉胸口的“V”领，慢慢地朝那个小哥靠过去。刘美孜知道，但凡一个正常的男人，没有一个不被她那D罩的胸迷住的，虽然在胡金娜那里受了气，但能从小哥这里赢回来点尊严也挺好的，结果小哥只是木讷地从她身旁擦肩而过，连看也没有看她一眼，刘美孜立马转头叫住了他。

“喂，你等等。”

小哥立马停了下来，说：“你好，请问有什么需要吗？”

刘美孜细细打量了服务员小哥一番，然后说：“你帮我去外面买个东西，等下这边包间买单的时候，你帮我送进去给那个叫胡金娜的女士，就说是隔壁包间张老板送的。”

“啊，我现在当班走不开……”

刘美孜从钱包里拿了五百块钱放在小哥的托盘里，然后说：“那个东西在旁边超市就能买，剩下的都是你的小费。”

小哥看着钞票，有点为难地看了一眼盘里的菜，说：“那我先去把这盘菜送去大堂了再去，是要买什么？”

刘美孜悄悄地在小哥耳边说了两句，便见小哥面红耳赤地说：“会不会不太好？”小哥还是有点忐忑。刘美孜说：“张老板是你们这里的VIP，你得罪得起吗？信不信我马上就给你的经理打电话？”

小哥当然谁都得罪不起，刘美孜轻轻拍了拍他的屁股，说：“去吧，速去速回！”眼见小哥离开，刘美孜心里一下爽快多了，心想眼睛不长在我身上的人，等着被骂吧，哼！

刘美孜立马回到了包间，胡金娜和罗任司看起来洽谈得不错，桌上的菜也上得七七八八了，刘美孜挑了一个靠近罗任司又离胡金娜稍远一点的位置坐下，旁边正好是胡金娜的秘书，一个一米八五的高个男子，说是秘书，看起来更像是保镖。

比起胡金娜，这个保镖的眼睛在刘美孜身上倒是寸步不离。刘美孜笑而不语，自顾自地吃菜，胡金娜和罗任司的谈话她明明一句都听不进，却偏偏装作非常懂，一直在点头。什么国企，什么医疗，什么技术，什么 CMA、CNAS 认证，在刘美孜听来都是无聊，片刻间她感觉到桌下有人在踢她的脚，她一转头，发现那保镖正冲着她微微一笑，这些饭桌上的规矩刘美孜可太懂了，她假装没看见似的，继续吃东西，细嚼慢咽，不疾不徐，从刚刚那浪荡的模样瞬间变成了矜持的大家闺秀，注意力只顾放在罗老板和胡老板那边。刘美孜的漠视反而让对方更上心了，那保镖对她挤眉弄眼的，让刘美孜想笑。

酒局进入尾声，罗任司单独敬了胡金娜一杯酒，胡金娜也不说别的，让保镖把她的公文包拿过来，然后抽了一页合同出来，罗任司还假装推脱说不用这么急。胡金娜说："阿拉上海人，做事情嘛，讲究效率，轮来轮去的不晓得要轮到什么时候了。"罗任司笑道："那公章我们也是要回去才能盖的。"胡金娜笑道："不着急，你们回头寄过来不就好啦，对不啦？"

刘美孜不得不佩服罗任司这只老狐狸，什么公章回头盖，他明明就让自己带在身上，原本打算让自己把胡金娜伺候服帖了，就把合同给签了，结果计划失败，这会儿就不好表现得太急而显得他工于心计了。

眼见罗任司打算买单，刘美孜便找借口去了洗手间，刚出门，她就见刚刚那小哥回来了，正朝着包间这边走，刘美孜绕了道，走了另一边。她确认小哥手里拎着袋子，然后给罗任司发了条信息，说胡金娜不喜欢她，她还是先走了。罗任司很快回了个"嗯"，她就彻底舒心地出门叫了出租车。她都能想到，小哥把那件镂空的蕾丝胸衣送到胡金娜手上的时候，她会有多生气，会掀桌吗？还是拉着小哥去找经理？ Whatever（无论怎样），都和自己无关，哪怕胡金娜气得当场和罗任司中止合作都和自己没有关系，谁让这些人一个个的不识好歹。

果不其然，十分钟后，罗任司发来一条信息问：那内衣是不是你搞来的?

刘美孜毫不避讳地回了一句：是。

罗任司便没有继续问下去了，刘美孜想着自己第二天去公司会挨批吧。但罗任司到底还是不敢对她太狠了，罗任司太需要她了。这会儿，老狐狸应该已经在想办法安抚胡金娜的情绪了吧，哎，没看到胡金娜怒火中烧的狼狈样真有点可惜。

刘美孜再看手机，发现裴总发来了一条消息：麦迪逊明天到公司提案，你们的方案做得怎样了？刘美孜立马回道：裴总记得答应过我的话哦，我这边你不用担心。

一想到裴勇那个肥头大耳的样子，刘美孜还真是提不起一点精神，要不是罗任司让自己想方设法地抢到麦迪逊的这个项目，刘美孜是绝对不会想在裴胖子身上多浪费一分一秒的。既然麦迪逊明天要提案，那自己不妨也去看看，错过了胡金娜的热闹，总不能再错过吴大小姐的了，如果能激怒她是最好的了，不然生活真的太无趣了。一想到这儿，刘美孜就心满意足地笑了。

6

Independ 的办公室设在虹桥中骏广场的办公楼里，自从虹桥这边重新投入建设之后，全玻璃幕墙的外立面建筑群把这个原本远得不能再远的郊区一下打造成了高端的 CBD，吴悠永远佩服上海人民的智慧和审美，以及那些对于细节的斤斤计较，但这些在林安娜这个上海本地人看来根本不值得一提。

林安娜走在刚刚浇灌好的柏油路上，顶着烈日，轻轻压了压遮阳帽，然后对吴悠说：“虹桥建得再好也只是虹桥，房价永远无法和静安、黄浦持平，把公司设在这里，对外说得好听是因为环境新，实际上谁不知道他们是图政策减免的那点租金。”费克仁跟在一旁一句话也没有说，只是象征性地笑了笑。

原本这次提案林安娜可以不用过来，但在看了吴悠的创意之后，她还是有点担心，碍于吴悠的面子她没说，只道想过来和新客户的老板打打招呼。几人没走两步，刚到办公楼大门前，一辆深红色奥迪就停在了他们面前，刘美孜降下车窗，望着他们说：“Evelyn，你们过来提案啊？”林安娜望了吴悠一眼，不知道这个风骚的女人是谁，但她很快注意到了车里的另外一个人，低着头不敢看她的就是当时在奥斯德跟着自己的副手 Lisa。吴悠对着费仁克说：“Frank，你先带 Anna 姐上去，我和她说两句。”费仁克点了点头。

刘美孜和 Lisa 从车上下来，径直朝着吴悠走过来。吴悠强笑着说：“怎么，你们今天是来观摩学习，还是准备偷师啊？”

“Evelyn，有时候做人呢，不要太得意，你们能不能被选上还不一定呢。”

“选不选得上也不是你说了算的吧？”吴悠很快收起了自己虚与委蛇的微笑，接着说，“还是说……你已经用了什么见不得人的手段知道结果了？”

“手段不分高低，在职场混了这么久，你还不懂？这世道，只看结果。今天呢，我就是想来这里喝杯茶，晒晒太阳，顺便看看那些趾高气扬的女人是怎么变成落水狗的，是不是想想就觉得有趣？”

“是吗？那你可能要败兴而归了，就怕啊，年纪大了，太阳一晒就露雀斑，到时候又要花钱做医美了，不划算啊！”

说完吴悠没有理会刘美孜的表情，推门走进了大厦。吴悠的脸色很快就沉了下来，刘美孜这个时候出现在这里，很明显是 Independ 内部有人告诉她今天麦迪逊会过来提案，吴悠又不傻，难道还当她是小白兔吗？吴悠想到那天赵开颜和自己说的那些话心里就一阵怨气，如果奥斯德真的打算从麦迪逊这里开刀，那她吴悠就是第一个要跳出来反抗的人。

“U”形桌两边的人都目不转睛地看着吴悠，PPT 里，一滴鲜红的液体落在了雪白的棉花上，棉花瞬间吸收了液体，然后旋转成了一支棉条。Independ 内部人员彼此面面相觑，裴勇清了清嗓子说：“等会儿，不好意思，我想打断一下。Evelyn，你知道卫生巾广告为什么总是用蓝色的液体而不是红色吗？”

“我当然知道，这也是我要选用红色液体的原因。”吴悠拿着遥控器走到裴勇面前，“现在市面上选择用蓝色液体是因为红色本身会让人联想到血液，让人害怕恐惧，甚至不舒服，但是正因为长期以来大家的思维定式，认为选用蓝色就会表现温和，让人安定，久而久之受众就更加惧怕红色。而我们 Independ 要想打出市场，首先要正视的就是女孩子例假这件事本身，而且现在的女性强调自强独立，红色反而会让她们更坚定这种信念，所以我觉得这是非常重要的切入口。”

“抱歉，我可能无法认同。”坐在裴勇旁边的一个戴眼镜的男生突然开口，“如果电视里的广告出现了红色液体，说实话我作为一名男性会感觉非常不舒服，甚至会联想许多东西。”

“谢谢你的无法认同，所以你是男生。”吴悠直接反驳道，“如果 Independ 想要在中国打开女性市场，突出重围的关键就是要跳出框架。如果我们只是在文案上去做创意，而不是在视觉上给大家留下印象，那我觉得更多的人还是会选择卫生巾而非棉条。”吴悠说完看了林安娜一眼，林安娜不置可否地沉默着。

裴勇耸了耸肩，他那宽厚的脸抖了抖，笑了笑说：“抱歉，Evelyn，我们可能无法采用这个方案，因为时间紧迫，你们今天如果不能提交新的方案，我们可能就要选奥斯德那边的方案了。”

吴悠看着裴勇那伪善的微笑，立马道：“可是裴总，我还没有详细讲……”

“不用了，就目前这个核心概念，我们总公司那边估计也通不过，你们这个创意太激进了些，我们也要考虑到市场的风险性。”

吴悠放下手里的遥控器，非常严肃地说：“创意激进我们可以协商，但是要一天之内就拿出新的方案，换了任何一家公司都做不到。裴总，我希望我们的合作双方都是有诚意的。”

“当然，我们肯定是有诚意的。”

这时，费仁克站起身来，挡在吴悠面前说：“裴总，如果创意不通过，我们可以改，但时间务必宽限一下，一天之内给出新方案基本就是等于敷衍了事，我们也不希望最后交出来的东西是粗制滥造的。”

“只有一天的时间，不是我不通人情，因为奥斯德那边确实提交了更好的方案。正常来说，你们这个情况我们可以直接出结果的，但是出于吴小姐刚刚所说的诚意，我们才愿意再给你们一次修改的机会。”

吴悠心里消化着裴勇的这番话，她自知此刻没有办法要求甲方拿出奥斯德的创意来当场对比，但这明摆着就是裴勇直接掐死了他们，不给他们一点机会，她一想到楼下刘美孜正坐等着看好戏，心里就是一肚子火。吴悠最终还是没忍住，说：“裴总，我不知道刘美孜给你下了什么迷魂药，如果你要说她的东西绝对比我们的好，我是绝对不会信的，且不说我对她的东西有多了解，光是裴总这一口咬定的态度就很难让我不怀疑其中的猫腻。”

“Evelyn！”不等裴勇脸上的疾风骤雨，林安娜立刻阻止了她继续说下去，“不好意思！如果创意这边裴总不满意，我们退出就是，一天之内我们不可能给出新的创意，这也是我们对自己工作的负责。”林安娜起身，和裴勇握了握手，然后拉着吴悠往外走。

电梯里，林安娜和吴悠都各自沉默着，Independ 的一众人将他们送到门口，目送他们离开。刘美孜看着吴悠失魂落魄的样子，笑着嘲讽了两句：“刚刚那个自信满满的吴大小姐好像吃了闭门羹啊！”

“对啊，开心吗？你得逞了，和裴总睡得很开心吧？”

刘美孜不在乎吴悠的诋毁，说：“当然，我比什么时候都开心，只可惜有的人又要装清高又想要规则都跟着你来，可能吗？”

吴悠不想在刘美孜身上浪费时间，头也不转地跟着林安娜走了。费仁克表示他可以再去和裴勇谈谈，看看有没有转机，林安娜直接说道：“不用白费力气了，Frank，你先去忙别的吧，我想单独和 Evelyn 说几句。”费仁克点了点头，单独叫了辆出租车先走了。等到费仁克彻底离开，林安娜才开口道：“Evelyn，你今天非常失态，你知道你刚刚像什么吗？”

“我不想和你说这些，刚刚摆明了就是 Independ 和奥斯德合伙在整我们，你要我忍气吞声地和一群装腔作势的人在那里说笑，我做不到！”

“所以呢，你让他难堪了吗？还是让自己难堪？作为乙方不可能不遭受这种不公平，你以为你被捅了刀子就要捅回去，最后弄得谁鲜血淋漓，你还不懂吗？”

“我不懂！我的字典里只有以怨报怨、以牙还牙，甲方欺负乙方是广告界的定律吗？即便是我就要遵守吗？这摆明了就是奥斯德那边在拉皮条，既然合作不成，我为什么还要给对方面子？”吴悠咬了咬嘴唇，接着说，“Anna，洛奇那边告诉我，奥斯德现在在做高他们的市值估价，洛奇很可能会选择投他们而放弃我们！”

林安娜看着火急火燎的吴悠，沉默了片刻，说：“所以说，之前你告诉我的，洛奇会追加我们的投资其实是空头支票？”

“抱歉，我之前也没有想到会这样，一开始他们信誓旦旦地和我说只要我们做出来，追加是必然的。”

“Evelyn，难道在广告行业从事这么多年，你不知道只有白纸黑字才是最靠谱的吗？哪怕今天新租的房子房东和你说电表里还有一千度电免费送你，只要没写到合同里，最后结算的时候他都可能会问你要回那笔电费，你不知道吗？”

“因为洛奇和我们的对接人是我非常要好的朋友，所以我才……我承认在这件事上，我非常不谨慎。”

“你不是不谨慎，你是非常荒谬！”林安娜声色俱厉地对吴悠说，吴悠刚想反驳，林安娜抢过话，“今天你的失态如果是因为这件事，那我对你真的非常失望！如果因为这么一件尚未明确的事情，你却以麦迪逊合伙人的身份在甲方面前像失心疯一样歇斯底里，那你还能做什么大事？”

“所以在你眼里，我什么时候都是发疯，什么创意都是激进，你今天执意要过来，不也是对我完全没有信心吗？说到底，不是我在别人眼里是跳梁小丑，而是在你眼里。”

林安娜望着吴悠，瞳孔望向暴怒的背后，好多年前，女儿也是这样在大庭广众的街道上和她争执不休，林安娜突然意识到自己刚刚那一刻不是在与自己的合伙人交涉，而是以一位母亲的身份在教育孩子。她想起许多次看到吴悠的瞬间，看到她身上的那股劲，还有她那风驰电掣的气场，那不可一世的自信，那不畏强权的莽撞，总让她忍不住想起女儿的身影。

“没错，我确实不认可你的创意，我也不止一次地和你说了原因，因为你过于相信市场对你的包容性，这是非常不理智的，原因我已经不想再说，如果你觉得自己的创意足够厉害，你就试着去拿两座戛纳金狮回来，而不是在这里和一群你认为根本不懂创意的人叫嚣。”

“嗬，行！因为我没拿过奖，我不是广告专业出身，我在这个行业就是‘没有资格’的那个人。”吴悠失望地垂下眼，深吸了一口气，“Anna 姐，你的教诲我都记住了，谢谢！”说完她便背过身拦了一辆出租车离开了。

林安娜有些手足无措地站在原地，默默地从包里拿出自己的墨镜，从容地戴上，然后按动车钥匙，上了自己的车。

吴悠下车之后的第一件事就是冲进公司楼下的咖啡店里点了一杯

冰美式。“要最冰的，给我放超多冰！”吴悠只想快点用杯冰咖啡浇浇这一肚子的火。吴悠端着咖啡一口把吸管含住猛喝了两口，回头发现萧树正坐在角落修改设计方案。她吸了吸鼻子，收敛了一下情绪，默默地走到萧树背后，偷瞄了一眼萧树的电脑，只见他电脑的桌面上整整齐齐的归类和他本人一样看起来清清爽爽的。萧树正在改吴悠前一夜交代的棉条的视觉效果，吴悠不自觉地伸手摸了摸萧树的头，萧树一个激灵回过头看见吴悠正叼着咖啡吸管望着他。

“啊，Evelyn 姐！”萧树立马取下耳机，站起身来。

吴悠顺势坐到萧树的对面，直直盯着萧树。萧树立马解释：“我不是在偷懒啊，因为办公室里他们都在聊八卦，我觉得有点吵，就到咖啡厅里找了个安静点的角落，昨晚搞得太晚了，今天想快点弄完。”

“你紧张什么？我又没骂你。”吴悠看着萧树一脸无辜的样子就觉得好笑，“虽然……但是……总归不用做了。”吴悠把咖啡杯放在萧树的电脑旁，“我们应该不和 Independ 合作了。”

“没谈妥吗？”

“对啊。”吴悠略表无奈地交叉着双手放在胸前，“反正做广告不就这样，大部分时间都在做无用功，对伐？做了一晚上，最后可能都用不上，气吗？”

“还好吧，反正在做创意的过程中，自己也蛮开心的啊，总归是喜欢的事情。”

吴悠皱了皱眉道：“你假装乐观个屁啊！”

“啊？”

“气就气咯，有什么不好说的，要是换了我，通宵达旦做了一个东西，第二天还没到公司就被告知不要了，我真的会跳起脚来骂娘，广告人要有自己的尊严好不好？！”

“气嘛……也是有点气，但工作不就是件让人生气的事情吗？迄今为止，我还没有真正地听到过谁说工作让人快乐的。”萧树终于还是忍不住说了真心话。

吴悠把萧树的电脑搬过来，细细看着萧树做的细节，按照她原本的构想是棉条变红之后，从某个瞬间变成小蓝伞，而不是简单地使用蓝色的液体来表示血液，这个创意甚至还没有被吴悠说出口就基本被否定了。吴悠正准备点评两句，突然听到一阵躁动，萧树和她都转过头去，只见一个中年男人和大堂前台吵了起来。

“我找林安娜有事，我知道她在这里上班，我只要你帮我刷一下卡，刷一下卡不行吗？！”

“抱歉先生，我们这里是办公楼，除非你事先预约，有预约短信，我们才能放您上去。”

“什么狗屁短信？侬不放我上去，我就在这里港（你不放我上去，我就在这里说）！这个自私自利的女人！”

吴悠急匆匆地跑了过去，拦住那个男人，问：“你是谁？林安娜是我们公司的老板，请问你找她有什么事吗？”

“老板？嗬，我当然知道伊（她）是老板，我是她的男人！今天不让我上去，我就在这儿说，你们这栋楼七层广告公司的老板林安娜的女儿死了，她不仅一点不难过，反而开开心心地在这里做生意，她的女儿啊，独生女儿啊！她的女儿说不定就是被她逼死的！”

吴悠一把拉住他说：“不好意思，如果你继续在这里叫嚣胡说，扰乱公共秩序，我是可以报警的。”

“报警？报警能吓到我吗？侬报警看看，最好明天全上海都知道这个女人有多狠毒。每天在这里装模作样地指点江山，连自己的女儿都照顾不好的女人，还总标榜自己有多成功，女儿才十来岁就被她丢到美国去一个人生活，为什么？她还不是想自己一个人在这边风流快活！现在女儿没了，伊更是跟屁事没有一样……”

突然，吴悠感觉到身后一阵猛力将她拉到了一边，只见林安娜走上前一耳光扇在那个男人脸上，所有人包括吴悠在内，都被林安娜凶悍的模样吓着了。

“你闹够了吗？”林安娜双目泛红地看着前夫孙令辉，“女儿是死了，但和你有什么关系呢？今天就算所有人都可以在我林安娜面前来骂我，揭我伤疤，朝我泼油点火，唯独你不行！你永远要记住一点，我的女儿姓林，不姓孙！”

孙令辉终于忍不住大声辱骂起来，保安从门口冲进来将其架住，林安娜嘴角只是勾起一抹轻蔑的冷笑，她朝着前台说：“让保安把他带走，其他人如果没看够热闹的，可以去外面采访他，我还有我的工作。如果他待会儿胆敢出现在我的办公室，我就直接投诉你们整个物业。”

缓缓上升的电梯里，吴悠和萧树都不敢侧脸去看林安娜的表情，墨镜之下，她的眼眶里到底带着什么样的神情，只有她自己知道了。

淮海中路上车来车往，香港广场的“十”字路上，刘美孜不顾背后的 Lisa，自己朝前走去。刚刚重逢以前的领导，心里五味杂陈。当初得知林安娜另起炉灶的时候，Lisa 一直以为自己会接到前领导的一通电话，至少询问一下她的现状，但是林安娜似乎对 Lisa 的存在并不在意，直到刘美孜正式成为空降兵来到奥斯德，Lisa 才彻底绝望。Cherry Liu 谈不上与 Anna Lin 到底有多少不同，最关键的就是自己作为副手的这个位置总是风雨飘摇，刘美孜从来没有正眼看过 Lisa 一眼。在 Lisa 眼里，如果说林安娜是独断威严的将军，那刘美孜更像是一个唯我独尊的女皇。刘美孜在任期间，几乎把所有的事都拦在自己手里，不允许任何人过问，即使是她这样的副总监，也不过沦为和小朋友一样打杂的下场。

Lisa 紧紧地跟在刘美孜身后，唯恐她突然有什么需要自己的地方，跟不上又要挨骂。她刚刚看见林安娜的那一刻，真想上前质问安娜一句：“我 Lisa 是不配跟着你继续干吗？”就在林安娜和吴悠上楼的瞬间，刘美孜就像看笑话一样瞥了她一眼，说：“你明白了吧，即使当面见到，林安娜会多看你一眼吗？知道为什么吗？因为你没能力啊。”

刘美孜一针见血地刺激了 Lisa 一下，然后又笑道："所以，别总想着向 Lawrence 打小报告说我独揽大权，但凡你 Lisa 挑得起大梁，自然轮不到我刘美孜的份儿，所以……好好做自己手上的事情，别总想着一口吃个大胖子。"刘美孜左右稍稍打量了下 Lisa，又说，"以后不要用那么浓的眼影了，你不说你是做广告的，别人还以为你去站街呢。"

刘美孜穿着高跟鞋"噔噔"地冲进罗任司的办公室，春光满面地走到罗任司跟前，说："麦迪逊那边直接被 Independ 拒绝了，我们这边随便搞个创意都行，开心吧？"

罗任司饶有兴趣地看了刘美孜一眼，问道："麦迪逊那边拿的是什么创意？"

"说出来就好笑，那个 Evelyn 居然想用红色液体代替原本卫生巾广告里安全的蓝色，我只能说她疯了！哎，早知道她这么蠢，也不用我在裴胖子身上费那么多的精力和时间了。"

罗任司仿佛在思考什么，他没有抬头看刘美孜，对刘美孜嗤之以鼻的嘲笑没有做出任何评判，相反，罗任司把头重新拉回电脑屏幕前，开始回复邮件，面色并没有露出多少喜悦，只是淡淡地说："是吗？"刘美孜仿佛没有在意罗任司的冷漠，伸手扣上了罗任司的电脑，笑着问："罗总都不奖励我一下吗？"

对于刘美孜的无礼，罗任司只是露出一抹冰冷的微笑，问："你想怎么奖励？"

"Independ 的预算可不低，我能直接拿下他们的年框。罗总，你说呢？"

罗任司起身倒了一杯咖啡，站在窗前，淡淡地说："你去给裴勇打电话，告诉他 Independ 的单子，我们奥斯德不接了。"

"为什么？"刘美孜实在不解，她想着自己辛辛苦苦才拿下的客户，被罗任司一句话的决定就这么拱手让人了？刘美孜气鼓鼓地看着罗任司。

“这个时候麦迪逊接到一个奥斯德不要的单子，捡别人不要了的、剩下的，你说他们捡还是不捡呢？”罗任司轻扬嘴角，“什么时候你坐到我这个位置的时候，再问为什么。”罗任司轻轻点了点桌子，示意刘美孜注意距离，最后补了一句，“还有……下次进门前，记得敲门。”

第一次看见
灿烂的时刻

第七章

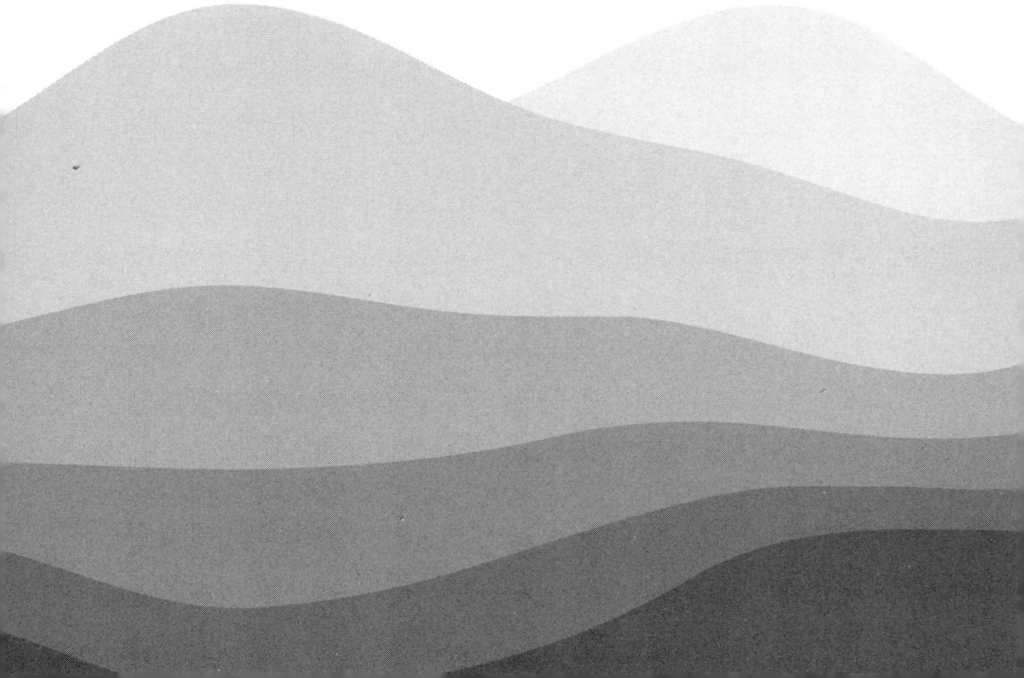

1

吴悠其实不知道怎么去安慰一个人，在她从小到大的生活里，安慰就是对弱者的一种怜悯，甚至毫无用处。所以当她面对林安娜丧女这件事时，她并不知道应该以何种情绪去应对和处理。林安娜整个下午对自己的情绪都掩饰得极为妥当，好像那场闹剧从未发生也没有人看到，她按照她自己的节奏开会、处理邮件、安排事务、接洽客户，整个人毫无愠色地如风般行走在办公室内。如果不是下班的时候，吴悠到天台去收上次雨天落在那里的雨伞，也不会看到林安娜一个人望着远方发呆的样子。

吴悠想了想自己要不要过去或者索性假装没看见就走掉，但最后她还是忍不住小心翼翼地走到了林安娜身边，与她并排站着，假装什么事都没有发生地说："最近淮海路那边很多店铺打折，这段时间忙到没时间逛街，今天要不要一起去看看？"

"你会想和一个中年妇女一起逛街吗？"林安娜收回远眺的目光，转身落在吴悠身上，微笑道，"好了，我知道你在担心什么，下午的事情闹得那么大，你不必装作什么都不知道，你想说什么就说吧。"

吴悠没有顺着说："没有啊，我只是觉得女人 shopping（购物）的时候永远是最开心的，我哪有在想别的什么。"

"我没有那么在意别人对我的看法。"

吴悠"嗯"了一声，轻轻拍了拍林安娜，说："我知道。"

“虽然女儿去世对我来说，是对我下半场人生的一次重大打击，但我想，我活到这个岁数了，该拥有的都拥有了，该失去的也都失去了，其实已经没有什么可以引起我内心颤动的了。从女儿去世的阴影里走出来，我花了很长的时间，可事实证明，已经离开的人永远也不会回来了，这件事我应该比任何人都更清楚。”林安娜的眼神里始终没有一丝波澜，但吴悠明白，这些情绪的背后是那些不能言说的悲伤。

吴悠长长地舒了一口气，伸了个懒腰，然后笑道：“所以……不提不就好了吗？”林安娜的双眸依旧透着犀利的神色，吴悠立马抢白道，“Anna 姐，有时候虽然我不认同你的观点，但是像我这种如同疯马一样到处乱跑的人，确实需要你这样一个能拉住缰绳的人，虽然我没有失去过至亲，但是……”吴悠不由得拉起了林安娜的手，“如果我有你这样的妈妈，我应该还挺骄傲的。”

林安娜被吴悠突然上演的母女戏码逗笑了：“逛街就算了吧，喝酒去吗？”

吴悠将拎包一下甩到肩后说：“当然，我们俩还没有一起喝过呢。”

“那你带路吧，我都不知道现在你们年轻人爱去的地方在哪儿了。”

吴悠快速上前，挽住林安娜的手，说：“那就跟我走吧。”

林安娜很久没有在年轻人的场所里饮过酒了，想当年她和杜太太在奥斯德叱咤风云的时候，上海大大小小的酒吧都被她们喝遍了，而今时过境迁，人老珠黄，家中的藏酒上千，随时都能开一瓶小酌两口，但这种小白领会聚集在一起的街边酒吧，林安娜和杜太太是再也不会来了。长乐路上三三两两地站在街边、拎着啤酒畅谈的青年，似乎并不在乎身边路过的人群，他们兀自快活地享受着自己的天地，再看到这些比自己女儿还小的年轻人时，林安娜不由自主地感叹，属于她的许多东西真的已经过去了。

吴悠帮林安娜斟满了一杯酒，然后给自己倒上，一饮而尽。大概是酒精的作用，两杯之后吴悠便敞开心扉说：“说实话，刚进广告行业的时候，我最大的梦想就是有一天能够变成像你一样的人，或者说那时候我觉得，我最大的对手就是你。”

“是吗？成为我有什么好？人人都想成为某一个人，那人人都将乏善可陈。”林安娜端起酒杯轻轻地品了一口，朝吴悠泼冷水道。

“人是先有榜样和目标，才会有自己，没有谁能一来就知道自己是谁的。”吴悠顺理成章地反驳道。

“然后呢？成为我之后，每天和我针锋相对，好像对着镜子吵架一样。”

吴悠到底还是受不了上海女人的刻薄，她一把将酒杯重重地放到桌上，说：“能和你吵也是要有点水平才行的。”

“就你？说你什么好呢，闯了祸就像鸵鸟一样躲起来，看似什么事情都冲在前面，但永远没有办法好好善后。吴悠，虽然我不想承认，但是……”林安娜忽而定了定神，把“你确实挺像我女儿的”这后半句咽了下去。

“但是什么？”

“没什么。”林安娜又给自己倒了一杯，闷头喝了下去，一时间林安娜突然想到一个问题，孙令辉是怎么知道女儿去世的事情的？难道他联系上了女婿 Eric？不可能，他怎么会有 Eric 的联系方式？可除此之外，林安娜想不到其他的人。如今事发了，她最担心的莫过于世人的怜悯，也最怕有人来安慰，眼见吴悠如此贴心地应对，她不觉心生感激。从某种程度上来说，虽然林安娜对吴悠的许多做法和观念并不认可，但若不是吴悠执意和自己合伙打开麦迪逊的新世界，她也不会那么快从悲伤和无助的情绪中走出来，如果说女儿的缺失让她在人到中年时惶恐不安，那吴悠的出现无疑是一颗足够让她沉稳下来的定心丸。

“换个话题。”林安娜放下酒杯，正襟危坐，“你说洛奇现在已经把视线集中在奥斯德身上，这是你的那个闺密告诉你的？”

“嗯，准确来说，她是让我注意 Lawrence 这个老狐狸，因为之前我也试图从海森的前老板那里打听他，但所获甚微。”吴悠用叉子叉了一块西瓜放进嘴里。

“那我想问，如果洛奇确定要投资奥斯德，会从麦迪逊撤资吗？”

吴悠瞬间如芒在背，这个问题吴悠倒是从未想过，她只是想着如果下一年度洛奇不追加投资，那她们公司的规模可能受限，却完全没有想过洛奇可能会直接抛弃她们。

“Evelyn，你觉得和我合作是什么感觉？”林安娜绕开了话题问道。

“为什么突然这么问？”

“你照实说就好。”

“如果有一天你对我的创意不那么挑剔，甚至事事都同意我的话，我可能反而觉得很难受，虽然有时候我觉得你烦，但我更需要一个说真话的人。”

“我从来不知道我原来这么重要。”林安娜终于敞口笑了起来，“那么，如果洛奇决定撤资，你和我，我们靠自己也可以撑过去的。相信我！”

“可是……”吴悠有点怀疑地笑了一下，“如果我们继续合作，你要知道，可能最后真的会变成对着镜子吵架。”

林安娜轻笑了一声：“你今天格外矫情，你最糟糕的样子难道我还没见识过吗？”

这时，吴悠和林安娜的手机同时响了起来，原来是费仁克发来了一封邮件，她们俩面面相觑，二人都没想到事情居然突然有了转机——奥斯德放弃了和 Independ 的合作，裴勇那边转而又重新找到了麦迪逊。

吴悠忍不住拍了下桌子，说：“太好了！”她转手给自己倒满了酒，准备跟林安娜碰杯，“看来我们来酒吧是来对了，老天提前要我们庆祝一番，cheers！”但林安娜非常冷静，她看着手机邮件愣了一小会儿，说："我并不觉得这是件好事。"吴悠不觉问道："失而复得，不是好事吗？"林安娜放下酒杯，郑重其事地说道："奥斯德为什么要突然放弃这次合作？你想想 Lawrence 上次让我们比稿，最后所使的计谋，事情绝不会这么简单。如果我们现在捡了这个单子回来，在圈子里就会被说成是奥斯德吃剩下的骨头丢给我们这种蜂拥而上的狗，他想要的就是对我们的羞辱。"

"所以你觉得我们应该拒绝？"

"总之……我觉得我们不能往太好的方向去思考。"

"可是这个案子我非常有信心，而且我相信它可以让我们公司一炮而红，或许在你看来奥斯德存在某种不纯的动机，但我觉得它同样也是在给我们麦迪逊一个机会，为什么不抓呢？"

"但如果因为抓住一个机会而让公司吃相难看，你也愿意吗？"林安娜心中始终有一些不好的预感，可她确实也想不出背后的逻辑。

"我不觉得是吃相难看，现在是甲方自己回头来找我们，在我看来，正是因为我们有可取之处，才应该被尊重、被认可。"吴悠拍了拍林安娜的手，说，"好了，你可能现在因为家里的事状态不太好，我想不如你这段时间好好休息一下，如果你觉得心有顾忌，那这些事就交给我吧。"

林安娜微微叹了一口气："你这么有信心？"

"嗯。"

两人喝完酒从酒吧出来，不知不觉间上海已经开始有了些许的潮热，带着温度的风夹杂着上海独有的都市气息流灌在两人之间。吴悠和林安娜挥手告别，临走时，林安娜突然问了一句："对了，你那个在洛奇的闺密可信吗？"

"当初麦迪逊的初始资金还是她促成的，我愿意出来自己做，也是她给了我很大的支持。我们认识十几年了。"

"那行，回头你帮我约下她，有些事……我想找她帮我们去处理下。”

送走林安娜之后，吴悠带着几分醉意倚在出租车后座上。车窗外，夜间窸窸窣窣的虫鸣淹没在往来的车流声里，她望着窗外发了一小会儿呆，看着林安娜的情绪似乎并没有太大的波动，吴悠安心了不少。她不觉想到，像她这样的女人，最大的依靠是什么呢？有一天墙裂崩塌，在一墙之下的她又是靠什么挺过来的呢？吴悠不停地将自己代入到林安娜的生活中，最后她能想到的莫过于工作，不管一个人多糟糕、多无助，唯有工作能让人站立和坚挺。另一方面，Independ 找回来这件事确实给她心里造成了一小波波动，甚至是兴奋感，原本她还在为丢掉到手的鸭子而愤怒，可眼下她又为可以大展身手而开心，她突然很想把这份心情分享给另一个人。

吴悠长长地舒了口气，闻着略带苦涩的酒气，突然对司机说：“师傅，先不去凯旋路了，我改个目的地，咱们换条道走。”

当吴悠站在郑弋之家的门前时，她毫不犹豫地按动了门铃。门铃响过，片刻之后，身着白衬衫的郑弋之戴着金边眼镜出现在门后，吴悠借着酒劲顺势环住了郑弋之的脖子，踢掉了高跟鞋，将他慢慢推进屋里。空荡荡的房间里，只有饭厅开着一盏小灯，笔记本电脑正亮着摆在桌上，郑弋之搂住吴悠的腰说：“怎么今天……”郑弋之还没来得及问出口，吴悠顺势吻了上去。

吴悠轻轻地咬着郑弋之的嘴唇，郑弋之也就不再多说什么，他和吴悠相拥，缓缓退进卧室。郑弋之自然地脱掉了吴悠的上衣，顺道解开了自己衬衫的纽扣，细微的灯光从门缝透进来，郑弋之深浅有致的胸肌线条依稀可见，郑弋之伸手将吴悠的双手扣住，然后埋进她的颈侧与耳朵之间，轻轻地呼了一口气，吴悠感到一阵酥麻，抓紧郑弋之的背部，而后的一系列动作都仿佛水到渠成，与上次在车厢里的感受不同，这次他们是真正地躺在了柔软的床上，没有负担地感受着彼此的温度，她能感受到郑弋之温柔的爱，让她愿意在那一刻彻底放空自己，他们是真诚地在取悦彼此，而不是一种套路化的形式。

洗完澡后，吴悠慢慢清醒了，她躺在郑弋之的床上，望着正盯着电脑还在审核合同的他，冷不丁地问了一句："这种没有事先告知的突然袭击会让你不舒服吗？"

"还好，最坏的情况也就是开门的不是我而已，不是吗？"

吴悠翻过身来，非常认真地问："所以真的有别人吗？"

郑弋之停下手里的动作，侧过脸看着吴悠："吴小姐，你当我是什么呢？"

吴悠一时有点语塞，想着现在这个时候是不是确认关系的最好机会呢？可这种事情，是应该由女方提起的吗？吴悠怎么想来都会觉得有点不对。郑弋之慢慢靠近吴悠，伸手揉了揉她的头发，笑道："你怎么这么认真？"

所以不应该认真吗？吴悠没有问出口。难道郑弋之想要的就是这种若即若离的暧昧关系吗？吴悠不知道这个时候应不应该一笑而过，在享受了这么美好的一个夜晚后，如果说出什么煞风景的话，是不是反而破坏了原本的氛围。郑弋之从厨房给吴悠倒了一杯热牛奶，吴悠像一只小猛兽一样依偎在郑弋之的怀里，然后轻轻问："你喜欢我什么呢？"

"那你呢，喜欢我什么呢？"郑弋之不愧是当律师的，这一招反问真的是直击吴悠痛处。是啊，吴悠喜欢他什么呢？在两个人都还没有足够了解对方的情况下，喜欢只能是一种感觉，不是因为对方的优点，或者性格，或者财富条件，就是凭借着相处下来的感觉。如果不是他，而是别人，或许又是另一番滋味。吴悠沉默地趴在他的身边，郑弋之空出一只手来，揽住她，然后低沉地说："人和人对视的那一瞬间迸发的某些喜悦足以说明一切了，这种心动并不是随时都会发生的，不是吗？"

郑弋之说的不无道理，但对于这种模棱两可的话，吴悠又觉得略显敷衍了些，直到郑弋之说："你这么问无疑是在计较我们之间的关系。"吴悠这才意识到是自己想多了，她说："那我还……真的没有。"

吴悠尽量让自己说得有底气一些。郑弋之从抽屉里翻出一包烟，抽出一根点上，顿了顿，说："是我草率了，我以为人到了一定年龄，就不必特别需要和对方说'爱情'这回事了。"

郑弋之的话让吴悠安定了不少，她慢慢松弛下来，语气一下子轻松了不少："今天我特别开心。"

"因为我吗？"郑弋之浅浅笑道。

"因为你，也因为工作，我以为自己已经被毙掉的案子，甲方又重新找上门来，你说我能不开心吗？"

"原来是专程过来和我分享喜悦的。"郑弋之翻过身，长长的睫毛和俊秀的眸子在吴悠的眼前若隐若现。

"那你有什么要和我分享的吗？"

"刚刚分享的还不够吗？"郑弋之把脸又埋到了吴悠的发丝里，夜晚温柔的光隐隐铺在他们两个人身上。

第二天一大早，吴悠被落地窗的阳光照醒，睁开眼，她发现郑弋之不在身旁。她裹上外衣起来，突然听到"滋滋"的油炸声，推开门，郑弋之正端着早餐从厨房里走出来。

"你醒啦？"

"嗯，你还会做早饭呢？"

"在国外生活过的中国人没几个不会做饭的，来，尝尝看！"

这原本是非常幸福的早餐时刻，但吴悠不想就这样被幸福冲昏了头脑，她非常礼貌地吃完了早餐，之后也没有让郑弋之开车送她去公司，她甚至没有直接去公司，而是先回家换了一身衣服。她不想那么快得到这么多，特别是一切看起来都那么顺理成章的时候。

2

会议室里冷峻的氛围延续了大半个小时，费仁克带着自己部门的人以及创意部的其他成员都如坐针毡，裴勇面前的茶杯已经加了三次水了，可林安娜和吴悠还迟迟没有出现。费仁克看了看手表，起身说：“不好意思，裴总！ Anna 和 Evelyn 那边还有别的会耽搁了，要不然我们先谈吧。”裴勇似乎对林安娜不在场这件事非常不满，他只用鼻腔“哼”了一声，说：“Frank，全上海的广告公司多如牛毛……”这时吴悠推门走了进来，接话道：“但把女性广告做到极致的还是非麦迪逊莫属，想必裴总是想说这句话吧。”

吴悠今天虽然穿着一身黑色职业装，但气色看起来比往常都要好，她在裴勇正对面的位置坐下，然后说：“今天 Anna 有事走不开，会议就由我来主持好了。裴总，具体什么情况，我们就摊在台面上说吧。”

裴勇想到前两天和吴悠正面对冲闹得不愉快，一时有些语塞。但比起吴悠，奥斯德突然拒绝合作才是让裴勇像吃了屎一样难受。原本以为刘美孜那边至少会给自己一个说法，结果不仅没有什么书面的解释，还在刘美孜发来一条“老板另有安排，暂时停止合作”的信息之后，连人都彻底联系不上了。而后裴勇是没有打算回头来找麦迪逊的，说巧不巧，老板正好那天有空，看到了麦迪逊当时传来的邮件，对“拒绝例假羞耻”这个观念莫名认可，于是立马招来裴勇让他和麦迪逊重新接洽。上门前，裴勇也是憋了一肚子气，不仅对刘美孜、对吴悠，也对自己，这大概是他跳槽到这里之后最憋屈的一次。

吴悠在进会议室之前，重新思考了林安娜昨晚说的话，奥斯德会选择放弃的原因是什么？吴悠始终也没有想明白，但对她来说，此时此刻比起思考原因，更重要的是做好手里的事。在吃过一次闭门羹之后，她知道以林安娜的性格说什么也不会再接 Independ 的案子了，但是她不想放弃，说是执念也好，说是不想之前的努力沦为沉没成本也罢，或者她只是想要彻底让奥斯德的人服气也好，其实最根本的是她想在林安娜面前证明自己。

吴悠泰然自若地看着裴勇，似乎将甲方和乙方的身份颠倒了一下。

她静候裴勇开口，裴勇原本想点一支烟，吴悠毫不客气地说："抱歉！裴总，我们公司室内不允许抽烟。"裴勇愣了一下，但他不想和吴悠争辩，只好默默地把烟收了回去。在来麦迪逊之前，裴勇已经联系了别的 4A 公司，但若重新开会讨论，再到拿出方案，时间确实远远超过了老板的要求，若非没有第二个选择，裴勇根本不会忍气吞声地出现在这里。

"Evelyn，今天我也就打开天窗说亮话，经过我们和上级的沟通协商，觉得麦迪逊的创意确实有尝试的可能，领导愿意去冒这个险，但对于整体的方案和思路，因为我们没有看到切实详尽的内容，所以没有办法确定。"

"裴总要是那天能多留五分钟时间给我，也不至于今天要多跑这一趟。"吴悠算准了裴勇必定是找不到其他公司快速接手，他们又必须赶在"6·18"大促之前抢占资源位和投放，目前看来是裴勇有求于她，所以她还是忍不住奚落了两句，"创意方案我们可以尽快给到你们手里。"

"那太好了……"裴勇终于放松地笑了下。

"但我们也有要求。"吴悠很快打断了裴勇的话，"我们希望广告预算在原来的基础上翻两番。"

裴勇忍不住"啧"了一声，他对于吴悠突然的坐地起价，只想骂娘，但他还是保持着刚刚礼貌的微笑，吴悠不疾不徐地说道："裴总千万别觉得我们在乱喊价，Frank，你把我们给别家做的价目调出来让裴总看下，以免对方觉得我们不真诚。"

费仁克不解地看了吴悠一眼，吴悠轻轻眨了眨眼睛，示意他拿出来就好了，费仁克实在不懂吴悠在想什么，这种甲方报价原本就是商业机密，怎么可能随便拿出来给别人看？裴勇看着有些为难的费仁克，想着必定是两个人没有串好词，这下可能露馅了，这是他回击的机会。但不料，让裴勇立马大跌眼镜的是，费仁克调出来的价目确实都在

Independend给的条件之上，吴悠并没有撒谎。

“这……”

“裴总，之前我们愿意低价接这个案子的主要原因是我们觉得这是契合我们公司理念的产品，并且我们能把这个东西做好，基于我们对机会的珍惜，所以开了并不符合市场的价格，但是后来发生的事情你也都知道了，既然我们没有办法在我们双方想要的基础上达成合作，再重逢自然就少了些你情我愿的意思了，那就只能按规矩办事。我这么说，裴总总是懂的吧。”吴悠露出慷慨的样子说道。

裴勇最终以回公司商量为由先走一步，吴悠热情地伸手和裴勇握了握，说：“期待裴总的答复。”裴勇走后，费仁克见其他人都各自散去了，才走到吴悠面前，说：“下次我不想再做这种事情了。”吴悠抬头望了他一眼，问：“什么事？”吴悠当然是故意装不懂，就在她前往会议室之前，她单独给费仁克发了一条信息，让他立马把给甲方的报价表再做一份，价格全部上调两倍。费仁克对数字向来严谨，更不喜欢做这种欺上瞒下的事情，但吴悠“假传圣旨”地说这是她和林安娜共同商量的结果，这才迫使费仁克在宽慰裴勇并拖延时间的同时，马不停蹄地又备份了一个新的表格出来。

“如果觉得对方没有诚意，我们大可不接这个单子。”费仁克依旧是一副颇有微词的语气。

“为什么不接？”吴悠合上笔记本，转身正视着费仁克，说，“裴勇会回来找我们的，我没有趁机报更高的价格已经是心慈手软了。”

“Evelyn，你在背后做这些事情，如果被其他品牌知道了的话……”

“兵不厌诈，事先违规的是他们。”吴悠知道和费仁克多说无益，她只是漠然地越过费仁克准备出去，费仁克却上前拦住了她说：“等一下，改报价表的事情真的是你和 Anna 一起做的决定吗？”

吴悠看着挡在自己面前的费仁克，有些生气地说：“Frank，麦迪逊不是只有林安娜是老板。”

“我不保证裴勇不会去打听其他品牌的报价，只怕到时候弄巧成拙，那就是我们俩的责任。价格的事情，你完全可以交给我去谈。”

“我争取的是时间。Frank，这么说吧，现在摆在 Independ 面前的问题与价格已经没有什么关系了，而我只是要回一笔为麦迪逊面子买单的费用，裴勇不会不明白。”

“我得去和 Anna 汇报这件事。”

“不必了，Anna 已经不管 Independ 的案子了。另外，如果你无法理解我做事的方式，你可以选择退出，让你下面的人和我跟进就好。”

吴悠很快结束了和费仁克的对话，离开了会议室，她太熟悉这样的氛围了，就像最初在海森一样，所有的人都不理解她的想法，甚至觉得她刚愎自用，但是那个庇佑她的大老板如今已经不在了，此刻她也只能顶着压力继续前行。

吴悠坐回自己的座位上，突然想到公司开业的当天，大老板还亲自送了六个花篮过来，当时因为人手不够，她和林安娜忙得不可开交，进而怠慢了大老板。在那之后的很长时间里，大老板也只约过吴悠一次，吴悠也因为加班拒绝掉了，再之后，大老板就彻底从吴悠的世界里消失了。

吴悠虽然嘴上从来不说，但每次遇到瓶颈的时候，她心里确实会不自觉地把大老板当成避风港。她摇了摇头，冲了一杯咖啡，立马让自己回过神来。电脑里是她之前让萧树做的简案，其实除了一反常态地用红色液体，其余的创意她并不满意。她从抽屉里翻出一支笔，将几个与例假相关的词全部写下来。所以，让棉条成为女性普遍使用的关键是什么呢？吴悠觉得只要突破这个口，创意的内核就出来了，可惜灵感往往不是随时都有。

吴悠处理完了邮件，又看完了几个项目的创意草案，要不是她觉得肚子饿了，她都不会朝窗户外望一眼。外面的天已经全黑了，不过对广告公司来说，这个时间点才正是热闹的时候。或许因为同事都在伏案工作，行动一致，才让吴悠忘却了时间的流逝。她微微抬头，好像看见了自己第一次进公司时的场景——当时她兢兢业业地坐在电脑前写文案，旁边的前辈大姐嗤笑不已，说：“小姑娘嘛太认真了，文案写得再好，也不会流芳百世，说到底不过是资本与消费者之间的一个递话的人。”吴悠当时确实备受打击，和许多广告公司的新人一样，她加班加点到出租车都变成了稀缺物品才走出办公楼，一路上战战兢兢地害怕遇到危险，直到回家她才能放下心来。那时候，母亲说女孩子在外，胆子小一点是好的，不会做什么越轨的事情，对人也抱着几分敬畏心。吴悠却不以为然，为什么要胆小？当下的社会你要示弱给谁看？就是这样开始的她，也不知几时变成了天不怕、地不怕的女人。

吴悠关了电脑准备下班，她自知工作没有尽头，想做的话永远都做不完。

下楼的时候，她又遇到费仁克，吴悠原本想搭下一趟电梯，但想着电梯门已经开了，对方看到自己不进去，未免显得自己有些做作。吴悠径直走到电梯正中间，朝费仁克点了下头，然后背过身去。如吴悠所想的，费仁克还是不合时宜地开口了。

“Evelyn。”

“嗯？”虽然是回应，但吴悠没有回头。

“如果不急着走的话，不如一起吃个晚饭吧。”费仁克的声音从后面穿过吴悠击在电梯厢的金属壁上又折射回来，“旁边新开了家越南菜不错。”

“好。”吴悠没想太多就答应了，一方面是她需要给费仁克一个台阶下，毕竟她是老板，另一方面，她没有必要在这个时候继续做作下去，不过她依旧没有回头。

吴悠对越南菜没有什么研究，就像她对眼前这个男人也从未研究过一样。餐厅中，火车头、米卷、薄荷叶，四下幽静的翠绿花纹壁纸搭配着金丝座椅，这些并不高端的食物却与这样的环境相得益彰。大老板带她吃过太多的餐厅，但东南亚菜很少吃，或许在大老板眼里，这样的餐厅和麦当劳、肯德基基本在一个档次，吴悠起初也是这样想的，但当吴悠将米卷送入口后，她瞬间更正了自己对越南菜的误解。熹微的灯光落在费仁克不苟言笑的脸上，将他的轮廓勾勒出来。

此刻，只听他缓缓道："下午裴勇给我打电话了，他们确定了和麦迪逊的合作，不过他们要求我们下周前给出初步方案。"吴悠心知这是必然的结果，但没想到这个结果让费仁克有些淡淡的失落，"虽然我对你的做法并不赞同，但不得不说，今天这件事是你为麦迪逊挽回了颜面。"吴悠觉得好笑，但她没有笑出声，能让费仁克低头的次数可不多，吴悠只差没有用手机录下来了。

"过去做广告、谈单子，拼的是资源和人脉，但现在变了，心理战和价值博弈变得更重要，在这一点上我不如你。从前东家跳槽来麦迪逊，是 Anna 来找的我，她和我说新公司新气象，更适合员工施展手脚。对我而言，公司谈不上什么新和旧，我不是科班出身，当初我凭借着相对严谨的逻辑思维能力和计算能力找到了工作。我最开始进入广告行业纯属是想找个地方养活自己，我从不吃阿谀奉承那套，也开辟了自己的道路。我原本就和大多数的 AD 不一样，进麦迪逊也是奔着做 BD（商务拓展）来的，Anna 说你不好对付，后来发现不是玩笑话。在很多事情上我确实不认同你，但今天我仔细想了想，你比我小几岁，冲劲和勇气都比我足，我不佩服你是假的，既然在一家公司做事，我也就没什么好藏着掖着的，今天请你吃饭，一是道歉，二是摊牌谈心，如果你对我有什么看法，也可以直接说出来，我也不希望在今后的合作上总是存在龃龉。"

面对费仁克突如其来的长篇大论，吴悠瞬间有些失语。费仁克越是一本正经，吴悠越是不知所措，她自顾自吃了大半碗越南粉后，抬头擦了擦嘴，捋了下头发，说："工作中有分歧不是很正常的事情吗？Frank，你也不必这么上纲上线，我也没有觉得你做得不对，何况

Anna 当初能认定你进公司来做 AD，自然是相信你的能力，你倒不必这么妄自菲薄。”吴悠把筷子放好，然后笑了笑，说，“无论如何，接下 Independ 的案子于你于我都是好事，这顿饭就当是为了庆祝。”说着，吴悠招来服务员，抢先一步买了单，说：“这顿我请你，你当冰释前嫌，我当喜不自胜。”

晚饭之后，和费仁克在夜晚的街道上闲走是吴悠计划之外的事情，要不是费仁克问她怎么回家她说坐地铁，也不会有两人一起共行的这段路程，费仁克在做广告之前到底做过什么，吴悠甚至猜想他可能是一名公务员，一板一眼的劲实在不像是一个在商业战场上有勇有谋的人，可林安娜常说看人不能看表面，费仁克来麦迪逊的时候确实把许多大牌资源都笼络到了这边，现在吴悠算是明白了，费仁克最大的优点就是坦诚。

这时，一个穿着破败的小女孩走到费仁克面前，说：“哥哥，买束花吗？送给漂亮姐姐。”费仁克苦笑着看了吴悠一眼，一本正经地对小女孩说：“漂亮姐姐不是我的女朋友。”小女孩有些失落，将花束凑到吴悠面前，说：“那姐姐能自己买一束吗？刚摘的，很香。”吴悠看着眼前这个女孩，她约莫十四岁却好像孤苦无依。吴悠轻轻摸了摸女孩的头，说：“我买两束，送一束给这位哥哥。”小女孩开心地笑了，她立马从篮子里又拿了一束出来。费仁克捧着一束花，显得有些手足无措，吴悠像是恶作剧成功一样捕获了这一切，内心感到十分满足。又走两步，费仁克突然自说自话道：“小女孩一个人来上海打拼卖花，家里会是什么情景？”吴悠不觉心想，像她这样生在深圳，长在珠三角的女孩尚且想要挤进更好的环境中，何况她们？那些贫困地区又有多少女孩也希望能够呼吸到一些不一样的空气。想到这里，吴悠一个激灵，她将手里的花丢到了费仁克的手上，说：“啊，我想到了！”没等费仁克反应，她已经扬手招了辆出租车说，“我先回去弄方案了，拜拜！”

费仁克捧着两束鲜花，看着突然远去的吴悠，无奈地笑了笑，都说和一个人不可以走得太远，也不可以走得太近，太远则模糊，太近则吸引，费仁克瞬间明白下午林安娜对自己说的，对吴悠要多一点耐心是什么道理了。

3

林安娜这两天做梦还是会时不时地梦见孙令辉，她常常在半夜醒来的时候，感觉那个男人潜伏在自己房间的某个角落。那天下午让保安把孙令辉赶走之后，林安娜并没有真的放下心来，依照孙令辉的脾性，绝不会善罢甘休。

林安娜深夜给杜太太打电话，是深思熟虑之后的决定，她开口便说："囡囡走了。"杜太太一时没反应过来，问："去哪儿了？"林安娜说："去世了。"杜太太大惊，连忙问："什么时候的事？"林安娜简单一说，杜太太在电话那头沉默了很久，倒没说什么安慰的话，只叹气道："难怪你最近这么拼，我要是你，估计更拼。"林安娜知道，论年龄，论阅历，论三观，只有杜太太最懂她，杜太太与林安娜同样诧异，孙令辉怎么会知道女儿去世的消息，莫非他去了趟美国？杜太太问林安娜接下来的打算，林安娜几乎没想，就说："我打算直接去找他摊牌。"杜太太倒一点不惊讶，只问："要不要我陪你？"林安娜说："不必了，谅他也不敢把我怎么样。"

林安娜和孙令辉结婚十年，孙令辉只对林安娜动过一次手。那次林安娜加班到深夜，回家的时候孙令辉已经喝醉，女儿那时还只是个小婴儿，婆婆见林安娜不顾家务只顾工作，厉声呵斥了一番，林安娜不理会，孙令辉却伸手给了林安娜一耳光，那时他们的感情已经岌岌可危。林安娜的拼在男人眼中是一种冒犯，在孙令辉眼中，不会相夫教子的女人都带着原罪，林安娜觉得可笑，她对此不以为然，依旧早出晚归。现在回想起来，女儿的童年缺少自己的陪伴，这对林安娜不失为一种遗憾，但林安娜早已想通了，人生何处不是遗憾？如果那时候自己委曲求全，离婚之后女儿和自己又将过着什么样的生活，简直不堪设想。

转眼过去了二十几年，孙令辉依旧住在武定路附近的老公房里，那是孙令辉的妈妈当初留给他的房子。结婚之后，一家大小全部蜗居在那里。这些年来，浦东老房有的推了新建，有的旧了翻修，房价水涨船高，可浦西的老旧小屋无人问津，被时间丢弃在了那里。林安娜把车停在小区外面，径直走上六楼，回忆顷刻袭入她的大脑。

当初嫁给孙令辉，是家里一手包办的，从没人知道林安娜出生在青浦区。青浦区在老上海人眼里不值得一提。不管青浦人再怎么努力，对老上海人来说，他们都是乡下人。林安娜家里念着孙令辉家在浦西，是地道的老上海人，加上孙令辉的父亲又是厂里的干部，踏实、稳定，吃国家粮。那时林安娜的妈妈对她说，你要想混出头，就要先摆脱你青浦人的身份，好好去上海做体面人。到底胳膊拧不过大腿，林安娜就这样从青浦嫁到了浦西。

林安娜那时候刚刚大学毕业不久，在波特曼酒店做外宾接待。20世纪90年代初期，顺应改革开放的狂潮，产业大量兴起，外国人大量涌入上海，林安娜正好赶上了那个潮流，当时的波特曼酒店是众多外国人选择下榻的地方，可对林安娜那一代的大学生来说，英语只是一门学科，真正能在日常使用的人没几个。林安娜就借着这个社会环境和外国人交流，每天上下班听英文广播，为的就是能尽快升职加薪。可对孙家婆婆来说，林安娜这股拼劲是没道理的，一个青浦媳妇攀上了自己的儿子，不仅不懂得在家相夫教子，还每天早出晚归，外人问及她的工作，婆婆每次都要隐晦地表达她在酒店上班，以免引起不必要的误会。婆婆三番五次旁敲侧击地让林安娜把工作辞了，好好找个学校当老师，踏实本分多好，林安娜哪能从呢？因而婆媳关系一直不好。

1994年前后，酒店来了一个常住的美国客人叫罗斯福，因为林安娜做事细心谨慎，所以每次他来，都会主动找林安娜。林安娜觉得这个大胡子男人很有意思，他时常用中文对林安娜说："你是上海姑娘，你是上海美丽姑娘。"当时罗斯福问林安娜有没有英文名，林安娜摇头，她确实从来没有想过给自己取一个英文名。罗斯福说，你应该叫安娜，"安娜"这个名字非常适合你。于是，这个英文名林安娜一用便用了几十年，延续至今。

罗斯福一直很欣赏林安娜果断利落的处事风格，于是，很快他就问林安娜有没有想过离开酒店，做点别的。对当时的林安娜来说，外宾接待她已经非常熟悉了，整个流程她都处理得得心应手，如果离开酒店，她能做什么呢？罗斯福说自己准备到上海来开广告公司，现在上海还没有真正的广告公司，是一片蓝海，罗斯福觉得林安娜的英文口语非常好，可以到他的公司试一试，当时罗斯福给林安娜开出的工资价格是她在酒店做外宾接待的三倍。

这件事给了林安娜很大的冲击，回家之后，她就把要辞职的事情告诉了孙令辉母子，谁料才刚刚开口，婆婆就忍不住大骂起来，说："你怎么这么不要脸啊，借着我儿子做跳板好不容易来了浦西，现在又想勾搭洋鬼子跑去国外，你安的什么心？"

那时候根本没人知道什么是广告公司，孙令辉的妈更是觉得林安娜的心太野，早就说酒店的工作做不得，一天到晚在外面招蜂引蝶，现在胆子大到直接跟家里提要求了。

林安娜只觉得好笑，自己没做亏心事，怕什么鬼敲门，她顺势就对婆婆说："亏您还老说自己是城里人，连广告公司都没听过，下次就别老标榜自己了。"孙令辉对林安娜的态度非常恼火，但还是忍住不发，可自己妈他是管不住的，眼见林安娜这么不知好歹，孙令辉立马回应道："广告公司？我看你就是站在大街上发传单对不啦，不要把自己说得那么高级，洋鬼子说什么你都觉得香。"两人后来争执不休，林安娜索性不说了，白白浪费口舌。

林安娜一整夜没睡，第二天就到酒店递交了辞职信，她很兴奋地跑到罗斯福入住的房间门口，说她已经准备好了。罗斯福非常惊讶林安娜这么快就做出了决定，他让林安娜再等他两个月，他正在上海找合适的办公地点以及办理相关手续。林安娜趁着那段时间，买了很多和广告学相关的书籍，在家里熬夜苦读，但在孙令辉母子看来，她这简直是走火入魔的样子。两个月后，罗斯福主动联系到林安娜，却很遗憾地告诉她，因为中国当时的政策不接受外国独资企业，他必须找一个本土的公司合资开办才行，他对于这样的政策不能理解，所以暂时只能先去香港了。这个消息对林安娜来说无疑是一次巨大的打击，也是她和孙令辉的婚姻走向终结的导火索。

往事历历在目，让林安娜觉得那好像已经是上辈子的事情了，她敲响了那扇已经脱漆的防盗门，孙令辉开门的时候也没想到门外站着的会是林安娜。

“怎么你还有脸来？”

“你要不想好好说话，我现在就可以走。”

孙令辉见林安娜一身端庄，不像是来找碴的，她敢亲自找上门来，自然是有话要说。孙令辉开门让她进来，她环顾一周，家中布置十年如一日，沙发已经破旧。林安娜随意坐下，开口便直接问道：“女儿的事情，你是怎么知道的？”前夫要开口，林安娜抢白继续说，“女儿六岁的时候已经改姓‘林’，当初你妈嫌弃囡囡是女儿，也让你放弃了抚养权。从那一刻开始，女儿的方方面面已与你无关，女儿去世，我有责任，但轮不到你来辱骂。孙令辉，你好好摆正自己的位置，你有何资格对我叫嚣？”

孙令辉轻笑，起身从抽屉里翻出什么，放在桌上。那是一张外汇兑换的支票，还有一张照片。林安娜拿起那张照片，大脑瞬间一片空白，照片上女儿赤身裸体地站在黑暗中，胸口处写着各种英文单词，她哀怨地看着镜头，双眸中满是眼泪。林安娜稍稍看了一眼，那些单词都与种族平权有关。林安娜微微颤抖地拿起旁边的支票，上面的数字也非常可观，竟然有将近三万美金。

“这是……什么？照片是哪儿来的？”林安娜依旧不明白。

“这是女儿去年参赛的一张摄影作品，组委会通过电话找到了我，说女儿已经去世了，当初她向组委会留下的地址是我的地址，所以我才知道女儿去世的消息……”

“什么比赛？什么奖金？我怎么不知道？！”林安娜不愿承认自己是最后一个知晓这件事情的人，“不可能！囡囡不可能不告诉我这件事，还有……为什么她要留你的地址？凭什么奖金要寄到你这里？”

林安娜一连串的“为什么”让孙令辉不觉窃笑道：“为什么？”孙令辉双眼空洞并带着些许愤恨地看着林安娜，“你为什么不问问你自己‘为什么’？”

”你什么意思？"

“林凤珠，你就承认吧，从头到尾，你永远关心的都只有你自己。女儿小升初，你让她熬夜看书差点发高烧；女儿中考，只比你想让她念的中学分数线少了两分，你就把她关在外面让她整夜反省；女儿考大学，明明已经填好了自己想念的大学，你非要她去美国念法律。后来你们是冷战了多久，你才妥协让她去美国念了艺术，这些事不用我说，你自己心里不清楚吗？”

“嗬，孙令辉，你现在倒是站在一个制高点来对我说三道四了，那我想问，女儿最需要你的时候，你出现过吗？你有关心过她的学习，哪怕去帮她开过一次家长会吗？你怪我对她严苛，可你知道这个社会对谁是宽松的？你是希望你女儿跟你一样，一辈子陷在一个地方，今生今世变成一摊烂泥吗？”

“女儿的人生为什么一定要你来规定？她就不能过她自己想要的生活吗？你刚不是还奇怪你怎么不知道女儿参赛的事情吗？因为她根本不敢让你知道，如果她告诉你她要拍这么一个作品去参赛，你会怎么想？你会说什么？你自己好好想想！”

林安娜依旧对这件事抱着怀疑态度，但孙令辉为什么会对女儿的事情如此清楚？她犀利地望着孙令辉，不觉问道：“那么，为什么最后奖金是寄到你这里？我倒想听你好好解释解释。”

“去年我买P2P的理财暴雷了，赔进去二十多万，当时我手头紧，给女儿打过一次电话，她说她帮我想办法，可能就是这件事让她惦记着吧。”

“真的很好笑，你没钱的时候，还想到找你的女儿来救命，那女儿需要钱的时候，给你打电话，你妈当时是怎么说的？她说女儿已经不姓‘孙’了，说你马上就有新的家庭了，让我们不要再来纠缠你，这些话你都忘了吗？”

“我承认我对女儿有亏欠，但是，女儿去世这么大的事情，你为什么如此无动于衷？”

“我无动于衷？我当然无动于衷。因为从女儿离开的那天开始，我的心就已经死了。”林安娜一手抢过那张照片，然后站起身来，说，“这张照片我要带走，其他的我不想再和你多说。”

“你凭什么拿走？”

“就凭女儿到死都还是姓‘林’这一点！”林安娜非常强势地将照片放进了包里，“孙令辉，女儿走了，我们俩最后的一点牵绊也彻底没了，从今往后，我们就彻底是两个世界的人，你也不要再来骚扰我，如果你还当我是女儿的母亲，就不要逼我对你动粗。”

孙令辉就这样看着林安娜失落地走出那扇大门，积蓄多日的苦闷终于在这一时间爆发出来，他看着那张三万美金的支票，失声痛哭。

4

一路上，林安娜的车都在横冲直撞，在几处红绿灯前差点引起事故，然而林安娜也完全没有在意车窗外那些气愤的鸣笛声。整条路上，她都感觉自己在黑暗中无力地穿行，她想到刚刚孙令辉那愤懑的申诉，想到女儿在离世前对这个从未关心过她的父亲如此怜悯，心里便五味杂陈，非常不是滋味。

回到家里，林安娜还没有从那张照片中回过神来，她从包里拿出那张照片，看着镜头下的女儿，这是她吗？林安娜自己都忍不住怀疑，在她心里，女儿从小到大都是那么乖巧听话，即使在叛逆期，母女俩有过争论，可大部分时候都是女儿软下心来。虽然她的性子很倔，却从来没有做过什么离经叛道的事情，而为什么她要拍这么一张照片去参加什么比赛呢？难道真的像孙令辉说的那样，是自己根本不了解女儿吗？不可能，林安娜始终对前夫的话存有怀疑，如果女儿真的像他说的那个样子，自己给了女儿那么大的压力，为什么女儿还要让她去美国和她一起生活呢？她越想越想不通。

林安娜拿着照片发了很久的呆，直到她翻过照片背面，看到后面的签字，她突然想起了什么。她迅速坐到电脑前，将照片背后的签字输了进去，果不其然，她很快就在外网上找到了女儿的这张照片，参赛的所有作品都在那个网站上，林安娜顺手点了进去。因为跨境的问题，网页花了很长的时间才慢慢打开，雪白的页面上一帧一帧地刷新，反而使林安娜的内心更加煎熬。然而，她没想到的是，就在这张照片的下面，是无穷无尽的谩骂，那些带着生殖器的字眼每一句都在攻击她的女儿，那些白人将女儿的这场艺术定义为“亚洲人的献身”，骂她是妓女，甚至还有人恐吓她最好不要出门，让她滚回自己的国家去。大部分人的言论都在质疑颁奖评委的公平性，更多的人是觉得获奖者在用同情煽动种族对立。林安娜的手悬在空中颤抖，她无法想象这些留言可以多达上百页，当她看着那些让她锥心的字句时，她真的希望自己一个英文单词都不要认识。

林安娜看见那张摄影的资料里，留着一个个人网站的地址，而这就像是潘多拉的魔盒，一旦打开就再也合不上了。她怎么会想到，女儿原来在十年前就开始在这个外网上搭建自己的小站，并且持续更新了这么多年，她看着女儿最后的一篇日记，正是这张一丝不挂的照片，照片下，是女儿留在世间的最后一篇文字：

美国大概是我父母那一代国人曾经极度崇尚而又敬而远之的地方，于是我们这一代人带着我们的梦想来到了太平洋彼岸。当我作为一个中国人在美国生活的时候，我所说的每一句话、所做的每一件事，都无时无刻不被周遭的人过度解读。

“你的创意喜欢用红色，是因为红色是中国的颜色吗？”“你听我们的笑话总是不笑，是因为中国人死板而不懂幽默吗？”“因为你是中国人，所以你不知道种族歧视，不懂黑人和白人之间的那种冲突！”他们对于我，或者说对于我这样的中国女性，有着不可摹状的情绪。在他们的潜意识里，女性原本的社会属性是男性赋予的，而中国女性的社会属性，是政治赋予的。

我并不认为喜欢红色是因为我是中国人，甚至我不认为我的行为动作中的任何一处是为了表达我是中国人，我非常爱我的国家，如果当初不是我的母亲非要我到美国念书，我应该不会选择离开上海，那里有我很多的记忆，多到我常常在美国的夜晚不经意间想起。

颜色对应符号这种思维模式在艺术中应该是康定斯基的遗产，他曾经在文章“论艺术的精神”中写道：“黑色是衰败的颜色，中国人在丧事中才用黑色。”然而他的理论显然是错误的，中国人的丧事选用的是白色而非黑色，相反，黑色在很多场合都代表着高贵和权重。简单来说，他将人和事物的感知归结到了文化塑造上，这一观点被福科和巴特勒推向了极端，认为性别也是文化塑造的，gender（性别）是不存在的，是科学家塑造出来的。

有一次在课堂上，大家对大麻进行讨论，我举手说大麻是有害的，很快就被众人嘲笑说：“因为你是中国人。”然而对大麻危害的认知与我是什么国家的人并没有关系，可偏偏他们就会用这样的标签来审判你的每一句话和每一次讨论。

有时候我会想，为什么大家总是自以为是地去理解这个世界，而从来不会客观看待或者尊重对方呢？毕业之后的很长一段时间里，我和大部分留在美国的华人一样，努力融入这个西方世界。然而，这个西方社会不仅仅对华人、对女性，甚至对亚洲人的自信，都会有所打压。在白人的世界里，好像我们永远没有办法成为他们中的一员，而这个呼吁人人平等、民主至上的国家，却像是带着面具粉饰出的太平盛世。

虽然我的丈夫极力地和我解释了我所见的不公的种种原因，可他依旧是站在美国人的思维和立场上在看待这一切，这让我非常失望。就像我的母亲，在众人眼中她是再厉害不过的一个女人，即便如此，她也从未真正地去了解过她身边的人，包括我。时至今日，我想她也并不能明白我要做的事情，以及我拍下这张照片的意义，我并不是想控诉谁，只是希望得到一种关注。希望社会能关注每个人背后那个真实的他，以及给予华人女性应有的公平和尊重。

很多人以为我只是为了哗众取宠，但对我而言，这是我最想做且唯一能做的事情。只是我没想到，原来世间的恶意如此嚣张，如果你们觉得辱骂和诋毁能让你们快乐，那我也只能接受，这就是我所看到的世界，黑暗、歧视、不公、奋力地自我捕捞，以及无人理解的悲伤，谢谢你们让我看到这些。

这篇日记下面，有着各种语言的评论，林安娜看到了那些弱小的声音夹杂其中，而更多的依旧是不解、嘲讽和伤害，林安娜点到了女儿创始这个网站的第一篇文章，她从头到尾一篇篇读了下来，她不知道原来这个小小的一方世界里竟藏着女儿的整个宇宙。

从林荞荞所记录的每一篇日记来看，她有过并不快乐的童年、青春期以及大学时光，她从来没有想过要成为家长们眼中的乖乖女，但为了母亲，她不得不去扮演这样的角色。在单亲家庭的阴影下，她是母亲最强大的支柱，所以她要用最大的力量与母亲相互成就。可是，为什么这样的重担和压力要落在一个孩子身上？为什么她必须让母亲有面子、开心、坚强和骄傲，而不是被呵护、被关爱、被体贴？她不懂。每次母亲那句“正因为我们没人可以依靠，所以我们才要靠彼此用力地活下去”一说出口，她就知道她的一生摆脱不了这样的宿命了。好多时候，林荞荞都希望自己的母亲是一个普通人，普通到只要衣食无忧，就不必再去计较前程的那种人。越过了学生时期，她原以为自己有了机会，可自己填好的央美志愿就这样被母亲扼杀在了摇篮里。在林荞荞看来，林安娜需要的不是培养一个女儿，而是培养一个战友，一个和她始终并行在第一战线上的人，可这场没有硝烟的战争，谁都没有真正赢得胜利。

林荞荞为了保留自己学艺术的权利，差一点离家出走，最后林安娜不得不妥协，但林安娜依旧要求她必须去美国，哪怕不学法律和金融。林荞荞不想离开中国，是因为她喜欢的男孩已经和她约定好了一起去北京。可这一次，林荞荞就为了再一次满足母亲的自尊心，以及所谓的“你以后就知道我对你好了”的理由，她还是和相恋三年的男生提出了分手。在美国的这段日子里，她总以为能通过学自己喜欢的东西逃脱许多的不快乐。但事实上她又想错了。因为观念的不同以及她强势的性格，从入学后不久她就发现自己与这里格格不入，她一面开始结交社会上的一些青年、听地下乐队、玩电子乐、逃课、游行、混迹各种酒吧，一面在母亲面前假装自己非常喜欢现在所处的环境，和老师同学都保持着良好的关系，林荞荞对于自己分裂的人生充满了疑问，到底什么才是她想要的，她已经感觉越来越模糊了。

所谓的勇气，就是林荞荞非常勇敢地在课堂上和同学和老师争辩“真正的中国以及中国人”，以及在许多的场合下敢于直面那些歧视和不解，并潇洒地表达。她可以穿最性感的衣服，也可以把自己包裹得像个粽子，正是这样，她才和 Eric 相遇，Eric 欣赏她的无惧无畏，也被她自我的东方面孔所吸引。但是对林荞荞来说，这一切都将在母亲面前通通打碎。长期处在自我分裂的高压下，她总感到手足无措，最后，她瞒着母亲甚至丈夫拍下那张大胆的照片，匿名寄到了摄影比赛的组委会，并在“联系地址”那一栏写下了父亲的信息，这样她最在乎的人就永远不知道她所做的这些事。那像是她找到的一个缺口，足以纾解她内心的痛苦，她并不在乎得奖与否，她只是特别希望通过这次大胆的行径把自己真实的模样呈现在大家面前。

然而事情却走向了她不可控制的一面。那张照片在评选阶段被放了出来，让大众点评，而林荞荞这张带着宣告主义的作品立马被推上了风口浪尖，不仅如此，无穷无尽的谩骂甚至影响了她的现实生活。公司的好事者在网上看到了这张图片，将其发给了上级领导，林荞荞很快就被辞退了，辞退的理由是她的行为影响了公司对外的形象。林荞荞觉得非常荒诞，但据理力争并没有什么结果。而后在很长时间里，她并没有告诉丈夫自己被开除的事情，她每天假装上下班，其实是出门找工作，但这张照片很快就变成了一枚投到林荞荞生活中的炸弹，她所在的行业都开始对她的照片有所了解，他们甚至在面试的时候问出“你为什么不回中国？你在贪恋什么？”的问题。

林荞荞感到异常疲惫，而母亲来美国的日子越来越近，她也越来越担心，如果母亲知道她因为拍了这样的照片，而被行业内的各个公司嫌弃，那母亲会用什么样的眼神来看她？嘲讽还是愤怒，或者觉得自己让她抬不起头做人？林荞荞可以想象林安娜一百种无法接受事实的表情。

直到某天晚上，她点开网站，看到自己的照片被置顶在网站头条，下面那些没有节制的粗俗言语，她试着一一去争论和回复，却引来了更猛烈的轰炸，他们像是有组织般地在对林荞荞进行攻击。很快，林荞荞意识到，原来是有人将图片和链接发到了推特和脸书上，这是她始料未及的，她知道事情再继续发酵下去，不只是丈夫，可能远在中国的朋友和亲人都会看到这张照片。林荞荞慌乱之下，打通了摄影比赛组委会的电话，希望对方让自己退出比赛，并下架那张照片，可是组委会说当初参赛文件中有要求，一经入选，若非不可抗力，不能擅自退出，林荞荞知道事实并非如此，只是因为她的照片为这次比赛带来了巨大流量和关注，并且对于她这样的华人女孩，组会委并不值得为她破坏比赛规则。

林安娜认认真真、一字一句地读完女儿写的东西，她已经泣不成声。她关上电脑，再回头看着女儿那张照片：她惶恐而忐忑地看着镜头，眼神中带着一种漠然的苍凉，黑笔在她的胸前写着那一行字，歪七扭八却触目惊心。林安娜无力地坐在沙发上，试图找到一个支点，可手一偏，扶了个空，差点摔倒下去。比起女儿的突然去世，真相才更是让她无法接受。自己居然在一夜之间成了手刃女儿的凶手，她听到内心彻底破裂的声响。确实，她为什么那么急于让女儿优秀起来，就像女儿说的那样，她是自己的战友，是自己漫长人生战场上唯一的战友，而现在战争结束了，战友牺牲了，她也已经体无完肤，最后的胜利就是一场荒芜的孤独。

林安娜拉开抽屉，翻出女儿小时候的那些照片，那些看起来特别明媚的笑脸，背后暗藏的却是那么多的不开心，而她竟一无所知。她把照片一张张取出来，放在手心上，借着落地灯的微光仔仔细细地看了一遍，她突然觉得女儿的脸那么陌生，照片上的女孩好像根本不是自己的女儿一样。

她趴在沙发上，一夜未眠，眼见天边露出鱼肚白。她憔悴地望向镜子里的自己，感觉自己的身体都被彻底抽空了，像是被封在真空保鲜膜里的一具躯壳，毫无灵魂可言。

5

会议室里坐满了创意部的人，吴悠打开电脑，所有人都满怀期待地看着屏幕，然而只有一整片的空白出现在众人眼前，不明所以的人还以为是电脑死机了，结果吴悠清了清嗓子说："这就是我这一次的创意。"

"白板？"大部分人都没懂她的意思。

"没错，白板！这一次的文案，我们将一个字都不写。"吴悠非常自信地说道。

紧接着，吴悠按住PPT翻页，将前几天"散装卫生巾"的热搜找出来投到了大屏幕上，那些贫困的乡下女孩在青春期遭受的一切"不便言说"的烦恼在这一瞬间被屏幕放大，草纸包不住"秘密"，经血会从纸边侧漏，无知的男同学只会发出嗤笑，那些在乡村的留守女童在"初潮"到来时都以为自己得了病，要死了。种种案例结合起来，与"散装卫生巾"一起上热搜的还有"例假贫困"，而这两个词条都刚好是上个月的网络热搜词。

"二十块钱一百片的散装卫生巾是城乡结合部的女性最主要的消费品，其主要卖点就是便宜，但实际上这些三无产品很可能导致女性患上妇科病，这是她们意识不到的。根据网络数据调查，平均两元一片的卫生巾对这些贫困地区的女孩子来说非常奢侈，她们甚至会为了节约，在散装卫生巾上铺一层草纸，这样可以反复使用，但对女孩子危害非常大。根据留守儿童的调查数据来看，十到十六岁的留守女童分布比例非常高，甚至达到了88.9%，我想这是我们的突破口。"

吴悠花了一整夜的时间整理了这些资料和数据，可当她把这些摆在大家面前的时候，似乎引起了更多的困惑。

"大姐大，我越来越迷糊了，而且我想问下，如果卫生巾的价格对乡下的姑娘来说都如此昂贵，那棉条自然不用说了，而且似乎对于那些没有提前接受性教育的姑娘，棉条更是难以推广。你说这是突破口，我反而不明白了。"创意部的卡卡首先抬头问道。

"对，我也有同样的问题，之前我们一直说棉条的主打市场是一线城市的高知女性，这些人群本身对棉条有所了解，也更愿意使用。现在一下子下沉到偏远乡下，我觉得推广的难度反而加大了。”小美也忍不住提出了疑问。

“我什么时候说我们要去乡下推广棉条了？我只是说这是我们的突破口。”吴悠打断了她们的疑问，接着说，“首先棉条本身的价格就比卫生巾要贵，不管从成本上还是购买条件上，都不可能放到城乡去卖。我的点当然不是这个，我想说的是，就目前市场上宝洁旗下的那些卫生巾品牌，所做的广告基本都是千篇一律，已经给广大消费者构成刻板印象了，女生用卫生巾就会很开心，即使例假来了也是笑嘻嘻的，但这明显是非常错误的认知。我想到的点是，我们既然不能去占据市场已经饱和的部分，那么我们就应该从他们还没有盯到的地方下手。”

“比如……”萧树也忍不住问了一句。

“我想让 Independ 从公益的角度下手，以女性关怀的形式，普及例假期间正确使用卫生产品的重要性，并对部分地区进行长期的棉条捐赠。”

“你是说打关怀牌？”萧树算是明白了吴悠的意思。

“对！换句话说，我们需要的是制造话题，而不是传统广告。”吴悠迅速切回到了最开始的幻灯片，“我们需要一些广告词，但不是我们来写，我们需要交给那些身处‘例假贫困’的姑娘们来写，她们的话最有震撼力，然后我们把这些话放到公交站牌、地铁广告牌和商场展销位上，我计划在北、上、广、深四座城市分别做一场快闪店的推广，我们需要摄影团队拍摄一支足够震撼的 VCR（短片），这样，大城市的高知女性会因为这个产品具有女性关怀这个附加点而去购买，甚至可能辐射到更多的女性群体。”

谁说广告文案就一定要广告人来写，消费者本身更能说出他们的要点。这是吴悠曾经在大学一个教授那里听到的话，如今看来，和当下这个案子非常契合。创意就此一拍即合，下面的人提不出什么异议，各自回去准备资料，等准备好再对接。吴悠拿着方案准备去找林安娜，途中正巧遇到费仁克，眼见她是往林安娜的办公室方向去，费仁克提醒了一句："今早 Anna 没来。"吴悠一大早只想着召集人开会，却没注意到林安娜的办公室是空着的，从开公司到现在，林安娜从未在早上缺席过。她想了想，安娜或许还是因为女儿的事情所以才没来，便和费仁克说了一声"谢谢"。她刚走两步，转念一想，又回过头叫了费仁克一声："Independ 的方案，你有兴趣听吗？"费仁克微微一笑，说："洗耳以待。"

和往常不同的是，这一次费仁克居然没有提出什么反对意见，只是问了吴悠一个问题："所以这个灵感的来源是昨天那个卖花的小姑娘吗？"吴悠笑道："不光是她，还有你。"费仁克倒有些受宠若惊道："我不能说这个方案非常完美，不过在目前的市场来看，是有攻击性的，我唯一比较担心的是 Independ 愿意赞助多少棉条来达成这个广告，以及谁来充当普及的志愿者会有说服力？"

"这则广告不需要请明星，这已经帮他们省下非常大的一笔钱了，就想想与代言费对等的棉条数量，不说全部，仅一半也足够这次推广使用了。另外，志愿者方面我早有打算了，这个你不用担心。"吴悠语气胸有成竹，确实没有费仁克可以置喙的地方。

"既然你都想好了，那我也不多说什么，我这就联系裴勇，看看什么时候开会碰一下面。"

"先别急，我想给 Anna 过一下，虽然她说她不参与这个项目，不过我还是觉得她能够给出一些我想不到的意见。"

但事实上，临近下班的时候，林安娜还没有出现。吴悠想着前几天夜里她和林安娜的那场对话，不说开导了一大半，至少她心里不会堵得慌才对，像这样一整天不出现确实还是第一次。吴悠始终有点担心，她连拨了两通电话给林安娜都是无人接听。下楼的时候，吴悠突然看到郑弋之的车停在门口，心想着他过来也不提前打声招呼，是想给自己什么惊喜吗？可还不等她走近，便发现副驾驶上已经坐了一个女人，吴悠正在纳闷的时候，那个女人转过头来，朝着吴悠招了招手，原来是赵开颜。

一些日子不见，赵开颜比之前好像更有女人味了，吴悠走近了一些才看见郑弋之。他站在车外花坛边上抽烟，见吴悠过来，他很自然地笑了笑。赵开颜打开车门，她穿着一身深蓝色的职业装走了下来，和吴悠比起来，她确实更有一种精英女性的气质。

“你怎么过来了？”吴悠正想着林安娜上次说的，又要单独约一下赵开颜，可是吴悠最近一直很忙，她根本没时间去想这个事。

“嗬，我现在成外人了，反倒不能过来了？”赵开颜说话总是单刀直入，带着刺，“我正好和 Jasper 谈了点工作，离你公司不远，就说顺道来看看你下班了没，好一起吃顿晚餐。”

“那你也是挺突然的，也不提前和我说一声，万一我提前下班走了或者去见客户了，你们不是扑个空吗？”

赵开颜与郑弋之相视一笑说：“我和 Jasper 打赌，你这个工作狂一定没下班，两百块钱，我赢了。”赵开颜让出副驾驶的位置，说，“位置还给你，免得被说鸠占鹊巢。”

吴悠走到郑弋之面前，想着他们现在到底是什么关系，而赵开颜又是以什么视角在看待他们两个人。但她还是若无其事地对郑弋之说：“你们打算吃什么？”

郑弋之灭了烟，不假思索地说：“最近愚园路那边开了很多新店，不如去尝尝。”

赵开颜耸耸肩：“我都无所谓，反正你们俩是上海通，我这种外来人士就跟着你们走好了。”

“什么话，你在上海上大学，好歹也待了四年。”

“那我当时喜欢的馆子现在可能早就换了天地了，我可不想当考古学家。”赵开颜不禁戏谑道。

最后郑弋之找了一家本帮菜，赵开颜和吴悠坐一边，郑弋之坐对面。起菜之前，吴悠和赵开颜去了一趟洗手间，吴悠对着镜子缩了下头发，关心地问了一句："你肚子……"

赵开颜对着镜子在补妆、抹口红，仿佛不在意地说："还没有时间去。"

吴悠转过身看着赵开颜："要不要我陪你？"

赵开颜把口红收进包里，轻笑道："怎么，我们是高中生吗？意外怀孕需要闺密跟着去，怕大出血没办法回家？"赵开颜伸手拍了拍吴悠的肩膀，让她安心，"即使要做，我也会去和睦家，所以你倒不用担心。"

吴悠看赵开颜似乎并没有把怀孕当回事，但出于好心，她还是忍不住提醒道："孩子这事情不能拖，过了三个月就……"

"好了，吴妈妈，我知道了。"赵开颜微微叹了口气，"唉，我只是没想好。"

"所以孩子的爸爸到底……"吴悠还没说完，又有两个女生走了进来，眼下自然不方便说了。赵开颜给了吴悠一个眼神，两人便出去了。赵开颜的背影看起来确实丰满了不少，不知道是不是和孕期有关。吴悠走在赵开颜旁边，尽量护着她，担心有什么人撞到她。走过去时桌上的菜已经上了大半，眼看着又是螃蟹又是韭菜，吴悠都为赵开颜捏了把汗，郑弋之注意到吴悠的眼神，疑惑道："怎么了？不舒服吗？"吴悠摇了摇头："噢，没事。"

赵开颜坐下后，轻轻踢了吴悠一脚，夹菜吃了两口后，突然问道："你们俩现在什么情况？是恋爱了吗？"

吴悠没想到赵开颜突然提起这茬，她突然有点尴尬，筷子夹的菜掉到了碗里，赵开颜瞅了一眼，笑了。郑弋之倒是非常温和地反问道："你觉得呢？"赵开颜没回答，兀自夹了一个蟹腿，吴悠说："你最近别吃这个了。"赵开颜说："没事的，外国人什么都不忌口的。"郑弋之不明所以地望了两人一眼，吴悠说："没什么。"

赵开颜继续说道："Jasper，我可有言在先，不管你之前怎么样，在 Evelyn 这件事上，我希望你认真。"吴悠不知道话题为什么又扯回到她和郑弋之身上，这顿饭注定要吃得不痛快了。吴悠将筷子放下，郑重其事地对赵开颜说："Carrie 小姐，中国人讲究食不言、寝不语，你也回国这么久了，入乡随俗，就好好吃饭好吧！"

郑弋之反倒来了劲，笑着说："Carrie，我之前怎么样？我倒是很想听你说说。"赵开颜将餐巾叠好，放在桌前，一副"既然你想听，那我就说说"的样子，说："就我知道的和你有关系的女生不说一百，也至少有五十吧，沪上有名的郑先生。"郑弋之无所谓地耸耸肩说："所以呢？"赵开颜接着说："你要做花花公子可以，但请别轻易招惹我的姐妹。"吴悠意识到火药味越来越重，再继续说下去这顿饭怕是要吃不成了，她连忙打圆场道："好了，Carrie，再不吃，菜真的要凉了。"

赵开颜不再说话，也没有什么生气的样子，她还是继续谈笑风生，刚刚那个不断质疑郑弋之的人已经消失了。郑弋之低头吃自己的东西，也没有再发表什么新的观点。最不自然的反倒是吴悠，她不知道刚刚到底是谁的话让局势开始向悬崖边上走近的，她甚至不清楚赵开颜为什么在这一刻如此为自己打抱不平，这太不像平时的她了。

晚饭过后，赵开颜说自己还有约先走了，留下吴悠和郑弋之两个人。若是平常，他们饭后必然会吹着上海的晚风，慢慢散步一小段路，说说笑笑地回到车上，再决定是去郑弋之家还是回吴悠家。但是今天这顿饭吃得大家都有些窝火，吴悠也不想在这种时候去谈什么罗曼蒂克。倒是郑弋之，像是完全没有把刚才的事情放在心上似的，问吴悠要不要去逛一逛书店，吴悠看时间还早，走走路消消食也好，而且把书店作为餐后约会的地方也挺特别的。

"可惜上海没有诚品书店，要是现在我们是在铜锣湾，顺道还能去希慎逛逛。"郑弋之略感遗憾地说道。

"原本是要在徐家汇开店的，等了四年也没等来，听说装修得差不多了，最后却因为消防没过，这也太夸张了吧？当时内部照片传出来可美了，但设计师有自己的坚持，成型的设计怎么也不愿意改动。你看，艺术和现实总要起冲突。上海没有诚品书店确实是件遗憾事，你说这座城市那么大、那么美，却缺少一个二十四小时的书店，文化人连个聚集地都没有，多可怜！”

“文化人也不一定要聚在书店，酒吧也行。”郑弋之调侃道。

“以前上海有季风书店，不过现在已经关掉了。我上学的时候最喜欢去的就是季风书店，从十号线出来，躲在地铁站的书店里，我大学的好多个周末都是在那里度过的。”吴悠心知“季风”和“诚品”完全没法比，可在她心里，那确实是非常重要的一段回忆。

“你从杨浦跑到徐汇，精力真好！”

“十号线直达啊，又不需要转线，何况学生时代，精力就是莫名其妙的旺盛，现在叫我到楼下一公里的地方去待一下午，我都不行了。”走了两步，吴悠忍不住又说道，“哎，不过现在看书的人真的很少了。”

“抽空和我一起去香港吧，正好我的酒店积分够换两晚的高级套房，顺道带你去我以前的学校逛逛。”

“你叫我去，我就要去吗？郑先生怎么擅自做决定了？何况……香港与上海有何区别？都是都市，都是行人，香港弯弯扭扭，还不如上海通透。我从小住在香港的对岸，看着那些闪耀的高楼早就厌倦了，去香港对我们深圳人来说太过寻常了。”

“那么吴小姐有什么想去的城市吗？说出来让我看看你的愿景有多不寻常？”

“去海边多好，远离这些高楼大厦，视线也变得开阔，我最喜欢的就是海岛。有件事想起来很好笑，小时候看安徒生的《海的女儿》，光看名字，我就以为说的是我。”

“马尔代夫太俗，西西里岛如何？不如后天就飞沙巴，那里有个靠海的酒店，晚上可以看月亮浮在水里。”郑弋之一手揽在吴悠肩上，顺势轻抚了一下她的头发。

“不如现在就飞吧，飞到哪儿算哪儿，要是落地签被拒，我们就在遣返的路上随便找一座城市停留。”

“好，那我订机票了，行李也不要带了，那里太热，脱掉就好了。”

“好啊，郑先生，我只坐头等舱。”吴悠故意撒娇似的说。

郑弋之温然一笑：“放心，我买不了经济舱的票，因为我没有权限。”

两个人就这样胡言乱语地走到了中山公园附近的一家独立书店，最后在里面买了两本书。吴悠有些意外，郑弋之居然会买一本特德·姜的科幻小说，郑弋之也有些意外吴悠最后选了一本漫画，不过当他们俩各自拿着书出现在收银台的时候，都被这种意外的情绪逗笑了。一场笑化解了一晚上的不快，书店确实是让人舒心的地方。

郑弋之去取车，吴悠站在路边等。她念起刚刚郑弋之满嘴的浪漫，心里突然有个声音微微响起，她的脑海里一时间回荡起饭桌上赵开颜的那句话，说郑弋之身边的女性不过一百，也有五十，不知这话是真是假。吴悠在饭桌上只顾着打圆场了，却没有细想这句话，直到郑弋之的车已经开到自己面前，按了一声喇叭，她才回过神来。吴悠坐在车上，还是禁不住问：“开颜今天说的那个是真的吗？”郑弋之灵活地打着方向盘，想了一会儿，问道：“你说 Carrie？”吴悠“嗯”了一声。

原本这件事应该就这么过去了，可吴悠还是鬼使神差地提了起来，就像是赵开颜在她心里埋下了一颗定时炸弹，一开始的时候她并没感觉，可随着倒计时越来越接近零，警报的声音也突然提高了分贝。

“在交女朋友这件事上我确实没有忌惮过什么，很多时候甚至也想着和不同类型的女生恋爱，Carrie 说和我有关系的女生不下五十个，其实连我自己也没有细数过，不过就算我和一千个女孩有过关系，那也只是过去不是吗？”

“郑大律师还真是受欢迎。”吴悠望向窗外，她甚至有些后悔自己问了这个蠢问题。

“Evelyn，你很在意这件事吗？”

吴悠回过头来：“我有什么好在意的，我只是在想，既然你对那个能看月亮浮在海上的酒店如此熟悉，那我是第几个被你邀请去沙巴的女生？”

“我只能说是 Carrie 点起了这场矛盾，我不知道她为什么要说这些，如果你在意，那她的目的就达到了。”

“我说了我没有在意。”吴悠再一次强调了这一点，过了一会儿，她帮赵开颜解释道，“她可能只是心情不好吧。”

吴悠知道，这个话题再说下去就没意思了，但不知道为什么，吴悠从郑弋之身上看到的闪光点在那一瞬间消失了。他还是那个他，却又不像曾经的那个他了。比起担心郑弋之是不是交往过那么多女朋友，吴悠更担心的是赵开颜肚子里的孩子。原本吴悠以为孩子这件事在赵开颜身上并不是非常重要的点，以她平常洒脱自在的性格，应该会很快解决才对，但现在看来事情变得复杂了，她开始出现了摇摆不定的情绪，包括今天在饭桌上的那些表现都绝不是赵开颜平常会做出来的举动。她要强、漂亮、利落、冷静，每一个好听的形容词都在她身上发光，可赵开颜今天所说的话和做的事，明显是因为洗手间里的那场对话引起的。吴悠甚至从赵开颜的情绪中读到一丝嫉妒，但她很快打消了这个危险的念头，她觉得是自己太过敏感了。

回程的路上，两个人没有再继续聊天，车内放的是伍佰的《夏夜晚风》，伍佰那略带沙哑的嗓音和不太标准的普通话让这首歌有了一种别样的味道，歌词写的是一段需要等待的爱情，和他们俩都没有什么关系，但略带沉闷和哀伤的曲调把两个人好像又推远了一点距离。那天晚上的分别没有拥抱和亲吻，郑弋之还没靠近，吴悠就已经下了车。直到深夜，郑弋之也没有给吴悠发一条信息，吴悠蒙头就睡着了。

第二天一大早，吴悠就从床上爬起来，想着昨天因为赵开颜的事把林安娜给彻底忘了，她快速洗漱完便叫了辆出租车直接去了公司。直至早上，昨天她给林安娜发的信息都统统没收到回复，这不禁让吴悠有些担心，她想了想，还是决定让司机掉头，往林安娜家的方向开去。可到了林安娜家门口，她发现家里并没有人，她又打车去了公司，发现林安娜正坐在自己的办公室里。

吴悠没有敲门就冲了进去，林安娜微微抬头看了吴悠一眼问："怎么了？"

"昨天打你电话没接，发信息也没回，我还担心……"

"担心我在家自寻短见吗？"林安娜开玩笑地说，"要是我真的自杀了，你现在找到我也抢救不过来了。"

"你没事就好！"吴悠留意了一下林安娜的脸色，确定没有什么波动，才接着说，"对了，Independ 的方案我做出来了，昨天本来打算给你看看……"

"你发到邮箱的我已经看了。"

"那你有什么建议吗？或者你觉得还存在漏洞的地方，我想听听你的意见。"

"没有，我没有意见。"林安娜平静地说。

"好难得，你居然对我的想法没有意见？那既然这样，我就去做调研了，接下来的一周我可能要去一趟山区。我已经给当地政府和相关机构发了邮件，在等他们回复，到时候公司这边就只有先拜托你了。"

林安娜停下手里的活，站起身来说："Evelyn，我有事情和你说。"

"嗯？"

吴悠听到打印机"咔咔"作响的声音，林安娜背过身去，从打印机里取出一份相当厚的文件说："我打算退出麦迪逊。"

"什么？！"吴悠惊讶地看着林安娜，"等下，为什么这么突然？你要真的觉得女儿的事情……"

"好了，你不用说了，我已经想得很清楚了。我会给洛奇那边写一封正式邮件，邀请董事会进行决议，至于后期的股权结构分配，你可以和他们重新商量，或者纳入新的合伙人。总之，后期的事情，我可以配合完成。"

“我不同意！”吴悠一手按住林安娜打印出来的协议文件，一边直直地看着林安娜，说，“Anna，我知道你现在心情很糟糕，或许还有什么我不知道的事情发生了，但无论如何，这间公司是我们俩一起成立起来的，就必然应该由我们俩一起经营下去，如果你要撤离，那麦迪逊存在的意义也就荡然无存。”

“聚散终有时，接受就好。”

“我不相信你是一个这么容易认输的人。”

“我不是超人，我只是一个女人。”林安娜只有一声叹息，“Evelyn，我实话实说，当初我决定重新站起来的动力现在已经没有了，你让我勉强将公司经营下去，对你和我都没有什么好处。”

“我不相信你完全是为了摆脱内心苦闷才和我开这家公司的，Anna，你看这样如何，我很有信心能把 Independ 这次的广告做好，而且能够就此为公司大赚一笔，等到这个案子结款时，我就将这笔钱作为你的股份分给你，而这段时间你可以给自己休个长假，好好休息一下。”

“你就这么有信心吗？”

“当然，我已经想好了整个案子的流程，一切都只是时间问题。”

“Evelyn，没有我，你一样可以做好的。”林安娜还是将压在吴悠手底下的文件拽了过来，快速地用钢笔签好了名字，“这份协议书，你可以等考虑好了之后再签字，接下来的事情，祝你成功！”

林安娜轻轻拍了拍吴悠的肩膀，然后说：“好了，我想一个人待一会儿，你帮我把门带上吧。”吴悠慢慢退出林安娜的办公室，直到百叶窗将她的身影完全淹没。她从来没有见过如此憔悴不堪的林安娜，好像有只无形的手用力地把她拧成了现在这样，发皱、紧缩而又无力的样子。吴悠不知道林安娜身上到底发生了什么，她只觉得心脏紧得让她喘不过气来，她捏着 iPad 的手渗出了汗，她第一次真正体会到什么叫不安。

第一次看见灿烂的时刻

第八章

1

前面的路比想象的更崎岖一些，坐在林肯驾驶座上的吴悠却毫不顾忌地踩着油门，导致整辆车基本倾斜前行，整个人不停地跟着山路颠簸，仿佛稍不注意车就会翻。坐在副驾驶的费仁克一言不发地看着手机，剧烈的摇晃竟然没有让他觉得想吐。

“没想到你还会开车。”费仁克略带调侃的语气，配上他常年不变的扑克脸，让人觉得他的声音像是从腹部发出来的。

“本来不会，驾照也是偷学的，我家里人至今不知道。”吴悠看着前方，流畅地转动着方向盘。

费仁克的眼睛微微瞥向吴悠，只是她开车太猛，颠得费仁克差点撞到头。

“我妈觉得女孩子不要去学开车，这种粗鲁的事情是男人做的。对我妈来说，常年依附在我爸身边，去哪儿都要等我爸开车去接送她，要是车不来，她宁愿在那儿坐着，什么也不干。她一直教导我，嫁人后，自然有人开车，不需要你自己来。”吴悠的语气中带着几分抱怨，“在她看来，女人只要做饭、洗衣、经营家务就好了，她就像古代穿越过来的贤妻良母。”

“上一辈的思想未必错误。”费仁克想象着吴悠贤妻良母的模样，心里不觉一笑。

“我可不想那样，谁要乖乖地坐在家里？无聊！”费仁克还想说点什么，吴悠一脚油门下去，车“唰”的一声飞了出去，这下才让费仁克真正吓了一跳。

行驶的途中，吴悠的手机一直在振动，但是她丝毫没有要去理会的意思。费仁克时不时望她一眼，只觉得她的眼神里只有愤怒和怨念，以及一点不甘。

Independ 那边很快就通过了她的方案，裴勇基本没说什么话，是 Independ 的老板亲自见了吴悠一面，对方表示对这个小姑娘的提议非常赞同，并且在营销这条路上与吴悠不谋而合，原本他们也想做出一些有社会影响力的东西出来，可是没有思考到这个点上，吴悠的创意让老板拍手叫好，当场便叫吴悠尽快执行。

虽然吴悠赢得了上半场，但下半场的执行比想象的要困难得多，林安娜的缺失让她的内心始终略感不安。林安娜提出退出之后，洛奇那边很快收到了林安娜的邮件，赵开颜接连给吴悠打了三通电话，吴悠都没有接。之后董事会开会商议的时间开始拟定并发邮件通告，吴悠也始终不回复，她也不表态。虽然只要超过半数的董事同意，这次股权变更就可以进行下去，但因为吴悠迟迟未到场，以及股权的分配在吴悠缺席的情况下无法商议，导致会议进程不断延迟，始终没有得出结论。

吴悠虽然事先给打算做调研的城乡相关负责人发了邮件，可是一直没有得到对方的有效回应。她亲自给需要对接的部门打了电话，可是联系来、联系去都没有一个明确的对接人，最后吴悠只能亲自跑一趟，所以才有了这一趟行程。

费仁克此刻非常在意吴悠的情绪，毕竟林安娜决定退出麦迪逊这件事对公司上下影响不小，特别是对费仁克而言。但吴悠似乎并没有特别强调这件事。在林安娜消失的这些天里，吴悠照常开会、办公、见客户，她雷厉风行，谈笑风生，就像林安娜只是在自己的办公室里处理公务而无暇出现一样，公司的运作没有受到什么影响。但吴悠越是这样强撑着，费仁克越担心她的崩溃会随时到来，所以在吴悠决定要前往山区的时候，费仁克举手说他要一起去。

吴悠二人抵达莫孙县的时候，天空中已经月明星稀。费仁克一直担心，如果吴悠再不管不顾地开一会儿车，他和吴悠即使不会车毁人亡，也会因为抛锚而不得不露宿在荒山野岭。吴悠给之前联系的相关部门的张老师打了一通电话，很快就有一辆大众轿车从不远处开过来，下车的是一个颇有些干部风范的女人，她说她姓张。吴悠和张老师握手问好，然后递上了自己的名片，费仁克紧随其后，也朝张老师点了下头。

张老师看着吴悠满是泥泞的车身，说："小吴啊，不好意思，我们这里到县城洗车的地方还有很长一段距离，你的车可能要委屈几天了，这边刚好在修路，所以……"吴悠倒没有很在乎，恶劣的环境原本就在她的预想范围之内，只有这样才能捕获她需要的真实。"没关系，我们是来工作的，也不是什么干部考察，不必太在意。"张老师笑了笑说："今天安排你们入住的地方是我们县城还算不错的招待所，不过和上海的酒店可没法比。小吴，你和费先生可能得做好心理准备。"吴悠摆了摆手，也笑道："明天一大早我们就开始工作，今天能有地方睡觉就已经很好了。"

紧接着张老师又不觉夸赞了吴悠几句，说以为从上海来的姑娘都有点娇滴滴的，吴悠却一点都不娇气。吴悠说自己也不是上海姑娘，而且现在的上海姑娘也不像张老师想的那样了。张老师提起吴悠这次来的目的，其实还挺不好意思的，说外人来给当地的姑娘妇女们普及生理知识这还是第一次，要做什么准备，具体怎么实施，她心里都没谱。

"没事，交给我就好了。"

吴悠已经很久没有在这么静的地方过夜了，她习惯了上海喧嚣的都市气息，一下子回归到这样静谧的地方，她的内心也随之空旷起来。费仁克过来敲门，说担心有蚊子，所以提前备了蚊香液，给她拿过来。吴悠笑了，怎么一个男人比女人还细心。不过也多亏了费仁克的蚊香液，不然她第二天估计都出不了门了。山野的蚊子就是毒，一咬一个大包，费仁克来之前，吴悠已经挠了好一阵了，她皮肤上红彤彤的一片就像她现在乱糟糟的心情。费仁克原本要走，吴悠却把他叫住说："你等会儿，我有点事想和你聊聊，现在还早，你总不至于要睡了吧？"

"你是要和我聊 Anna 的事情吗？"

"算是吧。"吴悠脱掉了外面的牛仔外套，挂在了床边，然后转身看向费仁克，"或者，聊聊我也行。"

费仁克并没有什么表情，说道："你这是好奇我对你的看法吗？"

"谈不上好奇，其实这段时间我一直在想，如果 Anna 真的离开，我还是想继续把公司开下去的。平日在公司里，除了 Anna 会和我说真话，也就只剩你愿意站出来反对我了，所以我想知道在你眼里，我到底是个什么样的人。"

"刚愎自用，自以为是，特立独行，独断专行……"

听着一个个形容词像排比句一样从费仁克的嘴里冒出来，吴悠忍不住笑道："怎么就没有一点好的？我还有救吗？"

"那倒也不是没有，只是一个人知道自己的好就行了，不用非要别人说的。"费仁克如实说。

"OK，你说大实话的性子，最好一直保持下去。"吴悠说得很实在，这也是她的真心话。她坐在靠窗的椅子上，转而望着外面的月亮，说："以前看书上说，人和人的缘分总是短暂的。当时大学毕业，最好的朋友都留在了上海，我对这句话还没有什么特别的想法，和 Anna 相处这半年多，时间虽然短，却特别舍不得。"吴悠转过头问站在旁边的费仁克，"Frank，Anna 如果真走了，你有什么打算？"

费仁克面无表情地看着吴悠，说："暂时没有想好。"

吴悠“嗯”了一声继续说：“也就是说，你总有一天会离开。”

费仁克并没有否认：“那一天应该不会来得这么快，如你所见，我并不是一个喜欢动荡的人。”

“那最好了。”吴悠正襟危坐，接着问，“对了，Anna 有没有私下找过你，和你说过什么？”

费仁克依旧摇头。吴悠略感失望地叹了口气说：“算了，她要是真的说了什么，那就不是她林安娜的性格了。看你也没什么说话的欲望，今天你也累一天了，早点休息吧！”

费仁克离开吴悠的房间，走在灯光昏黄的走廊上，他没有和吴悠讲，其实那天林安娜也私下找他谈了很久，就像吴悠此刻所担心的，林安娜也非常担心吴悠一个人撑不过来。

在林安娜口中，吴悠仿佛是她的另一个女儿，在某些时刻她甚至有一种和自己女儿对话的感觉。或许也正因为如此，林安娜才格外担心，自己不在麦迪逊之后，以吴悠的个性不知道会碰多少壁、吃多少亏，到时候还希望费仁克能多帮吴悠想想。

他回想起，当初林安娜来找他的时候是一副自信满满的模样，她非常肯定地说想要把麦迪逊做成全上海数一数二的广告公司。可是眼下，连费仁克都能读出林安娜眼中那几分遗憾和不舍。作为下属，费仁克没有任何理由去过问老板离开的原因，但站在朋友的立场，费仁克还是非常认真地和林安娜说了自己的心里话。

在费仁克看来，林安娜如果真心决定离开，那么便不必过分担心吴悠后续的事情，任何人都应该在毫无依靠的时刻学会自己独立起来，不管公司之后走向如何，对林安娜来说都应该成为过去式。林安娜一直很欣赏费仁克的为人处世，也正如他所说的，自己要走便不该过问更多。林安娜把吴悠发到她邮箱的方案打印出来，用记号笔标出许多地方的修改建议，然后交到了费仁克的手里。林安娜说的最后一句话是：“你拿去吧，要是觉得没必要拿出来，你就帮我销毁掉。”

第二天一大早，不到七点，吴悠就被室外的广播声吵醒了，她实在想不到这种古老的信息传播方式在这个地方居然还存在着。吴悠简单梳洗后便推门出去，她发现费仁克已经在大堂了，偏远地方信号不好，他正坐在亮堂的地方刷手机。

“早！”费仁克见吴悠下楼先打了声招呼。

吴悠望着清晨阳光下的费仁克有些愣神，她没想过这样的乡村野林居然更突显了费仁克儒雅的气质，纵然费仁克不是那种典型的帅哥，但他浑身上下透着一种英气，寸头配上宽松的休闲装，颇有几分山间居士的感觉。吴悠不再多想，她忙问了句：“张老师来了吗？”费仁克当然不知道吴悠在这短短几分钟内奇奇怪怪的想法，他只是看了下手表说：“现在还没到时间呢，不如先吃早饭？”

明明只是普通的大饼和粥，却在这样的环境下显得格外有风味。放眼望去，崇山峻岭，绿树成荫，昨晚应该下过一阵小雨，尘土都被压了下去，泥土散发出了些许清香，不远处的黄狗懒懒地看着吴悠。吴悠深深地呼吸了一口气，这倒不像是来出差的，反倒像是来度假了。吴悠也不知为何，眼神总是时不时地在费仁克身上游离，仿佛之前认识的都不是他，今天才和他第一次见面似的。

张老师比约定的时间早来了几分钟，见吴悠和费仁克都在大堂等着，她似乎有些惊讶。吴悠猜想他们应该已经对城里人产生了好吃懒做的刻板印象，所以才会有这种眼神。和张老师一起来的，还有一位大叔。经介绍，他是这边乡镇的一位村长，姓尤。尤村长说已经听张老师介绍过吴悠的项目计划了，并表示他们也一直希望村里能有机会开展对女性的关爱教育，但是毕竟师资有限，好在这次吴悠能给他们这样的机会，他特别感激。

张老师清了清嗓子，说：“小吴啊，我们是这么想的，先在尤村长他们村做一个试点，要是推广效果好呢，我们就由尤村长这边牵头，把其他村也带进来，你看怎么样？”吴悠表示没问题，等演讲的嘉宾到位，明天就可以执行。张老师没想到这么快，连忙问：“要不要布置场地？要不要准备鲜花和横幅？”吴悠摇头，说：“都不用。”

尤村长朝张老师使了个眼色，张老师立马问道：“噢对了，小吴啊，之前你和我们联系的时候，说会有名人过来授课，我们想知道名人是谁啊？”吴悠看了看手表，说：“不出意外的话，她差不多快到了。”

这时费仁克也有些蒙，不仅张老师不知道，他也不清楚吴悠计划里的那个人到底是谁。

半小时后，一辆路虎摇摇晃晃地驶进了莫孙县，吴悠远远看到那辆车，便和张老师说了一句“来了”，然后起身朝那边走去。开车的人非常利落地将车停在了旁边的空地上。下车的是个高挑的卷发女人，她穿着一件牛仔外套，轻盈地走到吴悠面前，取下墨镜，轻轻捏了一下吴悠的脸蛋，说：“哎哟，小师妹还是这么年轻，皮肤真好，真让人羡慕！”吴悠似乎早就习惯了对方的做派，轻轻地咳了一声，说：“师姐，外人在呢。”卷发女人笑道：“怎么，外人在，我就得戴面具了吗？那还是我吗？”吴悠笑了，她也拿这个师姐没办法。吴悠带她慢慢朝张老师三人走来，费仁克稍稍看了一眼，觉得眼熟，可怎么也没想起来对方是谁，只听见吴悠道：“张老师，这就是我说的那位名人——明珠台的前当红主持人柳晶，也是现在知名的女作家，作品我就不一一赘述了，现在上个网就能看到她，正巧她也是我的同门师姐，不然我也请不动她出山。”

费仁克心头突然一震，没错，这是柳晶，曾经全上海无人不知、无人不晓的柳晶，现在网上的名嘴。她对女性议题格外关注，她曾在一台节目中舌战群雄，为了一个传统妇女的议题，把好几个男性代表批得体无完肤，她言辞犀利，让人汗颜不已。只是费仁克没想到吴悠会请她，也没想到她会是吴悠的学姐。请她来做这一次的公益活动，确实非常对味，柳晶不仅具有公信力，还具有话题性，而从资金方面说，比起请流量明星，请她确实要省钱多了。

柳晶拍了拍吴悠的肩膀，说："你们就别听她给我戴高帽子了，我自从不当主持人，平时也就写写书，也是读者给面子，那天吴悠联系到我，我就非常感兴趣，这次活动纯属我自愿。"

"哎呀，柳主持人的节目我看过的啊,《星空有约》对吧，我说怎么看怎么眼熟，这都过去好多年了，你还是一点没变，我是老观众了。后来节目换了那个张斌，就不好看了，还是你有意思。"张老师急忙握住柳晶的手，吴悠看着这情形，知道自己是请对人了。

中午，张老师拉着一众人去了县城最好的餐馆吃饭，柳晶确实会说话，整个过程都在讲她当年当主持人的趣事，让张老师和尤村长笑得前俯后仰的，吴悠和费仁克就在一旁当观众，时不时捧场两句。其间，柳晶还说起和吴悠当初认识的故事，这一段是费仁克最好奇的。

柳晶说自己和吴悠完全是不打不相识，吴悠进学校的时候，柳晶已经大三了。那时候柳晶同级的一个男生在追吴悠，吴悠不为所动，柳晶那会儿特别喜欢那个男生，所以误以为是吴悠在装高冷。她本来想去找吴悠麻烦，好巧不巧的是两个人又进了同一个社团，那阵子柳晶和吴悠一直不对付。结果，她们哪里知道，其实那个男生在异地还谈着两段恋爱，脚踏 N 条船，后来被戳破了，吴悠就反过来帮柳晶一起讨伐那个男的，两人勇闯男生宿舍，吓得那个劈腿男到处乱躲，还成了当时的一段"佳话"。后来柳晶一直记得吴悠的好，两人也就成了朋友。

回忆起学生时代的事情，吴悠总有些不好意思，柳晶却显得极其无所谓。末了，尤村长说，他已经通知了村里的负责人，明天让各家妇女到村头大坝集合，听柳老师的演讲。柳晶问："为什么是妇女？"尤村长诧异道："不是妇女？"柳晶说："当然不能只是妇女，没结婚的女孩子也应该一起到场。"

尤村长和张老师面面相觑，张老师也疑惑道："不是，柳主持人……不，柳老师，这种事情，还没结婚的女生是不是有点难为情？”

“为什么难为情？这是相关每一个女孩子的事情，要不是因为乡镇思想保守，我还希望初高中女学生也能参加，吴悠和我说你们碍于家长举报，我已经让步了，要是只给妇女科普，我来的意义是什么？”

“可是……”尤村长明显还是有所顾虑，毕竟“卫生巾”“例假”“月经”这些词说出口让没出嫁的姑娘过来听，让人尴尬。

“吴悠，你没有和张老师他们说清楚吗？”

吴悠伸手拍了拍柳晶的胳膊，让她先冷静下来，转而向张老师和尤村长说：“张老师，尤村长，是这样的，或许你们是第一次做这样的尝试，所以有所担忧，但是在北京、上海这些一线城市，性教育已经从小学就开始了，而且针对的一定是全体同学，不会因为怕难为情，就回避不谈这些事，说到底这是一个健康教育问题。”

张老师权衡了一下，说：“那小吴，你看这样，没结婚的女孩子呢，也科普，但是我们用书信或者宣传海报的形式，让她们私下学习，女生先上，上完之后男生再过来上，这样所有女孩子都听了，也避免了可能出现的尴尬。”

“张老师，分开对待这件事本身就不对，如果你这样做，会让未婚女性依旧觉得例假是什么见不得人的事，私下传播更会让她们始终有自卑感。十八岁之后，她们都成年了，应该了解自己的身体到底是怎么一回事。女性只有先了解自己，才能了解这个世界。所以，我还是希望她们能够一起参加。”柳晶说得很明确，也非常强势，让张老师和尤村长无法反驳。吴悠想了想，温和地说道：“我们是为了消除女孩子们的恐惧，以达到科普的目的，既然我们传输的是知识，正向地去引导就好了。”

虽然吴悠和柳晶都在不停地给张老师他们做思想工作，但张老师始终不敢一口答应下来，直到费仁克突然开口道：“如果非要私下科普，最后也没达到效果的话，走走过场这种事是不是就不必我们大费周章了？那尤村长直接搞几张海报也是可以的。”

费仁克这么一说，尤村长立马紧张起来了，说：“唉，费先生，我不是这个意思。这样，我今天下午就回去和几个做妇女工作的同志开个会，通报一声，就按你们的要求，明天的讲座我们照常进行。”尤村长这么一说，张老师也不好说什么了。

2

吴悠和费仁克坐在演讲台下，一人捏着一个可乐，耳边是柳晶风趣幽默、妙语连珠的讲话。吴悠其实一直悬着一颗心，虽然台下的姑娘妇女们频频发笑又倏尔严肃，可柳晶所说的内容总是有一种游走在危险边缘，随时可能“加速行驶”的感觉，吴悠不时地回头去看坐在右后方的尤村长的表情，得出他此刻与自己同心同感，又不觉出了一身冷汗。

在柳晶上台前，演讲稿已经发给乡镇村委会审核过好几次了，但对吴悠来说，最害怕的就是柳晶的现场发挥，像柳晶这样当惯了主持人的人，时不时灵机一动，即兴创作是常有的事。临近村里各家姑娘进场前，吴悠还千叮咛、万嘱咐地让柳学姐注意尺度，柳晶朝着吴悠眨了眨眼，说：“我知道啦，你说了好几次了，放心吧。”

“女生的例假呢，就像是一次全身的更新，这种体验对男生来说一辈子也不会有，因为女生会定期更新身体里的血液，寿命也会因此比男生更长，如果男生想要活得更久的话，可以尝试不定期地给社会献血，以完成这样的更新。所以这不是什么奇怪的事情，这是女生的特权，男生嘴上不说，心里只能羡慕你们女生了。

“但有获得也有付出，女生例假到来的时候，会伴随着疼痛、心悸、情绪不稳定等各种情况，这个时候女生也不要觉得意外，这是非常正常的事情，而恰恰如此，在这个特殊的时期，男性应该对各位女性有所关注和照顾，女生自己也要特别呵护自己。在来这里之前，我看了很多关于贫困地区女生使用散装卫生巾和草纸来处理例假的情况，这是非常危险的，因为没有商标的卫生巾和质量不达标的草纸会引起阴道的各种问题，甚至可能导致成年之后出现很多病症，所以在场各位在给自己和自己处于青春期的孩子选用卫生巾时，一定要特别注意质量，并且要正确使用卫生巾，这是对自己的一种负责。”

原本开场时，很多女生都还面红耳赤，甚至不时地发出一些嗤笑，但是随着柳晶的娓娓道来，由浅入深，大家很快就都听进去了。姑娘妇女们不仅不再表现出任何的不好意思，更像是带着一种对自我的关心开始认真听讲，眼见整个大坝的姑娘妇女们都安静下来，吴悠和尤村长的心也慢慢收了回去。

“这一次我过来，也是想要带给各位一些特别的礼物，就是这个，”说着，柳晶从口袋里抽出一条 Independ 的棉条说，“这是比卫生巾更安全、舒适且健康的产品，这叫卫生棉条，因为考虑到各位对于卫生巾成本价格的顾忌，今天我们和村镇签订了一份协议，我们将长期为大家提供免费棉条，呵护更多女性朋友的成长和健康！”

讲座结束之后，很多姑娘妇女都凑上去找柳晶要签名，领取棉条的人都在后台跟着吴悠学习怎么使用，氛围非常好，尤村长热情地和柳晶、吴悠再一次握手，表示感谢。吴悠也真真实实地松了一口气，她让每一位领取到棉条的人都写下自己的心里话，结果这些人都没有了之前的羞涩，纷纷认真地写了起来，写完又都交到吴悠手上。吴悠坐下来，慢慢看着大家写的话：

“那几天，我只是想要一条干净的裤子……”

“我也不喜欢布条和草纸，我也想赚钱买卫生巾。”

“害怕以后变成生病的人，我想在例假来的时候让自己可以健康一点。”

“对不起，我还没用过卫生巾……”

“我以为很糟糕的事情原来这么普通，我的心情好像没那么糟了。”

“……”

这些字条让吴悠觉得很窝心，其中的任何一句话放在公交站的广告牌上都会是击中人心的一句话。

散场之后，柳晶挽着吴悠的手，说：“怎么样？你的师姐给力吧！”吴悠笑着点点头。

两人走在一群姑娘妇女中间，柳晶不禁感叹：“乡下这种地方真的来不得，一不小心就会让你沉溺在某种氛围里，让你害怕面对这种单纯。谁还记得初潮来的时候多羞涩啊？年轻的人还是那么年轻，自己却年华已逝。”吴悠笑道：“你这完全是正值青春啊，谁能看出你的年龄啊？”柳晶摇头，说：“岁月爬过自己身体的痕迹只有自己知道，女人再保养，也抵不过时间。”

柳晶和吴悠找到一块空地，静静地坐下来。柳晶说：“吴小妹，你现在真的是都市丽人的代表啊，看着你越来越好，师姐也为你高兴。不过，话说回来，女企业家也不是那么容易当的吧？”

吴悠赶紧摆手说：“什么女企业家，师姐你这是在捧杀我啊！我不过是做点自己喜欢的事情，勉强过活罢了，做广告能赚什么钱？也发不了财的。”

柳晶道：“这个时代早就不是以钱来衡量一个人的财富了，一个人的资产远比他的资金更重要。对了，你的感情生活怎么样了，恋爱了没？”

“我这个岁数再没恋爱，应该就没机会了吧。”吴悠还是调皮地调侃了一句，

“想什么呢，现在熟女可吃香了，你以为还是早些年，那些男的只喜欢不懂事的小女生吗？男生，要么喜欢比自己笨的，要么就喜欢比自己聪明很多的，要么彻底占有，要么势均力敌。你属于后者，绝不缺追求者。”柳晶郑重其事地说。

“师姐不愧是两性专家，那我有空还得多请教你。”

“那是必须的啊，有什么故事也可以随时分享给我。哎，我突然想起来，你们宿舍那几个，当时不是各个都很出挑的吗？我没记错的话，有一个叫赵……”

“赵开颜。”

“对、对、对，那个小姑娘老厉害了，我现在想起来都觉得她很厉害。”

“她是蛮厉害的，一个人奋斗到上海，后来又去了美国，在华尔街做投资几年，最近回来还帮了我不少忙。说实话，那会儿我是觉得她很干练，但这几年她更是长进了，结婚又离婚，现在和小鲜肉谈恋爱，不亦乐乎！”吴悠说着说着，突然就想到了赵开颜怀孕的事情，她原本想要继续说下去的话瞬间止住了，只露出几分笑。

“对啊，她在把握男人这方面，我是真的佩服。”柳晶说道，“没想到她现在倒是越来越潇洒了。女人在男人这方面用对力啊，对自己的前途真的是百利而无一害。”

“可我记得师姐你那时候和她没什么交集啊，怎么会突然提到她？”

“本来是没什么交集的，你也知道我那时候就和你熟，你有时候带着罗薇薇嘛，我最多也就知道你们俩，我是怎么知道赵开颜的呢？这还是我毕业之后有一次和同学吃饭，我这个同学说，你们这一级有一个女生为了出国找了很多方法，但是名额不是有限嘛，她家里条件又不好，就和当时那几个几乎确定被保送的男生都睡过，前提是其中有两三个特别有钱。她知道他们有钱，不是非得公费去，他们把名额让出来，一样可以靠家里过去，她就和那几个男生交往，让他们把名额让给自己，后来还真的成功了。其中有个富二代是真的有钱，给她买东西她都不要，富二代还以为她对自己是真爱，赵开颜就和那人说，去美国念书也是为了以后更好地和他在一起，说自己出身不够学历来凑。男生就相信了，想着上学不就那回事嘛，转手就把名额让给她了。后来，那个男生去美国之后还傻傻地找过她，她就直接说不认识这人，你说厉害吧？”

“有这回事？”吴悠知道赵开颜当时去美国费了很大的劲，当时赵开颜一直声称是她努力说服了父母，让家里亲戚凑钱才去的，但吴悠从未听说她原来是用这种方式去的美国，“师姐，你确定吗？”

“我当然确定了，和我说这事的那个同学就是这个富二代的表哥。你想想啊，你刚才说她去美国结婚之后就离婚了，图的是什么，不也是图那儿的身份吗？虽然这只是我的猜测，但作为一个女人，我太懂得那些利用自己的外貌优势获取利益的女孩的心理了，不过就我而言，我并不觉得她这种行为有什么问题，毕竟你情我愿，说是欺骗也谈不上，何况这个社会，目的性强或许也是好事，总比浑浑噩噩陷在一段似是而非的关系中要好得多。”

后来柳晶又说了什么，吴悠全然没有听进去。回去的路上，吴悠突然对赵开颜有了非常奇怪的想法，大学的时候她一直觉得赵开颜离自己很近，因为全宿舍就只有她最懂自己，可是当赵开颜出国之后，吴悠又觉得她好远。吴悠每天看着赵开颜在国外的那些状态和日记，都会觉得这不像是自己认识的那个室友，直到赵开颜回国、帮她一起建立麦迪逊、在她最需要支持的时候给了她一只手，她才觉得大学时期的那个赵开颜又回来了。可是，当柳晶说出那番她不知道的往事时，赵开颜的形象瞬间又变得模糊起来。

可事情真的像柳晶师姐说的那样吗？吴悠忍不住又怀疑起来。

吴悠看着手机里赵开颜打来的那几通未接电话愣了很久，她突然想回上海找赵开颜，哪怕不谈公事，和她聊聊别的也好。可就是这个时候，吴悠才发现她不能这么做，她以为自己和赵开颜已经到了无话不谈的地步，但在这种时刻，她依旧感受到自己和赵开颜之间有一道无形的屏障。

次日一早，吴悠觉得脑袋昏昏沉沉的，她整个晚上都没睡太好，她想着早上没什么事，下午才回上海，不如再多睡一会儿，谁知她刚翻身，门就被“啪啪啪”地敲响了。吴悠还想着是谁这么用力的砸门，开门便见到费仁克死气沉沉的那张脸，说：“你没看手机吧，尤村长找你一上午了。”

吴悠还没回过神来，揉着眼睛问：“怎么了？”

“好几个家长都找到村长办公室了，现在正在那闹事呢，昨天给姑娘们发的棉条，有几个还没出嫁的姑娘回去和家里人说了，有几个家长特别生气，说村里在教坏她们，说她们都是没出嫁的女生，怎么能用……万一……”

吴悠一下清醒了，问：“柳晶师姐呢？”

“柳晶早上已经回上海了，现在尤村长还在学校等着咱们呢，我看咱们得走一趟了。”

“好，那你等我一下，我洗漱完就下楼。”

3

两人抵达村口的时候，已经站了很多村民了，好几位工作人员站在那里给未出嫁的姑娘们的家长做思想工作，但是大部分家长态度都非常蛮横，说要等尤村长出来说句话。费仁克见状，怕人多伤到吴悠，便只好拉着吴悠走了另外一个村口，然后给尤村长打了电话。尤村长说他现在不在村里，在张老师那，让两人赶紧过去。

张老师再见到他们俩，态度已有一百八十度的大转变，之前还“小吴”“小吴”地叫着，现在直接厉声道：“吴小姐，你们这真的是给我们找麻烦呢，我之前就和你说别一来就搞得那么大，我们这个小地方经不起折腾。昨天有个姑娘的爸爸是县城的警察，回家听他家姑娘说了你们那个棉条的事情，勃然大怒，晚上就打电话到尤村长那里去了，说要去县里举报我们村，说一个还没谈对象的女孩子就用这东西多丢人。这件事情要是闹到县里就麻烦了，你知道不？！”

“张老师，你先别急，首先我们并没有传播什么淫秽思想，也没有对姑娘们进行不良教育，这些生理知识原本也是国家一直提倡和普及的。至于棉条，确实对没出嫁的姑娘来说，很容易让家里人误会那条状的东西会伤害她们的处女膜，可这都是误解，我们并没有伤害女孩们，产品也绝对安全，有那么多女性的使用案例，更何况这是公益活动，我们也没有收取任何费用或者进行商业售卖，他们是告不了我们什么的，所以你放心。”

尤村长的脸色非常难看地说：“放心啥啊，你们这次可把我害惨了，如果那个苏警官真的跑去县城里闹事，加上其他村里人一起起哄，我这村长的位置肯定保不住了。吴小姐，我是想为村里妇女做点好事，也想让你们把大城市的一些先进思想和东西带进我们乡镇，你前面信誓旦旦地说没事，说你给他们做工作，我就想着应该不会出什么大事。但是现在你看，村口马上就要被家长堵满了，我连村里都不敢回，还有那些姑娘，她们怎么想……你真的把我害惨了……”

吴悠听明白了尤村长话里的意思，一是他想让吴悠站出来替他安抚这些村民家长的情绪，二是如果县里那边真的找过来，她也应当出面来主动承担这个责任。吴悠苦笑，说来说去这个尤村长就是害怕承担责任，吴悠正想再说什么，费仁克却拍了拍她的胳膊，示意她到一旁。只见费仁克上前，对着尤村长说：“县里负责人的电话和地址可以给我们一下，这个时候我们来主动沟通这个事情，或许就没那么麻烦了。”张老师瞥了费仁克一眼说：“你们有信心？不会又给我们捅娄子吧。”

吴悠补充道：“即使我们什么都不做，外面不也已经闹成这个样子了吗？我们也是想解决问题，否则对我们自己也没有好处，或者你们打算冷处理，赌一赌村民会不会闹大？”吴悠心里却在叹气，这个时候，他们主动去沟通报备，总好过不懂道理的村民过去添油加醋地告状要好。但因为昨天的事，张老师心里肯定对他们起疑心了，也不敢再让他们贸然行动。吴悠想了想，接着说："如果你们不放心，尤村长可以和我们一起去，这种事情宜早不宜迟，你们考虑一下吧。"

县城的行政办公楼非常朴素，尤村长常来此地开会，所以非常熟了。尤村长七拐八拐地找到领导那儿，然后顿了顿，说："要不，还是你们进去吧。"

吴悠点点头，敲了敲门，一个两鬓花白的大叔开了门，因为事先通了电话说要来拜访，大叔见尤村长站在身后，便瞬间知道来者何人。只是这位领导的脸色并不好看，应该是已经知道发生了什么事，他简单地握了握吴悠和费仁克的手，说："吴小姐，费先生，你们进来坐吧。"

来之前，尤村长已经和吴悠、费仁克描述过陈领导的情况了。陈领导五十多岁，儿子和孙子都在上海，妻子去世很多年了，常年一个人生活。他在这里已经坐镇十几年，管着所有村里的大小事情。

吴悠和费仁克刚刚坐定，还没开口，就听见陈领导说："听说昨天柳主持人的演讲很精彩啊，听得姑娘妇女们回家都在议论这个事情。"领导端起茶杯喝了一小口，接着说，"只是……有些东西，我们作为管理者还是要考虑，哪些能讲，哪些不能，如果都不对信息进行筛选，一股脑地全都丢给村里人，总是要出问题的。"

吴悠知道陈领导这会儿说的话是在批评他们，不过她还是顺着领导的这番话解释道："陈领导，我想这其中有一些误会。"

陈领导没有接吴悠的话，而是拿出一根棉条，对着吴悠说："这个……就是你们发给姑娘妇女们的东西吧。吴小姐，我想提醒你的是……这种东西，放进女孩子的身体里，任何姑娘的家里人都会觉得奇怪，你说是不是？"

吴悠反驳道："并不是你们想的那样。"

“那是怎样？”陈领导质疑道。

吴悠说：“在来之前，我已经做过调查，像莫孙县这样的地方，全中国还有很多很多，这里的女性会因为经期到来而感到害怕，家长也因为害羞对女性生理知识的普及遮遮掩掩。女性又因为卫生巾昂贵，所以不得不用草灰、草纸以及布条作为处理例假的物品，可这些对女性的损伤是非常大的。这支棉条，可能因为形状让女性的家里人难堪，联想到一些奇怪的事情，但是他们从来没有正视过这支棉条能给女孩子带来的舒适。据我所知，很多姑娘从家里走到农田山野干活需要一到两小时，如果这个时候正好来了例假，长时间的走动会让女孩子下体更加难受，甚至可能出现损伤，但一支棉条可以让这些要走山路的姑娘妇女们非常安全地走到学校，和平常一样干活、工作、上山下乡，这难道不是一件好事吗？”

费仁克注意到吴悠的情绪过于激动，他突然伸手拉了拉她，抢白道：“陈领导，我们提供的棉条，首先是为女孩子的健康考虑，而不是别的，家里人如果因为形状和使用方式产生疑问，我们也可以用科学的数据和资料来给他们进行讲解。”

陈领导看着吴悠面红耳赤的样子，并没有改变原本批评的语气：“你们说这个东西安全、舒适，可是一根条状物伸进女孩子的身体里，谁都会联想到那些东西。”

“那只能说明大部分乡下人对女性的身体并不了解，才会说出这种话来！”吴悠终于忍不住说出了心里话。

“吴小姐，如果你要用这种方式来谈话，我只能请你们出去了。”陈领导的脸色越来越难看，对吴悠如此不礼貌的言论他感到非常恼火。

“Evelyn!”费仁克低语劝阻吴悠控制自己的情绪。

吴悠却没有在意费仁克的劝阻，她平复了一下自己的情绪，说：“陈领导，我想和你讲一个故事。几年前，我看过印度的一个纪录片，纪录片里一位医生接受采访，说每个月都有十到二十个女人过去找她看病，就是因为例假到来的时候，她们用脏布、树叶甚至土灰来处理例假，很快大病小病都找上了门。因为这些病，很多女性年纪轻轻就会不孕不育，甚至有些女性会因此死掉。在中国，女性因为早期月事没有正确处理而导致成年之后没有生育能力，却又因此被婆家歧视、辱骂甚至虐待，这样的恶性循环正不断地发生在很多偏远乡村各个隐秘的角落里。请你想想，即使是印度已经开始用纪录片来呼吁广大女性关注对卫生巾的正确使用，何况是中国呢，我们难道不应该以长辈的心态去关心那些值得被呵护的女性吗？那请问，我们这么做又有什么错呢？身为领导的您，是不是希望女性能在更健康、更被爱护的环境下长大，让她们即使在山村，也能享受和大城市女性一样的待遇，这不是我们共同的愿望吗？如果您觉得我冒犯了您，触怒了您，那我现在就可以离开。”

吴悠情绪饱满地讲完了自己的话，陈领导突然沉默了，吴悠拍了拍费仁克的肩，打算转身离开，陈领导却突然叫住了他们：“吴小姐，请留步！”他放下了手里的杯子，走到吴悠面前，“吴小姐，劳烦你和费先生给我这老头子也讲讲这个棉条怎么用吧。”

吴悠眼见陈领导慢慢松弛下来的脸，眼眶湿润地看了费仁克一眼。费仁克握住吴悠的肩，总算是松了一口气。

下楼的时候，陈领导大力地表扬了吴悠一番，然后拍着尤村长的肩说他敢为人先，是非常有想法的村长，县里这边也会继续关注乡村女性的生理和心理健康，一定会大力支持这次活动。就此，尤村长也乐呵得不行，出门就说要带吴悠和费仁克去县城的大饭店吃顿好的。吴悠只觉得疲惫，她婉言谢绝，说得回去收拾东西，下午要赶回上海。尤村长说也好，他也得赶回去给那些闹事的村民做工作，有了领导的一句话，他仿佛有了块“免死金牌”，变得有底气多了。待尤村长走了，吴悠才彻底放松下来，对费仁克说：“你说小地方的人为什么都有同样的通病？”

“什么？”

“遇到问题第一时间是咋呼，接着是害怕、忐忑、恐惧，从来不是想着怎么解决，仿佛天塌下来了，只能无力接受糟糕的情况。”

“如果人人皆能解决问题，处处都能顺心方便，那就不存在你所谓的大地方和小地方了，也就没有我们千辛万苦来一趟的必要了。这是缺点，也是契机。”

“说得也是。”

“Evelyn，我不得不说你挺牛的，刚刚那番话让我都有些动容了。”

吴悠翻了个白眼说：“奉承话就别说了，指不定下次你又要换个花样骂我呢。”

吴悠回到招待所后快速地收拾好了行李，眼下她必须赶紧回去把创意做出来，再到 Independ 开会协商后续的合同。她突然想到，费仁克在陈领导办公室握住自己肩膀的那一刻，确实给了她非常大的力量。

在来莫孙县之前，吴悠不是没有担忧的，因为林安娜突然的决定，让她的内心有了非常大的波动。对于麦迪逊这家新公司，所有的人员都不够有经验，这是最大的硬伤，眼下只有费仁克算是有经验的老人，如果林安娜退出，她深知自己绝不可能撑起整个公司来，那费仁克就是不得不留下的人。经过这几天的接触，吴悠渐渐知道了费仁克的好，以及林安娜当初选择他的原因，这次的莫孙县之行更是拉近了他们之间的距离，至少她很清楚，这个费仁克是值得信赖和依靠的伙伴。

就在吴悠收拾完行李，准备洗澡换衣服的时候，电话又接连响了起来，吴悠看见是萧树的来电才接了起来。

“Evelyn，我们的创意被抄袭了。”

吴悠一边用肩夹着手机一边在取盒子里的沐浴露，她还没有反应过来，问道：“你说哪个创意？”

“就是这次的乡村女性和棉条的创意，今天已经上街了。”

吴悠一激动，沐浴露挤了一大把，手机差点掉到地上。她用另一只手拿过手机，连忙问道：“怎么回事？！”

“今天早上，同事看到有人发了朋友圈，应该就是这两天上街的，而且对方的速度很快，上海和北京的公交站广告牌都已经展开了，基本上套用的就是你的创意。”

“是哪个品牌盗用的？”

“就是 Independ，但……广告公司好像是……奥斯德。”

吴悠只觉耳旁“嗡嗡”作响，紧接着她听到了一阵敲门声，费仁克站在外面，一副紧急的模样，说：“Independ 那边发来邮件说要暂停合作，邮件是今天早上发的，我的手机信号太差了，刚刚才收到。”

这就是林安娜当时的担心，果不其然，她又着了那个老狐狸 Lawrence 的道了，吴悠此刻心乱如麻，但也只能强装镇定道：“Frank，你现在去准备车，我要马上回上海！”

回程的路比来时还要艰辛，屋漏偏逢连夜雨，因为修路的关系，整整一个小时车都没有挪动一分，吴悠坐在副驾驶上心急如焚，她抢过费仁克的方向盘，使劲按了两声喇叭无果，也只能泄气地摊在旁边，一手托着额头。比修路更糟糕的是暴雨，原本刚刚往前开了一小会儿，大雨又让路变得难以行驶，费仁克苦笑了一下，说道：“看来着急也没有办法了，不如放首歌来听。”吴悠没有理会，费仁克自顾自地打开音响，车载音乐直接连接到了吴悠的蓝牙，播放起了 Brenda Lee 的 Break it to me gently。吴悠望向窗外，还是来时的崇山峻岭，她陷入了沉思。

她知道她又一次搞砸了，甚至比上一次更难以处理，如果 Independ 真的取消和麦迪逊的合作，那和县里领导以及尤村长，甚至是和张老师承诺的那些都要化为泡影了。不仅如此，她想到昨天那些天真的乡村女性簇拥着自己询问棉条用法的时候，那种从忐忑转为安心的表情也可能都会变为郁闷和失望。最让她懊恼的是，她因为太相信自己是 Independ 唯一的选择，正式的书面合同也还没有盖章寄回，加上林安娜的事情，她甚至已经遗忘了合同还没确定的事情。

她想起了那个晚上林安娜不安的情绪，情绪背后直指的是她欠缺的考虑，她怎么就没想到这个背后可能出现的商业战争呢？为什么奥斯德会突然中断合作；为什么裴勇低声下气地要重新找上门来；为什么在创意过会的时候对方老板可以那么快速地答应并认同。而这背后的逻辑，吴悠直至此刻才彻底想通。她对那天晚上自己自信满满的样子感到可笑，甚至在费仁克主动来劝阻的时候她也置若罔闻，她确实就像那天费仁克所说的那样——刚愎自用、独断专行，真的一点都没说错。她看着车窗上的雨珠，有一种和室外泥淖一样的无力感。

车终于开动了，费仁克从头到尾都没有看她一眼，而是让两人保持在一个相对真空的状态中。吴悠害怕费仁克在这个时候多说一句话，好在他没有。车到达上海市区的时候已经是晚上十一点了，雨停了，璀璨的灯光落在一摊摊水洼上。费仁克顺着玻璃窗望上去，办公楼内只有些许亮光，他还是忍不住开口说："要不然……明早再过来吧，我先送你回去。"吴悠没有理会费仁克的建议，她径直下了车，刷卡、进门、上了电梯。费仁克锁好车，也推动旋转门走了进去。

吴悠走进办公室，拉下百叶窗，锁上门，把自己关在了里面。费仁克看见办公室里还有几个在加班的同事看见吴悠气冲冲地回来了，走在后面的他多少有点尴尬。费仁克只得假装什么事也没有发生过，他坐回自己的工位上，这个时间点，他和谁联系都不恰当。

吴悠坐在办公室里，在键盘上打了很多字，又删掉了，又继续打，继续删，她始终找不到一些合适的词句来将自己的愤怒发泄出去。此刻，她恨不得一个电话打到裴勇那里，把他骂得狗血淋头，或者直接下楼开车，到 Independ 公司找他们老板理论。但理智告诉她，这些方法都不可取。她想起在海森的时候，每次自己遇到棘手的问题，大老板都会说先去吃点东西吧，吃了东西，肚子饱了，人就没那么暴躁了。

这句话在这个时刻想起来还真是挺温馨的。

吴悠终于还是停下了手里的动作，走出了办公室。她看着还在加班加点的同僚们，长长地舒了一口气，换了副松弛的表情，说："谁要吃夜宵，我请客！"大家都有些不敢说话，萧树首先捧场地举起了手："我想吃炒牛河。"此刻大家确实都有些饥肠辘辘，其他人也忍不住开口道："什么都行，大姐大看着办。"吴悠说："好了，我下楼去透透气，顺道给你们带上来，还有什么特别想吃的，赶紧报名，过时不候。"

她绕过办公桌，拿上手机，站在电梯口等电梯。谁料，开门的瞬间，电梯里那张熟悉又让她亢奋的脸出现在了她的面前。吴悠以为自己在做梦，像梦游一般问了一句："Anna？是你吗？"

林安娜走出电梯，摸了下吴悠的额头说："这不没发烧嘛，说什么胡话呢？"

吴悠看了看时间，问："怎么，这个时候……"

林安娜叹了口气道："我要是不过来，我估计你今晚又要失眠了吧，奥斯德的事情我知道了，你打算怎么办？"

吴悠耸耸肩，说："还没想好，我打算先吃点东西，一起去吗？"

林安娜说："你不知道中年人过了九点是不进食的吗？"

"那我就只能和小家伙们享受了，你真是没福气！"

"你快去快回吧。"林安娜说着，踏着高跟鞋往里走，吴悠正要转身进电梯，林安娜又叫住了她，说，"对了，给我带杯咖啡，今晚估计一时半会儿结束不了了。"

吴悠微笑着眨了下眼，朝着林安娜打了个响指说："美咖，多冰。"

4

一周前，裴勇从麦迪逊出来的时候，刘美孜就打来了电话，裴勇正在气愤刘美孜阳奉阴违的行为，打算挂掉，但出于心软他还是接了起来。刘美孜约裴勇到奥斯德开个小会，说罗总已经设好咖啡和茶了。

裴勇实在不知奥斯德这葫芦里卖的是什么药，他甚至不清楚这趟是不是鸿门宴，原本想直接回公司的他，还是鬼使神差地去了一趟奥斯德。

见到罗任司的时候，裴勇很礼貌地问了一声“罗总好”，罗任司让裴勇坐，然后让刘美孜坐到裴勇旁边，略带歉意地说：“不好意思，裴总。我们之间可能有些误会，所以今天想请你过来和你解释一下。”裴勇立马露出一副生意人虚与委蛇的样子，笑道：“哪有哪有，罗总言重了，生意上你来我往的，有选择很正常，我都能理解。”罗任司点了支烟，微微翘起嘴角说：“我想可能是Cherry和你沟通得有点问题，今天我也说过她了，怎么能无缘无故地就断了和客户的联系呢？这肯定是不对的！”刘美孜立马赔笑道：“对、对、对，是我的问题，因为最近公司的文案太多了，我也没有完全理解罗总的话，所以就擅自给裴总打电话错报了信息，对不起！”

裴勇看着这两个人唱双簧，心里更是没底了，他不清楚奥斯德现在到底是什么态度。奥斯德突然又说互相之间有误会，可他已经厚着脸皮去找麦迪逊重接了这个项目，这会儿要是罗任司说重新合作，有了前车之鉴，他还敢随便答应吗？裴勇也不说话，且看他们怎么说。

罗任司吸了一口烟，然后抖了抖烟灰，说：“裴总，麦迪逊那边给你报了多少钱？”

“啊？”看来罗任司早就猜到了他会找麦迪逊，所以才这么问，裴勇犹豫地说，“这个……”

“没事，你不方便说也没关系，我大概能猜到他们肯定报了比之前高了两三倍的价格，对吧？”

裴勇这会儿都开始怀疑罗任司是不是在自己身上装了摄像头，他怎么会对麦迪逊的报价这么清楚，但出于之前被罗任司摆过一道，他现在更谨慎了，笑道：“罗总，你这么说是什么意思？”

“我也就开门见山地和你说，麦迪逊那边报价多少，我就按一半的价格报给你，做出来的东西，自然不会比麦迪逊差。”

“罗总是说要重新接这个单子？”裴总笑了两声，他更看不清这只老狐狸了，只能试探性地问道。

“对！他们报多少，我就按一半的价格给你，对你和我来说都不算亏，你觉得呢？”罗任司的眼神非常坚定，似乎对裴勇能答应下来这单生意很有把握。

“可是……”裴勇搓了搓手说，“你也知道，我嘛，胆子小，万一你们突然又……是吧，我也不好和老板交代啊，到时候周而复始地出问题，我这边又得罪了麦迪逊，“6·18”出不来东西，我这位置估计也坐不下去了。”

“你的担心我明白，所以……你不用急，我们可以等到麦迪逊的创意出了，你再和我签合同，到时候有了内容，即使我这边出了问题，你也可以继续和麦迪逊合作，不是吗？对你来说，百利而无一害。”

裴勇这下算是明白罗任司的意思了，他这盘棋还真是会下，麦迪逊的创意拿到了，他们以一半的价格做出来，不仅白嫖了创意、省了精力，还赚了钱，明面上还帮甲方省了成本和经费，唯一受到重创的是麦迪逊。他这是打着“业内创意抄袭向来进退无门”的念头，也不担心麦迪逊一家小公司能掀起多少波澜。裴勇深知姜还是老的辣，只是这个罗任司不仅辣，而且毒。不仅如此，罗任司前段时间故意和他中断联系就是为了给麦迪逊制造一个假象，让他们上套，只怪吴悠那个小妮子还是嫩了点，没沉住气，这下吴悠可能还真的被打趴下了。一想到之前她当着那么多人不给自己面子，裴勇就来气，这下好了，一箭双雕，也好挫挫吴悠的锐气。

“可是，你也知道以吴悠的性子，要是真的闹起来，到网上曝光我们做的事，到时候谁都不好看啊。”裴勇心里仍有顾虑，越是眼看着板上钉钉的事，往往越要把方方面面都考虑清楚。

“裴总这就多虑了，说到底从一开始，这就不是两家公司的竞争，麦迪逊本来就是我们奥斯德的一部分，这是家事，我会处理好的。”

“罗总的意思是……”

罗任司微笑着像是回应了裴勇这一瞬间的想法，他点了点头。

裴勇立马伸出手，握住罗任司说：“罗总，你早这么说不就好了嘛。如果能和奥斯德合作，我们公司当然开心。你看这样，麦迪逊也答应在一周之内能给出创意点，如果拿到创意点，你们最快什么时候能做出来？”

罗任司看了刘美孜一眼说：“两天。”

裴勇掐算着日子，如果一切顺利，奥斯德真的能在两天内交出成品，且只有麦迪逊一半的费用，那绝对是不二之选。

刘美孜送裴勇下楼，对裴勇的态度又回到了刚接洽时的亲热。在电梯里，刘美孜故意站在裴勇旁边，手假装不小心碰到了对方的手指，裴勇自然禁不起这样的诱惑，他侧身在刘美孜耳边说：“晚上下班来找我呗，你都消失一周多了。”刘美孜笑了两声，朝着裴勇眨了眨眼睛，说：“今晚不行，我和罗总还要去一个局，结束不知道要几点了，过两天嘛，过两天等麦迪逊的创意出来了，我请你吃饭。”

裴勇点点头，伸手在刘美孜的腰上轻轻掐了一把说：“那你可别忘了。”

一周之后的夜晚，刘美孜交叉着双手，走在罗任司的后面，两人从酒店出来，正巧看到公交站广告牌上刚刚换上的 Independ 的广告，每一个贫穷的女孩都有一句关于卫生棉条自由的宣言。刘美孜看到裴勇发来的好多条消息都假装没有看到，她得意地笑道：“哎，我还真的想去看看吴小姐现在哭泣的样子，毕竟她还算是个美人，哭起来应该挺动人的。”罗任司没有搭理刘美孜，只是往前走着，他一抬头就看到了全上海最大的广告位。

“我听说林安娜要退出麦迪逊了，不知道是不是和吴悠那个女人实在合不来，不管怎么说，眼看着她们要散伙，就知道女人之间啊，成不了什么大事。”刘美孜一边嘚瑟地用手在胸前扇着，一边不停地说着风凉话。

“Cherry，你能感受到那种击碎美好事物的快感吗？”罗任司突然问道。

“啊，什么意思？是说当坏人的快感吗？”刘美孜被罗任司问得云里雾里，不知道怎么回答。

罗任司不咸不淡地笑笑，不再说话。那一抹笑让刘美孜顿感一阵凉意，顷刻间，她觉得这个高深莫测的男人确实不是什么好惹的家伙，她一时如芒在背，倒吸了一口凉气。不过她一想到吴悠现在像是热锅上的蚂蚁，焦躁如麻，刘美孜的心里又美得像朵花了。

与此同时，站在饭馆里买夜宵的吴悠突然打了个喷嚏，老板把夜宵递过来，她正准备拿手机出来扫码结账的时候，突然，她不小心抽出口袋里那些女人写给她的小字条。吴悠的内心瞬间浮起片片涟漪。顿时她一个激灵，拿起手机翻看了萧树发来的已经上街的广告牌文案，微微一怔，每一块广告牌上的文案都和她前一天发给创意部的一模一样，而这些东西奥斯德怎么会知道？

吴悠紧紧地捏住那些字条，细细回想起这些天发生的一切，这绝不是简单的抄袭，这是公司内部有人泄露了信息，可这个内鬼会是谁呢？

图书在版编目（CIP）数据

第一次看见灿烂的时刻：全二册 / 周宏翔著 . --
长沙：湖南文艺出版社，2022.12
ISBN 978-7-5726-0890-2

Ⅰ. ①第… Ⅱ. ①周… Ⅲ. ①长篇小说－中国－当代
Ⅳ. ① I247.5

中国版本图书馆 CIP 数据核字（2022）第 190596 号

上架建议：文学 · 长篇小说

DI-YI CI KANJIAN CANLAN DE SHIKE: QUAN ER CE

第一次看见灿烂的时刻：全二册

著　　者：周宏翔
出 版 人：陈新文
责任编辑：匡杨乐
监　　制：邢越超
策 划 人：陆俊文
策划编辑：韩　帅
特约编辑：白　楠
营销编辑：周　茜　刘　洋
封面设计：梁秋晨
版式设计：梁秋晨
插图绘制：志志超
内文排版：百朗文化
出　　版：湖南文艺出版社
（长沙市雨花区东二环一段 508 号　邮编：410014）
网　　址：www.hnwy.net
印　　刷：三河市鑫金马印装有限公司
经　　销：新华书店
开　　本：875mm × 1230mm　1/32
字　　数：501 千字
印　　张：18
版　　次：2022 年 12 月第 1 版
印　　次：2022 年 12 月第 1 次印刷
书　　号：ISBN 978-7-5726-0890-2
定　　价：59.80 元（全二册）

若有质量问题，请致电质量监督电话：010-59096394
团购电话：010-59320018

第一次看见灿烂的时刻

下册

周宏翔 著

湖南文艺出版社
HUNAN LITERATURE AND ART PUBLISHING HOUSE
博集天卷
CS-BOOKY

献给石小琴女士

第一次看见灿烂的时刻

第九章

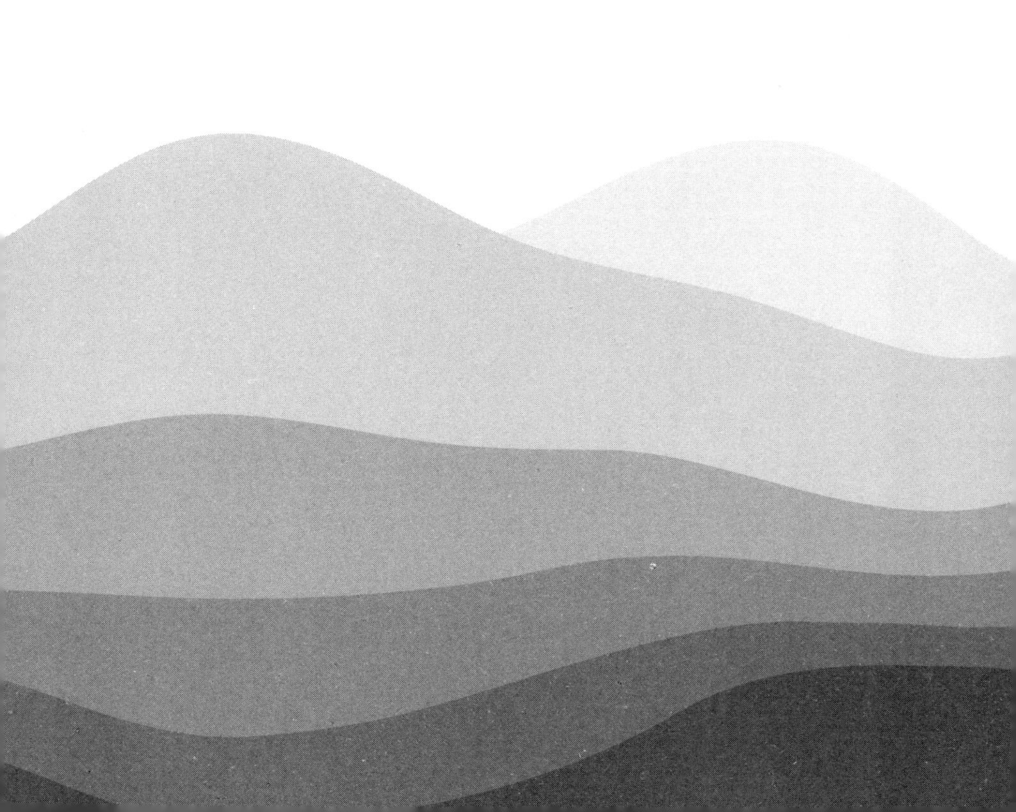

1

办公桌上的外卖已经被吃得差不多了，墙上挂钟的指针悄然越过三点十五分，格子间里的人已经所剩无几，空调呼呼的出风声在此刻显得格外轰鸣。吴悠从办公室走出来，告诉加班的几个人不必留下，可以先回家休息，唯独萧树一人将外卖盒收好打包，扔去楼道间的垃圾桶，回来后又坐回桌前，忙手上的活。不知怎的，今晚的他并不困倦，连哈欠都没有打一个，他时不时地抬头朝着拉下百叶窗的吴悠办公室望一眼，毕竟吴悠、林安娜以及费仁克已经在里面待了快一个小时了。

吴悠一手托着咖啡，一手看着林安娜，说："我想去见 Lawrence 一面。"

就在刚刚讨论的过程中，吴悠非常淡定地说暂时不必将事情闹大，这一点倒让林安娜和费仁克感到意外，换作之前，以吴悠的性子必然是将所有和 Independ 的来往邮件做好汇总，再写一篇长文，群发到奥斯德和 Independ 的公司邮箱，以示警告。然后她会联系律师，发放律师函，并将整个事情的来龙去脉公布到互联网上，对奥斯德和 Independ 进行口诛笔伐和曝光。但这一次，她收敛着内心的愤懑，对林安娜说："打蛇打七寸，贸然行事可能又会中了那个老狐狸的下怀。"

林安娜定定地看着吴悠，像是不确定她到底要做什么似的，问道："你接下来要做什么最好现在就说清楚，我不想再去体会那种坐过山车的感觉。”

“我还没有想好，不过对这一次失败我确实做了比较深刻的总结，Lawrence 能这么有把握地猜到我下一秒的行动，大概率是因为他对我的性子太了解了，所以必须反其道而行之。”

“那你有没有想过，奥斯德为什么能这么快地做出反应，这绝对不是他们知道了你的创意才去做的。”林安娜非常肯定地说，“这一定是他们事先就已经做好了全面的准备，甚至在你的创意出来之前。”

“可他这么做的目的是什么？这是我一直想不通的。”吴悠猜到公司里必然有内鬼，但这个紧要关头，她没有和任何人说，只假装自己没有发现的样子，可罗任司这么做的目的确实让人费解。如果真的要打击麦迪逊，他完全不必大费周章地来做这些事，稍不注意他还可能惹得官司缠身，一旦口碑受损，甚至会引起品牌方的憎恨，可他还是执意让吴悠上套，难道真的只是单纯地打击报复她们当初没有成为他的棋子吗？

“可能是为了拖垮麦迪逊。”费仁克在吴悠和林安娜交涉的间隙，终于开了口，“从资本的角度来说，Evelyn 与莫孙县达成的协议必须投入大量的资本，而让麦迪逊先上套就是为了促使这个协议破灭，因为 Independ 已经使用了这样的创意，别的品牌出于避讳就绝对不会再次使用，自然也不会去接盘做同样的公益。如果无品牌愿意赞助产品，造成的结果就是对莫孙县的承诺必须由麦迪逊自己去弥补。长期扶持山区的棉条计划，要由我们自己掏钱来完成，这绝对不是小数目。”

费仁克所说的也正是林安娜所想的，这也是为什么临近深夜，林安娜还是忍不住从家里赶过来，她知道这笔钱将会成为公司财政的一个大窟窿。在这之前，林安娜已经让财务将原本公司的收支情况做过汇总，所以她很清楚在开公司的半年多来，麦迪逊并没有赚到他们想象的那么多钱，相反，大部分时间公司都只是处于一个收支平衡的状态。如果麦迪逊真的要弥补这个大窟窿，洛奇那边必然会撤资，麦迪逊也就会立马荡然无存。

吴悠顿了顿，说："所以我想亲自去见一下 Lawrence，我想他多半也愿意和我单独聊聊。"

"你打算说什么？"林安娜唯恐吴悠又是管中窥豹，她想听一听吴悠的打算。

"我想和奥斯德谈合作。"窗外的深蓝已经开始褪去，月光也渐渐淡了，吴悠放下手里的咖啡，起身撑在办公桌边上，说，"既然奥斯德眼里容不得麦迪逊，那我就想知道如果我们不是他的对手，他又想怎样？"

"这种认输的态度有点不像你了，另外，我不觉得你有去这一趟的必要。"

"认输当然不可能。孙子兵法讲以迂为直，以退为进。先予后取，是站在更远的角度去思考，这不是我反省出来的结果吗？我想先弄懂对方到底在想什么，再采取下一步的行动，以免打草惊蛇。"说完这番文绉绉的话，吴悠突然笑了，"好了，我只是累了，见他一面或许能听出点什么东西来。"

"如果你真的要去，记得保护好自己。"林安娜嘱咐道。

转眼已过凌晨四点，吴悠推门出去上洗手间的时候，萧树已经趴在桌上睡着了。吴悠看着空荡荡的格子间，只有萧树一个小脑袋突兀地趴在那儿，让她觉得可爱又有趣。她静悄悄地走到萧树旁边，看着他的后脑勺想：会是他吗？假意说受不了刘美孜要跑到麦迪逊来，其实偷偷地把公司的内部信息都转发给奥斯德。如果真的是这样，那她还真是小看了这小子，不仅工作近在咫尺，连日常生活都在自己隔壁，作为卧底，这个人真的再适合不过了。不知道是不是吴悠站得久了，萧树一个激灵差点掉在地上，他瞬间醒了过来，看见吴悠，他下意识地后退了一步，直到看清对方才喘了口气。

"怎么……做了亏心事啊，这么忐忑？"吴悠故意调侃道。

“啊……没，太困了，一下子睡着了，你们开完会啦？”

“嗯，其他人都走了，你怎么还不回去？”

“本来打算走了，结果收拾完那些杂物，就趴着睡过去了。”吴悠看着萧树桌子上整整齐齐的样子，连刚才的外卖盒都不见了，不禁想到这小子确实很勤快，倒不像在说谎。吴悠轻轻拍了拍自己的脑袋，暗示自己赶紧把那套无间道的内心剧本收起来，在弄清楚真相之前，谁都有嫌疑，但不能对谁都有敌意，何况大家都是同事。

这时林安娜和费仁克也从办公室里出来，准备回家。天边已略微泛白，吴悠点了点萧树的肩膀，说：“明天，噢，已经是今天了，休息一天吧，好好调整，我也会给其他人发信息的。”萧树原本想拒绝，他手里的事情还很多，毕竟公司也不是只有一个品牌的创意要做，但他还是点了点头，打算把电脑带回家将手里剩下的东西弄完。吴悠吩咐费仁克先去把租来的那辆SUV还了，然后麻烦林安娜送自己一程。

费仁克非常识趣地点头先走，吴悠则跟着林安娜进了地库，林安娜揶揄道：“怎么现在还把我当成御用司机了？”吴悠耸耸肩，道：“原来某些人刚刚说担心我睡不着，只是虚情假意啊……”林安娜被吴悠这句反话逗笑了说：“好了，上车吧。”

上车后，林安娜刚启动汽车，吴悠便说了一声“谢谢”。

林安娜不置可否，问：“谢什么？”

“在危急时刻，你还想着回来。”

“我只是担心到时候麦迪逊真的欠了一屁股债，我自己也脱不了干系，别把我想得那么深情，我不是那种人。”林安娜微微侧头，看了一眼右边后视镜。

“难道你不是已经决定要回来了吗？我以为……”吴悠不可思议地看着林安娜，她顿然意识到自己刚刚误以为的“共患难时刻”竟然只是幻觉。

“你想多了。”林安娜很迅速地将车开出了车位，顺手一打方向盘，径直朝着出口开去。

吴悠原本打算好好和林安娜商量一下关于和 Lawrence 会面的事情，但林安娜的这番话显然打乱了她的节奏，吴悠静默地等待了很长时间，才开口道："有件事我想和你说。"林安娜支吾了一声，说："讲！"吴悠挑着眉望向林安娜，说道："我怀疑公司有内鬼。"林安娜突然转头看了她一眼，确认她不是在开玩笑之后，眼神也变得格外认真："你怎么察觉到的？"

"我现在也不能确定一定是内部人搞的鬼，但广告牌上的文案是我前一天群发给创意部的，结果奥斯德隔天就将文案用在了大街小巷，且文案和我发的一模一样，而且为什么 Lawrence 能够算准那么多东西，我只能推测是有人不停地将我们的进程向他汇报，他才能赢取时间。"

"你怀疑谁？"林安娜问完后，吴悠没有立马回答，而后道："刚刚很多话我都没展开说，也是碍于 Frank 在场。"

"你觉得他有嫌疑？"

"我只是对所有人都保持怀疑态度，说要去见 Lawrence 也是故意说给他听的。"吴悠坦言道。

"短短几天，你好像学聪明了，刚刚我还在奇怪，心想你何必非要去硬碰那只老狐狸。"

"但我依然很好奇……"吴悠像是在自言自语道，"全上海那么多家广告公司，为什么他偏偏咬着麦迪逊不放，到底是我们俩中的谁让他这么恨之入骨？我不过是拒绝了他的 offer，他至于吗？"

"是挺奇怪的……"林安娜顿了顿，表情微微有些变化，吴悠很快捕捉到了这一细节，问了一句"怎么了"，林安娜没有说话，她平稳地开着车，吴悠本想再问什么却忍住了。眼见前面路口是个红灯，车随之平稳地停了下来，林安娜像是考虑了一下，才开口问道："如果这一次麦迪逊真的撑不下去了，你有什么打算？"

“我现在回家种田还来得及吗？”吴悠笑了笑，像是并没有将这句话放在心上一般调侃道。倏尔，她说，“Anna，现在也算是你人生中最难熬的时刻，对吧？这么想来，我们依旧是共患难了。”

“矫情的情绪先收一收，我是在认真地问你。”

吴悠看着后视镜里自己的额头，额头上微微泛着油光，前额细碎的头发好像也疲惫得有些耷拉着，其实从莫孙县回上海的路上，吴悠就认真思考过这个问题，如果麦迪逊真的撑不下去了，怎么办？比起恐慌，可能更多的是遗憾。

记得在海森的时候，大老板曾经有一次开会提到，中国目前的创业情况就是九死一生，在政策的引导下，虽然有无数的人愿意加入自主创业的队伍，但在实际的实施过程中，创业并没有大家想的那么容易。这几年初创企业的死亡率不断攀升。如果麦迪逊撑不过去，吴悠只能接受自己能力有限的事实，可下面的员工，和她一起从零开始奋斗到现在的每一个人一旦失业，他们又将何去何从？一想到这里，她就十分内疚。

现在问题摆在面前，既然是她不听劝地中了圈套，那就必须由她自己去解决。然而，那都是天亮之后再去考虑的事情了。

吴悠从林安娜的车上下来，回头朝她挥了挥手，然后利落地关上了车门。在她打开家门的那一刻，她才意识到自己到底不是铁人，撑了二十多个小时的她，终于熬不住了，她的上下眼皮一直在打架，于是她踢掉鞋子，将自己埋进了沙发里，即使是那么不舒适的地方，她也能一秒入睡。

2

睡眠并没有缓解吴悠的疲惫，天亮才不过两个小时，她就被一场噩梦惊醒了，这时一阵敲门声接踵而至。吴悠并没有那么想去开门，可翻身之后她发现，即使自己现在头痛欲裂，也根本睡不着了。她走到门口开了门，只见一身职业装的赵开颜脸上带着一丝怨气，念叨着：“我以为你人间蒸发了。”吴悠揉了揉太阳穴，开门让她进来，赵开颜却挥了挥手，说：“我就不进去了，洛奇要求我今天必须找到你本人，并且开完股权分配的会议，如果你再拒绝出席，洛奇有理由在你缺席的情况下强制召开会议，说不定会直接撤资。”

吴悠走到客厅拉开冰箱门，拿了一罐冰咖啡，打了个哈欠，然后不以为意地看着赵开颜说：“Carrie，我并不是法盲，你我都知道洛奇没有任何权力和资格直接撤资，即使下一轮融资洛奇决定不再继续追投，我也并不意外。从目前的资本市场来看，我们不是非要依靠洛奇才能走下去，我想你明白我的意思。”

赵开颜看着吴悠静默的神情，放下了她原本急促的姿态，双眼微微眯了一下，认真地说：“很好！Evelyn，如果你觉得麦迪逊有的是金主等着接盘，而洛奇不是那么重要的话，我现在就可以回去和领导汇报。”

“Carrie，我不想一大早就和你吵架。”吴悠直直地看了赵开颜一眼。

“是我想和你吵架吗？林安娜突然发了一封莫名其妙的邮件抄送全员，领导追问我原因我能问谁？给你打了不下一百个电话你也没有接，如果你这么不把别人的好心当成真心，那我只能照章办事。”

“不接你的电话，是因为我根本没有想好怎么去处理这件事，即使贸然答应了，也不会有什么太好的结果，说不定会比现在更糟。林安娜有她自己的理由，我解释不了，也不想解释，但那和我没有关系。我希望有时候你也能站在我的立场考虑一下，我不是传话筒，我也有我自己的工作要处理。洛奇对麦迪逊的看法难道仅仅因为林安娜的一封信就可以全盘否定吗？公司不是只有林安娜一个人。”吴悠自然气堵，在她看来，赵开颜如果真的站在自己闺密的立场绝不该是这样质问的语气。

“Evelyn，我希望你清醒一点，洛奇当初看到的价值，当然是因为林安娜的参与，没有林安娜，麦迪逊有什么市场竞争力？洛奇也不可能有信心给你们投资。”

吴悠实在不想在家门口和赵开颜争执，也只得长话短说：“Carrie，如果林安娜对麦迪逊这么重要，那作为投资方，你应该想方设法去挽留她，而不是前来质问我。另外，如果你是作为洛奇的代表来告诉我，你们公司眼里没有其他合伙人，那大可不必浪费这样宝贵的时间出现在我这种‘被忽视’的人面前，你们应该去找更厉害的人来取代那个空缺。我要准备洗漱出门了，请便！”

说完，吴悠重重地关上了门，留下赵开颜站在门口发愣。吴悠站在洗脸镜前看着自己略微憔悴的脸，她打开水龙头朝脸上扑了两捧冷水，好让自己清醒一点。等她再去开门的时候，赵开颜已经走了，空荡荡的楼道间徒留一丝赵开颜惯用的香奈儿香水味，很香，却清冷得有些不近人情。

这时，对面正巧开门，戴着棒球帽的萧树走了出来，他看见发梢湿淋淋的吴悠，顿了一下，连忙问了一声“好”。吴悠倒没有顾及自己的形象，她和萧树打了一声招呼便准备进去，但突然想到什么，又转过身来问道：“不是让你们今天休息够了再去公司吗？”萧树“嗯”了一声，说：“够了，平常我差不多也就睡这么多。”吴悠震惊道：“你说你平时就睡这么两三个小时？！”萧树呆呆地点了点头。吴悠觉得这些年轻人简直是疯了，殊不知自己平时交代了很多事情给他们做。她定了定神，说：“你先别走，陪我吃个早饭。”

吴悠坐在萧树对面，看着他吃完了一大碗雪菜肉丝面，眼见吴悠一筷子也没动，萧树好奇地问：“怎么，你不喜欢吃这个吗？”吴悠摇摇头，说：“不饿。”但想着是自己拉别人来吃早饭的，又补充了一句，“可能是没睡好，没什么胃口。”

萧树伸手将吴悠的手拉过去，吴悠愣愣地看着他，只见他在吴悠手心靠近无名指的位置按了一下，然后望着吴悠说："我妈以前见我胃口不好，就在这里给我按一下，效果挺好的。"吴悠看着这个傻瓜弟弟一样的萧树，笑道："你不知道男女授受不亲啊？"萧树这才意识到自己失礼了，赶紧说了声"对不起"，将手放了回去，但他还是忍不住说："你可以自己按按试试，胃口会好很多。"吴悠没有在意这件事，她用筷子夹了几根面条吃起来，边吃边漫不经心地问："Scott，你对这次奥斯德的事有什么看法？"吴悠直勾勾地看着萧树，试图在他脸上捕捉到什么特别的东西，但萧树脸上干净得如同皓月般。萧树只顾挑着碗里剩下的肉丝，嘟囔着说："嗯……他们好像就是盯死了我们，而且我还奇怪，他们是怎么搞到我们的文案的？"

吴悠"嗯"了一声，这么看来，确实不是萧树做的。如果他真的是偷发文案给奥斯德的人，那他现在的表现未免太镇定了。吃完早饭之后，吴悠让萧树先去公司，说自己还有点事要处理。她出门叫了车，种种事情之中还有太多她不理解的点需要她自己去弄明白，在解决所有事情之前，她必须先回海森一趟。

2018 年的夏天雨水充沛，然而潮气与湿热并没有随着季节的消减而隐退，对于上海这样的城市，若不是有重大的天气变化，一般人都不会留意到当下是下雨还是天晴，或者是烈阳高照，大部分忙忙碌碌的身影都在地下穿梭，或挤进出租车、网约车里，迅速用电话解决生活或者工作的零零碎碎，只有极少数已经年迈的老人才会关注到天气预报和实际情况略有不符。

林安娜庆幸自己没有变成只会关注天气的老人，当她坐在杜太太家的客厅，听着杜太太和自己的老公在讨论咖啡豆买错品牌的时候，她的目光还是一刻不转地锁定在手机上。用杜太太的话来说，林安娜永远是身在曹营心在汉，明面上说着不管不顾要彻底退出江湖，但心思还是一个劲地放在随时刷到的广告上，对这些广告指指点点，或者干脆是指点。

杜太太外滩的这套房子冬暖夏凉，不知道是不是靠近江边的缘故，即使窗外鸣叫的蝉声让人心烦，可室内怡人的温度会立马让一个人的心境平复下来。室内的家具是前两年全部新换了的，房屋内墙也都重新粉刷了一遍，贴了新的墙纸，真实地掩藏了岁月的痕迹，和杜太太本人表现出来的外貌异曲同工。

十年前，林安娜陪杜太太来看这套房的时候，正是杜太太决定辞职的时候。杜太太的心是定了，八匹马也拉不回来，当她推开门走进这套房的时候，就对林安娜说："这就是我后半生的居所了。"那时这套房是每平方米两万三千多块钱，放现在看，杜太太是捡了大便宜，可是那时候全套下来也要近四百万元，能随便拿下的人并不多。

杜太太从厨房端来两杯现磨的黑咖啡，在她刚刚添置的丹麦皮沙发上坐下来，顺手摸了摸沙发一旁的植物，说："好像忘记浇水了，摸起来有点干。"林安娜端过咖啡抿了一口，有点酸涩，明显是浅烘焙，杜太太最喜欢用这样的咖啡来提神。林安娜看着杜太太气定神闲的样子，忍不住问了一句："你当初是怎么闲下来的？这一天天过的，我还真的想象不出。"杜太太也端起自己的那杯咖啡，然后吩咐阿姨把洗衣机里的衣服晾了，转而对林安娜说："有什么闲不下来的，一天两天闲不下来，一年两年还不行吗？人又不是非工作不可，逛逛街，吃吃饭，打打麻将，不要太开心好伐？我都不知道自己早些年在那里拼死拼活地做什么，脑子真是瓦特了。侬现在能闲下来，就真的好好享受你残余不多的青春吧！喝咖啡。"

林安娜看着杜先生出门的样子，以及阿姨忙里忙外的身影，还有杜太太享受的模样，这仿佛是她这一生也没有办法实现的生活。杜太太因为早年疲于奋斗，所以孩子要得晚，直到去年她的儿子才被送去美国念高中。林安娜自然没有办法把自己的苦难附加到别人身上，也不可能和杜太太讲出女儿在美国受的种种不公平待遇，她不知道自己孩子的去世算不算是前车之鉴，又或者男女有别，杜太太的孩子可能并不会遭遇什么不测。林安娜在杜太太家坐着的那个下午，她的内心非常复杂，直到咖啡里的冰块完全化掉，她也没有喝两口。

“你要不把房子卖掉，搬到我附近来吧，这样我们也有个照应。”杜太太放下杯子，语重心长地说。

“阿阮，我最近在想一件事。”林安娜顿了顿说道。

“什么事？”杜太太还是一脸笑容的样子。

“当年卡宾的那次……”林安娜还没说完，杜太太的脸色就瞬间变了，她朝旁边望了望，确认阿姨正在里屋打扫，才皱着眉头低声道：“都过去这么久了，你怎么突然想起这事来了。何况……卡宾早就破产了，都被二次收购了，团队也早就重组换人了，你还想啥？”

林安娜倒没有杜太太那么紧张，她只是平淡地说：“就是突然想起来了，可能是换季的原因吧，最近我总是爱胡思乱想。”

杜太太抢白道：“你就是太累了！”

“如果那时候我和你一样，直接退出这个圈子，说不定现在又是另一番模样了。”林安娜的语气中带着几分苦涩。林安娜这么一提，杜太太的脸色又变得难看不少，说：“冰都化了，全是水，这杯咖啡别喝了。李阿姨，过来把这杯咖啡倒了，杯子洗一下。”

阿姨从房间里赶紧跑来，麻利地把杯子收走了。杜太太坐到林安娜旁边深吸了一口气，说：“叫我说侬什么好呢？当初我走的时候，是你和我说要向前看的，以前的事都别提了……”

“好了，我只是随口一说，你不必放在心上。”

“虽然我知道这么说有点不合时宜，但 Anna，你是时候该谈一段新的恋爱了，现在孩子走了，工作结束了，你有理由为自己开始一段新的生活。”杜太太的话像是开导，也像是电影台词，除非现在有一个合适的大叔或者小鲜肉突然闯进她的生活，但现实是，没有大叔、小鲜肉，更没有人突然闯进她的生活。女人过了四十五岁，就不得不接受世事不可自控的事实，林安娜没说话，她想起了一些往事，和杜太太有关的往事，也与这个屋子有关，这也是她常常不愿意来她家，只愿意约杜太太在外面的原因。

下午的时候，几个太太过来打牌，林安娜交叉着手站在一旁观战，像是一名军师，但她一个字也不说，太太们的话题多数围绕着钱、房、性三件事。归结到底，都是在攀比自己的老公，这些对林安娜来说都稍显无聊，她们好像并不关心上海的变化，也没有什么烦恼，对于孩子的成长也没有什么要求，简而言之，和林安娜完全是两个世界的人。直到有人问林安娜："现在还有人看广告吗？"林安娜才回过神来，"嗯"了一声。

那位太太仿佛不怎么相信，她丢了张红中出去，说："真的啊，现在真的还有人在做广告？每次看电视剧，中间插播的那些广告，我都直接快进，真的很烦！"林安娜没说话，静静地看着桌上那些牌，牌桌上大家还是你来我往地出着牌，这位太太却继续说，"而且广告不都是骗钱的吗？像路易威登这样的，需要做广告吗？不也就是地摊货才需要做广告。"林安娜终于忍不住轻"哼"了一声，然后说："那倒是，广告骗穷人的钱，路易威登骗你们这些有钱人的钱，都是骗钱，谁比谁高级。"林安娜刚说完，说话的那位太太放炮，杜太太就和牌了。

"不打了，不打了。"那位太太转头看向林安娜，"怎么，侬啥意思？"

"我什么意思，你心里不明白吗？"林安娜当然不会怕，她就直直地站在那里。原本她就不矮，气场也强，倒是让那位太太退了一步。

"杜太太，你这朋友也太欺负人了，我调侃一句怎么了？"

林安娜原本想说什么，杜太太却抢话道："陈太太，Anna说得也没错，你在气什么？"

陈太太见杜太太也帮着林安娜说话，只好忍着，借口还有事情就走了。眼下三缺一，林安娜又没有要上桌的意思，索性大家就都散了。

林安娜见人走了，才对杜太太说："刚刚那种情况，你也没必要帮我说话。"

杜太太叹气道："原本也只是麻将搭子，和则来，不和则去，我无所谓的。"

林安娜知道，虽然杜太太总是说自己已是局外人，但每每到了关键时刻，她又总要站在局内人的立场去维护一些东西。然而这一整天，林安娜最大的感触就是，这种浇浇花、逛逛街、打打麻将的日子并不适合她。后来杜太太留她吃饭，她拒绝了，杜太太只是叹了一口气，让林安娜再考虑一下搬过来的事情，林安娜说再想想，便开车走了。

林安娜喜欢开车，开车的时候是她内心最安静的时刻。从前，大多数时间她都在车上思考工作，而现在她的脑袋已完全放空，不知道应该思考什么，反而让她有了一种落差感。她从黄浦开到静安，又沿着内环绕了一圈，窗外的景色日新月异，却一时间好像都和自己无关一样。

刚刚陈太太的那番话确实刺激到了她，当初她为什么要做广告呢？每每看到电视里、广告牌上、杂志的封面和扉页上，那些花花绿绿、各种创意的碰撞，都会让她觉得这个世界很新奇，原来已经有那么多新的东西出现了，二十一世纪的欣欣向荣果然是为他们这一代人准备的。世纪初的那一批人，虽然对重复的广告会有厌烦，但对新广告充满着期待，广告里的元素、信息、明星、slogan（口号）都曾是他们喜闻乐见的东西，年轻人会时不时地念叨着广告词，将其变成生活用语，甚至在某些场合模仿广告中出现的动作。可时代已经彻底改变了，大家对广告已经产生厌倦了吗？不，是曾经那种新奇的感觉已经被信息洪流给稀释了。

林安娜在一家商场门口停下来，虽然这附近早已今非昔比，被上海重重叠叠的高楼大厦覆盖，甚至成了老旧商场的代表，可她清楚只要从这个巷子走进去左拐，就是她再熟悉不过的波特曼酒店。

在过去每逢艰难的时刻，她都会选择回到这个地方，和有人信仰神佛、有人迷信问签一样，她只是习惯到这里来看一看。那条她走了无数遍的巷子和抬头就能看见的天空，让她突然想到当初孙令辉的妈妈对她说的狠话：“做广告能有啥出息啊?！想赚大钞票啊？吾（我）跟你港，不可能的！一个女人不晓得安分守己就是作孽！女人是鸟，离开了笼子，飞出去还能活长久？不要去搞那些有的没的的事情！”那时候林安娜直接离开了，她用她的行为让婆婆知道，自己离开了男人和家，一样可以活出新的天地，那么现在呢？

林安娜下了车，看着波特曼敞亮的外观。波特曼酒店经过2003年的那次装修之后，已经不是林安娜熟悉的样子了。林安娜回想起曾经带着自己做事的前辈说过的一句话：广告人是很难有荣耀感的，任何一个品牌，员工与之奋斗成长，陪伴品牌共同进退，一荣俱荣。但广告人永远只是一个做嫁衣的，到头来你才发现，你帮助那么多品牌使之家喻户晓，可它们和你一点关系都没有，他们还是他们，永远不会因为广告做得好而感谢你。如果自己当初没有离开，与波特曼共同成长至今，是否也有一荣俱荣的荣耀感呢？林安娜已不得而知。

南京西路依旧熙来攘往，年轻人和外国人还是十年如一日地穿着时尚的行头快步在街头行走，他们个个年轻气盛，心气也很高，这里是上只角的展览馆，都市白领角逐的修罗场。林安娜刚一回头，一辆墨绿色的宾利在不远处停了下来，罗任司下了车，站在那里望着她。上海真是小，南京西路也真是窄，静安区不下九十万的人口，偏偏也能遇到不想遇到的人。

“Anna，好久不见。”罗任司的笑在林安娜看来是如此的道貌岸然。

“若非必要，不见最好。”林安娜回应道，她原本想静静待一会儿，这下全被打乱了。她绕过罗任司，拉开车门准备上车，罗任司却突然叫住了她说：“既然都到了这么好的地方，不如进去喝杯茶。”

“我赶时间。”

“Anna，你干吗这么怕我？”罗任司的眼角微微弯曲，露出一副似笑非笑的样子，“还是你怕被 Evelyn 发现我们之间一直有来往，造成什么误会啊？”

罗任司的话让林安娜打了个冷战，罗任司指了指酒店，说：“或者……你可以珍惜一下这下午茶的时光，不要虚度了才好。”

林安娜关上了车门，默默走到罗任司跟前，低声威胁道：“不要忘了你答应我的事情，撕破脸对谁都没有好处。”

“我不过是过来和你道声谢，你何必这么紧张呢？”罗任司猖狂地笑了两声，接着说，“我只是在想，如果 Evelyn 知道她一直信赖的 Anna 原来就是背叛她的那个人，心里会不会有点后悔当初放弃了奥斯德的 offer，和你走在一条跑道上呢？”

林安娜冷冷一笑说：“嗬，那你把我和她的情谊也想得太深厚了，就算她知道了，恨我一辈子，也不过就是恨了，我林安娜难道还缺人恨吗？”

罗任司玩味地笑了下，说：“是啊，那我就把你转给我的那封邮件转给她好了。”

“随便你。”林安娜并不在意罗任司的威胁，“更肮脏的事情你又不是没做过。”

罗任司终于收敛了一点笑容，说：“不愧是林安娜，怎么说都岿然不动，我这辈子没佩服过几个人，你倒是真的能排进我心里的前三。”

“风凉话就别说了，创意我让给你，这次公司的亏损就当是和你清算了，奥斯德和麦迪逊以后各走各的阳关道，这是你当初承诺的。”

“当然，我 Lawrence 说出口的话当然算数，只是我没想到口口声声说自己冷血的林安娜，还会这么在乎麦迪逊的死活，你不是已经退出了吗？刚刚又说和 Evelyn 没有什么深厚的情谊，结果又处处为她着想，我怎么觉得你这番假惺惺的说辞听起来让人有那么点恶心？”

“这世道，但凡做个干净的人都活不下去。”林安娜重新拉开自己的车门，坐进了车里，重重地甩上车门，扬长而去。罗任司望着湛蓝如洗的天，琢磨着林安娜最后留下的那句话，低吟道：“可不是嘛，你林安娜当年可不就是因为看透了这回事才有今天的吗？”

3

海森的办公室又扩大了一倍，人员也从之前的一百二十人增长到快三百人了。墙壁是重新粉刷过的，地毯也换成了更贵一点的，但风格还是大老板喜欢的简约风，没有什么浮夸的东西。办公区整体呈灰白色，清清爽爽，一看就是埋头工作的地方。几年前大老板送过吴悠一盆盆栽，吴悠临走时把盆栽又还给了大老板，眼下，这盆盆栽在阳光中活得很好。吴悠来找大老板的时候，正巧撞见了以前的上司Lucas，不知道是不是因为吴悠不在，没人和他抬杠，Lucas看起来胖了不少。见到吴悠，Lucas就忍不住揶揄说：“吴老板来了，听说你现在公司开得风生水起啊，果然是浅池藏不了蛟龙，当初你这一走还真是走对了。”

“那还不是承蒙您的关照，不然也没有我吴悠的今天。”吴悠一脸精神抖擞，好让Lucas自觉惭愧。谁料Lucas直接跳过话题，笑道：“今天你来又是找大老板的吧，他在开会呢，真的是去哪儿都不忘回来看一眼啊！”

吴悠不疾不徐地回道：“吃水不忘挖井人，哎，谁让之前我喝到的水有些人就是喝不到呢。”

Lucas的嘴角微微抽动了一下，但也不想和吴悠再争论下去，毕竟来来往往这么多人看着他们，他现在也算是大领导了，不能跟这个小姑娘一般见识。他嬉笑着瞪了吴悠一眼说：“你真行！”紧接着，Lucas立马找了借口说马上还有个部门会要开，让吴悠和大老板好好聊。接着 Lucas 又变成一副颐指气使的样子去指挥人了。海森来了很多新人，有一大半人吴悠都不认识，吴悠坐在靠窗的一个空工位上，那是她以前的位置，现在正好没人。好奇的人已经开始窃窃私语了，吴悠满不在乎地看着手机，眼看大老板下早会，她才起身敲门进去。

抬头见是吴悠，大老板原本有些阴沉的脸突然露出几分喜悦，吩咐秘书去冲两杯咖啡进来，然后给吴悠拉了一把椅子过来。再见到大老板，吴悠觉得那种安心的情绪又回来了。

大老板笑道："怎么也不提前打个电话，刚刚我差点没反应过来。"

"刚好路过附近，想着顺道过来看看，要是您忙，我就先走了。"

"不忙、不忙。"这时秘书正好把咖啡送进来，大老板让吴悠先端一杯，然后关心道，"Evelyn，你是不是最近遇到什么困难了？有什么要我帮忙的，你直说！"

"没有没有，一切安好，多谢大老板关心！我真的就是顺道过来拜访一下您，毕竟上次公司开业太忙，对您也招待不周，后来一忙，有好长一段时间没见到您了。"吴悠喝了一小口咖啡，想了想说，"大老板，最近 Lawrence 有来找您吗？"

大老板笑了笑，他就知道吴悠无事不登三宝殿，这趟必然是专程过来的。大老板说："前几天和他吃过一次饭，然后听他聊了聊工作的事情，怎么问起他了？"

"没什么，就是最近刚好和奥斯德这边有一些工作上的联系，我就想说既然要合作的话，我还是得专程来咨询一下您，一来奥斯德是海森的子公司，二来我对 Lawrence 确实不太熟悉，还是想听听大老板的意见。"

"是吗？我倒没听他说你们有什么合作。你来问我，是害怕他在合作中有什么吗？"

"也不是，我只是觉得更了解一下合作伙伴会对工作有所促进。"吴悠一脸真诚，不像是来找碴的样子，倒像是真心来咨询的。

“那你想了解点什么？”

“Lawrence 好像平日都是独来独往的，似乎从来没听任何人提过他的太太和孩子。”

大老板想了想，说：“这个说到底都是他的私事，和你们的合作应该没多大关系，但出于私下关系，我也就悄悄和你说，他好像一直单身。我也是听总公司那边的人和我说的，据说他的太太和孩子在一次意外中去世了，就此再也没有续过弦。”

“在香港去世的？”

“这个就不清楚了，不过也只是传言，就像你知道的那样，大多数人对他并不了解，如果他自己不想提，其他人肯定也不会去问什么。”

“那倒是，可就这么突然空降的一个人，没有任何人知道他的过去，想一想还挺可怕的。”吴悠想着到底没问出什么有效信息，也只是凝神不语，略有失望。了解一个人必然是从这个人的家事开始了解，但如果一无所知，就等同于雾里看花，如果真的如大老板所说的那样，罗任司是一个没有过去的人，那他的过去就一定藏着秘密。

大老板用勺子搅了搅咖啡，接着说：“Evelyn，有什么项目，也可以和海森合作啊！毕竟是你的老东家，你也不必只盯着奥斯德那块。”吴悠听出大老板是吃醋了，从二人见面，吴悠问来问去的都是 Lawrence 的事情。吴悠连忙笑道：“那是当然，这次只是一个小项目，用来试试水，毕竟您也知道我刚开公司，经验不足，还需要多磨炼，总不能让大老板您做亏钱的买卖。”

吴悠说话总是那么甜，让大老板也不好意思再吃醋，他把椅子拉近吴悠一点，一手握住吴悠的手，看了看吴悠的脸，然后用略带心疼的语气说：“Evelyn，你瘦了，肯定是累着了，要是客户这边你有什么需求，我都可以直接给你介绍的，不必去和 Lawrence 分一杯羹，你这是何必呢？”吴悠知道大老板是在向自己伸橄榄枝，但她还是把手从大老板的手里抽了出来，赔笑道：“要是我真的混不下去了，再来找大老板收留吧。”

说完，吴悠起身说：“您肯定还有事，我就先走了，回头我请您吃饭。”

大老板只当吴悠害羞，也起身说：“行吧，要不要我叫司机送你？”

“不用了、不用了，我自己打车就好。”吴悠给大老板轻轻地鞠了个躬，准备推门出去，大老板突然想到什么似的，说：“噢，对了，我突然想起一点关于 Lawrence 的事情。有一天晚上他喝多了，问了我很多关于林安娜的事，我当时也觉得有点奇怪，他笑着说特别想看林安娜从高处摔下来哭泣的样子。”

“他为什么会这么讨厌林安娜？”

“这个我也问他了，但他什么也没说，我也是刚刚突然想到这个的。”

“好的，我知道了，谢谢大老板！”

吴悠坚持让大老板留步，自己乘电梯下楼，上了出租车。她回想从开始到现在的种种，罗任司所走的每一步棋似乎都在针对林安娜，可是按照大老板之前透露的信息，罗任司七岁时就跟随父母去了香港，而后在英国长大，除了他祖籍在上海，他与林安娜应该毫无瓜葛才对。

回到公司之后，吴悠迅速在电脑上搜索了与罗任司有关的资料，但所能查到的信息寥寥无几，她试图通过杜伦大学的校内网找到一点相关的信息，但是资料库里名为 Lawrence 的学生很多，根本无法筛选。如果不能弄清楚对方的来龙去脉，那要杀个回马枪必然只是凭空之想。或许有个人是可以帮她弄清楚一些东西的，她犹豫了下，还是给郑弋之打了个电话。

“你回来了？”或许是因为太久没有听到郑弋之的声音，自从那晚不欢而散之后，吴悠就没有再给郑弋之发过一条信息，然而郑弋之那低沉、性感又略带兴奋的声音突然让吴悠有点心痒，也让她把之前的不愉快暂时放下了。

“嗯。”吴悠只回应了一个字，不咸不淡，不急不缓。

“今晚要不要一起吃个饭？我下班之后开车过去接你。”

虽然吴悠很想见他，但目前似乎并不是一个特别合适的时候，她无法定义自己现在和郑弋之是不是还在冷战，或许这顿饭是对方给自己的一个台阶，如果吴悠还在乎这段关系，他们确实需要一个你侬我侬的契机。然而此刻，当然有比儿女情长更重要的事情需要吴悠先去弄清楚。

“Jasper，你能不能先帮我一个忙？”

“好，你说。”

“我想让你帮我查一个人。”

“谁？”

吴悠很快将她所了解到的关于 Lawrence 的信息都发给了郑弋之，对像郑弋之这样有留洋经验的人来说，能够寻找到的有效信息自然比她多。吴悠挂了郑弋之的电话之后，忍不住在信息的末尾给他发了一句“谢谢”，她自己也不知道为什么会对郑弋之这样客气，或许是在某一刻，郑弋之让她不自觉地想起了赵开颜，想起了她那晚和郑弋之的争论，想起了赵开颜早上和自己说的那番毫不客气的话，想起了柳晶学姐和自己所说的关于赵开颜的过往，她甚至不清楚赵开颜到底有没有做好堕胎的决定。吴悠的情绪很复杂，这一系列的联系让她顿然感觉自己和郑弋之之间还是有了嫌隙。工作上过多的繁杂琐事已经让她的精神快要抵达极限，生活之中的这些事情更是像在火上浇油般让她煎熬。

“怎么突然这么客气，那晚上还要一起吃饭吗？”

“不了，今晚我可能要加班。”吴悠在去与不去之间犹豫了很长一段时间，但最后她还是决定先不见面了。吴悠原本还想再多说点什么，但过多的解释就会显得她有些欲盖弥彰了，她索性一句也不说了。只是吴悠没想到自己那句发过去，郑弋之也不回复了，不知道是不是生气了，毕竟自己托别人帮忙，又拒绝别人的好意，怎么看来都是自己理亏。吴悠正无奈叹气，想着不如再找补两句，这时，费仁克敲门走了进来。

“Evelyn，尤村长那边打电话来问我们这边后续的安排。”

“我知道了。”

吴悠给客户发完了邮件，到楼下买了一杯冰美式，然后乘电梯上了顶楼天台。她趴在栏杆上，静静地看着手机上的时间，一分钟，两分钟，三分钟……直到十点半，手机的微信公众号一栏，一个小红点如期而至。吴悠轻轻点开，从头拉到尾，细细看完，然后露出了满意的微笑，她的脸上尽是胸有成竹的表情。文章已经发出了，剩下的交给时间，她知道这篇文章会爆火。

4

麦迪逊客户部员工的手机在一周的时间内，不断疯狂跳闪着信息，每间隔一分钟就会新增加一个入群提示，一周之内，整个客户部的员工成了线上销售的客服，他们二十四小时在线，回应着各个主动提议要帮助乡村姑娘走出“例假困境”的志愿者。

柳晶的一篇《例假贫困！绝不该让血停止我们前进的脚步》迅速占领了整个朋友圈，文章从方方面面记录了柳晶作为采访者，亲临莫孙县的真实感受。她以“打破女性因例假而自卑”为切入点，深刻剖析了女性在生理期遭受的不公，以及发自肺腑地呼吁更多的一、二线城市女性能将目光聚焦到那些贫困山区的女孩们身上，她们需要卫生巾，需要被保护。全文夹叙夹议、图文并茂、有理有据地将贫困区女孩例假期的不易展现在大众面前。柳晶直接套用了女孩们最后留给吴悠的那些字条上的话语，加上柳晶娴熟的文笔，这篇纪实类报道让不少人声泪俱下。同一时间，“救助例假贫困”“散装卫生巾”“月事革命”的词条也迅速占据了热搜榜第三名。随着文章的火爆转发和备受关注，柳晶在文章最后留下了供志愿者捐助卫生巾的联系方式，即麦迪逊客户部的联系方式。于是，麦迪逊打着公益的名号一下子获得了无数女性的关注，甚至连当红的几位女艺人也相继转发了微博，并决定捐款资助这些女孩子。

不过一周的时间，莫孙县卫生巾的众筹资金就超过了七百三十万元，这个数字是连吴悠自己都没有想到的，原本她只是希望能依靠柳晶的公共影响力帮她减少一点麦迪逊在这次项目上的损失，但没想到一石激起千层浪，这个话题获得的关注度和讨论度远远超过了所有人的预期。许多从乡村里走出来的女性发声，她们表示对这篇文章中的看法感同身受，在她们如今一步步摆脱曾经的自卑的同时，她们也非常愿意站出来帮助更多的姑娘看到更大的世界，得到最暖的关怀。

周五的傍晚，上海中心的六十八层，从窗户望出去是高耸在云雾之间的陆家嘴大厦群和外滩的全貌，悠扬的音乐不绝耳畔，高低错落的餐桌之中，柳晶着一身亮白色长裙坐于靠窗的位置，她伸手用钢叉叉着刺身，望着吴悠，笑着说："过去这么久了，你居然还记得我喜欢吃日料。"吴悠莞尔一笑，伸手拿了一块寿司放进嘴里，说："那也要多亏了师姐的那篇文章，才让我有机会蹭上这顿饭。"

柳晶至今对吴悠这个小师妹仍然心怀某种莫名的欣喜，虽然毕业之后她们的联系并不多，但柳晶一直关注着吴悠的朋友圈，从吴悠的那些只言片语和一些图片记录里，她总能感受到吴悠身体里散发的某种力量。柳晶见识过太多类型的女性，她们有依靠男人的、有工于心计的、有外柔内刚的、有朴实无华的……然而无论哪一种，似乎都很难将吴悠归类进去。自从柳晶红后，很多身边的人都对她有了一种敬畏感，和她说话也战战兢兢的，姿态放得也很低，唯独吴悠始终将她当作自己交好的师姐，不卑不亢，保持平常心。

"噢，对了，师姐记得把银行账户给我，我下周让财务把广告费给你打过去。"

柳晶摆了摆手说："不用给我打钱了，那笔钱也帮我算到众筹的钱里吧，既然呼吁了那么多人来帮忙，我自己又怎么好独分一杯羹呢？"

那天得知奥斯德抄袭了她的创意之后，原本想要到互联网上去讨个说法的吴悠突然冷静下来，她深知硬碰硬无疑是以卵击石，即使提起法律诉讼，也要耗费大量的时间以及人力、财力。她转念一想，便给柳晶打了个电话，邀约柳晶写了这篇专栏，并希望她在三天之内能帮忙发出来。柳晶答应得很痛快，虽然在搜集资料上她花了点时间，但写一篇文章对柳晶来说毫不费力，不过是一个晚上就能搞定的事情，更何况这个主题极具话题性，是柳晶最爱写的题材。

"哎，我突然想起来，那天才和你聊起赵开颜，结果我回上海就遇见她了，有时候真的是白天怕说人，晚上怕说鬼，上海这地方说小是真的小。她那天没认出来我，在隔壁桌谈工作呢，走的时候有个男人来接她，还蛮帅的，不过开的是雷克萨斯，稍微掉价了点，我以为她真的像你说的，不说宾利，至少也是坐在保时捷里的女人了。"

吴悠在听到雷克萨斯的那一刻，心里"咯噔"了一下，不过全上海开雷克萨斯的人那么多，她为什么偏偏会联想到郑弋之？吴悠又觉得自己或许是过于敏感了，于是她没有过多地把这句话放在心上。末了，柳晶冷不丁地说了一句："上次和你一起去莫孙县的那个 Frank，好像蛮喜欢你的，你可以考虑一下，我感觉他是个踏实的男人。"这句话倒是一下惊住了吴悠，吴悠立马笑着摇头否认道："不可能啊，他怎么会喜欢我？"

柳晶以一副看人不会错的样子说："你师姐我见过的男人比你吃过的米还多，我绝对不会看错的。"

吴悠实在无法想象自己和费仁克像情侣一样出现的样子，那太别扭、太生硬、太不堪入目了，她顷刻驱散了脑海里出现的画面，然后转移话题道："师姐，你真的不用为我费心了，我已经有喜欢的人了。"柳晶耸耸肩，说："多一个选择永远不会错，相信我！"

吴悠佩服柳晶的当然不只是她的才华和双商，更重要的是她活出了大多数女人活不出的样子。自从柳晶不再以主持人这个身份出现在世人面前之后，就更加自在地按自己的天性生活，对于物质、男人、财富，她都毫不担心。毕业之前，柳晶就在上海买了房，接着买了第二套、第三套，从郊区买到市区，从上海买到北京，再从国内买到国外。柳晶是真正用自己的双手和才华勤劳致富的那批人，三十五岁之前她就完成了财富积累，进而在对男人的选择上也变得随心所欲起来，柳晶最狠的是在她和相恋三年的男友分手时，重情重义的她直接把自己名下的一套房子过户给了对方，了却了心头的牵挂，坦坦荡荡地迎接下一段感情。她所谓的选择全都是靠她自己吸引过来的，所以她总觉得吴悠也可以做到和自己一样，特别是当她知道吴悠家里有无数房产，她还执意要来上海靠自己打拼的时候，柳晶内心就把吴悠划归到了和自己同类的范畴中。

饭后，柳晶拉着吴悠在国金商场逛了一会儿，随手便买了一个 Saint Laurent（圣罗兰）的斜挎包和一双 Dior 的高跟鞋，还硬拉着吴悠买了一套华伦天奴的裙子。购物让人舒心，尤其对女人，不管是大学还是现在，柳晶都把男人和物质划分在一个领域，她认为那是让女人开心的“物件”。没错，她确实说的是物件。

两人跨过陆家嘴天桥，看着耀眼的东方明珠，柳晶忍不住问了一句：“吴悠，你打算就在广告界做一辈子吗？”吴悠看向柳晶说：“我也不知道，目前来说我也没有别的选择。”柳晶摇头道：“中国这几年发展迅速，广告已经沦为传统行业的范畴，虽然谈不上日薄西山，但上升空间已经很小了。据我所知，我身边很多做广告的都开始纷纷跳槽转行，互联网发展迅猛，推广产品的形式早就不再单一，如果要赚大钱，你是时候要考虑转型了。现在很多品牌都有了自己的 inhouse（内部的）团队做营销推广，广告公司的职能在不断被削弱，下一波风口在哪儿，你要看清。”

吴悠点头，感谢师姐的提醒。柳晶所说的，她又何曾不知？未来社会，广告的形式肯定会千变万化，传统的模式必将被取代，但产品永远需要推广、需要创意、需要营销模式，万变不离其宗，她所掌握的依旧可以使用，只是可能介质平台和途径需要变换，她也随时在关注着，所以并不着急。

“但是话说回来，当你真正开始赚钱的时候，也是你越来越身不由己的时候，或许你的初衷会被打碎，甚至做一些你并不想做的事情。像我现在就是，要有人问我快不快乐，我会说挺快乐的。但是我也分不清这种快乐是因赚钱而快乐，还是因做自己在做的事情而快乐。”柳晶嫣然一笑，继续说，“我接下来可能要做自己的品牌，我在想如果你的合伙人真的退出，你不如到我这里，和我一起开辟天地。”吴悠这才知道，原来柳晶所说的这么多，是为了挖她过去埋下的伏笔。

“师姐真看得起我，我会慎重考虑的。”吴悠没有直接拒绝，毕竟柳晶这次帮了她大忙。

“好了，你说这句话我就明白什么意思了，哈哈！你不必有压力，我只是给你一个选择而已。”

“谢谢师姐！”

站在天桥下，两人各自打车离去，吴悠看着时间还早，想着还能去一趟公司。她刚刚上车，就刷到了郑弋之的朋友圈，是一杯放在玻璃桌上的威士忌，旁边是热闹的男男女女。郑弋之的摄影技术很好，像是很享受其中的样子，定位是北京三里屯的 LUXE，像是并不介意吴悠看到的样子。他什么时候去的北京，吴悠并不知道。两个人的信息还停留在一周前的那顿晚饭邀请上，她没有再发信息过去，郑弋之也没有再回复过来。吴悠打开聊天的页面，快速地打了好几个字，思来想去后，她又全部删掉了，与其隔着屏幕说话，不如好好见一面。吴悠转手订了一张飞往北京的机票，她让司机掉头。公司不去了，直接去虹桥机场吧。

这种说飞就飞的事情吴悠不是没做过。大二那年暑假，罗薇薇在安徽老家，因为父母离婚闹得满城风雨，老爸出轨被抓包，老妈一个激动拨打了当地电视台的热线，这下便一发不可收拾。罗薇薇深夜给吴悠打电话哭诉，说自己回不了家了，家里都是记者。吴悠二话没说，挂了电话就订了一张从深圳飞往合肥的机票，一大早就找到哭成泪人的罗薇薇，吓了对方一跳。后来吴悠领着罗薇薇回家，把记者赶走，驱散了帮倒忙的三姑六婆，还给罗薇薇父母做了思想工作，认真地帮他们合理分配了家产，然后又站在罗薇薇的立场诉说了薇薇在上海念书的各种不容易，父母有权利将其中一部分资金留给罗薇薇将来做打算。念着吴悠专程从深圳飞来帮忙解决问题，罗薇薇父母也同意了吴悠的建议。就是那次之后，罗薇薇彻底变成了吴悠的贴心闺密。当时罗薇薇说，怎么有你这种说去哪儿就去哪儿的人啊，吓死我了，你也不事先打声招呼，我还以为你开玩笑呢。吴悠说，开什么玩笑，想见谁就见了，你以为还是几十年前那种要靠书信你来我往，找不到人恨不得这辈子都找不到了的年代吗，一张机票而已啊。罗薇薇当时不说，心里却想：机票多贵啊。

可现在回想起来，那时候吴悠真的高估了中部地区大部分人的消费能力，对在深圳的她来说，买机票去哪儿都是件很容易的事情，可对还在合肥的罗薇薇这种每次返校都要靠学生证去买学生票的人来说，吴悠不仅是大胆，更有一种满不在乎。那一瞬间，罗薇薇非常膜拜吴悠的这种率性而为。可罗薇薇不知道，那时候吴悠买机票的钱是她自己在学校兼职赚的，和自己的父母一点关系都没有。要是罗薇薇当时知道这一点，估计更是五体投地地把吴悠当成神一样供奉起来。

下飞机时已经是深夜十二点半了，吴悠刚打到车，就直接给郑弋之拨了通电话过去，在电话接通的那一刻，吴悠像是耳膜触电一样，开始反思自己到底是不是在发疯。

“喂……”

“我在北京。”吴悠降下一点车窗，高速上“轰轰隆隆”的声音减淡了一点郑弋之的声音。

“你在哪儿？”

“我刚落地，准备去酒店。”

“我来接你？还是……你想我直接去你的酒店等你？”郑弋之的声音里明显带着醉意，可依旧不失他撩人的兴致，吴悠抑制着自己的心跳，她听到司机建议她把窗户先关上，她关上窗户后又回到了真空的状态，车内安静如斯，郑弋之继续说，“你该不会是专程来找我的吧？”

“我过来出差，刚好看到你也在北京。”

“挑周末出差？我不知道该说是你这个当老板的拼，还是品牌方的老板拼。”郑弋之一下戳破了她的谎言，可她还是非常镇定地说：“最近事情太多了，只能约上这个时间。何况对做广告的人来说，哪有什么周末可言？”吴悠倒也不是完全撒谎，北京确实有一两个品牌方的客户需要接洽，不过倒不是非得她亲自出面。

“那我会耽误你的工作吗？如果你忙的话，我们可以回上海再见。”

“新国贸，我半小时就到。”吴悠说完，听到了郑弋之微微的一声窃笑，他应了一声“好”，吴悠才意识到他的四周突然非常安静，不像是在酒吧的样子，他具体在哪儿，吴悠没有再过问，只要他来就行。就像吴悠最初所想的那样，她不要那么透彻地了解郑弋之的方方面面，自始至终吸引吴悠的便是郑弋之语焉不详的神秘感。

酒店是她上飞机的时候临时订的，因为大部分房间都被预订出去了，她就只好选了特选套房，这下好像成了吴悠专门为了自己和郑弋之定的情侣套房一样。这样一来，倒显得吴悠太过主动了，为什么向前走一步的是她，而不是郑弋之？可吴悠转念一想，就算此刻她对郑弋之没回信息的事耿耿于怀也没有意义了，毕竟是自己先拒绝了他。

明明与郑弋之也不过半月未见，但再见到的时候，吴悠内心竟萌发出一种久别重逢的错觉。郑弋之的前刺彻底剪成了寸头，一身棕色的休闲西装在大堂灯光下熠熠生辉，他走过来给了吴悠一个拥抱，当看见吴悠并没有带什么行李的时候，他也没有说什么多余的话。二人随后上了电梯，进房间、沐浴洗澡、缠绵，这一切都显得那么的顺理成章。

郑弋之躺在吴悠左侧，侧着身，一手托着右脸，长长的睫毛忽闪忽闪的，他的手在吴悠白皙的背上漫游，然后笑道："如果我刚刚和你说我今晚没空，你打算怎么办？"吴悠拉了拉被子盖住上身，也学着他托着脸说："那可能躺在你这个位置的就是别的帅哥了。"郑弋之知道她在开玩笑，但还是有些生气地说："是吗？原来我是可以随时被取代的。"吴悠不想话题继续往危险的边缘驶去，她解释道："那也是看你给不给其他人这个机会了。"郑弋之的喉结看起来是那么的性感，微微凸起的胸部下是坚挺的线条，他伸手落在吴悠的发丝间，说："是不是想我了？"吴悠还没来得及开口，郑弋之的嘴唇又贴了上去。

深夜，吴悠并没有那么想睡，不知道是不是这段时间昼夜颠倒的缘故，她起身裹上睡衣坐在靠窗的椅子上，郑弋之翻身抱了个空，抬头看见落地灯下没睡的吴悠，问了句："怎么了？有心事？"吴悠顿了顿，说："有件事我不知道要不要和你说？"郑弋之缓缓笑了笑，露出洁白的牙齿，问："你这个样子，不会是想告诉我你怀孕了吧？"吴悠"嘁"了一声，自从那次吴悠疑神疑鬼之后，郑弋之每次都做了安全措施，他这么说也是明知故问。

郑弋之跟着下了床，一条紧身的三角裤让他的身材看起来更迷人了些。他坐到吴悠对面，给自己倒了杯水，说："是什么秘密让吴小姐要这么谨慎？"

吴悠望着郑弋之，说："我觉得 Carrie 喜欢你。"

"我觉得你说得好像有点道理。"郑弋之觑了一下吴悠的眼睛，确认吴悠不是在开玩笑后，嘟着的嘴很快松开了，他笑道："就算是，我也不能控制别人喜欢谁吧。”

吴悠也淡淡笑了，反问了句：“那你呢？”

“你觉得呢？”郑弋之起身从挂着的西装口袋里抽出一包烟，然后抖出一根，点上，转身看着吴悠，“如果你都想通过推测来确定某些事情，那在你心里不是应该有个答案吗？”

吴悠多希望郑弋之在这个时候和大多数男人一样，把所有和自己暧昧的关系或者流言蜚语撇得一干二净，哪怕他直接说“我只喜欢你”，可如果他真的这么说了，吴悠必然又会觉得他是虚情假意，和别的渣男毫无二致。吴悠无法叙述此刻自己内心的真实想法，纠结得像是麻绳打了好几个结一般。女人一旦出现多疑，就是在感情战场上的露怯，质问只会将关系推向更紧张的位置，往往在这样的时刻，不论对方说什么，女人都会默认为这是一种借口。

她险些就要将赵开颜怀孕的事情说出口了，好在她还算清醒，她伸手拿掉了郑弋之手上的烟，摁灭，关掉了落地灯。黑暗之中，她将郑弋之逼回床上，用手捂住他的嘴，然后脱掉了自己的睡衣，她千里迢迢飞来北京的这个夜里，不该给除开他们俩之外的任何人留有空间。

第二天一大早，郑弋之被阳光照醒，他微微睁开双眼，吴悠已经不在身边了。他看了下手机，早上十点半，他给吴悠发信息问她的去处，没有得到回应。直到他给前台打电话过去，才被告知吴悠已经办好退房手续了，并在前台留言说她有事先回上海了，让他慢慢睡。郑弋之捂了捂额头，他的身上还残留着昨晚吴悠的香气和余温，黑夜中的他们水乳交融，那些带着情欲的喘息声，怎么看吴悠都不像是带着情绪的样子。郑弋之拍了拍脑袋，站起来刷牙洗脸，他又看了一遍和吴悠的聊天窗口，怔怔地发了一会儿呆。果然是女人心海底针，郑弋之突然对吴悠的好感又高抬了几分。

5

吴悠回上海也并非想在和郑弋之的感情战场上扳回一局，而是在昨晚，柳晶和一个叫“女人独大”的公众号吵炸锅了，因为那家公众号引用了奥斯德的街头广告文案和照片，质疑了柳晶文章中的各个细节，称柳晶是窃取了别人的创意，并私自揽财，还说所谓的众筹棉条一事也是柳晶在打着幌子骗钱，同时曝光了柳晶在上海的几套房子，对柳晶的种种行为反唇相讥。这下原本支持公益的那些大 V 也都挂不住了，开始对这突如其来的情况感到困惑。吴悠早上看到那篇文章的时候，柳晶发信息来让吴悠不要管，说清者自清，她自然有办法来证明自己，但吴悠怎么可能坐视不理？所以没等郑弋之醒来，她就叫车直奔机场飞回了上海。

在飞机上，吴悠仔细阅读了“女人独大”那篇所谓扒皮的文章。文章其实漏洞百出。首先是图片里柳晶的房子，那根本不是柳晶现在名下的住宅，而是她几年前已经卖掉的房子；其次是针对奥斯德的那几句文案，矛头直指麦迪逊，可以看出发布文章的人并不是单纯的个人报复；再次是文中对柳晶情感经历的各种污蔑，说她先是勾搭上了有权力的高官才能坐上明珠台主持人的位置，而后圈了钱四处买房，勾搭上了投资界的老板，才一脚踢了原本的靠山，这段故事纯属子虚乌有。文章里还放了柳晶和几个大佬的照片，都是从当时柳晶出席活动的现场报道里扒出来的。这些陈谷子烂芝麻的照片居然还能拼凑成一个瓜，下面的评论里几乎都是一片“喊杀”，甚至有人翻出了柳晶在美国参加游行的照片，附上了自己的上传链接，那场游行的主题是呼吁环保，居然也被篡改成了支持境外反动势力。吴悠眼见再这样继续下去会越发不可收拾，没有谁经得起这样的造谣污蔑，到时候柳晶百口莫辩，可就麻烦了。

而在香港广场的办公室里，刘美孜正津津有味地刷着指甲油，跷着腿，哼着小曲，端详着自己的杰作。突然罗任司推开门，叫了她一声，刘美孜立马把指甲油收回抽屉，扯平了后臀裙子上的褶皱，笑着跑了进去。

罗任司把电脑转向刘美孜，指着屏幕上“女人独大”的那篇文章问：“这是你找人写的？”

刘美孜特别开心地点了点头，说：“是不是有力地回击了她们？！众筹算什么？哼，不过就是打同情牌嘛，说到底还不是利用自己的公众影响力，我就想看她这次怎么翻车。”

“你疯了？！”罗任司“啪”的一下拍响了桌子，吓得刘美孜的妆都花了，“谁让你擅自做主去做这个事情的？”

“啊，我……我这还错了吗？我这不是为您解忧吗？吴悠那个绿茶不知道怎么勾搭上柳晶的，一篇文章就让她力挽狂澜了，就这么放任她们不管，那前面我们做的那些事情不是白费了吗？”

罗任司脸色发青，怒不可遏道：“你知道你自己有多蠢吗？”刘美孜是真的迷糊了，她根本不知道自己到底错在了哪里，这篇只花了她五千块钱的公众号文章就可以搅乱柳晶和吴悠的如意算盘，不仅可以看到柳晶的楼如何塌，麦迪逊如何惹得一身骚，还可以挑拨她们之间的关系，简直是百利而无一害才对啊。

就在这个时候，朋友圈立马炸开了，柳晶的一篇自我洗白文上线，其中包含了对扒皮文章的种种质疑，并以实证揭穿了对方的谎言，同时有理有据、荡气回肠地讲述了自己的发家史；另一方面，针对扒皮文章中提到的奥斯德文案，柳晶也直接调出了当时在莫孙县演讲现场的视频，以及乡村妇女和姑娘们过来写字条的实况记录照片，还附上了莫孙县尤村长和张老师的一段感谢录音，同时公开了莫孙县县城的举报电话，让广大网友亲自去查证。柳晶不仅将自己择得干干净净，还瞬间将矛头指向了奥斯德，问道：“为什么奥斯德的广告词和麦迪逊在莫孙县搜集的姑娘妇女们的留言一模一样？”并清晰地拉出了时间线，反将了奥斯德一军。

罗任司戳了戳自己的手机，说：“你知道你蠢在哪儿了吗？你现在立马去把那篇扒皮文给删掉，不管你用什么办法，不要让网友再讨论这件事。”

刘美孜吓傻了，她怎么会知道柳晶的条理这么清楚，她本来还想着以看客的心情看柳晶和吴悠这次怎么收场，这下她反而是惹火上身了，柳晶的文章打了她一个措手不及。

吴悠看到柳晶那篇新文章时，真的想立马飞奔到她面前给她一个吻，她真没想到，“女人独大”这篇胡诌的稿子帮了她的大忙。吴悠立马给柳晶打电话过去，看她能不能想办法扩散这个舆论，这样奥斯德就不敢再随便欺负她们了，但柳晶矢口制止了吴悠的想法。

“你知道这件事扩大到最后伤害的人是谁吗？是你自己。”柳晶在电话那头语重心长地劝慰道。

“怎么说？”

“舆论一旦发酵，事件扩大，那么最后大家就会质疑，到底对方是怎么拿到你们公司的文案的，如果是内部流出，那就是你们公司内部监守自盗的问题，网友只会当作笑话来看，并不能帮你什么。我的建议是，到此为止。”

柳晶的分析句句在理，吴悠也没什么可说的，几分钟后，“女人独大”上的那篇文章就彻底消失了，网友的声音也很快淡却。原本吴悠还担心柳晶会因此惹来麻烦，看来是她多虑了。

奥斯德的办公室里，刘美孜正生气地骂着下面的人，她当然不能承认自己蠢，就只能把怒气发泄在其他人身上。罗任司非常头痛地看着在外面走来走去的刘美孜，果然有无智商的女人在细小的事情上就能一决高下，再这样下去，说不定刘美孜可能又会在哪个关键的时刻让自己崴脚。

而在茶水间里生闷气的刘美孜心里责怪得更多的其实是罗任司，

当初从前公司把她挖过来，和她说只要她能帮自己抢到客户，奥斯德的合伙人和股份就自然都有她的份，所以她来到奥斯德之后一直以预备合伙人的姿态对人对事，哪怕是先她进来的安哲也不被她放在眼里。而事实上，罗任司并没有像他说的那样履行承诺。在客户这件事上，刘美孜不仅牺牲了自己的美貌和身体，还时常贴钱赚吆喝，在引起安哲那边客户部投诉的时候，她还要忍受公司内部的人对她的指指点点，一想到这里，刘美孜就觉得有些委屈。

凭什么呢？她做这么多，不也是为了罗任司？！她就犯了那么一点点小错误，她就立马被指着鼻子骂，玻璃窗外那么多人盯着她看，她真的是一点面子都没了。

刘美孜这个人，最在乎的只有两样——权力和面子。出生在昆山的她，在北京念书的时候逢人都说她是上海人，有人问她上海人怎么还要来北京，刘美孜就说她想接近权力最集中的地方，看看祖国最好的城墙是什么样子。你问刘美孜的偶像是谁，她会直接告诉你——武则天。

出生在普通工人家庭的刘美孜，从小就被母亲打扮得漂漂亮亮的，加上自己发育早，五年级时，刘美孜就已经亭亭玉立，长得像个大姑娘了。当时很多男老师都不敢对刘美孜多看一眼，生怕触碰了什么红线，刘美孜却引以为豪，她向来认为自己的美就是资本。那时候她喜欢穿纱制的衣服，一到夏天，就会引起男生的争论和注意，于是她理直气壮地让那些被她迷得五迷三道的家伙帮自己做作业。高中的时候，班主任是新调来的师范大学毕业的高才生，阳光、年轻又帅气，和刘美孜之前接触的老师完全不一样。原本已经被班上好多学霸排挤到不行的她突然看见了希望，她当时的成绩已经排在中下，但她还是积极参加班上的活动，努力讨老师喜欢，她甚至会和帅气的班主任谈论人生前景，让老师对她刮目相看。班主任因此经常对同学们说班上有事就找刘美孜，慢慢地，同学们也不再因为她的成绩一般而看不起她。

刘美孜成绩不够，就靠颜值来凑。她提前报了空乘，她个高，人美，嘴又甜，在别人都还在埋头苦读的时候，她就已经被提前录取了。那时候她就把自己高高在上的态度摆出来了，成绩没关系，重点是懂得利用自己的优势，傻读书有什么用啊，脑子灵才行啊。

进了大学，刘美孜也抢着当干部，她什么都要争在前面，不为别的，就因为从小家庭普通，看了太多父母因没有背景吃的亏。从来拿不到奖学金的她，就拼命参加文娱活动，找补一些奖项，证明自己不差，老师要找学生代表去下乡，她也不管下乡累不累，非要占个名额，让老师时时想着自己。毕业的时候，学校还真的因为她这些杂七杂八的奖项给她发了个校级优秀毕业生奖。可实力不行也没有办法，没两年，同级的同学都当上乘务长了，她还是底层的小空姐，她当然不服气，便立马辞职到上海做广告。广告她不懂，但没关系，她嘴巴会说、会哄人就行。刘美孜为什么选广告行业？完全是因为那个年代的广告人个个光鲜亮丽，看起来都很有钱。每次开创意会之前，她都要花时间在网上扒国外的创意，然后说成是自己的，领导当然不是真不知道，可刘美孜会来事又体贴人，老板也就听之任之了。她每次都将别人的创意修修改改成自己的东西，倒也没捅过什么娄子。

可这么多年过来了，刘美孜确实毫无长进。去年她终于花了自己好多年的积蓄给在昆山的爸妈买了套小别墅，算是证明自己这些年的努力。父母当然觉得女儿孝顺，但刘美孜私下是真的窝火，当年和她一起当空姐的小姐妹早就勾搭上大老板洗手不干了，洋房、别墅都有好几套了。她呢，眼下都三十多岁了，也只能走一步看一步。她好不容易等来了罗任司，想着自己终于要翻身做主人了，才知道事情哪有她想的那么好。

不过，女人只要还够美，就有竞争力，其他的都不重要。这个世上，谁会抗拒好看的女人呢？

刘美孜收起那副泄气的样子，给自己脸上又补了点妆，她挺着胸，像踩着高跷一样，径直走回了罗任司的办公室，她知道办公室里的人都在看她，她倒觉得越多人把目光放在她身上越好。她推门进了罗任司的办公室，把门关上，拉下百叶窗，坐到罗任司对面。当下这个社会，梨花带雨的戏码已经过时了，她两腿一交叉，露出白花花的大腿，双手一搭，放在腿上，说："罗总，我反思好了，这次是我多管闲事，总觉得把麦迪逊往死里整就是对我们自己好，现在我想明白了，力气用在根本不用放在眼里的对象上，实属浪费时间，我不仅没弄好还偷鸡不成蚀把米，还好罗总提醒了我。这个月的工资和年终的分红我都愿意贡献出来，算是给自己买个教训。"

"嗯，你想明白了就行。"罗任司好像没有什么心思听刘美孜在这里谈心。

"但是罗总想想，我会犯错的原因是什么呢？是因为我确实模糊了自己工作的范围，一边要忙活创意部的事情，一边又要兼顾客户那边的关系，对我来说，确实有点超出负荷了。事多易错，所以，我想和罗总提个申请，把我调去客户部，让我专心致志地维护客户关系，挖掘新的客户，创意部总监的位置我想让给 Lisa，我看了下 Lisa 在公司的简历，她待的时间比林安娜还久些，能力也一点不差，我觉得她完全可以胜任。说实话，今年上半年的订单，基本上一多半都是我找客户争取来的，相对于创意，我觉得我的业务能力绝对更适合放在对接客户上，不知道您怎么看？"

"嗬，这是在和我谈条件呢？"

刘美孜非常自信地说："这是我深思熟虑的结果。"

罗任司停下手里的工作，刘美孜这个时候来提调换部门的申请倒也不无道理。虽然刘美孜不够聪明，但是她所说的也都是事实。客户部那边安哲主要靠拉客户赚提成，而刘美孜因为在创意部，即使客户是她找来的，也只能给她基本工资，长远来看，确实对刘美孜不公平。再加上安哲在公司待的时间久了，业务能力就略显疲软，整个 Q1 和

Q2，他只谈下一个大客户的年框，就基本不动弹了。相比之下，刘美孜确实活泛多了，不把她放在找钱的部门，而放在用钱的部门，确实有点浪费。但如果把刘美孜调去客户部，安哲的安置就成了问题，毕竟一家公司不需要两个 AD，安哲没有什么大的过错，也无法直接裁掉，可多养一个人，对公司来说就是一笔多余的开支。

“好了，我知道了。”

第二天，人事部丹尼尔就分别找了刘美孜和安哲谈话，相比刘美孜出门时的春风得意，安哲则是跑到了吸烟室里，抽了半小时的烟。罗任司最终决定给刘美孜和安哲一个考核期，三个月内，谁能让公司的业绩再增长 30%，谁就先拿下奥斯德 AD 的职位，而另外一位则调任到人事部协助丹尼尔。安哲早就知道刘美孜不是善碴儿，但想不到她居然这么明目张胆地把手伸向了自己的碗里。安哲回想起当初戴维德要走的时候，问他要不要跟着一起跳槽，他还对奥斯德抱有希望，现在看来，自己已经错过最好的离开时机了，现在要走等同于被扫地出门。

自从罗任司架空了罗根之后，罗根基本上除了大会，都不怎么来公司了，而安哲之前还能依附罗根帮他说几句话，现在也完全不行了。奥斯德内部人都在传，客户部的肉已经被创意部瓜分得快没有了，两个部门索性合并了最好。好几个安哲的手下在喝酒的时候都义愤填膺地说自己老大输给一个女人，真是让人不甘心。安哲也不止一次地私下警告过刘美孜不要越权，刘美孜就当听耳旁风似的，说：“能者居上，这年头，谁顾忌得了谁？”

丹尼尔找他谈话，无疑是对他下了最后通牒，如果他干不过刘美孜，自然不会忍气吞声地跑去做行政，到时候他只能另谋高就了。

原本人人都准备看刘美孜的笑话，谁知这个女人还是段位高，一来一回就逆风翻盘了，原本那些对她指指点点的男人也都不禁对她另眼相看起来。一到下班的点，刘美孜就拎包走人了，比起在办公室里坐着，下班后到深夜的那六个多小时才是她真正的工作时间。虽然还没有正式对外公布，但刘美孜已经和大多数客户发信息说，接下来她要分管客户部了。她满脸得意地打了车去赴一个老板的局。从那天开始，刘美孜就变得越来越艳丽，越穿越暴露，她都省得下班回家换衣服了，平时就直接一身交际装到公司，也不遮掩，反而引以为傲。

一个周三的晚上，她一身紫红色跻身于KTV包间，灯光落在她的脸上，像极了电影里那些俗脂艳粉的交际花，她一边和包间里的人问好，一边一屁股坐到了一个老板旁边的位置上，给自己把酒杯满上。刘美孜总是借一个局加一群人的微信，再一个个详细备注，做好分类，那些被筛选后毫无用处的人，第二天就会被她直接删掉。

也是这天晚上，刘美孜喝得昏昏沉沉地趴在洗手间的台子上发愣，罗薇薇正好路过，在她旁边的台子上补妆，结果刘美孜一个没忍住，"哇"的一声吐了出来。因为两个洗手台之间距离太近，呕吐物一下溅到了罗薇薇的身上。刘美孜完全没有反应过来，她埋着头脑袋昏沉着。罗薇薇一边嫌弃地用湿巾擦衣服，一边在旁边嘀咕了一句："喝不了就别喝，吐在别人身上算啥事啊，恶不恶心？！"

刘美孜第一反应是对方挑事，她抹了下嘴，抬起头就冲着罗薇薇说："怎么就你讲究干净了？大半夜不在家，跑这儿来穿得花里胡哨的，还把自己当善男信女了？"

罗薇薇这下来气了："说谁花里胡哨呢，你怎么不对着镜子瞧瞧你自己啊，说你是鸡都抬举了你。"

"谁是鸡？"刘美孜伸手就把脏东西糊到了罗薇薇的脸上。罗薇薇也不是吃素的，她脱下一只高跟鞋就往刘美孜脸上扔，结果扔偏了，"哗啦"一下就把镜子给砸碎了。

在包间刚刚喝上酒的吴悠，突然听到走廊一阵骚动，原本今天是罗薇薇的生日，吴悠许久没见薇薇，下了班就立马赶过来了，结果她刚坐下，就出了事。走廊上有人说女卫生间里有人打起来了，保安都不好意思进去。吴悠闻声走过去，眼见罗薇薇的妆已经彻底花了，对面刘美孜的背带也被扯断了一根，要不是刘美孜捂着，胸脯都快要露出来了。吴悠二话不说回了包间，拎起一个空酒瓶就过来了，挡在刘美孜和罗薇薇中间，她拿着酒瓶指着刘美孜说："别发疯了，还嫌自己的戏不够多啊！"

吴悠这一声让刘美孜和罗薇薇都停了下来，闹腾的卫生间终于安静了。刘美孜这会儿酒也醒了，她捋了捋额前的头发，定定地看着前方，当她看清是吴悠挡在那儿时，她讥笑道："我当是谁呢，都说物以类聚，还真是了！"

吴悠拉了罗薇薇一把，转身把纸巾打湿，好好给她擦了下脸，然后拉着她准备回去，结果刘美孜不依不饶地挡在门口不让她们走："去哪儿啊，刚刚不是还像母老虎一样发威吗？"

"别给脸不要脸啊！"吴悠可不想当着这么多人的面在这里发疯。

"你给谁脸了？"刘美孜护着自己的胸口没法动手，只能挡在她们面前。罗薇薇一把将她推开，说："你干吗啊，小心我报警告你骚扰。"

"别理她，我们走！"吴悠不想让这些事情影响罗薇薇今天的心情，结果刘美孜冷笑了一声道："吴悠，你就别一天到晚耀武扬威的了，你以为你攀上个柳晶就了不起了？"

"对啊，我没办法像你一样那么讨男人喜欢，我讨女人喜欢总不至于抢你饭碗吧。"吴悠顺势反驳了回去。

吴悠已经绕出了洗手间，和罗薇薇往包间走去。刘美孜心里本来就不爽，要不是吴悠找柳晶来回击，她也不至于被罗任司轻视。刘美孜走上前一步，非要抢到吴悠跟前，说："你知道奥斯德是怎么拿到你那些文案的吗？"

吴悠突然住了脚，拍拍罗薇薇的肩膀，示意她先进去，然后回过头，看了一眼刘美孜，说："你刚刚什么意思？"

"嗬，看到奥斯德的文案和你拿到的一模一样，你不奇怪吗？忍气吞声不发作，不就是想亲自查出是谁背叛了你吗？”

“谁？”

刘美孜俯过身，在她的耳边说出了那个名字，吴悠看着刘美孜得意的脸，轻轻地捏了捏拳头，她绝对不愿意相信刘美孜所说的话，可是刘美孜言之凿凿的样子，完全不像是在说谎。

“惊不惊喜？意不意外？”刘美孜随后发出的那串银铃般的笑声让吴悠觉得无比刺耳，就在这时，吴悠的手机突然震动了两下，她低头看了看，是郑弋之的信息：

“你让我查的那个人我托人查到了，你现在在哪儿？”

KTV 里依旧灯红酒绿，只是吴悠知道，她还是不得不错过罗薇薇这个二十九岁的生日宴了，当然，她也来不及和罗薇薇一起吹蜡烛了。她推开门，把礼物交到罗薇薇的手上，给了她一个拥抱，说：“我有事先走了。”罗薇薇笑着说：“你去吧，反正……永远有事情比我重要。”

吴悠愧疚地看了罗薇薇一眼，罗薇薇已经转身开始和其他人觥筹交错起来。

第一次看见灿烂的时刻

第十章

1

赵开颜坐在泳池的边上，一身靓丽的泳衣吸引了不少男人过来搭讪。一个叫 Ross（罗斯）的男人穿着藏青色的三角泳裤，端了一杯莫吉托过来，坐在赵开颜身旁，笑着说："你一个人在这儿就能成为一道风景线。"赵开颜对于这种轻佻的说辞不以为意，她只顾两腿落在泳池里随意踢荡，敷衍地回了一句："是吗？"

今晚的泳池 party 是洛奇投资的两家公司联合搞的年度大会，特别邀请了洛奇的员工一起来参加。对大多数同事来说，这种场合就是用来挖掘新的客户和扩展人脉的，但对于赵开颜这种外籍员工，这一切又稍有不同，相比于其他人，她更像是在赌气地给自己一个休息的时间。

她没有理会那个 Ross，只是一头扎到泳池里，埋头往前游了一段距离，她听到水面上那些嘈杂的声响，以及泳池边上走动的声音。终于，她从泳池的另一头起身，慢慢走上地面，然后甩了甩头发，准备到更衣室里去换一身衣服。打开柜子的时候，她刻意看了下手机，那个人果然没有回复她的信息。

下午开会结束的时候，老板又一次和赵开颜提到了奥斯德。在组内评估后，洛奇认为奥斯德确实比麦迪逊更有投资价值，这是老板的原话，而且洛奇和海森的交涉已经过了两轮，海森总部对于洛奇对奥斯德产生兴趣这件事也很有想法。林安娜的那封邮件杀伤力确实不小，对投资人来说，在当前的情况下，投 A 和投 B 没有区别，投资人更看重的还是企业的品牌年限和发展方向。麦迪逊的过于年轻化和单一的发展方向让洛奇内部很快失去了兴趣，甚至有些“直男癌”的大老板认为，大行其道的女性主义根本就是在胡闹，这些话句句都像是故意说给赵开颜听的。

对赵开颜而言，吴悠最开始的规划和方向确实是新颖的，从前瞻性上来说也有先行者的意思，但问题在于，不管是赵开颜还是吴悠，其实她们都忽略了这种定位造成广告单一的可能性，这是这次组内讨论的重点的内容。一旦一个品类为品牌甲做了嫁衣，那同一领域的品牌乙、丙、丁就不可能与之合作，而女性产品这一品类在整个产品链中只有那么一部分，这样导致的结果就是企业只会越做越窄，而奥斯德不分品类这一点就赢了麦迪逊一大截。当时麦迪逊能与奥斯德分庭抗礼的最主要原因，还是有林安娜这个招牌，而一旦林安娜离开，麦迪逊就失去了最后一个优势。

赵开颜当然不想和吴悠吵架，其实那天她去找吴的目的是想让她稳住林安娜，可当她看到吴悠的那一刻，她还是忍不住爆发了内心的怒火。早上的会议中，赵开颜据理力争地讲述了自己支持麦迪逊的理由：虽然从短期来看，麦迪逊只做一个领域有作茧自缚的嫌疑，但从长远来看，将一个领域做到极致而无可取代，才是在市场上活下去最关键的因素。赵开颜想到在美国的时候，她时常因为自己是亚洲人而被歧视，而回到国内市场，自己又因为是女性而变成弱势，她心里有很多没有说出口的话，但她还是尽量让老板相信，她不仅仅是站在吴悠的立场上说话，更重要的是她不想输。

户外餐桌上的食物已经过了最美味的时段，赵开颜换了一身黑色的雪纺外衣走回刚刚的地方，Ross 已经去勾搭别的姑娘了，之后肯定还有什么 Jack、Steve、Roy……在这么多的男人里，大多是打着今晚带一个姑娘回家共度良宵的想法，这种社交场合总需要在酒醉之后逢场作戏一番，可赵开颜阴沉着脸，并没有给太多人接近自己的机会，要怪只怪她心里还是不开心，因为她想要的那个男人今晚无论如何也不会出现了。

她站到一旁点了根烟，突然听到一旁有人在轻轻咳嗽，她回头的时候看见一个两鬓花白的男人正在目不转睛地看着她。与刚刚的 Ross 不同，这个人显然没有要轻易靠近她的意思，相反，他仅仅是站在两米外，气场就已经压得赵开颜有些喘不过气来了。赵开颜不知道他是谁，身着打扮都不像是来捞资源的乡巴佬，于是赵开颜礼貌地朝这个人点了点头。这个男人手上那只雪茄不便宜，不是麦克纽杜也是富恩特，赵开颜恬然一笑，她敛了下外套，走上前去。

“你好，洛奇的 Carrie。”赵开颜向这个男人伸出手并介绍了自己。

“你好，”对方抖了抖雪茄，腾出手来，握上赵开颜的手说，“Lawrence。”

赵开颜微微一怔，问道：“奥斯德的 Lawrence？”

“幸会！”罗任司笑着说，露出他洁白的牙齿。罗任司完全不是赵开颜脑海中想象的样子，这样风度翩翩的老板气派，并不是随便一个老板都能有的。赵开颜顿觉自己有些唐突，转而说道：“没想到您也会出席这个 party。”

“每个人都有来的理由，你说呢？”罗任司调侃道。

“只是我以为这里都是一些想要谋得资源的二流老板才会出现的地方。抱歉，我不是在说你。”

“没事，我也确实符合想要谋得资源的二流老板的人设，你没说错！”罗任司又重新抽起了雪茄。

赵开颜确实是第一次见罗任司，但这个男人给她的感觉并不陌生，他就像是赵开颜在美国刚进这个行业时遇到的许多懂得累积资本的大佬，他们并不会浮夸地赞赏自己已有的业绩，也不会自信满满地宣扬未来的可能，他们只是非常内敛自持地表达自己的事业，这让赵开颜对其产生了极大好感。赵开颜掩饰了自己妩媚的笑容，转而用一种接近工作交流的状态和罗任司聊了几句，但她并没有暴露自己和麦迪逊的关系，全程罗任司都没有深入地和赵开颜聊工作上的事，而是只讲自己在英国的经历和自己对美国的见解。虽然赵开颜并不完全认同罗任司的说法，但和罗任司聊天很舒服的一点是，他不会强求对方接受自己的认知。

罗任司帮赵开颜倒了一杯酒，再然后，周围的人和事就都变成了背景一般，赵开颜并非对中年男人不感兴趣，何况是罗任司这样的。赵开颜很开心地加了他的微信，然后准备离开，罗任司却多了一嘴："不如换个场子，续个摊？"

赵开颜也不知道是怎么开始的，她只记得自己非常大方地坐上了罗任司的车，然后消失在了宾客满席的泳池派对上。赵开颜打开自己家的门，罗任司将外套放在沙发上，就像是敏感的雄性动物总能闻到所在地盘上其他雄性的气息一般。罗任司拉上窗帘，说："你应该有男朋友吧。"

赵开颜没有回答，她脱掉了外套，到洗手间将头发扎起来，然后从酒柜里拿出了两个杯子，递了一个到罗任司的手上，又熟练地开了瓶香槟，给罗任司满上。两人坐在落地窗边的沙发上，罗任司并没有对赵开颜动手动脚，反倒是赵开颜有些微醺地靠在了罗任司的肩上，说："你呢？总归有老婆吧。"罗任司笑着说："有的，不过不在这里。"赵开颜跟着笑："这是你这个岁数的男人会做出来的事情。"罗任司没有反驳什么，他放下酒杯，将赵开颜的双手捏住，然后凑到她跟前，说："所以你别惹我。"

赵开颜看了一眼手机，依旧是毫无音信的迹象，想必那个人已经睡了，她转头勾了下罗任司的脖子，然后也不客气地说："惹了又怎么样呢？"

罗任司掐了下她的下巴，说："那你就危险了。"

熄灯之后，赵开颜听着自己在床上的喘息声，仿佛那不是她自己的声音，而是别人的。黑暗之中，她的手指和对方交叉在一起，赵开颜紧紧地抱着对方的身体，和年轻的小伙子不同的是，中年男人似乎更懂在这个至暗时刻的女人。赵开颜喜欢这样迅猛的攻势。

在美国的时候，赵开颜的前夫和她基本没有交流，因二人长时间沉浸在工作中，双方常常见不到彼此。这样的夜晚让赵开颜想起自己很多学生时期的事情，这当然不是她第一次和比自己大许多岁的男人接触。因为她的优秀，她在大学时常常到很多德高望重的教授家参加饭局，散场的时候，她会尝试留下来获取某些特殊的机会，那不是她的本意，但是很多时候她不得不这么做，毕竟越是优秀的大学内部竞争越激烈。

当然也有很多类似罗薇薇那样的，对前途没有什么想法的学生，可是赵开颜一到大学她就很清楚，混沌的将来对她来说就等于回到家乡那个偏远的三四线小城里，过着日复一日的生活。当时学校内部对学生和老师的关系查得很严，这和那几年互联网上爆料的那些女学生被大学老师性侵的事情有关，但赵开颜对此嗤之以鼻，她知道要获得必然要有付出，这个世界就是这样。可教授大多数还是谨言慎行的，特别是面对赵开颜这样的女学生，没有人知道她背后会捅出什么娄子来。

所以她很快转移了方向，在教授的家里，她或许不一定要得到教授的青睐，但饭局上总会有那么几个优秀的男同学，他们家境优渥，品学兼优，这些人很快就成了赵开颜眼里的猎物。

赵开颜从来不和任何人说起自己的故事，也不谈及她从哪里来，在她的说辞里过去永远是灰色地带的秘密。她只会告诉他们，自己要到哪里去，现代年轻人最不喜欢听到苦情的戏码，那些富二代知道你背后的辛酸总会觉得你是唯利是图的人，所以赵开颜从来只表现自己上进的一面。

赵开颜的父母都是农民，赵开颜从小看着面朝黄土背朝天的双亲，久而久之，她开始对他们长期麻木的神情感到乏味。每逢夏日，她就要跟着姐姐去田里收玉米，那是赵开颜最不喜欢的日子，所以每逢夏天，她都借口自己有做不完的作业来逃避收玉米。那时候姐姐最清楚她的小心思，但也没有要体谅她的意思，从小到大，姐姐都是压着她，所以虽然赵开颜逃过了做苦力，却被姐姐抓住了把柄，让她帮自己做作业。那些高年级的题，赵开颜一开始也不会，可为了不做事，她只能埋头去学，所以赵开颜能从那个地方考到上海，也要感谢姐姐的“剥削”。不仅如此，姐姐什么都要和赵开颜争，不管是赵开颜的零花钱，还是赵开颜的新书包，哪怕是赵开颜的橡皮筋，姐姐也要占为己有，赵开颜最后能用的都是姐姐用过的东西。父母往往会宽慰她说：“你再等等，等你姐考上大学了，你就用新的。”

然而无止境的等待等来的结果就是姐姐落榜，她不仅得不到新的东西，所有拥有的都将会被无穷无尽地继续霸占。

高三的那一年，姐姐无意间知道了她和班上一个男生恋爱的事情，就硬是要挤进赵开颜和那个男生之间，然后把那个男生抢到手。赵开颜忍无可忍，终于和姐姐大打出手，甚至在学校走廊上扇了姐姐一耳光，而结果是，那个男生觉得赵开颜过于暴力，就开始对她敬而远之，姐姐则收获了那个男生的怜悯。那个男生同时决定留在附近的二线城市上大学，并决定毕业就和姐姐结婚。赵开颜只觉得可笑，于是她高考发挥超常，一下子考到了万人向往的上海，这是她对姐姐最有力的回击。她想，从那天开始，姐姐终于再也抢不走她任何东西了。但姐姐在乡里宴请宾客的状元宴上诅咒她，说她毕业之后还是只能回来，让大家就等着看吧。

像赵开颜这样没钱没势的穷学生，连大学的学费都需要申请补助，想要出国，除了抢到公费名额，否则简直是痴心妄想。那时候的她一想到姐姐的那句诅咒几乎就要成真就开始着急，父母打电话来问她毕业之后的去处，她说她要出国，父母问她资金怎么解决，她说不用父母操心了，她已经申请到了美国学校那边的全奖。她故意这样说给父母听，实则是想让他们转告给姐姐，然后自己想象着姐姐在得知这个消息时恨之入骨的表情。然而谎言终究是谎言，眼看着公布名单的时间越来越近，如果她没有得到出国的机会，她就会立马被姐姐嘲笑。

赵开颜回想起来，那时候自己对吴悠实际上有些嫉妒，特别是得知她是从深圳比较优渥的家庭过来的，吴悠那股子冲劲长期以来一直刺激着她。她为什么不留在深圳念书，在广州也好，为什么偏偏要挤到上海来。可吴悠很少会说起自己，只在一次，罗薇薇说吴悠家里有十来套房，毕业之后不上班靠收租就可以过日子的时候，赵开颜心里就酸到不行。为什么有的人生下来就可以随心所欲地做自己想做的事情呢？而有的人却要拼尽全力，才可能勉强进入理想的大门。

好在老天爷终究还是选择了帮她。那个叫董丞的男生出现得很及时，之所以那么久赵开颜还记得这个名字，是因为他确实在自己最艰难的时刻帮了自己一把。董丞把自己的名额让给了她，把她当成心头肉一样呵护，但是让赵开颜受不了的，是他那娇滴滴的少爷习气。董丞不止一次想把她介绍给家人，可赵开颜总是以“还不是时候”为借口拖延着，直到她终于拿到了名额，并得到了董丞的一笔生活费前往美国之后，她下定决心将对方踢掉。这件事说起来有点残忍，但这也是必然的结果，如果她和董丞长期交往下去，赵开颜的家事必然会快速曝光，不仅如此，赵开颜唯恐自己变成寄人篱下的女仆，要在董丞父母的颐指气使下伺候这个少爷。

在纽约的日子让赵开颜彻底改头换面，重新做人。她喜欢这个谁也不知道她是谁的国度，和在上海不同，那里有太多人可能会认识你，他们可能是你的同乡，或者会从别人口中得知你的过去。但在纽约，没有人会在意你是谁，对所有黄皮肤、黑头发的华人来说，他们只有一个名字——“Chinese（中国人）”。

之后的十年里，赵开颜不叫赵开颜，而是“Carrie”，她不喜欢自己的中文名字，她总觉得那代表着自己与黄土地纠缠的贫苦岁月，以及姐姐躲在暗处窥视她的那双眼睛。但是Carrie不同，这是一个全新的她，一个和过去完全无关的新人物，她可以寄美金回去给父母，让姐姐和当初抛弃她此刻已是她姐夫的那个男生捶胸顿足，她甚至会时不时“施舍”一些生活费给姐姐和姐夫。她总是仰着头走过华尔街的咖啡店，然后用流利的英语和美国人交流，之后她结婚、拿身份、换国籍、离婚，她拥有了新的生命，这一切原本都很好，所有的事情都掌握在自己手上，赵开颜终于掌握了自己人生的舵，也能感知迎面而来的风。可是，直到吴悠的出现，把原本该有的许多东西都打破了。

赵开颜靠着床头沉思，罗任司忍不住问了一嘴：“你和很多女人都不一样，你知道吗？”

“比如说？”

“大多数女人都喜欢欢愉之后的缠绵，但你像个男人，开心之后就变成了冷血的动物，一言不发。”

赵开颜浅笑着，问罗任司要了一根烟，点燃之后，她深吸一口，漫不经心地说：“我怀孕了。”

罗任司略感诧异：“没开玩笑？”他收起了原本想说的话。赵开颜打开了窗边的台灯，看着罗任司的表情，问：“吓着了？”

罗任司依旧是波澜不惊的样子，他饶有趣味地说：“那你应该是遇到不开心的事情了。”

赵开颜有点生气地说：“我不是你想的那种女人。”

“对不起，我只是就事论事。这种情况下，对孩子不好。”罗任司起身准备穿衣服，接着说，“成年人睡错人是很正常的事情，你倒不必那么在意，不过有孩子的话，你最好考虑清楚你现在所处的位置。”

“虽然你大我几岁，但我还不至于要你来教我做人。”赵开颜看着他提裤子的样子，并没有要挽留他的意思。不过罗任司也没有立马离开，他环视了一下赵开颜的家，看着她桌上那些英文合同，问了一句："每天和资本打交道的感觉开心吗？"赵开颜裹上睡衣起身，把合同快速收进抽屉里说："随便看别人的工作内容，未免有点不礼貌吧。"罗任司笑了笑，并没有道歉，反而接着问："开心吗？"

"你是指每天帮忙算计，看着这些大鱼吃小鱼、一山更比一山高的时刻，心中有没有一丝快感？说实话，挺无聊的，再多的钱也与我无关，对于框架、股份、收益、胜算，这些东西，我已经做得有些厌倦了。如果你想从我这里套点什么内幕的话，我确实无可奉告。"

"你没有必要把我想成那种贪图你什么的男人，我就是随口一问，今晚上原本也是一场意外，遇见你挺开心的，下次见面的时候，希望我们还能打个招呼，have a good night（晚安）。"说完，罗任司便起身拉开门穿上鞋走了出去。空置下来的空间，并没有让赵开颜轻松多少，她不知道罗任司刚刚看到了什么，就那几份文件里，确实夹着和麦迪逊股份有关的东西，但他眼睛应该没有这么尖，赵开颜只能赌他确实什么也没看清。

2

吴悠记得上大学的时候，有个老师带着言传身教的口吻说，如果你犹豫不决的时候，就不要做任何事，冷静可以帮你渡过难关，否则你将迎来收拾不完的烂摊子。当吴悠坐在出租车上的时候，她犹豫到底是先去找郑弋之还是先去找林安娜，最后她选择了让司机停在定西路的某个夜宵摊上，她点了一大碗面。看着腾起的热气，闻着略带辛辣的气味，吴悠开始让自己尽可能冷静下来。

吴悠吃着面，顺便要了两瓶啤酒，她闷着头就把一瓶酒都喝了下去。店家的小猫突然溜到吴悠脚下蹭了蹭，吴悠看着这只英国短毛猫，伸手抚了抚它的头。店老板见吴悠吃面配啤酒，觉得这姑娘还真是有种英姿飒爽的意味，便问她还要不要点下酒小菜，免费的。老板招呼完客人，就坐在吴悠对面聊了会儿，不一会儿酒瓶就空了，老板问："你这是感情不顺还是工作失利啊？"吴悠轻轻打了个嗝，说："怎么还不能是单纯地吃饭喝酒了？"吴悠觉得自己有点微醺，但这样的感觉刚刚好。吴悠结了账，出了门，她这才打好了一肚子的腹稿，晚风让她略微清醒了些。

吴悠敲开林安娜家门的时候，正一脸通红还带着酒气，她撑在门梁上，看着穿着居家服的林安娜，一本正经地说："我有话和你说。"

"就你这醉醺醺的样子，有什么话不能白天说？"

吴悠不管不顾地踢掉了鞋子，往屋子里走，找了沙发就直接坐下，镇定了一小会儿，试图从刚刚的腹稿中截取一段有力的话作为开场白，但她最后还是很无力地问了一句："你为什么要这么做？"

"什么这么做？"

"如果你真的不想和我合伙，不想让麦迪逊继续下去，就有话直说，我们散伙就是，但是背地里把我准备好的创意和文案递给奥斯德，你是图什么呢？ Anna，我不懂，你觉得窝里斗是一件让你开心的事情是不是？"

林安娜看着吴悠执着的神情，轻轻地舒了一口气，说："对，是我给他们的，你就当我不想因为你靠这单大赚一笔而有借口把我留下来吧。"

"为什么？！"吴悠无法忍受林安娜给出的这个理由，"以你林安娜的聪慧程度，不会不知道你这么一个举动，牵动的是背后一系列的资本跳动吧？最后麦迪逊丢掉的仅仅是 Independ 的一个单子吗？丢掉的是整个团队的士气！你今天跟我说做这一切只是为了离开，你真的好自私！"

林安娜"啧"了一声："所以你大半夜跑到我家里来发疯，就是为了和我说这些？你说得没错啊，我林安娜向来自私，这一点不需要你来盖棺定论，你说完了吗？说完了就请回吧。”林安娜拉开大门，示意吴悠离开。

吴悠坐在沙发上纹丝不动，轻笑道：“说一千、道一万，你当初和我合伙不也只是想看看我的笑话吗？现在你看到了，开心吗？我本以为……”

“你不用以为什么，”林安娜打断吴悠的说辞，“我没有要看任何人笑话的意思。就像我最开始和你说的，我不一定是你最合适的那个合伙人，我们有太多不一样的想法，甚至在每一步上我们都在发生冲突，你有很多你想要完成的想法，但那对我来说已经不重要了，你执意要留我，我也执意要离开，仅此而已。”

“好，我知道了。”吴悠站起身来，“股份我会让财务算好，股权重置的会议我会尽快安排。Anna，你要走，我就让你风风光光地走，但我想让你知道，不是只有你在的麦迪逊才有价值，没有你，麦迪逊一样可以发光发亮，你就等着看吧。”

吴悠踩进高跟鞋，然后走出门去，林安娜看着吴悠，轻声说了句：“祝你好运！”

关上门，林安娜那副盛气凌人的样子突然干瘪下去，她回到厨房给自己倒了一杯水，让自己的心情稍微平复了一下。其实今天吴悠不来找林安娜，林安娜大概也会失眠，自从上次和罗任司见面之后，林安娜就陷入了反复失眠的状态，不管吃褪黑素还是吃安神的药都不太管用，当她躺在床上的时候，她总会想自己是不是真的做错了。

决定离开麦迪逊的那天，林安娜突然接到了罗任司的一条信息，说约她出来有事相谈。林安娜猜到了罗任司的不怀好意，但当罗任司把自己女儿的那张照片扔在自己面前的时候，林安娜的内心还是突然一紧。还不待林安娜开口，罗任司便说：“你要退出麦迪逊，就是因为这张照片吧。”罗任司的消息固然灵通，但林安娜没想到自己女儿的这些事，居然也都被他知道了。林安娜想要把照片抢过来，罗任司却一把收了回去。

“你想怎么样？”

“我一个商人，还能想什么？Anna你这么问，就是在装糊涂了。”

“我最恨那些要挟我的人。”

“你这话就言重了，我可是什么都没做呢。”罗任司搅了搅咖啡，接着说，“我这个人就喜欢看热闹，你说……要是你和吴悠突然在办公室大吵起来，是不是会很有趣？”

最后的条件，无非是林安娜要换回照片就必须答应罗任司的一个要求，对林安娜而言，自己的软肋被完全掌握在了对方手里。罗任司太狠，他吃准了林安娜的致命弱点。林安娜愿意出卖吴悠这次的创意来交换那张照片，但林安娜也有一个要求，那就是如果她彻底离开麦迪逊，罗任司以后也不可以再打麦迪逊的主意。罗任司从口袋里把那张照片交到林安娜的手上，然后朝着咖啡里点了点烟灰，问：“你真的会退出吗？“

罗任司直直地看着林安娜说：“你知道有趣的是什么吗？同样的选择，当初我告诉吴悠，你的创意没有交上去，让她篡了你的位，她的果断倒是和你此刻一模一样。不过，她选择的是放弃，而你却选择背叛。人啊，多活那么多年，对于利益的取舍，果然还是比年轻人更懂得权衡。”

林安娜可以当罗任司的这句话是挑衅，但他所说的又全都是事实。如果罗任司愿意就此收手，不再在资本上将麦迪逊玩弄在股掌中，也算是林安娜离开前能为吴悠做的最后一件事了，至于吴悠怎么想，已经与她无关。

就在刚刚吴悠敲门进来的那一刻，林安娜觉得有一些更重要的话要对吴悠说，但话到嘴边，又停下了。林安娜看着玻璃窗里自己的倒影，就像杜太太说的那样，她应该有自己新的生活了，但是她已经为广告界付出了几十年的青春，新的生活又从何而来呢？失去了工作的她，就像是被彻底倒空的墨水瓶，空空如也，也失去了意义。所谓人生后半场的吃喝享乐，此刻也寡然无味，她因为工作失去了婚姻，因为工作也失去了女儿，现在，她终于也要失去工作了，所以她人生中的一切，看起来马上就都结束了。

她摸着女儿的那张照片发呆，久久回不过神来。

吴悠下楼之后给郑弋之打了个电话过去，说自己打算直接过去找他，结果郑弋之却挂了她的电话，发信息说有点事在外面，回头再说。当吴悠再问他在什么地方的时候，郑弋之便没有再回答了。虽然吴悠觉得奇怪，若非有什么急事，郑弋之不会在这个时间出门。

她看了下时间，现在回头去给罗薇薇庆生吹蜡烛会不会显得有点做作，但关键是她此刻毫无心情。与其她现在过去给姐妹扫兴，不如识相点彻底消失可能更好。吴悠叫了辆车，她没有回家，而是去了公司。

吴悠开始觉得自己有一家公司的好处就是，即使在生活中遇到任何的尴尬或者沮丧的时刻，都有一个地方可以让你重新恢复元气。这个地方一定不是家，在家闭门而坐只会自怨自艾，只有公司可以让你觉得，原来除了不开心还有那么多事可以做。

上海的办公楼给人的感觉是，不管这座城市黑得多么透彻，那星星点点的灯都能给你安慰，除了自己，还有那么多人在奋斗，多好的世界啊。吴悠上楼的时候，发现公司果然有一半的夜猫子都没走，AE和文案正在沟通，几个实习生小朋友在埋头整理资料，设计则跷着二郎腿给图上色，萧树提着夜宵走进来正好撞见吴悠。萧树有些诧异地说：“我以为你下班了，少买了一份。”吴悠看着萧树愣愣的样子，说：“那你把你的那份给我就好了啊。”两个人就在走廊上笑了起来。

吴悠喜欢这样的氛围，和过去在海森不一样的是，这里的每一块砖、每一片瓦、每一个人都是自己一手铸造起来的。虽然公司开了不到一年，但是吴悠觉得自己好像和这一切相处了好多年似的。萧树走过来，把部队火锅递给她，吴悠看着红油汤说："还真的给我啊？你自己吃呗。"萧树说："其实我多买了，这家的部队锅好吃，你试试！"吴悠用筷子夹了块鱼饼放进嘴里，然后好似被点燃味蕾似的一怔，说："真的好吃！"另一边，几个同事也夸萧树对吃的是真有研究，只要每次把叫外卖的事交给萧树，就一定不会踩雷。

吴悠不免在心里责难了自己一番，前几天她还在疑神疑鬼公司的谁出卖了公司，现在她发现，明明公司里都是一群可爱的人，而真正的背叛者早早就做好了要退出的打算。这时，费仁克从办公室出来和吴悠打了个照面，两个人都有些愣，没想到对方都没下班还在公司。吴悠举了举手里的部队锅，问："Frank，你要不要来一点？"费仁克摇了摇头，说："早困了，得先回去了。"吴悠看着这个背影宽厚的男人，微微叹了口气，要是这么勤恳工作的他知道自己还怀疑他是内鬼，不知道他心里会怎么想呢？

萧树见吴悠出神，问："下班了又回来，是有什么事吗？"

吴悠敲了下萧树的脑袋，说："小孩子问这么多干吗？"吴悠站起来，拍了拍手，"好了，好了，大家吃完夜宵就赶紧下班，别老想着蹭公司的电费和网费啊，别以为年轻就可以不惜命。"

好说歹说把一群人轰走了，麦迪逊作为一家新公司，和那种尾大不掉的大公司比，没有什么混吃等死的"老人"。相反，麦迪逊的员工们个个意气风发，都像是要狠狠扎根在上海的样子，临走时他们还嬉皮笑脸地说："'大姐大'专程跑回来赶人，哪有这种老板？"这是初创公司的好处，当然也是弊端。

最后剩下吴悠和萧树。吴悠问："你怎么还不走？"萧树反问："你不走吗？我们不是顺路吗？"这时，外面走廊上突然有人大声叫着萧树的名字，吴悠侧身看，叫喊的人正是常常出入萧树家的乔琪。吴悠笑着拍了拍萧树的肩膀，若有似无地笑了笑，说："哦，佳人有约？"萧树这才瞬间明白吴悠是误会了。此刻乔琪已经进了门，他眼见这位惹不起的大姐也在，便说："噢，在开会？"说着还后退了两步。

"没开，快领人走吧，我正好清净清净。"吴悠一把将萧树推了过去，"下次接别人下班记得早点，这都几点了，年轻人要夜生活就不要命了吗？"

"嘿嘿，我这不也是刚下班嘛。"乔琪傻乎乎地笑着，摸了摸后脑勺。

"富二代也要上班的吗？"吴悠冷不丁揶揄了他一句。

"富二代也要自力更生啊！"乔琪不服气地回道："姐，我可不是你想的那种富二代。"

萧树被夹在中间插不上嘴，他本想单独和吴悠聊聊，这下也被乔琪给耽误了，但他还是忍不住问了句："要一起走吗？"

吴悠凑到萧树耳边，压低声说："我可不想当电灯泡。"然后笑着说，"去吧去吧，我还要忙一会儿。"

等到萧树和乔琪离开，办公室才彻底空了，吴悠发信息给财务，让她明早把公司的报表重新做一遍，以备参加洛奇的董事会时用。然后她坐下，打开电脑，她的桌面上还有一大堆没有处理的文件，这会儿正好是个工作的好时机。刚刚在林安娜家的那点憋屈她已经慢慢消化了，她又给郑弋之发了条信息，依旧没有得到回复。这个时间，他会在忙什么呢？大半夜跑回律所改合同吗？倒也不是不可能。但吴悠内心突然有一个声音告诉她，或许不是她想的这样。她打开手机，找到赵开颜的电话，如果这个时候打过去，赵开颜也正好在忙，会说明什么呢？吴悠刚想拨过去，玻璃门就被推开了，吴悠抬起头来，她正想说萧树是不是又丢三落四了，结果进来的却是费仁克。

"你怎么回来了？"

"走到一半想起手机忘拿了，你呢？今晚打算在办公室过夜吗？"费仁克进了自己的办公室，找了一下手机，然后又走了出来。

"你这么一说，我倒觉得把房子退了，直接住在公司也不是不可以。”

“那你还得为你的员工想想，来得早的发现你还没化妆，可能还要找借口到楼下便利店待半小时才敢上来。”

吴悠被费仁克这句玩笑话逗笑了，费仁克看向吴悠，也淡淡一笑。一时间两人找不到什么话题，气氛有点尴尬。吴悠一手撑在背后的办公桌上，费仁克突然问了句：“你喝酒了？”吴悠这才意识到，一两个小时前，自己确实在面摊上干了两瓶啤酒，只是没想到现在还有气味。费仁克又问：“还在烦？”

“把文案放出去的人是 Anna。”吴悠不想只有自己舔舐这个伤口。

“你怎么知道？”

“她自己承认的。“吴悠摇摇头，“只是我想不通她为什么这么做。”

“如果你想不通，那就说明你也觉得这件事另有隐情，如果一切都那么顺理成章，你也就不会在这里烦了，既然事情已经这样了，你又何必自寻烦恼呢？”费仁克走到吴悠电脑前，关掉了显示器说，“早点回去睡吧，公司的电费也不便宜，我们又不是那么有钱。”

“你好像一点也不意外。”

“这么轻而易举就能让你知道的事情，说明 Anna 也早就预料到了这个结果，那说明什么呢？你这么聪明，一想就知道了吧。”

吴悠直直地看着费仁克，这个男人看事情果然比她更透彻，刚刚还陷在一团乱麻里的她像是突然找到了线头，距离穿针引线的过程，就差一个找准针眼的时刻。

“谢谢！”对吴悠来说，这句道谢还包含了一丝道歉的意味，但费仁克并不在意，他反而浅笑着说：“怎么，现在这么容易低头了吗？”

“好了，别给你点颜色你就开染坊。项目那边，你今晚做一个统计吧，我们现有的客户以及做出的案例都给我一份，这周我打算和洛奇那边开会，确定 Anna 离开的事情。”

风突然就变得清冽了，就像风雨阳光，说到底天气的好坏都和心情有关。深夜，吴悠走在上海的街头，原本混沌沉重的脑袋好像清醒了不少。郑弋之没有再发信息过来，吴悠也没有再拨过去，空空荡荡的街道和清清爽爽的一个人，没有什么不好，谁能想到一晚上竟然发生了这么多事情，这么多事全都浓缩在了这个不到四个小时的夜里。吴悠朋友圈里，罗薇薇的生日宴照片显得格外绚烂，吴悠给她点了个赞。吴悠原本还想说点什么，最后她点开了罗薇薇的私聊窗口，给她打了四个字：二十不灭。

突然，一个骑着三轮车的花夫在吴悠面前停了下来，问："姑娘，买花吗？刚好剩下最后三把桔梗，半卖半送都给你了。"吴悠看着那些还在沉睡中的花，突然听到身后一个声音说："买了，多少钱？"吴悠回过头去，眼前并不是自己心里想的那个人。费仁克买了牛奶从便利店推门出来，刚好看到这一幕，便过来搭话。"三十吧，行吗？"吴悠还没来得及制止，费仁克就已经扫码付好了款，然后把花推到吴悠胸前说："上次你送了我一堆，这次我送还给你，咱们两清！"吴悠笑了，这次是费仁克叫的车先到了，他匆匆说了句："回去插好。"便上车离去了。

吴悠看着手里的花，随手拨弄了一下，然后拿出手机、拍了照、发了条朋友圈，费仁克迅速给她点了赞。她退回微信主页，点开林安娜的聊天框，她吸了口气，打了一行字：这周麻烦你空出一点时间吧，我会安排和洛奇的会议。

3

上海中心三区十七层，洛奇公司就设在那里。吴悠第一次去洛奇，是和林安娜一起到那里签字办手续，当时主持会议的是洛奇中华区的合伙人之一，一个叫 Will（威尔）的中年男人。因为项目不大，所以洛奇没有给他们安排太大的会议室，Will 也只带了一个随行秘书。整个场面和吴悠设想的相去甚远，谈判的场面没有什么“高大上”可言，可见麦迪逊这个项目顶多算是大公司挤出芝麻大的时间来应付的小生意。投资一家广告公司，对洛奇这样的大资本来说，颇有几分做慈善的意思。但吴悠和林安娜当时依旧非常配合，她们没有表现出不满，也没有丝毫抱怨，就像是两个体面的职场人，只管做好自己分内的工作一般。那天站在资本面前，吴悠也没有露怯，她至今仍记得那天太阳很大，她兴奋地和林安娜握手，准备迎接接下来的战斗。

然而，同样的地点，同样的与会人员，会场上的气氛却一下子发生了一百八十度的转变。吴悠端着咖啡上楼的时候，毫不意外地碰到了赵开颜，两人似乎都在同一瞬间犹豫了一下，都在思考要不要主动和对方打招呼，最后先开口的还是吴悠。

“好久不见。”吴悠走到赵开颜面前。赵开颜点了点头问：“来开会？”

“嗯，等下你参加吗？”

“Will 会和你们协商的，我还有别的事要处理。”赵开颜又回到了大学时那种不好靠近的姿态，她背过身准备去做别的事。这时，电梯门开了，两个人都不由自主地望过去，只见郑弋之一身西装从里面走了出来。他朝吴悠挥了挥手，然后走过来，说：“我以为我是最早到的，没想到你比我更早一些。”作为洛奇这边的合作律师，他确实也有必要到场参加，只是郑弋之在看见吴悠的那一刻，他似乎也没有要解释那天晚上他去做了什么和这几天他失联的原因。吴悠朝着郑弋之投以微笑，然后又看了赵开颜一眼，说自己要去一趟洗手间。

吴悠看着镜子里的自己，她也不知道自己到底在躲什么，或者是在那一刻她觉得郑弋之和赵开颜都有些陌生，但要躲的原不该是她。她朝着脸上扑了两捧水，眯着眼睛找旁边的纸巾，这时洛奇的一个女员工进来上厕所，对她这种像喝醉酒一样的行为露出了不解的神情。吴悠的手机振了两下，Will 发信息来说林安娜已经到了，问她在哪里。

她这才重新整理了自己上衣的衣领，确认刚刚的行为没有让自己的妆变得一塌糊涂，才慢慢走了出去。

吴悠此刻的心情就像是第二次去民政局的伴侣一样，想着自己曾经也是抱着海誓山盟的决心才走进来的，没想到她和林安娜的分道扬镳也来得这么容易。在洛奇这样的地方，来往不绝的投资客和创业者有多少得意，就有多少失意。

吴悠推开那扇久违的门，或许是她已经习惯了，她不再像第一次来的时候那样，觉得这个办公室小得可怜，她礼貌地朝着 Will 笑了笑，然后和林安娜打了个照面，便坐在了三方各自都能看得到彼此的位置上。紧接着郑弋之也敲门进来，坐在了距离吴悠最近的地方。

“人都到齐了，那么我们就开始吧。”Will 吩咐秘书去关门，然后对林安娜和吴悠说，“Evelyn 和 Anna 各自写的报告我都看过了，即使不是因为 Anna，我们也应该开一次会了。在这之前，我想先代表洛奇说一下我的想法，我看了这半年来麦迪逊的运营情况，和我们当初预计的差不多，Q1 和 Q2 的整体收益在我们的预估值上下，总的来说就是运营惨淡。”Will 说话的时候声音很平，基本听不出什么情绪，但即使再听不出情绪，吴悠也知道这段话是在批评她们。

“Will，我记得我第一次和 Anna 过来和你开会的时候就提到过，麦迪逊的整个概念都是新的，所以我们没有办法保证第一年的收益，但我们从长线发展来看，麦迪逊的前景是乐观的。虽然麦迪逊前两个季度的财报确实不尽如人意，那是因为所有的一切还处在公司的磨合期，这个我们必须承认。”吴悠不想 Will 在这个问题上借题发挥，她忍不住反驳了一句。

“Evelyn，你不必这么焦急，我说这些不是为了批评谁，对投资公司来说，这当然是司空见惯的事情，只是……你们知道洛奇最不同于一般投资公司的点，就在于我们习惯了时时把控风向，随时调整定位，这是非常重要的。从 Q1 和 Q2 的数据来看，麦迪逊确实是有必要做出一些调整的，就目前的情况而言，你们和大多数上海初创的广告公司没有区别，哪怕你们标新立异地觉得自己的定位非常准确。”

林安娜只是看了吴悠一眼，并没有提出什么异议，但对吴悠来说，Will 在这个时刻提这些都带着几分不怀好意。

“我以为今天会议的议题是股权分配的事情。”

“今天的会议确实是要讨论股权的分配问题，也正是因此，我才更需要把实际情况提出来。”Will 拿出当初的股权分配协议，向林安娜问道，“Anna，你是确定好了要退出吗？你也知道，当初我们的合同上是要求持股为期六年才能按比退股的，也就是说，如果今天你要走，你一分钱也拿不到。”

“Will，你觉得我很在乎这点钱吗？”林安娜不屑地笑了笑。

“好，那我们就按实际情况来说，Anna 的股份应该由剩下的股东出资认领，我们才能重新划分股权比例。Jasper，我说得没错吧？”Will 故意朝郑弋之问了一句，然后对着吴悠说，“Evelyn，对于 Anna 这 37.5% 的股份你有什么想法吗？”

Will 问得很故意，其实吴悠心里早就清楚，五百万元的 37.5% 是一百八十七点五万元，就她目前的经济情况，不要说一百八十七万，就是拿个零头出来，她在上海也只能喝西北风了。Will 的意思很明确，Anna 走了，大头只能被洛奇认领，那么吴悠就自然成了小股东，之后再进新的合伙人，股权被稀释，吴悠只会越来越没有话语权。唯一的办法，就是吴悠想方设法认领下林安娜的股份，可是这笔钱不是小数目。

正当吴悠沉默不语时，门突然被推开了，所有人都朝着门口望去，只见那个惯穿深蓝色西装的罗任司毫不客气地走了进来，问：“会开得还顺利吗？”吴悠朝 Will 看了一眼，Will 不为所动，面对这突如其来的不速之客，脸色最难看的是林安娜。Will 也有些诧异，问了句：“Lawrence，你怎么来了？”显然，两人不是第一次见面了。罗任司拍了拍 Will 的肩膀，示意他不用紧张，然后他走到了吴悠旁边。

“Anna 离开之后，这么大的占比总不至于拱手让人吧？”罗任司轻轻挠了挠脑袋，煞有介事地说，“噢，对，毕竟这么大的占比，钱是个主要的问题。”

“你来做什么？”吴悠想不到，罗任司怎么会知道今天这场会议，吴悠看了林安娜一眼，林安娜却没有回应的意思。罗任司顺势坐到吴悠旁边，将一张支票放到吴悠的手边说：“这里是一百八十七万，足够认领下大部分的股份了吧？”罗任司与 Will 对视了一下，然后说，“提供资金应该不算干扰你们的会议进程吧，Will？”

吴悠不懂罗任司的意思，说：“抱歉，我不知道你把钱放在这里的意思是什么？”

“一百八十七万，买下你的创意，还算是个良心价吧。”吴悠这才知道，原来罗任司心里早就做好了所有的打算，这笔钱不仅扇在了林安娜的脸上，扇在了吴悠的脸上，也扇在了麦迪逊的脸上，那个 Independ 的广告带来的收益远不止这一点。吴悠此刻收下这笔钱，就是收下了所有的屈辱。

“Lawrence，商业社会，我希望你能遵守你的诺言。”林安娜几乎是压抑着心中的所有怒火在和罗任司说话。

罗任司看着林安娜紧张的样子，笑了笑：“Anna，你这么说就真的是小肚鸡肠了，我没有不遵守诺言，我这不是过来帮吴小姐一把吗？你要退出，她想坚持，何况我是无偿赞助，何况……这是她应得的。”

林安娜看着吴悠，吴悠也看向林安娜，电光石火之间，吴悠冷笑一声，然后收下罗任司的支票，微笑着说：“好啊！”

有了这笔钱，吴悠就能直接认购下林安娜几乎全部的股权，麦迪逊也不至于就此落入洛奇的手中，所有吴悠想要坚持的都能继续，但是……吴悠突然站起身，走到一旁，拾起旁边装饰的高尔夫球杆，接着，她一脚踢开罗任司坐的椅子，反手举起球杆重重地打在了罗任司身上，猝不及防的攻击让罗任司滚到了地上……

吴悠不记得那天自己的具体感受是什么样的了，她只是觉得那一瞬间的冲动，是她已经没有办法再忍受眼下这个男人的任何一句话的体现，那种感觉就像她曾在高中的某一堂课上，承受着任课老师喋喋不休的批评一样。不管你平时成绩多么优秀，只要因为一次失误掉下班级前十名的位置，任课老师就会变本加厉地说："骄傲吧，得意吧，摔跟头了吧！"其背后的原因是，只有她一个人没有在课后去找这位老师补习，她甚至因为好几次考过其他人而被怀疑只是运气好。吴悠还记得那个下午，她是怎么当着老师的面拍案而起，说："确实是考差了，下次不会了，老师可以先上课吗？"只是这样一句劝告，吴悠就被当作忤逆师长的坏学生，吴悠最终忍无可忍，背着书包走了。

就和当年那次一样，吴悠能在这个时刻感受到的愤怒，就像是夏天突然而起的一阵台风，没有缘由地席卷了城市的墙和树木，让人惊愕。

罗任司实在想不到，吴悠会突然发疯，他一边捂着头，一边准备去抢那根球杆，但吴悠也不知道哪里来的力气，她不仅压制住了罗任司，还一击重棍，落在了罗任司的头上，瞬间，一股鲜血从罗任司的耳边流了下来。林安娜和 Will 还有郑弋之都惊在了一旁，他们从来没见过吴悠这么凶恶的样子。吴悠看着一脸狼狈的罗任司，这才扔了那根球杆，"当啷"一声球杆落地，吴悠重新整了整自己的头发，呼了一口气，然后把那张支票扔在罗任司的身上，说："这个……是医药费，罗先生。就这点钱，够你拿去住 VIP 专人二十四小时看护病房了。麻烦你搞搞清楚，这世上不是只有你有钱，气死我了！"

"疯女人！"罗任司擦了一下额角的血，恶狠狠地瞪着吴悠。

吴悠轻笑道："是啊，我就是疯女人啊！我要是不疯，当初怎么会拒绝你这个'大好人'呢？"

屋外的人听到会议室里的巨大动静，刘美孜第一个跑了进来，她看着罗任司脸上的伤，尖叫了一声，连忙过去扶起了罗任司，紧接着，刘美孜转过头便指着吴悠尖声骂道："你怎么这么疯啊?！小心我报警！"罗任司一手抽开，不让任何人靠近，他直勾勾地看着吴悠，说："你以为你很横吗？今天你不要我的钱，回头我一样吞了林安娜的那37.5%！"

"你想多了。"林安娜终于站了出来，"那37.5%你永远也没有机会了。"林安娜走到吴悠身边，护住她的肩膀，对罗任司说，"从今天开始，麦迪逊这家公司永远有我林安娜的名字，你就不要再痴人说梦了。"吴悠转头看向一旁的林安娜，疑惑道："Anna……"林安娜捏了捏她的肩，轻声说："放心吧，下次我不会让你一个人打狗的。"

林安娜转身，对Will说："我收回我要退出的话，麦迪逊我会继续经营下去。"

吴悠突然内心一紧，转头看着林安娜坚定而柔和的目光。

"什么？"Will表示不可理解，如果不是他忍着，感觉立马就会从嘴里蹦出脏话来。

如果这是一个值得鼓掌胜利的时刻，那真是再好不过了，然而，Will却非常不耐烦地说："抱歉，Anna，下次麻烦你想清楚再给全员发邮件，我每天都有上亿资本的项目要处理，请不要随便浪费我们彼此的时间。"Will的话说得很不客气，他看着林安娜坚定的眼神，夹着笔记本气愤地走出了办公室。郑弋之眼见现在也不需要他在场，便礼貌地点了点头，跟着走了出去。吴悠不知道怎么表达此刻的心情，感激，意外，兴奋……总而言之，她之前感受到的那些负能量都因为刚刚林安娜的一句话而彻底消失了，林安娜走到捂着额头的罗任司面前，厌恶地说："我以为至少能相信你一次，没想到……你原来这么恶心！"

罗任司不顾额头上的伤，任凭血从额角流下，他轻轻咳了下，从上衣口袋里掏出一包烟，抖了抖，再漫不经心地点燃，然后看着林安娜和吴悠说："我以为今天会是个大结局，却没想到是个未完待续，我倒是很想知道，我是哪一步没有让二位满意？"

"Lawrence，你想要的到底是什么？"吴悠不想再和罗任司玩这种躲猫猫的游戏，如果他要的只是对吴悠和林安娜的一顿羞辱，那他已经做到了。

"我想要什么？"罗任司一脸无辜地看着吴悠，"啧，Evelyn，你问这句话的时候，到底是对我有多少偏见啊？今天你最该问的，不是你的好搭档 Anna 吗？把麦迪逊创意给我们的是她，决定要退出麦迪逊的是她，现在反悔的也是她，你说我要什么，我能要什么呢？我不过是配合你们演完这出……母女情深的戏码，对吧？"

林安娜忍不住怒斥道："都到这个地步了，你还要在这里惺惺作态吗？且不说你怎么会知道我们今天开会的时间，我就问你一句，由我的股份折算出来的一百八十七万，你是怎么知道这个数值的？若非有人泄露合同内容，或者你用了什么下三烂的手段获取了内部信息，我不知道还有什么办法能让你恰好来做这个'大好人'。"

林安娜不说，吴悠还没有意识到这个问题。

林安娜直直地看着罗任司，说："你觉得我最害怕的，不就是这个吗？"说着，她把女儿的照片甩到了桌上，"就像我最开始说的，我这个人最恨有人要挟我。"吴悠看着桌上那张女孩近乎赤裸的照片，以及那女孩与林安娜相似的容貌，便立刻明白了其中的深意。

罗任司沉默地吸了一口烟，然后将烟摁灭，弹了弹衣服上的灰，回头对刘美孜说："走吧。"

"怎么不说了？"吴悠追问了一句。

罗任司回头看了一眼吴悠，双眼里是愤懑不平的血丝，那深邃不可见底的双眸里有一种藏匿已久的辛酸，忽然间他笑了一下，对着林安娜说："你们不是很想知道我要什么吗？Anna，我就问你一句，你这一辈子真的都问心无愧吗？"

林安娜的脸瞬间一阵煞白，罗任司看着林安娜脸上的表情，吐出了胸腔里的最后一口气，嘴角上扬，推开门和刘美孜走了出去。

吴悠拍了拍林安娜，问："他是什么意思？"

林安娜咽了口气，脸色稍微恢复了一点，说："我有点累，想先回去休息一下。"吴悠点头，把原本的合同收进文件袋，准备和林安娜出去。郑弋之站在门口，看见她们出来，问了一句："要我送你回公司吗？"吴悠想了想，点点头说："正好，我正想问你关于你帮我查的那些事。"

4

在登上财经周刊的访谈之前，"罗任司"这个名字只存在于罗任司自己口中，直到2015年的某条关于半导体并购的企业访谈出现在当期杂志头版的时候，罗任司这个人才真正被行业内的一部分人看到。然而，关于罗任司本人，不管是过去和他共事的同僚，还是现在管理他的顶头老板，对他的来历都有些语焉不详。

罗材书对这种无人知晓的状态非常满意，罗材书——罗任司真正在身份证上出现过的名字。2008年，他花了很大的力气改掉了属于他的过往，确认了自己应有的新身份，但因为所在区域派出所对于户口本上更名程序的繁复与拖延，导致在他最初漂洋过海前往英国就读杜伦大学的时候，他的学籍上还是"罗材书"这个名字，直到他进入牛津大学，他才得以以"罗任司"这个名字生活下去。

罗任司所谓的早年在香港的经历实属杜撰，但他身边的人并没有对他津津乐道的谎话有所怀疑，因为他本身气质非凡，深得学校男男女女的喜欢，冷漠而不易接近的他，确实让身边的人对他产生了浓厚的兴趣。

2008年，已经二十八岁的罗任司原本是益海嘉里市场部的一名员工，按部就班地过着朝九晚五的生活，而罗任司命运的转折点，完全来自他账户里多出的那四千多万元，这些没有缘由出现的钱彻底改变了他的人生轨迹。现在如果能找到当年与他在益海嘉里共事的人，或许会对罗任司当年的事略知一二，可是，更多的人只记得汶川地震和奥运会这两件国家级的大事，而根本忽略了那个夏天这个叫罗任司的人是如何消失的。

罗任司从牛津大学毕业之后，迅速地选择了回国，等回到上海的时候，上海已经沧海变桑田。他依靠高学历很快进入了汽车行业，从市场部员工做到了区域总监，而后跳槽去做了半导体。他在任职 COO 期间，将公司运营做到了极致，而后在访谈中又因为自己独特的见地一炮而红。罗任司从任职海森到空降奥斯德的整个过程，至今仍让人觉得迷惑而不可理解。他从一个前景很好的行业急流勇退，转而经营起自己并不擅长的广告，如果说不是他的野心太大，那多半是他在上一场企业内的角逐中败北，然而真正的原因并没有人清楚。

吴悠坐在郑弋之的副驾驶上，听着郑弋之慢条斯理地叙述，问道："那关于 Lawrence 之前的事情，有办法能查到吗？"

郑弋之从方向盘上空出一只手来，牵住了吴悠，吴悠原本想要挣脱，却还是被他牢牢握住了。"Evelyn 小姐，我们现在是要化身史密斯夫妇，去完成某项任务吗？你刚刚是没把 Lawrence 打够，现在还打算要扒他的皮是不是？我怎么都想不到，原来你是个包裹着都市丽人皮囊的女杀手。"

"我没和你说笑，你说当初 Lawrence 为什么要隐藏自己的过去，谎称自己从小在香港长大，这里面肯定有什么秘密，你不好奇吗？"

郑弋之在红灯前停下来说："Evelyn，其实我挺不了解你的。"

"说得好像你很容易被看透似的。"吴悠还是抽回了自己的手。

"既然你这么有好奇心，也不好奇一下那天晚上我去哪儿了吗？"

吴悠降下玻璃窗，没好气地说："我其实也很迷惑我们现在的关系，说实话，我总觉得恋爱中的每个人都是自由的个体，应该有属于自己的生活，但是我也不希望两个人疏离到可以好几天不联系，再见面的时候又可以像那几天不存在一样。”

郑弋之叹了口气，说道：“那天晚上，我突然接到电话去公司处理了一个并购合同，因为涉及后面的IPO上市，所以那天晚上加班到很晚，确实是因为太忙了，所以才漏掉了你的电话。”

“Fine，你不用和我解释。Jasper，如果工作比较重要，你只要发一条信息给我就好了，不管怎么样，Lawrence的事情还是谢谢你。”吴悠顿了顿，“另外，我觉得我们或许应该重新审视一下我们的关系，你觉得呢？”

“我觉得什么？”

“我想我们俩都应该好好想想，现在是不是恋爱的最佳时机，我不喜欢现在这样患得患失的感觉，或者直接一点说，如果你真的有一片渔场，我不希望自己是其中的一条。”

“你还是不相信我？”

爱情的有效期是什么？和广告一样，永远都会有琳琅满目的新鲜玩意出现在海报、屏幕、网页空白以及影视剧的中插时间里，即使是同样的商品，也需要不断地用不同的概念、模式、形象和人物来让其鲜活。在信息和大数据爆炸的年代，永远只有新的东西才能抓住人的胃口。吴悠太清楚都市男女要的那种新鲜感是什么了，即使是他们每天下班回家必经的店铺，不管菜单上的菜看多么可口，时间一久，他们便希望店铺能够根据时令季节推出新的东西，否则他们也会选择离开。

吴悠记得第一次和郑弋之见面的那个夜晚，那晚郑弋之站在便利店门口抽烟的样子，用“风华绝代”四个字来形容也不为过。如果说吴悠那一刻的心动是真的，不如说更打动吴悠的是之前自己对郑弋之内心模棱两可的揣测、那种欲言又止的暧昧和对他这个人一步一步的探索，但是现在，这些新奇的东西慢慢消失了，是从什么时候开始的呢？如果确切地说，的确是从赵开颜那一次无故提及郑弋之“养鱼”这件事开始的，吴悠不确定赵开颜挑明说出来的原因，但自从那次之后，吴悠确实对于他们之间的关系看得更模糊了。

“我不知道，不过我想给彼此一点时间。”

吴悠选择了在下一个路口提前下车，或许对她个人而言，对待感情，她永远没有办法像对待工作一般激进而无畏。郑弋之的车在前面掉了头，快速地从吴悠身边飞驰而过，吴悠没有回答“信”或“不信”这个问题，郑弋之也没有挽留她。她拎着包，被一群行人迅速包裹在其中，爱情的部分应该就此完结了吧，吴悠在自己心里默默地说了一声。她拿出手机，准备给林安娜打过去，想问下她现在状态好一些了没，但忙音表明林安娜正在通话中。

一周之后，吴悠收到了林安娜放在桌上的一张邀请函，吴悠不解地打开看了一眼，邀请函是关于一个主题为“林荞荞最后的影像世界”的摄影展的。函上写明，摄影展将于当周周末在上海当代艺术博物馆的展厅开展，封面上是林安娜女儿那双饱含情绪的眼睛。吴悠回头看了林安娜一眼，林安娜平静地说道：“与其遮遮掩掩，不如帮她完成最后的心愿吧。”

吴悠第一次从林安娜的眼中看到那种类似母亲的关怀，不同于以往她在职场中那种领导的风貌，而是真切地想要为自己的孩子考虑的那种眼神。吴悠不知道的是，林安娜那天回家后又重新回到了女儿的网站上，将她近几年来所有的创意、绘画、摄影做了一次整理。她非常深刻地去体会了女儿的种种感受，这是十几、二十年来，她真正地去靠近自己的女儿，最后，安娜用尽可能还原的方法将这些作品打印了下来。在整理的过程中，林安娜仿佛能够听见女儿和自己说话的声音，之前细碎一地的那些碎片又慢慢地重新成为一个整体，构建出了女儿的模样。

周末的摄影展上，虽然来的人不多，但大多数人都会在那张“裸身的女儿”的照片面前稍作停留。林安娜用最大的纸张将这张照片展示了出来，并将女儿最后的那篇日志附在了墙上。林荞荞坚定不移的眼神凝望着远方，双眸中饱含雾气，阳光落在她的脸上，像是把那层阴郁又隐了下去。吴悠捧着一束花，将花静静地放在了那张巨像的面前，然后静静地站了很长一段时间。置身在这个偌大的空间中，吴悠却顿然觉得内心饱满，有些东西通过这些画面超越了本身的界限，直抵她的内心，吴悠也说不上来那种感觉到底是什么，那种原本沉淀下去、略带哀伤的氛围一点也没有了，她反倒感受到了一种横冲直撞的力量，像极了她自己无法言说的内心。

吴悠依次看着那些绘画和摄影作品，直到在拐角和林安娜撞了个满怀。

吴悠朝林安娜笑了笑，说：“今时今日，我才是真正地佩服你，把自己剖开，完全展示在世人面前，需要多大的勇气？”

林安娜端着咖啡，和吴悠望着同一幅画，说：“我一直以为我是全天下最优秀的母亲，直到今天帮她布置这个摄影展，我才知道我现在才配得上‘优秀’这个形容词。”

吴悠靠着林安娜的肩膀，说：“连我这个局外人都需要花相当长一段时间才能消化这些情绪，何况作为当事人的你？”

“Evelyn，人没有你想象的那么坚强，但……也没有你想象的那么脆弱。”

两个女人站在空荡荡的大厅里叹气和微笑，像是一种不谋而合的惺惺惜惺惺，就在两人谈笑间，突然听到身后响起一阵鼓掌声，林安娜回头去看，见罗任司正款款向她们走来。林安娜实在不想在这样的场合见到这个人。罗任司还没走近，就开口道：“Anna 做事就是绝，这么好的展览，却偏偏不给我发一张邀请函，是看不起我啊！“

“Lawrence，今天是我女儿的展览，并不是我的，何况……看得起看不起，这些事都是自己抬不抬举自己，和别人有什么关系？”

罗任司站在那张巨大的照片下，仔细端详着裸身的林荞荞，微微叹气："失去至亲的滋味确实不好受，现在还要故作淡定地让所有人来检阅你的悲伤，真是了不起！"

吴悠挡在林安娜前面，看着罗任司额头的伤口，笑道："怎么……上次没被打够，还想被打一顿？"

罗任司轻"哼"了一声，然后走近林安娜，低沉道："你想没想过，这一切都是因果轮回？"

林安娜微微一震，她定定地看向罗任司，惶恐地退后了一步，不小心一个踉跄，她的咖啡也跟着洒了一地。吴悠赶紧扶住了林安娜，林安娜摆了摆手，示意自己没事，罗任司还是一副似笑非笑的样子，林安娜看着罗任司那双满是故事的瞳孔，突然她想明白了什么，她怔怔地对罗任司说："你是……"罗任司的笑突然消失了，但很快又像是换了一张脸似的，侧过身去，他又看了一遍林荞荞的那张照片，只留下一句话："Anna，你得知道，这些年我可比你难多了。"

罗任司走后，吴悠看到林安娜的脸色非常难看，但林安娜执意要自己开车回去，吴悠不清楚罗任司刚刚那句话的意思，但她也听出其中有几分不对劲的味道。

林安娜上车之后，第一时间给杜太太打了电话，连续打了几通都无人接听，直到她就要放弃的时候，终于听到了杜太太的声音从手机中传来："侬咋的啊？（你怎么了啊？）我在洗澡呀！打了七八个电话过来，遇到什么事了？"林安娜调低了一点空调的温度和风速，让空间内显得没有那么嘈杂，然后开口道："那个人回来了。"

"哪个人？"杜太太一头雾水地问。

"卡宾那起事件的当事人，我没记错的话，他的原名是罗材书。"

杜太太突然沉默了，过了半晌才说："你是前几天就有预感吗？"

"我不知道，我现在有点头疼，你在家吗？"

"在，你现在过来？"

“嗯。”

当林安娜风尘仆仆赶到杜太太家的时候，杜太太已经让日常打扫卫生的阿姨提前下班了。杜太太给林安娜倒了一杯酸梅汁，问道：“你看见他了？”林安娜点点头，微微叹了口气：“不是看见他，原来他就是我和你说的那个接手奥斯德的Lawrence。”

“是他？！”

“我大概知道他这么针对我的原因了。”林安娜喝下那杯酸梅汁，看着杜太太，说，“其实我这段时间一直在想，是不是真的有因果报应这回事，不然囡囡怎么也是出车祸去世的？”

“别胡说！侬想啥呢？”杜太太厉声制止了林安娜的说辞，“他回来就回来嘛，你为什么总要想到你身上，当初他钱也收了，现在也没有什么好说的了，何况……那只是一场意外，跟我们没有关系！就算他真的要找人追究，也不该找你和我。”

“Rachel（瑞秋），那我问你，如果你真的觉得那件事和我们无关，那你当初为什么选择做完那单之后就辞职，再也不做广告了？”

“这是我个人的选择，Anna，侬不要混为一谈。”杜太太对于自己的回答也没有十足的把握，她停歇片刻，接着说，“是，当时是我出面摆平的这件事，他的老婆和孩子也确实是因为卡宾那批车的系统故障才出车祸去世的，但是巨额赔偿金他也收了，说明他默认了这样的处理方式，选择缄口不言，不是我们逼他的。他不可能得到了所有的好处，还要选择报复我们，没有这个道理。”

“可他就是个疯子，你还记得他当时跑到公司来砸招牌的情景吗？我现在都记忆犹新，当时我就建议让卡宾那边出具道歉信，召开发布会公开声明，但是你偏偏阻止我。”林安娜还是忍不住对当初杜太太的行为提出异议。

“现在不是我们来翻旧账的时候，那个时候卡宾急着在港交所上市，所有材料都准备好了，在那个节骨眼上，他们怎么可能公开道歉？我不是阻止你，我只是站在客户的角度思考问题。Anna，我们都是做广告的，你不可能不理解我，我要考虑的是双方公司的发展和进程。作为广告公司的AD，我有我的职业操守，再加上卡宾是我们的老客户了，当时的大老板要求必须把这件事压下去，我才亲自出面解决，被你说得我们倒像是始作俑者了。”

“我当然不是这个意思。”杜太太说得没错，不管是当时还是现在，她们都是坐在同一艘船上的人，“Lawrence 直接和我说出卡宾的事情，说明他对此耿耿于怀。说实话，不管是那时还是现在，我都始终觉得我们或多或少都不算站在了正义的一方。”

“可是Anna，你别忘了，如果没有那笔大单的广告收入，你当时怎么可能买下你现在的那套房子？你和荞荞可能还会过着租房子的生活。”杜太太想尽量让林安娜的心情平复下来，进而说，“做广告的人，本分是将甲方提供的产品尽可能地兜售出去，那是我们的工作，也是我们的职责，至于产品本身有没有问题，不是我们涉足的范围，那是甲方应该承担的责任。当初做那一单广告的时候，你我难道希望产品出事吗？换句话说，难道我们辛辛苦苦做了一整年的项目，最后因为产品出事，我们就要大义凛然地推掉那笔钱，说‘抱歉，我问心有愧，提成我不要了，分红我也不要了’，我没有那么圣母。”

杜太太言辞决绝，只有林安娜知道她不想表明自己当年的苦衷，服务甲方当然是AD必须做的，可大老板的强压也是杜太太和林安娜必须这么做的原因之一。杜太太当时当然可以拒绝，但在那个时候比起拒绝，更重要的是她的母亲病重在医院需要昂贵的医药费，而她的丈夫恰巧在那时投资失利，这两个原因让杜太太必须在当时拿到那笔钱。

林安娜时常想，那时候常常在所谓的人性和职业操守之间挣扎的她，后来也慢慢看破了在资本面前卑躬屈膝的人的真相。大多数人认为做广告的大都是骗子，就像最初她辞掉波特曼酒店的工作投身到4A

公司的时候一样，刻薄的婆婆也会觉得她是去了招摇撞骗的行业。起初林安娜也会反驳这些言论，可是随着时间的推移，林安娜扎根在广告界的时间越来越长，有时连她自己也会模糊所谓的广告人真正的使命，比起吴悠常常挂在嘴边的创意和亮点，林安娜更愿意回归到广告最本质的点，也就是广告大师奥格威的核心观点——不能提升销量则无创意。你的广告能帮品牌方卖出更多的产品，哪怕你只是像“脑白金”一样的口号营销，你一样是成功的案例，所以，你以为你拥有比一般人更活跃的头脑吗？没有，你只是和那些面对面耗费口舌的销售相比，更不愿意站在顾客面前去叫卖而已。

2008 年，是奥斯德和卡宾合作的第八年，也是卡宾品牌历史上最重要的一年。早早就已经对外宣告要赴港上市的卡宾，从 2007 年开始，就已经在紧锣密鼓地筹备着相应的工作。也是在那一年，卡宾的负责人要求奥斯德的首席创意官林安娜，为其打造一整个豪华系列轿车的广告，不能同于市面上的任何一款轿车，同期他们推出了三款顶配轿车，每一款都朝着最为精致的内饰和外观打造，并提出了他们不同于市面轿车的新功能。

这一单的对接人，正是当时在奥斯德如日中天，被下属讨论最有可能和林安娜竞争合伙人之位的 Rachel Du，也就是现在的杜太太。因为项目佣金可人、重要，又意义深远，所以在林安娜执笔的过程中，Rachel 也给了她不少建议，她们想从生命、生存到生活的三层含义去剖析这三款轿车，将其放置在地球起源、月球登陆和火星构想方面进行类比解读。从开始，宇宙浩瀚无垠，既是新生又是开拓，再从天上落回凡间，聚焦到卡宾的高级轿车上，向观众展示，经历了时间轮回的一代又一代人是如何与卡宾携手到现在的。卡宾是几代人的回忆，它见证了人类历史进程中的一段，沧海桑田，卡宾与大众共同经历了宇宙的变迁。

当时在向卡宾提案的时候，卡宾的负责人几乎拍案叫绝，但事情并没有那么顺利。品牌方要求的实际效果耗资巨大，林安娜在整个广告制作的过程中几次崩溃，先是造景困难，其次是明星缺席，当一切终于准备就绪的时候，汶川突然地震，全国上下的心思都悬在抗震救灾的新闻里。林安娜却像一个冷面无情的杀手，和 Rachel 一起扛着烈日，在宁夏三十多摄氏度的沙漠里守着拍片。

为了维护企业的公众形象，卡宾以品牌的名义向汶川灾区捐款两点三亿元，这是林安娜对卡宾提出的建议，在互联网尚不发达的年代，报纸、杂志、新闻头条的捐款名单里，卡宾都是排在前十的企业。这一切看起来就像是为卡宾上市安排的完美铺陈，几乎每一步都在精细的计算之中。

直到炎热的七月，国民才慢慢从伤痛中苏醒过来，伴随着北京奥运的烟火盛典，国人激动不已又泪流满面地看着一枚枚金牌被中国奥运健儿拿下。听着国歌中那句“前前进”的雄厚声音，林安娜对卡宾负责人说，不如顺势配合奥运会打出卡宾的第一条广告片吧。

最终的效果就像林安娜预计的那样，卡宾新品当月的销量较前一个月环比增长了 65%，卡宾事业部为此特别在上海浦东文华东方酒店包场举行庆典。在庆功宴上，林安娜的广告被告知送到了戛纳参加次年的金狮奖。熬过开场的坎坷，一切看起来都顺风顺水，直到第二条广告放出的第二个星期，大家才意识到出事了。

一开始是卡宾客服部接到一起投诉电话，说卡宾三系列中的 A 款轿车刹车有问题，好几次踩踏不灵，险些出事。问题反映到卡宾上级的时候，上级只吩咐客服部让顾客到附近的卡宾 4S 店进行维修，可以免去全程的维修费。可是当时维修部的一名员工发现，这个 A 款轿车原本在设计上就有问题，广告中宣称的自动调速功能原本是用来辅助驾驶者控制车速的，这个功能可以让汽车自动识别不同的地段并将车速调节到相应的数值，以节省油耗。但因为技术不完善，所以在驾驶人每次踩完刹车之后，这个功能就会出现一定的故障，使汽车变成自动加速。这个功能原本是这款汽车的亮点之一，也是广告片中宣传的一部分，但是没过两天，这个维修部的员工就被调离了，原因就是他汇报了这个设计漏洞。

这件事尚且没有传开，奥斯德内部也不清楚具体的情况，直到国庆节，卡宾的第三条广告发布后没两天，上海就发生了一起重大的交通事故，而事故车正是卡宾的三系 A 款轿车。

那是罗任司和妻子商量后买下的第一辆车，因为卡宾的营销宣传和广告片的震撼，让罗任司的妻子非常中意卡宾的 A 款轿车，相对于 B、C 款车，A 款车价格更亲民，且有优惠政策。当时卡宾的 A 款车就是以“生命”为主题展开的广告，强调“更安全”“更人性”“更体贴”的标签，其中除了自动调速的功能，还有卡宾官方宣称的安全防护，即气囊选用了特殊材质制作。在同样的外观和内饰上，A 款车确实吸引了当时工资不算太高的新中产阶级。罗任司提车后的第一件事，就是带妻子和刚刚出生不久的孩子去郊游，而事故就是在那个时候发生的。

那辆车就是他一切噩梦的开始。

罗任司不知道汽车是从什么时候开始自动加速的，只是当前面是载着货物的大卡车且交通灯的红灯已经亮起的时候，罗任司的车就这样不管不顾地冲了过去，那时不管他怎么踩刹车，车子都已经控制不住了。一场猛烈的撞击之后，车内弹出的安全气囊并没有像广告中说的那样保护住头排的驾驶员和副驾驶的乘客，相反，安全气囊在那一刻突然爆裂，里面的金属片弹出，直接刺穿了罗任司妻子的颈部，而坐在后座的孩子也被顺势压倒在座位下面，最终窒息而死。

事故发生后的十二个小时内，林安娜立马找到了 Rachel，并向奥斯德高层申请撤下广告，但当年年底马上就要上市的卡宾考虑到撤下广告会引起的一系列后果，立马否决了林安娜的提议。林安娜在大会上直接和奥斯德高层争吵起来，最后导致的结果就是，林安娜的合伙人资格直接被剔除了。

卡宾的紧急公关做得非常隐秘，他们不动声色地召回了尚未出售的 A 款车，然后让各大门店通知购买了 A 款轿车的顾客，以卡宾要对 A 款车进行系统升级为由，悄无声息地召回了所有售出的 A 款车，并对这些车进行全面检查，有问题的车辆会在神不知、鬼不觉中被更换成没有问题的新车。这次瞒天过海的巨大工程虽然让卡宾劳神伤财，却最大程度地维护了卡宾的品牌声誉，剩下的就是对“罗任司事件”的处理。

奥斯德的大老板找到了 Rachel，希望这件事能由她亲自接手，卡宾愿意最大程度地提供赔偿金额，但由于事态敏感，所以卡宾不希望由自己公司的人出面解决，以免被抓住把柄。看在钱的份儿上，大老板才暗地里接手了这件事。Rachel 不是没有犹豫，大老板私下和她谈话说明了两点：第一点，只要 Rachel 这次处理妥当，明年将直接升她为合伙人；第二点，卡宾给出的条件足够吸引人，只需要 Rachel 的一个点头，她就可以获得许多。她经历了非常煎熬的一夜，当她坐在 ICU 门口等候医生的检查结果时，母亲沉重的呻吟声让她如梦初醒。Rachel 走出医院的时候，林安娜的车正停在门口，她原本是想来看看 Rachel 的母亲的，但当她看到 Rachel 一脸沮丧的样子，她便选择了沉默。一路上，林安娜试图打开一个可以劝慰 Rachel 的口子，但最后还是 Rachel 先说了话。

“你会恨我吗？如果我答应卡宾的话……”

林安娜自始至终看着车窗前方，没有点头也没有摇头，直到车停在红灯路口的时候，林安娜的右手握住了 Rachel，说：“只要你对得起自己就行。”

第二天，罗任司尚在昏迷中，Rachel 便直接找到了罗家父母，清楚明了地开出了价格。一开始，Rachel 当然是被罗母辱骂——“你们以为几个臭钱就可以换我儿媳妇和孙子的命吗？！”但 Rachel 岿然不动，任其泄怒，进而三顾茅庐，将价格不断抬高。终于，最后是罗父松了口，主要是因为那个时候，医生已确保罗任司度过了危险期，基本不会有生命危险了，他腿部的骨伤可以通过后期调理康复，不至于影响以后的正常生活。Rachel 在支票上潇洒地写下了一个七位数，并看着罗父在保密协议书上签了字，最后在罗任司不清醒的情况下让他按下了手印。一切流程结束后，Rachel 大方地朝罗家人鞠了个躬，希望他们节哀顺变。

因为 Rachel 办事得力，卡宾直接给了 Rachel 一套徐汇的房子，林安娜对 Rachel 的所作所为纵然漠视，却并不责怪，但两人还是进入了一段很长的疏离期。Rachel 并没有向林安娜做过多的解释，就像十年后 Rachel 依然可以非常坦然地说："人为刀俎我为鱼肉，那是上级派下的任务，那时候我能做什么？我不过是一枚棋子，我唯一能做的就是保护我能保护的人。"

转眼到了年底，卡宾上下一派祥和喜悦的气氛，卡宾如期在港交所上市，卡宾公司的市值从最初的三百亿元暴涨至一千三百多亿元。次年，卡宾更是在全国各处开设宣讲和推广，让品牌效应不断扩大。

但就在卡宾风风光光的这些日子里，只有林安娜和 Rachel 知道其中到底发生了什么，首先是大病初愈的罗任司大闹了卡宾的车展会现场，但卡宾方很快用一些方式将新闻传播控制在了最初阶段。接着，罗任司砸掉了奥斯德那块悬挂了快二十年的招牌，林安娜对此记忆犹新，当时罗任司拄着拐杖站在奥斯德公司的大堂，歇斯底里地诅咒着所有涉及卡宾这档广告的人。

当时被大老板勒令关在吸烟室的 Rachel 想出面调解，她鼓足了勇气，正准备踏出玻璃门的时候，林安娜却拉住了她，虽然林安娜对 Rachel 的所作所为不认同，但她知道，如果被罗任司知晓 Rachel 就是那个让他父母被迫接受保密条款的人，那一定会对 Rachel 不利。那是 Rachel 母亲去世的第二周，昂贵的医药费依旧没有救回她的母亲，林安娜不希望 Rachel 再次受到伤害。林安娜果断地代替 Rachel 亲自出面，也就是在那一刻，罗任司知道了那条让卡宾销量暴涨的广告就是林安娜亲手操刀的，他不管林安娜究竟站在什么立场，他只是在那一刻深深地记住了林安娜的这张脸。

林安娜回想起罗任司当时的表情，和现在 Lawrence 那副险恶毒辣的神情并无二致。当年的罗任司面无表情地望着林安娜，他发自内心地问了林安娜一句："做广告的人会在乎自己的良心吗？"林安娜知道自己什么也不能说，就像一场审判，她的每一句话都会成为呈堂证供，所以她选择了沉默。那场对峙持续的时间到底是多少，林安娜已经忘记了，但罗任司的那句话时时像鞭子一样，鞭笞着她的内心。随后是罗任司一脸失望又嘲讽地诡笑，最后，罗任司一瘸一拐地消失在淮海中路的大街上。

林安娜试图用更多的工作来淡化"罗任司事件"对她的打击，但讽刺的是，那之后没多久，Rachel 就提交了辞职报告，她正式金盆洗手离开了广告圈。林安娜给 Rachel 送别的那个晚上，两个人喝得酩酊大醉，Rachel 趴在林安娜的肩上失声痛哭，也是那一刻林安娜才得知，其实卡宾内部早就知道了设计上有问题，而那一次所谓的通知购买 A 款车的客户车辆要系统升级也不过是个幌子。

Rachel 无意间从大老板那里看到了卡宾内部的成本核算单，其实对于车辆设计的整个问题只要添加一个零件就可以解决，但这个零件的报价是十一美元，在 A 款车狂销的情况下，全部添加零件需要耗费一点三七亿元，而卡宾内部估算了事故车可能发生的概率，不过只有 3%，也就是说一旦有事故发生，他们对顾客进行的赔偿，加起来也不会超过加零件成本的六分之一，所以他们所谓的召回只是为了做一次事故评估，根本没有真正地去更换任何东西。

Rachel 在得知真相的那一刻，在办公室和大老板大吵了一架，就此彻底决裂，她不但拒绝了晋升合伙人的机会，还拒绝了自己在这个行业的未来。也是在那一天，她被大老板锁在了吸烟室里，直到林安娜出面帮她解决了“罗任司事件”。

Rachel 离开的那天，她那抹无奈而决绝的微笑像是在林安娜的内心挖了个窟窿，而那之后的很长时间里，她不再提供新的创意，像是赌气般地休了一个长假。林安娜再回来的时候，大老板迁去了美国，又换了新的合伙人，世界又像是从一堆废墟中生出了那么一点新的希望。

次年的六月，戛纳那边通知奥斯德，林安娜为卡宾做的那条广告入围了金狮奖的候选名单，并在同期拿下首奖。

在前往戛纳的航班上，林安娜意识到曾经是自己身体里的某些东西就此消失了，那些她坚守的原则也在那一刻变得稀薄，甚至在渐渐瓦解。那年夏天，在广告行业奋斗了近十五年的林安娜，取出了卡里所有的钱买下了愚园路的那套房，也是在那一刻起，林安娜对于创意的先锋追求也都像琥珀一样被封印在了戛纳的那座金狮奖杯里。

杜太太扶着林安娜的肩膀，关心地问道：“那你怎么打算？”

“我已经决定好了，回到麦迪逊。”林安娜看向窗外，“Rachel，说来你可能不信，不管 Lawrence 想做什么，我都莫名地想帮吴悠把麦迪逊保下来，要说原因，我自己也说不清楚，至于以后，就走一步看一步吧。”

2009 年的那个夏天，林安娜和林荞荞一起汗流浃背地把一箱又一箱的东西搬进愚园路的新家里。在刚刚装修好还带着些许涂料气息的房间里，林安娜拍着林荞荞的肩膀说：“以后这里就是我们的新家了。”就像十年后的某一天，林安娜和吴悠一起拉开麦迪逊大门的那一刻一样，林安娜看着吴悠动容的样子，不带感情地说：“一切都是新的开始。”

十年的光阴浓缩了林安娜无穷无尽的感情，她看着那个站在前面背向自己的背影，仿佛找到了自己之前弄丢的某一块拼图，她曾经不管怎样都找不到，却在某个不经意的瞬间发现它就躺在柜子的缝隙里。

林安娜将它捡起来，拍了拍上面的灰，又重新把它拼回了原位。

5

深夜居酒屋的角落里，罗任司已经干完了两瓶清酒，坐在他对面的品牌方卢总还在讲着荤素参半的笑话，刘美孜一手搭在卢总的肩上，一边时不时用身体和卢总若有似无地接触着，然后笑着说："哎呀，卢总，你这……我还在这儿呢，你们也考虑下女生在场的感受好不好？"卢总一只手在桌下摩挲着刘美孜的大腿，不以为意地笑道："噢，Cherry，你还是女生啊？"刘美孜脸上赔笑，心里早就不是滋味了，从吃饭到现在，这位卢总的太极拳打得实在厉害，该谈的业务一句不说，插科打诨倒是在行得很。刘美孜也佩服罗任司，这么没有营养的局，他竟也可以忍受下去。

自从刘美孜和安哲开始竞争之后，每一顿饭局刘美孜都带着"势在必得"的决心在参加，如果一晚上吃喝谈笑的结果是"好的，我回头考虑考虑"，那这顿饭就等于白吃，刘美孜就会在她的自我 KPI 上画上一个大大的"0"。她当然不会轻易让这种事发生。

刘美孜以去洗手间为借口，在卫生间的隔间利落地脱掉了紧身的 bra（文胸），扔进了一旁的垃圾箱里，又用水扑湿了几缕头发，涂上了烈焰红唇。她重新回到桌前的时候，假装没踩稳要摔倒，然后顺势伏在了卢总身上。刘美孜太清楚这些男人到底想要什么了，但他们想要什么和她给什么，是两回事。刘美孜立马起身向卢总道歉，然后坐回自己的位置，卢总嬉笑着，带着几分调戏的口吻说："Cherry 肯定是喝醉了。"刘美孜假意推了卢总一下，说："卢总也太看不起人了！"说着她给自己又倒了一杯，一口干下。她向卢总越靠越近，只差一点就要坐到他的腿上去了，但她又偏偏不坐，指着卢总身边的几个同事，说："你们都不喝酒的吗？一个个看着我干吗？"刘美孜当然是故意这么说的，她需要挑起的就是卢有胜现在的占有欲。果然，卢总看了下面的人一眼，说：“怎么，看美女看得入神了？”他这话吓得那几个人连忙给自己倒酒，一口接一口地喝了下去。刘美孜把卢有胜灌到终于要去上厕所了，自己也起身跟着走了过去，卢有胜刚进去还没锁门，刘美孜就一下推门蹿了进去，然后把门锁上。

“Cherry，你这样不太好吧……”卢有胜实在是被刘美孜这样主动的攻势吓着了。

刘美孜一手钩住卢有胜的脖子，一边谄媚又委屈地说：“卢总，你觉得我靠谱吗？”

“啊，靠……靠谱啊！”

“既然你觉得我靠谱，那你这个项目交到我手上，还有什么不放心的吗？”刘美孜微微嘟着嘴说，“不瞒你说，我爸现在正生病住院呢，每天的住院费、医药费都压在那儿，我这个月能不能升上总监，直接关系到我有没有钱帮我爸治病。你说，我也不容易是不？”

卢有胜尴尬地笑笑说：“是啊，但是 Cherry，你能不能让我先上个厕所再……”

刘美孜抢白道：“卢总这次要是帮我，我刘美孜一定都记在心里，以后卢总有什么事只需要一句话，我 Cherry 绝对不会推脱。”

“啊，好！ Cherry，你看这样好不好？我先上个厕所，然后出去和你慢慢谈。”

“卢总这是答应了？我就知道您不会见死不救的，唉，我爸真的是可怜，和我相依为命这么多年，老了还不能好好享福，眼看着我就要越来越好了……”

“嗯嗯，Cherry，你在门外等等我，我这就出来。”

刘美孜心里满意地一笑，然后在卢总左边脸上亲了一口，才开门走出去。路过的服务员见洗手间里一男一女，卢有胜还正提着裤子，一脸潮红，服务员脸上闪过一丝轻蔑的鄙夷。刘美孜关上洗手间的门，然后朝着服务员说："看什么看？没见过美女吗？"服务员立马道歉，转身走了。刘美孜"呸"了三声，请求老天不要把她刚刚的话当真，若非不得已，她也不会谎称自己老爸生病了。这段父女情深加上刘美孜委曲求全的戏码，果然还是打动了卢有胜。卢有胜从洗手间回来之后，就开始正式和罗任司谈合作的事情，刘美孜心满意足地看着罗任司，然后继续忍受着卢有胜的咸猪手在自己的腿上各种不安分。

酒局散场，卢有胜不胜酒力，已经被下属带走了，临走时他还死皮赖脸地拉着刘美孜的手，说："Cherry，你说哥哥我仗义吧！等咱爸好了之后，你和我说一声。"刘美孜连声道谢，然后给了卢有胜一个深深的拥抱，才摆脱了这个一身酒气的臭男人，将其塞进了车里。

刘美孜终于松了一口气，转身看着在一旁抽烟的罗任司，她慢悠悠地走过去，说："罗总，这单谈成，我的业绩也就差不多了吧？"罗任司没有回答，只是一言不发地看着她。自从上次洛奇事件之后，罗任司对刘美孜的态度就突然发生了变化，以前他习惯性地在饭局开始前就叫上刘美孜，但是现在都要靠刘美孜自己主动去打听，才知道今天有饭局，然后再由她自己主动去和罗任司申请，一起前往。罗任司也不拒绝，但也并不热情，刘美孜想是不是因为她在会议室看到了罗任司狼狈不堪的一幕，罗任司对她心有怨气。所以刘美孜在和罗任司单独相处的时候，她也完全不敢提那天的事，以及"吴悠""林安娜"这两个名字。

罗任司扔掉了烟头，用皮鞋摁灭，然后才开口说："Anthony 今天已经和人事提辞职的事了，你不用这么心急。"

"我只是……"

"创意部这边，Lisa 不行，我需要一个业务能力至少和吴悠水平差不多的 CD。"

"吴悠也没有多厉害！"刘美孜脱口而出，但见罗任司脸色不对，她又补充道，"那您怎么打算？"

“我有我的安排，你先做好你自己的事情就可以了，至于按单提成方面不会少了你的。时间也不早了，你先回去吧。”

“好，要不要我帮你叫个代驾？”

“不用。”

晚风吹在罗任司的脸上。路旁，一对夫妻正牵着他们的女儿在数天上的星星，男人脸上的笑容很灿烂，时不时地朝着自己妻子看上一眼。这样的场景对罗任司来说略显残忍，不过，日常之中这是惯有的事。十年生死两茫茫，转眼又快到他的妻子和孩子的忌日了，每年的这个时候罗任司的心情总有些复杂，比起早些年的痛苦，今时今日的他，内心更多的是对自我的埋怨，如果那个时候活下来的是妻子和孩子，是不是会更好一些？罗任司从口袋里又掏出了一支烟，正准备点上，他那辆黑色的坐骑就这样从停车场出口开了过来。

罗任司无奈地收回了那支烟，侧身上了后座，只听见前面驾驶座上的男人低沉地问：“回家吗？还是……”

“我想去江边吹吹风。”

驾驶座上的男人“嗯”了一声，发动了汽车，罗任司顿了顿，看着前面后视镜里那个男人的那双眼睛，问：“最近让你在那边是不是委屈你了？”

“Lawrence，你喝多了。”

罗任司狡黠地笑了笑，靠向车窗，他准备了十年的时间，怎么可能这么轻易就被打败呢？蒲松龄那句话说得真好：苦心人，天不负，卧薪尝胆，三千越甲可吞吴。一想到这儿，他又笑得更开心了些，他拍了拍前座驾驶位男人的肩膀，说：“Frank，别急着开……”他递过去那支没抽的烟，“陪我抽支烟，过去还有好长一段路要走呢。”

费仁克没说话，伸手把烟接了过去。

第一次看见灿烂的时刻

第十一章

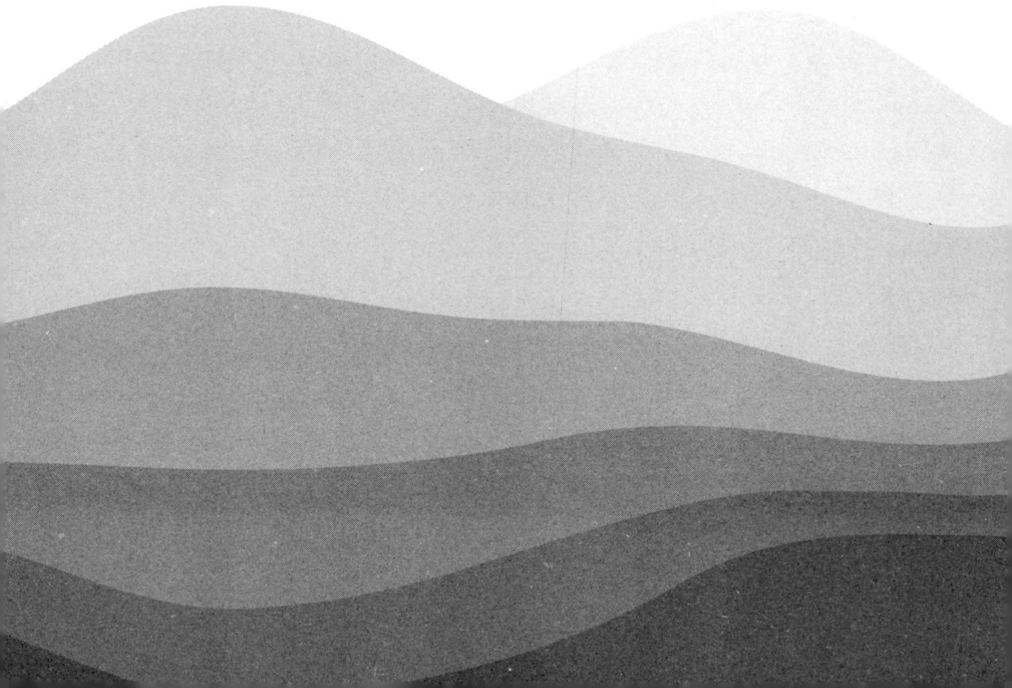

1

“康总，咱们打开门做生意，您这样突然消失让我很难做啊……是，您的难处我知道，但是我们只是做广告不是做慈善啊，这笔回款也影响到我们公司的运营，喂——喂——”刘美孜坐在办公室的这头，听到电话里毫不客气的忙音，气愤地扔掉了手机，“什么玩意！”

2018 年年底，刚刚完成 A 轮融资的聚码头 APP 投入四千万元作为宣传费用，携手奥斯德打造了“黑色星期五”的品牌化营销。在重金簇拥的作用下，上海的各大广告版位都被聚码头“黑色星期五”的广告页面占据，聚码头不仅邀请了当下最红的女子组合 SKH 前来代言，更是在好几个热度较高的综艺上冠名。这款以海外代购为核心的购物平台，势必要以电商龙头为竞争目标，全面俘虏那些爱好海淘的年轻人。

以美国圣诞商场促销的创意，即美国众多商场都会在感恩节的第二天，十一月的最后一个星期五放出大促信息，让消费者在周五这天疯狂消费，刘美孜觉得这个创意完全可以挪用到聚码头的营销方案上，打出“周周星期五，都是你的收获日”的口号，抓住大家工作一周终于可以松懈下来的心理，进行代购促销活动。这个 slogan 打得非常好，加上奥斯德惯有的宣传手段和丰富的广告位，聚码头的影响力确实得到了飞速提升，APP 的日活率从原本的 25% 迅速提升到 60%。

然而就在刘美孜春风得意的时候，电商龙头某宝对聚码头进行了

“狙击”，某宝推出了“非常购”的通道，不仅比聚码头的产品更官方、价格更低，更主要的是，某宝的商品过关速度更快，物流也有所保证。比起聚码头拍下一件商品动辄需要一个月的运输期相比，某宝能够缩短一半的时间将货物送到消费者手上，这点立马得到了更多年轻人的青睐。

真正让聚码头跌落的是一次网友的举报。上海老弄堂的张女士在聚码头上抢下了一款心仪已久的Gucci挎包，但是到手的东西不管是色泽、质感还是花纹细节，都让张女士怀疑它不是正品。APP上宣称从欧洲空运过来的Gucci挎包最终被品牌专柜鉴定为假货，一石激起千层浪，张女士很快就在微博上对聚码头售卖假货进行了长篇大论的斥骂。紧接着陆陆续续也开始有大V爆料，聚码头上的很多店铺都是没有经过平台认证的，他们售卖的商品基本都是东莞加工的A货。

很快，国家企业信用信息公示系统披露，聚码头因违反《电子商务法》第三十八条规定的行为，被上海市静安区市场监督管理局责令限期整改，紧接着“上海发布”公众号通报七十五款侵害用户权益行为且未完成整改的APP，聚码头在名单之列。

总的来说，聚码头就像昙花一现，美则美矣，却并不长久。不过三个月的时间，原本快要引领年轻人新时代潮流的聚码头就这样成了被万人踩踏和摒弃的平台，APP的日活更是降到了12%甚至更低。用同行的话来说，等同于病入膏肓，基本无望了。

对刘美孜而言，品牌的兴衰与她无关，但广告签订的金额巨大，又因为分批入款的方式导致最后聚码头只付了不到一半的钱给奥斯德，刘美孜被财务通报批评的当天，聚码头的康总已经卷款跑路了。刘美孜最终打过去的号码变成了空号，这让她彻底惶恐起来。

与此同时，惶恐的人当然不只刘美孜，与聚码头原本走着同样路线的“小草屋APP”创始人瞿白同样寝食难安。瞿白看着聚码头前期的无限风光，对其充满着信心，于是他打算打造一款比聚码头更年轻、更小众的代购平台，可就在他融资刚刚完成的第三个月，聚码头突然销声匿迹，这让瞿白彻底崩溃了。

前两个月刚在复兴广场租下两百平方米办公场地的瞿白，对着刚招募的三十个员工打鸡血般地讲述着自己平台的前景，他甚至聘请了最厉害的大数据测算工程师和后台搭建技术员。可平台刚刚上线便失去了方向，平台的流量比想象中更惨淡无力，定位和方向也因为聚码头的倒台而变得模糊。

有天，瞿白无意间看到奥斯德为聚码头打造的那一系列“黑色星期五”的营销广告，他突然意识到，或许奥斯德是拯救小草屋的唯一稻草。可当瞿白登门拜访的时候，反倒被刘美孜刻薄地讽刺了一番。原本就在聚码头上摔了跟头的刘美孜，更不可能会对这个摇摇欲坠的APP伸出援助之手，她只是冷嘲热讽地说：“你们要想走聚码头的老路，也不要再想着把奥斯德当成冤大头了，你当我傻啊！”

“我们和聚码头还是不一样的，我们本来就是准备做小众的商品，这些都是我们买手亲自到海外挑选的，我们绝对不会贩卖假货。”

不管瞿白再怎么信誓旦旦地承诺，对刘美孜来说，只有两个字——妄想！

瞿白今年刚满三十岁，他从法国留学回来后最想做的就是奢侈品代购，因为他在法国看惯了中国人伸手即买的消费力，从学生时期他就尝试给亲朋好友做代购的桥梁，不管是护肤品还是品牌箱包，他拿到的折扣永远比国内免税店更低，他也因此越发清楚代购价格高低的奥秘。眼下，他空有一腔抱负，却无法施展拳脚。

瞿白看着空旷的办公室与不知所措的员工，他差一点就做了鸵鸟。他订了一张飞往三亚的机票，想要好好地思考一下接下来的出路，却没想到天公不作美，他刚到机场就被通知因为天气原因，航班被取消了。瞿白心想，人不顺的时候，果然做什么都是不顺的。他坐在候机厅的座位上，看着表弟乔琪想找人喝酒的朋友圈，二话没说给他打了个电话过去，说："在哪儿呢？找我喝呗。"

事后回想起这一段记忆，瞿白不止一次在家庭聚会上表扬乔琪，若不是乔琪，瞿白也不知道自己命悬一线的事业要如何寻找转机。

瞿白从机场奔赴酒吧的路上，心里想的只是借酒消愁。他到了发现，位置上除了乔琪还坐着三个人，他们都是乔琪的朋友。乔琪特别介绍了其中一个叫萧树的男生，说："Scott，我特别好的朋友。"说着他揽过萧树的肩膀，特别兴奋地向瞿白介绍了一番。瞿白尚且没有心情结识这些新朋友，更何况这几个人一个个都比他小好几岁，他更是没有办法彻底融入这些年轻人的环境。瞿白给自己倒了酒，闷头灌了下去，乔琪原本就觉得瞿白一脸丧气，看着他又接二连三地给自己倒酒，便知道他心里应该有什么烦心事。

"咋啦哥，你是最近遇到什么事了吗？"乔琪吩咐服务员再上一打啤酒，然后停下和朋友的交谈，望着瞿白说。

"喀，没啥，就是工作上的事情。来来，喝酒！"说着，瞿白给几个年轻人都倒了一杯，自己则先干为敬。

"这有啥？你说给我们听听呗，就这……刘潇，你别看他年轻，他光靠卖内衣就上了福布斯三十岁以下精英榜。还有这位……皮皮，做professional service（专业服务）的，有什么资本上的问题也可以问他。还有就是我这个天才创意师朋友Scott，我在美国的大学同学，现在在Madison广告公司上班。这里都是人才，你有什么困惑，我们都可以试着帮你解答。"

原本瞿白只当乔琪是在开玩笑，直到他听到萧树在广告公司工作时，他突然来了兴趣。"Madison，我好像没有听过这家公司，做广告的我只知道奥斯德。"瞿白讪讪地说道。

"他以前也是奥斯德的。"乔琪就像一个推销员一样拍了拍萧树的肩膀说。

"噢，是吗？幸会幸会！"那一瞬间，瞿白像是突然在黑暗中看见了光，随后的一个小时里，瞿白简单地讲述了自己创业的一些经历，说出了自己对于聚码头倒台的担忧，也谈及自己希望能找到一家好的广告公司来帮自己做品牌包装。当然，被奥斯德拒绝的这件事，瞿白直接隐去没讲。听完瞿白的讲述之后，乔琪猛地拍了下桌子，说："表哥，你今天这顿酒算是来喝对了，我和你说，以前奥斯德最厉害的创意总监现在就是他们 Madison 的老板——林安娜，就这个名字，你随便去问一个做广告的，就没有不知道的。不说别的，就创意和包装这一块，你找 Scott 就没错了，保证你的'小草屋'明天就变'黄金屋'！"

"啊，真的吗？奥斯德以前的总监就是你们现在的老板啊？"

萧树点了点头，开始一直没说话的他，这才缓缓开口道："瞿总，你也别听乔琪瞎吹嘘了，我更直接地和你介绍一下我们公司吧。虽然我们和奥斯德都是做广告的，但其实还是有很大差别的，我们公司不是什么广告都接的，因为麦迪逊的定位其实是为女性产品进行深度包装。"

"女性产品……"瞿白约莫想了下，"这么说来，其实真正想要代购的，大部分也确实都是女性，当然也不排除一小部分男性。嗯……我觉得我应该哪天去拜访一下贵司，详细聊一下，我们方便加个微信吗？"

"好，瞿总也可以回头把公司资料先发给我看一下，我也可以提前帮你想一下。"

"那就太好了。"

乔琪乐呵得好像是他自己帮忙一样，说："表哥，Scott 可是我的人，你就放心大胆地合作，到时候品牌做起来，你就躺在家里数钱吧。不过，既然有了这桩好事，你怎么也得请了这顿酒吧？"

"乔琪，你这么说就显得你哥小气了，别说这顿酒了，事成之后还得请你们大吃一顿才行。"

这顿酒喝得瞿白神清气爽，他怎么也想不到“山重水复疑无路，柳暗花明又一村”原来是真的存在的。当天晚上回家，瞿白就在网上搜索了关于麦迪逊这家广告公司前前后后的案例，他发现，虽然他们公司服务的品牌不多，但几乎每一个广告都做得非常用心，其中的许多创意甚至让瞿白觉得这绝不是一家小公司能够想出来的东西。既然奥斯德选择了拒绝他，那麦迪逊或许是一个值得尝试的突破口。他很快就让下属整理好了公司的一些规划和方案，然后打包发给了萧树。

2

第二天一早，瞿白便换上了一身正装，开车前往麦迪逊。刚进大堂，瞿白就感受到和奥斯德完全不一样的气场。首先是简练而精致的环境布局，虽然奥斯德大而通透，可麦迪逊小而精致，不管是 Logo 墙还是走廊展厅，包括办公桌位的摆放都不是常规的放法。瞿白和前台打了个招呼，说想拜访一下老板，前台问瞿白，是找哪个老板？瞿白才知道原来麦迪逊不止一个老板。就在他犹豫不决的时候，吴悠从茶水间走了出来，眼见是陌生人，吴悠问了句：“你找谁？”前台答了句：“他说找您。”吴悠愣了下，眼前这个人她分明不认识，瞿白赶忙掏出名片，说：“你好……你好，我是小草屋 APP 的创始人，您就是 Anna 吗？想不到您这么年轻！”吴悠这才明白，对方是慕名而来的，前台憋不住笑了下，说：“瞿先生，这位是我们的另一个老板，Evelyn Wu，吴悠小姐。”

瞿白这才知道自己说错话了，他的脸瞬间有点红，说：“失敬失敬，不好意思！我是 Scott 介绍过来的，想要过来和你们谈合作。”

吴悠被瞿白这惶恐的表情逗笑了，她正式地看了看他，只见瞿白留着法式油头，长着一张瓜子脸，双眼长而细，五官略微紧凑，仿佛一笑起来两眼就要连成一条线似的。这两年，吴悠见识了不少“90

后”创业人，像瞿白这样没有气场又有点唯唯诺诺的倒占少数。吴悠让前台给瞿白倒了杯咖啡，紧接着他给费仁克打了通电话，然后让瞿白稍等，说会有客户部的总监过来接待他。

瞿白点点头，坐在一旁的皮沙发上。这间公司给人的感觉真是舒畅，他看着吴悠离去的身影，想着这姑娘和自己也差不多大吧，可能还要比自己小一点，但是这女孩做事干练得当，真是让人佩服。

吴悠拐进格子间里，看着埋头在画图的萧树，轻轻点了点他的后肩，萧树吓了一跳，脸上还是泛起了丝丝红润，吴悠两手伏在挡板上，笑着问：“门口那个瞿白是你的朋友啊？”萧树伸头看了一眼：“啊，他来啦？对，是乔琪的表哥。”

“噢噢，原来是亲戚。”吴悠若有所思地想了想，“他们那个 APP 是做什么的？”

“我正准备和你说呢，他们刚刚融完资，原本想做一个和聚码头一样的海外代购平台，这眼下聚码头不是出事了嘛，所以他们就想对品牌重新定位再包装，原本后台程序和框架都搭好了，钱也投出去了，现在可能全都得推倒重来了。”

吴悠一手放在下巴上，略有所思地想了想，点头道：“OK，我知道了。”吴悠和萧树打听完，溜溜达达地回了自己的办公室。如果瞿白要做聚码头的竞品，那现在确实没有什么市场可言，所以，如果麦迪逊要接，就基本得彻头彻尾地更换品牌定位。吴悠想了想，又朝着大厅望了一眼，费仁克已经过去了，应该已经和瞿白对接上了。没过一会儿，费仁克就从会议室出来敲了敲吴悠的门，问了句：“可以进吗？”吴悠朝他点了点头，她想着这对接速度未免有点太快了，结果费仁克进门就开口道：“Evelyn，门口瞿总那个项目我估计我们不能接。”

“怎么说？”

“首先我们没有档期，我看过咱们最近的项目计划，手上的项目最快也要到一个月后才能结束，另一方面，我刚刚简单了解了一下他们的东西，最近有聚码头的失败案例，说实话，我们觉得我们不值得去蹚这摊浑水。同等档期也有别的客户可以选择，我刚刚谈妥了一个Yama女士箱包的案子，现在已经报价了，这个项目做起来轻松，预算也不会低，所以……”

“但是Frank，我们不能只停留在我们熟悉的领域上！是，箱包，美妆，母婴，这些品牌都太容易找过来，这类项目我们也得心应手，但如果局限在这些领域，就会显得我们公司的能力非常有限，我不希望我们公司在业务能力上看起来太局限。”

“我们是做生意，不是做实验，出于对麦迪逊的考虑，我的建议是不接。”

吴悠垂下眼，想了想，随即问：“你已经拒绝他了吗？”

“没有，我没有这个权力，只是和他说我有点急事要先找你。如果你不赞同我的看法，我建议放到大会上让大家一起讨论一下。”

吴悠自然有她的考虑，对于费仁克的建议，她没有赞同，也没有否决。她起身，走到费仁克面前说：“你告诉他，我和Anna内部商量一下，然后明天我们开个会，我也问下大家的意见。”

费仁克终于放松了刚刚紧绷的脸，点头出去了。

靠近吴悠办公室的创意组人员纷纷盯着费仁克从吴悠办公室里走出来，又往会议室走去。八卦小分队压低声音又开始七嘴八舌地聊了起来。小美放下手里的绘图笔，“嗯哼”了一声，说：“唉，大姐大好像是分手了，那个开雷克萨斯的帅哥好久没来了。”

萧树内心一紧，好像确实是这样，过去这小半年里，萧树一次也没再在楼道里见过郑弋之。灰灰推了推鼻梁上的眼镜，说：“大姐大这种熟女，还担心没人要吗？那个雷克萨斯帅哥估计也就是大姐大众多可选项中的一个，别忘记了，尾牙年会的时候大姐大说什么，她是想带着咱们麦迪逊上市的，是要去纳斯达克敲钟的，上市公司的老总都不屑于停留在男人身上好吗？”

灰灰说的这句话，小美倒也赞同。去年年会的时候，林安娜和吴悠分别做了讲话，相比于林安娜的成熟稳重、富有安全感，吴悠简直就像是“嫦娥三号”一样充满活力。她没有说什么冠冕堂皇的话，而是直接说发钱、奖励、分红，细分到一个人多少钱。年会上送出的东西，每一样都是吴悠亲自挑选的，绝不像大部分广告公司那样，年底只把品牌方赞助的样品送给大家。这一举动使吴悠的魅力值瞬间又在公司提升了好几个档次，用灰灰当时的话来说，这辈子跟着大姐大，就不担心没肉吃。

相比于灰灰和小美的乐观，卡卡倒是叹了口气，说：“你们真的太不了解女人了，就我来说，大姐大会突然这么有干劲，多半和她的失恋也有关系，你们别以为女强人就真的什么都强大，说到底再强的女人也是女人，但我说句题外话，你们有没有觉得其实 Frank 对大姐大也是有点意思的？”

“真的还是假的？就 Frank 那榆木脑袋，还能对大姐大有意思了？”灰灰不屑地说。

“你这也太不了解 Frank 了吧，他平时看起来确实冷若冰霜，但其实他的内心可温柔了。”卡卡坏坏地笑了下，“有一天我下午摸鱼上楼去透气，结果看见 Frank 很认真地在露台上浇花！你们说，一个大直男在那里浇花是不是很治愈？！”

三个人又叽叽喳喳地聊了些别的。萧树转过头，正巧看见费仁克推门进来，萧树立马又埋下头去，就像卡卡说的，其实他也注意到了费仁克的一些端倪。

去年年会结束的那个晚上，吴悠比往常喝得都要多，当时林安娜已经离席，剩下的人里只有创意部的这几个小朋友，还有费仁克。原本客户部那边想要去续摊，费仁克应该早早就跟着他们的人马离去才对，但没想到费仁克一直守在会场大堂，以确保吴悠没事，还问要不要送她回去。或许费仁克觉得自己君子坦荡的行为反而不会引起口舌，所以当着那么多人他也就毫不忌讳地问出了口，当时大部分人已经喝得人仰马翻了，所以也没有留意到这个细节，可萧树都看在眼里。但吴悠摇手拒绝，说自己要和创意部的同僚们再去巨鹿路蹦会儿迪，当然蹦迪的计划并没有执行，最后还是萧树拉着吴悠上了出租车，把她扶回了家。

就那次之后，萧树时常留意费仁克对吴悠的一些举动，费仁克对吴悠当然谈不上越矩和暧昧，他更像是一个默默站在吴悠身后随时待命的骑士。原本一直不对付的两个人突然化干戈为玉帛，他们是从什么时候开始这样的，萧树不得而知。

费仁克非常谦逊地向瞿白表示了对他大胆想法的赞同，然后委婉地告诉他，因为公司的项目比较多，需要合伙人再评估一轮，让瞿白回去等消息。随即，费仁克也向瞿白递了一份麦迪逊的详细资料，包括公司近期做过的项目和一些热门案例，瞿白对于广告并不了解，但看到资料上专业而详尽的企划内容，他对麦迪逊又多了几分期待。

收下册子后，瞿白抬头问："不好意思，我想问下……你们那位Evelyn 总多大啊？"

"这个……"费仁克带着几分警惕地看了瞿白一眼，反问道，"是有什么问题吗？虽然她年龄不大，但经验不比我们的 Anna 总差，这点你可以放心。"

"噢噢，你误会了，我只是想了解一下，因为我觉得她这个阶层和年龄段，还挺符合我们 APP 受众的定位的，其实我也想听一下她的看法。"

费仁克挑眉一笑，说："你放心，正式会议的时候她会参加的，我们公司的创意现在基本上都是她在负责，如果确认合作，你们总会有交流的时候。"

"那就行，希望能够合作成功！"瞿白伸手与费仁克紧紧握了握。

瞿白临走的时候，又专程走到吴悠办公室打了声招呼，吴悠看着他傻傻愣愣的模样，只回以一个礼貌的微笑。

当着费仁克，吴悠有些话没说，她起身抖了抖袋子里的咖啡豆，咖啡机轰隆隆的响声让她若有所思。吴悠并不是害怕做不好，和广告费的高低也没什么关系，只是……因为聚码头和奥斯德那边还没拎清，如果麦迪逊接下小草屋的文案，不管最后效果如何，在外界看来都像是麦迪逊摆明了要和奥斯德对阵。自从林安娜决定回麦迪逊之后，吴悠就一直避免再和奥斯德有什么牵连。过去这几个月来，看似风平浪静的背后，其实有着吴悠许多的隐忍，换作之前，吴悠才不会忌讳任何事情，哪怕是奥斯德，也尽管让他放马过来。可冥冥之中，吴悠深知林安娜背后与罗任司又有一些不为人知的瓜葛，出于对林安娜的保护，吴悠也就克制了自己的情绪。

可吴悠又不忍放掉这一单。在最新一期的《财经周刊》上，吴悠注意到了一些细微的变动，和过去不同的是实体产业正在一步步被虚拟的互联网产业压缩，截至上个月，最新的几家大厂旗下注资的产品都在稳步攀升，经济效益非常可观。比起那些始终将创意着眼在传统产品上的广告公司，吴悠更希望麦迪逊能看到一些与众不同的点，虽然聚码头失败了，但从失败这件事上，吴悠能感受到的是巨浪袭来的爆发力，只是他们没有抓住罢了。

吴悠端起冲好的咖啡，抿了一口，想了想她还是回头捡起桌上关于小草屋的简介，扔进了抽屉里。

吴悠走到林安娜办公室门前，敲了敲门，林安娜一点头，让她进去。吴悠站在门口，说："今晚一起吃个饭？"林安娜看了看手机上的计划表，说："晚上我约了恋语内衣的创始人吃饭，怎么，有要紧事吗？现在我有时间。"吴悠这才想到，最近公司接了恋语的年框大单，林安娜早就该和品牌方创始人见见面了，也是因为前段时间她一直在做给洛奇的报表，才一直拖到现在。吴悠面色微沉，她进了办公室反手关了门，然后坐到林安娜对面，说："有个项目，我在考虑要不要接。”

林安娜“嗯”了一声，从电脑前抬起头来，说：“什么问题？”

“项目本身没有什么问题，一个原本想要做海外代购的APP，打算重新做定位包装，唯一的问题是它的竞品的宣传是奥斯德那边做的，我不想又和那边扯上关系。”自从上次吃了Independ的亏，吴悠坚决不会再碰和奥斯德同类的产品品牌，以防万一。

林安娜伸手按了按眉心，与吴悠所想的一样，林安娜也不愿意去蹚这摊浑水。

“奥斯德那边做的竞品方案你发给我看下。”吴悠没想到林安娜居然没有一口否决，吴悠从手机里迅速调出方案，递到林安娜手上，林安娜简单地扫视一遍，又认真地看了几个关键的创意点，然后放下手机说：“如果是重新包装再定位，有没有可能改变APP的使用属性？比如说，不再是专门做代购的平台。”

“应该可以。”吴悠顿时感到豁然开朗，如果彻底改变APP的使用属性，那么对小草屋来说聚码头就不算竞品了，既然小草屋本也不想再走聚码头的老路，那索性让它换条路走，这样的话也就自然而然地避开了和奥斯德的冲突，问题迎刃而解。

“嗯，这个可能需要你和品牌方商量一下，看看技术方面能不能达到，另外，如果这个软件彻底变成一个女性为主的APP，品牌方会有意见吗？”

“这个可以在会议上和他提出来，只要确定能接手的话，这些应该都是可以商量的，如果对方不能接受全女性向，估计也不会找上门来。”

“OK，那你就好好想想使用属性这回事。”

吴悠点头准备离开，林安娜突然开口道：“对了，去年做的案子里，你有什么特别满意的吗？我打算帮你报这一届的广告协会大奖。”

吴悠突然一愣，自从公司越来越忙之后，她基本每天想的都是赚钱，完全忘记了每年一届的广告协会大奖的事情了，一时间，吴悠的眼神里略带几分感激，说：“我可以吗？”

“你几时变得这么不自信了？”林安娜苦笑一声，“当初要不是那个 Lucas 抢了你的创意，去年的奖就应该是你的，你回头好好琢磨琢磨，报一个上去。”

吴悠点点头。

转眼到了下班时间，办公室里一个准备下班的人都没有，整个办公室都充斥着肃杀的气氛，吴悠回想麦迪逊刚开始营业那会儿，每天刚到这个点，大家就已经开始叽叽喳喳地商量晚上去哪儿吃饭、上哪儿喝酒了，但是随着公司近一年的发展，麦迪逊已经慢慢走上了轨道，大家每天守着电脑加班的时间变得越来越长，基本快要到昼夜颠倒的地步了。看着勤勤恳恳的员工们，吴悠都有点心疼，与此同时她也意识到，公司又该招人了。

吴悠原本以为在小草屋这个案子上，对自己阻拦最大的应该是林安娜，但没想到真正给自己当头一棒的是创意部的人。放在几个月前，小美、灰灰一行人是绝对不会贸然在会议上和吴悠对着干的，但似乎自从出了棉条的事件之后，每个人都提高了警惕。灰灰坦言道：“大姐大，我先不说别的，他们找过来之前肯定是找过奥斯德了，现在出了聚码头的事情，奥斯德不接，像丢皮球一样丢给我们，我们是回收站吗？每次都搞这种事情，我可不想弄半天，最后又是帮别人做嫁衣。”

其他人都觉得灰灰说得有道理，也跟着七嘴八舌地应和起来，这些“95 后”的小姑娘一个个得理不饶人，让吴悠倒有些哭笑不得。灰灰刚说完，小美也顺势提了一嘴：“怕就怕，这次又被他们利用了。”

客户部的小张也跟着提了几句：“Evelyn 总，创意的事情我不懂，但是我想说我们这边的文案时间都追得比较紧，加上我们从来没接过这种互联网产品属性的项目，做不好，可能对我们的影响很大，聚码头这个算是前车之鉴，小草屋做好、做不好都是一把双刃剑。我们也必须从口碑的角度考虑一些问题。”

吴悠看了费仁克一眼，费仁克耸耸肩，表示这并不是他本人的意思。吴悠打开 PPT，那是她花了一晚上做的数据分析，内容涉及互联网产业在这一年间的环比增长和利润空间。吴悠用红外线笔点了几个重点的地方，然后说：“互联网的利润空间就现在来看，绝对是最大的。我始终认为麦迪逊是一个必须把目光放得更远的一家公司，正因为我们的体量不大，才有更多可以尝试的可能，各位考虑的问题当然都有道理，昨天我也和 Anna 总商量了这个问题。就我个人而言，我始终觉得人不能‘一朝被蛇咬，十年怕井绳’，相反，聚码头的失败是一个突破口，正是因为有失败的案例在前面，我们才可以根据前车之鉴以防重蹈覆辙。”

“所以你还是执意要接下来吗？”费仁克问道，“如果要接小草屋，我们就必须放弃和清雅护肤的合作，否则我们的时间来不及。”

“嗯。”吴悠应了一声，然后看着下面每个人都带着或多或少质疑的眼神，说，“我知道你们心里在想什么，想说‘既然你已经决定好了，为什么还要开这个会？’。其实对我来说，只考虑公司赚钱，肯定是在舒适区和安全线内最保险的做法，但我还执意要召集你们过来，就是希望你们明白公司的宗旨和我们企业的精神，我们绝不是那种吃到一点甜就害怕吃到苦的公司。”

萧树看着吴悠一番飒爽的发言，心中尤为震动，他举手说：“我同意 Evelyn 总的想法。”

吴悠朝着萧树笑了笑，然后对所有人打气道：“我们一定会成功的，放心吧！”

散会后，吴悠让费仁克留步，从头到尾，她都在注意费仁克脸上那并不阳光的表情。

“你是不是觉得我吃了这么多次亏，还是一点长进都没有？”

“我只是觉得你不大听得进去其他人的意见。”

“OK，那我问你，你打算给瞿白那边报价多少？”

费仁克伸手比了个数字，吴悠忍不住笑着说：“我要说你敲竹杠都不为过，你这个价报出去，他可能转头就去找奥斯德了。”

“他不会去找奥斯德的。”费仁克果断地说，“就算他去了，奥斯德也不会接，刚刚聚码头的创始人才卷款潜逃，大笔尾款没付。按照Cherry的性格，她肯定不愿意再在同样的地方摔跤。换句话说，聚码头的失败案例应该让现在大部分广告公司对瞿白都望而生怯，都害怕重蹈覆辙，所以若非麦迪逊接下个案子，能将这个项目做好的公司确实不多。”

“所以其实你也是有信心的，不是吗？”

“有信心和做不做是两回事，Evelyn，我只是……”费仁克没有说下去，“算了，既然已经决定的事情，我也就不多说了。”

吴悠没接话，她用食指敲了敲会议桌，说：“那你先把预算和项目书发过去吧，看看瞿白那边怎么说。”

3

萧树下班回家，他刚打开灯，乔琪就从沙发上翻了个身，差点滚到地上。乔琪揉了揉眼睛，抬头看挂钟已经是凌晨两点了。他坐起身，睡眼蒙眬地咽了口口水，调侃道：“Scott，你这社畜得也太彻底了吧，每天早上八点出门，晚上两点回家，这隔壁吴大姐对你们的压榨也太狠了吧。”

萧树一边脱鞋一边回头看了他一眼，说：“你怎么今天过来了？”

乔琪起身揉了下头发，打了个哈欠，说：“怎么，我现在不能过来了是不？你看你，都说吃水不忘挖井人，你就这么嫌弃我这个恩人吗？”

乔琪说“恩人”的时候，萧树觉得他嘟哝的嘴像在说“瘟神”，一下子笑了出来。乔琪皱了皱眉，扬起下巴问道："怎么，想忘恩负义了是不是？"

"不敢不敢！"萧树把东西放好，拐进厨房，打开冰箱拿了两个鸡蛋出来，朝着客厅问道，"我有点饿，煮个面吃，你吃不？"

乔琪趿着拖鞋"咔咔咔"地朝着萧树走去。高过萧树半个脑袋的乔琪伸手揉了揉萧树的脑袋，说："我想吃西红柿丸子面。"

"西红柿倒有，可惜没有猪肉，丸子做不了，煎蛋可以给你做两个。"

乔琪肆意拉开冰箱，试图再找点什么可以下到面里去的食物，但冰箱里除了两瓶酸奶和一袋没有吃完的吐司，基本没什么东西了。萧树烧好油锅，打好蛋，非常熟练地煎炒起来。乔琪一手搭在萧树的肩膀上，鼻子凑上前闻了闻，说："妈呀，好香，我瞬间饿了！"乔琪捏了捏萧树的后颈，说："Scott，你可以啊，你要是个女生，我就把你娶了。"

萧树自顾自地煎着蛋，没理会乔琪这句话。他想到之前吴悠怀疑他和乔琪的关系，眼下看来也不是没有道理的。萧树叹了口气，说："乔琪，你倒确实该找个女朋友了。"

乔琪弓着身子在灶台下面的橱柜里找碗筷，然后站起身来，嬉笑着说："我还用找吗？我勾勾手指就来一群好不，只是我觉得烦。"他把碗筷放到萧树面前，轻轻咳嗽了下，故作深沉地说，"还有，别叫我乔琪，叫我 George。"

吃面的时候，乔琪才说他是为了瞿白的事情过来的。那天当着瞿白的面，他没好意思说，他觉得自己表哥的这个项目吧，大概率做不成。萧树一边吃着面，一边问："为什么？"

乔琪放下筷子，说："我这个表哥吧，有个最大的问题就是根本不会做生意，虽然他在法国留学的时候靠代购赚了不少钱，但是那种夹带私货的小把戏放在整个大环境里面根本登不上大雅之堂。我就说句实在话吧，那天我们在场的这么多人，随便拎一个出来都比他强十倍，我从小看着他长大，他做点小生意还行，要开公司那就早晚倒闭！”

“所以……”

“所以啊，我就想着，反正他公司是要倒闭的，你们广告费能多收就多收，与其让他傻乎乎地把钱拿去打水漂，不如让你们多赚点。你别以为我腹黑啊，我是觉得他不找你们，也得找别人，可能别人更坑。既然你们广告做得好，报价高一点也正常，我这边也会给我表哥通通气，让他别吝啬，到时候你们公司有盈利，吴大姐肯定看好你，给你升职加薪啊，你就不用再住这个小房子了。”

“你这么整你表哥，是跟他有仇吗？”萧树好奇地问。

“啊！你怎么知道？！”乔琪把手中的筷子一拍，差点把碗拍翻，“那天我就不想让他来喝酒，但是我又怕他回头和我妈告状。从小到大，家里亲戚的那些兄弟姊妹，我最烦的就是他，家里这些小孩一丁点调皮捣蛋的坏事他都能捅到大人那儿去，不是我说，他能融到那笔钱，都要多亏我舅舅搭线，我那天就故意把你们每个人介绍给他听，让他无地自容。”

萧树想不到，原来背后还有这层关系，他忍不住笑了，进而说：“接单这件事我管不了，得客户部那边去接洽、评估、出预算，最终还是要 Evelyn 拍板，而且就算真的讹了你表哥一笔，功劳也不一定会算在我头上，我也没打算因为这种事情升官加爵，你的好意我心领啦。”

“嘿，这个吴大姐，有钱她肯定赚啦，有便宜不占王八蛋。”

“其实 Evelyn 还真的不是这种人。”

看着萧树帮吴悠辩解，乔琪又歪着头仔细端详了萧树一番，说：“你……是不是喜欢她？”

“别胡说！”萧树一下打断了乔琪的推测，“你想我丢工作是不是？”

“啊！你真的是喜欢上她了，不然不会和我这么急！”乔琪猛地站起身来，萧树一把把他按下去，“你别这么大声，她就在旁边，这个房子隔音没你想象的那么好。”

“嘁，工作丢了就丢了呗，哥哥我养你。”乔琪嘻嘻笑着吃完了那碗面。

而正在隔壁的吴悠也不知道是不是背后被这两个家伙讨论的缘故，连打了两个喷嚏，她托着下颌，完完全全地看完了聚码头当初所有的创意和案例。

如果不做海外代购，能做什么呢？吴悠苦恼的是往常这个时候，自己的智囊团罗薇薇已经上线了，可是自从上次罗薇薇的生日自己缺席之后，吴悠就再也不敢给她发信息了。一晃又过去了几个月，吴悠无奈地点开微信看了看罗薇薇的朋友圈，她的生活依旧声色犬马、潇潇洒洒，最新的一条是罗薇薇三天前在巴黎街边咖啡厅的摆拍，原来自己已经缺席了对方这么多生活却浑然不知。吴悠给罗薇薇点了一个赞，长叹了一口气，放弃自我一般往座椅后垫上靠了靠。突然，她想到或许还能找一个人，便拿起电话给对方打了过去。

“师姐，你还没睡吧？”

“没呢，我正在喝酒，你要不要来？在我家，正好有几个朋友介绍给你。”

“行，我现在就来！”

虽然和柳晶交好这么多年，但是真正去柳晶家，吴悠这还是第一次。中山公园地铁站旁的凯欣豪园，是柳晶 2012 年买下的房子，虽然已有了年月，但得益于小区管理，房子至今依旧看起来非常新。吴悠敲门进去的时候，是一个帅哥过来开的门，柳晶正在用开瓶器鼓捣着香槟塞子，见吴悠来了，她立马说：“啊，小悠来了！快快快，进来，我给你们介绍一下。”

原来并不是偶发的小聚，这几个都是柳晶日常的酒友，用柳晶的话来说，上了岁数就不爱去酒吧了，闲来约朋友在家里喝，聊天内容也更私密。这些朋友还给柳晶家取了个名，叫“居云阁”，别的没有，好酒一大堆。或许正是出于这个原因，柳晶的家布置得特别有喝酒的氛围，开放式厨房旁摆着硕大的长方桌，墙上挂着价格不菲的挂画，四处摆放的落地灯和绿植，每一样都和“柳晶”这个名字相匹配。

上桌的一共有四个人，除了开门的帅哥，其余三位都是女生。有一位是吴悠认识的，柳晶的大学同学——潇潇，另外两位妹子分别是柳晶现在公司的合伙人 Rebecca（丽贝卡）和她的邻居皮娟，原本被吴悠误认为是柳晶男友的帅哥原来只是柳晶的闺密，此人剑眉短发，桃花眼，白衬衫加橄榄色修身裤，名叫陈洛。柳晶当然又是非常夸张地介绍了一番自己优秀的小师妹，然后顺势给她倒了一杯酒。

“人到齐了，先走一个。”柳晶举杯和大家碰了一下，喝了一口，转头问，“怎么今天有空来找师姐，最近公司不忙吗？”

吴悠酒下了口，说：“就是因为遇到点瓶颈，才想来问问你，看看能不能触发一点灵感。”

陈洛说：“说来听听，这里这么多人呢。”

柳晶揽过陈洛的肩膀，说：“小悠，这人是做 Digital（数字信息）的，算和你是半个同行，他的脑袋可灵光了，你说来听听。”

吴悠大致讲述了一下小草屋 APP 的情况以及目前面临的困境，陈洛刚听完，便毫不顾忌地说：“做电商代购的竞争压力不容小觑，就去年，光是融资做类似赛道的 APP 就有不下一千个，最后成功的屈指可数。海外代购涉及太多问题，内部需要协调的太多，他如果不能保证在平台上开店店主供货的真伪，最后就会走上聚码头的老路，这和做什么类别的代购没有关系，内核都是一样的。”

“做原创精品呢？”柳晶不觉想到，“不一定非要代购海外的商品，比如打造自己的品牌，借助这个平台生产、消化，价格也可以做到比海外品牌更低，但自己监控品质，做到极优，我觉得也是有机会的。”

“这个我倒是觉得可以。”坐在旁边烫着大波浪的皮娟突然开口道，“像是某宝上就有很多商品其实质量也蛮差的，他们就是找代工厂加工的，品控做得也很差，但销量确实不错，低定价也就锁定了低消费人群。而且做原创品牌，其实可以先不用铺得那么广，比如只做美妆或者只做箱包，女生对这两样东西是没有抵抗能力的。”

“也不是不行。”陈洛又接着说，“做自己的精品品牌是一条思路，像网易严选那样走精致生活路线，做本土品牌唯一的问题就是要考虑到库存的压力，这种相当于互联网加实体的运营模式，需要非常雄厚的资金，也很考验创始人的管理能力。对于初创公司，要打响品牌，又要消化库存并不轻松，现在的思路，很多都是选择让明星或者 KOL（Key Opinion Leader，关键意见领袖）来增加品牌影响力，那这个前期需要准备的时间就相当长了。”

吴悠听着他们各抒己见的讨论，心里略有些想法：“刚刚你说到 KOL？”所谓 KOL，是这两年刚冒出来的概念，即关键意见领袖，指在互联网上拥有更多、更准确的产品信息，且为相关群体所接受或信任，并对该群体的购买行为有较大影响力的人，简称带货网红。吴悠嘟囔了一句，转而问道：“你们平时买东西看得最多的是什么？比如真的为了一个人去买东西的时候。”

“买家秀。”Rebecca 的回答出其不意，其他人都赞同地点头。

“Bingo！”吴悠打了个响指，“那有没有可能一个平台专门提供给买家，让他们在上面分享自己买的东西，而不是依靠 KOL。KOL 的立场基本是为了品牌方去营销、收费、推广，那如果换个立场，为买家使用后的真实分享创造平台，站在顾客的立场去阐释，是不是也是大家想看的东西？”

“我知道了，就像大众点评！”皮娟惊呼了一声。

“不，还不一样，如果只是点评，那还是一个 B to B（Business To Business，企业对企业通过互联网交换信息），那仅仅是让顾客参与进来的一个环节而已，我想说的是真正的展示，真正做到是 C to C（Consumer To Consumer，消费者对消费者通过互联网交换信息），好比……”吴悠伸手拿了一个立在旁边的台灯，“如果我很喜欢这个台灯，我就会愿意把台灯的各种好处分享出来，分享者需要一个平台。”

“Key Opinion Consumer，确实现在很少有专门提供给他们的平台。”陈洛点头道。

“我懂你的意思了，就是种草和拔草，是吧？”潇潇用了一个非常年轻人的概念阐述了吴悠的想法，“这么说，也很符合‘小草屋’这个名字了。”

果真众人一拍即合，开始讨论各种意见和想法，吴悠打开录音笔，把这些想法都收集起来。这个酒局没有白来，吴悠兴奋得又多喝了几杯，然后给了柳晶一个大大的拥抱。

散场的时候，潇潇和 Rebecca 顺路先走了，吴悠出于答谢，决定帮柳晶把家收拾一番再离开，陈洛说他没事，也跟着留下来帮忙。临走的时候，柳晶说：“小悠，陈洛就交给你啦，月黑风高的，靠你做他的护花使者了。”

“喂喂喂，柳晶，我好歹是个男……”陈洛话还没说完，柳晶就“哈哈哈”地把门给关上了。“哼，这女人！”陈洛泄气地看了吴悠一眼，“你别听她的，她就知道胡扯。”吴悠倒觉得有趣，问他住哪儿，结果发现两人还是同方向。陈洛自从交大毕业之后，就一直住在新华路番禺路附近，陈洛问吴悠骑单车吗？吴悠心里倒是没有这个选项，不过从中山公园回虹桥乐庭，其实只要骑单车沿着凯旋路到虹桥路路口就可以了了。“行啊，反正我答应师姐要做你的护花使者的。”吴悠这么一说，陈洛突然脸红了一下，风拂过他的眉眼，恍惚间，吴悠竟像是看到了木村拓哉般的盛世美颜，“真好看啊……”她心里默默想了一下，果然好看的男生都不属于女人。

4

两天后的麦迪逊会议室里，用浩浩荡荡来形容也并不为过，吴悠还没有在哪一次开会见过甲方几乎把整个公司的人都叫过来的。吴悠和费仁克面面相觑，最后只能让公司其他部门把座椅都搬过来支援，瞿白也有些不好意思地说：“因为邮件里说要涉及 APP 后台技术方面的变更，我就想可能还得整个公司都过来一起商量。”

吴悠尴尬地笑了下，说：“瞿总，其实按这种情况，我们可以去贵公司开会，不必……这么兴师动众。”

“哈，抱歉！我只想着赶紧过来听你们的意见，完全忘记了可以邀请你们过来，实在不好意思！”

“没事，Frank 那边和您提出的报价您看了吧？有什么意见也可以当面提出来。”

瞿白点了点头，说：“看过了，预算……我和财务那边商量过了，可以考虑。但是……我们还是想先听听你们的想法再做决定。”

吴悠也不想耽误时间，便简单清晰地讲述了一下自己的概念：“虽然我们会先邀请一部分 KOL 到我们的平台上，但最终是要向 KOC（Key Opinion Consumer，关键意见消费者）过渡的，也就是说，我们的平台是为了给更多素人的生活方式提供指南的，我这么说，不知道你们能不能理解？”

“Evelyn 总的意思是……我们不做代购卖货了，而是改成分享平台？”

“不能简单地说是分享平台，多年前，有一个成功的广告案例叫作‘凡客体’，那是全中国第一个真正把用户调动起来，形成大规模的参与、广泛接力创作的互动广告战役，国外称其为‘追随者效应’，其实也就是我们所谓的 UGC（User Generated Content，用户创作内容）。一旦形成用户风潮，大家就会自主跟随，自发量产内容，整个平台就可以盘活。”

“UGC？”

“对，但我们前期需要有专人去指引这些用户，不能一上来就功利心那么重地要求大家分享物件，而是让大家分享生活，我们的核心是精致生活，所以辐射的面也是女生比较关注的那几样东西，美妆和箱包当然不用说，还可以涉及家居、穿搭甚至私密产品。后期的变现方式也很容易，只要入驻的 KOC 达到一定规模后，当然，这个需要后台负责大数据的同事去跟踪一下，只要到达了一个峰值，内部就可以针对品牌和 KOC 进行提成收费和专属的流量曝光，至于后期是否需要加入会员制，可以酌情考虑，而我们也会针对这样的产品进行女性向的包装和投放。瞿总，你要知道，全中国女性占比 48.76%，这绝对是一个不容小觑的消费群体，如果她们愿意自主地在小草屋上分享她们的购买心得，拉动的可能是整个中国一大半的实体经济。”

吴悠的话让瞿白目瞪口呆，瞿白完全没想到，自己原本想要做的一个海外代购平台眨眼之间就要转型去做一个种草平台了。在 2019 年初，种草的概念已经萌芽，但是真正的 C2C 分享平台暂且没有出现在市场上，瞿白不知道自己有没有赌这一把的决心，吴悠的话也说得比较直接：“当然，我们只是提供一个包装的思路，具体的内容以及后台技术方面的搭建，可能需要你们内部再商议。”

那场会议让瞿白的思维彻底颠覆了，十年前，瞿白和大多数跟他一样的富二代出国留学是为了学习国内所没有的技术，顺道开阔眼界。可是十年间，中国的互联网发展太过迅速，互联网的思维模式是许多发达国家现在都难以企及的。瞿白从法国回来的头两年，不仅没有习惯国内的移动支付，对抖音和快手这种短视频平台也不感冒，他根本想不到，在国内手机已经取代了太多的东西，手机将日常的零零碎碎都整合到了一起。眼下的中国已经完全不是瞿白曾经认识的那个中国了。要不是因为同学唆使他做 APP 创业，他还想着雇人跟他一起做海外代购的买手，他当然也想不到渠道早就扩宽了，互联网已经从根本上代替了许多人工渠道。

吴悠的意见让瞿白陷入了沉思，做还是不做只在他一念之间，他当着所有人的面，提出了一个疑惑："真的会有人愿意分享自己的生活吗？"

这个问题很快就得到了回答，吴悠把近五年各大互联网新媒体平台的数据做了一个详尽的报表，数据显示，现在中国不仅越来越多的人愿意分享自己的生活，还有更多的人喜欢看别人分享出来的生活点滴，如果瞿白能抓住这个风头，下一波互联网创业的领头羊或许就是他。

瞿白带来的团队都若有所思地点头，他心里一横，拍板道："行，既然要做，我们就好好做！今天回去，我就和技术部门的同事开会，明天再和内容策划部门的同事商议一下要做的东西。"瞿白握住了吴悠的手，说："Evelyn 总，你真的是太让我佩服了，接下来，就让我们一起努力，创意推广的部分还需要交给你们。"

吴悠恬然一笑，转而问："我想问下技术部门，重新搭建和开发新的程序需要多长时间？"

一个戴着眼镜的男生说："重新开发的话最快要三到四个月，但是因为现在已经有了搭建好的框架，像之前本来用来展示商品的橱窗位置，现在可以变成分享的窗口，只改掉使用功能的话，最快也要两个月。"

瞿白伸手捏了捏眉心，说："小焦，你看有没有可能缩短周期？"

小焦推了推鼻梁上的眼镜，说："加班加点赶的话，以我们现在的团队最快也要一个多月，还是在二十四小时不休息的情况下，毕竟开发完还需要几轮内测，不可能马上上线。"

吴悠点点头，说："这是我的一点想法，当然，APP 本身的内容优化和把握还需要你们团队自己的努力，如果瞿总确认合作，我们就可以根据你们的开发进度，来开始做推广的策划。”

瞿白握住吴悠的手，说：“当然，必须合作！Evelyn总简直像是指引我前进的明灯，今天我就让法务那边把合同对接好，尽快签约！”

临走时，瞿白问吴悠有没有空，想邀请她一起吃个饭，吴悠耸耸肩，只道了声抱歉，说自己下午还有个会要开，实在没时间，瞿白有些尴尬，只好说签约那天务必安排一场饭局。吴悠实在不喜欢和甲方应酬，但又不好让对方失了面子，只能笑道：“瞿总都先别急，等东西做出来，效果好了，安排庆功宴也不迟。”吴悠让费仁克送瞿白团队下楼，一大群人浩浩荡荡地走下去，办公室终于空了出来。吴悠轻轻扶额，这瞿白也真的是……让人不知道说什么好。

林安娜走出来刚好看见有点疲惫的吴悠，说：“下午要去洛奇那边做个季度汇报，你有时间吗？跟我一起去？”吴悠有点犹豫，自从上次去过洛奇之后，中间林安娜因为公事也去过两三次，每次吴悠都会想方设法地逃避，尽可能找借口躲开。和郑弋之“象征性”分手之后，吴悠就没有再联系过他，同时也没有和赵开颜说过话，当然，她自己也说不清楚和赵开颜关系淡漠的原因，可一想到要去洛奇就要见到赵开颜，她难免心有顾忌。

“我下午有个会。”

“几点？”林安娜似乎没有要放过她的意思。

“两点。”吴悠随口说了个时间。

林安娜点点头，说：“正好，我和Will约了四点，你开完会和我一起去吧，如果他问到一些我也不清楚的事，你还可以顺道补充一下。”

林安娜几乎没有给吴悠拒绝的时间，就回到了自己的办公室里。

自林安娜回归之后，吴悠感受到最直接的变化就是林安娜对麦迪逊的把控更用心了。相比于之前只是监控着吴悠工作的林安娜，现在的她更愿意让吴悠在前面放手一搏，自己在后面把控船舵。不管是新年初始的MAC口红，还是刚刚接手的恋语内衣，吴悠都给出了非常大胆的创意，不管是让变性模特试口红，还是让肥胖女孩穿内衣，这些创意或许放在以前，林安娜都会不假思索地说“No，太过了”，但现在，林安娜只会问吴悠一句“你有信心吗？有，就放出去，让市场检验”。出乎意料的是，这两支广告的效果都非常让人满意，麦迪逊的定位和标签也越来越清晰。

吴悠看着林安娜工作的背影，深深地吐了一口气。唉，逃避可耻，那直面呢？吴悠在心里给自己打了打气，打算下楼先吃个便当再说。

两小时后，林安娜的车上，吴悠把注意力都集中在手机的信息上，林安娜一边打方向盘，一边问了一句：“你最近是不是感情不顺？”

吴悠“喀喀”了两声，差点被自己的口水噎到，她连拍了两下胸说：“怎么突然这么问？”

“我已经很久没看见郑律师来接你了，还是……你有新的想法了？”吴悠想不到，原来林安娜也会这么八卦，果然恋爱的时候不能太高调，猝不及防就被别人看在了眼里。吴悠缓和了一下，才说：“分手了。”倒也没有过多解释，“说不上不顺吧，感情这事情原本不就是分分合合的，顺其自然就好了。”

林安娜露出几分过来人的笑容，然后说：“恋爱的时候，比较容易萌发灵感，长期一个人容易思维枯竭。”

吴悠不以为然地反驳道：“你不也是一个人吗？”说完之后，吴悠又意识到什么，大叫一声道，“天哪，Anna 你为老不尊！”

“神经！我都多大了，小姑娘你的脑子坏掉了。”林安娜伸手戳了下吴悠的额头，轻叹一口气，“我那时候有我的女儿陪着，也不是一个人，说实话她确实也给了我很多灵感。”吴悠转头看了林安娜一眼，不知道是什么时候开始，林安娜对女儿的事情好像已经渐渐释然了，能这么轻描淡写地说出自己和女儿的往事，吴悠心里感到一丝安慰。林安娜还是不住地问道：“你会想结婚吗？”

“想，也不想。说实话，我不太愿意一段关系被所谓的国家法律给束缚着，爱一个人可以一直在一起，并不一定非要那一纸证书。”

“那你得找到和你的想法一样的男人才行，这世道，男人可比女人内心幼稚多了。”

躲得过初一，躲不过十五，就像吴悠心里想的那样，越不期望的事情就越可能发生，她刚刚跟林安娜出电梯，转身就撞见了赵开颜。吴悠朝着赵开颜点了点头，然后快速跟着林安娜进了会议室。全程的会议，林安娜基本一个人可以应付，吴悠的心思则一直游荡在玻璃墙外。会议比预期的更早结束，林安娜和 Will 客套的辞别时，吴悠避开格子间，去了洗手间。吴悠刚进去，就发现赵开颜也在，她瞬间有点后悔自己刚刚多喝了几杯水，现在只能硬着头皮走进去。

“你干吗躲着我？我会吃了你吗？”赵开颜走到吴悠面前，开门见山地问道。

吴悠自己也说不出个所以然来，“你怎么不说是你躲着我？”吴悠还是很洒脱地笑了下回道，“你最近怎么样？”

“挺好的，其实我也刚回来，我前段时间回了一趟纽约。”赵开颜答得轻描淡写。

“那……”吴悠指了指赵开颜的肚子，见它平坦如初，算着赵开颜怀孕的时间，正好差不多十个月，“你是去美国……”

赵开颜摇了摇头，她确认了一下隔间都是空的，才压低声说：“我打掉了。去美国完全是因为工作，你不用想太多。”赵开颜打开水龙头，洗了下手，然后用纸巾擦干，接着说，“孩子的爸爸另有新欢了，我也不想这孩子生下来受苦。虽然我纠结了很久，但大概老天也不想他在这个时候诞生吧。”

吴悠在听到赵开颜打掉孩子的那一刻，不知为何，她的内心竟有一丝轻松，这种轻松让她对自己产生了一丝厌恶，与此同时，吴悠的脑海中不时浮现柳晶口中赵开颜不为人知的另一面，让她更是无法正视眼前的这位昔日好友，吴悠说：“开颜……”

“还是叫我 Carrie 吧。”赵开颜笑得很客气，“Evelyn，你还真是的，要不是别人主动联系你，你可能都忘记世界上有对方这个人了吧。”

吴悠呼了一口气，说：“Carrie，你真的很会指责别人，你自己也没有好到哪里去，不是吗？”吴悠顿了顿，还是忍不住关心地问道，“那这次流产之后，你的身体还好吗？”

“怀不上就怀不上吧，就像我之前说的那样，有没有孩子对我来说倒没那么重要，只是连着打掉好几个，我罪孽深重，不知道会不会陷入什么无间地狱。”

这时，洗手间的门被推开，两个女生走了进来，赵开颜看了看手表，说：“怎么样，晚上有安排吗？请你喝一杯？”

吴悠虽然没有消除内心和赵开颜的隔阂，但也不想在这个时刻选择拒绝，她索性点头答应了。

从洛奇到目的地像是夜游沪城的一次旅行，想不到赵开颜竟然会带吴悠到母校附近的酒吧，她们吹着杨浦的晚风，时间就像没流走过一样，街上行走的都是意气风发的年轻人。吴悠坐在高脚椅上望着落地窗外，一对漂亮的男女学生正在拥吻，赵开颜端着酒坐过来，看了吴悠一眼，笑道：“羡慕？”吴悠接过酒杯，摇摇头，说：“只是觉得爱情真的是一件让人捉摸不透的事情。”

赵开颜喝了一口酒，托着下巴，说：“听 Jasper 说，你们分手了？”

吴悠用吸管吸了一口莫吉托，点了点头，她假装并不在意地看了看赵开颜的神情，揣测着她此刻这句询问背后的含义，“不合适吧。”吴悠侧着脸，将目光重新转向窗外，“你呢，又交新男朋友了吗？”

这时，一个身材壮硕、穿着花衬衫的男人走了过来，又端了两杯酒给她们。“Hello,”衬衫男主动和吴悠打了声招呼，吴悠疑惑地看着赵开颜，只见那个男人一手揽着赵开颜的肩膀，说，“我叫 Ken。”赵开颜轻轻推了他一把，他就顺势在旁边的高脚椅上坐下了。吴悠瞬间明白过来，说："我说你怎么今天想着来这么远的地方喝酒，原来……"赵开颜笑而不语，吴悠举杯，对着赵开颜和 Ken 说："好了，祝你们生意兴隆！"

吴悠刚喝下一口酒，就听到有人叫她，她转过身看去，原来是陈洛。赵开颜看着陈洛扬手走过来，朝着吴悠挑了挑眉，吴悠耸了耸肩，只说了一声："朋友。"

陈洛见到吴悠，一点没有他们只是第二次见面的感觉，反而笑着指了指赵开颜，说："这位美女是……"

吴悠介绍道："我的大学同学，Carrie，这家店的老板娘。"

陈洛若有所思地点点头，笑着和赵开颜握了握手，说："太好了，我的朋友最爱你们这家店了，我每次来找他，他都约我在这里喝。"没一会儿，一个看起来比陈洛大不少的中年男人走了过来，这时候店里也热闹起来，Ken 说要先去忙，让我们慢慢聊。来找陈洛的那个人叫方山，是个画家。

大家几杯酒下去，气氛迅速热络起来，赵开颜轻轻碰了下吴悠的手，小声说："他们看起来关系不一般啊。"吴悠浅笑，不置可否。

其间赵开颜和方山到室外抽了根烟，陈洛一下子坐到吴悠旁边，说："这个 Carrie 看起来很 coquettish（风骚），你上学的时候没被她抢过男朋友吧？"吴悠第一次感受到陈洛的毒舌，苦笑着说"没有"，但陈洛这一说，竟让她不由自主地对郑弋之产生了一点想法，陈洛自顾自地又说道："虽然我第一次和她见面，但我觉得这个女人真的不简单，不说别的，这家店之前是寿司店，一直开得不温不火，她应该是去年年底才接手的，也就简单装修了一下，找了个会调酒的男朋友，一下子就把店给开起来了，现在整个大学路最火的酒吧就是这家。"

这像是赵开颜会做的事，她眼光精准，下手够稳，特别是在投资这件事上。陈洛又喝了两口酒，赵开颜和方山才进来。见陈洛满面红霞，赵开颜还是问了句："酒还行吧？你们都聊了些啥？"

吴悠打哈哈说陈洛把这家店从头到尾夸了一遍，赵开颜说：“那记得给我点个五分好评啊，我再送你们一瓶酒。”陈洛喝多了，笑嘻嘻说：“我给你打五星再配个图，要不你把你的男朋友送给我？”吴悠心一惊，赵开颜却像没事人一样，说：“好啊，那我要问下他才行。”陈洛拍了拍桌子，说：“老板娘就是大度，会开玩笑，今晚的酒我买单吧。”结果方山和吴悠争着要买单，赵开颜说：“都不用买了，今天算我请客，回头多带朋友过来就好。”

吴悠见时间不早了，打算先走了，陈洛说正好顺路，也打算告辞，赵开颜和方山走到路口把他们俩送上了车。车开走之后，陈洛才舒展着手脚，长长吁了口气，望着路口逐渐远去的两人，陈洛“哼”了一声说：“不是今晚就是明晚，你那个闺密应该就会和方山发生点什么。”

吴悠以为自己听错了，瞠目结舌地看着陈洛，说：“方山不是你那啥……”

陈洛夸张地笑了下，说：“啥啊？”陈洛略想了片刻，才反应过来，矢口否认道，“想什么呢？怎么可能？我都说了是朋友了，他那个岁数都能当我爸了。”

吴悠一下子为自己的误会感到好笑，一下子又惊诧刚刚陈洛的推测，忙不迭地问道：“你为什么觉得他们会有什么啊？”

陈洛双手抱着脑袋，身子彻底瘫下去，然后说：“就刚刚他们在门口抽烟有说有笑的，第一次见面的男女哪有这么随意的，不然我刚刚怎么会说她 coquettish，柳晶说你和我同岁，我怎么觉得你跟个‘00后’一样单纯？”

吴悠本想反驳什么，陈洛却突然拿出手机，说道：“哎，对了，网猫‘3·8节’的项目，你们接吗？网猫那边的负责人正巧找我呢。”吴悠听到工作，酒一下子醒了不少，说：“网猫吗？”陈洛“嗯”了一声：“‘3·8’这个主题不是特符合你们公司的调性吗？你有兴趣的话，我把负责人推介给你。”吴悠笑着说：“好啊。”陈洛转手刚要把网猫负责人的微信推给吴悠，突然扬眉道："我们俩原来都没有加微信。"吴悠一想，好像是的，原本以为上次就是最后一次见面了，没想到二人居然这么有缘。两人加好微信，没多久，车就到了陈洛家，陈洛下车的时候眨了眨眼说："哎，吴悠，你不会真的把我当姐妹了吧？"说完，陈洛关上了门，留下吴悠愣愣地望着他翩翩离去的背影，她还没弄懂他最后那句话的意思。

第二天，陈洛推送的网猫负责人岑影就约了吴悠在静安嘉里喝下午茶。网猫的项目好歹也算个大项目，吴悠觉得不能随随便便就去见，即使她因为酒精作用略感眩晕，却还是熬到凌晨三点提前做好了功课。吴悠醒来的时候就看见了岑影发来的信息，她梳妆打扮近一个小时，才穿着一件紫罗兰色的真丝衬衫出了门。大概因为前一晚的宿醉，吴悠特地在进去之前先喝了一大杯冰美式，消了消水肿。进去的时候，岑影已经坐在里面了，只见她一边滑着 iPad 一边打着电话，吴悠确认座位号没问题，才在对方对面坐下。岑影见她到了，匆忙地挂了电话，伸手笑道："你好，吴小姐是吗？我是岑影，你叫我 Shadow（影）就可以了。"吴悠礼貌地和她握了握手，同样笑着说："叫我 Evelyn 就好。"

吴悠拿出一份麦迪逊的公司简介递给岑影，然后简单介绍了一下麦迪逊的情况，岑影一边点头一边提问，用最快的时间对麦迪逊有了个了解。"你们公司的概念还蛮有意思的，只做女性向的产品，那确实还挺符合我们网猫'3·8 节'的这次包装要求的。"岑影轻轻啜了一口咖啡，接着说，"既然是 Loy 介绍的，我肯定是放心的，只是时间吧，稍微有点赶，本来我们之前外包给了佳世达那边做，但是他们最后给出的创意稿我们觉得不太行，现在距离 3 月 8 号也只有不到一个月的时间了，减去渠道宣发和提前上线的安排，可能只有一个星期多一点的时间给你们，你们这边 OK 吗？"

岑影这个"稍微"用得极为巧妙，这可不是稍微有点赶，是太赶了！吴悠估算了一下时间，哪怕他们现在停下手里所有的项目，这也是不可能完成的任务，但“3·8大促”无疑是一个非常好的合作机会，吴悠不打算放弃。

“没问题。”吴悠几乎是不留余地地答应了下来。

“好的，Evelyn，那我们就先等你们的初稿，三天？”

“两天。”

“哈！你这么有信心，那我就放心了。”岑影仔细看了下吴悠的上衣，“这是……BUNK的新款吗？”

“对，你真有眼光……”

“我的室友是BUNK的总监，所以，总是不经意间会看到新款，这件衣服很衬你！”

吴悠喝完那杯咖啡，洒脱地走出了嘉里中心，但是她的内心比谁都焦急，两天内出创意，她也真是佩服自己敢答应。她长长地吁了一口气，转过拐角，马不停蹄地准备叫车回公司。谁料，她刚一小跑，右脚高跟鞋的鞋跟居然断了，差点让她崴到脚。突然，一只手扶住了她，吴悠刚准备说谢谢，却在与对方正视的瞬间愣在了那里。

“没事吧？”郑弋之连忙问道。

吴悠松开了郑弋之的手，她实在不想让自己和郑弋之重逢的画面这样尴尬，也怪她忘记了郑弋之的公司就在附近，撞见的概率等同于放学的时候遇见路边卖烤串的大爷。吴悠还是很礼貌地说了一声“谢谢”，然后打算叫车，郑弋之看着她断了跟的鞋，说：“要不要先在旁边买一双鞋再走？”吴悠见到郑弋之就瞬间意乱情迷，连最基本的要保持距离都忘了，她点点头，打算一瘸一拐地往商场走，郑弋之却说：“我先背你过去吧，这会儿我还有点时间。”

不等吴悠反应过来，郑弋之已经蹲下了，西装把他的身形衬得更是诱人，吴悠看着街道上人来人往，还是觉得被他背过去有点太丢人现眼了，但她又不好直接拒绝郑弋之的好意，只好说：“你扶我过去好了，背来背去太难看了。”郑弋之却没有起身的意思，只回头看了吴悠一眼，说：“我背你过去比较快，何况……你也赶时间不是吗？”郑弋之富有磁性的声音和细致入微的观察确实让吴悠无从抗拒，她还是闭着眼睛，趴到了郑弋之的背上。

吴悠选好鞋，刚刚穿上，郑弋之就已经付完钱了，吴悠执意把钱还他，他却道：“就当是重逢的礼物吧，好久不见！”说完郑弋之收好钱包告辞，说等下还有个客户要见。吴悠穿着新鞋坐在椅子上愣神，差点忘了回公司和员工商量网猫的事。她清醒过来后，立马站起身，丢掉了小女人的那点没出息，顺道也丢掉了坏掉的那双鞋。

5

墙上的挂钟已经过了凌晨十二点，麦迪逊办公室里的员工还是一点要下班的迹象都没有，不仅下面的人没走，林安娜和吴悠也都分别待在各自的办公室里。网猫的事情吩咐下去之后，创意部的员工都在绞尽脑汁地想创意，下午的会议上，大家的几个提案都被吴悠直接pass了，不管是独立宣言式的话语，还是对女性形象的再颠覆，一年一年地炒作“妈妈是超人”这样的概念已经乏善可陈到骨子里了，吴悠希望的是一鸣惊人的效果。关在办公室里的她，点开的是和三八妇女节一点都不相关的美食节目，这是她想不出创意时的一个习惯，饥肠辘辘可以让她更清醒一点。这时，萧树敲门进来，吴悠慌张地按下暂停，从容地抬头，问：“怎么？”

萧树拿着自己的绘图板走过来，递给吴悠：“你看看这个？”吴悠接过来仔细看了下，突然眼前一亮，说：“互换？变新？”萧树点点头，吴悠突然就笑了，拍了下萧树的脑袋，“可以呀你，这个idea很有意思。”

萧树的绘画板上写着“母亲与女儿互换”“胖女孩与瘦女孩互

换”“婆婆和媳妇互换”“酷女孩与软妹子互换”……形象的互换与立场的互换，是三八妇女节极少提起的一个话题。

“我们总是在强调男女平等，强调男生理解女生，但如果对立身份的女性本身不能理解对方，那女性这个群体更是没有办法团结起来去呼吁平权这件事，所以，女人懂得女人，才是真的懂自己。我觉得这可以是一个方向，也可以作为核心的concept，在营销的方面，我们用‘理解’和‘尝新’去打这一波，这样可能会拉动更大的一波销售，大家可能就不会单一地只在自己感兴趣的物件上投入金钱了。”

吴悠打了个响指，说：“非常好！你是怎么想到的？”

萧树有点不好意思地摸摸头，说：“刚刚开会的时候，我听灰灰说，每年这个时候其实她都会偷偷地去看别的女生买什么东西，甚至不一定是自己喜欢的人，或许那人买的也不一定是自己想买的，但是她会因为突然看到一个有趣的东西，去尝试一个新的领域。我就想说，或许我们存在偏见的领域也藏着宝藏，所以就想到了这个。”

“Perfect！ Scott，你有出息了！刚刚那句话……或许我们存在偏见的领域也藏着宝藏，这句话给我记下来！”吴悠起身，推门出去，拍了拍手说，“创意部的同事们马上到会议室，我们开个短会，辛苦了，今天我们争取一鼓作气，把东西搞出来吧。”

会议上，半小时的七嘴八舌几乎都是赞同，小美说：“我真的想不到Scott会心思这么细腻，我的妈呀！”灰灰则很得意地说：“那还是我给了他灵感，Scott要请我喝奶茶啊！”卡卡跳起来，说：“我想到妈妈也想穿女儿的裙子这个点，就立马想哭，这比什么‘妈妈曾经也是少女’高级太多了吧！”

等大家兴奋完，已是凌晨一点半了，公司楼下的夜宵店最近都成了麦迪逊创意部的深夜食堂了。吴悠拎了几罐啤酒，坐到萧树旁边，说：“你进步是真的快，我敬你！”萧树举起啤酒，喝了一口，说：“其实还是因为公司的氛围，会让我更想去思考这些东西。”

小美略带醉意地说："Scott 真的是我们组的宝藏男孩啊，怎么会还单着身呢？！不可思议！"

吴悠揽过萧树的肩膀，打圆场说道："现在单身才值钱，你见那些有了女朋友的男生，哪一个不是一天比一天油腻？是吧，Scott？"吴悠朝着萧树挑了挑眉，萧树这才意识到自己和吴悠居然这么近距离地靠在一起，瞬间有些紧张得说不出话来，只好腼腆地点头。吴悠开心地多喝了两听啤酒，人一兴奋，醉意就来得快，灰灰说："快三点了，大家都打算先回公司奋斗到天亮，把创意雏形先做出来。"吴悠说："行，做好了，明天大家都放一天假。"

等到要上楼的时候，吴悠才注意到写字楼边上有个熟悉的身影，她以为是自己酒醉看花眼了，定睛望去，她发现站在灯火阑珊处的人还真是郑弋之。走在后面的灰灰和小美也看见了，她们小声笑笑，又窃窃私语起来，萧树也看到了郑弋之，于是他刚刚开心的心情消减了不少，脸色瞬间暗淡了下去。吴悠让其他人先上楼，自己则带着微醺径直走了过去。

"你怎么在这里？"

"本想问候一下你的脚是不是崴到，打算送点药过来，顺道送你回家，结果抬头望见你们公司的灯一直亮着，也不见你下来，想到你可能是在加班，就没打扰。我明天调休，也没什么事，我就在这里抽根烟。"郑弋之说得很轻松，好像对他来说消磨这好几个小时并不是困难的事情。

"你一直等到现在？"

"刚刚在车里开了个电话会，一晃两三个小时就过去了，我又开着广播听了一集广播剧，怕你出来我正好错过，所以就站在车外等了。"郑弋之朝着上楼的同事张望一眼，说，"还要加班吗？最近这么忙？"

"广告行业赚的就是辛苦钱，你又不是第一天知道。"吴悠指了指脚上的鞋，"脚没事，鞋谢了，改天请你吃饭，当作回报！"

“你说的，我可记住了。”郑弋之侧身从车里拿出一盒药，“之前我在香港的时候买的跌打药，很有效，既然你的脚没事，你就留着以备不时之需吧。”说着他把药递给了吴悠，“你还要忙，我就先走了，回头再约。”

吴悠本想再说点什么，却又不知道怎么讲，这郑弋之突然而至的温柔让她有点不知所措，吴悠就这样目送他开车离去，心里却在反复提醒着自己：别动心，不就是个跌打药嘛，怎么还非要香港买的，某宝一搜一大堆。她心里虽然这么想，还是把药拎上了楼。吴悠在电梯里看着鬼迷心窍的自己，真的气得想要跺脚。

她没有按办公室的楼层，而是直接去了顶楼天台。她二话不说，深吸了一口气，就找出了郑弋之的电话，一键拨了过去。

“郑弋之，你是不是有病？！突然消失好几个月又突然出现，对我发送这种莫名其妙的糖衣炮弹，我是一个马上就要三十岁的女人了，不是你身边那些目不识丁的小红花！”接通电话的那一瞬间，吴悠借着酒劲一吐为快。电话那头，郑弋之沉默良久，才缓缓吐出几个字：“我以为……是你累了。”吴悠望着远处的月亮，才发现春寒料峭的夜里有点阴冷，她说：“谁累了？难道每一次都要我主动打电话、发信息给你吗？你是刺猬还是鸵鸟，只要看见一点不对，就要缩成一团不理人吗？”如果刚刚不是啤酒，而是威士忌，吴悠现在就要歇斯底里地喊出来了。电话那头突然挂断了，连续的忙音让吴悠清醒了一点，她转过头，正准备下楼，却发现旁边的木椅座上居然坐着个人，生生吓了她一跳！

“谁？！”

“我。”费仁克慢慢站起身来，吴悠这才看清楚，她一边松了一口气，一边想着自己刚刚在这里发疯似的说的那些话，突然觉得尴尬，“你怎么这么晚还没回去，在这里干吗？”

“忙完工作，顺道上来浇花，这应该不违反公司的规定吧？”费仁克一本正经地看着吴悠，反倒显得吴悠有些欲盖弥彰。吴悠绕过费仁克，朝着电梯间走去，也没多看他一眼，只仓促说了句：“下班吧，都几点了。”费仁克看着吴悠躲闪的样子，突然会心一笑，他正打算跟上去，吴悠却先下楼了，他回头望了一眼刚刚吴悠站立的地方，台子上放着一瓶跌打药，在夜晚灯光的照射下闪闪发亮。他默默走过去，帮她收了起来。

吴悠堵着气按了电梯按钮，电梯门刚关上，她的手机又响了，郑弋之稀松平常的声音带着几分慵懒，说：“你下来吗，还是我上去？我现在在你公司楼下。”

“你开回来做什么？”

“那我上来吧。”

吴悠怕同事看到，立马说：“你别上来了，在楼下等我。”

比起刚才，吴悠的酒已经醒了大半，她大步流星地走出侧门，郑弋之正一手托着下巴望着她。吴悠走过去正想找他理论，结果却被郑弋之一把抱住，唇舌就这样顺理成章地吻了上去，吴悠的酒意彻底没了，只感受到郑弋之身上熟悉的气味，是久违的古龙香水味。一只黑猫从两人身边溜过，微风拂过两个人的额头，郑弋之松开嘴，轻轻在她耳边说了句话，便拉开车门，轻轻推了她一把。待她坐定，郑弋之关好车门，又回到了自己的驾驶座上，发动汽车，疾驰而去。

格子间里，八卦小组都在看着电梯间的动静，然而吴悠却再也没有走进来。萧树望着繁星满天的窗外有些出神，直到灰灰说：“要不要改，要不要改？不改的话，就你一个人输了啊。”萧树浅浅一笑，摇了摇头，刚刚大家押注的过程中，只有他押了吴悠会上楼来，眼下，一赔三，他单输。

吴悠坐在副驾驶上，一句话也没有说，她不知道郑弋之要带她去哪儿，也不知道自己现在到底是清醒还是迷糊。郑弋之一手打着方向盘，空出一只手来牵住吴悠的手。吴悠扭着头，却没有逃脱那只温暖的手。前面一个红灯，郑弋之停了车，突然开口道：“把手机给我一下。”吴悠不解，将手机递了过去，郑弋之直接帮她关了机，然后还给了她，“剩下的时间，只属于我们俩。”

郑弋之的车开到了复兴公园，吴悠看着紧锁的铁门，问：“你开到这儿干吗？”郑弋之不说话，拉着她下了车，从旁边的小道走过，步行数十步，到了从前的“钱柜”楼下。自从 2014 年钱柜 KTV 关掉之后，复兴公园已经彻底变成了一处安详的净土。如果问老上海人就会知道，以前上海夜晚最热闹的绝不是衡山路、巨鹿路、永嘉路这样的地方，而是复兴公园。每至深夜，公园门口就豪车聚集，从法拉利到兰博基尼。上海二世祖、有钱人和明星都爱挤的地方，除了钱柜，还有 Muse、Richy、Park97 和官邸等一系列豪奢夜场，而喧嚣褪去，留下的只有这静谧无比的夜。郑弋之对吴悠指了指旁边的草丛，一墙之隔，里面就是复兴公园了。

“进去。”

“啊，怎么进？”

郑弋之拉着吴悠的手，穿过那片草丛，然后拐到最右边，有一个被人拉开的缺口，郑弋之弓着腰，先钻了过去，吴悠也只好紧随其后。再抬头时，眼前已豁然开朗，郑弋之笑着轻轻拍了拍吴悠头顶的灰，然后说：“走吧。”

“你怎么知道那里有个口？”

“我以前常被拉到这里来喝酒，有一次喝醉了乱走，无意中发现的。”

“真的吗？”吴悠略带怀疑地看着郑弋之，“不应该是和某个女孩做坏事的时候无意发现的吗？”

郑弋之耸耸肩说：“都行，反正我发现了。”说完他又牵着吴悠的手，在深夜毫无一人的公园里游走，两人走到大草坪前，郑弋之突然停步，说：“坐下来，等日出吧。”吴悠看了看手表，还有两小时天就要亮了。郑弋之坐在草地上，吴悠坐下靠着他。郑弋之望了望天空，星星还没有淡去，他双手撑到背后，呼了一口气。

吴悠问道："郑律师，你带多少女孩来这儿看过星星？"

"吴小姐，我在你眼里真的就是开鱼塘的吗？"郑弋之看向吴悠，"首先，对于养鱼这件事我没有这么热衷；其次，我也不是对每一个交往的女孩都这么用心；最后，礼貌地回答一下你的问题，你是第一个。"

吴悠说："好吧，我姑且相信你，那……"吴悠还没说完，郑弋之就用手指挡住了吴悠的嘴。"嘘……"郑弋之放开手，"我们就这样安安静静地待一会儿吧，我不想两个人刚平和下来，又陷入无穷无尽的询问和解释之中。"

郑弋之躺下来，让吴悠靠在他的怀里，他轻轻撩了撩吴悠的头发，静静地说："'当这样的无可奈何，春风沉醉的晚上，我每要在各处乱走，走到天将明的时候'，每年春天来的时候，我就时常想起郁达夫的这个句子，于是，我想要晚上在没人的地方乱走，吹着微风，感受惬意，不要有人声，只要脚步声就好。"

吴悠没有说话，虽然她内心觉得郑弋之此刻是矫情的，却也觉得他矫情得恰到好处。她听着郑弋之平缓的心跳，闻着草木的气息，好像整个人都要陷进去了一样。吴悠多想像郑弋之说的那样，什么都不想，不去探究他不联系自己的原因，不去询问他这段时间的情况，不去质疑他是不是只是在玩弄这段关系，只看着这渐渐泛白的天际，忽而浮现的白云，想着一切都会自然而然地展现在自己面前。郑弋之不知道什么时候睡着了，吴悠却越来越清醒，她平直地望着天空，看着由暗转明的天空，她缓缓地撑起身，又低头看了看郑弋之闭着眼睛的模样。此时，郑弋之翻了个身，手机从口袋里滑出来，吴悠伸手捡了起来，准备给他塞回去。然而，吴悠的注意力却全部集中在了屏幕上那十来条的滚动信息上，看着那些信息一刻不歇地在屏幕上攀爬着。

“你在哪儿？”

“为什么不回我电话？”

“Jasper，你到底想怎么样？”

“我要你现在、立刻、马上出现在我的面前，否则，我就砸了你家的门。”

“我对你来说到底是什么？”

“……”

屏幕的光让吴悠觉得有点刺眼，熹微的光落在她身旁的郑弋之身上，吴悠缓缓地把手机插进了他的口袋里，呼了口气，然后又躺了下去，只是那些来自“Carrie”的信息，仿佛没有停止下来的意思。吴悠闭上眼，心里默默起了一个念头。

第一次看见灿烂的时刻

第十二章

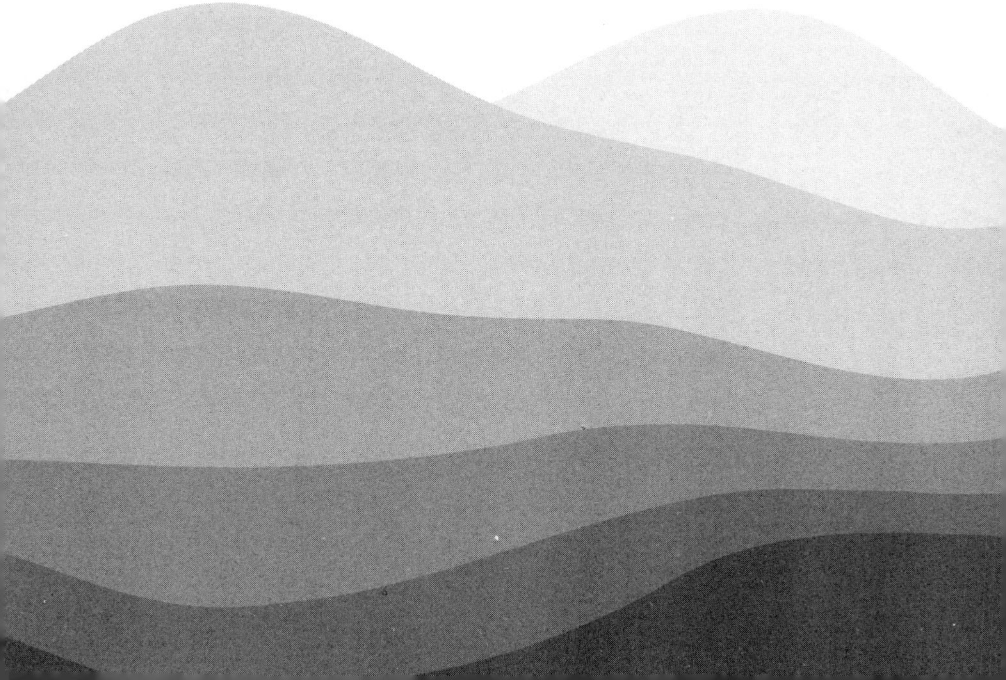

1

近期对麦迪逊来说有三件好事。

首先是2019年网猫三八节销售额突破了两百五十九亿元。虽然服饰、箱包独占鳌头，但3C数码和美妆也紧随其后，有趣的是，即使是妇女节，童装、童鞋甚至童书也都卖出了新高度，麦迪逊的这套“变新”概念的营销战打得非常给力。不仅如此，吴悠还找到了微博的电商平台进行联动，让这个“互换”的话题引来了无数网友的共鸣，很多人因为真情流露，写出了许多感人肺腑的帖子，像是：今天我给妈妈买了一条我自己很喜欢的裙子，可我突然很想看妈妈穿着它陪我逛街的样子；我最好的朋友这几年因为抑郁症胖了，我们因为一些矛盾好多年不联系，但我今天突然很想她，当初其实是我太幼稚了，所以我给她买了一个switch（任天堂游戏机），希望她开心；我一直觉得妹妹太爱撒娇了，但是有一次她在生日宴上喝多了，才和我说是因为害怕我的强势让父母只在乎我一个人，所以她才表现成那样，我觉得妹妹很委屈，所以今年三八节我打算请假带她去迪士尼玩，就我们俩。这些故事在网猫的平台上滚动刷屏，“女性对女性的理解，就是对自己的理解”这个标题，一下子挖掘出了更多的消费可能，而提前几天播出的推广宣传片虽然时间仓促，只找了几个上戏表演系的学生和素人来拍摄，可是实际效果并不比明星差。

麦迪逊这一单生意做得非常是时候。对网猫来说，基本确定了之后的三八节都可以直接找麦迪逊合作，而正是因为三八节，销量突出的都是女性品牌和用品，这更是让网猫一眼看到了麦迪逊的专业性。一场消费狂欢之后，麦迪逊迎来的是声名鹊起，用灰灰的话来说，这次加班加得太值了！

再是，麦迪逊决定搬家了，虽然办公室当时签订的是三年合约，但是因为新招的一批人加上老员工，就已经有些拥挤了。要用会议室常常需要提前预约，预约了还有可能用不到，行走间人与人时常摩肩接踵，打印机的纸从过去的三天一换变成了一天两换。林安娜的意思是，既然如此，那就换地方，树移死，人移活，目前看来，是麦迪逊的好运来了。吴悠拉着费仁克在适合办公的地方来来回回地勘察，介于奥斯德，他们避开了香港广场甚至避开了整个淮海中路，最后吴悠还是相中了距离海森更近一点的恒丰路天目西路附近。

林安娜和吴悠抽空去看了下选址，她看着完全空荡的新办公楼，问吴悠："这次你打算怎么装？"吴悠说："现在最新的互联网公司怎么装，我们就怎么装，只能比 BAT 要求更高。"林安娜笑道："那一时半会儿是搬不进来了，至少也要一年的工期。"吴悠说："那就装一年，2020 年，迎接一个新的十年。"林安娜从窗户望出去，上海日新月异。中介正站在一旁等着她们拍板，吴悠跟着林安娜在新办公室里走了一圈，她的内心对这个新办公楼基本有了规划，这个区域办公，那个区域放样品，这里是会议室，那里是休息区，看着吴悠津津乐道的样子，林安娜说："那就定下来吧。"

相比于网猫的战绩和新的办公室，真正振奋人心的是吴悠去年给 OLAY 做的一个"梦想，无惧年龄"的创意入围了这一年的金投赏商业创意奖，这是第一次吴悠正式以自己的名义带领的团队收到了入围函。当林安娜把信封递给她时，吴悠除了意外和惊喜，更多的还是感激。吴悠打开电脑，看着硬盘里自己做过的大大小小的文案，从一开始的摸索到后来的笃定，再到现在的胸有成竹，这一步步的脚印都化成了一个个琳琅满目的创意，她回想起最初的诚惶诚恐和现在的泰然自若，突然有些热泪盈眶。林安娜对于吴悠一时的真情流露，不觉揶揄道："你瞧你，这才哪儿到哪儿啊，一切才刚开始呢！"

岑影因为网猫对这次项目非常满意，所以专程请了吴悠和陈洛吃饭，就吴悠而言，她实在想不到陈洛这个看似在自己人生里应该稍纵即逝的过客，竟一次又一次地出现在了自己面前，不知道这是一种怎样奇怪的缘分。

岑影约的地点在南京西路兴业太古汇的一家台湾菜馆，台湾菜咸淡适中，不用担心有人会吃不惯。吴悠再见到陈洛，发现他与前两次略有不同，他烫了一个时髦的蓬松头，穿了一身彩虹色的 LV 花衬衫，戴着一副大框墨镜。陈洛见到她们，便随便找了个座位坐下，笑盈盈地咧开嘴说："怎么今天你们都这么美啊？"

吴悠是人逢喜事精神爽，她穿了一身全白的职业装，戴了一对大耳环，岑影则是抱着请客做东的主人心态，自然也是一身精神装扮，粉色小西装加一条牛仔裤，胸口带着一条蒂芙尼的吊坠。岑影和陈洛看起来就相当熟悉，岑影回应道："你不也是吗？我还以为是哪位小开（富二代）突然降临呢，看你一脸幸福样，是脱单了，还是中奖了？"

陈洛摇头，只笑道："都不是，我下个月要去美国了，可能要待大半年，公司这边有个业务要我过去沟通，哎，也不知道是不是好事，但总算可以暂时逃离一下上海这边的办公室斗争了，所以心情格外好。"

吴悠看了陈洛一眼，原来这个人马上就要离开上海了，她心里又莫名觉得命运弄人，他们刚刚熟络起来他就要走了，吴悠心里感到惋惜。陈洛的食指敲了两下桌子，说："听说你入围金投赏了，你可真厉害！"吴悠浅笑，心想这小子怎么消息这么灵通，自己根本还没有对外说，吴悠道："你也太像江湖百晓生了吧。"陈洛指着岑影说："你问她便知道，我这个人以收集信息为乐，所以做 digital 也特别适合我。"

这顿饭三人吃得相当开心，特别是岑影，她对吴悠又多了几分欣赏，岑影说上次和吴悠提起的那个闺密，就是在 BUNK 做总监的那位姓王的小姐，下次可以介绍给吴悠认识，两个人应该会聊得来，还说虽然麦迪逊只做女性用品的广告，但 BUNK 单拎出来的女款说不定也可以和麦迪逊合作。陈洛在一旁插科打诨说："哎哎哎，Evelyn 小姐，我给你搭桥促成的业务，以后你可别忘了我啊！"吴悠非常感谢地握了握岑影的手，然后对着陈洛说："好的，作为报答，我可以给你介绍对象。"陈洛打趣道："这是看着我要走了，赶紧给我塞个人是不？异地恋我受不了，你回头单独请我吃饭吧。"

三人在吴江路的路口告别，陈洛说和吴悠顺路，岑影就先行告别了。等岑影走后，吴悠才说："你怎么这么笃定我要直接回家？"陈洛"哦"了一声问："有情况了？"吴悠耸耸肩道："你真的很八卦。"陈洛对这样的评价引以为荣："对啊，双子座本性，喜欢探索、偷听、打探。"陈洛和吴悠走到地铁口，陈洛说："那你有事就先忙咯，我坐地铁回去了。"吴悠点点头，又说了声"谢谢"，陈洛轻轻拍了拍吴悠说："好，我走了，记得回头请我吃饭。"吴悠笑着回了个"好"。

但吴悠并没有去找郑弋之，赵开颜下午给她发信息说自己搬家了，说自己没有什么朋友在上海，想让吴悠过去帮她暖暖房。吴悠犹豫了一下，还是一面祝贺一面答应了下来。

自上次吴悠和郑弋之在复兴公园见面之后，两个人算是重新和好了，吴悠每每和郑弋之见面的时候她都隐忍着，没有过问赵开颜那夜发来的信息是怎么回事，特别是当她回想起柳晶和自己描述的那段往事，以及陈洛对赵开颜的看法，他们的话都证实了吴悠内心的想法——赵开颜无疑是她和郑弋之之间最大的绊脚石。越是如此，她却越有耐心，并不急于掀开赵开颜面具背后的那张脸。

就这半个月的时间里，郑弋之对吴悠又像是回到了热恋期一般。吴悠不得不承认，对于这个举手投足间都充满魅力的男人，她是爱的，但这种爱也相当模糊。当他们十指相扣、如胶似漆的时候，吴悠能感受到一种被呵护的温暖，郑弋之时不时带来的片刻惊喜，也可以证实他确实在用心对待这份感情。但吴悠又总会在沉溺感情时的某些时刻瞬间清醒，她想起赵开颜发来的那些信息，以及之前赵开颜横亘在她和郑弋之之间的态度，便觉得郑弋之或许并不是她看到的这副样子。正是这种既亲近又疏离的状态，让吴悠觉得真正掌握主动权的反而是自己，这么一想，她又对这份感情多了几分说不上来的信心。

吴悠按照赵开颜给的地址准时到达，赵开颜搬到了瑞虹新城，在虹口也这也算是相当不错的小区了。赵开颜没叫什么朋友，Ken 没有出现。吴悠刚进屋便把礼物递给了赵开颜，赵开颜便拉着吴悠进屋参观，红木地板、瓷白色的墙，赵开颜还在屋里挂了许多挂画，加上一些皮质家具的软装，完全是美式复古的风格。

“回国一年多，就在上海置业，你让我想起以前张曼玉在《人在纽约》里演的那个在唐人街开店的女主，她说女人赚钱的第一件事就是买房，上海一套房，北京一套房，香港一套房，纽约一套房，你眼看就要集齐大满贯了。”吴悠伏在窗台的窗户上往下望，赵开颜递来一杯酒，说：“你这个纳税大户，不打算在上海买一套吗？”吴悠接过酒，和赵开颜碰杯，笑道：“谁不想在上海有一套自己的房子呢？”赵开颜找椅子坐下来，说：“买啊，北上广的房子，怎么买都是在自己口袋里的。”吴悠点点头，又给自己倒了一杯酒。这时，郑弋之发信息过来问她在哪儿，她没想就回了：“在赵开颜家，帮她暖房”。郑弋之只回了一个“嗯”，然后又回了一句“要我来接你吗”，吴悠没有立马回过去，她抬头看向赵开颜。赵开颜在厨房弄着什么东西，伸出头来问吴悠：“要不要吃点东西？”吴悠说：“不饿，刚吃过了。”然后吴悠便坐在沙发上晃荡着酒杯，眼神却没有从赵开颜身上移开过。

“Ken 呢？”

“在酒吧忙吧。”赵开颜从冰箱里拿出一盒腊肠，然后又问了一遍，

“你真的一点都不吃吗？”

吴悠点点头，然后起身走过去，她也不知道自己是不是脑袋一时发热，还是因为憋了太久，在她看着赵开颜把腊肠取出来解冻的时候，问了一句：“Carrie，你和 Ken 这次是认真的吗？”

赵开颜回头看了吴悠一眼，眼神里有种不可摹状的诧异，说：“为什么这么问？”

“没事，我只是觉得你可以选择的太多了，Ken 不太像是你会选的那个。”

赵开颜轻笑一声，转身看着吴悠，带着几分挑衅的口吻问道：“那你觉得我应该选谁？”

“或许，Jasper 那样的？”吴悠笑道。她终于还是说出了口，在这之前，她已经在心里打了无数次腹稿，她甚至设想过当她直接问出口时赵开颜的反应。赵开颜的手停在那里，她的眼神变得低沉，聚焦在吴悠身上，倏尔，她又转过身去鼓捣腊肠，背着身说：“不知道你在想什么，像 Jasper 那种花花公子，只有你才会被他擒住。”吴悠倚在门边上，望着赵开颜转身的侧影，像是抛出鱼饵一般地说：“我去你酒吧的第二天晚上，郑弋之带我去了复兴公园，那一晚上他都和我在一起。”赵开颜没有回头，手一直在拆腊肠的袋子，但不知道是她手滑了，还是袋子太油了，赵开颜怎么也弄不开，她把袋子递给吴悠，说：“你帮我弄开。”见吴悠接了过去，赵开颜笑道：“破镜重圆，那不是很好吗？”

吴悠轻轻从侧边撕开了袋子，递给赵开颜，顺势对上了她的目光，吴悠缓缓说道：“你给他发的信息，我都看到了。”

赵开颜终于停下了手里的动作，她紧绷的肩慢慢松垮下去，沉默片刻道：“是吗？”她把腊肠放进了碟子里，然后将碟子送进微波炉中，她好像调整了好几次气息，才敢看向吴悠，“所以呢？你想问什么？”

吴悠镇定地站在门框边上，她的言语和思绪在这一刻变得更加敏锐起来："从你第一次挑起我和郑弋之之间的口角开始，你就已经憋不住了吧？ Carrie，看着我和郑弋之重归于好，你心里是不是特别难受？"

"我有什么好难受的，只是你被骗了一次又一次，还是愿意扑到狼窝里去。说难受，你不比我更难受？"赵开颜一手撑在灶台上，"你今天要我说 Jasper 的事，也不用这么旁敲侧击。是，我是喜欢他，我认识他比你要早得多，那时候他到纽约来出差，正好是在跟进我们公司的一个并购案，他跟着他的老师过来，我就是在那个时候认识的他。就像我说的那样，Evelyn，他就是一个花花公子，他会把每一个他遇到的女人玩弄于股掌之中。在我第一次看见你看他的眼神时，我就猜到你对他有意思，当时我不确定你们到底会发展成什么样的关系，但我以为你不一样，就像在大学时候，你对感情有着自己的判断，我觉得你不会深陷其中。"赵开颜顿了顿，接着说，"回国之后，我以为我已经可以放下了，但是他若有似无的一些话，让我又出现了一些幻觉，当我要靠近的时候，他又回到若即若离的状态。那时候我和李淼也好，和其他人也好，包括现在和 Ken 也好，我都是想从他的世界里逃脱出来，当我知道你们俩分手的时候，其实我是帮你松了一口气，你知道吗？你不要相信他的话，他的嘴比任何人都厉害，真的，他真的是个很可怕的人。"

赵开颜一副略带痛苦的样子，吴悠还是第一次看到她这样的表情。她原本准备好的态度和言语，都因为赵开颜此刻真诚的回答而消解了。"那个孩子是他的吗？"这是吴悠心里最后一道防线，但话已至此，她不得不问。

"孩子不是他的。"微波炉随着"叮"的一声停止了运作，厨房也一下子沉静下来，赵开颜回答得越快，就越像是欲盖弥彰。她绕过吴悠走出厨房，那碟已经烤好的腊肠从微波炉里散发出阵阵香气，但她们此刻都失去了胃口。吴悠看着躲进卧室的赵开颜，不知道再说些什么。在这之前，她以为她们会像众多电视剧里表演的那样，要么薅着彼此的头发歇斯底里的打一架，要么相拥而泣、互诉衷肠，但她们都没有。吴悠不知道自己是不是选错了时间，但吴悠没有打算就此沉默，她挡在赵开颜的面前，直直地看着她说："如果你真的打算从他身边逃脱出来，那你那个晚上发那些信息做什么？"赵开颜的嘴唇有些发干，她的手轻轻地落在吴悠的肩上，说："你怎么不去问 Jasper，听听他要怎么和你说？一个劲地问我，说到底你还是更相信他，你怕戳穿了什么，所以要从我身上去找补。"

吴悠轻"哼"了一声，说道："那你还真的是太不了解我了，Carrie，或许这些形形色色的男人对你来说很重要，但对我而言他们不值得一提，我不是一个缺少男人就活不下去的女人，但你就不一定了。"

赵开颜略微顿了一下，她压制住了自己的情绪，佯装体面地说："既然不重要，那你就放手啊。"

"放不放手，不需要你来说，今天我会主动来问你，就是希望咱们关上门来把事情理清楚了，出了这扇门，我们该怎么样还是怎么样，只是我不希望你一面做着关心我的样子，一面又在背后去讨要什么东西。你有孩子还是没孩子，和谁睡了，跟我有什么关系？但我希望你想要什么就老实说清楚，不要对我也藏着掖着，说到底那不过是一个男人而已，你都踏着那么多男人走到今天了，怎么偏偏死在了这个手上？"吴悠拉开了带来的那瓶酒的酒盖，给赵开颜倒了一杯，然后说，"希望你下次能够更体面一点地生活，不要把自己搞得太狼狈了，作为你的朋友，我还真的心疼你！"吴悠用空杯碰了碰，然后转身拎着包出了门。

确认吴悠关上门后，赵开颜愣愣地看着那杯红酒，仿佛刚刚所有的力气在一瞬间被抽空了，她站在落地窗前向下看了一眼。直到吴悠穿过小区大门，她才慢慢地取出微波炉里的腊肠，坐在餐桌的高脚椅上，她看着郑弋之打进来的电话，按着扬声器，回拨了过去。

“怎么了？”

“你又在发什么疯？”电话那头，郑弋之气急败坏地问道。

“嗬，我怎么了，今天是每个人都要来把我骂一顿，每个人都想在我身上捅一刀是不是？”赵开颜慢条斯理地拿起刀叉，切了一小块腊肠放在嘴里。

“Evelyn现在在你旁边吗？我要和她说几句话。”

“不在，她走了。你要找她不知道直接打她的电话吗？在我面前秀什么恩爱？！”

“Carrie，我对你的忍耐是有限度的，该说的话我从一开始就和你说清楚了。”

“郑律师，你怎么还急了呢？我不过是和我自己的姐妹说几句知心话，你犯得着这么紧张吗？”赵开颜一点一点地割开腊肠，然后把刀插在其中一块上，拿起手机，说，“你就这么在意她，这么怕失去她是吗？郑弋之，我就想知道，我哪一点比不上她？”说完，赵开颜挂断了电话。她看着那些干瘪的腊肠，从前那种对姐姐憎恨的情绪再一次出现，她翻开以前和吴悠合拍的那些照片，用尖锐的指尖在手机屏幕上不断地敲打着。是不是只要是她看上的，就总是有人来抢呢？

吴悠拎着包，走在大街上，她看着郑弋之拨来的三个未接来电，以及陆续发来的信息，却丝毫提不起兴趣。她坐在公交站牌的座椅上，看着人来人往的街道，原本开心的情绪一下子荡然无存，如果今晚选择不问，一切就这样沉默而平和地进行着，是不是反而不会让自己这么烦恼呢？她突然想起了自己小时候看见父亲出轨的那件事，她不管怎么和母亲说，母亲都死活不肯面对，假装没有发生，吴悠此刻想来，仿佛觉得母亲的行为是另一种智慧。

所有的事情都应该知道真相吗？还是在戳破泡泡的瞬间，换来一片虚空？吴悠最不希望的就是自己的生活变成狗血剧一样，她更不希望的是自己陷在泥淖一样的感情里。都市男女不必总是为感情拘泥，这是最基本的原则，不要上演婆婆妈妈的苦情戏，也不要为了感情而影响自己的日常生活，一个失恋就哭天抢地的时代早就过去了，这些都是吴悠的原则。但是真正面临这样的时刻，吴悠才明白，这世间所有的事都是知易行难。

吴悠拿起电话，给郑弋之拨了过去，接通的那一瞬间，她没有任何戾气，也没有丝毫抱怨，无数的情绪在她的胸腔波澜起伏，她却非常镇定地说："Jasper，给我一点时间，我需要认真思考一下我们的关系。"

"你先听我说。"

"别，你什么都别说了，我其实现在更喜欢你以前不爱解释的样子。"

"Evelyn，有些事不是你理解的那样。"

"但也不会完全是你说的那样，我累了，让我歇会儿。"

挂了电话，吴悠叫了出租车，她没有回家，她也不知道怎的让师傅把车开到了愚园路。下车之后，她对着月亮望了很久，还是拿出电话给林安娜打了过去。电话接通的瞬间，她才意识到自己这个时候需要的不是安慰，而是有人陪。可能在某些时刻，自己并不需要说明什么，就能被瞬间感知，那是人与人之间的共情。林安娜下楼看见有些狼狈的吴悠时，她下意识地走过去，看着吴悠面色憔悴，眼中含着雾气的模样，安娜的心里突然有了一丝的绞痛。

她像是看到了学生时代的女儿在放学时因为被同学欺负走回来的样子，扭扭捏捏说不出到底谁是始作俑者。那时候，她就这样领着女儿，牵着她的手，跑到说她坏话的那个女生家里，把那个女生和她的家长都狠狠地骂了一顿，不管对方怎么辩解，林安娜强势到直接打断对方的所有说辞，指着对方的女儿吼道：明天学校但凡还有一个人再让我的女儿哭，你们家孩子就等着转学吧！"林安娜知道孤儿寡母不容易，便更不能让女儿受到一丁点的委屈。回家的时候，林安娜拍了拍女儿的背，告诉她："不管谁欺负你，你都要挺直背，从她身边走过。"女儿"嗯"了一声，说想吃个冰激凌，林安娜就直接买了一整箱冰激凌给她提回去，那天的夕阳在林安娜看来，也变得美好而悠长。而此刻，她知道欺负人的那家人已经搬走了，那家冰激凌店也打烊了，夕阳早已经沉没到了黑幕之中，她能把吴悠捞起来的，只剩下酒精和静谧的夜。林安娜按动了车钥匙，说："走吧，陪我喝一杯。"

"去哪儿？"

"去哪儿都比站在这里发呆好。"

吴悠万万没有想到，林安娜会把她带回公司。她们在楼下便利店买了两打啤酒，一人一打扛到了天台上。林安娜打开天台的灯，夜风沉醉，灯光像是在打量着吴悠的心事。吴悠打开一听啤酒，先灌了一大口，虽然她强装坚强，但她非常明白自己此刻的心理防线是多么薄弱，如果此时真的有一首悲伤的 BGM 出现，她说不定会哭出来。

林安娜坐在吴悠旁边，也洒脱地喝了一口，望着当空的明月，她叹了一口气，说："今天下午 Frank 和我说，网猫三八节做完之后，已经有不下二十家品牌找过来了，你说人是不是就是这样，看起来好像要变得更好的时候，老天就偏偏让你不开心？"

吴悠仰着头，望着星空道："不开心是常态，开心反倒像是奖励，生活不就是这样吗？"吴悠举起酒瓶和林安娜碰了碰，接着说，"在此之前，我都没有被感情的事情困扰过，你相信吗？我原本以为我就是一个没有感情反而过得更自在的人，事实证明好像确实如此。"

"但感情让你变得更敏感，不是吗？"林安娜笑道，"不敏感的人，会对这个世界渐渐失去兴趣，但敏感的人，会永远在细节中收获旁人察觉不到的惊喜。"

吴悠一口干了剩下的半听酒，紧接着又开了一听，林安娜没有阻止她，反倒有一种舍命陪君子的感觉。吴悠打了个嗝，她喝得太急，已有些微醺，说：“Anna，其实麦迪逊刚刚创立的时候，我心里挺害怕的，我对创业毫无经验，那时候最怕的就是自己做不好，还把你拖下了水，但是没有你，我更是寸步难行，也不可能找到投资方，一开始，我更像是在利用你，你会生我的气吗？”

“你以为我真的是稳如泰山吗？当时你找我一起开公司，你以为我没有私心吗？一方面我害怕女儿的事情被大家知道，觉得我可怜，另一方面又迫切想让自己赶紧振作起来，如果不是麦迪逊，我现在可能还困在原地没有走出来。”

吴悠放松地笑了笑，微微朝着林安娜靠了靠，说：“但是我们还是做得挺好的，不是吗？”

“对啊，所以……还有什么不开心的呢？”林安娜自顾自地又喝了一大口。

“你会为我们做成这些而开心吗？”吴悠彻底放空了，她闭着眼睛问。

林安娜顿了顿，说：“说实话，我不知道。对我来说，这十几年都是这么过来了，努力地去促成一件事、一个创意、一条广告、一次合作，用尽了几乎所有的力气去让别人看到自己的名字，了解自己的存在，可其实真正成功的也就只是短暂的那一瞬间，所有的喜悦、兴奋、眼泪、痛快都不及那过程中所流汗水的十分之一。如果开心就是这么短暂的一件事，我有时候也不知道我们到底在追求什么。”

吴悠突然枕到了林安娜的肩上，像是找到了今夜最贴心的依靠般说：“所以，我们只能就这样活着，认真地活着，哪怕只是为了短暂的快乐，那片刻却可以消解掉不好的一切，让你意识到你存在于这个世间的意义。”

两个人干掉了所有的啤酒，醉醺醺地坐靠在椅子上。林安娜很久没有喝得这么醉了，天上的月亮也有了重影，吴悠已经睡着了，林安娜轻轻地抱了一下她，然后脱下了自己的外套，搭在了吴悠的身上。

她看着吴悠熟睡的模样，捋了捋她额前遮挡的头发，心里念叨：傻丫头，你已经比很多人都成功了。

第二天一大早，还在宿醉中的吴悠下意识地摸了摸手机，一个不留神，从木椅上滚了下来，她看着自己身上搭着的林安娜的外衣，捂着头，看着手机上二十一通未接来电，彻底清醒过来，那是她妈妈打过来的，最近的一通就在五分钟前。

2

吴悠请了半天假，她急急忙忙赶回自己家，发现母亲正一脸无神地蹲在门口。母亲一看见吴悠，立马抱着她大哭起来。

吴悠还没搞清楚情况，她把母亲扶进去，只听见母亲啜泣道：“悠悠，这个家我撑不下去了。”

吴悠想着自己嘴里还有一股难闻的酒气，就先给自己倒了杯水漱了漱口，然后又倒了一杯水给母亲。她注意到母亲手臂上的淤青，皱着眉问：“爸打你了？”

母亲摇了摇头，说：“你老豆过澳门赌钱，将屋企间楼都输埋出去，我唔知算好，最近追债嘅成日半夜嚟敲门，我话过嚟问下你情况，你老豆唔俾，我就瞒住佢跑过嚟了。（你爸爸去澳门赌钱，把家里的房都输进去了，我不知还算好，可最近追债的日日夜夜来敲门，我说过来问你怎么办，你爸爸不同意，我就瞒着他跑过来了。）”吴悠心头一震，说：“家里的房子那么多套，他不可能全输了吧？”母亲支支吾吾想否认，但又说不出口，还试图找一点帮父亲找补的话，最后只说：“佢都係想帮屋企人赚多点，之前去过两次，手气好，就想话一次过捞笔大嘅，你就不必老是在外奔波了。（他就是想给咱们家赚点钱，之前去过两次，手气还算好，就想说这次去捞笔大的，你就不用老在外面奔波了。）”

吴悠对于母亲这番说辞只觉得好笑，她为什么要把别人因为欲望犯下的错，归结为是要帮子女。吴悠不理解，如果他真的是为了自己好，就不会在当时自己要创业的时候，一笔钱也不肯出。吴悠拉着母亲的手，说："你这几天就住在我这里，爸的事情你也不要想了，那是他自己的问题，他这么大一个人了，让他自己去解决。"母亲抽开吴悠的手，诧异地问道："你都唔想帮下你老豆咩？你依家係上海开咗公司，点都揾到钱啦。（你都不想帮你爸爸一下吗？你是在上海开公司的，肯定有钱了。）"

吴悠怔怔地看着母亲，原来她不是来"逃难"的，她是来"求援"的。吴悠轻笑了一声，说："我爸手里捏着十来套房子，还不够他挥霍？现在还打起我的主意来了？当初我想拿一套房子来做启动资金的时候，他是什么嘴脸？"

母亲看着吴悠强势的态度，又"哇"地一下哭出声来，她边哭边说："咁佢系你老豆，你唔会见死不救吧？佢今次系糊涂，赌大咗，好在深圳保住两套房，但总不能卖了，咁我同你老豆就要流落街头了啊！（他毕竟是你爸爸，你不会见死不救吧？他这次是糊涂，赌大了，好在深圳还有两套房子，但总不能卖了，不然我和你爸爸就要流落街头了啊！）"

吴悠听着那哭声只觉得头疼，换作以前她已经和母亲吵起来了，但是现在她只觉得母亲可怜。吴悠站起身来，说："爸那个脾气，我是不会帮的，就算我帮，他也一定会高傲地拒绝。妈，你也别老想着帮他了，你也多想想你自己好不好？"

母亲不说话，捏着那杯水也不喝，她突然像想到什么似的，问吴悠昨晚怎么没有回家？吴悠找了个借口说自己加班到现在，最近忙得不可开交，更没心思去管老爸赌博输钱的事情，实在不行，再卖一套房子，也总比让债主找上门的好。吴悠说到最后，还是忍不住劝了一句："你为什么还没和他离婚啊？"

母亲听到这句话，哭得更大声了，她指着吴悠说："怎么会有你这种女儿？自己一个人在上海逍遥快活，现在父母遇到点困难，就撒手不管，这不是白眼狼是什么？"

吴悠实在不想翻旧账，十八岁那年，她因为没有留在深圳念书和父亲吵了一架，之后，她的生活费和学费都是自己一笔一笔靠着在上海打工攒出来的，父亲总想着封锁她的经济来源，让她乖乖回家复读重考。但她偏不，她为什么要在这种无理的强权下低头。毕业那年吴悠留在上海工作，她在上海找房，第一个月押一付三，相当于付掉将近半年的房租钱。她的积蓄不够，打电话问家里借，父亲就一句话："你是成年人了，你的生活你自己负责。"吴悠站在闸北延长路的十字路口，看着身旁那些开心的男女都觉得那是假象，谁家父母会这么对自己的孩子？偏偏他们家就是。

更小的时候，父亲强迫母亲去生二胎，说自己想要个男孩，但母亲生完吴悠之后身体就一直不好，所以怎么都怀不上，于是父亲又将所有错归结到了吴悠身上，说如果不是因为她，吴家也不会断了香火。中学的时候，英语老师让大家给父亲准备一份父亲节礼物，然后课堂上分享，那是吴悠第一次，也是最后一次送礼物给父亲。她用自己攒的压岁钱给父亲买了一条领带，然后放到了父亲的床头，结果父亲看到那条领带的第一反应却是："你怎么有钱买这个？领带不会是偷回来的吧？"吴悠内心觉得好笑，她也不解释，便说："偷来的送给你的，我也算是有心了。"结果她因此被父亲狠狠地暴打了一顿。要说吴悠是何时发现人性之恶的呢？也就是那个时候，她为了掩盖自己内心的委屈，她也不哭，就硬扛着。

吴悠从小到大父亲几乎没有给过她什么好脸色，别人都说女儿是爸爸上辈子的情人，可在吴悠的认知里，自己只可能是上辈子借了父亲的米却还了他糠的死对头。

还有什么呢？吴悠甚至不愿意去细想。在逃离深圳的这十来年间，吴悠最想要遗忘的也是这一部分，她的大学同学几乎都是在每年寒暑假回家前最开心，可吴悠从来不觉得回家有什么值得开心的，她不仅没有那种期盼的喜悦感，反而会有一种不想面对的逃避感。大二的那年寒假，吴悠破天荒地没有回家，她借口在这边找了兼职脱不开身，而兼职也并非完全撒谎，只是她完全可以请假回家的。可吴悠不明白，自己每次踏进家门时父亲那句“你还知道回来啊”的台词到底能给父亲带来什么样的快感。她没有直接和父亲通电话，而是给母亲发了一条信息告知自己寒假不回去了，结果父亲大发雷霆，说初一要去亲戚家拜年，长辈还在那里等着，她要是不回来就永远别回来了。吴悠对此置若罔闻，父亲越愤怒，她心里反而越舒坦，这种报复心一直延续至今，从未消减过。有时候，吴悠都很难说清楚，到底是谁欠谁更多。

吴悠没有再理会母亲无理的要求，只安慰她说：“您昨晚没睡觉吧，先进屋好好睡一觉吧。”自己则梳妆了一下，重新出门了。吴悠坐上车，想了想，她还是给父亲打了个电话过去。接通电话的瞬间，吴悠稍微顿了下，然后说：“妈在我这里，你这次到底欠了多少钱？”

“与你无关，你让她回来。”

“你还要逞强到什么时候？家里十几套房子，现在只剩两套了，你赌什么赌得这么大？我绝对不相信是你一次性输的，你什么时候开始上瘾的？”

“几时轮到你嚟教训我？唔好唔记得我系你老豆！（什么时候轮到你来教训我了？你都不记得我是你的爸爸！）”

吴悠不甘示弱地说：“唔该你反省下自己，係外边赌输晒钱，就返嚟叫老婆同个女还，你觉得好威咩？！（麻烦你反省下自己，你去外面赌博输钱，回来叫老婆和女儿给你还钱，你觉得你很威风吗？！）”

“我冇话过要你帮我还钱？我吴伟雄就算冇钱，要去乞食，都唔会问你攞一毫子！（我说过让你帮我还钱吗？我吴伟雄就算没有钱，要去乞讨，都不会跟你要一分钱！）”说完，不等吴悠继续开口，他便挂断了电话。

吴悠心里还有些怨气，她在公司楼下先买了杯咖啡，调整好了情绪才决定上楼。刚到公司，林安娜就把她叫到了办公室，两人昨晚在天台的那番对话仿佛只存在于梦中，两个人都不提醉后的那些胡言乱语，更像是把昨晚的事情当作成年人交往的礼仪。林安娜把一份文件交给吴悠，说："这两天，我想让你去一趟北京，今年的广告协会年度大赏我争取到了承办名额，但是因为我们公司成立时间比较短，所以协会那边让我们和北京峻秀联合承办。这个名额是好不容易争取到的，联合承办的事宜很多，需要咱们这边的人和峻秀那边亲自见见。"

"今年的广告协会年度大赏吗？ Anna，你居然能争取到承办？！"

"也是动用了我足够多的人脉，争取到倒不是问题，能否办好才是头等大事。这是广告界一年一度的盛会，北京、上海的头部广告公司都要参加，业内知名的广告人个个都等着在年度大会上崭露头角，大放异彩，这也是一次行业资源的聚合和分享的机会，说起来也是我们的机会，但能不能办好，我也没有把握。"林安娜含笑接着说，"金投赏入围的那个广告，这次也入围了协会大赏，我很期待一炮双响的情景。"

吴悠虽然很兴奋，但想到还躺在自己家的母亲，她犹豫了一下，林安娜瞧了她一眼，问："怎么……不方便？"

吴悠摇摇头，说："我妈突然来上海了，我把她一个人丢在上海是不是不太好？"

林安娜略表理解地点点头，说："其实也就两三天的事，我这边还需要对接别的事情，加上峻秀是十多年的老牌公司，也不可能让他们派人过来。虽然说上海永远是广告界的主场，可毕竟从辈分上说我们公司还是太年轻了。这件事，除了你去，谁去都不合适。我想想，要不……你看这样是否可以，你就带着你妈妈一起去趟北京，忙完工作顺道带她逛逛。"

吴悠想了想，这也未尝不可，家里的烦心事确实需要让母亲来一场异地的散心，吴悠很快答应下来，问：“什么时候出发？”

林安娜看了看广告拍摄周期，说：“最近要是没有什么特别大的项目要盯，你明天就去吧，尽快落实下来。峻秀那边也是第一次承办，双方都没有经验，一切都得从零开始。”

吴悠说：“行，我知道了，待会儿我就让行政那边帮我订机票。”

吴悠从林安娜办公室出来，乌压压的一帮人在她身边穿梭。公司果然还是越来越窄了，她最大的感触就是许多新鲜的面孔已经让她记不住了，这像是她的公司又好像不是，那些叫着她“Evelyn 总”的少男少女，以及还没有被甲方侵蚀掉的骨胶原让她意识到，这不过一年的时间，商业的快速运作让一切都像加了二倍速般迅速发展着。吴悠吩咐行政订好票后，又被拉到人事部签了几张报销单，转头又被产品部的同事叫过去看了一下新一批的甲方样品，接着又从前台那里领了两个快递。等她再回到自己办公室的时候，深夜的宿醉还是让她的太阳穴阵阵发疼。她从抽屉里拿出一管 LAMER 的熬夜修复面膜静静地涂上，然后打开 outlook（办公软件），快速地回复起客户的邮件来。

第二天一大早，吴悠便拉着母亲上了出租车，母亲一脸疑惑地问要去哪儿，吴悠说：“去北京。”母亲望向吴悠，说：“去北京做咩啊？（去北京做什么啊？）”吴悠说：“我去出差，你去散心。”

吴悠知道，母亲其实没出过什么远门，自从母亲嫁到吴家之后，那小小的家就是她的整个世界，吴悠一直没什么时间尽孝道，这次去北京反而给了她机会。公司的出差预算大概只能订一个国贸的标准间，但吴悠还是选择自费订下了洲际酒店的高档套房，她希望母亲能住得好一点，不至于这辈子出趟远门还不能享受。另一方面，她一定要在这段时间说服母亲彻底清醒过来，很明显父亲不是刚染上赌博的，如果让母亲和他继续待下去，只会出大问题。

这一切都在吴悠母亲的计划之外，甚至在飞机上，即使吴悠假装睡着不想听她唠叨，她还是在吴悠耳边说，你爸一个人在家没人给他做饭，你真的就不肯帮一下他，非要他把房子卖光才罢休吗？吴悠戴着眼罩，毫无动静，对于母亲周而复始的询问，她选择充耳不闻。

她拖着行李箱到达酒店房间的时候，母亲非常惊诧地看着富丽堂皇的酒店问她："这家酒店很贵吧？"

吴悠说："不便宜，但不用你掏钱，你好好享受就是了。早上我要出去办事，你就在房间里睡觉，楼下大堂有早餐，你要是吃不惯可以单点，挂房间账上就可以了；要是你想出去走走，旁边就是三里屯，但别太远，手机随时保持开机状态，方便我联系你。等我事情办完了，带你在北京城里逛逛。"

吴悠的话刚说完，母亲的脸就沉了下来，她看着吴悠始终不肯和她说粤语，也硬憋着说普通话："你爸现在在家可能被人追着东躲西藏呢，你让我在这里怎么安心？你要是不肯帮他，我就回深圳去，你肯住这么贵的酒店，却不愿意拿钱出来，你说你怎么这么冷血，这么残忍？！"

吴悠面不改色地说："妈，昨天我给我爸打过电话了，是他自己亲口说的，不要我帮。就像我跟你讲的那样，他永远一副高高在上的样子，永远觉得自己是对的，就他这样，我这辈子都不可能帮他！"

"他那都是气话，你们父女俩还能有什么仇？"

"我不知道他是真心还是气话，一个成年人做了这么荒唐的事情，本来就该他自己想办法解决，我和你都没有义务去帮他填窟窿。"

"父债子偿啊，你念书都念到哪里去了？"

吴悠不想再和母亲浪费时间，说："你那些女德孝经的歪理就不要和我说了，在我的字典里，没有什么父债子偿，就我二十二岁那年站在闸北路口给他打电话的时候，是他亲口跟我说的：成年人，你的生活你自己负责。现在这句话，我完完整整的还给他。"吴悠把母亲的身份证放进了自己的包里，"身份证我先帮你保管着，你现在只需要好好休息，什么都不要管，如果你再跟我提老爸的事情，就别怪我和他断绝父女关系。我忍到今天，已经是对他最大的仁慈了。”

吴悠的话让吴母目瞪口呆。她没有在意母亲欲言又止的表情，换了衣服便直接出门了。临走时，她忍不住回头对母亲说：“放心吧，他死不了。”直到走到电梯间，吴悠才真正地长舒了一口气，刚刚紧绷的神经瞬间松弛下来。然而下行电梯开门的瞬间，她却又尴尬地愣在了那里。电梯里，罗任司的脸上也同样闪现了一丝意外的表情，但很快他又浅笑道：“下去吗？”吴悠没有情绪地说：“我等下一趟吧。”罗任司没有多说什么，只是静静地等待电梯门关闭。吴悠心想，真的是冤家路窄，连订酒店都能订到同一家。

去峻秀的路上，吴悠一直在想，是什么大客户要罗任司亲自到北京来见，但转念一想，自己也没有必要去关心那么多。可吴悠只要一回想起刚刚和罗任司那匆匆一瞥，就觉得背脊发凉。

上次“施暴”只是一时冲动，吴悠虽然心里很爽，却也因此和罗任司结下了梁子，说她不后怕也是不可能的。这段时间，麦迪逊风平浪静，反而让吴悠内心惶恐。以吴悠对罗任司的了解，从他之前对麦迪逊的处处针对来看，他自然不会就此善罢甘休，但这只老狐狸的葫芦里到底卖的什么药，吴悠是一点也捉摸不透。要说他那些花招，着实让人防不胜防，可除了兵来将挡，吴悠也没有别的办法，这么一想，她心里又稍稍缓和了些。

峻秀不愧是老牌的广告公司，不管从门面还是规模上，都看得出时间沉淀下来的痕迹，峻秀位于大望路华贸中心，旁边就是北京城最高端的商场 SKP，除开一站之外的国贸，这里也算是北京中产和高级白领最聚集的地段。峻秀的办公室还保留着十年前外企银行的装潢和模式，但里面的人看起来个个精明干练，一人一口流利的京片子，这让吴悠意识到自己的格格不入。

“丫傻吧，要我们预算降低 20%，甭说他逗不逗了，谁能做下来，我跪着给他当孙子。”吴悠刚刚坐下，就听到一个满口京腔且精致打扮的男人在对着电话那头骂人，那人挂了电话，才注意到旁边的座椅上坐着一位漂亮的小姐。他轻轻舔了舔嘴唇，有点尴尬地问：“您找谁？”

吴悠站起身说：“你好，我是上海 Madison 公司的 Evelyn，之前联系了贵司的 Simon Lu（西蒙 陆），来谈这次广告协会大赏的事宜。”只见那个男人张大嘴“哦”了一声，才立马伸出手，说：“你好……你好，我就是 Simon，陆达轩。”吴悠借着和对方握手的同时，仔细打量了对方一番，此人额前留着亚麻棕的碎盖刘海，加上浓眉大眼和立体的五官，显得他面容清秀而深邃，他穿着橘色外套和黑色小西裤，如果不说话，倒有几分像日本名模浅野启介。陆达轩不好意思地解释说：“刚刚让你见笑了，‘傻帽’甲方要我们降低 20% 的预算，仗着店大就欺负人，我实在忍不住就骂了两句。”吴悠笑道：“很正常，不必放在心上。”

因为会议室都已经约满了，陆达轩只好带着吴悠去了楼下的 Wagas，两个人简单聊了一阵，吴悠才知道陆达轩已经 33 岁了，但完全看不出来他已经这么大岁数了，说他是刚毕业两三年的新人也完全有人信。一开始吴悠还在想，这么大的事情，峻秀就这么不当回事吗，派这么一个初出茅庐的小伙子，结果是自己狭隘了。不过和吴悠不太一样的是，他是前年才开始进入广告行业的，因为业务能力强，所以进公司的时候就直接坐到了副总的位置，虽然陆达轩表示对广告行业并不像吴悠那么熟悉，但他举手投足之间没有半毫门外汉的羞涩，相反，即使他在说自己不专业的时候也是自信满满的。吴悠突然觉得，在职场上，位高权重的男女高层真的完全不同，男人永远是外在谦和，内心却在较劲，女人则正好相反。

陆达轩说了一些自己关于这次大赏的想法，虽然是第一次承办这样大型的活动，但好在以前他是做公关的，跟过不少大型活动。他想的是，这次官方定的主题是“跨越”，从场地来说最好是能有阶梯式的，除了惯例的颁奖和酒会，这一次能有一个“60后”到“90后”的广告代表，来做一次深度发言。陆达轩的想法与吴悠不谋而合，在这个基础上，吴悠又提出她对“跨越”的解读，可能还要涉及转型。陆达轩饶有兴趣地听吴悠娓娓道来。

“就现在整个广告行业，对很多年轻人或者大众来讲，已经变成了一个非常传统的行业，甚至与平媒相差无几，但其实这些年广告也有着许多形式和内部结构的变化，以及与互联网产业的融合和发展，新媒体的冲击使广告行业也面临着新一轮的转型。我觉得我们应该针对行业的何去何从，进行一次探讨。”

吴悠的这番说辞让陆达轩略感震撼，他想不到一个小姑娘居然可以考虑得这么深，原本最开始广告协会那边和他们说这次是和一家新公司承办活动的时候，陆达轩也在内心质疑了一番，想着所谓的广告协会大赏，大概也就是一年一度走走过场的把戏。就在他刚刚看到吴悠的刹那，又加强了他之前的那份质疑，直到他真正地听完吴悠的话，才发现这姑娘确实不一般。

陆达轩点点头，说：“Evelyn，你还真是让我刮目相看啊。”

“Simon，你过奖了，我也只是提出一点我的看法。今时不同往日，广告行业已经不是许多年轻人眼中高高在上的职业了，其中当然避不开时代潮流的热浪离去，但我觉得我们也需要一些自我反思，对于未来的去向和产业的常青，这些都是大多数广告人应该思考的问题。这么说，又显得有点教条意味了，让您见笑了。”

“我反而觉得很有意义，虽然是大赏，但广告人的生死存亡也非常重要，本来业内针对行业变化也需要一次探讨峰会，我觉得你说得很对。”陆达轩再次肯定了吴悠的想法，“我觉得我们可以把各自的想法梳理一下，然后再综合讨论。”

吴悠点点头。

陆达轩伸了个懒腰，说道：“哎，不过上海永远是广告的主场啊，像我们峻秀，即使做得再好，甲方一听你的公司在北京，预算都是直接砍一半。”陆达轩一边喝着绿巨人饮料一边笑盈盈地调侃着。吴悠当然知道对方是在自谦，也笑着说：“像峻秀这样的公司，即使预算砍一半，那也是比上海多少初创公司的预算高了不止一倍啊。”陆达轩也笑了，说：“Evelyn，你真的是太会说话了，今晚正好有几个北京广告公司的朋友一起吃饭，你要不要也一起来？”

吴悠想了想酒店里的母亲，不好为了应酬把她丢在酒店里，只能婉言拒绝了。陆达轩有点遗憾地说：“你好不容易来一次北京，也不让我做一次东道主，我会过意不去的。”

吴悠说：“就这个协会大赏，我们要见面的机会还多着呢，也不急于一时吧。我在北京还要再待两天，总会有机会的。”

陆达轩也不知道吴悠心里是怎么想的，换作其他人听到有业内资源介绍，必定是二话不说就答应下来，偏偏吴悠一副并不在意的样子，这让陆达轩感到疑惑。

陆达轩当然不知道，其实北京的社交方式和上海也完全不同，上海的工作局大多约在下午茶时间，聊完就各自去忙，而北京则都是安排在饭局上，非要把每个人都凑成一个团，才像是走近关系，才能好办事。所以，大多数北京人都不喜欢上海人，觉得他们太疏离、轻薄，甚至刻意端着架子，然而同样的，吴悠也早就听闻北京的饭局文化和圈子关系，那恰恰是她最不喜欢的一部分。工作之中，人与人保持距离是最基本的礼貌，吴悠依旧这么认为。

吴悠和陆达轩结束了那顿下午茶之后，就直接回了酒店，早上起来太早，加上舟车劳顿，刚刚吴悠在陆达轩面前忍住没打哈欠，此刻她只想趴在酒店床铺上好好睡一觉。然而推门进去的时候，她发现母亲正在悄悄打电话，见吴悠回来了，就立马哆嗦着把电话挂了。吴悠问也不用问，就知道她是打给谁的，电话那头的男人要唱白脸，电话这头的唱红脸，这两夫妻倒是感情好得很呢。吴悠脱了外套，就直接躺下了，告诉母亲六点叫她，她订了馆子，带她去吃饭。母亲只“哦”了一声，没说别的。吴悠实在太累了，一翻身就睡着了。

3

陆达轩刚刚开车到国贸商场门口的时候，雨就下起来了，晚上的聚会是他这一年刚刚认识的几个朋友，因为陆达轩刚刚跳槽来广告行业，还是有诸多不懂的地方，所以跟着老板混了几个局，趁机结交了两三个在行业内扎根十年的广告人，今晚的局就是和他们的。陆达轩在车库停好车，乘电梯上楼，进包间，大家都已经到了。

“Simon，我就想知道有哪次吃饭你是不迟到的那个？”说话的是一家叫“热力”的广告公司创始人韩冰。

陆达轩不好意思地道了歉，却注意到同桌上还有一位陌生的朋友：“这位是……”

另一位叫刘雪阳的广告界“老炮儿”立马介绍起来：“Lawrence，上海奥斯德的CEO，最近来北京出差，我就叫着一起了。我觉得你们俩可以好好聊聊，都是半路出家，但是都做得不错。”

陆达轩朝罗任司点点头，然后坐到了韩冰旁边。坐在罗任司右手边的徐飞给陆达轩倒了一杯酒，说：“你们知道啥，人家陆总那是真的辛苦，这不承办了今年上海的广告协会大赏嘛，迟到一点也很正常，人家日理万机啊。”陆达轩虽然不喜欢徐飞的说话方式，但念着他也算前辈，对于这样的话中带刺，他也全盘接受了，他将酒一饮而尽。饭局原本是刘雪阳约的，可陆达轩发现这不是内部聚会，就不免朝罗任司多看了一眼，这个两鬓微微斑白的男人，看起来绝非善类。

“今天我本来也想带个朋友来的，结果她有事没能来，也是你们上海广告圈的，Lawrence说不定也认识，麦迪逊的二把手，Evelyn Wu，吴悠，你应该认识吧？”

罗任司笑而不语地点点头，然后举起酒杯和陆达轩碰了碰，说："Evelyn 以前是我的下属，我当然认识。"陆达轩没想到世界这么小，险些惊呼道："早知道你来，我就叫她一起了。喀，这广告圈子里，转来转去都是熟人。"

"刚刚你来之前，他们就和我说 Simon 是天资英才，做一行爱一行，行行都能做到极致，这次峻秀承办的协会大赏也是你负责，这事可不是谁都能做得了的。"

"哪里哪里，瞧你说的，我就一新人，和在座的各位都差得远呢！这不就是来和各位学习的嘛！"陆达轩瞅了瞅罗任司的表情，想着这开场就一人一句的捧他，这顿饭应该不是那么简单了。

刘雪阳看着陆达轩和罗任司喝得正欢，便朝着韩冰跟徐飞使了个眼神，明显各自都有话说，最后还是把这根棒交到了刘雪阳手上。

"Simon，其实今天我们找你过来呢，也是有点公事想和你聊聊。"刘雪阳给自己斟上酒，摆出一副明人不说暗话的样子，"今年的广告协会大赏基本已经确定是你们公司承办了吧？这赞助商……你们还没确定吧？"

果然如陆达轩所料，这饭局还真的是一场鸿门宴。陆达轩喝了口酒，假装什么都听不懂地笑道："还没呢，这事……也不是我们峻秀一家说了算，还得和协会那边商量。"

"那是，所以啊……今天正好 Lawrence 在，我们也当你是自己人，有什么话也就不藏着掖着了。"刘雪阳的身子朝着陆达轩那边倾了倾，"今年呢，翠芬那边正好有笔钱要用掉，我们之前和他们合作过，人挺靠谱的，我们觉着吧……既然要用，那就得用在有用的地方，这协会大赏……不就是正合适的地方吗，是吧？"刘雪阳一说完，韩冰立马应和道："是是是，那必须用在有用的地方。"罗任司在旁边点了一根烟，看着这三人对陆达轩的游说，没有出声。陆达轩低头喝酒，也不说话。刘雪阳又扯了扯陆达轩，说："你要是担心协会那边，那我和你说，今天你就来对了。奥斯德在上海是龙头4A公司，而且上面还有海森集团。今年的大赏评委主席，虽然还没对外公开，但其实已经定了是Lawrence了，这么说，你知道了吧？”刘雪阳一边说一边看了罗任司一眼。

陆达轩嘴上沉默，心里却跟明镜似的。按往常的协会大赏，谁家赞助根本就没人在乎，像他们这种乙方公司举办的大会，在甲方看来就是一群广告人的内部自嗨，说是年会都不为过。但今年不同，今年是广告协会成立十周年，广告协会特别希望借助这次的大赏拥有更大、更深远的影响力。所以，据说麦迪逊那边之所以能拿下承办，也是创始人林安娜这边可以保证明星资源入场，加强曝光和流量。可以说这一次的协会大赏要做的，就不单单是内部人士自己的东西，而更像是一张对外的名片。正是因为如此，赞助品牌就变得完全不一样了，不仅因为明星的加入会加强曝光，还会因为在视频平台直播而全程露出，赞助这次协会大赏就等于直接给品牌做了一次大型宣传。更重要的是，赞助品牌方还可以借此机会攒聚明星资源，那些日常见都见不到，更别说档期排不过来的明星，这次也有机会在会后直接洽谈合作。因为这些都还是内部消息，只是没想到翠芬那边消息这么灵通，已经派人找过来了。

“其实嘛，赞助商无非也只是想要个冠名，而且他们出钱，你们出力，不是挺好的吗？大家各取所需，事情成了，自然也不会亏待你的。Simon，到时候至少……这个数。”刘雪阳手里比了一个三，显然是让陆达轩自己掂量。

陆达轩放下酒杯，吸了吸鼻子，说：“这样……这件事呢，我说了也不算，明天开会的时候，我私下和Katy（凯蒂）总汇报一下，看看她的意见如何？”

陆达轩搬出Katy的瞬间，刘雪阳和韩冰都黑了下脸，唯独徐飞说：“Katy总现在还管公司吗？我以为公司事务她都全权交给你了呢！”三个人都知道，峻秀里面最难搞的就是 Katy，不管平日交往中 Katy 如何说客套话，但只要工作交到她的手上，就没有一丝徇私的可能。眼见众人快要偃旗息鼓的时候，罗任司突然开口道：“Simon 公司今年也有入围协会大赏的作品吧，如果我没记错，是去年给蔚海床品做的那个‘坚硬的人，藏着柔软的秘密’这个广告吧。在今年的送审作品里，这个广告确实算是比较突出的，不过……你也知道，连续四五年获奖的都是上海的广告公司，要是这次能是你们峻秀获奖，也算是打破了只有上海公司拿奖的神话了吧。”

陆达轩望向罗任司，这只老狐狸还真的不简单，一下子就猜中了他最在意的事。Katy 总让陆达轩接手这次协会大赏的时候，确实表达过公司年年提名，但从未拿奖的遗憾，陆达轩当时还和 Katy 说，他去雍和宫拜拜，这次肯定拔得头筹。Katy 当时就露出一副小女生的样子，说要真是那样就太好了。徐飞刚刚那句阴阳怪气的话其实并没有说错，公司的事情基本上是陆达轩拍板，Katy 也只需要知晓一下就可以了。陆达轩来到峻秀，最让他欣慰的就是有一个信任自己的老板，从最早做媒体，到后来做公关，再转到广告，陆达轩遇到的烂人实在太多，所以当 Katy 愿意把公司大部分权力下放给他的时候，他反而更希望自己能够不辜负上级的信任。

“如果 Lawrence 作为评委主席也觉得我们的作品有机会拿奖的话，那我真的要替公司谢谢你，但愿奉你吉言，能够意外获奖。”陆达轩始终打着太极，不肯正面接对方的话，但也没有一口咬死拒绝合作。罗任司意味深长地看了陆达轩一眼，没有再多说什么，最后在刘雪阳和韩冰的唆使下，陆达轩还是加上了罗任司的微信。

回去的路上，陆达轩突然想到了吴悠，如果上海人都这么工于心计的话，这个吴悠说不定也不是什么简单人物。这么一想，他突然有点庆幸晚上没有叫上吴悠一起赴局，不然四面夹击，他还真有可能因为吃不消而露怯。

与此同时，吴悠因为外面下雨，取消了原本订好的餐厅，只能和母亲坐在酒店旁边的通盈中心的小饭店里吃粤菜。吴悠妈刚翻开菜单，就立马吓了一跳，这物价是深圳的两倍还不止。吴悠知道母亲在家做惯了贤妻良母，几百年没有在外面餐厅吃过饭了，但还是安慰道："这里是北京的三里屯，你当是什么地方？妈，你随便点就好了。"要说一点报复心理没有是不可能的，吴悠这些年在外面，父母极少过问她过得好还是不好，仿佛是让其野蛮生长。吴悠挑贵的酒店、贵的餐厅，就是想硬气地告诉母亲，你女儿我住得起也吃得起，其实她更希望的是，母亲把这一切都转告给她那傲慢讨厌的父亲，让他知道没有他们，她吴悠也一样过得很好。

吴悠妈还是犹犹豫豫地不知道点什么，索性讲："你点好了。"

看着一盘盘菜端上桌，分量和价格形成鲜明反比，吴悠妈还真的有点恼了，说："几条菜就咁鬼贵，唔去抢钱？！（这么点菜还死贵，怎么不去抢钱？！）"

吴悠压根没有理会母亲的这番咋呼，只是孝顺地给她夹菜。母亲基本没动什么筷子，吃两口就说饱了，吴悠猜到她又要说什么了，立马抢白道："你要不吃完，我们也没办法打包回酒店的，那就直接扔掉了。"母亲气不打一处来，她说："悠悠，你到底怎么想的，你就这么恨你爸爸？宁愿拿钱在这里铺张浪费，也不肯拉他一把？你想，没他也没有今天的你啊！"吴悠心里翻了个白眼，心想，没我不是更好吗？为什么要把我生下来当出气筒呢？但她面子上还是体恤母亲道："我就是想让他生气，为什么他这么大一个人了，我们还要把他当小孩子啊！说句良心话，要不是爷爷奶奶留下这些祖产够他收租，他早就坐吃山空了！他活到这个岁数，也应该清醒清醒了！"

母女俩越吵越激烈，母亲双眼已经红了，吴悠知道再说下去，母亲又要哭了。吴悠也不想再争论了，只是一个劲地吃菜，母亲借口去洗手间，吴悠知道她又要去打电话了，便随她去了。吴悠看着母亲委屈的样子，她颇有几分“哀其不幸，怒其不争”的想法，却不知道正巧路过的罗任司已经观察她们很久了。罗任司跟在吴悠妈身后，看着她走到商场拐角打电话，他仔细打量了一下这个小老太太，心里微微一笑，便转身回了酒店。

第二天，吴悠和陆达轩又约了一次见面，陆达轩执意要请吴悠吃顿饭，于是他们约在了世贸天阶附近见面。再见到吴悠的时候，陆达轩反倒不如前一天那样肆意洒脱了，在吴悠看来怎么有点拘谨，但他还是表现得张弛有度。吴悠感觉奇怪，不知道他是太累了还是如何。陆达轩点了几个招牌菜，然后戏谑道：“上海来的朋友在北京下馆子，多半都是以吐槽结束，这家餐厅稍微还算入得了口，你尝尝！”

吴悠以前上大学的时候有两个北京的同学，他们第一次在上海街边吃饭，就大呼“简直是人间天堂”，当时吴悠只觉得夸张。工作之后她也跟大老板到北京来出过几次差，那时她才真正体会到北京被誉为“美食沙漠”的原因。这家湘菜馆子确实还算不错，但老板明显也做了北方口味的改良，以至于辣味全无，吴悠笑道：“Simon 对吃的好像挺有研究的。”

陆达轩说：“研究谈不上，但爱吃是真的，Evelyn 是上海人？”

吴悠摇头，说：“我是广东人，准确来说是深圳人。”

陆达轩大笑：“还好没带你去吃粤菜，不然要被你骂死了吧。”

两人就着昨天的想法又讨论了一下，陆达轩一直在观察吴悠的说辞，但她没有提及冠名商的事情。陆达轩想，这也好，既然对方不提，他也就暂且沉默，他更没有讲昨晚吃饭遇到罗任司的事情。陆达轩只是顺口问吴悠这次的明星大概拟定了哪几位，吴悠一脸迷糊地说她不知道，陆达轩也跟着诧异，问：“你不知道？ Anna 没有和你说吗？”吴悠摇头，陆达轩若有所思地点了点头，接着说，“那可能 Anna 自有安排吧，你到时候和 Anna 沟通完了，名单也给我一份就好。”吴悠笑着点点头，却略微有点尴尬，她细细想了下，差不多明白林安娜之前说所谓的耗费了不少资源才争取到的承办名额，大概指的就是这个吧，而林安娜没空跟着她一起来北京，估计也是要在上海那边处理这个拟邀名单的事情。吴悠突然明白林安娜的苦心，也感谢陆达轩给了她足够的台阶下。

方案对得差不多之后，吴悠突然问了一嘴：“品牌冠名赞助这一块……是不是也要谈一下？”原本还算放心的陆达轩一下子神经紧绷了起来，果然是躲得过初一，躲不过十五。陆达轩“嗯”了一声，说：“我这边也和 Katy 总在商量，到时候我们在碰碰？”吴悠没想太多，点了下头，说她这边也问问。

吴悠告诉陆达轩自己明天就要回上海了，晚上想带母亲在北京转转，问有没有什么推荐的地方。陆达轩笑着说，吴悠出差还把母亲带在身边，真是孝顺。个中原委，吴悠就没有说了。陆达轩说：“老一辈的人来北京，天安门和故宫是一定要去的，虽然这些对长期在北京的人来说基本都是不去的地方。如果是晚上的话，北京能逛的就只剩下商场了，北京的夜生活你也知道，基本上就没什么，要不就是跳广场舞，要不就是去王府井逛街。差不多晚上八九点的那个样子，王府井那个教堂，门口就会有一大群跳广场舞的大妈。再不然，就去后海逛逛，从荷花公园溜达过去或许会有惊喜。”吴悠对陆达轩表示感谢，除了感谢这顿饭还有他的建议，两人最后约定了一个统筹的时间，陆达轩打算在吴悠回去确定好一些事宜之后再开视频会议，中间陆达轩也会到上海出差，到时候再和吴悠约。

两人分别的时候，吴悠郑重地握了握陆达轩的手，拿出事先准备的礼物，说：“上次来得匆忙，给你和 Katy 总的礼物忘带了，今天倒是记得。”陆达轩一边接过一边表达了感谢，说吴悠太客气了，但是 Katy 总这两天在香港出差，不然是应该让吴悠和 Katy 总见见的。吴悠说总会有机会的，便叫了车离开。

吴悠妈早上在楼下吃早餐的时候，吴悠已经出门了。罗任司在大堂一旁发邮件，见吴悠妈正巧只有一个人在那里，他就顺道过去聊了两句。一开始吴悠妈不知道这个男人是谁，警惕性还是有的，她打算吃完就上楼，直到对方说是吴悠的前领导，昨天正好看见她们俩一起吃饭，只是因为太忙没来得及打招呼，今天看到了还是专程来问候一下。他还说出了吴悠的一些事，吴悠妈才放心下来，笑着用满是广东味的普通话说："这还真是巧啊！"

罗任司看起来很和气，他一边问吴悠妈是不是第一次来北京，一边又夸赞吴悠出差也不忘带母亲一起过来玩，算是有孝心了。吴悠妈也不好在外人面前说自己女儿的不好，只能一直笑着应和。罗任司微微叹了口气，说："吴悠是真的厉害，之前我就一直不想让她走，但是现在看来，其实她走得也挺对的，就她现在，一年收入确实是比当时打工多了几十倍。"

吴悠妈一边点头一边笑得有点僵，听到吴悠的收入，吴悠妈心里还是打了下鼓，她不觉问道："那您知道小悠现在一年赚多少钱吗？"罗任司有点意外地问："原来阿姨您不知道啊？"罗任司一手放在嘴边，简单地比画了个"三"，吴悠妈试探性地问了句："三十万？"

罗任司摇摇头，笑着说："至少也是七位数吧。"

吴悠妈皱了皱眉，就收入而言，她知道吴悠肯定是赚钱了，但没想过她赚了这么多钱！

罗任司又做出一副惆怅的样子，说："吴悠要是现在还留在我们公司，那不是屈才了吗？所以我还挺为她高兴的。只可惜，吴悠走了之后，我就再也没找到比她更优秀的人了，所以，人才不常有。"

"哎呀，领导这是过奖了，我们小悠能被你照顾，也是她的福分，要是没有之前的经验，她也不可能有今天嘛。"吴悠妈心里极度不踏实，这年薪几百万的女儿，置自己老爸于水深火热而不顾，说出去真是让人没法信。这两天，看着她住好的、吃好的、穿好的，心里五味杂陈。

罗任司又简单和她聊了几句，说还有点事要先去忙。吴悠妈也不好耽误别人，虽然心里还想着多打听一点女儿的事情，可老问又显得自己这个当妈的有点太奇怪了。

罗任司走后，吴悠妈径直回了房间，坐在床上生闷气。昨天晚上，她给吴悠爸打电话说自己可能说服不了女儿了，吴悠这次真的是吃了秤砣，铁了心了。吴悠爸也像吴悠说的那么傲气，叫吴悠妈别求她，赶紧回家去。原本想了一夜，吴悠妈真的打算过两天就直接回去了，可听到罗任司这么一说，她心里就更委屈了，这是自己的亲生女儿，又不是抱养回来的，怎么就这么狠心？想着想着，吴悠妈又忍不住落了两滴泪。

夜里吴悠说带母亲出去走走，母亲说累了，不想走了。吴悠一听就知道她还有怨气，也没管她，打电话问前台要了晚餐，就坐在旁边的办公桌上写邮件。母亲时不时看她一眼，但就是不说话，吴悠能感受到那时不时投向自己的目光，只装作不知道。这几天吴悠能劝的都劝了，要说的也说完了，吴悠真的想现在就在网上找一份离婚协议书，打印出来让母亲签字。

以前别人总说在爱情里沦陷的人是很可悲的，因为不仅会丢失自我，还会因为沦陷而伤害关心她的人。就目前来说自己母亲的情况恰是如此，她想不通那个不成气候的父亲到底是哪里迷人，还是母亲害怕失去所谓的生活依靠。吴悠只能在心里叹气，可她越想越生气，堵着气“噼里啪啦”地写了一大堆东西，细细读来却发现没有一句是通顺的。就这次协会大赏，吴悠要顾虑的事情实在不少，林安娜昨天发邮件来，让她整理出一个基本思路，好发给广告协会那边的主办方，要得也急。昨晚她趁着母亲睡了，熬夜整理到凌晨三点，今天一大早又去开会，其实她已经非常疲惫了，她实在不想家里的事来扰乱自己的心智。

晚餐送到了，母女俩对着几盘菜，相顾无言。吴悠实在受不了这样死寂的氛围，还是开了口：“你到底在气什么？”母亲瘪着嘴，也不说话，饭吃了两口也不吃了。吴悠放下筷子，坐到母亲旁边，说：“我不帮阿爸，你是不是就打算一辈子这么气下去？你有没有想过对自己好一点？”

“我想回去了。”

“明天我们就回上海了，我的事情已经办完了，本来说今晚带你去逛逛北京城的夜市，你也不去。”

“我说我想回深圳了，你把身份证给我，我明天就回去。”

“你现在回去干吗？你回去也不能解决什么问题啊，只能每天在家提心吊胆地过日子。”

“你以为我在这里就不提心吊胆了吗？你老豆说这两天他都是在外面过的，到天亮才敢回家睡个觉，每天也没有人给他做饭吃，你说我能不担心吗？”

“那也是他咎由自取，他有手有脚，总有办法的。”吴悠看着母亲气得脸都绿了，无奈从包里翻出身份证，拍到她面前，“还给你，你要想回去就回去吧，我现在给你订机票。”

吴悠妈看着床上的身份证，突然“哇哇”大哭起来，吴悠真的不知道怎么会有这样的父母，父亲刚愎自用，母亲软弱无能。吴悠妈也不收那张身份证，只是道：“是，你长大了，有钱了，对我们俩也可以不管不顾了，想赶我走就赶我走，我早就知道你不想我在这儿了。”

吴悠瞪着铜铃般的大眼睛不可思议地望着自己的妈，说：“你……唉，气死我了，要走是你要走的，现在也怪到我身上，我让你跟我回上海，是你自己不回，你现在到底想干什么？”

吴悠妈哭累了，靠在床头不说话，身份证也不收了，任由其在床上摆着。吴悠也累了，不想管了，回到桌上继续写方案和邮件。她知道母亲就是故意的，又是想回深圳，又是嫌弃她，说来都是给吴悠听的，扰乱她心智，让她妥协，可她偏不，她这次就是想横到底。为什么总有人要满足父母那些无理的要求，她从来就不是这种人。

吴悠妈看着时间不早了，便先睡了，吴悠写着写着也有点犯困，她突然发现陆达轩那边没有把他们公司的具体分工名单发过来，眼看时间已经两点多，她也不好再打电话过去，只能发信息提醒他第二天发过来。结果刚发过去，陆达轩的电话就打过来了，笑着问："这么晚还在工作，你不是明早的飞机吗？"

吴悠揉了揉太阳穴，要不是母亲刚刚在那里胡闹，她也不至于忙到这会儿，她只好解释说晚上有点不舒服，所以先休息了一会儿，现在才起来干活。

陆达轩问："哪儿不舒服，要不要去医院看看？"

吴悠连忙说："不用了，就是可能白天都在外面奔波累到了，休息下就好。"

陆达轩"嗯"了一声，说："没事就好，那个名单我得过两天才能发给你，因为有两个同事可能会出现人事变动，加上内部有一些调配，所以才没发。"

吴悠表示理解地"嗯"了一声，让陆达轩早点休息。陆达轩说，他这会儿也在看报表，顺道问吴悠晚上带母亲去哪儿闲逛了。吴悠说，哪儿也没去，大概只能下次专程来北京好好玩玩了。

客套寒暄之后，吴悠打算结束通话，陆达轩却突然问了一嘴："对了，你知道协会大赏评奖最终都是谁决定的吗？"

吴悠想了想，说："都是评委投票决定的，怎么了？"

陆达轩欲言又止，最后说了句："哦，没什么，我记得今年你们公司也有入围吧？"

吴悠说："对，我记得峻秀也入围了，怎么了？"

"噢噢，没事，你也知道，北京这边的广告公司每次入围的都不多，最后能拿奖的更是寥寥无几，这眼看都陪跑好多年了，可能还真的是要和上海的公司多学学才行。”

陆达轩讲得很谦虚，但吴悠全听懂了，陆达轩是觉得年年都是上海那边拿奖，唯恐评委组有猫腻，其实其中到底是什么样，吴悠也不敢妄下评断。北京的广告公司陪跑是事实，吴悠之前跟着大老板也参加过好几次广告协会的颁奖礼，每次专程从北京飞来上海的那些 CEO 基本都是败兴而归，拿奖这件事对有广告追求的公司和个人来说，确实相当重要。据吴悠所知，峻秀早些年也拿过两三次奖，但自从 Katy 总上任之后，奖项就与他们失之交臂了。陆达轩一方面是想从吴悠嘴里打听点内幕，另一方面也希望在他进公司之后，帮峻秀重新力挽狂澜。

吴悠不知道自己该说些什么，只怕多说多错，所以只道：“评委的选择还是挺严格的，但毕竟我们也是初创公司，所以也不敢妄想能拿奖，就随缘好了。”

陆达轩打心眼里赞赏吴悠的情商，便没有再追问下去，挂电话前，他祝吴悠一路顺风，顺道和吴悠约了下次去上海见面的时间。吴悠说随时欢迎，便挂了电话，又重新回到电脑前，她看了看时间，也不早了，打算一切都等回上海再说吧。

4

换作之前，罗薇薇一定会说吴悠往返日程又没有看日子。她们一个大早上就格外兵荒马乱，先是上了出租车，吴悠妈突然说她的身份证找不到了，说昨晚忘记收起来了。吴悠只好中途下车，让母亲在机场等她，自己打车回酒店帮她拿。吴悠取好身份证之后，在机场又一直找不到母亲，只能到广播站发布寻人启事，最后才知道母亲饿了，自己跑到旁边的餐厅吃饭去了。吴悠上气不接下气地拉着母亲一路奔跑，差点没赶上飞机。

刚刚坐上飞机，公司行政主管一个电话打过来，说凯悦那边一直没收到吴悠发过去的确认文件，今天就要打款了，如果早上收不到的话，他们财务下午就请假回老家了，要等一个多星期才能回来。吴悠突然想起，确认文件已经签好字了，存在邮箱的草稿箱里，这两天她一直在忙给忘记了。于是她打开电脑，急着连上手机热点，但不知道什么原因，信号一直处于极弱状态，邮箱怎么都登不上去。吴悠着急忙慌的才发现昨晚因为工作太晚，电脑也快没电了，她只好打电话给林安娜，想着让她帮忙发下。人不顺，就事事不顺，碰巧林安娜的电话一直在通话中，无奈，吴悠只好打到费仁克那里。

“你现在忙吗？”空姐那边已经在催促各位关闭手机或开启飞行模式了，吴悠只能长话短说。

“不忙，什么事？”

“我现在把我邮箱账号和密码给你，草稿箱里有一份给凯悦的确认函，你帮我发过去，对方邮箱我也一并发给你。”

“行。”

吴悠挂了电话，快速把账号密码和对方邮箱号发给了费仁克。好歹有个靠谱的人能帮上忙，她心里这么想着。吴悠长长地舒了一口气，系好安全带，飞机终于起飞了。

回上海的当天，瞿白就打电话给吴悠，说小草屋 APP 的进展比他们想象的顺利，不出意外的话下个月中旬就可以上线。他让吴悠这两天有空去他们公司看看，顺道开个会。吴悠答应下来，她安置好母亲，就立马回了办公室。不过才三天没有来，吴悠却像是离开了数月一样，她看见每一个人都觉得他们是新的。果然，北京的空气干涩难耐，还是上海好，即使是在室内，吴悠也不会有在北京那种口干舌燥的感觉，整个人也神清气爽多了。她先到费仁克办公室确认邮件已发送出去，然后通知他安排一下这两天去“小草屋”那边开个会，随后她到财务那里填好了报销单，贴好发票，然后回林安娜的办公室做了一个详尽的汇报。

“对了，你这次去有拜访 Katy 吗？”林安娜听完吴悠汇报后问。

“人没碰着，她正巧在香港出差，但我给他们一人准备了一份礼物。”吴悠说道。

林安娜点点头，说：“人情世故这方面，你最近进步还是挺大的。我本想说，让你见见 Katy，她确实是我认识的广告人里非常不一般的一位。”

“总会有机会见到的，接下来不还有好多地方要合作吗？”

其实林安娜不说，吴悠也对这个 Katy 总充满了好奇。在去北京之前，吴悠先做好了功课，她在搜索峻秀的时候，关于 Katy 总的新闻就不断在网页上涌现，这个带着大耳环出入京城的女人，就像众多北京大妞一样，飒爽有劲。跳槽去峻秀之前，她在互联网公司做了十年的 marketing（营销），而后转至峻秀的第一件事就是重建框架，把广告公司彻底按照互联网公司来运营。峻秀的员工没有明确的职称，更多的是等级制度，从 P1 到 P9，代表着峻秀的各个层级，而且这个级别并不按照工作年限来划分，而是按照业绩和功勋，能者居上。所以很多在峻秀待了七八年的员工可能还没有刚进去三四年的员工工资高，在峻秀这都是很正常的事。关于 Katy 还有一些传闻，大多不带善意，但 Katy 本人似乎也完全没有把这些传闻当回事。总的来说，Katy 是让峻秀从一个老牌、衰败的广告公司重新崛起的重要人物，在整个北京广告圈的影响力都不容小觑。

吴悠看了下行程计划，确认下午没有什么事情，她打算去找一找适合举办协会大赏的场地，她走到萧树面前，点了点他的肩膀，让他下午陪自己走一趟。萧树说手上还有好多活呢，吴悠说不急，晚上回来做，她有话和他说。吴悠收拾好东西后就叫了辆车，然后让萧树跟上，萧树急急忙忙收好笔记本，背着背包跟在后面。

上车之后，吴悠问：“Scott，你在麦迪逊做得开心吗？”

萧树点了点头，说："挺好的啊。"

"嗯，我打算升你做 CD，你愿意吗？"

萧树的脑袋"嗡"了一下，他以为自己听错了，说："你说我吗？让我做 CD？"

"对，公司从成立以来，其实一直空缺着 CD 的职位。因为我们是新公司，创意这一块极其重要，所以我只能先抓着，但这段时间我发现我的精力已经忙不过来了。当然，对我个人来说，做创意肯定是最开心的事，但眼下我的身份还是不一样了，如果要把麦迪逊做得更好，我就必须腾出精力来做更重要的事。"吴悠诚恳地看着萧树，"整个创意部里，你是进步最快的，也是极其有天赋的，虽然现在你可能还稍显稚嫩了一点，但是我觉得你的成长空间很大。一开始我对你有偏见，但后来我发现你做的每件事都能打动我，所以……这个位置非你莫属。"

萧树有些受宠若惊，对他来说，做创意是他喜欢的工作，特别是到了麦迪逊之后，吴悠给了他很多的发展空间和机会，比起在奥斯德不断地给人打下手，在麦迪逊他才能真正地感觉到自己在做广告。可是，喜欢创意和管好创意是完全不同的事，萧树没有太多的信心。他坦言道："公司有考虑从别的地方挖一个相对成熟一点的创意总监吗？"

吴悠露出一副深思熟虑过的样子，说："你知道为什么我不愿意去别的公司挖有经验的总监吗？麦迪逊是一个有基因的公司，它最大的特点就是定位非常准确且清晰。我自己是一个从大的 4A 公司出来的人，我特别明白那种什么活都接过的人，他们不一定能把麦迪逊这样有原始基因的公司做好，原因就是他们的思维是发散的，而不是集中的，特别是越成熟的总监，越是有一套自己行事的风格和想法，就越难和像我们这种有基因的公司融合。我们做女性市场，这不是一个简单的口号，从一开始的每一个案子、每一个思路，都是我们一起扶持和培育出来的，这很难得。可以说我们公司的每个人都是跟着公司一起在成长，而不是借助公司在自我成长，说得绕了，但你应该懂。”

吴悠的一长串说辞在某种程度上确实打动了萧树，吴悠当然也看出了萧树的犹豫不决，她突然化身知心大姐姐一般，拍了拍萧树的肩膀，说：“而且……你的领导永远是我，你有啥好担心的？”吴悠的这句话才真正让萧树放心下来，萧树突然脸微微一红，说：“关键就是怕自己没有当领导的样子，毕竟我擅长的就是画图。”吴悠说：“几年前，我和你一样，可你看现在。”

随后的一整天，萧树都在心里消化这件事，他跟着吴悠跑前跑后，也明白她带自己来看场地的目的。萧树很大胆地说了一些自己的想法和关于场地的布置，吴悠点头，倒不觉得萧树说的都是对的，但是让他敢于表达是第一步。吴悠和几个酒店的经理都谈了一下，表达自己需求的同时，也需要权衡预算金额。最后，吴悠心里大概有数之后，对萧树说：“这一圈看下来，你应该也有不少想法了。场地的事情，接下来就交给你来负责，如何？”萧树表现出与刚刚毫无信心相反的态度，坚定地点了点头，他突然想到乔琪家里和上海许多酒店的老板都有关系，或许可以找他帮忙。

第二天，吴悠带着费仁克和萧树一起去了一趟瞿白的公司，这也是合作以来，吴悠第一次到他们公司拜访。和吴悠去过的众多公司都不一样，这间生长在复兴广场的小公司内部却清新得让人舒心，工业风加爱马仕橙的搭配，高耸入顶的阔叶植物，以及墙上搭配的名家版画，可以看出瞿白对公司花了不少心血。这里像一个年轻人愿意自发聚集办公的乌托邦，当然整个风格跟瞿白在欧洲上学耳濡目染也有极大关系。

“怎么样？ Evelyn 总，对我们公司有什么建议吗？”瞿白还是一副殷勤的姿态。吴悠内心其实是有惊喜感的，这源于她对瞿白这个人本身没有什么信心和想法，但走进“小草屋”的瞬间，还是让她有眼前一亮的感觉，她说："我觉得很好，瞿总的审美还蛮不错的。"瞿白傻傻地笑了笑，说："这才刚起步，其实我心里想的是那种美式复古工业风，不过因为一切都开始得比较匆忙，所以还有许多不足的地方。"

会议室里，瞿白让技术员把试样程序投射到大屏幕上，并解释了一下使用方式，瞿白说："我们打算月底就进入内测阶段，到时候会给麦迪逊的各位员工邀请码，也希望你们能多提提意见。"吴悠望着屏幕上的程序界面，想了想说："如果邀请明星入驻来推荐商品，是不是可以更快地确定APP的定位？"瞿白略有所思地"嗯"了一声，问："我对现在的明星确实不了解，Evelyn，你有什么想法吗？"吴悠说："瞿总的预算是多少？"瞿白心里没底，但还是带着一腔热血说："现在顶流的女星是谁，我们就请谁，不管多少钱。"吴悠看着瞿白那股傻劲，心里忍不住笑起来，点点头说："这个我们可以帮忙去解决，你只要正常按照流程开发就行，内测的过程中我们也会把营销和广告内容同步给你，保证在上线的同时能一炮打响，起到叠加作用。"

开完会，瞿白说这次无论如何要吴悠赏个面子，一起吃个饭，说位子都已经订好了。吴悠想着总不好每次都拒绝，只能答应。就在一群人嬉笑着朝餐厅走的时候，吴悠的电话突然响了起来。吴悠看着是林安娜打过来的，想着莫非有什么要紧事？她刚一接起电话，就听到林安娜有点生气地说："Evelyn，你现在立马回公司一趟。"

吴悠听语气不对，问："怎么了？"

林安娜叹了口气，说："你妈妈现在在公司大闹，又是静坐，又是哭诉，所有同事都看着，你最好赶紧回来处理一下。"

吴悠只觉从脸到脖子瞬间发烫得厉害，她羞愧得想要钻到地里去，她万万想不到母亲会疯到这种程度。吴悠挂掉电话之后，所有人都能明显地看出吴悠的脸色不好，萧树关心地问："没事吧？"吴悠摇摇头，调整了下情绪，微笑着和瞿白说："瞿总，不好意思，今天我又要爽约了，公司突然有要紧事需要处理。这样，Scott和Frank，你们留下来陪瞿总吃饭吧。”

瞿白看出吴悠确实是有事，也不好强求，只好说下次。费仁克看了吴悠一眼，说：“我送你回去吧。”萧树看着费仁克，本也想说陪吴悠一起回去，可眼下一个人都不留下有失礼貌，他也只能沉默。

吴悠没想太多，只是匆匆告辞，费仁克叫好了车，两人便一起离开了，留下萧树愣愣地站在原地，他一想到昨天吴悠和他说的那一番话，原本有些社交恐惧的他也只能硬着头皮上了。他浅笑着看向瞿白，说：“瞿总，不好意思，我们也可以边吃饭边聊一下创意宣传方面的事情，接下来主要也是由我来负责这个项目。”伸手不打笑脸人，虽然瞿白一直没有注意过这个默默站在一旁的萧树，但看他敢于一个人撑起这尴尬的场面，看着他温文尔雅的样子，又不免有些佩服，瞿白笑着点了点头，邀他朝餐厅走去。

吴悠急匆匆地赶回公司大堂，发现母亲果真就坐在那里。眼见吴悠回来了，吴悠妈厉声叫起来：“哎呀，你这个不孝女，终于敢出来了，我以为你要躲到什么时候？”办公室里的同事虽然没有簇拥过来，但明显都低着头仔细在听她们母女间的对话。吴悠拉了母亲一把，压低声音问：“你到底想干吗？”费仁克站在吴悠身后，静静地看着吴悠的母亲，吴悠妈“哼”了一声，说：“我今天来，就是要让你的同事知道，你们的老板吴悠现在一年赚那么多钱，她阿爸在深圳每天饭都吃不上了，她就狠心到可以不管不顾。你们评评理，有这样对自己的爹的女儿吗？你们都出来评评理！”

吴悠真的希望这一刻发生的事能从自己人生中被彻底剪掉，五雷轰顶的感觉也不过如此了。她狠狠地瞪了母亲一眼，希望她能知趣。吴悠妈眼看吴悠无动于衷，又转闹为哭，哀怨道：“我怎么就养了你这么个女儿啊？我含辛茹苦地把你带大，你现在就等着我和你阿爸在深圳街边饿死，你有没有良心？”

吴悠抿了抿嘴唇，一肚子怒火就要喷泻而出，林安娜却在此刻走了出来，她站在吴悠妈面前，冷言道："吴悠妈妈是吗？"吴悠妈看着气场强大的林安娜，哭声一下子止住了，她微微向后退了一步，顿了顿问："你又是谁？"林安娜拍了下吴悠的肩膀，示意她先进去，然后直面吴悠妈说："我是吴悠的合伙人，我叫林安娜，吴悠妈妈方便借一步说话吗？"吴悠妈眼看林安娜的双眼带刺，她在自己女儿面前耍耍泼可以，换了别人，她的气焰一下就降了下去，只好点了点头。

吴悠还是有些不放心地看着林安娜，林安娜朝着吴悠摆了摆手，然后带着吴悠妈进了休息室，帮她找了把椅子坐下，问："刚刚听您说，您和吴悠爸爸在深圳快要吃不上饭了是吗？"

吴悠妈忐忑地望着林安娜，点了点头，林安娜接着问："其中的原因是什么呢？据我所知，您家在深圳应该不止一套房子吧，不至于沦落到这步田地啊。"

吴悠妈支支吾吾的，她不好说是自己老公赌博输光了钱，但是既然已经闹到这个程度了，她索性讲："这是我们的家事，我还是想和我女儿说。"

林安娜笑了，说："您也知道这是家事，那您知道现在这个地方是公司吗？在公司谈家事，您觉得合适吗？"

吴悠妈吞吞吐吐，硬撑着说："我……我也是走投无路了！我不这样，我那女儿更不会管我了！"

林安娜呼了一口气，说："吴悠妈妈，我也有孩子，为人父母不说别的，至少不应该在公共场合给孩子丢脸，这是我们做父母的本分，不知道您认不认同这一点？"

吴悠妈也不是不讲理的人，林安娜说的，她也只是听着，不点头也不摇头，最后林安娜说："这样吧，您今天先回去，我去和吴悠好好聊聊，等她晚上回家再好好和您谈，您看如何？"吴悠妈看着林安娜不像是在忽悠自己，只好妥协。林安娜亲自送她下楼，问要不要帮她叫车，她说自己能回，林安娜才松了口气。

上楼之后，林安娜走到吴悠办公室，锁上门，问：“怎么回事？”

“我妈呢？”

“我把她送走了。你妈妈怎么会这么荒唐？家里到底发生了什么？”

吴悠原本不想把家事和工作混在一起，她更不想和别人提起自己那个无用的老爸，但此刻已经没有必要隐瞒了，吴悠长话短说地讲述了自己那不成器的父亲的可耻行径以及他这次去澳门赌钱输掉几乎所有房子的事情。林安娜听完之后，首肯道：“我知道了，这件事你处理得没有问题，但你这样下去也不是办法，你妈妈肯定不会就这么罢休的。”

“这件事我也觉得头痛，说实话，我就没想过她能这么折腾。平时在家，她从来不会为任何事出头，偏偏为了我爸，我真的搞不懂！”

林安娜笑道：“女人在保护自己要保护的人时，是可以爆发出旁人想象不到的力量的。要不，你请假和你妈回一趟深圳？”

“我现在哪有时间陪他们俩折腾，这件事我的态度和立场是不会变的，她现在闹也闹了，再过分的事也不可能比今天更过分了，我决定冷她几天，她看着我没有反应自然会走的。”

林安娜“嗯”了一声，说：“你的家事，我就不多过问了，我相信你可以处理好的。”

吴悠妈刚刚推开玻璃门没走多远，就听到身后不远处有人在叫她，吴悠妈转身看着一个并不熟悉的男人朝着自己奔来，她疑惑地愣在那里。

“伯母，您好！我是吴悠老板的下属，我叫费仁克。”

吴悠妈稍稍打量了一下他，才想起刚刚他确实站在吴悠身后，点头说了声“你好”。

费仁克左右望了望，确认周围没人，说：“是这样的，老板让我和您说一声，您这边有什么诉求，可以和我说，我会协调帮忙解决的。”

吴悠妈瞅了瞅费仁克，看着他诚恳的样子，心想这死女儿终于动摇了，看来姜还是老的辣，不逼逼她果然不行。吴悠妈咽了口唾沫，缓缓道：“真的是她叫你来的？”

费仁克点点头，说：“不然我还自己跑过来问您有什么诉求吗？”

吴悠妈“嗯”了一声，清了清嗓子，说：“我其实也不是要很多钱，先来一百五十万就够了，这点钱，我都打听过，她每年赚的可不止这些。”

费仁克若有所思地点点头，然后靠近吴悠妈轻轻说：“嗯，伯母，除了这个还有别的吗？”

吴悠妈想了想，女儿这会儿这么大方了吗？除了钱还肯给别的？还是……她想忽悠自己，用别的代替钱，她立马摇摇头，说：“别的就不要了，先把钱给我拿回去渡过难关就好了。”

费仁克明白了吴悠妈的诉求，他说：“我明白了，这个事……对老板来说确实不难，只是她出于面子，不好直接和您说，我能记一下您的银行卡账号吗？等我打个电话确认一下数额。”

吴悠妈觉得幸福来得有点突然，一时半会儿还不敢相信，她非常熟练地在费仁克的手机上输入了自己的银行卡账号，然后看着他走到一边去打电话汇报。吴悠妈想，刚刚林安娜说帮她去做工作，看来是认真的。早知道一百五十万这个数字吴悠这么轻松就答应了，她应该再报得高一点才对，看来女儿在上海是真的赚钱了，她又是开心，心里又有点后悔。

就在吴悠妈喜笑颜开的时候，费仁克突然走过来，压低了声音，说：“伯母，钱的话……吴总说没问题，等下就可以到账，但是她希望您今天就回深圳，不要再来公司闹了，她最近工作也很累。机票的话，我来负责帮您订好。”吴悠妈听完，心里还是有些不是滋味，她想着自己闹这么一出，确实也是豁出去了，也做好了吴悠要和她断绝母女关系的准备，只是没想到女儿还真的要赶自己走。但无论如何钱拿到了，其他的也就不用计较那么多了。吴悠妈点点头，说：“只要钱到了，我就立马回，你帮我和你们吴总说一声，就当是爸妈欠她的，让她安心工作吧，我最近不会再来打扰她了。”

吴悠加班到九点半才回家，一路上她都在想到家之后怎么和母亲说话，可是推开门的瞬间，她发现家里空无一人，母亲的行李和衣物都没了。不知道为何，吴悠反而松了一口气，想着她终于放过自己了。吴悠脱掉鞋，坐在座椅上，给自己倒了半杯红酒，这段时间的吵吵闹闹已经很久没有让她感受到这样静谧的时刻了。

然而吴悠并不知道的是，母亲在深圳的那一头，一遍又一遍地数着手机短信里收到的银行卡信息入账的数字。她们都不知道的是，在这一刻，所有人的命运都因此被彻底改变了。

[illegible]

[illegible]

[illegible]

第一次看见灿烂的时刻

第十三章

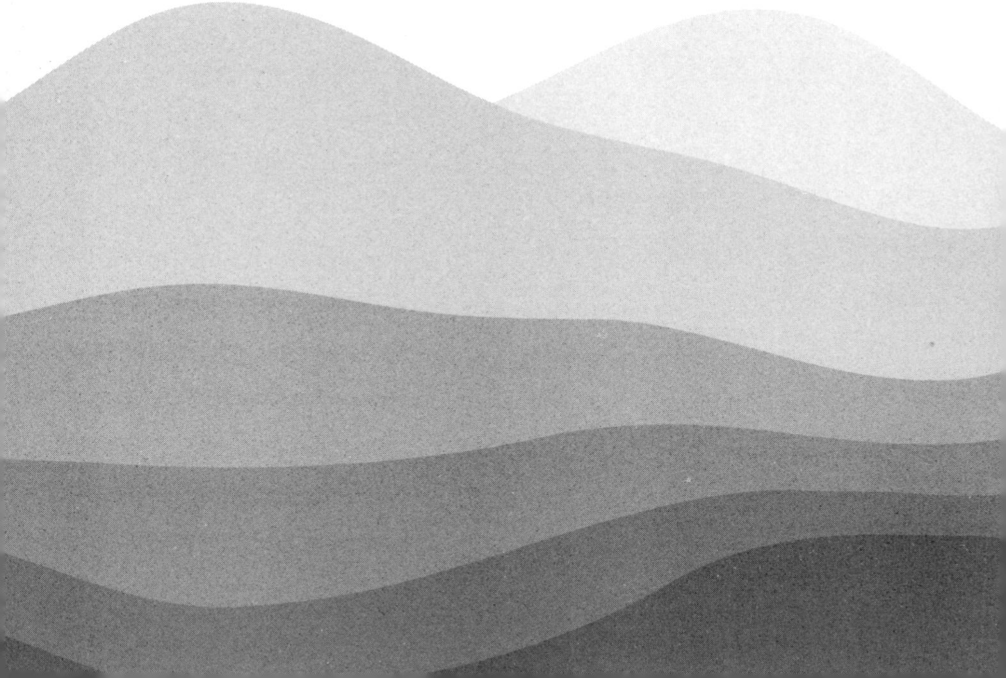

1

麦迪逊的会议室里，所有人都屏住呼吸，等待着小草屋后台反馈的数字。吴悠端了杯咖啡倚在落地窗边，瞿白和技术员着实捏着一把汗，萧树和费仁克则默不作声地看着那个不断盯着屏幕的工程师。

“有了！”工程师死死地盯着屏幕，吴悠也放下杯子走了过来，一群人随即簇拥上去。今晚是当红女星高蜜和王若凯第一次入驻小草屋，消息早就在两天之前传遍了两位女星的各个粉丝团和后援会，这场擂台赛打得非常关键。这对因为一部戏双双走红的女星，也通过这部戏成为众人羡慕的闺密，再然后，她们因为公司的利益关系而分道扬镳，不惜各自为伍，老死不相往来。时隔七年，她们又同时出现在小草屋的 APP 上，发送了各自种草的第一支视频，这样话题十足的营销点，都是萧树想出的。

众人眼看着后台注册数据的不断增加，截至半夜十二点，注册人数从两个人无限裂变成了近七百四十万人，这些人疯狂地为自己支持的人点赞留言，两个女星各自的粉丝都拉帮结派地不希望自己的偶像输给对方，更可怕的是这两位女明星各自种草的第一款商品，当晚纷纷销量爆仓，粉丝铆足了劲要让自己的偶像赢，这场粉丝间的狂热争斗，为小草屋 APP 迎来了振奋人心的开局。

瞿白有点不敢相信自己的眼睛，就在他以为自己的项目就要胎死腹中时，这瞬间的逆转让他不知所措地站在了那里，两行热泪缓缓流下，他激动地握着吴悠的手，说："Evelyn，你真是我的大恩人！"吴悠也为瞿白感到高兴，说："瞿总，这一切才仅仅是个开始，我们的广告这两天也会陆续上线，之后不仅是你们后台需要日常管理，用户维护和反馈机制也要立马建立起来，我们能帮您的也就只有这些了，剩下的，就靠小草屋和您的持续发力了。"

瞿白点头，对在场的所有人说："走，今晚怎么都要喝一杯！Evelyn，你这次无论如何也不能再推脱了。"瞿白想到林安娜还在，说："Anna 总也一起，我去叫她！"瞿白刚说完，林安娜就推门进来了，她看着沸反盈天的一屋子人就已经知道了结果，瞿白立马向林安娜发出邀请，林安娜只是道喜，然后婉拒道："我就不和你们年轻人一起厮混了。"

于是，瞿白一行人在淮海中路找了一家火锅店，瞿白首先要了十箱啤酒，宣称今晚不醉不归，吴悠看着满场热闹非凡，想着麦迪逊这半个例假受的折磨也算没有白受。

高蜜和王若凯是何等难请的女星，而且她们向来是王不见王，有高蜜的地方，必然不会有王若凯，而有王若凯的地方，高蜜自然也会避而远之。当初萧树提出这个"擂台赛"概念的时候，创意部的同事虽然觉得爆点十足，但也深知难度巨大，几乎不可能实现。吴悠却觉得这是一个值得尝试的营销点，如果时隔多年从不同台的反目闺密突然同时出现在一个地方，这必定会成为当天互联网上的前十热门话题。可怎么能让她们双方都答应，就只能对她们两人各自下功夫了。

吴悠分析过当年她们真正散伙的原因，并非完全因为公司利益分配不均，其实背后也和经纪团队本身有关。高蜜的团队一直觉得王若凯拿走了公司的资源，所以不时会和高蜜倒苦水，一开始高蜜的戏也总是不如王若凯的吃香，剧本基本都是王若凯挑完才会到高蜜手上，高蜜对此也并没有意见，因为王若凯私下对她还是百般照顾的。高蜜知道商业运作和王若凯本人无关，所以不管旁人怎么挑拨离间，她还是能和王若凯牵手逛街。

而事情的转折点就是高蜜的突然走红。一本原本属于王若凯的剧本，却因为王若凯自己不喜欢那个角色，便给了高蜜。高蜜经过长期积蓄的演技终于在这部戏里得到了施展的机会，一个角色帮她赢回了所有，还让她拿下了当年的最佳女主角。正因为这件事，王若凯的团队彻底怒了，他们一边数落王若凯眼光不准，一边暗示高蜜暗度陈仓等的就是这天。因为长期浸泡在团队的高压下，王若凯患上了抑郁症，休整了大半年，而这半年，就是高蜜乘胜追击的最佳时机，等到王若凯重新回来的时候，高蜜已经是比她片酬更高的艺人了。心态不好的王若凯终于认定之前那次事件是高蜜所施的“骗局”，于是她与高蜜在一次庆功宴上彻底闹翻，而后就是七年的时间，两人再也没有和对方说过一句话。曾经只要一人发微博，另一人就会立马去互动点赞的美好景象彻底破碎。

吴悠调查清楚之后，心里不免为女生之间如此脆弱的友谊感到惋惜，她回想起自己认定的一辈子的死党罗薇薇此刻已经不知去向，说到底，还是两个人的心结没有解开。要找到高蜜和王若凯这层关系的突破口，吴悠首先想到的是先解决自己的问题，或许就此能想出方法。

吴悠想起之前和罗薇薇的那些“女孩之夜”，她需要的就是这样一个场景。吴悠给罗薇薇打了一通电话，二人约好在新天地附近的酒吧见面。吴悠没有说什么矫情的话，只说了六个字——“你出来，我等你”，这像是一个只属于她们俩之间的通关密码，罗薇薇当然可以拒绝，但她对吴悠的邀请还是毫无抵抗力。罗薇薇心里最柔软的地方始终有吴悠的位置，当年她们念大学的时候，是她的一通电话吴悠就飞到了自己家，帮自己解决了父母的感情问题；刚刚毕业的时候，罗薇薇找不到工作，也是吴悠免费让她分享着出租屋；在罗薇薇失恋遇到渣男的时候，也是吴悠挺身而出，找渣男要回了罗薇薇差点损失的积蓄。只要提起吴悠，罗薇薇能想起的故事都太多太多，所以，吴悠是罗薇薇唯一忽视不了的人，不要说一通电话，如果吴悠只是对她用一个眼神说我还是想你的，罗薇薇就可以不计前嫌回去找她。

当罗薇薇坐在吴悠身边的时候，两个人没有戏剧性地抱头大哭，而是都选择安静地看向窗外，吴悠说：“对不起，薇薇，我觉得自己真是个垃圾。”罗薇薇轻轻“哼”了一声，说：“那你就是把我当垃圾桶了呗。”吴悠知道罗薇薇这么说，就是在给自己台阶下了。

吴悠还是不敢看她，说：“你的感情怎么样？”

罗薇薇深深吸了口气，说：“现在单身，挺好的。你呢，和你的郑律师还在一起吗？”

吴悠听到这句话的时候，心里微微一痛，像是被撕扯了一小块伤疤，但也只是一小块而已。吴悠说：“早就分手了，也不知道他现在怎样了。”罗薇薇一下子激动起来：“啊，为什么啊？看来我又错过了好多大戏，吴悠，你真的……在你最脆弱的时刻，居然都没有找我！”吴悠这才转身看向罗薇薇，眼神里都是温柔的光，说：“薇薇，其实我好想你。”

那一夜是两人的无眠夜，吴悠终于把这些日子心里所有的苦闷和心酸都一吐而快，就在罗薇薇一边骂赵开颜又一边气愤吴悠不把这些事早点告诉她的时候，吴悠也说出了自己的一些推测。罗薇薇叉着腰，像是伸手就要给赵开颜两巴掌的架势，说：“哎哟，气死我了！这个女人怎么这么贱啊！以前上学的时候，我就觉得她很有问题，所以老和她玩不到一块去。后来碍于你的关系和寝室团结，我才勉强接受这个人，现在看来她简直是城府深到吓人。”

吴悠也不想再去评价赵开颜的所作所为，爱一个人原本没有错，何况确实是她比自己更早遇见的郑弋之。罗薇薇不以为然，一边谴责吴悠心软，一边问：“她现在住哪儿？我现在就打车去撕她！她现在居然欺负到自己室友身上了，四年同窗，她的良心被狗吃了吗？在国外混得人模狗样的，结果尽是把老外那套浪贱骚学回来了，恶心！”吴悠一把拉住罗薇薇，让她别生气了，眼下要紧的不是赵开颜，而是高蜜和王若凯。

吴悠问：“你说她们俩真的就像外界传的那样，老死不相往来了吗？两个人同年毕业，同期进公司，连着一起上了那么多戏，之前在微博秀闺密情，怎么看都不像是假的，我不信她们之后一条信息都没发过。”

“她们之间有中间人吗？”罗薇薇虽然还在生气赵开颜的事情，但也很认真地在帮吴悠分析。

“你这倒是提醒我了，回头我可以去调查一下，不过……”吴悠顿了顿，“我心里还是更愿意相信她们本身还是希望和对方和好的。”

“为什么？我和你说，并不是每个人都会像我罗薇薇一样傻，看着你恋爱了、找别的闺密了，还傻傻地等你一个电话，不会的，很多人内心都是很脆弱的，何况她们还纠缠着利益关系。”

“她们七年都没有同台了，但是……她们谁都没有和原本这家公司解约。如果是你，都已经闹到满城皆知了，还有什么必要非挤在一家公司吗？我相信就现在只要她们俩任何一个人说自己要换公司，再高价的违约金都一定会有人买单，但为什么她们不走？”吴悠解释道。

“或许就是老东家照顾人，或者她们不想动弹，觉得在哪儿都是赚钱，没必要呗！或许……”

“或许她们就是想看对方什么时候低头，愿意给自己一个台阶。七年了，她们每天看着公司的通告在宣传对方，心里怎么想？要说她们真的一点都不在乎起初的情谊，我是绝对不相信的。”吴悠和罗薇薇慷慨讲述的时候，突然灵光一闪道，“对啊，她们既然当初是因为团队的挑拨而分开，那她们就一定会因为这个再次同台。”

“什么意思？”罗薇薇搞不懂吴悠又想到了什么。

“高蜜和王若凯现在谁比较红？”吴悠问。

“高蜜吧，我几乎每天在各个地方都能看到她的照片。”

吴悠自顾自地点点头，拉着罗薇薇说：“对，就是这样！哎呀，薇薇，你真是我的福星！”说着，吴悠在罗薇薇的脸颊上狠狠地亲了一口。罗薇薇傻傻地看着吴悠，根本不知道她到底在想什么。

2

吴悠没有选择去找高蜜和王若凯各自的团队，而是直接找到了朔源娱乐的老板贾安默。广告方案在一周前已经做好了，吴悠花了一个上午的时间把方案重新修改了一遍，然后才出发前往朔源娱乐公司。

去之前，吴悠对贾老板是有所了解的，在众多娱乐公司都纷纷向北京靠拢的时候，贾安默却毅然决然地选择继续留守在上海，他不仅没有在北京设立分部，还硬是靠着高蜜和王若凯这两个顶流艺人硬气地继续行走在业内。高蜜和王若凯之所以都没有跳槽去别的公司，与贾安默本身必然有极大的关系，但即使吴悠掌握了足够的信息，在见到贾安默本人的时候，她还是在心里倒吸了一口凉气。这个看起来已经年过半百的中年男人，穿着一身肃杀的黑西装，坐在能与吴悠正视的位置，却几乎一言不发。吴悠把方案递到贾安默的台子上，找了一个相对放松的姿势，说：“贾总，这是我们的方案，您可以看一下。”贾安默简单地翻了一下，然后问：“吴小姐要是来谈代言的话，现在我们的艺人都没有档期了。”

吴悠想到贾安默会这么说，笑道：“这个我肯定清楚，所以我并不是来谈代言的。”

“哦？”贾安默有些意外，广告公司找过来，除了谈代言还能谈什么？看着吴悠眉宇之间带着几分不可抗拒的刚毅，贾安默突然对眼前的这个女孩产生了兴趣，“那吴小姐是来谈什么？”

“其实内容我都写在方案里了，要是贾总没有时间，我也可以简单讲一下。”吴悠先仔细介绍了一下小草屋APP的功能和投放的垂直市场，并有条有理地将一些数据模型讲了出来，方便贾安默更好地理解小草屋的设定。小草屋背后的投资方也是资本中的龙头企业，所以他们也绝不会是那种打一枪换一地的皮包公司。吴悠甚至谈到了未来互联网带货的可能性和巨大的市场，紧接着她打开手机，里面是一条国外素人博主介绍美妆的视频，短短两分钟的视频让贾安默一目了然。

吴悠就着视频解释道：“我们想要贵公司的艺人帮忙拍一条类似这样的五分钟视频，商品可以由艺人自行选择，也可以是现在她正在代言的东西，只要是她真心喜欢的就可以，也不用特别正式，我们需要的就是日常的感觉，居家环境最好。”贾安默还是第一次接到这样的邀请，吴悠接着说，“当然，如果艺人能持续更新分享，我们也可以支付足够的费用，方案的末尾是这次五分钟视频的价格，您可以看一下。”

贾安默随手翻了翻，然后翻到最后一页，虽然他已经看过无数人的出价，多少个零他都不会震惊，但在看到这个预算的时候，他心里还是被触动了，那不是一个简单的数字，几乎带着满满的诚意。“只要一个五分钟的居家分享视频？”

“对，只要艺人对着手机自己录就可以。当然，我们会提供布景的灯光，保证上镜效果，但我们不喜欢那种刻意的摆拍，这可能是唯一的要求。”

贾安默盖上那份方案，认真地看着吴悠，问：“你们希望用哪个艺人？”

“王若凯。”吴悠不假思索地说。

贾安默再一次感到疑惑，虽然王若凯的热度并没有下去，但因为她一直没有出圈的角色，好几个新人都已经赶超了她的热度，相反，现在公司最值钱的其实是高蜜，几乎每一个来朔源谈合作的人，都极少会提及王若凯。而且以对方开出的这个价格，高蜜完全可以接受。

“吴小姐可以直接找若凯的经纪团队，不必非要和我谈。这些事情，他们都可以直接决定。”

“这件事只能找你谈。”吴悠说，“如果我们直接找到王若凯小姐的团队，报出这个价格，以我对贵公司的了解，肯定会引起贵公司内部的一些争议，但如果由贾总这边确定好，再交代下去，事情或许会顺畅许多，毕竟……我们也没有太多时间可以浪费。”

吴悠的话所言非虚，这不是一个小单子，王若凯现在的热度几乎都是靠公司帮忙撑着，如果高蜜那边知道的话…… “为何不是高蜜？”贾安默还是忍不住问了句。

吴悠笑了笑，说：“说实话，我们在高蜜和王若凯之间纠结了很久，但是预算有限，我们只能请一位出来，最后决定还是选择王若凯小姐。”

贾安默略有所思，提出想再看一看刚刚吴悠播放的那个视频，吴悠拿出手机又播放了一遍，贾安默看着视频里的评论和点赞的数据都是超过百万的，便询问道：“为什么这个视频会这么火？”

吴悠退出视频，点到那个素人博主的 YouTube 页面，然后解释道：“这个人从一年前开始做好物推荐，贾总可以看下这个数据，从一开始的几十条评论，到现在的几十万条甚至百万条，就因为大众对于名人的推荐是非常在意的。王若凯小姐虽然这两年没有什么代表作，但是如果她愿意做一次这样的尝试，我想必然会得到众多粉丝的支持，而且……商品代言给到的费用和王若凯小姐视频直推的效果肯定是完全不同的，对她来说，这样会吸引更多的品牌，百利而无一害。”

“可她是个演员，让她去做这样的视频，恐怕有些掉价。”

“长期致力于演好戏的女演员在这个时候变成种草达人，只要借助营销号引流讨论，一定会成为一个热门话题。只要一个人有了热度，就不存在掉价的说法，所谓的掉价，是做了不该做的事又没有产生好的效果。目前，国内还没有一个真正走出这一步的明星，如果若凯小姐成功，可能会带来一场巨大的蝴蝶效应。”

贾安默摸了摸下巴，说：“我知道了，我和王若凯的团队讨论一下，再给你答复。”

吴悠点点头，起身的时候从包里又拿了一份，递过去，说：“贾总再拿一份吧，正好我带了两份过来。”贾安默“嗯”了一声，收下了另外一份，然后让秘书送吴悠离开了。

预算表上的价格，是吴悠和瞿白商议后的结果。正所谓舍不得孩子套不到狼，瞿白真是不惜成本，按照吴悠提出的价格又多加了一倍，吴悠也不能保证这个计划一定能成功，如果只是请来了王若凯一个人，这个投入未免过大。出了朔源，吴悠的心还悬在那里，她没有径直回公司，而是在旁边的咖啡厅里找了个位置。递过去方案只是第一步，剩下的只能看他们的造化了。

贾安默拿着方案经过高蜜团队附近时，他犹豫了一下，但还是绕了过去，走到了王若凯团队的边上，招呼了下王若凯的大经纪人赵慕雪，让她等下到自己办公室去一趟。赵慕雪有点受宠若惊，她微微指了下自己，贾安默点了点头，然后去茶水间里泡了杯茶。等着水沸腾的过程中，贾安默还是在想，王若凯的团队从去年年底开始就已经略显疲惫了，自从以前的大经纪人宽姐走了之后，赵慕雪就接管了王若凯团队，却一直没有搞出什么水花来，片酬和价格都是公司硬着头皮报出去的，但实际上大家都心知肚明王若凯是什么情况，娱乐圈内的竞争何其凶猛，再这样继续下去，王若凯多半要过气了。而此时，高蜜那边的代言接到手软，王若凯只能依靠早年的片酬硬撑着生活，这个由贾安默一手捧出来的姑娘，他实在不忍心看到她是这样的结局。

可如果真的让王若凯接了这条视频，高蜜那边他又要怎么交代呢？早年的时候，剧本是王若凯先选，选完了才轮到高蜜，但现在完全反过来了，在公司内部，所有的东西一定是高蜜先挑，挑剩下的才轮到王若凯。水沸腾了，贾安默必须得做一个决定，他端着茶杯走回办公室，又看了一眼高蜜的大经纪人张娜，他抿了抿嘴，还是忍住了，没有开口。

贾安默把那份方案交到赵慕雪手上，赵慕雪同样被后面的预算吓了一跳，说：“仅仅只是五分钟的视频吗？”贾安默点点头，说：“这件事……我想你们先对高蜜团队那边保密，这是广告公司直接找过来的，他们点名要若凯，我觉得说不定是若凯的运气又要回来了。”

赵慕雪不敢多说什么，她极少有机会能和老板单独相处。自从她进入公司之后，就一直帮着宽姐做事，直到宽姐去年辞职，赵慕雪才顶了上来，所以贾安默让她保密，她自然会守口如瓶。贾安默知道赵慕雪不是那种惹事的人，所以他也放心，一条视频浪费不了多少时间，他让赵慕雪这边和王若凯知会一声，近期可以拍，要是没有问题，他就把合同签了。

赵慕雪出了办公室之后，内心激动万分，她把团队的人叫到小会议室开了个会，将方案传了一遍，所有人都不敢相信这是真的。但不管怎么说，赵慕雪都是开心的，这是她接手王若凯之后的首次开张，但她还是特别强调了下，这个方案不要泄露出去，特别是里面的报价。

一群人从会议室里兴高采烈地出来，路过高蜜团队的时候，每个人都刻意昂首挺胸地走了过去。张娜和自己的下属看着他们的样子，心里略觉古怪，但也没想太多。

直到晚上，张娜突然收到一条匿名短信，告诉她王若凯那边接了一条五分钟的短视频，合作方报价在七位数，而且绕过了高蜜这边，直接找的贾老板。张娜不知道发信息的人所说的是否属实，也不敢轻举妄动，但一联想到下午赵慕雪团队那趾高气扬的样子，她想，这消息多半是真的。贾老板不过问高蜜就直接找了王若凯，这种事实属罕见，张娜心里有点愤懑，打算第二天去公司一探虚实。

张娜知道赵慕雪性格软弱，藏不住什么话，于是，第二天一大早，张娜就直接走到了赵慕雪的工位上，开门见山地问：“贾总说你们组接了一个七位数的短视频，是吗？”赵慕雪还奇怪，贾老板让她不要泄露，结果自己怎么还去说了，赵慕雪点了点头，说：“是广告公司这边找过来的，点名要若凯。”张娜轻“哼”了一声，笑道：“除非他瞎了狗眼才不知道现在的红人是我们蜜蜜，不用说了，方案交出来吧，我先过目一下。”张娜直接欺负到了赵慕雪头上来了，赵慕雪下面的一个小姑娘实在看不下去，站起来说：“别人是找的我们若凯姐，和你们组有什么关系？凭什么给你们看啊？”张娜死死瞪了那个小姑娘一眼，说：“你算哪根葱，敢和我这么说话，你们不拿是吧？行，赵慕雪，我们就看看最后贾总到底帮谁？”

张娜敲开了贾安默办公室的门，立马卸去刚刚嚣张跋扈的样子，带着几分委屈，说：“贾总，你偏心了。”贾安默见到张娜说这话，大概知道赵慕雪还是没瞒得住，他没开口，继续听张娜说，“为什么这么好的事情，你都不想着我们蜜蜜了，是嫌我们组做得不好吗？”

贾安默叹了口气，张娜的工作从来没有出过差错，自从高蜜越来越红之后，张娜走的每一步几乎都完美的操控着全局，让贾安默无话可说。贾安默只好道：“我是怕高蜜太忙了，她不是还要飞去香港拍广告嘛，我也是为她考虑。”

张娜不依不饶地说：“不就是五分钟的视频嘛，怎么就没时间了？您把方案给我看看，我可以和蜜蜜协调协调。”

贾安默还是犹豫了，他从抽屉里拿出吴悠留下的另一份方案，递给了张娜，但他还是说道：“大家都是一家人，何必总是闹脾气呢？”

张娜接过方案，首先看了预算价格，然后简单看了下内容，说：“贾总，我当是什么呢，这东西……我们蜜蜜在酒店休息的时候一下就搞定了，不耽误什么时间的，就她代言的产品，随便介绍介绍不就成了吗？”张娜完全不去回应贾安默的话，而是直接帮贾安默安排好了。

赵慕雪那边是贾安默主动找过去的，要是现在从他们手里再把项目夺过来，必定会削弱赵慕雪组内的士气，再这样下去，王若凯的小组可能就要面临解散了，这是贾安默无论如何也不想看到的。可张娜这边，贾安默一直很在意，包括在与高蜜续约的时候，贾安默也承诺了所有的东西要先给高蜜这边过目，这次也确实是他理亏。按往常，广告公司需要找谁都是直接和经纪团队进行单线联系，这吴悠还真的是给自己出了道难题啊。贾安默只能先安抚张娜的情绪，让她先别急，他和赵慕雪那边再说说。

赵慕雪吃了哑巴亏，但是组里其他人不傻，眼看着赵慕雪再不去找贾老板争取一把，这煮熟的鸭子就又要飞了，他们只能提醒赵慕雪："姐，咱不能就这么沉默下去啊。"于是赵慕雪第一次大胆地敲了敲贾安默的门，比起难搞的张娜，贾安默对赵慕雪倒拿捏得非常死。赵慕雪毫不避讳地问："贾总，我已经和若凯说好了，这个视频最近就可以录，您看什么时候方便？"

贾安默顿了顿，他没有直接回应赵慕雪，而是说："慕雪，你之前对接的项目都有进展了吗？"

这问题让赵慕雪猝不及防，团队之前给王若凯对接的那几个项目，确实一个都没谈定，所以赵慕雪更是坚定了，这次这个短视频坚决不能放手。她说："还在接洽中，但是贾总……"

贾安默打断了她道："那你就先去接洽吧，把手头的事情理顺再说。"

赵慕雪不走，她知道这次自己一旦妥协，以后就只能一直妥协了。她望向贾安默，说："贾总，高蜜是公司的艺人，我们若凯也是，别的就不说了，这次是您先主动找的我，和我说广告公司点名就要若凯，这一点您总不能否认吧？"

贾安默也不是吃素的，他瞪着赵慕雪说："那是谁泄露给张娜的呢？我口口声声让你保密，你就这么沉不住气，合同还没来得及签，消息倒先放出去了，慕雪，你好好想清楚！"

赵慕雪也豁出去了，说："张娜说是您告诉她的，怎么还怪到我头上了？"

贾安默一下明白了，原来不是赵慕雪走漏了风声，但确实是有人偷偷将此事告诉了张娜，贾安默还是第一次这么左右为难，他让赵慕雪先出去，他再好好思考思考。

一切正如吴悠所料，贾安默的助理很快联系到她，希望她能再去公司和贾安默详谈一下。吴悠心里已经十拿九稳了，但她必须压制住自己兴奋的情绪，从容淡定地出现在贾安默面前。吴悠这次没有开口，只是在等贾安默先说，贾安默清了清嗓子，然后说："吴小姐，若凯这件事……可能有点麻烦。"

吴悠眨巴着眼睛，假装毫不知情地问："怎么说呢？"

贾安默说："虽然我不知道你们选中若凯的原因，但我觉得你们可以考虑下高蜜，她入驻的话，可能会给你们带来更高的流量。"

吴悠疑惑地看着贾安默，问："是若凯小姐不愿意吗？"

贾安默也不好撒谎，他说："站在公司的角度考虑，高蜜或许是更适合贵司的人选。"

吴悠"哦"了一声，道："这样啊，那我可能得和甲方商量一下，不过……"吴悠调整了下语气，"我想知道这是贾总的意思，还是艺人团队的意思？"贾安默看着吴悠，这姑娘言语之间虽然稀松平常，却有咄咄逼人之势，和她说话并不轻松。贾安默道："吴小姐先和甲方商量一下吧。"他用自己惯用的打太极的方式绕过了吴悠的提问。

吴悠假装到走廊和瞿白打了一通电话，她故意拉长了时间，结束通话之后，吴悠依旧没有马上给贾安默回复，而是说："贾总，我和瞿总讨论了一下，但是一时半会儿还没有结果，当初定若凯小姐完全是瞿总的主意，因为当年他非常喜欢若凯小姐的角色，并一直希望有生之年能和她合作，所以才会开出那个价格。虽然我也和他强调了高蜜小姐可能是现阶段更好的选择，可他还是很坚持，我想去一趟他的公司，和他再聊一聊。"

贾安默见吴悠没有马上做出决定，反而对他们更放心了些，吴悠的每一句话都像是非常认真地在考虑两位艺人的最大价值，而不单单是人云亦云。贾安默点点头，他表示希望吴悠能尽快决定，合同就在他桌上，他就等吴悠的答复了。

吴悠和贾安默告辞之后，打车去了瞿白公司，不过她并不是要来说服谁，而是问了瞿白一句：“预算你最多能给到多少？”

瞿白让财务查了下账，心里也有了底，他向吴悠报出了更高的数字，吴悠点点头说：“我虽不能保证这笔钱能完全达到预期的转化率，但是我可以保证这个营销点促成的话题和关注度一定可以上当天热门榜榜首。”

瞿白似乎对吴悠完全放心，他烧的是投资人的钱，只要能达到效果，有好看的数字可以上报，其他的都无关紧要。吴悠在瞿白的办公室叫了几杯咖啡，分给瞿白公司的员工，然后慢条斯理地刷着手机，她看着时间一点点流逝，直到技术员说：“瞿总，吴总，后台构架已经测试完了，基本没有什么问题。”

吴悠点点头，说：“好，我知道了，但今天不能答复朔源，要压一天。”

3

下班之前，张娜还在等着贾安默的回复，要是换作往常，只要是她争取的，贾安默几乎不用考虑就能直接确定了，但这次迟迟判定不下来，张娜也觉得奇怪，难道真的是赵慕雪在背后做了什么吗？张娜不能把赵慕雪逼得太紧，但也不能就此坐以待毙，她让下属带着文件去找贾安默签字，顺便看看贾老板的状态。过一会儿，下属回来的答复是贾老板似乎并没有在处理这件事。张娜知道有些事不能过夜，就像是新鲜上桌的菜肴，一旦放进冰箱，第二天就有被倒掉的可能。

张娜遭受过宽姐还在的时期，那时候宽姐只要遇到机会就不会放过，导致高蜜和张娜在公司几乎说不上一句话。当时高蜜还是一个不谙世事的小姑娘，但“不红”会让人受尽委屈是真的。公司有什么都不会考虑到高蜜，品牌方送的年货，高蜜拿到的都是次等品，王若凯收到的是雅诗兰黛，高蜜拿的则是不知名的三线品牌；王若凯乘飞机、住酒店都是最好的，高蜜则只能住快捷酒店。张娜心知贾安默那时候对王若凯是用心的，即使是现在他也没有放弃王若凯，所以张娜在心里早就立下誓言，一旦翻身做主人就绝不可能让王若凯有重新红起来的机会。

眼看贾安默推门出来，张娜就直接迎上去，道：“贾总，我刚刚和蜜蜜通过电话了，正好周五剧组杀青，她会回上海休息几天，那个视频应该找个上午就能搞定了。”

贾安默左右看了看，压低声音说：“张娜，这次品牌方认定要若凯，我该说的都说了，其他的可能要交给你自己去争取了。”

张娜微微一怔，贾安默这么一说，就是准备不管这件事了，她还是第一次遇到这种情况。张娜心里想，到底是哪家品牌方这么有眼不识泰山？

贾安默又接着说：“不过就是一条视频，你也不用那么在意，蜜蜜的通告和要上的项目那么多，何必为了芝麻而丢了西瓜？”贾安默不这么说，张娜还不会那么上心，他越是这么讲，张娜心里就越是过不去，什么叫芝麻，上百万一条的视频叫芝麻吗？何况……为什么要把机会交给王若凯，当年王若凯给过高蜜机会吗？

张娜当然不会善罢甘休，她点点头，送贾安默上了电梯，说：“贾总，你放心吧，我待会儿就亲自打电话给品牌方，让他们知道谁才是朔源的一姐。”贾安默不想再为这件事烦心了，就随张娜自己去搞吧，他挥了挥手，进了电梯。

吴悠等了一天，她终于等来了张娜的电话。她从瞿白公司出来没多久，张娜那杀气十足的声音就灌进了她的耳朵。

“您好，请问是吴小姐吗？我这边是朔源娱乐负责高蜜团队的经纪人张娜，我想和您谈谈贵公司小草屋上线视频的项目。”

张娜和吴悠约了晚饭时间见面，新天地附近的意大利菜价格不菲，张娜算是有诚意的，但吴悠始终保持着既不激动也不冷漠的距离感，张娜看不懂眼前这个女人的心思，想着她肯定是不关注市场也不了解互联网数据，才会贸然选择王若凯。张娜一脸微笑着说：“吴小姐，是这样的，贾总今天和我说起你们的这个项目，我想知道……为什么我们蜜蜜没有得到你们的青睐呢？”

吴悠也开诚布公地说：“一方面我们评估了一下两位艺人的市场片酬，猜测高蜜小姐的报价应该比若凯小姐高，所以我们首先就锁定了若凯小姐，另外，甲方的老板对若凯小姐早年的角色印象深刻，觉得她挺适合作为APP的首位入驻用户的，确定用王若凯小姐，也是我们和甲方共同讨论的结果。”

张娜听完，很不客气地说道：“就像你刚刚说的，甲方记住的是王若凯早年的角色，她现在还有什么深入人心的角色呢？几乎没有了，而且……这个视频的报价，怎么能用电影、电视剧的片酬报价来作为参考呢？虽然我们蜜蜜的片酬高，但是这种种草视频，就你们的报价，我们也是可以勉强接受的，毕竟这个项目也占用不了蜜蜜太多的时间，我们可以完全协调出来。”张娜说完，又补充道，“当然了，吴小姐你们肯定有自己的考量，只是我作为一个负责的经纪人，也必须为客户考虑。你们希望能够达到最大的转化率，王若凯一定是比高蜜要输一大截的，到时候你们钱也付了，效果不好，那不是得不偿失吗？”

吴悠只顾在心里偷笑，张娜所说的话早已在吴悠心里演练过一次了，但她依旧不出一声，她定定地看着张娜，说：“谢谢你的考虑，其实这些话我也已经和甲方老板说过了，今天一下午我都在帮忙争取，其实……老板也略微松口了，只是……”

“只是什么？”

“哎，我觉得也没什么好说的，因为根本就不可能。”吴悠端起咖啡喝了一口，故意没讲出来。

“哎哟，吴小姐，你这样真真是讨厌了，话说到嘴边又不吐出来，你只要说出来，我张娜就有办法办到。”

吴悠放下杯子，说：“瞿总的意思是……除非高蜜小姐愿意和若凯小姐一起入驻小草屋，当然，他愿意给高蜜小姐付同样的价格，这是他唯一能妥协的。”

张娜的脸一黑，她听出吴悠这摆明了就是在诓骗她入坑，前一秒还说什么参考市场价格，担心预算不足，现在又可以直接加价，无非想让高蜜和王若凯同台。张娜不是蠢人，听到吴悠这句，基本上就打算直接离席了。“吴小姐，你这是在耍我吗？你还真是聪明，知道我在意这件事，不直接来找我谈，而是去找贾总。”张娜正收拾东西准备走，吴悠开口道，“你别着急啊，我还没说完呢。”

“你还有什么阴谋诡计，都一次性说了吧。”

“首先作为乙方公司，我只能满足甲方的需要，甲方希望找谁，我就只能帮他去谈谁，至于是高蜜还是王若凯，都不是我能决定的，谁有钱谁说了算，这一点我想张娜你也清楚。其次，这只是一个 APP 的首推营销，既不是舞台也不是剧组，不存在高蜜和王若凯同台一说，而且……以高蜜现在的曝光度和人气，有更多的话题舆论只会对她有利无害。再者，国内暂时还没有类似的平台，但我们也很有信心可以把它打造成新一轮的年轻人聚集地，除开演员的身份，高蜜还可以是小草屋的首席种草官，这个身份绝不会只有我们一个平台进行宣传，我们可以让她更有商业价值。当然，我说这么多，也只是瞿总想到的可能性，并没有说非要采取这个方案，毕竟王若凯小姐那边基本没有什么问题不是吗？说不定，反倒是你送给了若凯小姐一个新的机会呢。”

最后那句话的杀伤力十足，原本已经打算起身的张娜又坐了下来，她吸了口气，平复了一下内心的愤然，说：“多一倍的价格，比王若凯。”

“还真的是狮子大开口啊……”吴悠假装为难地看了张娜一眼，“价钱的事我可说了不算，我得去问下瞿总的意见，明天我正好要去朔源找贾总，到时候给你答复。”

“吴小姐，利人利己，你不会让我失望的，对吧？”张娜用力握了握吴悠的手，对眼前这个聪明伶俐的小姑娘着实佩服起来。

小草屋的成功让瞿白和公司一众人都对吴悠更加钦佩信赖，王若凯和高蜜的这场斗智斗勇的环节，让她们两人再度登上了话题女王的宝座。让瞿白和吴悠都没有料想到的是，因为首日入驻的火爆，王若凯和高蜜都爱上了平台分享这个形式，她们开始自发地不定期分享自己的生活。原因是，当天二人各自发的五分钟分享视频带动了产品的销售，各大品牌方都陆续找到了朔源，不再是找她们代言，而是找她们带货，张娜和赵慕雪一时间都看到了另一波商业变现的大潮。

引爆之后，林安娜专程带着吴悠和创意部开了一个会，林安娜只问了萧树一句：“营销的热度最多不会持续超过两天，热度过后，你要怎么撑住局面？”萧树确实没有想这么远，当吴悠告诉他确定高蜜和王若凯可以入驻的时候，他一兴奋就彻底忘了后续的事情。吴悠看了萧树一眼，然后对林安娜说：“既然高蜜和王若凯打了头阵，那自然就很好将女性引流到 APP 上了，我们只要按照之前的计划行事就可以了。”

林安娜摇摇头：“你们还是想得太简单了。首先我们缺少一个 slogan，其次，女性的分段如此之多，如果你没有打在对的点上，光靠两个女明星的粉丝，不能形成垂直用户，也很难成气候，她们最多只是把这里当成另一个追星的地方，未必愿意分享。”

林安娜的疑虑瞬间在萧树的头上泼了一盆冷水。确实，如果不能想好后续的定位，即使引流过来，也不过是昙花一现。林安娜说：“不如索性就让这个 APP 来改变一下女性的日常生活。”

萧树还没理解林安娜的意思，吴悠却先接了话：“这确实是一个思路，育婴、收纳、穿搭、烘焙、瘦身、家居，无一不是当下女性关注的内容。我们的 slogan 完全可以从这个方向去打。”

“如果更多的女性因为使用这个平台而拥有了新的生活，哪怕是做样子给别人看，也一定是女人之间最在乎的东西。”

这句话给了萧树灵感，他说：“那就让她们更自信！不管是失业在家的女性，还是长期没有工作的家庭主妇，或是刚毕业不知道如何融入社会的女性，我们的创意可以从这些人入手。”

“我倒是还想到一个人群。”林安娜笑道，“既然王若凯有了翻身的机会，那像她一样看似过气待业的女明星，我们都可以借此机会邀请她们入驻。”林安娜点了点白板，说：“我们的 slogan 就一句话，标记我最精致的生活。”

萧树很快做出了创意，麦迪逊为小草屋打造的一系列广告也跟着上了街。萧树主笔的“你的简历写不下你日常的点滴”以及“我的生活需要我的姿态”这两个创意深受年轻人喜欢，越来越多的人在小草屋上打卡，种草，分享自己购买的好物，瞿白甚至买断了各大视频网站的开播广告，他还在当下最红的两部女性剧集里做了中插。一连串的营销让小草屋的注册人数在一周之内就突破了八千万，这个数字让瞿白乐开了花。

瞿白欣喜若狂，对吴悠一阵夸赞，隔三岔五还邀吴悠团队聚餐，声称要庆祝。吴悠推了好几次，最终没办法，也只能应了。

瞿白面若潮红，举着酒杯非要再喝，吴悠笑着说：“瞿总，可以了，酒喝开心就好，不必非要喝醉。”瞿白一把拉住吴悠，笑嘻嘻地说：“不行，Evelyn，你每次都逃我的饭局，今天难得开心，咱们今天必须不醉不归！”瞿白说话已经有点含混不清了，再喝下去，吴悠担心会出问题，只能劝慰道：“开心的事，后面还有很多，倒不急于一时。”刚说完，瞿白就忍不住奔向了洗手间，“哇”的一下吐了出来。

吴悠眼见小朋友们也都喝得差不多了，说：“你们就先回去吧，瞿总这边，我来解释。”大家早就已经困到不行了，有吴悠放话，他们便赶紧叫车逃离了现场。吴悠看着他们出门的样子，明白现在的年轻人最不喜欢的就是喝酒应酬这档子事。费仁克站在吴悠旁边，让吴悠也准备打车，他来送瞿总回家就好。吴悠揉了揉太阳穴，点了点头。

正巧瞿白从洗手间出来，吴悠上前告辞，但她还没说话，瞿白先开口道：“Evelyn，你真美！”吴悠意识到瞿白已经有些失态了，她更是不能继续待下去，便没有接他的话，而是说自己要先走一步了。瞿白拉住吴悠说：“你去哪儿，我送你就好了。”费仁克突然走过来，握住瞿白的手臂，说：“瞿总，Evelyn 总的车到了，我会送你回家。”瞿白凑近费仁克看了一眼，说：“你是谁？我为什么要你送？”吴悠朝着费仁克使了个眼神，她挣脱开了瞿白的手，说了声：“抱歉，先走一步。”

吴悠快速躲到车上，她看见费仁克和瞿白仿佛在争执什么，紧接着瞿白的下属也走了过去。吴悠有点担心，她还是让司机停车，自己冲了下去。瞿白和费仁克已经彻底吵翻了，他们回头看见去而复返的吴悠，都顿了顿。吴悠走上前，对着瞿白说：“瞿总，今天之后，我们的合作就结束了，希望你们公司越办越好！”说完，吴悠拉了费仁克一把，说：“我们走吧。”瞿白看着吴悠离去的背影，酒瞬间就醒了。那一夜，瞿白给吴悠发了许多道歉的信息，吴悠都没有回复，她知道麦迪逊和小草屋不会再有以后了，瞿白这个人也已经从她的生活中被直接拉黑。

当刘美孜从身边员工那里得知小草屋这匹突然杀出的黑马时，她异常气愤地召集所有人开了一个会。刘美孜实在想不到麦迪逊再一次捡了个自己不要的项目，并让它起死回生。刘美孜心里一阵懊悔，这个原本送到自己手边的案子也是在自己手上断送掉的。除此之外，刘美孜对吴悠同样产生了深深的嫉妒，她为什么什么都能做得那么好？而自己不管怎么努力，都始终差一截？

罗任司已经有些日子没有找刘美孜谈过话了，自从刘美孜接替了安哲成为客户部总监之后，创意部空出来的位置就交给了从别的公司挖过来的秦松文，刘美孜也更能全身心扑到客户关系和订单上去了。罗任司也不是那么简单就答应刘美孜的，该完成的 KPI 她一点都不能少。

刘美孜气急败坏地走到罗任司的办公室，对着罗任司吐苦水："又让吴悠那个小贱人得意了，真的气死我了！当时小草屋这个项目找过来的时候，我就觉得一个小公司还半死不活的，本来聚码头的款项还没追回来，现在看到麦迪逊居然把它盘活了，我真的是想一头撞死。"

罗任司在写着什么东西，他听着刘美孜的抱怨，低着头说："技不如人就先反思自己，总结经验，生气能起什么作用？ Cherry，你知道你输给吴悠最致命的一点是什么吗？"

"是什么？"

"是对市场的敏感度，这种东西……学不来，也学不会，只能靠天赋和感觉去摸索。吴悠厉害的，不是她扭转乾坤的能力，而是她审时度势，她知道未来的市场需要什么。"

刘美孜心中依旧是不服气，但罗任司确实说到了刘美孜的痛点上，她的目光比较狭窄，能看到的基本上就是眼前的利益。但吴悠聪明，她可以暂时放下利益去考虑更长远的计划，放长线钓大鱼，这是女人难得的思维模式。刘美孜娇嗔着问："那难道我们就看着麦迪逊在那里耀武扬威吗？"

"就让他们得意吧，他们也得意不了多久了。"

"啊，什么意思？"

罗任司低头浅笑，笑而不语。

夜晚的体育场上，一个戴着口罩、穿着帽衫的女生坐在看台上，下面是足球队正在激烈地对抗着。突然，旁边有一个人坐下，帽衫女孩抬头看了一眼，她有点诧异，但没有说话，坐下来的短发女孩先开了口：“这么多年了，你还是一有球赛就会过来看啊。”帽衫女孩轻轻一笑，说：“对啊，一旦变成习惯，就不容易改掉了。你今天难得有雅兴过来啊。”短发女孩叹了口气，递了一瓶汽水过去，帽衫女孩没有接过来，只是双目注视着紧张的赛事。短发女孩似乎习以为常，兀自开了自己手上的那听饮料。帽衫女孩静默着，直到对方说：“你真的打算一辈子都不和我说话了吗？”随着场上裁判的哨声，上半场结束，比分1:1，赛况十分胶着。帽衫女孩打开刚刚放在一边的汽水，说：“小蜜，最先选择断交的人是你。”

高蜜脸色沉闷，淡淡道：“如果我说我是有苦衷的，你信吗？”

王若凯喝了一口汽水，她放下饮料，望着球员肆意走动的场地，说：“这圈子里的人，谁没有苦衷？当初你的团队老觉得我压着你的戏，那时候我也和你说我有苦衷，那些不是我能决定的，你当时信吗？”

两个人又瞬间沉默了。高蜜看向王若凯，这么多年了，她还是和当初一样精致可人。高蜜颔首道：“年底我的合约就到期了，这一次我可能真的要走了。你知道我一直不愿意离开朔源的原因吗？”

“为什么？”王若凯不冷不热地问了句。

“我们俩是一起进公司的，起初我一直把你当成我要追逐的对象，后来……我渐渐超过了你，但看着你越来越沮丧、颓废甚至快要自暴自弃了，我其实心里也很不是滋味。说实话，我不希望你变成被抛弃的那个，所以我想，只要我还留在朔源，你就有追上来的动力。直到这次，我看你非常认真地录那支视频的时候，我就知道你又活过来了，你不想输，我只要知道这一点就够了。”

王若凯微微一笑：“小蜜，你把自己看得太重要了。”

“或许吧，但我知道你还是在意我的存在的。”高蜜站起身来，场上裁判的哨声再一次响起。王若凯望了高蜜一眼，眼中情绪复杂，她顿了顿，开口道：“留下来陪我看完这场球赛吧，其实我也很想知道谁最后能赢。”

高蜜缓缓地扬起了嘴角，又慢慢地坐回了原地。眼下，下半场的比赛正式开始了。

4

乔琪走在前面，一对门童给他开了门，萧树紧跟在后面，那个被称为王经理的酒店负责人是乔琪父亲的朋友，他带两人从电梯上三楼。出了电梯就是巨大的会场，接近六米的挑高、错落有致的格局，辉煌的灯光下是一派富丽堂皇，贵气而不落俗。王经理看着乔琪说：“这个场子最多可以容纳四百人，举办酒会和活动绰绰有余。”

乔琪笑着看向萧树，说：“Scott，你觉得怎么样？”

萧树又整体看了下，按照他预期所画的场景设计图，基本上该满足的都能满足，只是这个酒店的奢华程度远远超过了萧树的预期，他请乔琪借一步说话。两人到了一边，萧树说：“其他都挺好的，就是不知道场地费是多少？”

乔琪说：“你预算多少？”

萧树说：“一万两千元上下。”

乔琪点点头，然后过去和王经理讲：“王叔，这个场地我们觉得挺好的，你看方便给我们个内部折扣吗？”

王经理笑着说：“那是必须的，给你们八折，打下来，两万不到。”

乔琪也跟着赔笑，拿出几分少爷的姿态，说：“王叔，我爸那边下个月还有个商务会议也在找地方，你再给我少点，我就让他直接定你们这儿得了。”

王经理也不好说什么，便直接问：“你们报个价吧，要是没问题，我就和领导打个电话。”

乔琪也不怕得罪人，他直接报了一万，王经理愣在了那里，萧树也觉得乔琪砍价砍得太狠了，王经理说：“小乔，你也让王叔至少能过得去吧，你这价格……”

乔琪也不顺着王经理的话说，他自顾自讲道：“你们酒店这个会议室，日常的使用频率我又不是不清楚，我们不租，场地空着也是空着，哪有那么多大型酒会要用这么大的场子啊？王叔，你就答应吧，我回头再到你们酒店办张 VIP 卡，不就好了吗？”

王经理说不过乔琪，只好认输，说：“小乔，你比你爸真是有过之而无不及啊，看来真的是虎父无犬子！行吧，给你们了！”

从酒店出来，萧树为了表示感谢说得请乔琪吃个饭，乔琪开心地说“好啊”，然后撺掇着萧树选了一家不便宜的餐厅。两人到餐厅选了一个靠窗的座位坐下，对于这种举手投足都要注意的地方，萧树始终有点不自在。不过乔琪仿佛看出了他的心思，直接说：“哎哟，你想干吗就干吗，这么拘谨干什么？你是顾客，你就是上帝，你害怕服务员把你赶出去啊？”

乔琪这么一说，萧树倒有些想笑，乔琪点好餐后问萧树：“吴大姐最近对你有没有好一点？我也真的佩服她，我以为我表哥的生意就要死了，我正准备看好戏呢，结果还硬是被她整活了。”

萧树一听乔琪叫吴悠为“吴大姐”就忍俊不禁，萧树回应道：“挺好的，她现在打算给我升职，我压力还挺大的。”

乔琪拍了下桌子，说：“这吴大姐厉害啊，你知道给你升职代表什么吗？”

萧树不解道：“代表什么？”

乔琪煞有介事地说：“给你升职，就等于委婉地拒绝了你。”萧树一愣，乔琪解释道，“一个领导，但凡觉得和下属有机会，就会给下属安排一个亲近自己的闲职。但如果一个领导决定开始重用你了，那就是等于不会再对你动旁的心思了，Scott，你连这都不明白？”

萧树还以为乔琪有什么高深的理论，结果就是这种轻佻的想法。

服务员端上菜品，萧树说："别说这些了，她一直误会我和你有关系，我都没解释呢。"乔琪刚刚喝下去的饮料差一点就喷了出来，他包着嘴，眨巴着眼睛说："嗞，这个吴大姐，还有点眼光啊！ Scott，你瞧瞧我，还行吧？"

萧树摇摇头，说："不太行。"

乔琪咧嘴，假装生气地问道："Why（**为什么**）？我很差吗？你快给我说清楚。"

萧树懒得理会乔琪，扭头看向别处，就在他突然回头的瞬间，他定了下来，乔琪顺着萧树看的方向望去，另一端靠窗的座位上有一个中年男人和一个美艳的，穿着职业装的女性在吃饭。乔琪疑惑地问："你认识？"

萧树立马回过头来，自言自语道："他们怎么会在一起？"

乔琪好奇地问："谁啊？"

萧树压低声音说："那个男的是奥斯德的CEO——罗任司，那个女的我见过一次，是Evelyn的朋友，也是我们投资方那边的负责人，叫Carrie。但按道理说，他们不应该会一起吃饭才对啊。"

乔琪用叉子叉了两块肉，边吃边说："与你无关的事，你也不必管吧，可能人家就是……约会。"萧树一怔，说："那就更奇怪了。"

乔琪只顾着让萧树快点吃，完全没有把萧树的话听进去，萧树心里却犯上了嘀咕，饭后乔琪说开车送萧树回公司，萧树的心思却还停留在窗边吃饭的那两个人身上。

同一时间的虹桥机场，陆达轩拎着行李箱快步走出机场，又快速上了一辆商务车。此时距离协会大赏还有半个月的时间，这一次他是专程为了赞助商而来的。

自从上一次陆达轩赴了那场"鸿门宴"之后，这一段时间，各大品牌都相继过来联系他。陆达轩给吴悠打过电话，询问过她这边的意思，吴悠却迟迟没有给他明确的答复，这让他不得不猜测这其中和罗任司上次讲的那些有关系。陆达轩在酒店休整后，就直接去了麦迪逊。他每次从北京来上海，都有一种乡下人进城的感觉，比起北京十年不变的城市面貌，上海总让人觉得日新月异。以前陆达轩到上海开会，总是不经意间听见有人说："北京人做得来什么广告，北京那些广告公司做出来的能叫广告吗？侬港（你说），是不是啦？"虽然陆达轩心里不承认，但他也无法反驳，上海人的那些吴侬软语听起来总让人觉得刺耳。

Katy从香港回来之后，陆达轩一直在考虑要不要把那晚饭局上听来的那些说给她听。陆达轩觉得，Katy一旦知道了这件事，她只会斩钉截铁地拒绝，那么奖项也就会和公司再一次失之交臂。陆达轩还是决定先去摸清麦迪逊那边的立场再做决定，原本距离协会大赏的时间也不算太多，他也理应到上海这边来和吴悠做最后的商讨。走进麦迪逊的第一刻，他也不禁感叹，这还真是一家专门做女性广告的公司啊。吴悠从会议室出来，正好撞见坐在前台休息区的陆达轩，她笑着走过去，打招呼道："Simon，你什么时候到的？"正巧林安娜在吴悠身后，吴悠立马介绍道："这是峻秀的副总Simon，这是我们麦迪逊的另一位合伙人Anna。"陆达轩早就听闻了林安娜的名声，立马伸手问好，林安娜让陆达轩和吴悠到自己办公室，一起聊聊协会大赏的事情。

吴悠给陆达轩倒了一杯咖啡，在林安娜办公桌对面的沙发上坐了下来，说："你来得也真是凑巧，场地那边刚刚已经落实了，艺人名单和各公司邀请函我们也基本做好了，剩下的就是赞助商这边，还在等你们峻秀确定。"

吴悠的话让陆达轩反而有一丝警觉，他喝了一口咖啡，对着吴悠和林安娜说："竞标的品牌我梳理了一下，公司也对这些品牌方进行了一轮评估，目前比较倾向的是这四个品牌：杰士达，路友，翠芬和卡欧。从赞助金额来看，杰士达和翠芬是最多的，但要求也是最多的，路友和卡欧就相对温和一点，至少不会提出让到场明星带货拍照这种事，不过赞助的钱也就比较一般。”

林安娜看了下陆达轩递过来的赞助方案，说：“这么说来，基本也就是在杰士达和翠芬这两家里面挑选了，路友和卡欧直接 pass（淘汰）？”

“倒也未必。”吴悠拿着另一份方案，突然开口道，“虽然路友赞助的金额相对比较少，但是他们的品牌比起其他三家更有档次；虽然翠芬的钱给得最多，但是翠芬作为一个内衣品牌，冠名翠芬，始终会让人觉得有点奇怪。”

陆达轩没说话，只听着吴悠和林安娜的讨论，想从她们的话语中抓住一点细枝末节。今年的赞助商非同以往，特别是那天见完罗任司之后，陆达轩顿然觉得其中的门道可见一斑。

林安娜听完吴悠的话后略有所思，然后转头问陆达轩：“Simon，你们评估下来，觉得最合适的品牌方是……”

终于还是把问题踢回到他身上，陆达轩接着吴悠的分析说：“几个牌子里面，路友确实是档次最高的，但是金额也是最少的。如果用路友的话，就可能得搭着别的品牌方才够预算，可是路友又明确提出他们要独家冠名，否则免谈，比较强势。而杰士达的问题在于他们希望当天明星能带着他们的产品拍照、发微博，这个要求也比较难。所以，相比之下……”陆达轩没有直接说下去，而是换了口气说：“翠芬虽然是内衣品牌，但是赞助的钱够多，相对也没有那么多要求。”

吴悠翻看了下翠芬的方案，突然提问道：“可是翠芬这里说，他们要求当天到场的明星能有一个围绕品牌的拍摄，拍摄团队由乙方提供，并且这里看不到他们在此处对明星的费用支出……”

“这个我也看到了，其实这也是我迟迟没有决定的原因，对翠芬来说，当天明星到场，录制这个视频是在活动范围内的，所以不应该再支出多余的费用，他们也是想打着这个幌子，蹭一下明星的热度。那个片子每个明星也就只需要一分钟的样子，其实我觉得可以去和经纪团队沟通。”

“那最后还是变成了我们的事情。”吴悠的话说得很直接，因为艺人方面都是林安娜去沟通的，峻秀并没有出什么力，“而且，这个是内衣品牌，那些男明星要怎么去诠释这一分钟呢？那基本需要我们两家有人出来做创意策划，如果真的是这样，翠芬就实在太滑头了，用赞助的钱来换我们两家的广告费，再借助到场的明星资源。最后等于翠芬不是赞助商，而是用更少的钱做了更大的广告，他们也真聪明！”

陆达轩缄口不言，是因为他早就看破了翠芬藏在方案里面的心机，但如果他不趁这个机会推波助澜，翠芬完全没有中标的胜算，那他们公司这次的奖项就又要拱手送人了。陆达轩没有操之过急，他点头称是，然后说：“翠芬确实有这个打算，不过其他几家品牌也不是没有条件的，如果翠芬能给到合适的价格，我们抽取一部分来打点艺人这方面的损失，也并非不可以。至于创意的话，因为是一分钟视频，所以我们峻秀可以承担这部分工作，毕竟你们前期确实已经做了很多工作了。”

林安娜看着陆达轩，问：“所以 Simon 你的意思是……最后还是倾向于选翠芬是吗？”

陆达轩为了表现得不那么明显，说：“也不是，我其实也是综合考虑，杰士达未必不可，不过比起要通知每个明星，让他们拿着产品拍照、发微博，让他们在活动现场参与一分钟的视频拍摄可能会更容易一点，毕竟拍照、发微博又变成了另一种形式的广告，还是在这么官方的场合下。”

吴悠点点头，说：“你这么说也确实如此，路友的赞助费少，杰士达的要求苛刻，相比之下翠芬确实灵活性更大一些。”

眼见吴悠松口，陆达轩心里也松了一口气，他端起一直没有真正喝下去的那杯咖啡，“咕噜”喝了一口，吴悠望向林安娜，说：“Anna，那如果确定用翠芬的话，要重新和艺人那边接洽，OK 吗？”

林安娜想了想，说：“我不确保一定没问题，但如果眼下翠芬是最合适的选项的话，我可以想办法去搞定那边。”

会开完后，林安娜提议带陆达轩去吃饭，说他好不容易来趟上海，是一定要吃上海菜的。林安娜打电话到永福路订位子，吴悠则带着陆达轩参观了一下公司。陆达轩看着满满当当的办公室，小声问：“你们公司多少人啊？”吴悠说：“是不是看起来有点挤，我们已经订了新的写字楼了，不过还在装修，回头你再来上海的时候，我们应该就搬家了。”原本对吴悠就带着好感的陆达轩，参观完麦迪逊之后更是对吴悠多了几分佩服，短短不过一年的时间就可以把公司扩展到如此地步，绝非“用心”二字就可以概括的。以前他一直觉得 Katy 已经是自己人生中遇到的女性的天花板了，但见过林安娜和吴悠他才明白，上海滩确实是一个人外有人的地方。

吃饭的地方叫雍福会，上海人吃饭就是有格调。不像北京人，即使找了北京菜的馆子，要么就是在马路边的随性一隅，要么就是在胡同里人为翻新的小馆子，反正不会像林安娜选的这地方。永福路以前是法租界，遮天蔽日的法国梧桐，葱葱郁郁，光影斑驳，还没走进去就已经沉醉在这个环境里了。据林安娜说，这地方以前是德国和英国的领事馆，中华人民共和国成立之后，几经辗转才成了现在的餐厅。推门进去是另一番清雅天地，门口泰式的锦鲤池围绕着户外的餐桌，长廊是用清代的文物建的，菜肴极为可口，除了基本的虾籽大乌参、响油鳝丝、油酱毛蟹，还有饭店的私房菜——大红袍酱汁牛肉、手撕烤麸、吉拉多生蚝。

林安娜和陆达轩聊了聊这两年北京的广告市场情况，吴悠也好奇地问了下陆达轩为什么会投身到广告行业来。陆达轩也实话实说，他说自己是误打误撞进来的，在这之前做过媒体，也做过 marketing，做厌了就想换个行业试试。Katy 和他有个共同好友，那时候 Katy 手边正好缺一个助手，所以就通过朋友找到了陆达轩的联系方式，他也没想太多就去了。在陆达轩描述这一段经历的时候，吴悠心中却有了几许感叹，像她和林安娜都是从最基本的职位一步一个坑地走到了今天，而广告行业还有更多像陆达轩这样对广告并不了解，却因为人脉资源进圈就坐上高层的人。虽然吴悠并不能因为自己的臆断去揣测陆达轩的能力，但她心里还是抱有一丝不忿儿。

饭局结束后，吴悠说送陆达轩一程，陆达轩说不用了，他还有点别的公事要去办，赞助商那边确认下来之后，他这两天就去和翠芬谈合同了，最后他说要在这几天跟着吴悠去确认下场地布置。陆达轩上车之后，还是有些犹豫要不要和 Katy 说一声，但最后他还是选择了直接联系罗任司，他让司机掉头去奥斯德。

次日大早，费仁克敲门找吴悠，说有个单子想和她聊聊。费仁克刚坐下便说："翠芬那边找过来，想让我们接他们下半年的品牌包装。"吴悠点了点头，说："刚刚定下这次协会大赏的赞助商用翠芬，可能他们也是想投桃报李吧，所以有什么问题吗？"

费仁克说："但是我们已经接了恋语的年框，翠芬这边作为竞品，我们可能没办法接手。"

"恋语的合作到什么时候？"

"应该还有两个月，但是目前还不清楚他们是否续约，所以……没有办法直接答应翠芬那边。"费仁克一本正经地说。

吴悠想了想，说："你这两天和恋语那边谈一下，如果他们决定续约，我们就不用接翠芬了。"

"嗯。"费仁克又问了一句，"要不要和 Anna 那边说一下？"

"行，我中午和她吃午饭的时候提一下。"

因为协会大赏的事，吴悠已经累到喘不过气来了，光是确认艺人邀请函这件事，就足以让她掉一层皮。艺人的排位、入场顺序，以及确认档期，每一件事都让她觉得明星这些"龟毛"的要求真的有点太过做作了。当她中午一边吃着拉面一边和林安娜略带抱怨地吐槽时，林安娜笑道："就这么点事你就烦了，想当初奥斯德有一年和《时尚芭莎》一起做慈善晚宴，那才真的是痛苦到让人发指呢，除了你说的这些乱七八糟的事，连明星的衣着都要挨个事先知会，避免他们撞衫，你不知道那时候全公司都在围绕这个事情打转，后来若非必要，我们对艺人和媒体圈都敬而远之。"

吴悠感觉自己已经在快速地朝着黄脸婆的趋势奋进了，她打开补妆镜看了下自己的脸，脸上的细纹果真是藏不住了。林安娜吃掉了半个可乐饼，看着吴悠极度在意容颜的样子，说："慢慢接受'苍老'这件事就好了，你慢慢就会发现脸和气质是两件东西。"

吴悠捋了下耳边的头发，说："我还没恋爱结婚呢！在这之前，我肯定还是要脸啊。"林安娜不以为然道："对了，Q3 结束后，我们可以开始准备 A 轮融资的事情了，就目前这个情况来看，不扩大规模，公司运作可能会有问题。"

吴悠点点头，其实这个事情，早就在她的计划之中了。吴悠突然想到费仁克早上和自己说的事，不觉向林安娜问道："恋语那边的合作快到期了，翠芬这两天找过来，Frank 问我怎么打算。"林安娜"嗯"了一声，前段时间她刚刚见过恋语的创始人，对于和麦迪逊的这次合作恋语方表示非常满意，不出意外，应该是会续约的。林安娜放下筷子，说："恋语这边应该没问题，你让 Frank 确认一下，最近方便就把续约合同签了。"

第二天开完晨会，吴悠就接到了陆达轩的电话，说场地那边他已经和萧树确认过了，布置方案、实施情况以及截止日期都确认完了，问吴悠中午是否有空，就在麦迪逊附近吃个午餐。吴悠看了下时间没有问题就答应了，她刚收拾好电脑准备下楼，费仁克突然叫住了吴悠，说："Evelyn，我有点事和你说。"吴悠说："快吃午饭了，很急吗？"费仁克没有说话，吴悠大概明白了，便让他去自己办公室。费仁克不等吴悠坐下，就说："恋语那边可能不和我们合作了。"吴悠略感诧异地说："昨天我和 Anna 吃饭的时候，她还说应该没问题，出了什么问题吗？"

费仁克目光严峻地说："他们打算换家公司。"

"哪家？"

"奥斯德。"费仁克说完，留下了一阵沉默。

又是奥斯德！吴悠心里憋着一肚子火，这半年来，她一直秉承着"你走你的阳关道，我过我的独木桥"的态度，尽量能避开就避开，做到井水不犯河水，但这个罗任司偏偏就是要从中作梗。吴悠思考片刻，问："那翠芬这边现在什么情况？"

"翠芬我还没有回复，如果恋语这边确认不合作的话，我可以去和翠芬谈。"

吴悠用手指敲了敲办公桌，若有所思地说："等一下，翠芬这个时候找过来，恋语又正好被抢单，时间点未免有些过于巧合了，你再去问下恋语那边是什么原因要转头去找奥斯德？"

"我已经问过了。"费仁克接着说，"首先是价格，奥斯德给恋语那边的价格比我们低了差不多 20%，然后是因为他们市场部的负责人刚刚换任，新的负责人觉得我们的广告还是太小家子气了，然后……Cherry 那边突然接上线，和那个新的负责人走得很近。虽然创始人建议还是用我们，但是市场部想方设法地说服了老板，如果 Anna 能过去说一下，那应该还有周旋的可能。"

吴悠扶着额头看了费仁克一眼，说："让 Anna 去知会一声，这种事情太 low（差劲）了，如果翠芬那边真的是因为投桃报李找过来，那奥斯德应该也是从某些渠道知道了这次协会大赏赞助商的事情，才敢去撬动恋语那边。这样吧，你给恋语那边报和奥斯德一样的价格，看看他们是什么反应，要是他们还愿意回心转意，我们也可以续约。我一想到奥斯德要抢单，心里就不爽。"

“那翠芬这边……”

“先不急着答复，看看情况再说。”

和陆达轩吃饭的时候，吴悠越想恋语和翠芬的事情就越觉得奇怪，她不禁问了陆达轩一嘴：“翠芬的赞助合同已经签下来了吗？”陆达轩夹到一半的菜突然悬在空中，听提到翠芬，他内心一紧，问：“签了，怎么了？”吴悠没太注意陆达轩略带异常的表现，说：“那就行，我就怕中间又出什么幺蛾子，到时候就比较麻烦。”陆达轩心想，只要不是质疑他在其中有鬼就行，他举起面前的果汁，笑道：“万事俱备，只欠东风，来，Evelyn，预祝大赏顺利！”

是夜，林安娜照例和杜太太在瑜伽室碰面，她累到精疲力尽，杜太太提议不如去楼下酒馆小酌一杯，林安娜说但喝无妨。二人到了酒馆刚一坐下，杜太太便说：“以后喝酒的机会估计越来越少了，我和我老公准备年底搬去温哥华了。你要是想我了，就坐飞机来看我，就当度假了。”林安娜听到这个消息没有感觉特别意外，移民的事情，杜太太已经和她说了好几年了，只是她没想到杜太太真正要离开的日子会来得如此突然。林安娜给杜太太倒了小半杯红酒，说：“挺好的，以后我随飞随住的地方又多了一个，那边气候宜人，适合养老。”

杜太太“嗯哼”一声，不服气地说道：“我可没觉得自己老，只是我老公觉得儿子要去那边念书，一家人就顺便一起过去了，像我这种每天无所事事的人，你每天又忙得不行，索性我走了的好。”

林安娜知道杜太太在说气话，她不理会，和杜太太碰杯喝了一口。杜太太却认真地问起来：“那侬咋打算啊？再过两年，侬也该退休了不啦，难道真的打算活到老、干到老啊？”

风吹在林安娜的额头上，撩动了她额前的几缕发丝。即使她精神再好，灯光下也能看见她的脸庞略带衰老的样子。“说实话，我也不知道，正因为我现在没有牵挂的事情了，就感觉即使工作下去，也没有什么不好，如果不工作了，我反而会每天为无所事事而烦恼。哎，说了估计你也不懂。”

“我怎么不懂了，侬就是劳碌命呀！哎，你说你，你剩下的存款也够你好好养老了吧？我真的是不懂，侬港要帮那小囡把公司开起来，现在开起来了呀，正是侬功成身退的时候呀，还陷在里面不出来，也不知道到底咋想的？”

“侬也不要港我了，烦人不啦？”林安娜催杜太太快把那杯酒喝完，然后说，“侬管管好自己好不啦？我有我自己的打算。”

“那倒是，我也是咸吃萝卜淡操心，你林安娜什么时候轮到我来安排了？”杜太太话是这么说，但林安娜知道她到底是体贴的，杜太太前往加拿大之后，二人再见面确实也不知道是什么时候了。林安娜想到这些年，她和来来往往的无数人告别，从自己的父母到自己的丈夫，再到女儿，现在连她最亲的闺密也要远赴他乡，整个璀璨繁华的上海最后也只有她一个人来欣赏了。前几天，林安娜一个人逛到外滩，这快十年都没有变化的地方，如今竟让她有些陌生。陌生的不是景，而是人。十几年前，外滩尚未修缮，彼时尘土飞扬，那时候的中山东一路对岸还没有上海的三座摩天大楼，浦东还是一副百废待兴的样子，但林安娜总能从行走在路上的众人脸上看到和自己一样的表情。可现在那样的表情已经消失了，上海已经变成了中国经济的中心，但来上海再也不是什么值得骄傲的事情了，上海只是一个一张机票便可抵达的目的地，更多的人觉得上海美则美矣，却也不过如此，就像她从事的广告业，也再也不是人们心中那雅致而高不可攀的行业了。

杜太太的一句话拉回了林安娜的思绪，她说：“那个谁……后来怎么样了，又为难你了吗？”

林安娜知道她说的是罗任司，她摇摇头，给自己倒了最后一口酒，说：“正是因为他最近什么动作都没有，我才觉得事情不简单。”

“Anna，说实在的，他真正要冲的人应该是我，不是你，当年是你帮我挡了那一刀。我现在想起来，依旧觉得是我欠你的。”都说人有情绪的时候特别容易醉，杜太太现在的脸颊微红，像是醉了。

林安娜不以为然地说：“都过去那么久了，何况……那时候换作你，你也会那么做的。就像你当年说的，大家无非只是资本的棋子罢了。”

“其实你问我心中是否有愧，我嘴上不说，心里怎么会一点想法也没有呢？那也是一个母亲和一个刚出生没多久的孩子啊，我离开这个行业后的很多年，其实一直有去祈福。那时候我还是太年轻了，以至于很多事我其实都不敢去直面，所以在这一点上我最佩服你。”

人到中年，真情流露也都会适可而止。一瓶红酒饮尽，两人各自打车回家。临走时，杜太太握住林安娜的手，说：“我就是担心你，既然他已经回来了，你能避开还是避开吧，我在温哥华等你。”

杜太太的话，林安娜多少还是放在了心上，以至于林安娜在第二天开车上班的时候还略有感叹。林安娜刚进办公室，吴悠就带着费仁克过来，说：“恋语这边还是决定不续约了，他们找奥斯德了。我们已经压低了价格，可对方似乎没有回头的意思。”林安娜也觉得奇怪，按道理说他们不会这么轻易倒戈，林安娜问道：“现在他们那边的对接人是谁？”

费仁克说：“换了一个姓段的年轻人，我一直约不到他，每次打电话过去，对方都说最近比较忙。”

林安娜望着吴悠和费仁克，说：“翠芬这边能谈一个比较长的合作期吗？如果可以，就不要和奥斯德抢了。”

“我可以试试。”费仁克回应道。

林安娜对吴悠说：“庆典的事准备就绪了吧？”吴悠点头，她昨天和陆达轩又合计了一下，这两天布置完场地，让协会那边的负责人过来看看就可以了。

林安娜让费仁克先去忙，自己有话和吴悠说。费仁克鞠躬离开，林安娜拿出一份表格，递给吴悠说："这是今年协会大赏的评委，你看看。"

吴悠接过来，她看着位于首位的评委主席，脸色一下子沉了下去，说："Lawrence? "

林安娜说："我想今年奥斯德没有去抢这个承办名额，大概也是这个原因。"

吴悠吐了一口气，她并没有表现出额外的担忧，说："我们做好自己分内的事就好了。"

林安娜点头，说："虽然主席的决定权很大，但其他评委的意见也很重要，如果这次协会大赏拿不到金奖，你也不必特别放在心上。"

吴悠很轻松地笑了，说："'运气'这种事，我从来不迷信，随缘吧。"

5

一周之后的上海洲际酒店宴会厅，一年一度的广告协会大赏在此举行，相比于之前的任何一届，今年这届都显得格外隆重而富有意义。站在二十一世纪的第二个十年的末尾，广告对于广告人的意义也变得不可同日而语。场地配合着主题"跨越"被一分为二，前场是二十世纪的复古装饰——红幕、真皮沙发、古典油画，后场是现代时尚的布置——光碟铺成的反光墙、二极管做成的时装、电子和互联网代码合成的坐席。

当晚，各大明星竞相出席，媒体的闪光灯闪到吴悠有点怀疑自己是不是走错了地方。明星入场结束之后才轮到品牌方的负责人，最后是各个广告公司的重要代表。林安娜着一身亮白色晚礼服出场，Katy则是深蓝高定的职业装。吴悠第一次见到 Katy，果真觉得眼前一亮，这个传说中的女强人并非有着林安娜那样强大的气场，好像高人一筹，而是有一种说不出来的甜蜜，谈笑之间却仿佛瞬间能够使出一把温柔的小刀，让人猝不及防，这样的女人是特别的，也是聪明的。

林安娜和 Katy 会面之后，二人相谈甚欢，转而又各自举着酒杯和各自的熟人打招呼去了，吴悠和陆达轩则管控着全场，以防意外出现。

吴悠好久不见李淼，发现他换了发型，留了胡楂，整个人从之前的明朗清秀，变成了忧郁熟男。李淼在进场之前，门口的粉丝已经挤得水泄不通了。陆达轩意识到安保系统随时可能会崩溃，又立马调了两拨安保人员过来。吴悠也在会场上第一次见到了王若凯和高蜜本人，让人想不到的是，她们俩居然会携手入场，此事不出半小时果然上了微博热搜，标题是“凯蜜携手爷青回”。除此之外，上海半数的艺人倾巢而出，各路一线大咖几乎让当晚的洲际酒店成了全上海的焦点，满场宾客，觥筹交错，大家的寒暄话语既带着一种商务上的客套，又带着三分在外、七分在内的虚伪。

吴悠突然感觉有人拍了拍自己的肩膀，她转过身就看到了陈洛，陈洛今天穿着卡其色格子西装外套，配着浅蓝色的衬衫，如果不说他是广告人，还以为他也是刚刚走过红毯的明星呢。陈洛祝贺道：“有声有色，办得不错！”吴悠此刻已经忙到后背出汗了，她端着红酒果断地和陈洛碰杯，说：“你今天才是亮眼，希望你今天能遇到‘真命天子’。”陈洛顺眉低头一笑，说：“Evelyn，奉你吉言！”吴悠问：“你什么时候走？”陈洛说：“明天。”吴悠惊叹道：“这么快？！”陈洛点头说：“时间就是过得很快啊，歌词里不是唱‘你总说毕业遥遥无期，转眼就各奔东西’吗？哈哈，你欠我的饭估计请不上了，今晚你就陪我多喝点吧。”吴悠着实喜欢陈洛这样的性格，他不遮不藏，和他说话很轻松。吴悠一口将酒喝尽，然后笑着说：“好啊，今晚结束，我请你吃夜宵。”

场子的另一角，刘美孜红装满身，像蝴蝶一样在满场飘飞，她看见几位老总在旁边聊天，便端着一杯酒慢悠悠地走去，先笑为敬道：

“陈总、李总、丹总都在呢，我远远地看着就像是你们。”

几个人都清楚刘美孜的套路，彼此交换了一个眼神，陈总的手就不自觉地搭到了刘美孜肩上，说：“Cherry，你今天真是漂亮啊！”

刘美孜偷笑了一下，说：“陈总，你这么说，就是说我平时不漂亮了？罚酒罚酒！”

李总在旁边跟着笑道：“陈总，这说错话了还有美女陪着喝酒，不像我们几个大老爷们，就只能独自饮杯了。”

刘美孜赶紧凑到李总旁边，说：“李总也说错话了，我人站在这里，怎么能说你们是独自饮杯呢？罚酒罚酒！”

刘美孜这边娇嗔两句，那边委屈一声，这三个男人各个笑逐颜开，全都被刘美孜治得服服帖帖的。

萧树和创意部的几个小伙伴，加上峻秀的摄影团队，在另一个包间内忙着拍摄翠芬品牌的那一分钟视频，也是忙到焦头烂额。如果一条不过，明星们多少也有些不情愿再拍第二遍，萧树只好和各位经纪人商量，毕竟这是要对大众曝光的东西，还是希望艺人们能为自己考虑一下，这才勉强让几位大咖配合起来。萧树原本以为拍完就结束了，谁料麻烦的事才刚刚开始。视频拍完，各个艺人的经纪人又开始排队过来问：视频放出的番位是什么？谁先上、谁后上？名次是怎么安排的？萧树对此毫无经验，眼看要出事，他又不能去搬救兵。他急中生智道：“番位我们随后会发邮件和各位商量，可以随时微调，请各位放心！”这才让各位经纪人放过了萧树一马。

酒会进行到一半，正式到了峰会探讨环节。明星逐次从安全通道退场，吴悠给旁边的林安娜递了张字条，上面是要发言的广告人的上场顺序。林安娜看到吴悠将自己安排在Katy前面，觉得多少有些不妥，但吴悠小声说这是Katy要求的，林安娜才放下心来。接着，主持人介绍完参与晚宴的嘉宾后，请广告协会的负责人上去演讲。陆达轩打点好一切后，坐到了吴悠的旁边。负责人是广告协会的李思琦，演讲稿是吴悠帮忙起草的，基本都是场面话，在场的人对此也并不期待。反倒是轮到林安娜上场的时候，台下掌声不断，似乎在场的大多数资深的广告人都在期待林安娜这次的发言。

“下面我们有请本次承办方麦迪逊的创始人——林安娜上台发言。”

林安娜从容地走到台上，她看着满场的品牌方和同僚，心有澎湃。距离她上次在广告协会大赏发言已有三年了，那时候她作为奥斯德推选的代表站在台上，意气风发地谈论着当下年轻人对广告的看法。而此刻，她的心态与三年前已经全然不同，她调整了一下话筒，等待着聚光灯照到自己身上，然后她淡然地看着所有人说：“大家好，我是林安娜。今天站在这里，说实话，我确实感慨万千，在场有很多与我一起奋斗过的同僚，也有许多我素未谋面的新人，而今天的主题‘跨越’让我看到了时间磨砺着每一个人的痕迹……

“今年是我进入广告行业的第二十五个年头，谁能想到时间会过得这么快呢？1995年，我进入一家广告公司创意部任文案一职，从一个完全不懂广告的新人成为现在这个人人都知道的林安娜，我花了整整二十五年的时间。那时候我和在座的很多新人一样，并不知道什么样的广告是好的，什么样的是不好的。我一直以为所谓的‘正确’就是‘多年的媳妇熬成婆’，你的资历就是业内的标准。可是我错了，当我越是扎根到这个行业中就越是明白，真正的广告人是要懂得市场的，这个懂市场不仅仅是知道顾客需要什么，还要明白顾客依赖什么，比起深挖顾客所需要的信息，更重要的是要抓住顾客依赖的平台和媒介，那才是广告人应该关注的下一个风口。

“二十多年前，一则在广播电台插播的口述广告就可以引起无数人的关注；十年前，在电视台黄金档轮放的广告才可能会为平台和品牌同时带来巨大的收益。然而在当下，当媒介变得游离而不集中、场景变得复杂多变时，人们还在看广告吗？还需要广告吗？我作为一个广告人，每天都在思考这个问题。从过去只需要一个口号、一个简单场景就可以完成的广告，到现在需要更多的热点元素去支撑它。人们从最简单的信息需求变成了对故事的渴望、对社会的关注。而创意的本身也变得不再是创意，而是一次挖掘人心的旅程。可有趣的是，当市场对广告的要求越来越高时，广告可能已经变成了年轻人眼中并不亮眼的行业。

“所以，真正的‘跨越’是什么呢？在我心里，‘跨越’就是让广告能够跨越表现形式，变换表达方式，跳出媒介束缚，成为传达人与人之间、商品与消费者之间最关键的桥梁。只希望在未来的某一天，人们还会期待广告，期待广告给大家带来新鲜事物，期待那短短一分钟、一瞬间、一瞥、一刹那的有趣和共鸣，那就是广告的永恒时刻。谢谢大家！”

林安娜鞠躬的瞬间，全场掌声此起彼伏，吴悠坐在前排突然落下了眼泪。林安娜站在那里，绝不单单代表她个人、代表公司、代表广告人，她更像是在诉说着集体广告人的心声和愿景。吴悠已经忘记了鼓掌，她起身给了下台的林安娜一个贴心的拥抱，林安娜拍了拍吴悠的肩膀，说：“我都不知道，原来我现在还会紧张。”Katy 握了握林安娜的手，小声说：“你讲得太棒了！”林安娜笑着望向 Katy，说：“我也期待你的发言。”

Katy 随后上台，林安娜和吴悠都准备洗耳恭听，这时费仁克突然过来和吴悠低语道：“颁奖嘉宾还有两位没来，可能待会儿要重新调整一下。”吴悠起身，对陆达轩说了情况，两人决定先到后台商量一下。

前场还回荡着 Katy 激昂的演讲，在后台，吴悠从费仁克手里接过名单，问：“打过电话了吗？是什么情况？”费仁克说：“味达轩的张总是因为在深圳开会取消了航班，而赵总这边……好像是家里有急事先走了。”吴悠看了下表格，还好缺席的嘉宾要颁的都不算太重要的奖项，现在临时通知所有颁奖嘉宾更换上场顺序也不现实，吴悠不由分说地说道："这样吧，我和 Simon 一人代替一位嘉宾上场，Simon 你可以吧？"陆达轩点点头，吴悠这临危不乱的表现还真是让他自愧不如。吴悠"嗯"了一声，接着和费仁克说："等下峰会讨论控制在半小时内，然后就开始最后的颁奖仪式。"

等吴悠和陆达轩回到会场的时候，Katy 已经演讲结束了。主持人按照原本的计划安排了峰会讨论的分组，甲方和乙方分成小组，分别在各自的区域，针对接下来一年广告行业内的风向进行讨论。刘美孜借此开始搜罗各个品牌老板的联系方式，然后按品牌优劣做好了排序，对于讨论，她没有什么兴趣。接下来的发言环节，基本上都是乙方公司举手发言，甲方基本还是抱着静观其变的态度。总体来说，对于这个话题大家众说纷纭，讨论得较为激烈，气氛相当不错。

吴悠看着手表，算着时间，整场活动时间不能超过四个小时，时间越长效果只会越差。吴悠眼看着大家讨论得越发激动，快有控制不住的趋势了，她便从主持人那边拿过话筒走上台，对台下的所有人说："不好意思，打断各位一下，因为时间关系，我们今天的讨论到此结束，非常感谢各位的积极参与！下面我们将进入最后，也是最激动人心的大赏颁奖环节，请大家休息片刻，颁奖典礼马上开始。"

吴悠走下台，她和工作人员示意，大屏幕迅速切换成了"颁奖典礼"的字样。吴悠走到后台和各位颁奖嘉宾交代了颁奖流程，接着她找到了萧树，让他提前准备好颁奖时用的信封，并在每位嘉宾上台前发给他们，最后她拉开帷幕的一角，确认了一下现场的秩序，又让工作人员多备了两个麦克风拿到了台上。

吴悠是在这个时候看见罗任司的，他站在一众评委之中，在其他评委窃窃私语的时候，他顾自沉默着。此时他推了推鼻梁上的眼镜，镜片反射出的光让他整个人看起来更阴郁了一些。罗任司也看到了向自己投来目光的吴悠，他嘴角带着一丝若有似无的微笑，然后将目光聚焦在了前台的大屏幕上。吴悠别过脸没有再看他，在很长一段时间里，吴悠只要想起罗任司的那张脸便心有余悸，她果断地走到后台的另一边，等待主持人报幕。

吴悠感觉到时间变慢是从这一刻开始的。她看着台上的嘉宾和获奖的公司，突然想起好多年前自己第一次跟着大老板踏进协会大赏会场的时刻。那时候大老板望着台上对吴悠说："你无法相信，多少人做广告真的就是为了能拿一次奖，从国内到国外，从上海到戛纳，因为做广告产生的折磨人的压力和焦虑都会在你荣获奖杯的那一刻得到释然。"颁奖仪式上，最初颁发的都是一些边边角角的不重要的奖，越往后颁发的奖项含金量越高。吴悠和所有人一样，并不知道信封内的获奖结果，她屏住呼吸看着前台，前台充满欢呼、掌声、激昂的音乐、欢笑和眼泪，以及那些发自肺腑的获奖感言。这一切让吴悠有一种错觉，仿佛眼前不是她承办的活动现场，她好像在一瞬间回到了七八年前的那场协会大赏的现场，她看到了自己站在台下仰望的身影。

陆达轩从台上下来，突然碰了下吴悠的手臂，说："马上到你上场了。"

吴悠缓过神来，她吸了一口气，朝萧树点了点头，萧树从里面抽出给吴悠安排好的信封，她轻轻地将信封拿在手里，大方地走上台。聚光灯的光线纵横交错，她站在最中心的讲台上，朝所有人微笑着说："下面我们要颁发的是……社交媒体营销金奖，获奖的是……"吴悠拆开信封，看了一眼，然后对着大家说，"获奖的是……上海华众，获奖作品——《善存抖出的彩虹影响力》，有请获奖公司代表上台领奖。"吴悠捧着那座奖杯，那奖杯沉甸甸地压在自己手里，当她看到一位意气风发的年轻人走上台的时候，吴悠莫名为他感到开心。

"恭喜，下面话筒交给你。"

年轻人接过话筒，举着奖杯，激动地说："我……我真的被吓到了，我都没有想过最后是我们拿奖，我现在真的想哭！这个项目我们做了大半年，中间也遇到过很多困难。原本我已经做好了要辞职的准备了，但是……我没想到，我居然拿奖了，谢谢组委会，谢谢主办方，谢谢广告协会，我们会继续努力的！”

吴悠跟着年轻人一起走下了台，她回头一望，还有最后一个奖项——年度内容营销金奖，这也是万众瞩目的奖项。吴悠望了台下的林安娜一眼，两人相视一笑，她们知道这一次麦迪逊多半是不会获奖了，恰巧颁奖人也从林安娜改成了 Katy，吴悠已经打算在后台等着收场了。相比之下，陆达轩的整个神经却紧绷成了一条线，他对今夜的所有期待都凝聚在这一刻，他真的想看到 Katy 打开信封看见自己公司的名字出现在眼前的那一刻，她会激动成什么样子？陆达轩目不转睛地望着舞台，台下的所有人也都屏气凝神地盯着舞台上的 Katy。Katy 取过信封，朝着台下的林安娜眨了眨眼。

“好了，下面我们要来揭开今晚最重要的一个奖项了，就是每年大家最期待的年度内容营销金奖。在颁这个奖之前，我想特别感谢一下为今天整个协会大赏付出努力的每一个人，包括工作人员。这大概是我从业这么多年来，参加过的最开心、最成功、最璀璨夺目的一次晚会。”Katy 轻轻地拆开信封，她突然笑了起来，陆达轩微微张着嘴，他已经做好了要猛烈拍掌的姿势了。Katy 笑容满面地说：“今晚的最大赢家，来自……大家猜一猜呢？”Katy 露出甜美的笑容，陆达轩心想老板还真的是沉得住气，只见 Katy 突然开口道，“获奖的是……麦迪逊，获奖作品——《梦想，无惧年龄》，让我们以热烈的掌声欢迎获奖公司代表上台领奖！”

一时间，吴悠、陆达轩、林安娜都露出了诧异的表情，陆达轩的手悬在半空，他机械地鼓了鼓掌，吴悠则站在台下愣了两秒，才听到旁边有人说：“快去啊，领奖！”吴悠被人拉了一把，她才反应过来，她整了整衣服，快速地走上台。这是吴悠今晚第一次真正近距离正面接触 Katy，她注意到对外宣称自己已经快四十岁的 Katy，肤质还是白皙水嫩。Katy 笑着将奖杯交到吴悠手上，吴悠还没有做好领奖的准备，这一刻来得太突然了，她根本没想到自己会拿最后这个大奖。

“Evelyn，你有什么话要和大家说吗？”

吴悠调整了一下呼吸，说：“抱歉，我实在是太激动了！哈，我突然能明白刚刚那位弟弟上台的心情了。说真的，我以为今晚的奖与我无关，刚刚我已经准备去后台收拾了。”吴悠举起奖杯，亲了一口说，“我有太多话想说了，我等了这个奖已经好多年了，但是今天真正拿到自己手上的时候，我竟然一句话都说不出来了，谢谢组委会，谢谢我的公司麦迪逊，最感谢的……是我的合伙人——林安娜！我想说，是她给我的梦想注入了第二次生命，谢谢！”

台下响起雷鸣般的掌声，陆达轩略显气愤地穿过后台，他走到了即将散场的评委席旁边，拉住了刚要起身的罗任司，粗暴地说：“你过来一下！”其他人都望着陆达轩，罗任司只是伸手示意大家不必紧张，然后他跟着陆达轩来到了过道上。陆达轩质疑道：“怎么回事？”罗任司掸了掸衣领上的灰，说：“我不知道你在说什么？”陆达轩“啧”了一声，说：“我想知道最后这个奖项是怎么回事？翠芬的事情我已经搞定了，说好的原本应该留给峻秀的那部分呢？”罗任司假装“哦”了一声，说：“你也看到了，在场的评委只有我一个人吗？年轻人，有些事……不是那么简单就能决定的啊。”陆达轩愤怒地扯着罗任司的衣领，说：“你最好给我说清楚，这里面到底是怎么回事？”罗任司笑了笑，他并没有挣脱的意思，只是凝视着陆达轩，说：“你看……”陆达轩放开了罗任司，顺着他指的方向望过去，翠芬的负责人正在为吴悠贺喜庆祝。陆达轩咬了咬牙，听罗任司继续说：“很多事情，有些人以为自己已经费了很大的力气，但其实……别人可能在背后费了更大的力气，我这么说，你应该懂吧？”

陆达轩想着自己和吴悠接洽的整个过程，说：“所以，她都是装的？假装不知道用哪家赞助商？假装要把皮球踢到我身上？假装都是让我来推动？她真是厉害！”陆达轩看着吴悠激动的模样，心中突然泛起一种蔑视。陆达轩愤然离席，快步地融入散场的人群里。会场飘荡着悠扬而欢快的散场曲，罗任司露出一副看戏的样子，他收回刚刚那狡黠的微笑。他想，今晚最高光的时刻莫过于此，还有比这更精彩的吗？

第一次看见灿烂的时刻

第十四章

1

客户部的王芝芝突然跑到吴悠面前说：“Evelyn 总，这件事你真的要管管了，我们的客户下单全部减半，预算也一直在往下压，新的品牌方都开始陆续转投小草屋上的 KOC，这样下去我们还怎么做啊？”

“先别急，Frank 不是亲自去深圳那边找客户谈了吗？KOC 只能帮品牌宣传做分销，但品牌的对外形象还是需要广告公司来维持的。”吴悠只能先用话压住下面人的焦急情绪。

王芝芝并不是最早意识到这个问题的。早在半个月前，小草屋就已经有了抢单的苗头，当时不仅是地铁和公交站等车的年轻人，就连那些午间在咖啡厅吃着 brunch（早午餐）的中产白领也都个个拿着手机，看着一个叫王安奇的主播发布的视频。王安奇在小草屋上种草美妆的视频已经成为当下都市人最爱关注的部分。除此之外，小居居、米花 girl、一只黄毛君等这些奇奇怪怪的 ID，也变成了年轻人追捧和关注的对象，就连吴悠这种基本不用小草屋 APP 的人，也能从各色人的口中知道他们，可见小草屋是真的火了。伴随着 KOC 带货能力的逐步提升，品牌方也选择了用更低的价格去投资 KOC 这个新群体，从而抛弃了昂贵的广告公司。品牌方的市场部在看到数据和销量都在节节攀升后，也更加相信新势力即将代替许多传统的东西。

不仅如此，从 2019 年年初，众多大品牌也开始陆续有了自己的广告部门，包括 BAT 几家大厂也都有了 inhouse 的创意，各大公司纷纷开始挖掘广告公司的得力干将，以组建自己的创意部门。品牌方开始用更低的成本做更高级的创意，广告公司的地位再一次受到了冲击。

吴悠在会议上和林安娜讨论了这个问题，最终的结果是，她们只能去和瞿白那边好好谈谈。如果再这样下去，广告圈内的公司都会怨声载道，何况当初让小草屋扶摇直上的不是别人，正是他们麦迪逊。

自从上次和瞿白不欢而散之后，吴悠已经有很长一段时间没有联系他了。事到如今，躲得过初一，躲不过十五，她再逃避下去，麦迪逊就要准备关门大吉了。林安娜把车钥匙递给吴悠，让她开自己车去，这样好歹排场些。其实吴悠也考虑到了这个问题，这几天她已经找人陪自己去看车了，因为她每次打车去客户那里，都会被对方嫌弃她带着小公司的穷酸气。

吴悠再次走进瞿白的公司，瞿白公司的内部环境竟与上次有了巨大的差别。瞿白租下了旁边的格子间一并打通，员工一夜之间从当时的十来个人扩充到了上百人，虽然吴悠没有和瞿白联系，但吴悠知道小草屋近期已经做了 A 轮融资，一大笔资金流入了小草屋，也难怪瞿白的公司变得越来越像样子了。吴悠和前台说自己找瞿白，前台小姑娘抬头瞥了吴悠一眼，说："请问预约了吗？"吴悠笑了下，说："你就打电话和瞿总说，麦迪逊的吴悠过来找他，他就知道了。"小姑娘一副并不太相信的样子，但她还是拨通了电话，半分钟后姑娘挂了电话说："抱歉，瞿总说他在开会，你先等着吧，最近我们公司找老板的人太多了，不好意思！"吴悠也不生气，她在旁边的沙发上坐下，环视了一下公司内部，工位上的人都很忙碌，这让她想起了刚刚起步时的麦迪逊。吴悠随便挑了本杂志翻了翻，她连着看完了一整本杂志，瞿白才缓缓从办公室里出来。吴悠也想不到，这不长不短的时间里，瞿白已经变成了一个大腹便便的油腻男子。瞿白笑着走过来和吴悠握手，说："哎呀，Evelyn 总，是哪股风把您给吹来了？走，到我办公室去坐坐。"

瞿白吩咐助理给吴悠泡了杯咖啡，还是一副嬉皮笑脸的样子。吴悠也不拐弯抹角，开口道：“其实今天我过来找瞿总，是想谈一下小草屋 KOC 给品牌带货的事。”

“噢噢，好啊，你说。”

“首先我还是要恭喜瞿总，这么快的时间就把小草屋做得有声有色，我来之前看了下贵公司的数据，和当时我们合作时相比，用户数据已经增长了近三十倍。但正因如此，现在品牌方的投放对我们的预算和下单数都进行了压低和减半，再这样下去，我怕这不是特别健康的发展态势。”吴悠定定地看着瞿白，希望他能给自己几分薄面。

瞿白意味深长地笑了笑，他兀自喝了一口咖啡，说：“Evelyn，我也没办法啊，品牌方要投给谁，那是他们自己决定的，我们平台只管用户数据和内容，其他的……轮不到我们插手。”

瞿白所说也并无道理，他们公司不需要插手品牌方和 KOC 的合作，他们只要让内容优质并有继续上涨的流量和用户数，就能拿到更多的融资，至于广告公司的死活确实与他无关。瞿白说这话，基本就是没有顾忌吴悠的面子了。吴悠把咖啡放到一边，郑重其事地说：“瞿总，不是你不能插手，而是你不想插手，这件事……你是可以做到的。”

“哦，是吗？ Evelyn，你说来听听。”

“如果你们平台对品牌方限价，并收取一定的平台费用，再规定品牌方下单的时候必须通过你们才能和 KOC 进行商务联系，那品牌方就会权衡利弊，不会非要在你们平台投广告了。”吴悠说得很直接，“小草屋设置平台接单价，对你和我都有好处，是双赢的措施。”

瞿白没有说话。吴悠不是第一家来找他的广告公司了，在这一周内，上海叫得出名字的广告公司中有三分之一都已经联系过他了，他们和吴悠所说的方案一样，大家都希望瞿白能够设置一个平台收费，挡住品牌方的肆意妄为。但是瞿白没有做出任何回复，原因就是，一旦设定价格，KOC 的活跃度就会受到影响，现在是他累积用户的阶段，很多用户都是自发地分享自己的东西和生活，如果设置了推广限制，那必然会挡掉一大部分人，平台本身也会有折损。

瞿白看了看手表，说："Evelyn，你说的，我考虑一下吧，我马上还有个会要开，要不我找人带你参观一下公司？"

吴悠起身说："不用了，谢谢！"她推门走了出去，瞿白走在她后面，推门时刚好碰到了她的手，吴悠回头看了瞿白一眼，瞿白脸上露出几分轻佻的笑容。吴悠转过头，头也不回地走出了大门，她没有再去看小草屋的公司 logo，这个地方她永远也不会再来了。

吴悠义愤填膺地和林安娜说起自己和瞿白的这次交涉："小时候觉得农夫与蛇只是个故事，可当真正碰到的时候我只觉得恶心。他以为他是谁？搞这么一个平台就膨胀得这么厉害？他还真的把自己当马云了啊。"

林安娜看了吴悠一眼，她笑道："早年我去陪客户吃饭，咸猪手一抓一大把，对于男人这种下半身思考的生物的变态行为，我早就司空见惯了，你要个个都放在心上，以后对男人就只会恐慌了。"

吴悠靠着办公椅，正经地问了句："再这样下去肯定不行，新品牌渐渐都开始转投互联网平台了，我们光靠着老品牌也不是办法。"

林安娜相对淡定地说："这不是我们一家公司的烦恼，如果真的是这样，只能说大家都处在时代的困局里了，目前先把能维系的客户维系好吧，Frank 那边怎么样了？"

"深圳那边的几个客户都想降低预算，据说他们把一部分资金投到新媒体那边去了，我觉得或许我们也应该考虑转型了。"

吴悠不是因为这次的刺激才想到转型的事情的，其实年初的时候，她就已经开始有这方面的想法了，当她知道协会大赏的主题是"跨越"的时候，她更是敏锐地意识到广告行业的困局马上就要来了。

同样感到困惑的还有陆达轩，自从上海回来之后，他的心情就一直很差，在公司的时候他也总是冷着脸。有一次陆达轩喝多了，还和客户大吵了一架，对于业内很多人，陆达轩也表现出并不信任的态度。Katy 觉得陆达轩应该是遇到事情了，便借机请他吃饭想要询问一下，陆达轩却假装轻松地笑着说："不用担心，我就是周期性情绪暴躁而已，过段时间就好了。"Katy 也不好多问，只好说："从上海回来之后就觉得你不太对劲，不会是因为我们公司没拿奖吧？"陆达轩摇头，说："能拿奖当然最好了，但是拿不到，我们也习以为常了不是吗？这个事情不会影响我的情绪，不好意思，让你担心了。"

Katy 感觉不是那么简单，又安慰道："要不你放个假吧，好好去休息一周，我帮你订一张去西西里岛的机票，去年夏天我去那里过了一个特别开心的假期。"

陆达轩摆了摆手，说："不用了，公司的事情这么多，我哪有心思放假。明天我还要飞一趟杭州，去见一个新客户，放心吧，我没事！"

陆达轩好几次都想直接把颁奖典礼背后的猫腻告诉 Katy，但话到嘴边又总是咽了回去。他不是那种喜欢在背后说人是非的男人，更何况……他更不希望听信一人之言，而去判断另一个人是好是坏，不管吴悠与翠芬是否有勾结，从陆达轩和吴悠接触的过程来看，吴悠都是一个值得交往的女人，她知性、率真、坦荡和机智，是与 Katy 完全不同的女人。尽管陆达轩不服气，但如果让 Katy 知道，他也一时鬼迷心窍参与了背后的勾当，比起没有得奖的失落，可能更会引起 Katy 对他的厌恶和愤怒。

费仁克从深圳回来的当天，水还没来得及喝一口，就冲进吴悠的办公室说："Evelyn，我们最多能给多少折扣？"吴悠意识到费仁克的谈判并不顺利，问："他们希望多少？"费仁克关上了门，喘了口气，说："今年很奇怪，各家的预算都减了不少，而且最近上海好几家新开的创意热店都在到处抢单，之前我们因为专注在一个类别，所以觉得竞争相对小一点，但是最近不是了，好几家公司像是瞄准了我们的客户，他们在我去深圳之前就已经跑去谈了价格，如果我们给的折扣不够吸引人，可能就很难维系现在的客户了。”

“为什么会瞄准我们？”吴悠微微皱眉，疑惑不解。

“我猜测……大概和这次我们在协会大赏上获奖有很大关系，虽然大家表面上和和气气的，但确实因为这一次获奖，大家对麦迪逊从视若无睹变成了重点关注，业内人士可能觉得我们的成功过于抢眼了，但具体的我也不清楚。”

费仁克所说不无道理，麦迪逊这一次确实太耀眼了，所谓“枪打出头鸟”，老话说得再对不过了。吴悠低眉思考了片刻，说：“折扣的事情，我要权衡一下，你也帮我算一个成本表出来。”费仁克点点头，吴悠又接着问了句，“这两天你还要出差吗？”

“要，深圳这边谈得差不多了，接下来可能要去一趟杭州，那边还有两个品牌。”

“嗯……”吴悠想了想，说，“这样，我这两天和你一起去趟杭州，看看情况。”

和费仁克商量之后，吴悠找到了林安娜，吴悠皱眉道：“我觉得我们这次可能真的遇到危机了。”林安娜抬头说：“刚刚 Frank 也来和我说了，目前只有两条线先按部就班走着，一方面给老客户折扣，另一方面是开发新客户。另外，融资方面我来想办法，是时候考虑下一轮的融资了。”

吴悠见过许多创业公司失败的主要原因都是没有意识到风向的转变，像是多米诺骨牌一样，牵一发而动全身，一家公司因为一步没跟上市场便倾家荡产的不胜枚举。融资的事情刻不容缓，以现在麦迪逊的规模，要是没有品牌方的订单投食，他们随时可能面临解散。

“嗯，客户那边，我打算和 Frank 一起去一趟杭州，了解一下情况。”

林安娜点点头，她突然想到什么，问吴悠：“对了，后来你爸妈那边怎么样了？”

“应该没事了。”

自从母亲不辞而别之后，吴悠给家里打过两通电话，都被母亲直接挂掉了，她猜测母亲还在生气，便发信息过去询问，得到的答复是“你的好心，我和你爸都知道了”。吴悠没有想太多，因为这话看起来怎么都像是一句讽刺的反话。既然父母都不再纠缠她了，大抵是有了解决方法，她也不再过问。家中产业向来与她无关，他们是卖房还债，还是另有他法，最终都是父母自己的事，对吴悠来说，她不能轻易惯着他们，这才是帮助他们解决问题的关键。

2

次日高铁上，吴悠拿着费仁克提供的报价单，认真地思考着，这场仗没有想象中那么好赢。费仁克看着吴悠紧锁眉心的样子，宽慰道：“倒也不必着急，即使杭州的客户谈不下来，我们还可以去南京转一趟。”吴悠摇头，她揉了揉眉心，说：“不，我们必须拿下来，不然我这次跟你过来就失去了意义。”

二人下了高铁，前往下榻的酒店。吴悠没想到居然会在这里碰上陆达轩，上次上海一别之后，两人就断了联系，颁奖礼后的庆功宴上，吴悠找遍了会场也没有找到陆达轩。虽然吴悠不知道陆达轩那晚到底因为什么事情有了情绪，但二人总归还是生出了嫌隙。吴悠没有避讳地拖着行李箱走到了陆达轩面前，拍了拍他的肩膀招呼了一声：“Simon，好巧！”陆达轩回头看见吴悠和费仁克，强笑着点了点头说：“巧了，你们也出差？”吴悠“嗯”了一声，然后把证件交给了前台，转身对陆达轩说道：“我还以为我有什么事情得罪到你了呢，当时你连走都没说一声。”陆达轩接过前台递来的房卡，说：“那天我突然有事赶着回北京，就没来得及和你告别，我先上去，回头见！”说完，陆达轩拖着行李转身走向了电梯间。

吴悠思索着陆达轩突然冷淡的态度，琢磨着这背后必然有事。待陆达轩走后，费仁克才在吴悠旁边小声说：“峻秀这次也是为了华利达来的，我们要和他们抢吗？”吴悠看着陆达轩的背影，略有踌躇道：“没必要刻意让给他们，尊重对手就要认真准备，但如果甲方选了峻秀，我们也不必和他们正面交锋，顺其自然就好。”

吴悠回到房间，心想陆达轩如果真的是因为和自己撞单而表现出这样的态度，也让她极为费解，从自己和陆达轩接触的那段时间来看，陆达轩怎么都不像是一个会因为这种事情和她产生嫌隙的人。吴悠思考着颁奖典礼的整个过程，陆达轩从始至终都对自己热情相待，到底发生了什么呢？晚饭时间，吴悠下楼正好又遇见了陆达轩，不过这次吴悠只是点头微笑，没有上前招呼，陆达轩简单回礼，然后出了门。

和吴悠想的不同，陆达轩在进酒店看见吴悠的那一刻，他的心情是复杂的，并不是他有意回避，而是他还没想好用什么样的态度来面对吴悠。

杭州的夜晚比北京热闹，陆达轩在西湖边上走了一小段路，夜里的行人不少，他穿过断桥，站在垂柳边上抽了根烟。夜色下的西湖比晨间更让人沉醉，远处的雷峰塔熠熠生辉，白堤边上的年轻男女正在你侬我侬。陆达轩一边抽烟，一边沉思，他下午得知吴悠这次也是为了华利达而来，心里又感到几分硌硬，他感觉麦迪逊在处处和自己作对。狭路相逢勇者胜，他倒不是惧怕什么，这次他专程从北京过来，这个客户他志在必得，不会顾及吴悠的面子。抽完一根烟，他立马给华利达的市场部老大打了个电话，邀他出来到西湖边上小酌一杯。只有了解了对方的情况，一切才好顺利推进。

吴悠则是花了一晚上的时间在酒店做了详细的功课，华利达这家公司是一家老字号的女装品牌，2003 年创立，早年依靠出口转内销的方式，让许多国人误以为它是外国品牌而疯狂抢购。但随着互联网的普及和外资品牌的介入，以及华利达自身发展的局限性，从 2016 年开始，华利达便进入了销量负增长阶段，公司找过大牌明星代言，也尝试过更换品牌定位，甚至还花重金聘请了一位一流服装设计师，但始终还是抵挡不住市场的选择。直到去年，华利达老板光荣退休，他留学回国的儿子打算子承父业，开始对外招标，希望能有一家合适的广告公司为其出谋划策，让品牌重获新生。

吴悠从费仁克那里拿到了华利达这五年的销售数据、广告案例、分发渠道，以及店铺运营的情况。据费仁克说，除了峻秀，还有上海的巨煌也参与了此次竞标，不过麦迪逊有自己的优势，倒不必太担心。吴悠对于自己公司的优势并不乐观，她分析完整个华利达的销售情况后发现，虽然他们做的是女装，但从去年开始，华利达就已经有了尝试制作男装的念头，他们打算以旧换新，将华利达做成全品类品牌，如果是这样，麦迪逊的优势反而变成了劣势。吴悠绞尽脑汁，她必须想到一个自己区别于其他广告公司的突破口，才可能力挽狂澜，如果仅仅是创意领先，那并不能打动对方，现在看来华利达最看重的是实现销量的回升，这也是吴悠必须考虑的关键因素。

第二天，吴悠和费仁克约了华利达的堃少在下午茶时间见面。这个看起来不过二十四五岁的少爷，让吴悠心里多少有点忐忑，越是和老谋深算的人打过交道，就越不清楚这种富二代少爷从商的套路。老话说“嘴上无毛，办事不牢”，现在都没法放在这些二世祖的身上了，比起文学作品里那些吃喝享乐的贵家公子，现实生活中的他们可要生猛得多。吴悠在心里早早打好了腹稿，然后看着端起咖啡的堃少说：“堃少，我是麦迪逊的 Evelyn，这是我的名片。”吴悠和费仁克分别递了一张名片过去，堃少只弯着眉眼笑了笑，说：“我没有名片啊，加微信吧。”原来年轻人早就简化了社交方式，这让吴悠为自己的行为感到尴尬。加好微信之后，堃少说：“你们是我今天见的第三家乙方公司了，其实我也听得有些累了。如果你们只是拿着简单的创意和思路过来的话，我觉得你们可以直接发 PDF 给我，我回头让秘书他们讨论就好了。”

吴悠看了看费仁克，让他帮忙把 iPad 拿出来，然后信心满满地说：“如果只是简单的创意，我想我就没有必要来这一趟了。”她打开 iPad，打开昨晚做好的资料，笑着说，“华利达在去年年底收购了西班牙的品牌 Karl（卡尔）不是吗？”吴悠的话瞬间吸引了堃少，因为极少有人注意到华利达在海外的动作。堃少放下了咖啡杯，依旧是那副温和的笑脸，说：“想不到 Evelyn 你的消息这么灵通，所以……这个事情和我们品牌本身的发展有什么关系吗？ Karl 也不过是个子公司而已，对我们来说它并不会影响到我们本来的品牌。”

吴悠点头，说：“当然，我想和堃少说的是……既然你有收购海外品牌的野心，那可曾有过放弃国内市场的想法？”

“放弃国内市场？你是在开玩笑吗？”这是他今天见了这么多拨人后听到的最荒谬的话。

“堃少可以先听我说完。”吴悠把数据递到堃少面前，“你可以先看看这个，我分析了华利达从 2014 年开始的所有动作，可以说不管是老陈总，还是堃少，你们试用了各种可能的方法对产品进行包装，但是最大的症结是品牌形象本身过于陈旧了，所以不管你们穿多漂亮的衣服，对顾客来说都会认为你们是换汤不换药的。但是，如果你们更换新的包装，将华利达变成英文品牌直接卖到海外，而不是转内销的方式。我举个例子，现在在国内卖得最好的服装品牌，堃少知道是哪家吗？”

“BUNK？”

“没错！这个品牌从日本发家，现在已经成为全球销量前三、中国销量第一的服装公司了。而他们最大的市场根本不在日本，而是在海外。这几年 BUNK 基本没有重视过日本本土的市场，而是完全将视野放到外面的世界。其实华利达也可以打这种牌，现在的国货对于欧美国家，甚至是对亚洲很多国家和地区，都有非常强的吸引力。现在早就不是十几、二十年前了，如果华利达能把海外市场开辟出来，国人也会有想要跟随潮流的，便会想方设法地将衣服从海外买回来，到时候你在国内的市场自然可以打开。”

吴悠寥寥数语就让堃少眼前一亮。确实这些年来，他一直都在帮着父亲想方设法地升级华利达在国内的店铺和产品，他想尽办法让产品脱颖而出，却都被欧美品牌打败了，吴悠的策略并非不可尝试。他接过吴悠的 iPad，放下刚刚防备的姿态，认真地翻看起来。吴悠在心里稍稍松了一口气，这是打开对方内心的第一步，接着吴悠静静等待着对方的提问。堃少翻看完之后，正视吴悠问：“Evelyn，你是怎么有这个思路的？”

“因为这个……”

吴悠从包里取出两件衬衫，堃少愣愣地看着，说：“这是……”

“堃少可以看看，这其中一件是现在欧美卖得特别好的潮牌，另一件是华利达今年春款的女式衬衫，你可以比较一下。”

堃少拿着两件衣服仔细比较，却没看出有什么可比之处，说：“潮牌面料粗糙，只追求款式，我们华利达的产品重点在于面料优质，且更偏商务。这两件衣服几乎没有什么可比性，不知道 Evelyn 是什么意思？”

吴悠将两件衣服摆好，然后说：“我并不是想让堃少从面料或者制作工艺上来比较，毕竟技术的东西我不太懂。但我想说的是，要打开海外市场，不是贸然换个名字就可以的，而是要从品类上进行调整。潮牌的产品最重要的一点就是“男女通吃”，他们不会刻意去区分男女，哪怕你做的是女装，但是从设计层面来讲，这就是一个中性尺码的衣服，谁都可以穿，甚至你故意做得像男装一些，女孩还会更喜欢。和国内的女性一样，其实很多女生是喜欢男生的衣服的，不管是衬衫、T 恤、外套、卫衣，女孩们甚至有时候会故意买男款。但是华利达还执着于女款就一定要设计得女性化一些，恕我直言，这个思维已经过时了。”

吴悠在来杭州之前，特地研究了小草屋排行榜靠前的穿搭图片和视频，她非常明显地感觉到现在越是年轻的女生，越不喜欢将男女穿着的界限划分得很清楚。她们喜欢宽松、大胆、舒适而又随意的穿着，哪怕衣服大到快要盖过膝盖，或者明显不是女生尺寸和款式她们也会购买，她们甚至会偷穿男友或者哥哥的衣服，却依然能够得到更多人的点赞，这是在她刷过近一千条视频之后得出的结论。吴悠的调查不是没有依据的，在看完小草屋的种草视频后，吴悠又到某宝的服装店里搜索了一下热门的款式，根据系统的排名，更是证实了吴悠的这个观点。

“据我所知，华利达从今年年初开始已经准备要制作男装了。华利达既然准备将品牌做成全品类的服装品牌，那么从我的角度出发，与其区分男女，不如模糊性别，这或许是未来的一个大趋势。女孩不再只喜欢裙子，你要相信女孩子可以喜欢 everything（所有东西）。”

“Evelyn，你真的是什么信息都知道得清清楚楚，我确实对你的建议有点兴趣了。”

吴悠礼貌地笑了笑，但她没有顺着堃少的话说，而是讲道：“所以堃少，单纯地包装品牌，从外壳上升级是没有办法改变品牌的实质的。华达利需要的是转型，和彻底摒弃过往的成绩，重新建立新的视觉体系和用户体验，这是你必须思考的问题。我不知道今天和你见面的其他公司给出的是什么样的意见，但我们麦迪逊一定是最了解女孩子的，如果你愿意把品牌的重新定位包装交给我们，我想你一定不会失望。”

堃少轻轻地鼓了鼓掌，说：“你确实是我今天见过的最特别的乙方，那我有一些问题。”

“你请问！”

“海外市场打开容易，但是购买基数远远小于国内，你有什么把握让我们把重点放在海外就会比放在国内收益更高？”

“我们先说店铺的闲置率。我看过华利达在国内的店铺的销售数据，目前的一百二十多家店铺，有三分之二的店铺营业额呈负增长，可以说这三分之二的店铺基本处于闲置状态，它们不仅负担着昂贵的店铺租金、店员工资，以及店铺运营成本，最重要的是这些店铺的转换率极低。与其如此，不如关掉闲置店铺将资金回笼，再投放到海外开店，哪怕店铺变少了，但负担绝对会降低。”吴悠一直观察着堃少的表情，能够抓住他注意力的时间不多，吴悠只能尽快说完，“另外，虽然海外的市场没有中国大，但不要忽视中国留学生的影响力。虽然我们在海外售卖，但最终购买的人还是国人居多，只要声势起来，再借助国内买手店的营销推波助澜，购买力最终会只增不减。”

堃少接着问：“你们更擅长国内的广告位和营销渠道，对海外市场，你们有什么信心？”

吴悠不急不缓地说：“如果堃少觉得现在的广告还是靠传统渠道来打通营销，那未免太小看我们广告行业了，真正的广告转化力是因地制宜的。我们不需要真的在纽约时代广场这样的地方张贴海报，也不需要在第五大道一整条街上贴横幅标语，那种虚头巴脑的东西只会获得一时的热度。我们可以使用的方法太多了，不管是饥饿营销，还是新媒体的病毒式宣传，都极有可能比落地广告更能吸引人。衣服不同于别的产品，没有人会真的花上一分钟在地铁站和公交牌上欣赏一个服装品牌的广告，那不实际。而且即使看到了，他们也不会因为这个广告而立马拿出手机购买这件衣服，如果有人和你说他可以打通北上广深的所有广告渠道，堃少也不必当真，相信我。”

“那我问你最后一个问题，你有信心帮我赚回多少营业额？”

最后这个问题问的又准又狠，稍微回答不好，就可能掉入对方的陷阱里。这种打包票的事情，吴悠没有办法承诺，但如果不给出一个明确的数字，就会被对方判定为信心不足，或者你只是在吹牛而已。堃少看着吴悠的眼神，吴悠更是无法躲闪。

“第一年10%，第二年15%，第三年30%。”吴悠顺次报出了三个数字。

“有意思，你是想说……让我直接和麦迪逊签下三年的合约是吗？”

吴悠摇头说：“当然不是，我当然希望堃少能够一直选择我们麦迪逊，三年不过是一个磨合期而已。”

堃少伸出了右手，说：“Evelyn，你可以回去准备合同了，希望你们公司不会让我失望。”吴悠微微一怔，她实在想不到堃少会当场下定论，她握住对方右手时，听见堃少说：“如果你想过跳槽，可以考虑来我这里。”吴悠坦然地笑道：“谢谢堃少的好意，只可惜我不是一个人在战斗。”

出了咖啡厅，费仁克紧张地问道：“刚刚承诺的数字你有把握吗？”

“没有，我能有什么把握，不过……既然确定了，就只能朝着这个方向死磕了，那不是华利达的目标，而是我们的目标。”

回到酒店，吴悠便踢掉了高跟鞋，泡了个澡，费仁克已经回房草拟合同去了。吴悠坐在浴缸里望着天花板，想象着陆达轩知道结果时的表情，接下来的每一场战役都有可能更加残酷，她不能掉以轻心。

陆达轩实在没想到，自己刚刚回酒店睡了一个午觉，就接到华利达市场部的董经理的电话，对方说华利达老板已经确定用麦迪逊了，大概是因为麦迪逊的老板长得漂亮，老板也把持不住吧。陆达轩轻“哼”了一声，心中满是恼怒。没有带一个漂亮的助理过来确实是陆达轩的失误，不过早上和堃少聊的时候，他确实也意兴阑珊。前一夜，陆达轩已经从董经理那里拿到了足够多的信息，想着能够投堃少所好，虽然堃少一脸微笑，但并没有像在认真思考他的创意方案，麦迪逊的方案到底有什么高明之处，怎么会让堃少在一个下午就立马定了麦迪逊呢？

陆达轩问董经理是否还有周旋的可能，董经理说：“基本老板拍板，我们说再多也没什么用了，像我们这种家族企业和国企不同，下面的人基本没什么话语权。”陆达轩不甘心地挂断了电话，看来吴悠确实是个手段高明的女人，之前自己还真是小看她了。陆达轩从前台那里要到了吴悠房间的号码，便打了电话过去。吴悠刚洗完澡就接到了陆达轩的电话，她对此并不意外。陆达轩问吴悠晚上是否有空，想请她吃个晚餐，吴悠答应了。

3

陆达轩订了一家杭州菜馆，吴悠准时赴约。虽然吴悠不知道陆达轩的葫芦里卖的是什么药，但多半是和华利达的单子有点关系。原本冷淡的陆达轩恢复了之前的热情，这让吴悠有些捉摸不透。陆达轩笑着把菜单推给吴悠，说："Evelyn，你来点吧，毕竟你在上海待得久，对杭州的菜肯定也比我更懂些。"吴悠没有推诿，她接过菜单，吩咐服务员上了几个特色菜，然后把菜单还给服务员，正视陆达轩说："Simon 约我吃饭，是不是为了华利达的那个单子？"

"真的是什么都瞒不过你，"陆达轩给吴悠倒了杯茶，说，"我今天这顿饭就是想学习一下，自己是怎么输掉的。"

吴悠没喝那杯茶，说到底，这顿饭陆达轩是来兴师问罪的。吴悠猜到了他到底想问什么，其实从他们一起踏进酒店的那一刻，她就知道他们的关系必然不比从前了。吴悠正色道："Simon，你并没有输。应该说在合同签订之前，我都不能算赢，如果单单从谈判来讲，你可能只是找错了方向。"

陆达轩干笑道："你是说……我要是变性一下，可能还有机会？"

吴悠已经听出了对方的无礼，她感受到自己被冒犯了。菜慢慢上来了，她却一点胃口也没有，陆达轩刚刚的话让她感觉自己像是吞了一只活生生的苍蝇。

"Simon，你以为我说服堃少接受我的提案是利用了性别优势吗？"

“我开玩笑的，Evelyn你不用当真！”陆达轩眼里闪着光，似乎在观察吴悠的反应。

“这个玩笑并不高明，而且不像是你能说出的话。Simon，如果你对我本人有什么意见，你大可说出来，不必含沙射影地在这里和我玩这样的把戏。和华利达的提案，不管我是用了什么方式都属于商业机密，我无可奉告。”吴悠憋着气，她不想和陆达轩撕破脸，但话到嘴边不吐不快。

“看来你的感觉还挺准的，既然你觉得我对你有意见，那自然应该想想是不是自己做了什么见不得人的勾当，如果你真的问心无愧，又何必这么愤怒？”陆达轩的笑让吴悠觉得恶心。吴悠调整了一下气息，她微微一笑，用筷子夹了一块肉，边吃边说：“是吗？我倒很想听听你说我背后做了什么见不得人的勾当呢。”

“怎么，还非要我说出来你才开心吗？”陆达轩已经有些怒不可遏了，但看在吴悠是个女人的分儿上，他还是尽量地控制住了自己。

“既然你都叫我出来了，那为什么不说呢？憋着带回北京过年吗？”吴悠最受不了别人的挑衅，眼下陆达轩不开口说清楚，她也不会善罢甘休。

“Evelyn，适可而止吧！我只想奉劝你一句，不是所有人都以不知耻为荣的。”陆达轩吩咐服务员过来买单。吴悠起身挡在了陆达轩前面，说：“Simon，我听不懂你是什么意思，但如果你今天叫我出来只是想羞辱我一顿的话，我只会觉得你是一个超级低级的男人。还有，拿下订单与否，与你攻不攻击对手没有关系，只和你自己有没有真正考虑清楚自己的定位有关系。”吴悠拿起手机扫了下付款二维码，支付了一千元后，她拎着包转身身离开了。

看着一桌没怎么动的菜，陆达轩觉得自己真是有点窝囊了，华利达的单子是抢不回来了，他还没想好怎么和Katy交代。回京的飞机上，陆达轩望着窗外发呆，手机突然振动了一下，是一条邮箱收件提醒，他轻轻滑动了一下屏幕，原本他并不想看，但这封邮件的标题深深地吸引了他的注意。陆达轩迅速地点开邮箱，空姐已经开始催促乘客关机了，陆达轩却还愣神地看着那封邮件。

飞机刚刚落地北京，陆达轩就给 Katy 打了个通电话，说自己有重要的事情要告诉她，让她到公司一趟。

在这之前，陆达轩每每想要把翠芬的事情告诉 Katy 时，他心里都有一个声音和自己说，如果没有证据就不要轻易地质疑任何人，如果不是飞机起飞前的那封邮件，陆达轩可能会把这件事藏在心里一辈子。邮件的来源不明，附件里是翠芬和吴悠私下签订的一份秘密协议，陆达轩不能判别协议落款的签字是否属于吴悠，但这份协议一旦公布必将引起轩然大波。陆达轩抵达公司的时候，原本已经非常疲惫了，但当他看见 Katy 的那一刻，他又瞬间有了精神。陆达轩关上 Katy 办公室的门，然后认真地把整件事从头到尾和她说了一遍，Katy 惊讶地看着陆达轩，问："有证据吗？"

陆达轩把手机里的邮件打印出来，递到 Katy 手上，说："这是两小时前我收到的一份邮件，是这次协会大赏赞助和回扣的保密协议，上面的数额不小，我有理由相信组委会颁奖给麦迪逊和这个有直接关系。"

Katy 压着那份邮件，说："事情没有查清楚之前，我们不能轻举妄动。另外，发邮件给你的人同样居心叵测，为什么邮件是给你，而不是给其他人？为什么偏偏在你和华利达谈判失败的时候才把这封信发过来，而不是之前？这里面必然有潜在的逻辑和阴谋，如果我们将这封邮件公之于众，矛头可能就会指向我们，麦迪逊和峻秀两家公司也会被推向风口浪尖。"

"那我们就忍气吞声吗？如果协会大赏这么不公平的话，我们难道不应该站出来揭露真相吗？"陆达轩一想到吴悠在饭桌上和自己甩脸子的样子，就气不打一处来。

“这件事非同小可，这次协会大赏的承办方不只有麦迪逊，还有我们自己。在赞助商的确定上我们也有参与，如果贸然卷入是非，我们也不能完全撇清关系。”Katy 依旧非常理智，“获奖的事情另说，只要我们还在做，就还有机会。”Katy 起身，把打印出来的那封匿名邮件放进了碎纸机里，然后对陆达轩说：“你把邮件删掉吧，要做大事的人切忌管中窥豹。”

陆达轩当然心有不甘，但 Katy 说的每一句话都让陆达轩感到羞愧。原来自己的格局如此之小，要不是 Katy，陆达轩自己都发觉不到。

陆达轩点点头，Katy 又露出了往日的微笑，说：“Simon，你觉得做广告有趣吗？”

陆达轩苦笑道：“可能我还没有入门吧。”

Katy 说：“慢慢来，你会发现它有趣的地方的。”

然而事情远没有陆达轩想的那么简单。两天之后，原本发到他邮箱的那封邮件像病毒一样开始在各家公司的邮箱里面蔓延，一时间，整个广告业炸了锅。邮件传到麦迪逊的时候，林安娜和吴悠几乎同时从自己的办公椅上起身朝对方走去，吴悠不敢相信地看着林安娜，说：“这绝对是造假！”

林安娜非常冷静地说：“合同原件在哪里，赶紧找出来。”

吴悠快速走到档案室，翻箱倒柜地找起和翠芬的合同来，她焦急地翻找着文件，最后从标记最近日期的抽屉里翻了出来。林安娜推门进来，问：“找到了吗？”吴悠逐页核对，最后她的手悬在半空，微微颤抖着，林安娜眼见吴悠状态不对，便走了过来，只见那封邮件里的原件和复印件现在正拿在吴悠手中，落款处的签名确实是她的字迹，并非模仿。

“这不可能……”吴悠无论如何都想不出自己什么时候签了一份这样的协议，金额涉及上百万元，她绝对不会轻易签字。

林安娜拿过那份协议仔细看了看，确认白纸黑字没有造假的可能，上面还盖着公章。但林安娜选择相信吴悠，她问道："你仔细想想，什么时候接触过这些文件？"

吴悠闭眼回想却怎么也想不起来，突然她灵光一闪，惊呼道："是Frank！当时我在检查协会大赏的会场，Frank 过来说要我签一份和翠芬的协议，当时他和我说的是年框的合同，那会儿刚好赶上会场的电子屏有点问题，我便没想太多，问他合同都找法务看过了吗，他说看完了，已经改了两轮，于是我就看也没看，在他指的地方签了字。"

"Frank 今天在公司吗？"林安娜问道。

"他还在杭州等着和华利达签合同，我这就给他打电话！"

然而费仁克的电话无论如何也打不通，吴悠开始意识到事情不是这么简单。这时，堃少打电话来说费仁克没有赴约，他们在公司等了他一个多小时，打电话也没有人接，问吴悠是什么意思。吴悠立马道歉，虽然她现在焦头烂额，却还是和堃少平心静气地解释，并说今天会派人过去。挂断电话后，吴悠找到林安娜，说："Frank 消失了，估计这次麻烦大了。"林安娜让吴悠先别急，把那份原件先藏起来，现在还没有到完全无法收拾的地步。可林安娜的话刚说完，外面就传来了一阵骚动，吴悠从玻璃门望出去，原来是赵开颜带了两个洛奇的人过来，其中还有一个是美国人。林安娜抓住吴悠的手，建议她先回避一下，自己去应付。吴悠此刻大脑一团糨糊，不等她回应，林安娜已经推门出去了。

"不好意思，Carrie 对吗？我是 Anna，请问你们有什么事吗？"林安娜处变不惊地对着赵开颜笑了一下。

赵开颜朝着林安娜点了点头，说："不好意思，Anna，我们是来找 Evelyn 的，那封邮件我想你也看到了，现在洛奇这边可能要重点调查一下这件事，希望你们能配合一下。"

林安娜慷慨地说："当然配合，只是……现阶段光凭一封匿名邮件就要建立调查小组，是不是有点太过于小题大做了。”

“是不是小题大做，只有调查之后才知道，我也是奉命行事。”赵开颜义正词严地看着林安娜，“所以，麻烦你还是把 Evelyn 交出来吧，洛奇对这件事非常在意，我也希望能顺利回去交差。”

吴悠知道逃避是没有意义的，便从办公室里走了出来。吴悠没想到再次见到赵开颜，会在这样的场景下，吴悠说：“我在呢！Carrie，好久不见！”

“好久不见。”赵开颜没有露出昔日同窗的那种亲密感，而是表现出一副秉公执法的姿态说，“我可能要单独和你聊一聊。”

吴悠点点头，让赵开颜到自己办公室去。林安娜有点担心，她想一同前往，但吴悠拍了拍林安娜的肩，说：“没事，我没做过，不会有事的。”看着赵开颜和吴悠进了办公室，林安娜却更加心乱如麻，她拿起手机又给费仁克打了几通电话，依旧没有人接。

赵开颜和吴悠面对面坐下，赵开颜稍微环顾了一下吴悠的办公室，这还是吴悠开公司之后，赵开颜第一次来拜访。她拿出手机，打开录音，非常认真地问：“你有什么要说的吗？”

吴悠说：“我没有什么可说的，那封邮件的事情我并不知情。至于和翠芬的合作，我们仅仅只有一个年框合同，品牌方作为甲方，没有理由给我一个乙方公司的人打钱，反过来还差不多，所以……看到那封邮件，你不觉得奇怪吗？”

“据我所知，翠芬同时赞助了这次协会大赏不是吗？而且你们借用广协的费用给他们拍了一个品牌宣传片，有这回事吗？”赵开颜的眼神像是带着刺，字字逼问着吴悠。

“这次的活动是我们和峻秀一起承办的，赞助商也是两家公司一起讨论的，不信你们可以去询问峻秀那边的负责人。至于品牌宣传片，一开始我也是极力反对的，最终选择翠芬是根据各家品牌方的报价和要求，综合考虑后做出的选择，你不能因为我们选择翠芬为赞助商，就觉得我和翠芬在背地里勾结，除非你能拿出证据。”吴悠直直地看着赵开颜，眼神没有丝毫躲闪。

“邮件的真伪有待我们确认，你还有什么要交代的吗？”

“Carrie，我不是犯人，你也不是警察，你没有权力这样和我说话。”

“但是你现在涉嫌受贿，我们作为投资方，有权力对你们公司的财政情况和你个人的财务进行调查。”

赵开颜关掉了手机录音，她逼近吴悠，压低声音说：“Evelyn，我对你真的挺失望的。”

吴悠冷冷一笑，说：“彼此彼此！从你踏进公司的那一瞬间，我就猜到你会说这句话。”

赵开颜收回手机，她试图瓦解吴悠最后的那一点骄傲，于是她漫不经心地说：“你知道我为什么对你失望吗？因为……你真的很讨人厌，而且……你那股子根本不值钱的骄傲让人气愤，你以为你和郑弋之断绝联系，就显得自己很优雅吗？并没有，那反而让我觉得你很怯弱，你害怕知道我真的怀了他的孩子，你甚至觉得是我辜负了你的期望，但事实上，你对自己喜欢的人从来没有信任过，不管是对郑弋之还是对我。就你这样的女人怎么能让郑弋之如此着迷，你又怎么配得上他呢？你一点……都不配！”赵开颜轻轻拍了拍吴悠的脸，说，“你知道我最讨厌别人和我抢了吗？可惜你偏偏要去做那个人，如果我得不到，那谁都别想得到。”

吴悠面色平静，面对赵开颜此刻的挑衅她无动于衷，道：“赵开颜，我想你真的从来都不了解我，如果我吴悠真的要和你抢，你一定是输掉的那一个，你知道为什么吗？因为你的聪明从来都只用在男人身上，但我的聪明……只会用在自己身上，没有哪个男人想要一只像猫一样的狗，他们想要的……永远都是求而不得。”

两人静静地对视了两秒，赵开颜笑了一声，说：“吴悠，如果我告诉你，从头到尾我都没有怀过孕，你会不会觉得自己也没那么聪明？”

说完，赵开颜推开了门，对着刚刚和她一起来的两个洛奇的人说：“Darren（达伦），你到IT部门拷贝吴悠所有的进出邮件记录。Carl（卡尔），你到财务那里拷贝麦迪逊近一年的进出账目，另外……”赵开颜回头看着吴悠说，“我还需要你的个人银行账户流水，麻烦了！”

吴悠看着赵开颜的背影，突然心如刀割，原来真的还是自己太过单纯了。吴悠想，确实如赵开颜所说，她赵开颜才是真正的高手，单凭她的一句话、一次伪装、一次挑拨，在“感情”这场仗上吴悠就会溃不成军。

吴悠到洗手间里补妆，正好遇到财务小陈，小陈战战兢兢地看着吴悠，叫了一声“Evelyn总”，然后支支吾吾地想要说什么。吴悠觉得奇怪，问：“怎么了？”小陈摇了摇头，说：“没什么，就……那个财务报表被洛奇的人带走了，我担心……”吴悠拍了拍小陈的肩膀说：“不用担心，他们查不出什么的。”小陈咬了咬嘴唇，点点头。

剩下的十几个小时里，吴悠照常工作、开会，完全一副举重若轻的样子，她甚至还订好了去杭州的车票，准备即刻启程去签约。要不是郑弋之的那通电话，吴悠完全没有在意自己被调查的这件事。时隔多日，突然听到郑弋之的关心，吴悠反倒有些手足无措。郑弋之低沉地问了一句“你还好吗”，吴悠瞬间就有些绷不住了，她静静地看着手机屏幕，回了一句“没什么事”。

郑弋之说他已经知道邮件的事情了，他可以帮吴悠辩护，如果吴悠需要的话。如果没有证据，他可以找人帮忙查出匿名发信的人是谁，再告其诽谤。吴悠委婉拒绝了，但心里备受感动，只是这个时候让郑弋之介入并不明智，一方面他们本就有着特殊的关系，如果再被挖出来，只会给郑弋之带来麻烦；另外，吴悠也不想自己在这样的时刻和郑弋之重逢，她确实还没有做好再见郑弋之的准备。

“如果你需要我的话，随时给我打电话。”郑弋之款款说道。

“嗯，我会的。”

“保重！”

林安娜实在不放心吴悠自己一人去往杭州，于是让萧树跟着。

在去往杭州的高铁上，萧树看着吴悠一言不发地望着窗外，想要安慰什么，却觉得自己说什么都有些多余。其实从早上开始，吴悠的眼皮就一直跳个不停，只是她没想到会发生这么大的事情，如果费仁克执意选择背叛，那她是毫无防备，一定会踩入陷阱的。

“还是联系不上 Frank……”下了高铁之后，萧树又尝试拨了两通电话，电话里提示对方已关机。吴悠对萧树说：“不用再联系他了，等一会签完合同，你先回上海，我还有点事要处理。”萧树摇了摇头，说：“我陪着你。”这是他第一次对吴悠用肯定句，吴悠略有动容，但还是摸了摸他的头，说：“你顾你自己的事情就好了，姐姐的事情自己能处理。”萧树不知道哪里来的勇气，他伸手握住了吴悠的手，说：“让我陪着你吧，确保你没有事情，我才能安心。”吴悠对萧树这突如其来的温暖感到手足无措，她看着紧握着自己右手的萧树，不好拒绝地说：“好吧。”

华利达的合同签得还算顺利，吴悠原以为堃少会因为邮件的事情而有所犹豫，但堃少非常慷慨地说：“生活总有难关要过，关关难过关关过，不必太紧张。”吴悠拿着签了名的合同和堃少道谢，堃少说：“Evelyn，我最欣赏你的一点就是……你有一种让人相信这件事做得下去的力量。”

离开华利达之后，吴悠原本想一个人到西湖边上散散心，上次走得匆匆，她甚至没来得及好好看看西湖美景，因为萧树执意要留下，两人便并排走在了苏堤旁。天公却不作美，两人还没有走到雷峰塔，天空就突然下起了大雨，萧树突然拉着吴悠匆匆躲到了屋檐下，两个人被其他躲雨的人挤到了一起。萧树低头看着吴悠，脸颊顷刻绯红，吴悠抬头望着萧树，打趣道：“原来你也会为了女生脸红的啊。”

萧树清了清嗓子，缓解了一下自己的紧张，说：“其实，我……”

吴悠没有等萧树说下去，便打断道："突然觉得好累啊，工作这么多年了，以前遇到委屈、遇到困难，总感觉大不了不干了，去哪儿不是去呢？但自从有了麦迪逊之后，我对于"退路"这件事的考虑就越来越少了，既然已经走到这一步了，那无论如何也要将麦迪逊经营下去。可是，现在已经在做自己喜欢的事情了啊，我为什么没有想象中那么开心呢？"吴悠就像根本不在乎旁边有没有人一样，呼了口气继续说，"和 Anna 认识之前，我觉得只要不开心就去反抗、去争取、去拥有，认识 Anna 之后我才明白，不开心是要适当地去取舍、去放弃，甚至要妥协。回头看这一年多的经历，我才发现，原来得到和失去是一样多的，你没有比以前更好，也没有更差，其实你什么也没有变，只是困在那方圆几里的自我世界里。人生就是一场无奈的静止。"

"但是你已经很厉害了。"雨渐渐停了，躲雨的人渐渐离开，两个人的身体终于可以舒展开来。萧树继续说："我不知道你心里是怎么想的，但从我认识你那天开始，我就觉得你是一个与众不同的女生，你敢爱敢恨，可以说出自己想要的是什么，不忌讳别人的看法，不忌惮任何权势，也不仰仗、谄媚那些高高在上的人。你正义、果敢、自信，哪怕很多时候你做事横冲直撞、不计后果，但也正因为你有这股子冲劲，麦迪逊才能走到今天。哪怕你有那些你觉得做得不好或者做错的事情，可如果没有它们，你也不会像今天这样淡定从容地面对这些是是非非，在所有人揪着心、憋着气、战战兢兢的时候，你才能如此的泰然自若。"

吴悠不觉莞尔，眉头舒展开来，她刚想说什么，手机却不合时宜地响了起来。吴悠刚刚接起电话，就听到林安娜带着沉重的语气说："你现在最好回来一下，你知道公司的账户里少了一百多万吗？"吴悠怔了一下，说并不知情，林安娜有些生气地说，"可那一百多万……进了你父母的口袋。"

4

办公室里，所有人都簇拥在会议室外，洛奇的几个调查人员以及赵开颜围坐在一旁，林安娜面色难看，一言不发，小陈则站在座位边上泣不成声，吴悠看着电脑里那封由自己邮箱发到财务的邮件，上面写着：

帮我打款一百五十万元到这个账户，不要告诉其他人，账户漏洞我会想办法补上，邮件绝密，勿回。

小陈哭哭啼啼地说："Evelyn 总，我真的什么都不知道，那天收到这封邮件的时候我就很害怕，但是你说要保密，所以我跟谁也不敢说，更不敢问你。处理完后，我就把邮件都删了，我真的不知道他们怎么还能找出来……"

吴悠真的希望小陈此刻能够三缄其口，否则事情只会越描越黑，她没有做任何回应，只是看着邮箱的 ID，努力回想着。毫无疑问，那封邮件确实是从她的邮箱发出去的，无法作假，但对吴悠来说，这无论如何也不可能是她亲自写的，她仔细回忆着，邮件的发送时间确实是母亲跑来公司胡闹的那天，众目睽睽之下，百口莫辩了。

"Evelyn，我想如果你给不出合理的解释，我们就必须走司法程序了，此事涉及贪污公款，情节严重，非同小可。"赵开颜不留情面地对吴悠说。

吴悠没有说话，她只是绞尽脑汁地在想为什么会有这封邮件的存在。一刹那，她想起了自己当时在飞机上把账号密码告诉费仁克的场景，她突然站起身来，说："我需要 IT 部门帮我查询这封邮件的 IP 地址，我怀疑有人盗用我的邮箱发邮件。"

赵开颜笑了一声，说："Evelyn，你如果要找一个好一点的借口，可以多想一下，不必那么急于开口。另外……"赵开颜顿了顿说，"据我所知，你家里确实遇到了财政问题，我需要你父母的银行流水证明，他们最好没有用掉那笔钱。"

吴悠镇定自若，对林安娜说："我没有发过这样的邮件，也绝不可能发，如果当初我真的有心要挪用公款帮我父母，我妈也不会闹到公司来。"

林安娜点点头，坚定地说："Evelyn，我相信你！"

赵开颜反驳道："照你这么说，那我是不是也可以理解为……如果你母亲没有闹到公司来，你也不会被逼着挪用公款，想着先堵住她的嘴，事后再来补上资金空缺，只是你没想到东窗事发，突然被查了财报？另外，Evelyn，如果你真的需要你母亲配合你演这出戏，我们又怎么能判断其中的真伪呢？只有白纸黑字才是最直观的证据，如果你真的是无辜的，那笔钱现在应该还在你父母手里，毕竟他们也不知道哪里来的钱，更不可能会随便动用这么大一笔资金。"

吴悠此刻心里没底，如果公司的那笔钱真的打到了父母卡上，那多半已经被他们用掉了，也难怪这么长时间里他们都没有再来找过自己。吴悠越想越后悔，她一直以为是母亲还在生气便没有追问，却不承想过背后的诸多变故，她怎么会想到有人会用这一招来陷害她，这下真的是百口莫辩！

身后传来一阵敲门声，所有人齐齐望去，只见郑弋之缓缓推门而入。吴悠的心跳瞬间漏了一拍，她实在不想在如此狼狈的场合下和郑弋之重逢，但郑弋之看着吴悠，眼神中带着几分担忧。他走到吴悠和赵开颜中间，对着洛奇众人说："我现在是吴悠小姐的律师，在事情的真相水落石出之前，吴悠小姐有权保持沉默，她不必向各位交代任何事情，如果有任何需要吴悠小姐配合的环节，都可以直接联系我。"郑弋之将手搭在吴悠的肩上，他温热的掌心瞬间给了吴悠足够的力量。赵开颜死死地瞪着郑弋之和吴悠，挑衅地说："你最好不要把你爸妈藏起来，否则背后的事情，你更说不清楚。"

赵开颜临走时拉着吴悠说了最后一句话："你知不知道这笔钱找不

回来，我和你一样都会脸面全无？ Evelyn，你这招玉石俱焚，可真够损的！”

吴悠自然没有多做解释。

洛奇要求吴悠尽快通知父母过来说明情况，待一切查清楚后可以先内部解决，但洛奇将有权拿走对麦迪逊所有的投资份额。一帮人走后，吴悠迅速给母亲打了一通电话，母亲依旧挂掉，直到吴悠连续拨了十几次，母亲才接起来，问：“咩事？（什么事）”

吴悠直截了当地问道：“你的银行卡里是不是多了一笔钱？你为什么都没和我说？”

“哎呀，那不是你给我的吗？你们公司那个什么经理，说你给我的呀！哎，他和我说这笔钱不能说出去，我还怕打搅你，就一直没和你联系，你阿爸这边的事情差不多解决了，你阿爸也原谅你了。”

“原谅什么？你们知不知道这是公款，挪用公款我们全家都是要坐牢的！”

母亲在电话那头瞬间愣住了，叫道：“咩……咩公款？那个经理说是你给我的呀，点会要坐监啊，你冇吓我啊！（什么……什么公款？那个经理说是你给我的呀，怎么会要坐牢啊，你不要吓我啊！）”

“那你为什么一直不接我电话，给你发信息也不回？！”吴悠气急败坏地问，她现在实在说不出什么好话来。

“我不是怕你反悔要把钱拿回去嘛，你爸都已经把钱拿去还债了。果不其然，我一接电话，你就要我把钱还回去，我……这日子，还怎么过啊……”

“现在你们想方设法把这笔钱给我要回来，你们到底有没有脑子，这么一大笔钱，你们没有觉得奇怪吗？也不会事先问我一声吗？我真的要被你们气死了，现在什么都别说了，那笔钱……无论如何要还回来！”

吴悠妈在电话那头已经颤抖得快要哭了，突然，电话被吴悠爸抢了过去，只听他吼道：“钱是没有了，命倒是有一条！”

“那你就把命拿来啊！我现在不想和你说话，我只想告诉你们，如果钱拿不回来，我们仨就等着一起进监狱吧！”说完，吴悠挂掉了电话。

吴悠忍住气，她找到 IT 部门，要他们查询发送邮件的 IP 地址，但技术员告诉吴悠，因为全公司共用一个 IP，所以是没有办法确认邮件到底是从谁的电脑上发送出去的，除非能找到费仁克的电脑，再通过技术手段查到当时的数据输出，但也不能确保一定可以找到。吴悠有些绝望地看着郑弋之，郑弋之则安慰道：“你先别急，现在最重要的是找到整个事件的关键人，有没有办法通过谁联系上 Frank？”

吴悠拍了拍脑袋，说：“我对 Frank 真的一无所知，之前我就好奇他的过去，可我没有深究，现在想来确实有太多古怪之处。”

林安娜想了想，说：“Frank 是我找来的，确实是我太松懈了，但这其中肯定有什么我们都不清楚的事。一个人不会无缘无故地背叛别人，也不会毫无理由地消失，这件事你交给我，我就是在大上海掘地三尺，也要把他给找出来。”

郑弋之送吴悠回家，让她先好好休息。郑弋之告诉她，如果洛奇真的提起诉讼，自己会想办法帮她。吴悠对郑弋之的感激之情无以言表，她实在不知道这个时候应该对郑弋之说什么，只问道：“为什么这个时候你会突然过来？”

郑弋之浅浅一笑，说：“是你下面那个小朋友给我打的电话，他应该意识到事情越来越复杂了，所以第一时间联系了我。”

吴悠顿了顿，问：“Scott？”

郑弋之说：“你能一下子猜出是他，那应该就是他了。”郑弋之拍了拍吴悠的肩膀，转身准备离去，吴悠却拉住了郑弋之的手，索性吻了上去，郑弋之也紧紧地抱住了吴悠。吴悠低声说：“对不起，谢谢你这么久还一直在。”郑弋之撩了撩吴悠前额的头发，说：“不久，我们好像只是昨天没见一样，而且……你也没做错什么，我们确实都需要一点空间来好好想想。”

吴悠伸手捂住了郑弋之的嘴，说：“是我的问题，我确实没有完全地信任你。”郑弋之摇了摇头，他什么也没说，只是在楼道的微光下，静静地抱了她很久很久，最后道：“你的棚屋已经整理好了，只要不再把我拒之门外就好。”

两天之内，洛奇就查明了吴悠的个人账户上确实没有翠芬额外支付的金额，邮件的内容纯属子虚乌有，但麦迪逊公司的账户上确实支出了一笔私账，且打进了吴悠母亲的银行卡里，加上吴悠发给财务的那封邮件，人证、物证俱在，洛奇随时可以将吴悠告上法庭。洛奇希望吴悠能够在三天之内给出一个妥善处理的方法，否则就只能法庭上见了。

吴悠妈姗姗来迟，她坐在办公室里滴水不沾，已经哭成了金鱼眼，她支支吾吾道：“我哪知道那个人这么坏啊，他只和我说你想通了要帮你阿爸，我看他也是你们公司的，又和你一起进出，自然就相信他了啊。”

吴悠一副恨铁不成钢的样子，说：“你怎么不想想，你的女儿可能有这么多钱吗？你以为我是印钞机吗？”

“是……是……哦对了，是你那个领导说的呀，他说你现在一年有至少三百万的收入……”

吴悠一愣神，忙问：“哪个领导？”

“我不知道呀，他说他以前是你的领导，你还在他的公司干过，那天他在酒店，看我在吃东西，就过来和我聊了聊……”

吴悠想着这个“前领导”不可能是大老板，如果他知道自己和母亲住在那间酒店，他一定会先给自己发个信息。那除了大老板，还有谁会自称是自己的“前领导”呢？这时，郑弋之站在旁边问：“阿姨，你还记得那个自称‘前领导’的人长什么样子吗？”吴悠妈颔首，紧锁着眉头说："如果能再见他一次，我肯定能认出来。"吴悠想了想，起身从柜子里翻出了一份行业内的杂志，然后翻到印有罗任司照片的那一页，递给母亲问："是不是他？"吴悠妈一眼便认出来了，惊呼道："是是是！就是他！"

吴悠和郑弋之面面相觑，郑弋之问："你怎么猜到是他的？"吴悠认真地说："那天我在北京的酒店遇到过他，只是我当时没有想那么多，也没有想到他会偷听我和我妈的谈话。"

"小悠，你爸还回去的钱肯定是要不回来了，我们也没有办法，已经把房子卖了啊，只剩下一套了，不然我和你阿爸真的只能睡大街了。"

看着母亲可怜的样子，吴悠也不忍心再苛责下去，眼下只能想办法去弥补亏空了。

郑弋之给出了一个合理的推理："如果我没有想错的话，关于翠芬的那封邮件应该也是他们的预谋之一，先利用子虚乌有的假象来引起洛奇的猜忌，然后再让洛奇发现他们之前挖下的大坑，只是……Lawrence为何会对你恨之入骨，非要把你置于死地？"

"这个男人相当小气，我想他还在对我当着洛奇众人的面让他颜面扫地的事耿耿于怀吧，只是……他下手确实太狠了，我以为我已经尽量避开了奥斯德所有的雷点，没想到还是让他抓住了我的弱点，给了我致命的一击。"

"你确定只是因为你让他颜面扫地的那起事件吗？这背后应该还有什么是我们没想到的。"

吴悠看向郑弋之，两人的眼神都变得复杂起来。

5

林安娜将车停在嘉定松鹤墓园旁，这里的一切对林安娜来说是那么熟悉，又那么陌生，林安娜的父母去世之后便葬于此，而后是自己的女儿。原本那块墓地，林安娜是买给自己的，可世事无常。每次前往松鹤园的路上，林安娜都会陷入深深的沉思，她深知人越老越禁不住回忆过往，最后也都像走马灯似的消散在繁华的城市街道和不曾熟悉的面孔里。

过去杜太太常说，上海这个地方留不下什么人情，只有冰冷城市中人与人之间那一丁点的惺惺惜惺惺，大家都像是困在都市建筑群里的野兽，保持距离是在上海这座城市活下去的规则，你的温情在这座过于华丽的城市之中是多余的。袒露自己对都市人来说是一种危险，所以，不管你在上海待多久、奋斗多少年，你都不会有什么真正值得怀念的人和事，你只是一步一个脚印地慢慢成为此刻的自己，其他的人都像是皮影戏幕布上的影子，他们存在着，但从来没有让你真正认识过。

当林安娜走在墓地里，看着那些面容姣好却已在另一个世界云游的人们，会忍不住猜想：如果真的如杜太太所说，那么繁华都市中的这一片净土上，这些离世的人是否已经敞开了心扉，不再做一只藏在角落里收紧触角的野兽，而是坦荡地在天地间行走，热情地与他人交往？

林安娜祭拜完父母与女儿之后，顺路走到了一块刻着“魏娟”姓名的墓碑前，祭台上有一束没有蔫掉的白菊花，果盘里放着苹果和枇杷，墓碑上的照片仿佛是她二十出头的模样。林安娜献上了自己带来的祭品，然后坐在旁边喃喃道：“每年都来看你，十来年了，你还是原本的模样，而我却已老了。”旁边，是一块贴着孩童照片的墓碑，孩童笑容灿烂，却嵌在了黑白的世界里。

林安娜听到身后窸窸窣窣的脚步声，回头便看见罗任司阴沉的脸。他走过来，扔掉了林安娜刚刚摆上去的祭品，然后冷冷地说道：“兔死狐悲这种戏码就不要演了。”

林安娜起身站在罗任司的身后，纵然他在职场中如何意气风发，在去世的妻子面前，他却佝偻着身子，清理着妻子墓前的杂物，一副小丈夫的姿态。

林安娜心平气和地站在离罗任司一米之外的地方，淡淡地说："卡宾已经破产了，那几个老板坐牢的坐牢，自杀的自杀，奥斯德也已经被你捏在了手里，对你来说，现在唯一仇人也只有我了，你有什么怨恨和心结，不妨就在今天解开吧。"

罗任司背对着林安娜，轻轻"哼"了一声，说："现在你们麦迪逊泥菩萨过河，你还有闲情逸致来这里和我谈什么心结？不如好好担心一下你的合伙人和公司吧。吴悠被抓，洛奇撤资，整个麦迪逊溃不成军，眼看就要分崩离析，我还有什么心结？"

"说到底，你还是恨。"

"嗬，恨？我怎么不恨？我的妻子才二十六岁就去世了，我的孩子才两岁，我们的日子明明还有那么长，我们的未来明明还有那么多美好，谁来告诉他们这些？每当我看着上海的高楼越来越高、街道越来越新、大家的日子越来越好的时候，我都在想，为什么他们偏偏和我一起生活在了最差的日子里？卡宾公司当时但凡能把我当个人看，就应该在媒体上公开道歉！你，林安娜，你当时但凡还有点人性，就不会只是把那笔冷冰冰的钱塞给我爸妈，而不肯揭露卡宾内部那些乌七八糟的事情！既然你们沆瀣一气，那又怪得了我什么呢？如果没有这些恨意，我又怎么会艰难地走过这十几年？"

罗任司慢慢地卷起裤腿，露出他那条让人看了触目惊心的右腿，他的右腿就像一根干枯的老藤。罗任司说："看到了吗？这就是你们广告人所谓的良心，戳心吗？"

"吴悠和你没有仇，你不应该把她卷进来。如果你真的恨我，朝我来。"

"已经没有意义了。"罗任司放下裤腿，"对我来说，凡是阻止我报复的人，都是敌人。”

“你的目的已经达到了，你还想怎么样？”

“我的目的很简单，就是看着你……永远笑不出来。Anna，既然你这么大无畏地想要保护她，那你就应该去想办法帮她，而不是来找我。这件事从头到尾，我连一根手指都没有动过，你问我想怎么样，我还真的答不上来。”罗任司咧着嘴笑了笑。

林安娜看着眼前这个面孔扭曲、神情变态的男人，如今已是图穷匕首见的时刻了，她知道和罗任司讲道理不会有一丝作用，她朝着魏娟的墓碑深深地鞠了一躬，然后离开了。

罗任司坐在妻子的墓碑前傻傻地笑了笑，他笑着笑着，就落下了眼泪，他抚摸着墓碑上妻子的照片，说：“我好像真的累了。”

回程的路上，林安娜的车正好经过波特曼酒店，她突然有些走神，差点撞到前面的车。林安娜索性停下车，走到酒店的大门口，看着那块曾金光闪闪的招牌，它如今已布满了岁月的痕迹。林安娜透过玻璃外墙，看着大堂之中穿着制服接待外宾的那个姑娘，她带着微笑，自信满满地说着一口流利的英语，她回头的时候正好与林安娜四目相对。林安娜瞬间愣在了那里，她好像看到了 1994 年的自己，那个女孩就这样站在那里，冲着自己微笑，得体、大方、青春永驻。

门童看着驻足的林安娜，问：“您好，请问您要进去吗？”

林安娜摇了摇头，说：“不用了，我只是认错了人。”

年轻的门童露出礼貌的微笑，林安娜又回头望了一眼，那个姑娘已经不见了。

林安娜回到公司，公司里每个人都好似没有被这场风波影响一样，依旧坚守在自己的岗位上。她走到吴悠的办公室门口，敲了敲门。吴悠正在忙着做堃少的海外品牌计划，见是林安娜，便起身给她开了门。林安娜坐到吴悠对面的沙发上，说：“Evelyn，我有点话想和你说。”吴悠点点头，示意到楼上天台去谈。

不知道从什么时候开始，天台成了公司员工们散心的绝佳地点。林安娜打开了前段时间才让物业修好的灯，漆黑的深夜里，这里是写字楼间唯一的净土。吴悠坐在木椅上，看着林安娜，问：“是有什么新的指示吗？”林安娜坐到吴悠旁边，想了想说：“Evelyn，我们把麦迪逊关了吧。”

吴悠惊讶地看着林安娜，说：“你又在和我开玩笑？”

林安娜打开手提包，从里面拿出一张支票，递到吴悠手上说：“这里是一百八十万，刚好可以填补公司的亏空。”

吴悠把支票还给林安娜，说：“你这是什么意思？我不能要这个钱。而且，公司现在正在上升期，为什么要关啊？我知道这次的事件对我们公司造成了很大的负面影响，但是我们的客户并没有撤单，我们……”

吴悠哆嗦着捏着林安娜的手，林安娜反手握了上去，安慰道：“Evelyn，你听我好好和你说。”她看着吴悠那张俊秀的面庞，看着她倔强而又不甘的表情，说道，“这笔钱是我借给你的，并不是送你的，你之后慢慢还给我就好了。我下午去见过 Will 了，洛奇对这次事件的想法很多，继续投资的可能性应该不大，他们这次有权力撤资，我们也没有理由拒绝。即使这件事解决了，我们在洛奇那里也已经留下了不好的印象，再发展下去也不过是使双方的矛盾逐渐恶化，还是在他们不追究麦迪逊的相关责任的情况下。另外，说句老实话，我想休息了，虽然我心里一直在和自己说，我应该还可以继续工作十年，继续看着这个行业走向下一个光辉的时刻，但是总有一天，我还是要退下来的，不是今天也是明天。该经历的我都经历过了，该拥有的我也都拥有过了。我有一个朋友她一直在劝我，她说我这一辈子都在伸手去够，如果有一天真的学会了放手，那可能才是最轻松的一刻。麦迪逊是我们每一个人的心血，我太清楚它对你和我的意义了，但我想也正因为如此，它在需要被证明的时刻，已经被证明过了，我们没有输，只是没有必要再硬撑下去了，让它留在最美好的时刻，对我们每个人来说或许都是最好的结果。”

林安娜的这番话让吴悠不知道怎么接，她只是不服气地看着林安娜，说：“难道就没有别的办法了吗？我们的新办公室还没有搬过去，我们说好的要一起迎接 2020 呢？ Anna，即使没有洛奇，我们也可以找别的投资方，只要……”

“好了，Evelyn，相信我吧。即使没有麦迪逊，你现在走到任何一个地方，也都会非常优秀地生活下去。”

“可是……”吴悠不知道自己为何在此刻落下了眼泪，“可是任何地方，都不是麦迪逊啊……”

林安娜给了吴悠一个深情的拥抱，然后说：“可人人都会说，曾经，上海有个麦迪逊。那家公司短暂地存在过，它特殊、犀利、独一无二，那是广告界最完美的一件作品。”

“我不想……“

“这是让你走下去的最好办法了。“

吴悠紧紧地抱着林安娜，失声痛哭，两个人再也没有说一句话。天空上那一轮金黄的圆月，像是特别明白她们的心思一般，避开了云层，洒下了一片暖光。

第一次看见
灿烂的时刻

第十五章

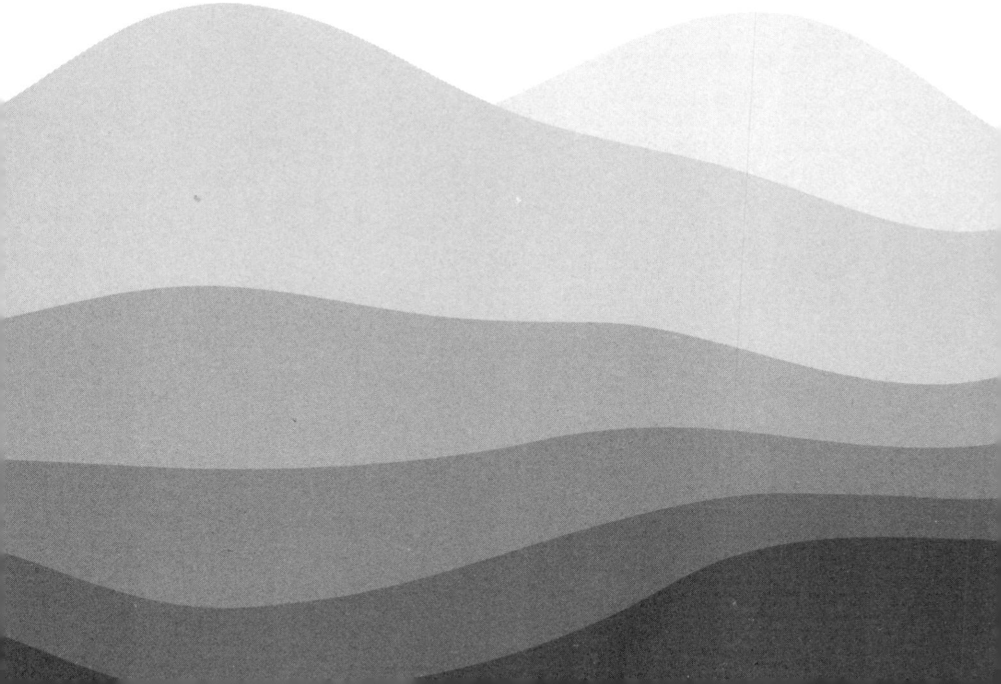

1

许多年后，当吴悠回想起麦迪逊最后的那段日子时，心中依旧感慨。

吴悠向林安娜打好了借条，亲自找到Will，将亏空的金额填补上了，然后她正式向洛奇递交了辞职信，洛奇看着麦迪逊做出的成绩，最终选择内部解决，没有继续追究吴悠及其家人的法律责任。轩然大波就此抚平，随后的一个月里，吴悠将自己的员工一个一个安排到了更好的公司，每一个员工和吴悠告别的时候都泪流满面，不愿离开。吴悠克制着自己的情绪，告诉他们每一个人：明天会更好。

轮到萧树离开的那个下午，他穿着白衬衣，过来和吴悠告别。和那些带泪的同事不同，萧树带来了一份简历，吴悠不懂他的意思，只听萧树说："新的公司我是不会去的，这是我刚刚更新过的简历，你接下来要去哪里就带着我一起吧。"

吴悠笑萧树是个傻瓜，自己接下来的工作还没定呢，怎么可能给他承诺呢？萧树摇头说："我现在有存款可以养活自己，接私活也可以养活自己，但是如果不能跟着自己欣赏的人一起工作，我去哪里都不会开心的。"吴悠拿着萧树的那份简历看了看，眼睛突然有点发红，她伸手擦了擦眼角说："你真的对我太盲目崇拜了。"

萧树说："不是盲目，就是崇拜，而且……我有种预感，你不会就这么罢休的。"

吴悠最终收下了萧树的那份简历。看着公司的工位一点一点被搬空，她的心好像也一点一点空掉了。

林安娜和吴悠是最后离开的。临走时，林安娜接到了一个电话，对方说她们原本要搬过去的办公室今天刚好装修完了。林安娜问吴悠要不要一起过去看看，吴悠摇了摇头说："不用了，看着看着，心更荒凉了。"

郑弋之正站在大厦门口等着她，吴悠说她要亲自来锁公司的大门，随后"咣"的一声，所有的回忆都被关在了里面。

那天晚上，大老板打电话过来，兴奋地和吴悠说戛纳的获奖名单出来了，吴悠的那个《梦想，无惧年龄》拿下了今年的金狮奖，他还在现场到处寻找吴悠的身影，才发现她在上海根本没去。

其实吴悠在一周多前已经收到了本届戛纳广告颁奖礼的邀请函和机票，但是她已经没有心思了，大老板不知道原来在他出差的这段时间里发生了这么多的事情。吴悠每每遇到困难，大老板的安慰永不缺席。他发来了金狮奖杯的照片给吴悠，然后发了一个"祝你开心"的中年表情，吴悠看着手机忍不住"扑哧"一笑。郑弋之回头看吴悠，问她有什么事情这么高兴。

也是在那天晚上，睡觉前，吴悠的Skype突然响了，远在洛杉矶的陈洛给她发来了信息，陈洛说他看到了戛纳的获奖名单上有吴悠的名字，他还以为自己看错了，确认了好几遍。陈洛说他正好过两天要飞戛纳，问吴悠还在不在那边。吴悠说自己压根没去，现在正在上海的浴缸里泡澡。陈洛诧异地问怎么回事，吴悠洒脱地说："没什么，辞职了。"这又是一段说来话长的故事，吴悠却选择直接告诉对方结果，陈洛也并没有深究背后的原因，只道："是好事啊！我们公司正好缺一个创意总监，我把你的简历推过去呗？"吴悠立马拒绝道："别了，我想先休息一段时间，享受一下恋爱的感觉。"陈洛再一次诧异道："你什么时候恋爱了？！"吴悠笑了，她看着正在客厅看新闻的郑弋之。

说是享受恋爱，吴悠却并没有沉溺其中。郑弋之白天上班的时候，吴悠就在网上看各种财经和创业的视频，了解当下广告业的最新趋势。每天晚上，吴悠还有一小时的英语学习加郑弋之亲自教授的法律常识。

转眼已是秋天，林安娜离开上海的日子定在九月的末尾。吴悠没有叫任何人，她独自一人前往机场给林安娜送行。林安娜说她要去温哥华和她最好的朋友团聚了，如果吴悠有时间去加拿大也可以去找她。吴悠点头说："一张机票的事，随时都能去。"林安娜没有在这样的场合和吴悠煽情，而是问："和郑律师什么时候结婚，定了吗？"

吴悠摇头说："我才刚学会恋爱，结婚的事先放放吧。"

林安娜侧着身子说："光恋爱不结婚，倒是符合你吴悠的性子。"

吴悠送林安娜到安检口，然后说："钱我会尽快还给你的，另外，随时 call 我！"

九月的上海已经是一片金黄，道路两旁的梧桐树总能把上海浪漫的气息再提升两个档次。吴悠坐在窗边，吹着秋风，差一点就要睡过去了，突然门铃响了，吴悠走过去开门，门外的快递员交给她一个信封。她走回房里，好奇地坐下来将信封拆开，里面是几张照片。那是几张赵开颜和罗任司从酒店出入的照片，除此之外，信封里还有一个U盘。吴悠将U盘插到电脑上，打开文件发现里面是几段音频。吴悠依次点开音频，虽然音频内有些杂音，但她还是能听清，那是罗任司和赵开颜的对话。音频里，罗任司询问赵开颜最想报复的人是谁，赵开颜没有犹豫地说出了吴悠的名字，接着是罗任司的笑声，然后罗任司和赵开颜商量起了整个计划的流程。

吴悠突然觉得一阵恶心，她迅速关掉了音频，这些东西足够让赵开颜和罗任司失去现在拥有的一切，她突然好奇到底是谁寄来的这些东西。于是，吴悠揭开信封外的信息贴纸，只见姓名那栏，对方只留了一个字母"F"。

"是 Frank？！"

当天下午，吴悠盛装打扮，出现在洛奇的大门口。她没有等前台招呼就径直走了进去，在赵开颜的工位前停了下来。赵开颜看着吴悠，不明白她要干什么，只见吴悠将那沓照片和U盘扔在了赵开颜的桌上，说："Carrie，这些东西，我想来想去都不知道送给谁，最后觉得还是物归原主比较好。"

赵开颜看着桌面上的那些照片，脸色大变，旁边工位的同事也忍不住看了过来，赵开颜慌忙将照片收了起来，然后拉着吴悠就要往外走。吴悠甩开了赵开颜的手，说："我今天不是来和你聊天的，我只是想告诉你，不是我不想赢，只是我不想再在你的身上浪费时间了。"吴悠没有等赵开颜开口，继续说，"你放心，你所有的丑事，我都不会说出去的，因为……我怕脏了自己的嘴。"说完，吴悠头发一甩，潇洒地走开了。

出了洛奇的大门之后，吴悠顿然觉得天空晴朗，心情舒畅。她给罗薇薇打了一通电话，说实话她现在太想喝酒了！

等待罗薇薇的过程中，吴悠坐在霓虹灯闪烁的卡座上，看着对面嬉笑的四个女孩，她不觉想起多年前，宿舍熄灯之后，四个人躺在蚊帐之中的那些卧谈，她们每一个人都对未来的二十年充满了期待，那该是最好的时代，她们每一个人都这么认为。

2

费仁克坐在乌鲁木齐南路的咖啡厅里，再过几天他就要起身前往北京了。在去之前，他还是想把自己一直想做却没有做的事情做完。半小时后，罗任司走了进来，坐在他的对面，问："一切都准备好了，什么时候走？"

费仁克低着头，在电脑上输入着什么，然后端过咖啡喝了一口，说："下周一。"

“那很快了，过去那边之后，有什么需要随时给我打电话。”

费仁克没有回应，罗任司又说：“这段时间，辛苦了！”

费仁克关上电脑，看向罗任司说：“我们的合作到此结束吧，以后就不要再联系了。”

“你是后悔了吗？还是……就像我说的，你喜欢上那个丫头了？”罗任司露出几分不怀好意的微笑，这是费仁克最不喜欢他的地方。

“那都是我的事，与你无关！”费仁克喝完了最后一口咖啡，说，“我只是想，或许事情从头到尾都并非你想的那个样子，也可能不是我想的那个样子。如果为了报仇而伤及无辜，我想，那不是我的初衷。”

罗任司的脸色沉了下来，说：“你有没有想过，如果不是我，你现在在干什么？你不过还是一个只知道两点一线地开着货车，天天累死累活还看不到未来的司机。”

“我想你可能一直都想错了，我之所以帮你，是因为我觉得你家人的死和我多少有些关系，当时如果我可以注意到后面的情况，及时停车，他们或许还有救，仅仅因为这个原因。我只是为了让自己心里好受一些，才帮你做那么多事情。”费仁克双手合十，放在桌前，认真地和罗任司说。

“你是在救赎你自己？嘀，费，我就说句实话，从你跟着我搞垮卡宾开始，你就已经不干净了。所以，你不用急着和我划清关系，你的心里会永远记着我们干过的事情。”

费仁克抬起头，眼里有一种看破生死的悲悯，说：“我会用我的方式让自己慢慢好过一些，我也希望你……不要再带着仇恨过一辈子了。”

费仁克说完，罗任司沉默了很长一段时间，他像是吞下了许多未说出口的话，最后只挤出一句：“一路平安！”

罗任司回想起事故发生的那天下午，自己在驾驶座上就快要陷入昏迷，就在这时，他看到费仁克从卡车上跳下来，用力将他从车里往外拉，但是时间是那么短，短到罗任司再睁开眼的时候，仿佛已经是下半辈子了。费仁克坐在罗任司的床边，他听着外面罗任司的父母和奥斯德代表商量的声音，那些把人命与金钱画等号的话语彻底激怒了费仁克。但时隔多年，费仁克也意识到，虽然当时他没有推开门去看来人，但那个女人的声音并不是林安娜的。

在后来很长的时间里，费仁克更像是一个为了捍卫那所谓的“正义”而站在罗任司身后的那个人。

费仁克临走前，拖着行李走到了麦迪逊曾经的办公室门口，几个工人正在拆卸麦迪逊的 LOGO，他们看见戴着帽子和口罩的费仁克，问他是不是来送货的。费仁克摇了摇头，问工人们这里接下来要做什么，几个工人摇头。突然电梯响了，一个冷若冰霜的女孩走了出来，她看了看办公桌收拾出来的情况，和几个工人细心交涉了一番。费仁克有那么一瞬间，错把她看成了吴悠，直到电梯再一次响起，从里面走出来的人叫了她一声“王爷”，费仁克才回过神来。

费仁克走在满是落叶的街道上，突然看见路边有一个卖花的小姑娘，费仁克走上前，站在小姑娘面前，问：“花多少钱？”小姑娘笑着问：“叔叔是要买花送给女朋友的吗？”费仁克想了想，他摇了摇头，浅浅一笑说：“我想送给我自己。”小姑娘略感疑惑，说：“那就给叔叔便宜点吧。”费仁克说：“那我全要了。”

2019 年秋天，上海的街道上，一个拖着行李箱的男人捧着一大束花走了很长很长的一段路，这张照片在之后的很多社交平台上都能看到，但照片里那个带着浅浅微笑的男人，并不知道自己的那一刻竟成了永恒。

3

吴悠将为华利达设计的方案交到堃少手里的时候，堃少非常满意地和吴悠说了一句："Brave（出色）！"但对于麦迪逊解散的这件事，堃少始终感到遗憾。堃少始终没有相信外界谣传麦迪逊的那些八卦，因为在他看来，吴悠是一个完全不会使阴险手段的女生，她更不可能去做那些没有理由的事情。在这一点上，吴悠非常感动，她和堃少只有一面之缘，她根本想不到自己可以在对方心里留下这么完美的印象。

"Evelyn，虽然我比你小，但并不代表我见的人比你少，从小我就跟着我爸见过各种人，趋炎附势的，处心积虑的，穷奢极欲的……总之，我见过形形色色的人，但是你给我的第一印象就是特别。'特别'不是褒义也不是贬义，就是一种感觉，和我见过的客户还有大多数女生都不一样，在你身上我能看到一种叫作'惊喜'的东西，这一点是大多数女生都没有的。"

吴悠对于堃少的夸赞有些受宠若惊，堃少说："你要不要索性到我这里来，帮我负责全套的品牌推广，我觉得我也找不到比你更适合的人选了。"

"堃少，你太慷慨了，只可惜我没有办法胜任，虽然我是做广告的，但主要还是以创意为主，真正要运营推广，那些其实并不是我擅长的。"吴悠对堃少的邀约非常感激，但那并不是她向往的工作。

"那单单负责这次的整个项目呢？我可以给你返点。"

"堃少，其实麦迪逊解散，这个项目就没有办法按照我之前提的数字去做了。但是出于我答应了下来，就应该帮你负责到底，所以，这个项目我会继续做，返点就不用了，你按正常项目结算就好了。"

堃少也没有强求，只是说："我接手华利达是因为我爸病重，目前我身边的人全都是当年跟着我爸做事的人，他们的思维、做事方式，以及对信息的敏感度都太陈旧了，我确实需要一个年轻一点的军师来帮我，如果你有合适的人，也请推荐给我。"

吴悠喝完堃少请的咖啡，说："一定，但我其实挺看好你接手之后华利达的前景的，不知道为什么，我觉得在未来的某一天，它会成为国货之光。”

堃少笑了，他笑得轻松且开心。他派车送吴悠回上海，并告诉吴悠，随时可以来杭州找他，只要她需要帮助。

陈洛在国庆之后回了一次上海，吴悠怎么也想不到，这个帅气的男人居然是为了自己专程回来的。陈洛说他打算明年回上海创业了，在美国那边他遇到了非常多的创业青年，在他们身上陈洛看到了未来中国创业的各种可能。陈洛问吴悠有没有兴趣和自己一起创业，吴悠说她根本没想好要做什么，她最近一直在思考未来的社会结构和人们的需求。陈洛说，现在的风口是什么，你就去做什么！吴悠倒是被陈洛这种星星之火的热情感染了。一晚上陈洛提了好几个想法，最后都在吴悠的质疑和提问中消解了。

陈洛有点扫兴地说：“唉，Evelyn，你真的是梦想破碎机，我说什么你否定什么！”

“我只是帮你提前避雷，不然你贸然创业，肯定会遇到很多问题。”

“我和你说创业这件事，就不可能是完全想好才去执行的，就像一个程序或者一个广告，一定是有了一个概念、一个 idea，就先去做，然后再慢慢完善它。但说实话，做了这么多年的 digital，我真的累了，趁我现在还没到三十岁，还有机会转行。现在这个行业，桃花运都不行！”

“说到底，你到底是想创业还是想找对象啊？我看你这动机不对，你小心点啊！”

陈洛矢口否认，他再次向吴悠提出了邀请，说：“我是说真的，你要是能和我一起做，我们一定能做起来。”

“不了，就你这什么都没想好的项目，我可不敢加入。”吴悠直接拒绝了，没有给陈洛留后路。

陈洛思忖再三，疑惑地问：“怎么我就这么不能给你安全感吗？我和你说，我可是个……”

“打住，再说下去就没意思了。”吴悠赶紧制止了陈洛的发言，然后说，“等下柳晶师姐叫我去她家喝酒，你也去吧，还有我的一个朋友。”

“男朋友还是女朋友？没有帅哥的局我是不去的。”

“我们第一次见面的那个局也没有帅哥啊！”

“所以我那次是被柳晶骗了啊！当时我就发誓再也不去这个女人的局了！”陈洛像孩子般赌气地说道，吴悠被逗得哈哈大笑。

最终陈洛还是被吴悠唆使着一起去了柳晶家，吴悠叫了罗薇薇一起去。柳晶一边给大家倒酒，一边说：“对了，我最近又在重温《欲望都市》，要不要一起看？”

吴悠和罗薇薇一起举手，陈洛翻了个白眼说：“我可以申请看《老友记》吗？”

四个人围坐在沙发上，看着并不高清的《欲望都市》，吴悠想起自己那些尚且不懂时尚也不懂性爱的学生时代，这部剧真的给了所有女生以启蒙。2019 年，《欲望都市》四位女主的年龄加起来已经过百岁了，可她们在影片中的姿态永远让人记忆犹新。吴悠靠在罗薇薇的肩上，罗薇薇笑着说：“吴悠，真的想不到，有一天你也可以从小老虎变成一只小猫。”是恋爱让她更温和了吗？还是过去那一年的摸爬滚打让她慢慢有了更有女人味的一面，吴悠不得而知。

四人喝到微醺，吴悠才摇摇晃晃地回家，郑弋之正穿着睡衣看合同，吴悠则趁着酒劲把电脑搬到了郑弋之面前，打开桌面的 PPT。郑弋之惊奇地看着，问：“这是……”吴悠从郑弋之身后环住他的脖子，说：“是我打算去找投资的项目。”

“你要做新项目了？”

“嗯，其实这段时间我一直在学习和研究，现在我觉得差不多了。”

第二天，吴悠又穿回了久违的职业装，走进许久未进的地铁。她看着地铁站里那些广告牌，上面依旧是新鲜有趣的创意和产品，车厢里的每个人打开任何APP，开屏都是抓人眼球的广告。吴悠拎着包，重新走回熟悉的街道上，一切看起来都像是新的一样。

她上了楼，推开海森办公室的大门，所有人都把目光聚焦在了她的身上，但她径直朝大老板的办公室走去，就像过去的许多次那样，她义无反顾地推门而入。桌上的茶已经泡好了，大老板今天好像特意打扮了一番，早就在等吴悠的到来了。吴悠甜甜一笑，然后打开iPad，大老板看着吴悠问道："你想好了？真的不做广告了？"

吴悠点点头，说："明年我就三十岁了，我想给自己一点刺激的东西。"

"那你打算做什么？"

"项目书和策划案都在这里，天使轮的资金需求也在里面。"

"这是……"大老板点开看了看。

"我想做互联网。"

大老板摸了摸下巴，若有所思地点了点头，说："明天我就可以给你答复。从广告转行去做互联网，突然变换赛道，不是一件容易的事情啊！Evelyn，你想好了吗？"

"我想好了。"吴悠朗声笑道。

小草屋的崛起让吴悠看到了商业新浪潮的另一种可能，创意永远不会泯灭，不只是广告创意，所有的idea都一样会因为和人们的需求碰撞而擦出共情的火花。吴悠确信，女性依旧是未来消费市场的主导者。这份关于女性互联网社群APP的创意书是她深思熟虑的结果，麦迪逊未来得及燃烧的那些火光，会继续延续并移植到这个新的主体上来，身为女性，她要让更多的人知道女性的闪光点。

"它不会只是一个APP，它会是展现我创意的新平台。"吴悠自信地和大老板说道。

上海深秋的街道上，吴悠迈着大步向前走着，她的包里一直放着萧树的那份简历，她已经想好了给萧树的职位，并急于告诉他准备随时到岗。一想到这里，吴悠突然有些兴奋，原来那间装修好的办公室并没有浪费，2020 年也终于要来了。

就在她马不停蹄地向前奔走时，突然听到身后有人在叫她，当吴悠转过身的刹那，眼神里透着细细密密的光。前几天发过去的那封邮件，她应该已经看到了，算着时间也应该回来了。吴悠看着不远处那熟悉的身影，忽然间，梧桐树叶“沙沙”地落在了她的跟前。

第一次看见
灿烂的时刻

尾声

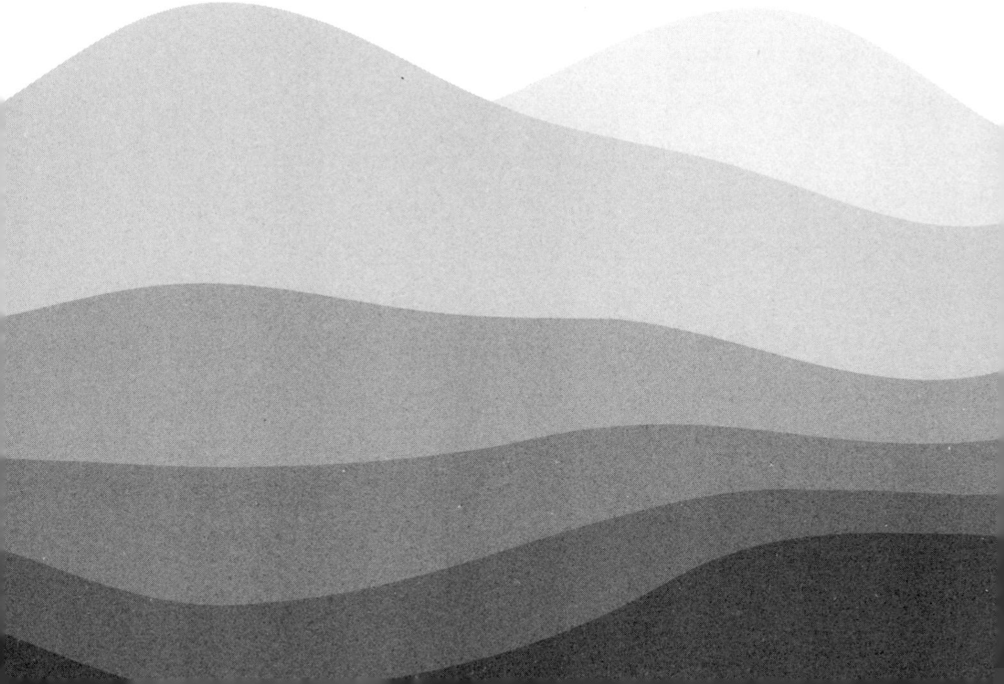

收到吴悠来信的那天，依旧是一个晴朗的日子。

温哥华的天气好到让林安娜反而有点怀念上海的阴雨。前几天她和杜太太出门逛街，遇见了几个上海老乡，于是他们摆了下午茶坐着攀谈，听着吴侬软语，林安娜总不免被勾起几分乡愁。林安娜想起上海老屋那扇窗外的月亮，就像张爱玲笔下写的那样，像朵云轩信笺上落了一滴泪珠，陈旧而迷糊。傍晚时分，林安娜和杜太太沿着小区周围的街道慢慢散步，她们说起年轻时候的往事，总仿佛是昨天发生的一样。林安娜说自己对女儿的思念越来越淡了，就好像她静静地站在那里，而自己却越走越远了。

杜太太安慰道，这未必不是好事。

林安娜笑了，说杜太太不知道，其实刚开始那会儿她还想过轻生。

杜太太以为林安娜在开玩笑，林安娜却解释道："还真的不是玩笑话，那时候我从美国回到上海，我抱着囡囡的骨灰盒，站在天桥上，当时下着很大的雨，我想不如就这样直接跳下去，下面车水马龙，就这样一了百了，结果没跳成。"

杜太太露出惊愕的表情，林安娜说："其实我一直想感谢一个人，但是又不知道那个人是谁。"

"怎么说？"

林安娜想起那天那场倾盆大雨，自己孤零零地站在天桥上，过往的行人没有一个人注意过她，但当时有个小姑娘从她身边走过，那女孩一边走，一边打着电话说："你以为我就这么输了吗？伐可能，我和你说，我偏偏要打一场漂亮的翻身仗！”那句话就像是上天突然安排的一句魔咒，将林安娜从死亡边缘拉了回来。她回过头，只看见那个打电话的小姑娘站在不远处也回望了她一眼，只是她们四目相接的时间只有短短两秒，那个姑娘就没入了乘坐地铁的人群之中。

林安娜只知道，那场命运般的回眸让她起死回生，可她不知道，那便是她和吴悠的第一次相逢。

全文完

2021 年 7 月 19 日　一稿于北京

2021 年 11 月 4 日　二稿于北京

后记：明天会更好

这是一个关于上海的故事，是我喜欢的上海，我生活过的上海，同样也是我没有存在之后的上海。2016年之后，我便搬离上海到了北京，而后却反复写着上海的故事，故事中的林安娜和吴悠是我心中必须要书写的两个人物，一个骄傲，一个倔强，她们是我们这一代聪明人和上一代精明人的代表。

写这个故事的初衷是对林安娜的记录，几年前，我曾在工作中交往过的一位职业女经理，她在人生风光的时刻失去了她心爱的女儿，一场意外，把她的人生彻底打入低谷，在许多次的饭局上，不止一人对她优秀的女儿进行表扬，可她却并不将其当作谈资，或是有更高的目标，或是对这种优秀看作一种努力人生的平常，但是在她失去女儿之后的很长时间内，我甚至不敢和她说话，害怕碰触她的伤口，可想到工作期间她对我的照顾和关注，很多时候像是一种潜在的力量，于是我想把她的故事写下来，这便是林安娜的原型。

而吴悠，在读过这个故事初稿的读者反馈中，会觉得吴悠相比林安娜会单薄不少，她没有那么丰富的阅历，横冲直撞，甚至在自己的固执中吃亏，可她依旧敢爱敢恨，勇往直前，我在几次调整之后，最后放弃了捏造吴悠的想法。因为她就是我们这一代人的样子，对自己坚定的事情绝不后悔，哪怕总是面撞南墙，她也不是那种心思细腻的女英雄，而是漏洞百出，却精力充沛的普通人，我喜欢有缺点的人物，这是我认为的一种真实。

为了这本小说，我潜入广告公司进行了长时间的搜集和探索，为了更真实地接近广告行业的每一个人，或许他们依旧有很多不足，但我还是想把我看到的，我了解到的，甚至对女性关怀的那一面表达在故事中。

2022 年的上半年，上海经历了疫情发展以来最严峻的考验，而我的故事停在了 2019 年最后的日子，那是疫情前美好的样子，每个人都自由、放肆、毫不忌讳地生活，曾经那是我们的日常，在这两三年里却变成了一种苛求。

疫情彻底地改变了我们每一个人的生活，甚至像一场暂时醒不过来的噩梦，确实在这几年里，我们经受了很多的困难，遭遇了一些意料之外的灾难，可越是这个时候，我越觉得需要一些精神力量来给予我们安慰。不管是故事中的林安娜还是吴悠，她们都是被生活重重敲打过的人，可她们依旧携手努力向前走着。

于我而言，真心希望每一个看完这本书的人，依旧喜欢上海这座城市，依旧对生活抱有希望，无论如何，希望我们的生活就像歌曲唱的那样：让我们的笑容充满着青春的骄傲，让我们期待明天会更好。

2022 年 7 月　于北京

图书在版编目（CIP）数据

第一次看见灿烂的时刻：全二册 / 周宏翔著 . --
长沙：湖南文艺出版社，2022.12
ISBN 978-7-5726-0890-2

Ⅰ. ①第… Ⅱ. ①周… Ⅲ. ①长篇小说－中国－当代
Ⅳ. ① I247.5

中国版本图书馆 CIP 数据核字（2022）第 190596 号

上架建议：文学 · 长篇小说

DI-YI CI KANJIAN CANLAN DE SHIKE: QUAN ER CE
第一次看见灿烂的时刻：全二册

著　　者：周宏翔
出 版 人：陈新文
责任编辑：匡杨乐
监　　制：邢越超
策 划 人：陆俊文
策划编辑：韩　帅
特约编辑：白　楠
营销编辑：周　茜　刘　洋
封面设计：梁秋晨
版式设计：梁秋晨
插图绘制：志志超
内文排版：百朗文化
出　　版：湖南文艺出版社
（长沙市雨花区东二环一段 508 号　邮编：410014）
网　　址：www.hnwy.net
印　　刷：三河市鑫金马印装有限公司
经　　销：新华书店
开　　本：875mm × 1230mm　1/32
字　　数：501 千字
印　　张：18
版　　次：2022 年 12 月第 1 版
印　　次：2022 年 12 月第 1 次印刷
书　　号：ISBN 978-7-5726-0890-2
定　　价：59.80 元（全二册）

若有质量问题，请致电质量监督电话：010-59096394
团购电话：010-59320018